小說 동성왕

백제의 칼

小說 동성왕

백제의
칼

김현빈 지음

시타델 CITADEL
Publishing

목차

죽은 세계 ● 9

왕과 바둑 ● 16

백마강은 거꾸로 흐르고 ● 32

반정을 먹는 반정 ● 81

검명(劍銘) ● 114

등극 ● 135

고구려왕 ● 176

욱리하 ● 204

이림(爾林)의 역   ● 238

요서   ● 294

곰나루   ● 373

합영화   ● 408

웅진왕   ● 436

득량이   ● 454

마포촌   ● 478

등극 II   ● 502

작가의 말

곰나루에 간 일이 있다.

이름이 바뀌어 충청남도 공주시가 돼버린 땅. 규모를 갖춘 하천이 흐르고 뒤에 능선이 있고 능선에 의지한 성벽이 있다. 고대왕국의 도성으로 추정되는 성벽은 공허했다. 그것에 둘러싸였을 우아한 궁전은 터도 남지 않았다. 늦겨울의 부패한 낙엽만 수북했다. 성벽은 아가리를 벌린 채, 산보를 나온 초로의 여자와 그를 따르는 애완견의 출입을 허했다. 무기력했다. 무기력은 옛날의 언젠가에는 굳건한 결기였겠다.

송산리고분군이라 명명된 곳도 들렀다. 고대왕실의 집단무덤이다. 개중 무령이란 임금의 무덤은 온전하여 연구되고 숭앙받았다. 그러나 나머지는 도굴되어 변변한 뼛조각 하나 남기지 못했다. 거미는 먹이에 소화액을 주입하여 살코기를 죽처럼 녹여 먹는다고 한다. 가죽은 그대로 남겨두고. 도굴된 무덤이 그러했다. 허랑한 무덤은 몰락한 왕국의 표징이 되었다. 들른 사이 잠깐 여우비가 내렸다. 물 먹은 봉분은 더 허랑했다. 그 둥근 곡선을 우두커니 보다가 등졌다. 근방의 박물관에 나란히 전시된 왕국의 사물들은 인위적인 질서가 돋보였다. 갑갑하여 오래 보지 못했다.

성벽과 무덤이 그러하듯 역사도 이처럼 허전하다. 백제는 백제라는 이름을 남기고 사실인지조차 불분명한 왕의 세계世系와 몇 줄의 간단한 행적만을 남겼다. 그뿐으로 그친다. 편린片鱗이라는 부름도 적당하지 않을 정도로, 부스러기 정도의 비유나 옳게 느껴질 정도로, 전해지는 역사는 터무니없이 적다. 충청남도 공주시가 아니라 곰나루였을 적 왕성했을 아우성은 메아리로 돌아오지 못하고 영영 사라졌다.

유년부터 소위 삼국 중에서 백제를 좋아했다. 개중 유독 소외되고 관심 끌지 못하는 나라였는데 그것을 동정하지는 않았다. 다만 응당 받아야 할 대접을 받지 못하는 부당함에 염증을 느꼈다. 글을 몇 자 적을 줄 알게 되니 미처 전승되지 못한 역사의 여백을 채우고 싶어졌다. 오래 고민하여, 마침내 전해진 역사를 바탕으로 삼고 서투르나마 사사로운 생각으로 여백을 메워 책으로 만들었다.

원고를 책으로 엮어주신 주류성 출판사, 특히 이준 이사께 감사한다. 이 글을 쓰는 데 유·무형의 도움을 건네준 모든 이에게 감사한다. 글에 대체할 수 없는 기여를 해준 D와 첫 문장부터 마지막 온점이 찍힐 때까지 페이스메이커가 되어준 절친한 벗 갈주한에게 특별한 감사를 표한다.

2016년 4월, 김현빈

※ 『주서周書』 「백제전」에 기록된 내용을 따라, 백제 임금의 칭호를 어라하於羅瑕라고 하며 왕후는 어륙於陸이라고 한다. 또한 백성들은 임금을 건길지鞬吉支라고 불렀다고 하니 이 또한 따른다. '구다라'는 일본에서 백제를 부르는 말이었다.

※ 백제의 역사는 한·중·일 사서의 기록 몇 줄에 의존하고 이따금 그 기록들이 상충하는 경우가 있으므로 정사正史가 없다. 이 글 또한 기록되지 않은 시기와 상황의 공백을 상상으로 메웠다. 상충하는 기록들은 임의로 채택했다. 이 글은 엄연한 소설이다. 역사적 사실에 대한 시비곡직은 깊게 따지지 않는다. 특히 논란의 여지가 많은 백제의 요서진출에 관하여서는 더욱 그러하겠다. 글의 중간에 역사적 사실에 대한 이해를 돕기 위해 부득불 글쓴이의 설명을 덧붙였다. 소설에의 몰입을 방해하는 측면이 있지만 역사에 대한 올바른 이해를 도모하려 했으니 양지하기 바란다.

※ 백제의 관등
백제의 직제는 16단계 관등으로 이루어져 있으며, 좌평은 여섯 개 직무로 분화되었다. 백제 말기에는 6좌평 체제 대신 22부 체제가 도입되면서 좌평은 여타 관등과 마찬가지로 관리의 계급을 나타내는 역할만을 수행했다.

백제의 관등		백제의 6좌평	
1품	좌평佐平	내신좌평	왕명출납
2품	달솔達率	병관좌평	병마의 통솔
3품	은솔恩率	위사좌평	왕실과 도성의 경비
4품	덕솔德率	조정좌평	사법
5품	한솔扞率	내두좌평	재정
6품	나솔奈率	내법좌평	의례
7품	장덕將德		
8품	시덕施德		
9품	고덕固德		
10품	계덕季德		
11품	대덕對德		
12품	문독文督		
13품	무독武督		
14품	좌군佐軍		
15품	진무振武		
16품	극우剋虞		

죽은 세계

밤의 백마강白馬江(지금의 금강錦江)은 물안개를 토한다. 물비늘에 부딪혀 비치는 달빛은 시리도록 백색이다. 벼랑 위의 소나무는 잔가지를 흔든다. 솔잎에 위태롭게 쌓인 마른눈이 흩날린다. 풍경은 서글프다. 만물에 내리치는 겨울 돌풍은 거센 곡조로 장송곡을 부른다. 그래, 분명히 장송곡이다. 백마강과 그 위의 안개와 물비늘과 달빛, 소나무와 마른눈과 돌풍. 그들, 밤의 백성은 스산한 공기를 이끌고 조문한다. 나는 상주가 되어 조문 받는다. 세계가 죽었다. 나의 세계는 이 남자다. 이 남자가 지금 죽어 있다. 나의 품에서 미지근하게 식는다. 남자는 주검이 됐다. 남자의 몸이 사후경직 된다. 남자의 얼굴을 본다. 창백한 얼굴에 은근한 미소가 떠 있어. 입술은 푸르뎅뎅하게 생명을 잃는다. 남자의 뺨에 내 붉은 입술을 갖다 대본다. 윤기가 꺼져가는 머리카락을 쓸어본다. 세월이 지나면 죄다 먼지 돼버릴 남자의 젊은 육신을 껴안아본다. 죽음을 맞기에는 아깝도록 젊은 육신을. 나는 마침내 울어버린다. 목이 칼칼하도록 소리를 내본다. 눈물을 쏟아본다. 이윽고 넋을 버려본다. 넋과 함께 현재가 버려진다. 나는 내 넋을 내려놓고 지난날들을 부유한다. 눈물겹도록 좋았던 날들을. 꽃냄새가 난다. 그가 억센 손으로 꽃반지를 엮어 내 하얀 손가락에 껴준다. 나는 그 마음을 도도한 척 받아본다. 웃음이 나온다. 내가 드리운 낚싯바늘을 월척이 문다. 내 힘으로는 감당하지 못하니 그가 내 뒤에서 함께 낚싯대를 잡아준다. 비린내를 풍기며 눈이 맑고 등이 푸른 생선이 공중에서 펄떡거린다. 내 등에 닿는 그의 단단한 가슴팍이 좋다. 사냥을 해서 노루를 잡는다. 그는 항상 나보다 먼저 고기의 맛을 본다. 그가 고개를 돌리고 씹던 고기의 조각을 뱉는다. 덜 익었어. 조금만 기다려. 덕분으로 나는 잘 익은 고기만 먹는다. 그가 동리의 조무래기들을 긁어모아 전쟁놀이를 한다. 상대를 일망타진한다. 붙잡은 적들을 괴롭히지 않고 놓아준다. 어린 나이에 베풀기 어려운 너의 조숙한 관용이여. 나는 그것을 보며 흐뭇이 웃어본다. 너도 나를 보며 잇바디를 활짝 드러낸다. 사실 너의 관용은 관용이 아니라 내 칭찬을 듣고 싶은 철부지 마음이었어. 나는 알고 있다. 어린 나에게도 관용보다 너의 철없는 관심 끌기가 더욱 사랑스럽다. 나는 천한 여자다. 그러니까, 계집종이다. 구다라에서 왔다는 백씨 성의 도련님을 모신다. 그의 이름은 가㝓, 백가였지만 나는 그의 이름을 부르지 못한다. 다만 주인님이다. 나는 그의 때가 찌든 속옷을 빨고 터진 솔기를 바느질한다. 나는 그렇게 살다가 죽을 분수다. 그런데 네가 내게 온다. 너는 내 주인보다도 높은 사람, 구다라의 왕성王姓이란다. 너의 존재는 나에게 전설처럼 멀다. 너는 내 주인과 격의 없는 말을 나눈다. 너의 목소리가 활기차. 착 가라앉은 내 주인의 목소리보다 네 것이 귀에 또렷하다. 너의 입에서 나온 목소리는 제 따로 가진 생명이 있는 듯 힘지게 생동한다. 너의 목소리가 좋다. 나는 눈을 지그시 감고 너의 목소리를 듣다가 나의 선배인 늙은 계집종의 지청구를 산다. 혼쭐이 나고도 나는 너의 목소리를 생각한다. 나는 너의 이름이 궁금하다. 나는 내 주인의 이름을 부르지는 못했으되 이름이 가인 것은 알지만 너는 이름조차 알지 못한다. 나는 천한 계집종이고 너는 한없이 높은 구다라의 왕성이기 때문이다. 나는 처음으로 내 분수를 원망한다. 나의 친한 동료에게 너의 얘기를 해본다. 나와 친하니까 그도 천하다. 너의 목소리를 엿들으면 가슴이 뛴다고 나는 말한다. 깊은 마음의 이야기다. 그는 까르르 나를 비웃는다. 계집종의 주제에 무람없다고 힐난한다. 나도 다시 내 분수를 생각하며 너를 단념한다. 정확히 말하면, 단념해보고자 한다. 하지만 실패한다. 단념하지 못한다. 너는 나의 주인을 자주 찾는다. 올 때마다 나는 단 음료를 너에게 올린다. 천한 계집종이 베풀 수 있는 건 음료를 한 잔 가득히 담는 것. 넘치게 따라 조금 흘린다. 늙은 계집종이 나를 심하게 꾸짖는다. 나는 내 음료를 넘기는 너의 돈을새김된 목젖을 보며 마음을 달랜다. 울다가 웃는다. 네가 내 쪽을 바라보며 눈을 찡긋한다. 티끌이 들어갔을지도 모른다. 아니, 분명히 티끌이리라. 하지만 나는 제멋대로 여기고 만다. 내 호의를 눈치 채고 나에게 고맙다고 하는구나. 마음도 고와라. 나는 다시 어깨를 오므리고 웃는다.

　나의 넋은 원망스런 지금으로 돌아왔다. 눈을 떴다. 붉은 바탕에 금사로 무늬를 수놓은 휘장이 보였다. 나는 짧게 숨을 토했다. 좌우에서 노심초사하던 이들이 내 호흡에 안심했다. 어린 궁녀는 내 이마에 맺힌 땀방울을 닦고 늙은이는 조심스런 말씨로 내 안부를 물었다. 나는 감히 괜찮다고 말하지 못했다. 어떻게 괜찮아. 나는 나의 안부를 말하는 대신 너에게 안부를 물어봤다. 주검에게 안부가 있겠냐마는 나는 물을 수밖에 없었다. 늙은이는 할 말이 없어 앓는 소리만 냈다. 나는 돌아누웠다. 등 뒤에서 늙은이가 안쓰럽게 말했다. 사흘 후에 어라하의 장례를 거행하나이다…… 나는 대답하지 않았다. 잠이 들었다.

나는 못 다한 여행을 계속하려 한다. 너와의 꿈같던 시절을 꿈에서 다시 보고자 한다. 사람의 인연은 갑자기 오나보다. 그날 나에게 왔던 너의 입맞춤처럼. 너는 나에게 입을 맞춘다. 나는 빨래를 이고 있다. 대야를 받치느라 나의 두 손은 너의 기습적인 입맞춤을 저지하지 못한다. 빨래가 없어 두 손이 자유로워도 저지하지 못한 것이 다만 않은 것이 될 뿐이겠지. 너의 입맞춤을 사랑하니까. 내 입술을 포개고 들어오는 너의 느낌이 낯설면서 사랑스럽다. 너의 입술에서 싱싱한 풀 맛이 난다. 너는 활짝 웃다가 문득 멋쩍어졌는지 자신 없는 변명을 주저리주저리 늘어놓는다. 미안, 네가 꺼릴 텐데…… 너는 뒤통수를 긁적인다. 뒤이은 너의 말이 나를 흔든다. 미안해. 네가 궁금했어. 나는 왈칵 눈물을 쏟고 만다. 입맞춤을 꺼려 우는 줄 알고 너는 안절부절 못한다. 나는 계집종의 주제를 망각하고 어쩔 줄 몰라 하는 너의 품을 무례하게 파고든다. 나도 공자가 궁금했습니다…… 나는 잘도 그런 앙큼한 말을 주워 섬긴다. 너는 안도하며 나를 꼭 안는다. 너의 조심스러운 손길이 내 등줄기를 쓸어내린다. 풋내기들의 사랑. 이름이 무엇이냐. 네가 묻는다. 나는 답한다. 이요, 이요입니다…… 너는 내 말을 그대로 따라한다. 이요. 이요…… 예쁜 이름이다. 나는 부끄러워 웃고 너도 말을 뱉어놓고 부끄러워 웃는다. …혹 공자의 함자를 여쭈어도 되겠습니까. 내 무람한 청에 너는 선선히 답을 준다. 나, 모대牟大다. 부여모대다. 그러면서 실없어 보일 정도로 환하게 웃는 네가 아름답다. 모대, 부여모대…….

잠에서 깼다. 잠기운이 아주 가신 것은 아니고 구태여 말하자면 잠과 뜬눈의 국경이었다. 돌아누운 등 뒤로 사마斯麻의 목소리가 들렸다. 사마는 너의 형님이었다. 나의 용태를 건조하게 묻는 그의 목소리가 듣기 힘들었다. 나는 귀를 막고 미간을 찡그려 다시 잠을 청했다. 의식은 깜빡깜빡 점멸했다. 어슴푸레 너의 목소리가 들리는 것을 보아 다시 잠든 모양이다. 그날의 사마는 너에게 정답다. 그러나 너는 사마를 어려워한다. 너는 사냥과 전쟁놀이와 천렵, 들놀이를 반긴다. 풀을 꺾어 피리를 불고 조무래기들과 한데 얽혀 경박하게 춤을 춘다. 네가 잡은 짐승들이 마당을 가득 메우면 사마는 불편한 표정으로 그것들을 본다. 그는 별쭝맞을 정도로 점잖다. 밤중에 그는 사당으로 나아가 향을 피우고 짐승들을 위령한다. 그런 날이면 너는 형님의 눈치를 봐서 열흘 간 사냥의 욕심을 꾹 참곤 한다. 맹자와 논어를 술술 외는 사마의 음성은 구다라의 왕성들이 거하는 왕부王府를 울린다. 그럴 때면 왕제王弟 곤지昆支는 너를 점잖게 타이른다. 형님을 본받아 너도 글공부에 매진하라. 나지막하지만 힘이 들어간 목소리에 너는 머리를 조아리며 복종한다. 왕제 곤지는 너의 부친이다. 구다라 대왕의 동생이자 왕부의 우두머리. 우리 왜의 족속들은 왕제 곤지를 군군軍君*이라고 부른다. 그럴 만큼 빼어난 전략가다. 더불어 깊은 존경을 받는 군자이자 소양이 출중한 문화인이다. 우리의 대왕도 너의 부친을 스승으로 모신다. 분노가 파도처럼 일어도 그는 다만 점잖게 고얀……하고 관둘 뿐이다. 제 귀한 아들을 천한 계집종과 교제하도록 허락한 것만 보아도 너그러운 성품임을 안다. 준엄한 어조로 공자와 맹자를 강설하려는 군군을 누군가가 훼방한다. 말대인 찬수류贊首流. 왕부의 목장을 책임지는 늙은이다. 그의 별칭이 말대인인 것은, 이제는 망해버렸다는 망국 말한馬韓의 족속인 탓일 수도 있고 왕부에서 말을 먹이는 업을 맡은 탓일 수도 있다. 어쨌든 그는 곧잘 말대인으로 불린다. 나는 백제의 말을 약간 안다. 모자란 소양에도 그의 말투가 우스꽝스러움을 안다. 그만큼 그의 말은 재밌다. 아아따— 모대 공자님헌티 글공부는 먼놈으 글공부를 강설하신단가. 이분언 들에서

---

* 군군(軍君) : 곤지의 음차로 볼 수도 있고, 한자의 본래 의미로 접근하면 군사와 관련이 있는 것으로 추정할 수 있다.

뛰놀구 갯가에서 고기를 잡어야 허요. 군군은 점잖게 그를 물리치려고 하지만 그는 더욱 맹렬하게 덤빈다. 모대 공자넌 무재武才란게요. 곰팡내 나넌 책은 고만 치워불구 지한티 맡겨보씨오. 대단헌 칼잽이로 만들어 드릴텐게. 너는 이때다 싶어 말대인의 역성을 들고 나서지. 저도 찬수류의 말이 맞는 것 같은데요. 군군은 못 이기는 척 너를 해방한다. 너는 두 손을 번쩍 들고 대문 밖으로 뛰쳐나간다. 나가면서 억센 힘으로 내 손목을 잡아 이끈다. 옥죄는 듯한 얼얼한 느낌이 기껍다. 나는 그와 함께 달리며 찬수류의 흉을 본다. 말대인과는 얽히지 말아요. 한 해 꼬박 묵힌 목돈을 유곽의 해웃값으로 탕진해버린대요. 여염의 아낙을 하루에도 열 명씩 희롱한대요. 주막에서 밥값을 치르지 않고 도망가려다가 잡혀서 곤욕을 치렀대요. 나의 험담을 너는 경청하는 체 하지만 내 말대로 하지 않을 걸 나는 안다. 왜의 법도는 느슨해서 사람의 욕심을 속박하지 않는다. 너와 나는 아직 어리지만 한창 몸이 여물어가는 중이다. 서로의 몸이 궁금한 시절이다. 피가 더워지는 시절이다. 허리춤에 아슬아슬하게 닿는 긴 풀들의 사이에서 우리는 어설프게 관계한다. 기분이 좋다. 너와 곧잘 어울리던 동리의 조무래기들이 우리를 훔쳐본 것을 너와 나는 안다. 밤이 되면 그들은 낮의 우리들을 애써 떠올리며 자위할 테다. 우리는 부끄럼을 모른다. 도리어 그들을 비웃으며 자랑스레 웃어본다.

그러면 족할 분수이다. 족하고도 넘치는 분수이다. 맑은 너의 목소리와 더불어 부르게 먹고 개운하게 자면 그만인데…… 구다라의 왕성은 고귀한 만큼 서글픈 숙명을 어깨에 짊어진다. 그래, 그날의 비보는 숙명이다. 왕부의 늙은 집사가 우당탕 넘어지듯 대문으로 들어온다. 그의 늙은 호흡은 가쁘다. 군군이 호들갑을 떨지 말라 가볍게 질책하며 그리하는 까닭을 하문한다. 늙은 집사는 대답 대신 운다. 늙은이의 통곡에 왕부의 권속들이 모두 그쪽을 본다. 숲처럼 고요하던 군군의 얼굴에도 동요가 인다. 그의 눈썹이 가볍게 경련한다. 집사는 통곡하면서 아뢴다. 너는 대청에 앉아 나를 끌어안은 채로 집사의 말을 듣는다. 그 말은 정녕코 비보다. 힘지게 나를 품었던 너의 악력이 스르르 풀린다. 군군은 정신을 잃고 벌목당한 거목처럼 우지끈 무너진다. 권속 서넛이 달려들어 그의 붕괴를 지탱한다. 너는 늙은 집사의 말을 더듬으며 되뇐다.

고구려의… 마군馬軍이… 한성을… 점령하였다. 어라하께서는 참수당하셨다. 국도를… 곰나루로… 천도하고 태자께서… 신라에 원병을 청하러 가셨다. 시국이 매우 급하다.

비보는 지진처럼 왕부를 흔든다. 그것이 주는 고통은 너무나도 거대해서 사람의 오감을 다 끊어놓는 듯하다. 군군이 몸져누운 큰방에서 각혈하는 소리가 밤새도록 이어진다. 너는 쇠한 정신을 붙들고 군군의 이마에 맺힌 땀을 닦는다. 나는 문풍지에 드리우는 너의 위태로운 그림자를 먼발치에서 바라본다.

왕과 바둑

- 바둑 두는 법을 더 연마해야겠군, 진남眞男.

바진남이 불계패를 선언하자 경사慶司는 두었던 상아 백돌을 도로 수습했다. 경사의 말에 의기양양한 기운이 서렸다. 임금의 가벼운 질책에 진남은 물러나 절했다. 하얀 수염이 찬 바닥에 닿았다.

- 신이 부단히 연마한들 어라하에 미치겠습니까. 대국을 이만큼 끈 것도 어라하의 하해 같은 자비심인 줄 압니다.

- 저런, 늙은이의 둔한 감에도 들키다니. 짐의 연기가 퍽 어설펐다.

- 황송합니다.

경사는 손을 내저었다. 이 이상 재미를 보기는 힘드니 물러가라는 뜻. 진남은 절을 올리고 물러났다. 경사는 시녀가 따른 독주를 단숨에 넘기며 명했다. 점잖은 걸음으로 물러나는 진남의 등 뒤로도 그 소리가 또렷했다.

- 왕사 도림을 들라하라. 역시 짐의 맞수는 왕사뿐이다. 세 좀 떨치던 진남도 늙어 더 못 쓰겠다.

어전에서 물러나는 진남의 얼굴에 쓴맛이 번졌다. 꿈틀거리는 입 주위를 따라 하얀 수염이 비틀렸다. 도림이란 승려가 왕사王師, 임금의 스승 자리에 오른 것은 불과 열흘 전이었다. 고구려에서 죄를 짓고 벌이 두려워 국경을 넘었다고 했다. 남당南堂(백제의 조정을 일컫는다)의 중론은 도림이 고구려의 간자間者이니 처단하자는 것. 경사도 그럴 참이었다. 도림의 말을 믿어주기에는 수법이 너무 고루했다. 그러나 도림이 바둑을 말하자 경사의 눈이 뒤집혔다. 나라에서 내로라하는 바둑의 명수들도 그의 앞에서는 무릎을 꿇어왔다. 경사는 어라하요 으뜸가는 바둑꾼이었다. 목을 베는 것은 화급한 일이 아니니 바둑이나 한수 둬보자며 경사는 도림과 대국했다. 중천에 걸린 태양이 노을을 뿌리며 서산마루로 저물 때까지 둘은 승부를 내지 못했다. 그러다 점차로 경사의 수가 느려졌다. 장고하니 악수는 필연. 경사가 졌다.

- 솜씨가 괜찮다.

그것은 사면령이었다. 더하여 두터운 신임의 싹이었다. 경사는 수라는 몇 술만 뜨고 내내 바둑에만 전념했다. 정치는 버렸다. 진남이 나아가 늙은 몸을 바닥에 깔고 아뢰기를, 도림을 베고 정치를 돌보시라 했지만 돌아오는 것은 근왕병의 매서운 몽둥이찜질이었다. 남당 원로의 체면에 눈물이 샜다. 경사가 기꺼워하는 태자 문주 또한 간諫했지만 소용없었다.

한창 대국에 열중하던 도림이 입을 열었다. 이제껏 말수가 지극히 적은 이였다. 대뜸 무람없는 말을 지껄였다. 궁전이 심히 좁습니다.

- 좁다?

경사의 눈썹이 위로 솟았다. 도림은 바닥에 엎드렸다.

- 신이 불경스런 말을…… 송구하나이다.

경사는 불쾌했다.

- 새로이 궁을 중수했다. 그럼에도 좁으냐.

- 어찌 미천한 분수로 논하겠습니까. 헛말을 하였으니 용서해주십시오.

- 네놈은 고구려 종자라 했지.

- 그러하나이다.

- 네놈의 분수에 궁전이라고는 보아야 거련트連(고구려 장수왕)의 평양이 고작이다. 한성이 평양보다 못하냐.

- 죽여주십시오.

경사는 엄히 말했다.

- 임금의 물음에 답하지 아니하는 것이야말로 목을 벨 일이다.

도림은 마지못한 듯 엎드린 채로 아뢨다. 아룀은 경사의 피를 끓였다. 평양에 비하자면 어라하의 한성은 궁벽한 시골에 가깝습니다. 임금의 힘은 높게 솟은 누각에서 나오는 법. 헌데 신이 한성에 이르러 좁은 궐을 보니 신료들의 시시콜콜한 간섭이 이상하지 않습니다. 왕도의 성벽을 굳게 다지고 궁전의 누각을 높이며 보좌를 황금으로 치장하면 그들이 자연히 어라하의 성위에 굴복할 것인즉, 어리석은 소견일지언정 뿌리치지 마시오소서.

경사는 얼마 전 어전에서 생떼를 쓰던 늙은 진남을 떠올렸다. 남당에서 아니 되옵니다를 합창하던 신료의 구린내 나는 입들이 생각났다. 너의 말이 지극히 옳다. 이 진언으로 도림은 왕사가 되었고 경사는 나라의 물산을 오로지 왕사의 뜻대로 운용하였다. 남당은 천대를 받았고 국사는 바둑판 위에서 이루어졌다.

- 어라하가 미쳤어.

진남은 어전에서 물러나 찬바람이 부는 빈 남당을 두고 그대로 퇴청했다. 그의 말을 듣는 이는 진남의 뒤를 이어 진씨眞氏 가문의 가주가 될 재목이자 내로라하는 귀족 자제들 중에서도 기린아로 꼽히는 진로眞老였다. 화를 누그러뜨리시라 내민 찻잔에 진남은 분개하는 와중에도 갸륵하다는 눈빛을 보냈다. 그는 무심코 팔을 주무르다 몸의 곳곳에 번진 피멍을 건드려 이를 악물었다. 근왕병으로부터 흠씬 두들겨 맞은 것이 물경 스무 날이 지났건만 피멍은 가시기는커녕 도리어 보랏빛으로 흉하게 번졌다. 새파랗게 나 어린 근왕병의 방자한 눈빛이 무시로 떠오르면 화증이 솟아 차도를 더디게 했다.

- 너무나도 분하다, 로야.

진남은 여름날 활짝 열린 여닫이를 통해 보이는 난간으로 시선을 옮겼다. 그 난간에는 구름을 타고 하늘로 오르는 흑룡이 번지르르한 비늘을 빛내며 용트림하는 깃발이 걸려있었다. 유서가 퍽 깊은 것이었다. 진씨의 대대로 내려오는 흑룡답운기黑龍踏雲旗는 자체로 가문의 대단한 역사이고 오랜 영광이었다. 고래로 정사를 논할 적에는 항상 저 기가 남당의 높은 곳에 걸렸다. 고이대왕古爾大王이 벼슬을 십육 등으로 나누고 각기 복색을 정하기 전에는, 이 나라의 재상은 좌보左補와 우보右補라 불렸다. 먼 옛날부터 좌·우보 중 하나는 반드시 진씨의 몫이었다. 고이대왕의 이후로 재상이 좌·우보에서 여섯 좌평으로 바뀌고서도 가장 위세가 좋은 좌평 하나는 꼭 진씨 성의 아무개가 차지했다. 어디 그뿐이던가. 근초고대왕近肖古大王 이후 어라하의 세계가 부여씨 일통으로 내려왔듯 어륙은 반드시 진씨의 일통이었다. 부여씨가 나라의 아비라면 진씨는 항용 어미였다.

주몽의 적장자인 유리에게 내쫓겨 이 땅에 뿌리내린 온조가 지금껏 대왕으로 떠받들어지고 그 자손이 영영 왕위를 차지하는 것은, 온조와 그 노복들이 아주 잘난 까닭만은 아니었다. 욱리하 일대의 터줏대감인 예맥족속의 진씨 일가가 돕지 않았다면 어림없었다. 온조와 그 대대의 자식들 또한 그것을 모르지 않았고, 외면하자니 진씨의 힘이 부여씨의 것에 뒤지지 않아 어라하의 자리를 부여씨가 제몫으로 삼고도 어륙의 자리는 진씨의 몫으로 남겨두었다.

그러던 것이 뒤틀렸다. 열여덟째 어라하인 전지대왕腆支大王이 즉위하면서부터다. 열여섯째 진사대왕辰斯大王과 열일곱째 아신대왕阿莘大王이 고구려의 담덕談德(고구려 광개토왕)·거련 부자에 당하여 나라의 위신이 추락하고 물산이 크게 감하였다. 아신대왕이 고구려에 대한 화증으로 마침내 분사憤死하니, 그의 적장자인 태자 전지가 왕위를 잇게 되었다. 전지가 왜에 체류하는 까닭으로 아신대왕의 둘째아우인 훈해訓解가 임시로 나라를 다스렸다. 그런데 셋째아우 첩례蝶禮가 난을 일으켜 훈해를 참살하고 왕위를 찬탈하려 했다. 전지는 국난의 소식을 듣고 귀국을 서둘렀다. 왕도에 입성하려던 전지를 급히 막은 것은 당시 해씨解氏의 가주였던 해충解忠이었다. 그가 아뢰기를, 첩례가 난을 일으켜 성좌를 찬탈하고 어라하를 참칭합니다. 전하께오서는 왕도에 납시지 마시고 진정된 연후에 들어 어라하의 위에 오르소서 했다. 전지는 그대로 따랐다. 해충은 가병을 이끌고 첩례와 역당을 토평하고 전지를 어라하에 옹립했다. 그날로부터 하여 해씨의 위세가 하늘 가운데 걸려 세상에 빛을 쪼이는 햇덩이만큼 높아졌다.

－비루먹은 노새 같은 놈들, 부여의 밑을 핥던 무리들이……

진남의 욕지거리에는 순전한 증오심이 서리었다. 해씨에 향하는 진씨의 혐오가 깊었다. 해씨는 온조의 남하 때 그의 말구종이나 하던 족속이 아닌가. 개국공신의 반열에 오르고 제법 거드름 부릴 만한 벼슬을 받고 하여도 항시 위치는 진씨의 다음가기 마련이요 만년 이등귀족이었다. 부여씨가 가문의 표상을 황룡으로 삼고 진씨가 버금가는 흑룡을 삼음에 비하여 해씨는 고작해야 수사슴이 아닌가. 그렇게 본시 격조 낮은 집안이 해충의 일로 해서 일등귀족의 반열에 오름은 물론 진씨의 몫이었던 왕비족을 꿰차게 되었다. 해씨는 전지대왕의 밑으로 구이신대왕久爾辛大王, 비유대왕毗有大王을 거쳐 금상인 경사의 대에 이르러서도 거푸 어륙을 배출했다. 그에 반해 당시 미련한 진씨의 가주는 첩례의 편에 붙는 통에 쌓아온 가문의 내력으로 멸문은 면했어도 이제껏 그 세를 펴지 못했다.

첩례의 때보다 더 미련한 가주가 바로 진남의 전대에 있었다. 진남의 아비이기도 한 그는 진남에게 항상 나의 추한 아비라 불리었다. 패륜적인 명명에도 일족들이 토를 달지 않는 것은, 저마다 그럴 만하다는 암묵적인 공감을 하고 있는 까닭이었다. 세가 눌린 채로 세월을 견뎌오던, 진남의 말마따나 그의 추한 아비는 굉장한 도박판을 벌려보기로 했다. 특별한 수가 아니면 영영 가문의 위상을 복구하지 못하리라 여긴 탓. 역모로 허물어진 가문을 역모로 일으켜보고자 했다. 역모는 성공했다. 진씨의 가병은 왕궁으로 밀고 들어가 비유대왕과 그의 어륙을 베고 성좌를 장악했다. 그를 옹위하던 해씨의 좌평들도 유명을 달리했다. 그러나 오로지 가문의 세를 살리고자 벌인 역모는 명분이 없었다. 명분 없는 역모는 얕은 뿌리의 교목처럼 무너지기 쉬웠다. 전열을 정비한 해씨 일문이 역당 타도를 외치며 나라 안팎의 군마를 끌어 모았다. 그 정점에는 태자 경사가 있었다. 그는 물정 몰라야 마땅할 나이에도 씩씩하게 대열의 맨 앞에 서서 왕도를 탈환했다. 진씨의 세는 세라고 부르기도 민망한 지경에 이르렀다. 진남의 추한 아비는 거열형으로 다스려졌다. 일문 삼십 여의 목이 잘렸다. 가병은 해산되었다. 가산은 적몰되었다. 진씨의 본가는 한성에서 추방되어 경기의 황무지에 다시 세워졌다.

- 아픈 시절이었다.

진남의 생각은 뼈저린 세월로 향했다. 지그시 감은 눈가의 주름이 미동했다. 진로는 묵묵히 진남의 빈 잔에 차를 따랐다. 질곡의 세월을 모르는 후생이 위로랍시고 떠들어봤자 순 헛말이 되고 마는 것을 아는 까닭이었다. 역당의 꼬리표가 붙은 삼류귀족으로 전락한 진씨의 운명을, 호사가들은 비관적으로 쑥덕거렸다. 영광의 흑룡답운기는 이제 동리의 조무래기도 코웃음 치는 천더기가 되었다. 그런 틈바구니에서 진남은 목숨을 건져냈다. 창칼을 번득이며 의기양양한 태자 경사의 앞에 절을 올렸다. 살려주시라 애걸했다. 그래, 네가 그토록 살고자 한다면 스스로 너의 귀를 잘라라. 그리함으로써 네 아비로부터 들었던 삿된 계책을 씻어라. 그 정도 각오는 있어야 목숨을 건지지. 너는 역당 수괴의 적장자가 아니냐. 경사가 지껄이자 진남은 망설임 없이 귀를 절단했다. 경사는 머리통의 왼쪽구멍에서 피를 뿜는 진남을 보며 통렬하게 웃어주었다. 진남은 외짝귀란 치욕스런 별칭을 얻고 십년 간 서궁에 유폐되어 시종도 없이 푸성귀와 누더기로 연명했다. 경사의 장난기가 발동하는 날이면 달포가 넘도록 요강을 갈아주지 않아 켜켜이 쌓인 똥오줌이 넘쳐 굴욕적인 구린내가 서궁에 퍼졌다. 경사는 서궁에 거둥하여 외짝귀 진남의 초라한 행색을 보고 한 번, 바둑을 뒤 끝내 불계패로 몰아 두 번 웃고 돌아갔다. 지독한 날들이었다. 마침내 경사의 즉위 십 년을 기하여 진남은 사면되었다. 심신의 기운을 탕진한 뒤였다. 진남은 몸을 낮추고 어라하의 비위를 맞췄다.

  - 그리하여 여기까지 이르렀다…….

  간신히 진씨 몫의 좌평을 되찾았다. 뿔뿔이 흩어졌던 가병들도 은밀히, 조금씩 모았다. 한성에서 벗어난 경기의 본가는 궁벽했지만 그만큼 보는 눈이 적었다. 여전히 외짝귀 진남은 어라하의 앞에서 굴신했지만 내실로서는 예전 웅력의 반절은 되찾았다. 진남의 목표는 오로지 여물어가는 과실을 제 뒤를 이을 진로의 입에 넣어주는 것. 깜냥이 달리고 배포가 작은, 진남의 적장자이자 진로의 아비는 진남으로부터 제 할아비와 같이 나의 추한 아들이란 부름을 얻고 남쪽의 별가로 쫓겨났다. 진남을 신뢰하는 일문은 가주의 말을 따라 그를 존중하지 않았다.

- 로야.

오랜 기억 더듬기를 마친 진남이 눈을 떠 진로를 불렀다. 오랜 환란을 견딘 것이 오로지 너를 얻기 위함이 아니었을는지. 장하고 갸륵하고 대견하다. 진남은 진로의 단단하게 솟은 콧대가 미더웠다.

- 너는 반드시 저 흑룡기를 황룡과 나란히 두어라. 얼마가 걸려도 좋다. 얼마가 죽어도 좋다. 그 찬란한 풍경을 내 무덤 앞에 보여주어라.

- 그리 하겠습니다.

진남은 입가를 씰룩이며 자세를 고쳐 앉았다.

- 아울러 오만한 사슴은 뿔을 잘라라.

해씨를 두고 한 말이었다.

- 그 또한 그리 하겠습니다.

진남의 해씨를 향한 병적인 증오는 다만 억울한 역사에 연원을 두는 것만은 아니었다. 진남이 생생히 겪은 한 인물의 탓. 해씨의 우두머리이자 귀족의 좌장이며 어라하의 충실한 개. 상좌평上佐平 해구解仇. 해씨의 타고난 습속이 그러하듯 해구는 뱀도 없이 어라하의 앞에서 아양을 떨었다. 적적해하는 어라하를 위하여 연지곤지를 바르고 병신춤을 추기도 하는 자였다. 그런 그는 아랫것들에겐 뱀처럼 냉혹했다. 그의 위에는 오로지 어라하뿐이니 어라하를 제하고는 모두에게 그리하는 것이었다. 그놈을 떠올리니 화증이 돋는다. 진남은 언짢은 얼굴로 찻물을 한껏 머금었다. 그때 문 밖의 집사가 아뢨다. 상좌평 어른 행차십니다.

- 쌍놈의 새끼.

진남은 불쾌감을 숨기지 않았다. 격조 없는 발소리가 이쪽으로 가까워졌다. 이 사람, 해구올시다. 경박한 음성이 들려왔다. 이쪽에서 드시라 허하지도 않았는데도 해구는 미닫이를 드르륵 열고 그 육중한 몸뚱이를 드러냈다. 진남과 진로가 일제히 기립해 몸을 숙였다. 진남은 노기怒氣를 지우고 해사하게까지 웃었다.

- 좌평 진남이 상좌평 어른을 뵙습니다.
- 나보다 손위가 아니시오. 어른 소리가 듣기 멋쩍군.

그러면서도 자못 어깨에 힘이 들어가는 품이었다.

- 덕솔 진로가 상좌평 어른을 뵙습니다.

덕솔의 인사는 가벼운 고갯짓으로 받았다. 겹겹이 층진 턱살로 인해 고갯짓을 했는지도 알아보기 힘들었다.

- 왕도에서 황량한 벽지까지 노고가 많으셨습니다.
- 생각보다 촌이긴 하더군.

그는 이렇게 말하고 무명으로 감싼 진남의 왼쪽 얼굴을 유심히 살폈다. 벌레가 그 주변을 구물거리는 듯 근질근질한 느낌이 일었다. 진남은 내색하지 않았다.

- 날이 덥잖소. 뭐 하러 그리 꽁꽁 싸매고 계시오.

역겹다. 왼쪽 귀를 절단하고 선혈을 흘리는 장면을 보며 웃던 경사. 그의 비위를 맞추기 위해 더 소란스레 웃던 네놈이 아니냐. 참으로 못됐다. 그는 속으로만 힐난했다.

- 늙으면 여름 바람에도 뼛골이 시립니다.
- 몸조리를 잘하시구려.
- 헌데 어인 일로 예까지…….

진남은 서둘러 화제를 돌렸다.

- 실은 간단한 일이 아니오. 어라하께서 특별히 명하신 일이라.
- 무슨.

- 왕사 도림이 어라하께 진언했소. 궐을 중수하고 성벽을 높게 쌓으시라. 어제는 그 얘길 하더군. 고구려의 수정궁水晶宮이야기를 말이야.

- 수정궁이요.

손님에게 다과상도 내오지 않느냐며 진로를 가볍게 질책한 후 해구는 말을 이었다. 진로는 잰 걸음으로 달려가 집사를 타박했다.

- 평양에는 이러저러한 누각들이 많은데, 오로지 수정만을 깎아 만든 수정궁이 있다더군. 밤에도 그곳만큼은 낮처럼 밝아 여간 장관이 아니라 하던데.

- 그래서요.

해구는 눈살을 찌푸렸다.

- 그래서라니. 어라하께선 무엇보다도 고구려를 미워하시는데. 고구려보다 더 귀한 것을 얻고자 하시니… 심히 어심이 동하는 눈치던데.

- 중수한 궐을 다시 중수하는 것만으로도 백성의 고초가 심합니다. 더 가혹하면 안 됩니다.

- 공은 말씀을 이상하게 하시는구려.

진남은 눈짓으로 물었다. 무슨.

- 백성들은 조정을 위해 있고 조정은 어라하를 위해 있소. 어라하께서 원하시면 마땅히 따라야지. 심하다 가혹하다 주워섬길 것이 아니란 말이오.

해구는 맹자의 말을 거꾸로 외고 있었다. 백성이 가장 중하고 사직이 그 다음이고 군주가 가장 가볍다 하였거늘. 배워먹지 못한 놈.

- 허나 근자에 흉년도 들어 형편이 궁합니다.

- 말귀를 알아듣지 못하는군. 백성들이 부단히 힘쓰는 건 알고 있소. 충직하고 유순한 자들이지. 헌데 당신은 어떨까.

- 저 또한 어라하께 심신을 바쳤습니다.

- 그렇소?

되물으며 빙글빙글 웃는 모양이 미심쩍었다. 진남의 예감은 들어맞았다.

- 그러면 증좌를 보이시구려.

- 증좌요.

- 댁에 황금과 수정 등속이 많잖소. 그것을 조금 내놓으시는 건 어떨지.

- 가세가 미미합니다. 어찌 그런 것이…….

- 둘러댈 생각은 마시오. 나는 협상하러 온 것이 아니야. 명을 전하러 왔을 뿐. 어라하께 심신을 바쳤다면서. 그 충정의 편린片鱗이라도 보이시오.

해구는 싯누런 이를 드러내며 비식비식 웃었다. 진남은 저 치의 입으로 들어가는 찻물조차 아까웠다.

- 대인께선 어라하께 사정을 잘 말씀해주십시오. 보다시피 벽지인데다 땅이 기름지지도 않을뿐더러…….

- 어찌 이리도 둔해지셨소. 아니면 깊은 충성이 늙는 몸을 따라 쇠한 것인가.

- 그것이 아니오라…….

- 도림이 선왕의 얘기를 꺼내더이다.

시종 웃음기를 잃지 않던 진남의 표정이 싸늘하게 굳었다. 선왕은 진씨의 가장 큰 약점. 고구려 땡추가 기어이 그 일까지 운운하는가. 경사의 반응은 보지 않아도 빤했다. 얼어버린 진남을 보고 해구는 뱃가죽을 들썩이며 웃었다.

- 지금껏 선왕의 능을 조성하지 못했잖소. 어라하의 위엄을 세우려면 성대하게 왕릉을 세우시라 하더군. 뭐, 영 틀린 말은 아니잖소.

해구는 그것으로 말을 맺고 한성으로 돌아갔다. 진남은 낯을 흐린 채로 그를 전송했다. 해구의 뒤통수에 대고 소리 없는 욕지거리를 퍼부었다. 지금껏 선왕 운운하는 소리가 없도록 모진 세월을 묵묵히 견뎠다. 진남은 해구와 더불어 도림이 괘씸했다.

날이 밝자 한 떼의 달구지가 경기의 진씨 본가에서 한성의 북문으로 향했다. 달구지는 수정과 황금을 실었다. 달구지 떼에 답하는 무성의한 어라하의 편지가 그 반대 방향으로 갔다. 수고했다. 그 한 줄로 그쳤다. 진남은 어라하의 사자가 돌아가자마자 편지를 불살랐다. 진로는 그 불에 비친 진남의 그림자를 엿보았다. 진남의 그림자는 심하게 요동치고 있었다. 진씨를 비롯해 숱한 귀족들이 한성으로 물자를 날랐다. 들보를 세울 목재며 성좌와 왕릉을 꾸밀 보화며 기와와 막새, 벽돌. 역부役夫를 먹일 쌀과 푸성귀, 더불어 왕실에 대한 충성을 입증할 비단과 황금. 백씨苩氏는 대대로 내려오는 명궁名弓을 왕도에 바쳤다. 연씨燕氏는 담가라 말을 진상했다. 해씨는 여봐라는 듯 거대한 황금 대불을 백관이 모인 자리에서 진상했다. 진씨도 울며 겨자 먹기로 누대의 가보인 야명주夜明珠를 바쳤다. 복속한 지 오래건만 여전히 반골의 기상이 팽배한 옛 마한의 땅에서 역부들이 징집되어 왕도로 향했고 조세의 짐이 무거워졌다. 민심이 탁해졌고 관아의 곳간은 비었다. 왕도로 온 나라의 물자들이 집결했다. 이를 출세의 기회로 여긴 약삭빠른 변방의 외관外官들은 관군의 창칼을 녹여 선왕의 넋을 기리는 절간의 당간지주로 삼아 헌상했다. 나라의 힘이 부쩍 쇠했다.

경사는 온조대왕溫祚大王에 버금가는 부왕의 능침을 바라보았다. 코끝이 시큰했다. 그는 새로이 축조된 누각인 망선대望先臺에서 능침을 굽어봤다. 선왕의 능침을 바라본다 하여 망선대였다. 그곳을 중심으로 하여 궐의 중수가 한창이었다. 역부들이 부단히 흙과 벽돌을 나르는 현장을 보고 도림은 경사의 앞에 머리를 조아렸다. 거련이 이 웅장한 광경을 본다면 곧장 어라하의 어전에 부복하고 나라를 들어 바칠 것입니다. 실로 삼한의 으뜸입니다. 자연히 못된 망아지와 같던 귀족들도 이제는 어라하의 말씀에 어깃장을 놓지 못할 것입니다. 만대에 영화를 누릴 것입니다. 경사가 듣기에 기꺼웠다. 그는 도림의 기특한 말을 치하했다. 궐이 축조되면 너를 좌평으로 삼아 치세를 이루리라.

- 왕사 도림을 불러라. 바둑 둬야겠다.

날이 밝자마자 경사는 으레 그랬듯 도림을 청했다. 마땅히 한 식경 안에 어전에 대령해야 했다. 헌데 돌아오는 대답이 괴이했다.

- 왕사께서는 어제 늦은 밤에 출타하여 돌아오지 않았나이다.

- 어디를 간다 하더냐.

- 명을 수행한다 이르고 더 말이 없었습니다.

- 명을 내린 바 없거늘.

그간 도림이 벌려 어그러진 일이 없었으니 경사는 잠자코 그를 기다리기로 했다. 경사는 망선대로 나아가 부왕의 능침을 바라보았다. 그리고 좌로 우로 시선을 돌려 스스로 이룩한 거대한 역사를 관망했다. 부왕, 지켜보소서. 불초 소자가 반드시 나라의 영화를 이루겠나이다. 제법 당찬 각오도 되새겼다. 그러다 문득 북쪽에서 피어오르는 연기를 보았다. 한 줄기로 곧게 피어오르는 연기는 화재가 아니라 봉화. 북쪽의 변고를 뜻했다. 경사는 숙위를 맡은 위사좌평을 불러다 사정을 물을 속셈으로 뒤를 돌아보았다. 마침 그가 헐레벌떡 망선대로 오르고 있었다. 경사가 하문하기도 전에 그는 부복하며 아뢨다.

- 어라하께 아뢰나이다. 고구려왕 거련이 삼만 대병을 동병하여 국경을 침탈하였나이다. 휘몰아치는 기세가 강성하여 이미 칠중하七重河(임진강)를 넘었고 곧 한성에 도달합니다. 어라하께서는 남으로 파천하시

고 후일을 도모하소서.

- 뭐라!

온몸의 피가 빠지는 듯 정신이 아득해졌다. 이럴 수 있는가. 북방의 경계는 탄탄하다. 거련이 대단해도 두터운 방비를 일거에 뚫기는 불가하다. 그 의문을 급박한 위사좌평의 보고가 해소해주었다.

- 왕사 도림은 고구려의 간자였습니다. 간밤에 어라하의 명을 빙자해 북방의 국경에서 거련과 접촉하였나이다. 나라의 지형과 산천을 고하고 왕도로 향하는 요로要路를 일러주어 거련은 수월하게 남하했사옵니다.

- 도림이 간자였나.

경사는 자리에 풀썩 주저앉았다. 위사좌평이 그를 부축했다.

- 부디 마음을 굳게 드시고 파천하십시오. 왕도의 방비가 약합니다.

- 왕사가 간자였나.

- 어라하!

경사의 풀린 시선이 망선대의 바깥으로 향했다. 고구려의 남하 소식이 저곳에도 전해진 듯 역부들은 우왕좌왕하며 장수의 통솔에 따라 현장에서 철수했다. 저것이 몽땅 간계였나. 도림의 곰살갑던 충언이 모두 허위였나. 나를 해치려는 말이었나. 궐의 높다란 누각, 성대한 왕릉, 호화스런 성좌…… 저것들이 죄다 고구려의 셈속이었나. 내 손으로 저것들을 저질렀나. 나는 정녕 죄인. 부왕께 영화를 이루겠다고 했다. 헌데 이 무슨 일인가. 도리어 왕도를 앗기고 열성조列聖朝의 고귀한 유해를 몽땅 앗기게 되었다. 내 어찌 명을 부지하나. 부끄럽고 죄스러워 더 살지 못해. 무거운 죄책감이 경사의 가슴을 짓눌렀다. 개국 이래 왕도를 빼앗긴 어라하는 없다. 온조대왕의 원령이 목 조르는 듯 경사는 숨이 막혔다. 그는 연신 눈을 슴벅거렸다.

- 어찌… 어찌…….

- 결단을 내리셔야 합니다, 어라하!

- 어찌…….

- 어라하!

위사좌평은 절규하듯 경사를 불렀다.

- 어찌… 내가 왕도를 두고 떠나겠느냐…… 나는 그럴 수 없다.

- 떠나셔야 합니다.

- 그럴 수 없다. 나는 왕도와 운명을 함께한다. 내 어찌 왕도를 등지겠느냐. 왕도와 함께, 내 불충, 불효, 불민과 함께 허물어지리라.

위사좌평은 고개를 저으며 망선대를 내려갔다. 왕의 궁상맞은 한탄을 들어주기에는 사태가 급박하였다. 태자 문주는 원병을 청하러 신라로 떠났다. 활짝 열린 남문으로 왕도의 사람들이 앞 다투어 쏟아져 나왔다. 어라하의 곁에는 두려움에 몸을 떠는 몇몇 궁인들만 남았다. 호기로운 근왕병 몇몇도 그를 지켰다. 성벽이라도 온전하면 그것에 의지하여 버티겠건만 중수를 한답시고 반쯤은 허물어 고구려의 철기鐵騎와 겨루기는 어려웠다. 신하들은 파천을 거푸 권하다 경사가 듣지 않으니 그를 버리고 남으로 달아났다. 왕의 곁에서 청승맞게 울며 생죽음을 함께 당해줄 만큼 굉장한 충신은 없었다. 상좌평 해구도 좁쌀 같은 눈을 좌우로 굴리다가 주춤주춤 물러났다.

멀리서 땅을 울리는 발굽 소리가 북풍을 타고 들렸다. 경사는 일어나 부왕의 능침을 향해 몸을 틀었다. 그리고 절을 올렸다. 경사의 뺨을 타고 더운 눈물이 흘렀다. 소자가 대체 무슨 짓을 저질렀습니까. 어떻게 일군 땅입니까. 역사입니까. 소자가 왕도를 잃었습니다. 욱리하郁里河(한강)를 잃었습니다. 소자가 죽은들 죄가 씻기겠습니까. 경사는 엎드린 채로 몸을 떨었다. 발굽 소리가 점차로 가까워졌다. 철기가 말아 올린 흙먼지가 망선대를 휩쓸었다. 경사의 얼굴에도 흙먼지가 씌었다. 눈물에 엉긴 먼지가 거칠었다. 공손히 고개를 숙인 채 몸을 떠는 궁녀, 넘기는 침으로 거푸 목울대가 울리는 내관, 눈썹까지 내려오는 투구를 쓰고 어설픈 자세로 창을 쥔 소년 근왕병. 경사는 눈물을 흘렸다. 탄식하듯 말했다. 너희에게 내 지은 죄가 막심하다. 참으로 미안하다…… 서서히 흐려지듯 물기로 차단되는 경사의 시야로 고구려의 깃발들이 나부꼈다. 말발굽 소리와 왁자지껄한 북방의 함성소리가 그의 귓전을 괴롭혔다.

백마강은 거꾸로 흐르고

　왕부에는 스산한 공기가 감돌았다. 주인인 곤지가 어수선한 남당을 진정시키고자 곰나루로 떠난 까닭이었다. 여전히 식구들의 생사를 모르는 왕부 권속들의 불안한 기다림이 계속되는 까닭이기도 했다. 모대도 전처럼 장난질을 일삼지 못했다. 말대인 찬수류도 건초더미에 몸을 누인 채 허공을 바라보며 탄식만 뱉었다. 유모의 빨래하는 손에는 힘이 들어가지 않았다. 부엌데기는 수저를 놓다 말고 멍한 잡념에 빠졌다. 마당을 쓰는 사내종은 비질을 하다 대문까지 향한 줄 모르고 문지방에 걸려 고꾸라졌다. 나무를 하러 갔던 머슴은 눈이 벌게져 돌아오길 예사. 공부벌레 사마도 대청에서 한숨만 쉬었다. 왕부의 사당에는 경사의 위패가 모셔졌고 하얀 휘장을 둘러 이역만리에서의 국상國喪을 치렀다. 왜왕도 수하를 거느리고 경건히 조상했다. 왕부의 권속들은 사당에 나아가 어라하의 위패에 절을 올렸다. 왕도에 두고 온 제 피붙이와 이웃들을 떠올렸다. 막이 이놈아 명줄 잘 붙들고 있느냐…… 어머니, 살아 계시지요…… 옆집 탐모라댁은 억척스러우니 어떻게든 배곯지 않고 그 번드르르한 개기름을 빛내며 버티고 있을 테지……

모대는 대청에 모로 누워 마당을 바라보았다. 마땅히 말대인과 유모 사이의 옥신각신하는 소리가 들려야 마땅했다. 허나 마당은 싸움이 끝난 전장처럼 조용했다. 마음이 침울했다. 그는 반대로 돌아누웠다. 대문을 등지던 곤지의 늘어진 어깨가 모대의 뇌리에서 지워지지 않았다. 그는 대문을 나서기 전 모대의 어깨를 힘지게 붙들며 당부했다. 또렷한 음성이 모대의 주변을 맴돌았다. 네가 큰 짐을 지게 될지도 모른다. 매사에 대범하고 산처럼 흔들리지 말거라. 네가 할 수 있는 일이면 머뭇거리지 말고 살처럼 뛰어들어. 아비는 네가 반드시 그러리라 여긴다. 모대는 그 말을 경전처럼 떠받들면서도 의문을 품었다. 다복하시어 슬하에 자식을 숱하게 두셨거늘 어찌 내게만 이런 말씀을 남기시나. 고개를 들어 그 까닭을 여쭈려 할 때 이미 아비는 문지방을 넘었다. 모대는 바닥에 엎드려 아비를 전송하며, 뜻대로 하겠습니다 나지막이 다짐했다.

곤지가 떠난 왕부는 사마가 대신 다스렸다. 공자 중에서 사마가 가장 손위이기도 하거니와 혈통의 고귀함이 일가붙이 중에서도 으뜸이었다. 모대를 비롯해 형제들은 곤지가 왜로 건너와 얻은 축자부인의 소생이었다. 사마의 태생은 이들과 달랐다. 곤지가 왜로 건너갈 적 그를 각별히 여기던 경사는 총애하는 후궁을 내주었고, 곤지는 그 사이에서 사마를 얻었다. 왜국이 백제의 혈맹이래도 왜인을 본국인과 동격으로 칠수는 없었다. 더군다나 그 본국인이 어라하의 후궁이라면 그 격은 더벌어졌다. 서열과 혈통에서 우위에 있고 박학한데다 품성마저 음전하니 그가 아비를 대리함에 다른 이들이 딴 소리를 입에 올릴 구석이 없었다. 모대 역시 이의 없었다. 뭇 사람들의 기대대로 사마는 현명하고 야무지게 왕부를 꾸려나갔다. 사마는 모대에게 어려운 형님이었다. 저자와 야산에서 짐승처럼 날뛰던 모대는 사마의 앞에서는 공손히 손을 모으고 허리를 꺾었다. 저보다 손위고 배운 것이 많은 탓만은 아니었다. 사마의 말투와 행동거지가 얌전했지만 눈빛에는 결기가 서려있었다. 야망으로까지 비칠 만큼 강렬하고 함부로 대하기 힘들었다. 곤지가 곧잘 평하기로 모대는 불이요 사마는 물이라 하였다. 불은 산맥을 삼킬 만큼 드세지만 그 기운이 셈하기 쉽고 그러한 까닭으로 제압하기 쉽다 했다. 그러나 물은 고요하다 휘몰아치고 얕다가 깊으니 알고자 하면 도리어 패배한다 했다. 오행의 이론에서 가르치기로 수극화水克火하니 모대가 사마의 앞에서 한없이 위축하는 것이 당초에 정해진 이치인지도 몰랐다.

- 모대야 사냥을 가자.

사마는 어느 날 이렇게 말했다. 대청에서 시간을 죽이던 모대는 흠칫 놀라며 지금 뭐라 하셨습니까, 되물었다.

- 사냥을 가자고.

모대가 허리춤엔 꿩을 매달고 어깨엔 노루를 짊어지고 귀가하면 사마는 조용히 낯빛을 흐리고 아랫입술을 가만히 깨물었다. 사려 깊은 성품에 싫은 말은 이르지 않았지만 모대는 낌새로 알았다. 사마 형님은 사냥을 혐오해. 잠시의 환락을 위해 무고한 생명을 해치는 광포한 유희로 여기신다. 모대는 사마가 사당의 뒷문으로 들어가 향을 피우고 절을 올리던 모습을 애써 모른 체했다. 짐승을 위령하다니. 그만큼 별쫑맞은 일이 어디 있나, 입을 삐죽이면서. 그런데 이날에 형님 스스로 사냥을 가자 권하니 별일이 다 있다 싶었다. 모대는 제안을 선선히 받았다. 어려운 형님이 사냥에 재미를 들이면 편하게 함께할 수 있을 것이고, 빼어난 활솜씨로 시종 위압되던 관계를 뒤집을 수가 생기겠다는 은근한 호승심도 발동했다.

모대는 거세게 말을 몰며 시위를 당겼다. 모대 패거리는 몰이꾼을 자처하여 징 치고 고함지르며 꿩·토끼·사슴 따월 궁지로 몰았다. 혼비백산한 짐승들을 모대는 거푸 쏘아 맞혔다. 정확히 목줄을 뚫는 솜씨에 짐승들은 소리 없이 고꾸라졌다. 가죽이 두껍고 날랜 멧돼지도 예외가 아니었다. 사마의 솜씨도 백면서생의 것 치고는 괜찮았지만, 워낙 빼어난 모대에 견주어서는 흥이 살지 않았다. 제법 헤아린다고 헤아려 살을 먹였지만 연달아 세 발이 헛물만 켜자 사마는 슬그머니 낯빛을 흐렸다. 활을 쥔 손은 아래로 향했고 고삐를 느슨히 쥐었다. 사정 모르는 모대는 양 손에 꿩의 모가지를 틀어쥐고 사마의 앞에서 환히 웃어 보였다. 전연 내색이란 걸 모르던 사마의 얼굴에 언짢은 빛이 또렷이 번졌다. 동행한 백가가 곁눈질을 하며 서너 번 눈치를 주고 나서야 모대는 목을 움츠리며 입맛을 다셨다. 이미 사마의 속은 상할 대로 상했다. 한창 절정을 향하던 사냥은 일시에 흐지부지되었고 범 몰이라도 나설 기세였던 조무래기 몰이꾼들도 아쉬운 빛을 감추지 못한 채로 철수했다. 귀로에 사마와 모대는 말 머리를 나란히 했다.

- 살을 쏘는 것은 네가 나보다 낫지만.
- 네?

사마가 운을 뗄 때는 말씨가 차가웠다.

- 생활을 경영함에는 어떻겠느냐.
- 무슨……
- 이른바 정치에 있어도 네가 나보다 낫겠느냐.

모대는 손사래를 쳤다.

- 전혀요. 배워먹은 것이라곤 살 쏘고 헤엄치기가 고작인 잡류인걸요. 경영이 뭐고 정치가 또 뭡니까. 그저 토끼 잡아 가죽 얻고 고기 먹으면 족해요. 몃 감다 월척이라도 낚으면 그날의 일은 다 한 몸인데요.

유불도를 섭렵하고 사서오경에 육도삼략을 깨친 형님께 어찌 저를 비합니까. 당초에 경영이니 정치니 하는 것에는 발 담글 뜻도 없어요.

- 나도 그리 여긴다.

숙성한 형님도 중뿔난 구석이 있으시구나. 그저 짐승 잡기에서 지셨기로서니 이런 심술을 부리시나. 모대는 가벼이 여기고 넘길 태세였지만 사마는 그렇지 않았다.

- 헌데 아버님께선 왜 그러셨지.

- 네?

- 네 어깨를 붙들고 어찌 무거운 당부를 남기셨나.

- 본국으로 향하실 적에 하신 말씀을 이르시는지.

사마는 침묵으로 긍정했다. 모대는 부러 실없이 웃었다. 형님은 쓸데없는 걱정을 하신다.

- 그거야 제가 유독 말썽을 피우니 염려가 되시는 탓으로…….

- 그랬으면 다만 몸가짐을 바로 할 것이다 하고 마셨겠지.

받아칠 말이 궁해져 모대는 입술만 우물거렸다. 사마도 더 이르지 않았다. 적당히 마필을 재촉하면 금세 닿을 거리이건만 이날따라 말의 걸음이 더뎠다. 유별나게 더딘 시간동안 스멀스멀 피어오르는 어색한 기류를 견디느라 관자놀이에 땀방울이 돋았다. 경영이고 정치고 자시고 알게 뭐람. 아버님은 별난 말씀을 하셔서 괜히 어려운 형님을 더 어렵게 만드신다. 모대는 속으로 아비를 흉봤다. 한참 어지러운 모대의 속을 이요가 달랬다. 사내들은 지는 걸 싫어하죠, 어떨 땐 목숨보다도. 사내들은 저마다 성질이 다른데 이것만큼은 꼭 한가지로 같아요. 군군이 공자만 두고 말씀을 하시니까 강샘이 났나 봐요. 군자노릇을 하시는 사마 공자님도 어쩔 수 없는 사내라 그런 속없는 말을 하시는 거예요. 말이 기특해서 모대는 이요를 안고 연달아 입을 맞췄다.

언행이 딴판으로 바뀐 것은 사마에서 그치지 않았다. 나잇값 못하기로는 천하제일인 말대인 찬수류가 정신을 고쳐먹은 것이 그러했다. 옷고름이나 잘 여미면 다행인 그가 대뜸 말쑥한 입성으로 다녔다. 그뿐 아니라 어떤 날은 갈지자였다 어떤 날은 종종걸음이었다 하던 걸음이 한단지보邯鄲之步로 정갈해졌을 뿐더러 이제는 수염도 잘 빗기고 때때로는 서책마저 탐독했다. 더욱 기막힌 것은 대뜸 모대의 앞에서 주워섬기는 말이었다.

- 오늘부로능 지가 모대 공자님으 스승입니다.

별스런 선언을 모대는 대수롭잖게 받아쳤다.

- 굳이 오늘에 이르러 그걸 밝힐 건 뭔가요. 말대인은 항시 제 스승이었지요, 암. 계집 다루는 법 알려줘, 글공부 피해 갯가로 도망가는 법 알려줘, 외밭 서리하는 법 알려줘, 술 마시고 아닌 척 잡아떼는 법 알려줘…… 제 아무리 와니기시〔王仁吉士〕*라 한들 말대인만 한 스승이 못 될 걸요.

장난조의 답변에도 찬수류는 웃지 않았다. 이 양반이 약을 잘못 자셨나. 모대는 눈을 게슴츠레 뜨며 그의 기색을 살폈다.

- 고런 것도 곧잘 깨쳐 드렸습니다마는, 오늘부텀 문무에 관헌 것들을 좀 깨쳐 드리겠습니다.

모대는 웃음을 참지 못했다.

- 푸— 말대인의 입에서 문무가 웬 거야.

- 왕제 전하의 명이신게 고분고분 따르능 것이 좋을 것이요.

그러면서 품에서 주섬주섬 편지를 꺼내 보였다. 모대는 찬수류의 가르침을 받아 문무에 정진토록 하여라. 틀림없는 아비의 달필이 맞기는

---

* 와니기시(王仁吉士) : 곤근 초고왕 대 왜에 파견되어 문화를 전파한 왕인 박사를 왜에서 친근하게 이르는 말

했다. 형님 어라하의 붕어하심이 종당 아버지를 미치게 했나. 모대는 불효막심한 상상을 하지 않을 수 없었다. 미치지 않고서는 하고 많은 선비·무사를 제쳐놓고 말이나 먹이는, 천하의 막돼먹은 건달을 스승으로 붙이나. 미친 게 아니면 아예 내놓은 자식으로 여기겠단 천명이지. 저를 바라보는 모대의 복잡한 표정에서 말대인은 그 심산을 능히 짐작해냈다.

- 저 작것이 선상질을 하든 얼매나 할 줄 안다고 나서는고 하며 속으로 숭을 보는 게지라.

들켜버린 속을 뻔뻔한 표정으로 감춰보았지만 이 술수 역시 찬수류에게서 배워먹은 것이라 모대는 들킬 수밖에 없었다. 찬수류는 떨떠름한 표정으로 모대를 보더니 커흠흠 헛기침을 하며 그의 터전이자 직장인 목장으로 모대를 이끌었다. 모대는 여전히 미덥지 못하다는 눈초리였다. 목장에 다다른 찬수류는 자신이 거하는 오두막에서 검 하나를 두 손으로 받치고 나왔다. 칼집은 투박할지언정 그가 빼든 검은 환한 빛이 눈부셨다. 버석한 지푸라기와 고약한 두엄더미로 가득한 목장에는 어울리지 않았다. 찬수류는 홍조까지 띠어가며 웅변했다.

- 요것이 찬씨 전가의 보검이란게요. 씨퍼런 검광만 비쳐도 호랭이가 오줌을 찔찔 싸지르구 암만 딴딴헌 무쇠래두 두부모냥 숭덩숭덩 썰어블제라.

모대는 애써 아무렇지 않은 체했다.

- 그걸로 뭘 어쩌시려고요.

찬수류는 눈을 찡긋하더니 칼자루를 느슨하게 쥐었다. 그러더니 보폭을 벌리고 목을 쭉 뺀 채 검무를 추었다. 어깨의 곡선은 강물 흐르듯 들썩였고 표정은 우는 듯 웃었다. 곧게 내지르고 에둘러 곡선으로 휘둘렀다. 가락이 없어도 찬수류의 춤에는 홍이 실렸다. 입을 헤벌리고 그의 솜씨를 감상하던 모대의 목덜미에 모대가 알아채지 못할 정도로 빠르게 칼을 겨누는 것으로 찬수류는 놀라운 춤판의 종지부를 찍었다.

- 솜씨가 쪼까 괜찮지라.

모대는 움찔하며 주춤주춤 뒷걸음 쳤다.

- 언제 이런 걸 배웠데요.

찬수류는 칼을 거두고 거들먹거리는 투로 답했다.

- 왕제 전하꺼서 나라의 병마를 거느린 것은 아시지라.

모대는 고개를 끄덕였다.

- 그 막서 백제 으뜸으 철기를 이끌던 백전용장이 바로 이 몸, 찬수류여라.

- 말대인이 관작을 받았단 소린 못 들었는데.

미심쩍은 눈초리에 찬수류는 서둘러 자기변호에 나섰다.

- 전장에서넌 일품이품 벼슬이 오히려 독이 되는 법이요. 칼이랑 활이랑 있음 고만인 것을…….

- 칼솜씨 있는 건 알겠는데 내 글공부 시켜줄 만한 감인지는 어떻게 알죠.

그 말에 찬수류는 코웃음부터 쳤다.

- 헛참, 왕부서 멍청이 중의 쌍멍청이로 소문이 파다헌 모대 공자님 갈치는디 먼 증거씩이나 필요하다요. 잔나비 궁둥짝 뻘건 것을 꼭 들여다봐야 알겠어라?

모대는 기찬 웃음을 지었으나 말이야 옳은지라 종당 찬수류에게 패배를 선언하고 그를 스승으로 떠받들기로 했다. 그렇다고 이렇게 순순히 머리를 숙이는 것은 모대의 성정에 어긋나는 일이라 괜히 딴죽을 걸었다.

- 근데 아버님께선 하필 말대인을 제 스승으로 붙였을까요.

찬수류는 한껏 거들먹거리며 답했다.

- 앞으로넌 지가 공자의 싸부잉게 질의가 있으시거던 양해를 구허고 말씀허씨오. 전하께서 지를 공자님 싸부로 붙인 까닭은 차차 알게 될 것이고.

본전도 못 찾은 모대는 끙 앓는 소리를 내며 돌아앉았다.

백제의 어라하 자리는 경사에서 문주로 옮겨갔다. 왕도 또한 한성에서 곰나루로 물러났다. 욱리하를 품었던 왕도는 이제 굽이굽이 흐르는 백마강을 임했다. 널찍한 개활지를 저마다 차지하던 귀족들의 저택들은 좁다란 곰나루 내성에 빽빽하게 들어섰다. 교군꾼 여덟이 들쳐 메는 가마도 대로란 것이 없는 곰나루에선 언감생심이었다. 오르막 내리막이 연해 있는 터라 장사치들도 달구지를 버리고 등짐을 짊어졌다. 그렇잖아도 붐비는 소도시에 왕도의 수다한 치들이 굴러들어오니 저자는 부랑자들이 아무렇게 싸지른 똥오줌 냄새가 진동하고 걸핏하면 구도와 신도의 백성들이 얽혀 싸우는 소리로 북새통을 이뤘다. 모자란 양식에 배곯는 이들이 많아졌다. 민심이 사나워졌다. 가뜩이나 힘이 쇠한 어라하가 그들을 다스리는 데 애를 먹었다.

- 이런 촌에서는 돼지도 비썩 말라 살이 없구면. 푸석푸석해서 씹는 맛이 없고 국을 끓여도 밋밋하고 구수하질 않으니…… 이런 난리통에 먹는 재미라도 없음 무슨 낙으로 산담.

해구는 젓가락으로 고깃국을 뒤적이다 뼛성을 내며 관두었다. 그는 모든 것이 마음에 차지 않았다. 새로 장만한 저택은 신도新都에서 가장 쓸 만하다는 와가였지만 해봐야 한성 본가의 반의반도 안 되었다. 해구는 먹던 고깃국을 저만치 치웠다. 육중한 살집에 먹은 것이 적으니 괜한 짜증이 동했다.

- 이럴 때일수록 힘을 내십시오. 국운이 대인의 손에 들렸으니.

해구의 푸념을 마주앉은 자가 받아주었다. 눈매가 날카로웠다. 해구의 부한 몸집에도 밀리지 않는 체구의 소유자이기도 했다. 검은 빛의 진한 수염은 팔자로 흘러내리고 그 밑으로 꾹 다문 입술은 듬직했다. 아래로 쏠린 좁은 콧방울은 빈틈없는 성정의 표상. 심연처럼 깊은 동자는 귀모를 품었다. 이름 저근姐瑾, 남쪽 마한 잔족의 토호 출신으로 남당에 중용되기는 그른 성분이었지만 남다른 무용과 지모로 해씨에 발탁되어 해구를 지근거리에서 보좌하고 있었다. 진씨 일문에서 한껏 뻐기는 것이 힘에서는 관정關正, 꾀에서는 조미걸취祖彌桀取였다. 해씨에서는 그들을 아쉬워하지 않았다. 관정의 힘과 조미걸취의 꾀를 합쳐놓은 것이 바로 저근이었으므로. 지금껏 부동의 세도가로 군림함에 든든한 저근의 보좌도 단단히 한몫했다. 이리 재고 저리 재는 해구의 품성에 있어 쾌도난마로 내지르는 저근의 과단성은 꼭 들어맞는 처방이었다. 쾌도난마에 더하여 저근은 출장입상이라. 그가 창을 틀어쥐고 동병하면 말갈 족속과 가야 잔병들이 똥오줌을 싸질렀다. 남당에 나서 아뢰는 말들은 흉포한 백성들을 다스리고 물산을 넉넉하도록 했다. 그러하니 유난히 혈통이며 출신을 따지고 들기 좋아하는 해구도 가까이 두었다. 해구가 거푸 좌평의 자리를 권했지만 저근은 극구 사양하며 한사코 덕솔 관등에 머무르기를 원하니, 해구가 더욱 기꺼워했다.

- 정치는 어라하의 몫. 어찌 이 손에 국운이 들렸단 말인가. 가문만으로도 벅차.

- 어라하요. 이 나라에 어라하가 있던가요.

역적죄로 다스릴 말을 해놓고 저근은 실실 웃음을 머금었다.

- 한성이 고구려로 넘어가면서 어라하는 없습니다. 붕어하신 어라하께서 적장이 용안에 세 번 침을 뱉는 욕을 당하고 목이 잘리셨지요. 신실한 근왕병 오천도 운명을 함께했습니다. 나부끼던 황룡기는 거련의

방석으로 쓰인다죠.

　- 말씀을 가려하실 것을.

　저근은 그치지 않았다.

　- 어라하의 밑에서 권력의 부스러기를 좀먹던 한성의 세도가들도 함께 몰락했습니다. 어라하라는 차양이 사라진 탓으로 곰나루의 강렬한 태양이 저들에게 버겁게 됐습니다. 뒤를 이은 태자께오서는 영명하시나 유약하신지라 난세를 타개하기는 어렵지요.

　해구는 이제 부러 나무라는 말도 없이 무거운 신음소리를 내며 가만히 저근의 말을 들었다.

　- 그렇다고 남부의 촌놈들이 무주공산의 권좌를 감히 차지할까요. 사씨沙氏·목씨木氏·백씨苩氏·연씨燕氏, 그들이. 배포도 힘도 작은 그들은 그럴 수 없습니다.

　저근은 시커먼 눈동자를 빛냈다.

　- 그렇다면 누가 백제의 주인입니까.

　해구는 침을 삼켰다.

　- 대인이 아닐까요.

　해구는 쓴웃음을 지으며 손사래를 쳤다. 어깨가 들썩일 말이면서 버거웠다. 지금껏 경사의 그늘에서 단물만 빨던 버릇이 단단히 몸에 밴 그였다. 저근은 말을 이었다.

　- 저는 고구려의 난리가 있을 적에 대인의 가병을 온전히 보전했습니다. 명광개明光鎧(황칠을 한 백제 갑옷)를 입은 오천의 정병을 비롯해 일만오천 가병이 피 한 방울 흘리지 않고 곰나루에 안착했습니다. 그에 반해 다른 귀족들은 허둥거리다가, 혹은 분수 넘은 충심으로 고구려와의 국지전에 임하느라 가병을 반 넘게 까먹었죠. 해씨를 뺀 다른 귀족들의 형편없는 면면을 보십시오. 기껏 진씨의 칠천 여가 고작. 목씨 삼

천, 사씨 이천, 백씨 천오백, 연씨 천. 어떻습니까. 병관부와 위사부를 대인의 일문이 차지했으니 관군도 대인의 것입니다. 어라하라고 별 수 있을까요. 왕가 직할의 오천이 고작입니다.

정확했다. 거련의 병마가 한성을 휩쓸자 숱한 귀족들은 세를 잃었다. 피난길에 올라 제 한 몸 건사하기도 힘든 마당에 가솔에 하물며 가병임에야. 상전을 잃은 가병은 우물거리다가 이젠 있는지도 모르는 고향으로 향했다. 운 나쁜 축은 고구려의 눈먼 칼에 맞아 지리멸렬했다. 진씨 같은 명문도 예외는 아니었다. 일만 여를 헤아리던 진씨의 가병은 칠천으로 줄었다. 그나마 한성이 아닌 경기에 터를 잡아두어 손실이 그나마 덜했다. 여타의 한성귀족들은 갈도, 교군꾼들이나 붙잡아뒀으면 다행인 판국이었다. 그에 반해 해씨는 한성의 제일귀족임에도 그 세를 온전히 보존했다. 저근이 발 빠르게 대응한 덕분. 이러저러한 귀족들은 물론 왕가조차 해씨에 미치지 못하게 됐다. 야경꾼노릇도 제대로 못하는 왕의 군대에 비해 명광개의 검은 윤택을 뽐내며 행진하는, 해씨 정예 흑개사黑鎧師의 위용은 눈부셨다. 생각이 여기에 이르자 해구는 저근의 말이 아주 까닭 없지는 않다 여기게 됐다. 그러다 스치는 다른 생각으로 낯빛을 흐렸다.

- 내가 권좌를 틀어쥐었다고 여겨도 무리는 없겠지. 그 자를 빼면.

저근은 그 속내를 능히 짐작하고 미소를 지었다.

- 왕제 곤지를 이르심이겠지요.

이름을 듣는 것만으로도 해구는 진저리 쳤다. 올라오는 두통에 이마를 짚었다. 왜에서 귀환해 흐트러진 국기國紀를 다잡고 남당을 휘어잡는 곤지는 눈엣가시였다. 경사의 재위에도 그랬다. 달콤한 언변과 속빈 아첨으로 경사의 눈을 가리려는 해구를 가로막은 것은 항상 곤지였다. 나라 안팎의 병마를 거느리고 왕을 보위했다. 세간에서 공공연히 이르기로 곤지를 위시한 왕당은 맑은 청수파이고 그것에 대적하여 나라를 좀먹는 해구의 귀족당은 흐리고 어두운 탁수파라 했다. 그런 곤지를 겨우 왜로 내몰았더니 다시 내신좌평으로 돌아와 속을 뒤집었다. 그 자식, 정말 까다롭고 귀찮은 놈이야. 주린 배에 먹을 것이 션찮은 마당에 곤지의 생각을 곁들이니 노기에 가까운 짜증이 솟았다.

백강은 운치 좋았다. 강을 끼고 솟은 절벽에, 그럴 듯한 암자를 세우고 소나무를 심는다면 화조풍월을 누리고 시를 읊기에 더없이 좋겠다. 그러한즉 놀기 좋아하는 자들의 강, 풍류의 강이라. 백강을 안은 곰나루는 물산이 적으나 풍류에는 한 대접 술이면 족하니 허물이 되지 않는다. 인마의 교통이 어려우나 오직 천지와 벗하는 자들에겐 도리어 좋다. 그래, 곰나루, 너는 노는 자들의 땅이어야 한다. 문주는 난간을 붙잡고 고개를 처박았다.

- 왕도는 물산 족하고 교통 수월해야 하거늘. 어찌하여 네가 이 나라의 왕도가 되었니. 풍류의 땅으로 그칠 것을…….

머리를 짓누르는 무게가 버거워 그는 금관을 벗어던졌다. 어라하가 무어라 지껄이건 백강은 하염없이 흘렀다. 임금의 말을 듣지 않는구나. 사람만 그리하는 줄 알았더니 너도 그와 같이 매정해. 이 땅에서 내 말 들을 자 어디 있냐. 어라하가 홀로 토해내는 탄식이 백강으로 떠내려갔다.

- 침수에 드시질 않고요.

미더운 목소리가 들렸다. 곤지가 문주의 어깨를 짚었다. 미지근한 체온이 전해졌다. 문주는 뒤를 돌아보았다.

- 숙부.

- 밤에는 주무시고 낮에는 정사를 돌보십시오. 왕도의 초석입니다.

문주는 짧게 탄식했다.

- 나는 정녕 왕의 자격이 없습니다.

곤지는 문주의 처진 어깨를 가만히 보았다.

- 백성을 돌볼 힘이 내게 없습니다. 밤에 잠을 청하지도 못합니다. 내가 왜 왕이 됐습니까.

문주는 바닥에 무릎을 대고 벗어던진 금관을 들었다. 그렇게 무릎을 접은 채로 몸을 곤지를 향해 틀었다.

- 내가 왜 왕입니까. 숙부가 대신 써줘요.

떨리는 문주의 손이 금관을 곤지의 앞으로 내밀었다.

- 제발……

문주의 눈두덩에 물기가 올랐다.

- 제발 나 대신 이 끔찍한 물건을 가져요…….

제발, 제발, 제발…… 문주는 같은 말만을 되뇌었다. 그는 곤지의 앞에 엎드렸다. 곤지는 가만히 있었다. 문주가 눈빛으로 애걸해도 움직이지 않았다. 흔한 위로 한 마디 건네지 않았다. 함께 울지도 않았다. 숙부로서 조카를 위무하지 않았다. 신하로서 임금에게 강건하시라 간하지 않았다. 제발, 제발, 제발…… 문주는 계속 부르짖다 종내 머리를 박고 해괴한 소리를 내며 울었다. 사람도 아니고 짐승도 아니고 이 세계에 없는 생물의 소리처럼 해괴하게 울었다. 한참을 울도록 곤지는 두었다. 울음소리가 끝나고 백강의 흐르는 소리가 다시 들릴 때가 돼서야 곤지가 말했다.

- 다시 쓰세요. 함부로 하실 것이 아닙니다.

문주가 엎드린 채로 고개를 들어 곤지를 보았다. 곤지가 자애롭게 말했다.

- 문주야, 다시 써라.

그럼에도 주저하니 곤지가 금관을 들었다. 큰 손에 금관이 넉넉히 안겼다. 그가 웃으며 말했다.

 - 씌워주마. 다시는 벗지 마라.

금관이 다시 천천히 문주의 머리 위로 올라갔다. 문주는 떨었으나 곤지의 손길을 내치지 않았다. 넉넉한 악력을 가진 손이 문주의 여린 손을 붙들었다.

 - 산처럼 굳어라. 내 도우리라.

문주는 종내 곤지에게로 무너져 하염없이 울었다. 곤지는 그를 다독였다.

귀족을 대족·세가·귀문의 삼등으로 나누고 사사로이 둘 수 있는 가병의 수효를 대족은 일만, 세가는 오천, 귀문은 이천으로 한한다.

내신좌평 곤지의 선언에 남당은 술렁였다. 지금껏 왕가에서 귀족들에 간예함은 시시콜콜한 세율의 높낮이나 대외정벌에 징발할 영지 속민의 수효, 사소한 의전에 관한 것이었다. 그들의 가병을 직접 걸고넘어지는 일은 없었다. 가병은 가문의 세를 상징한다. 행세도의 가장 확실한 방편이다. 어라하의 위세가 정점에 달했던 근초고대왕의 치세에도 가병에 관하여는 참견하지 않았다. 거기에 더해 왕가에서 귀족의 등급을 임의로 삼등분한다니. 해구를 비롯한 치들은 헛웃음을 터트렸다. 곰나루 천도 이후 어라하는 몰락했다. 유약한 어라하를 흉잡는 노골적인 유행가가 골목마다 울렸다. 헌데 그런 왕가가 귀족들을 깔아뭉개시겠다. 어불성설. 백제에는 시종 어라하가 있어왔으나 귀족 또한 있어왔다. 귀족이 어라하를 인정하는 만큼 어라하 또한 그만한 대가를 치러왔다. 그것이 오백 년의 유구한 도리이자 전통. 그것을 까부수는 헛소리를 곤지는 엄숙하게 외고 있었다.

 - 어라하의 뜻입니까.

해구가 눈빛을 성좌聖座로 쪼였다. 제일의 세도가답게 정치를 잘 알았다. 노련한 곤지가 아닌 유약한 어라하가 구워삶기 수월하다는 걸 알았다. 마땅한 말을 찾지 못해 어라하가 입술을 우물거리는 틈을 타 곤지가 성큼 앞으로 나섰다.

- 그렇소. 어라하께서 허하셨소.
- 내신좌평이 고안하고 어라하께서 허하셨다 이 말이로군요.

빈정거리는 투를 곤지는 점잖게 받았다.

- 어라하께서 허하셨으니 어라하의 뜻.

해구는 단호했다.

- 받아들일 수 없습니다.
- 굳은 뜻이오. 신하된 도리로 받들어야할 터.
- 군주가 그른 명령을 내리면 충심으로 간함이 진정한 신도. 저는 지금 명을 거두시라 간하고 있습니다.

해구는 으르렁거리며 받아친 뒤 중신들을 향해 몸을 돌렸다.

- 공들의 뜻은 어떠한가. 어라하의 분부가 마땅한가.

누구도 나서지 않았다. 겁쟁이들! 해구는 속으로 조소했다. 그렇게 속이 알량하고 겁이 많으니 세를 얻지 못한다. 혹여나 나서 괜한 욕을 볼까 염려가 되는 것이지. 좀스럽다. 그들이 침묵으로 일관하니 해구와 한패인 저근이 나섰다.

- 어라하의 분부는 부당합니다. 아뢰옵건대 명을 거두어주십시오. 가병은 귀족을 견실하게 합니다. 귀족이 견실해야 나라의 기강이 서고 어라하를 성심으로 보필하나이다. 이를 헤아리소서.

말 잘한다. 해구는 어깨를 으쓱거렸다. 저근이 말문을 트자 겁쟁이들이 그제야 와자하게 저마다 아니 되옵니다, 천부당만부당하옵니다, 명을 거두소서 떠들어댔다. 곤지는 쏟아지는 항변을 묵묵히 들었다. 소리가 잦아들자 곤지가 나섰다. 들불처럼 이는 반발에도 그는 태연했다.

- 달솔 사약사沙若思 공.

부르는 말에 사씨의 가주 사약사가 고개를 숙이며 알은체를 했다.

- 사씨 일문은 지금껏 묵묵히 조정을 위해 봉사했으나 왕가와 조정이 알아주지 않았소. 이번 난리 때도 사씨가 곰나루 왕궁의 터를 닦은 것으로 아는데.

사약사는 멋쩍게 웃었다.

- 그저 할 일을 했을 뿐…….

곤지는 고개를 저었다.

- 아니오. 일문의 공은 크게 치하 받아야 마땅하지. 그러한 까닭으로 어라하께서 이러한 명을 내리신 것이오. 일문을 대족의 반열에 올려 왕가에서 정식으로 대우하고자 하오.

- 대, 대족이요.

사약사는 벙벙한 낯이었다. 곤지가 귀족을 삼등분한다기에 해씨나 진씨 정도나 대족의 축에 들고 제 가문은 잘 쳐줘야 이등 세가에 들리라 여겼다. 가병의 한도로 보자면 삼등 귀문으로 취급되어도 보유한 가병을 덜지 않아도 됐다. 그런데 곤지가 대족을 운운하니 절로 군침이 넘어갔다.

- 달솔 백문苩汶 공.

- 예.

- 공의 일문은 왜와 장삿길을 터 물산을 풍족케 하고 더불어 왜와의 통교에 크게 기여한 바, 백씨 또한 대족이 되기에 모자람이 없소.

백문에게도 대족의 운운이 나쁘게 들리지 않았다.

- 황송합니다.

- 목씨는 항상 나라의 큰 주춧돌이니 구태여 논의할 까닭이 없고, 은솔 연신燕信 공의 가문 또한 나라의 일익을 맡아왔으니 공히 대족으로

꼽을 만하오.

- 으흠…….

길길이 날뛰던 이들이 일거에 잠잠해졌다. 한성귀족들이 아닌 남부귀족들은 가병과 재물의 족함에 있어 한성에 결코 뒤지지 않아도 항상 켕기는 바가 있었다. 이른바 출신과 전통. 온조와 의기투합하여 나라를 개창한 진씨나 고구려에서부터 왕가를 모신 해씨에 비하자면, 망국 마한 소국의 세도가이거나 근방의 대농, 돈줄을 쥐고 흔들던 장사치 출신인 그들은 아무래도 격이 달렸다. 헌데 그들을 진씨, 해씨와 동위인 대족의 반열에 오르게 해주겠다는 말은 오랜 골칫덩이를 해소할 처방이었다. 해구는 스스로 왕가의 위에 있다고 여긴다. 그렇기에 곤지의 삼등분을 용납하지 못한다. 그러나 남부귀족은 스스로를 왕가에 맞설 세력이라고 여기지 않는다. 오랜 세월 꼬인 부끄러운 족보를 왕가의 공인으로 세탁하고 한성귀족과 동등한 반열에 오르는 것이 반가울 뿐. 더군다나 대족이 보유할 수 있는 가병의 한도가 일만인데 기껏해야 목씨의 삼천이 제일인 그들에겐 일만은 비현실적인 숫자였다. 남당의 기류가 미묘하게 바뀌는 것을 감지한 해구가 목에 핏대를 세웠으나 남부귀족은 호응하지 않았다. 진씨와 해씨에 밀려 삼등귀족에 만족해야만 했던 목씨의 수장 목협만치木劦滿致가 곤지의 편을 들고 나섰다. 하얀 수염을 가슴께까지 기른 그는 남부의 대표자이기도 했다. 그는 노회한 눈을 빛냈다. 곤지의 처분은 가문을 진씨 해씨와 함께 대족으로 묶어 출신의 약점을 보하고 해씨의 가병을 일만으로 붙들어둘 기회였다.

- 어라하의 명철하심을 찬합니다. 신 좌평 목협만치, 명을 받들겠나이다.

목협만치가 길을 트니 사씨·백씨·연씨가 나섰다. 그들은 일제히 바닥에 엎드려 어라하의 명을 받들겠다고 선언했다. 해씨 일문이 맞불을 낮지만 어라하와 남부가 결탁한 이상 관철을 막기는 역부족이었다. 허황된 소리로 여겨지던 곤지의 제안이 관철되었다. 해씨·진씨·목씨·사씨·백씨·연씨가 대족이 되었고 시시한 토호들이 세가며 귀문이 되어 전에 없는 광영을 얻었다. 어라하의 공인은 저들의 자랑이 되고 어라하는 꼭 그만큼의 충성과 통제의 권한을 담보 받았다. 졸부가 돈 자랑하듯 토호들은 세가 아무개, 귀문 아무개의 이름을 큼지막하게 붙여 어라하에게 각색의 공물을 바쳤다.

- 촌것은 이래서 촌것이야. 답답하기는. 곤지의 헛소리에 죄다 넘어갔어.

해구는 남당을 나서며 고래고래 소리를 지르고 바닥에 침을 뱉었다.

- 언변에 숨겨진 칼날을 무지렁이들이 간파해낼 리 없지요.

진남이 해구의 곁으로 다가갔다. 해구는 그를 흘끔 보고 콧방귀를 뀌었다.

- 당신도 똑같아. 어찌 입을 닫고만 계셨나. 대족으로서 가병을 더는 것은 우리뿐이고 진씨는 그렇지 않으니 강 건너 불구경하듯 한 게지.

- 그렇지 않습니다. 중론이 기울어 힘을 보태도 소용이 없었습니다.

치졸한 변명에 해구의 살진 턱살이 파르르 떨렸다.

- 곤지나 당신이나 말만 번드르르…….

- 노기를 누그러뜨리십시오. 드릴 말씀이 있습니다. 괜찮으시면 모시겠습니다.

해구는 퉁명스레 대꾸했다.

- 보나마나 댁의 꼴이 누추할 성 싶으니 차라리 우리 쪽으로 오시오.

진남은 한껏 허리를 접었다.

- 황송합니다.

해구는 풍만한 배를 내민 채 당당한 걸음으로 앞섰고, 진남은 비굴한 종종걸음으로 따랐다.

곰나루의 일이 쉽지 않다. 어찌될지 모르는 일이나 나는 다만 소임을 다할 뿐. 알아두어라. 해씨는 강하나 지혜롭지 못하고 진씨는 해보다 약하나 음험하다. 적으로 삼자면 해보다 진. 문무에 두루 힘써라. 추후 연통하겠다.

- 당신 안부를 여쭈었는데 돌아오는 말씀이라고는 백날 해씨에 진 씨…….

모대는 고개를 저었다. 보름마다 곤지에게 서한을 보냈다. 끼니는 때 맞춰 자시는지, 혹 존체 상하지는 않으셨는지, 말벗 삼을 선비는 사귀 셨으며 듣는 귀 있고 일마다 야무진 머슴은 두셨는지 여쭈었다. 그러나 돌아오는 답신에는 시시콜콜한 시국의 얘기뿐이었다. 더하여 문무에 힘쓰란 말을 빼먹지 않았다. 곤지가 시종 해구가 어떻고 진남이 어떻고 하는 까닭으로 모대는 이역만리 왜에 거하면서도 그들에 대한 소소한 일화들을 속속들이 알았다.

- 왕제께서 허투루 말씀허시는기 아니지라. 다 깊은 뜻이 있은게 새 겨들으소.

- 그 깊은 뜻이 뭔데요.

- 츤한 늠이 알믄 머슬 알겄어라.

찬수류는 시선을 먼 곳으로 돌렸다. 곤지로부터의 연통이 오는 날이 면 백가는 낌새를 알고 왕부에 들렀다. 모대는 마이동풍으로 흘려듣는 왕과 귀족의 드잡이에 관한 이야기를 백가는 제법 품을 들여 읽었다. 그래, 너도 귀족이지. 당자로서 사정이 궁금하겠지. 그러다가 뒤이어 생각이 미쳤다. 그 치열한 드잡이판에 아비인 곤지 역시 뛰어들었으며 귀족의 사정을 밝히거나 논평하는 말씀이 곧 당신의 안부를 전함이다. 명치가 쑤셨다. 나의 아버지는 진을 정적으로 두셨다. 그들과 힘겹게 싸우고 계시다. 문무에 두루 힘써라, 그 분부 또한 맺을 말을 찾지 못하여 인사 대신 적음이 아니다. 모대는 마음을 새로이 했다.

곤지로부터의 연통을 다 읽은 백가는 내용을 두고 모대와 논쟁하기를 즐겼다. 아는 것의 차이가 크니 논쟁보다는 강설講說에 가까웠다. 한참을 바다 건너 본국의 정치에 관해 강변하던 백가는 대뜸 입가를 벌리고 웃었다. 모대는 수상히 여기며 웃는 까닭을 물었다. 백가는 대답하지 않고 기다란 손가락으로 잔뜩 여민 앞섶을 풀어헤쳤다. 모대의 눈이 떨렸다. 앞섶을 풀어나가는 백가의 눈도 떨리기 시작했다.

- 진남은 정말로 조심하셔야 합니다.

진남의 이름을 말할 때 백가의 눈이 더욱 떨렸다. 풀어진 옷고름의 사이로 비치는 속살에 모대는 애먼 곳으로 시선을 던졌다. 흙탕에서 뒹굴고 개울에서 얽히는 조무래기들이야 입기보다 벗기가 예사다. 설령 아랫도리를 드러낸대도 망측하지 않다. 허나 백가는 복식 또한 예의라며 한여름에도 옷고름을 단단히 여몄다. 그러니 백가의 하얀 맨몸이 모대의 눈에 설고 부끄러웠다. 모대가 딴청을 피우니 백가가 푸 힘없이 웃었다.

- 나를 보시죠, 공자.

모대는 관자놀이를 긁으며 그의 말대로 했다.

- 나의 고난을 짐작하겠습니까.

고난은 무슨…… 퉁을 놓으려다 모대는 입을 닫았다. 하얀 몸에 덩굴처럼 얽힌 수많은 흉들을 보았다. 보기에 어떤 것은 넘어지고 굴러서 난 흉이었고 어떤 것은 예리한 날붙이에 베인 흉. 먹물처럼 번진 것은 둔기에 얻어맞은 것일 터. 길이가 족히 가운뎃손가락에 버금가는 것은 퍽 치명적이었겠다. 상처 하나하나에 맺히고 얽힌 아픔과 슬픔과 핏방울로 모대는 쉽사리 입술을 떼지 못했다. 고난을 짐작하겠습니까. 다시 물어오는 말에 모대는 느리게 고개를 끄덕였다.

- 진이 이토록 독합니다.

- 진이 그리했나.

백가는 옷깃을 여미며 고개를 끄덕였다.

- 같은 겨레붙이다. 어찌 그럴 수가…….

백가의 눈가가 처졌다.

- 공자의 말씀이 순수해서 슬프네요.

모대는 입을 다물었다. 백가의 떨리는 눈이 언젠가의 아비를 닮았다. 본국에서 굉장한 보물들이 들어오던 날. 밤에도 빛이 난다는 야명주와 보얀 진주. 탑처럼 쌓인 비단. 왕제 전하의 탄신을 경하합니다, 좌평 해구. 그리 적힌 서한이 함께 왔었다. 열 살의 모대가 곤지를 올려보며 해사하게 웃었다. 좋은 사람이에요, 해구라는 분. 이렇게까지 아버님의 생신을 축하해주고…… 곤지는 모대를 물끄러미 바라보다 머리를 쓰다듬었다. 떨리는 눈빛으로. 그래, 좋은 사람이다. 모대는 한숨에 섞여 나오던 아비의 뒷말을 어렴풋이 기억했다. 저는 이토록 강하고 부하니 한성에는 얼씬 말란다. 그곳에서 죽으란다. 그 겁박을 이렇게 달콤하게 한다. 정치는 비겁하다…….

- 저의 조부께서는 진과 척지셨습니다.

백가는 여전히 떨리는 눈으로 말했다.

- 진씨가 역모로 멸문에 가까운 화를 당하고 나서 개로대왕蓋鹵大王(경사의 시호)은 진씨의 권세를 조부께 주셨습니다. 바다 건너 왜와 장삿길을 터서 재물을 모으고 어라하께 곧잘 헌상했으니 왕가가 기껍게 여겼죠. 진씨의 좌평 자리가 백씨의 몫으로 떨어지고 가병의 일부도 흡수했습니다. 한성 노른자위 땅에 있던 진씨의 본가도 접수했죠. 문제는 진남이 사면된 후. 그는 빠르게 가문을 재건했습니다. 제 것을 찾으려

했죠. 조부는 물론 그것에 저항했습니다. 양가는 견원지간으로 벌어지고 크고 작은 것에서 충돌했습니다. 그러다 진남이 움직였어요.

그는 지그시 눈을 감았다.

— 그는 영리하고 과감했습니다. 야밤에 가병을 일으켜 백씨의 본가를 급습했습니다. 왜에 계시던 아버지께선 화를 피했지만 일문의 대부분이 몰살됐습니다. 남녀를 가리지 않고 노소를 따지지 않았습니다. 가병을 움직일 새도 없이 당했습니다. 가문의 모든 게 잿더미가 됐습니다. 저는 악을 쓰고 적의 팔을 물어뜯었죠. 그래서 흠씬 얻어맞았습니다.

백가는 진을 적으로 불렀다.

— 나는 간신히 달아났습니다. 많은 사람이 죽어준 덕택으로. 유모가 대신 칼을 맞고 늙은 머슴이 살을 맞았습니다. 숙부의 몸으로 추적을 따돌렸고 칼 맞은 당숙이 내 위에 엎어져 숨겨주었습니다. 맞댄 살갗으로 느끼던 당숙의 박동이 멎을 때도 나는 소리 내어 울지 못했습니다. 나는 그렇게 살아남았어요. 가시덤불에 숨어 온몸에 생채기가 났고 옛 마한의 족속들에게 끌려가 머슴살이를 했습니다. 채찍으로 심하게 맞았습니다. 나는 그런 고난을 넘어 왜로 도망갔습니다. 내 눈빛은 그 후로 떨리게 됐습니다. 나를 해치려는 무수한 적들의 칼을 보고 떨게 됐습니다…… 백가는 눈을 감았다 떴다. 그의 눈이 다시 잔잔해졌다.

— 진남은 이 일로 왕가의 추궁을 받았을 텐데.

백가는 쓰게 웃었다.

— 그는 영리합니다. 간밤에 가문을 친 가병들을 도적으로 위장했죠. 도적의 수법을 썼습니다. 약탈과 방화, 그리고 겁간까지.

— 남당의 어른이 돼서 그럴 수가…….

— 무엇보다 추악하고 잔학한 곳이 남당입니다. 그 판에서 어른으로 받들어지는 것은 으뜸으로 추악하고 잔학하단 말입니다.

백가는 아랫입술을 악물었다.

- 적은 우리를 쳤습니다. 나도 그럴 수밖에 없습니다. 나도 적을 쳐야 합니다. 내 눈의 떨림은 적을 치고서야 멎을 터이니.

그는 바람 빠지는 웃음을 지으며 고개를 저었다.

- 어리석지 않습니까. 얼룩진 피를 피로 씻고 또 그것을 피로써…… 그것이 이 나라의 역사입니다. 어리석고 불행하고 더러운 반복. 나는 그 역사에 단단히 매였어요. 적을 죽여 그 피로 씻느냐, 아니면 내가 죽어 적이 내 피로 씻느냐. 내가 택할 수 있는 건 그뿐입니다.

백가는 모대를 보았다. 그 시선이 간지러워 모대는 회피했다. 백가는 씁쓸히 웃으며 고개를 숙였다.

- 왕가의 피가 흐르는 이상 공자 또한 이 역사에 붙들릴지도…….

백가의 말은 조심스러웠다.

조무래기들이 와자지껄 떠들며 왕부의 앞을 서성였다. 모대를 불러 내려는 품이었다. 대문에서 기웃거리다 모대가 백가와 마주한 것을 보고 그대로 깔깔거리며 물러갔다. 그들의 활기찬 웃음이 점점 멀게 들렸다. 모대는 시야에서 멀어지는 그들의 몸을 봤다. 층진 갈비가 드러나 보이고 죽지뼈의 꿈틀거림이 선명했다. 볕에 그을린 검붉은 몸. 모대의 몸도 그래왔다. 맨흙처럼 무구한 몸이었다. 그러나 그들이 달리 보였다. 그들은 그대로 그들인데 모대가 달라졌다. 백가의 몸에 얽힌 붉은 상처들이 역병처럼 모대에게로 옮을 것만 같았다. 모대는 조무래기들이 부러워졌다. 문무에 두루 힘써라. 아비의 주문이 간곡하게 느껴졌다.

- 말이 과한데.

해구는 아랫입술을 내밀고 불쾌한 빛을 감추지 않았다. 바른 소리도 그르다 타박을 놓는 해구였지만 이번에는 옳은 반응이었다. 진남의 말은 과했다.

- 과하지 않습니다.

진남의 말에 해구는 몸을 들썩여 자세를 고칠 뿐 별 다른 답을 내놓지 않았다. 뭐라고 하든 해구는 듣지 않을 작정이었다. 그러나 진남의 태도도 못지않게 끈질겼다. 진남은 반정反正을 일으키시라 권했다. 말이 좋아 반정이지 역적질하라는 말이었다. 나라에 어라하는 없다. 왕가를 욕보이는 저근의 운운도 충분히 급진적이었다. 그런데 이제는 아예 반정을 일으키라니. 저근이야 일문의 충직한 책략가이니 진정을 감안한다손 쳐도 진남은 일문의 숙적이요 소문난 간웅이다. 결코 듣지 않으리라. 해구는 다짐했다.

- 이대로 가다간 곤지의 수에 말립니다. 갈수록 세가 불리해집니다.

진남의 간곡한 말에도 해구는 콧방귀만 뀌었다. 기울긴 개뿔. 당장에라도 가병을 밀어붙이면 그대로 왕궁은 쑥대밭. 곤지가 간계를 부려 조그마한 이익을 얻었다고 세가 기우니 어쩌니 떠들어대기는. 늙으면 호들갑이 심해진다더니.

- 대인은 가벼이 여기지 마십시오. 왕가와 남부귀족들이 뭉치면 무언가를 도모할 힘이 생깁니다.

- 내가 아무리 어리석어도 그 꼴을 보고만 있지는 않소. 굳이 반정을 하지 않아도 그쯤은 막아.

- 이미 물밑에서 준동이 벌어지고 있습니다.

시종 진남의 말을 외면하던 해구가 관심을 보였다.

- 뭐요.

- 사약사의 움직임이 심상찮습니다.

해구의 얼굴에서 긴장이 탁 풀렸다. 코웃음 쳤다.

- 사약사! 그 뱃도 없는 작자가 심상치 않기는 무슨…….

사약사는 타고난 관리였다. 위에서 내려오는 일을 군더더기 없이 처리하는 것으로 정평이 났다. 그러나 그뿐. 붓대나 놀리고 녹이나 타면 그만인 팔자였다. 가문의 세를 지키고 나아가 번성케 하는 일문의 가주로서는 실격이었다. 심약하고 정직한 자. 그런 그가 의뭉한 꾀를 쓸 리 없다. 설령 그렇다 해도 물러터진 그가 준동이라 불러줄 만큼 해씨를 불편하게 만들 일을 벌이지는 못한다. 해구는 사약사의 이름자에 완전히 안심하고 의자에 몸을 묻었다. 진남은 마침내 고개를 저으며 물러났다. 공손히 절을 올리고 물러났다. 해구는 알은체도 하지 않았다. 그러나 진남이 무심히 내던지고 간 말엔 내내 마음이 쓰였다.

- 충정으로 올린 말씀을 듣지 않으시니 못내 섭섭합니다. 늙은이의 말을 아주 물리치지는 마십시오. 사약사를 눈여겨보십시오. 그가 꾸미는 일을 보십시오.

진남은 물러나오며 못마땅하게 입맛을 다셨다. 곰나루 천도 이후 해구는 겁쟁이가 됐다. 띄워주는 말 몇 마디에 곧잘 구워 삶기던 이가 아니었나. 해구가 천도 이후 행동거지가 더욱 괴팍해지고 짐짓 으르대는 꼴이 오히려 맹위를 더한 것 같아도 그것은 이른바 허장성세에 불과했다. 비루먹은 개일수록 목청껏 짖는 법. 하기야 본거지 한성을 잃고 곰나루로 굴러 떨어졌으니 조심스러울 수밖에. 허나 이 정도일 줄이야. 진남은 아랫입술을 안으로 말아 넣고 앞니로 잘근잘근 눌렀다. 진남은 해씨의 마당을 가로질러 대문으로 향했다. 그가 문득 걸음을 멈춘 것은 자신의 몸에 거대한 그림자가 드리운 까닭이었다.

- 덕솔 저근 공이 아닌가.

진남의 알은체에 저근이 읍하며 예를 갖췄다.

- 큰 고기입니까, 작은 고기입니까.

- 뭐어.

진남은 말꼬리를 길게 끌었다.

- 대인이 쳐놓은 꾀의 그물이 잡고자 하는 게 큰 고기입니까, 작은 고기입니까.

흐흐 웃으며 진남은 굽은 허리를 꼿꼿이 폈다. 눈에 힘을 주었다. 말의 머리를 자르고 곧장 몸통으로 내지르는구나. 이놈이 지금 나를 숫제 꾀쟁이 취급을 하누나. 그러면서 저는 대단한 마음는을 가진 양 스스로를 추켜세우누나. 아예 딱 잡아떼고 무례한 말놀음에 지청구나 늘어놓을까 했지만 확신에 찬 저근의 눈빛으로 보아 속아줄 성 싶지도 않았다.

- 고기잡이에 훼방을 놓으려나.
- 큰 고기를 잡으시렵니까.

꼿꼿이 묻기만 하는 저근에 진남은 어깨를 으쓱거렸다. 수염을 쓸며 저근의 눈동자를 보았다. 어쩐지 시종 거북해왔다, 너의 그 눈. 진남은 눈을 모로 치뜨며 보일 듯 말 듯 살짝 고개를 끄덕였다.

- 그래볼 참이야. 내 몸보다도 큰 고기를 잡아볼 셈이야.

그리고 다시 물었다.

- 그대가 훼방을 놓으려나.

저근은 슬며시 웃었다.

- 글쎄요.
- 내가 성공할 것 같나.

저근은 그 말엔 잠깐 뜸을 들이다 답했다.

- 글쎄요.

진남은 바람 빠지는 소리를 내며 웃고 다시 걸음을 내딛었다. 저근이 그의 가는 길을 비켜주었다.

진남과의 대면 이후로 해구는 사약사를 유심히 살폈다. 진남의 말대로 행보가 거슬렸다. 뻔질나게 어전을 드나들었고 왕실의 곳간에 은밀히 재물을 진상했다. 이따금 어라하와 사냥을 갔다. 본디 문주와 사약사 둘 다 사냥에는 취미가 없다. 궁인들이 수군거리는 말로는 왕가와 사씨 사이에 혼담마저 오고간다고 했다. 얼마 후 달솔 사약사가 좌평이 되었다. 남당의 좌평에 오른 이들은 모두 면면이 대단했다. 상좌평 겸 병관좌평 해구, 내신좌평 부여곤지, 내두좌평 진남, 조정좌평 조미걸취, 위사좌평 해모^{解牟}, 내법좌평 목협만치. 해구는 말할 나위 없는 제일의 세도가. 곤지는 그와 쌍벽을 이루는 왕가의 대들보. 진남은 나라의 버금가는 일문의 가주이며 조미걸취는 남당의 원로이다. 목협만치 역시 남부의 대표자. 그 틈바구니에서 사약사의 이름은 초라했다. 가문의 세도 그렇거니와 경력이나 배포나 정치력이나 쳐줄 만한 건더기가 없었다. 어라하는 구태여 하좌평이라는 이름을 새로 만드는 수고까지 감수해가며 하잘 것 없는 그를 그 자리에 앉혔다. 그는 더디지만 분명히 세를 넓혀나갔다. 주제넘었다. 사약사는 그 세를 감당할 만한 그릇이 결코 못 되었다.

남당에서 조회를 마치고 물러나는 진남의 소매를 해구가 잡아끌었다. 진남은 속으로 웃었다.

- 어인 일로…….
- 얘기 좀 합시다.

어라하에 숨김이 없어야할 궐에 밀실이 있었다. 해구는 진남을 그곳으로 이끌었다.

- 사약사가 단단히 미쳤어.
- 제가 말씀드리지 않았습니까.
- 방관하다가는 정변을 당하겠소.
- 그러니 반정을 하시라니까요.

목이 타는 와중에도 해구는 반정 소리엔 꿈쩍하지 않았다.

- 반정은 관두고 다른 방도를 강구합시다.

- 곤지와 사약사는 우리를 결딴낼 각오를 마쳤습니다. 반정이 아니면 칼의 의지를 가진 그들을 무엇으로 깨뜨립니까.

별 말 않고 허공에 한숨만 뿜는 해구에게 진남이 강변했다.

- 『삼국지』를 보시면 조조를 압도하던 원소는 우물거리다 패퇴하여 피를 토하며 죽었습니다. 그 많은 인마와 넓은 땅덩이를 거느리고도. 정녕 곤지를 조조로 만드실 작정입니까!

- 말이 과하잖소.

- 이 시국에 점잔만 빼는 대인이 과하십니다!

앞에서 설설 기던 진남이 빽 소리를 지르니 해구는 목을 움츠렸다. 시종 얌전한 말씨에 계책을 숨기던 그다. 그런 진남이 조급증을 내고 악을 쓰다니. 그렇다면 속에 꾀가 없는 것이 아닌가. 그도 그럴 것이 왕가와 사씨가 손을 잡고 해를 삼키면 다음 사냥감은 진씨가 된다. 이번에는 한성대족의 이름으로 해와 진이 손을 잡고 왕가를 물리침이 가당하지 않나.

퇴청을 하고나서도 해구는 머리를 싸쥐었다. 사약사가 활개를 치고 다니는 꼴이 정녕 정변을 벌이겠다. 그렇다면 진과 합하는 것이 맞다. 그러나 능구렁이 같은 외짝귀 늙은이를 어찌 신용하나.

- 아이고 머리야…….

- 연씨.

저근은 김이 피어오르는 찻잔을 해구의 앞에 내밀며 말했다.

- 연씨라니.

해구가 어리둥절한 표정으로 되묻자 저근은 고개를 끄덕였다.

- 은솔 연신과 맺으십시오.

연신이라니. 분별없는 말이다. 해구는 눈살을 찌푸렸다.

- 연신의 가병은 고작 일천. 관등도 좌평은커녕 달솔도 못 돼. 그런 자에게 구태여 먼저 아쉬운 소리를 할 까닭이 있는가.

- 있습니다.

해구는 입을 닫고 찻잔을 들었다. 진언을 들을 준비가 됐다는 표식이었다.

- 곤지와 사씨가 손을 잡고 해씨에 대항합니다. 그림이 재밌죠. 왕가와 남부가 결탁하여 한성을 친다. 대인이 이대로 수수방관하시면 저들은 용기백배. 기류를 살피던 목씨·백씨·연씨마저 저들과 결탁합니다. 그러면 저들은 더욱 강해지지요. 그러면 조정의 말석을 꿰찬 옛 마한의 토호들도 저들에게 가담합니다. 그들은 왕가로부터 귀족의 공인을 받아 왕가에 호의적입니다. 마한마저 저쪽에 붙으면, 비탈을 굴러 내려가는 눈덩이처럼 저들은 거대해집니다. 그때가 된다면 낙승을 장담하실 수 있으십니까.

해구는 깊은 신음을 흘렸다.

- 그러니 연신과 맺으십시오. 목협만치는 남부의 수장으로서 우리의 개 노릇을 하지 않습니다. 백씨는 진씨와 앙숙, 진씨와 한성대족으로 묶이는 우리에게도 감정이 좋지 않죠. 그래서 연신입니다. 연신의 관등은 고작 은솔. 가문의 세도 약하여 목과 백에 은근한 열패감이 있습니다. 구슬리면 쉽게 이끌릴 겁니다.

- 그대가 말한 대로 남부의 놈팡이들과 마한의 잡것들이 한데 섞이면 두려운 세력이 될 것이다. 그런데 고작 미약한 연신이 무슨 이득이 되려나.

저근은 느리게 고개를 저었다.

- 연신이 판의 방향을 바꿉니다.

- 방향을 바꾸다니.

- 연신을 이쪽으로 끌어들이면 남부의 온전한 투합은 불가합니다. 연신이 우리에 가담하면 신중한 목협만치는 계속 그래왔듯 눈치만 보겠지요. 장삿속으로 가문을 일으킨 백문도 마찬가지입니다. 그들이 주저하면 마한의 가담은 없습니다. 그러면 왕가와 사씨의 사소한 결탁으로 끝날 것이고 큰 위협이 되지 못합니다. 대인의 세도는 영원하겠죠.

명쾌한 답변에 해구는 입을 헤벌쭉 벌렸다.

- 역시 자네는 나의 장량일세!

그러다 문득 드는 생각에 다시 낯빛을 흐렸다.

- 그런데 사씨가 준동을 벌인다는 진남의 말이 맞았네. 그렇다면 진남을 신용해도 좋겠나.

저근은 팔짱을 끼며 다른 곳으로 시선을 돌렸다.

- 글쎄요. 대인께서 직접 판의 방향을 살펴보시지요. 과연 속셈이 무엇일지.

- 거 속 시원히 답을 줄 것이지…….

해구는 한숨을 쉬며 이마를 짚었다. 진남의 목소리가 귓전에 울렸다. 반정을 하시라니까요. 반정, 반정, 반정. 그 말 뒤에 숨은 뜻은 무엇인가. 반정, 반정, 반정. 해구는 답답한 한숨을 쉬었다. 저근은 슬그머니 웃었다.

- 대인께서 답을 찾으실 동안 저는 연신을 포섭하겠습니다.

사약사는 진남의 앞에 엎드렸다. 은인에게 올리는 절. 목말을 태워 등청 퇴청하고 밥 시중 차 시중에 술시중도 마다하지 않을 판이었다. 좌평이라니. 분수에 넘치는 부름. 배어나오는 웃음을 참지 못하며 그는 머리를 조아렸다.

- 언제까지 머리를 박고 있을 테야. 피차 같은 관등 아닌가. 체통을

지켜.

- 좌평은 좌평이되 앞에 아래 하 자가 붙는 좌평인걸요. 그뿐입니까. 대인의 덕으로 얻은 자리, 이렇게라도 하지 않으면 어느 세월에 은혜를 갚습니까.

점잖은 줄만 알던 이가 이런 푼수 끼가 있었는고. 과연 권력이 무섭고 자리가 두렵다. 점잖은 샌님을 숫제 광대로 만든다. 진남은 허탈하게 웃으며 바닥에 머리를 박은 사약사의 뒤통수를 보았다.

사약사의 말대로였다. 진남은 확실하게 그를 도왔다. 어라하의 환심을 사게 하고 곤지와 통하는 요령을 일러주었다. 어라하와 곤지는 사약사를 기꺼워하게 됐다. 정치와는 거리가 멀던 사약사였기에 곤지는 의심 없이 그를 품었다. 그만큼 곤지의 사정이 급하기도 했다. 좌평의 자리가 내려지고 남당에서의 힘이 달라졌다. 무어라 지껄이든 시큰둥한 낯빛이던 목협만치도 사약사의 말에 귀를 기울였다. 관등이 하나 낮아도 마주칠 때면 코를 싸쥐고 먹물 냄새가 난다며 빙글빙글 웃던 연신도 긴장한 빛으로 그를 대했다. 사약사는 비로소 정치를 알았다. 이토록 달콤한가. 이토록 들뜨는가. 한참 진남에게 달콤한 아부를 늘어놓던 사약사는 저녁 어스름이 돼서야 물러났다. 그의 활기찬 뒷모습에 시선을 던지며 조미걸취가 진남의 곁으로 다가왔다.

- 저근이 가주의 계략을 꿰뚫지 않더이까.

진남은 조미걸취를 흘끗 보고 의자에 몸을 묻으며 대수롭지 않게 받아쳤다.

- 의심은 하더군.

- 저근이 해구에게 깨침을 줄지도 모르잖습니까.

진남은 웃으며 자리에서 일어났다. 그의 눈이 조미걸취를 똑바로 응시했다.

- 저근은 당신이랑 동류야. 당신도 알잖나. 힘에 달라붙는.

이번엔 조미걸취가 웃었다.

- 그 자는 더하죠.

조미걸취의 눈가에 잡힌 주름이 더 깊게 패였다. 진남이 말이 재밌다. 내가 저근과 동류라고. 어쩌면 그럴지도 모른다. 마한의 벽지 출신인 것도 같고 세도가의 밑에서 책사 노릇을 하는 것도 같다. 권력의 냄새는 곧잘 맡지. 또 그 권력에 곧잘 기생하고. 그러나 같은 것은 그뿐.

조미걸취는 왕가를 섬겨왔다. 까닭은 단순했다. 왕가가 백제에서 가장 강했으니까. 비유대왕이 진씨의 손에 죽고 모두가 왕가를 비관할 때에도 그는 왕가를 떠나지 않았다. 진씨의 영화는 찰나이고 다시 왕가가 이길 테니까. 비유대왕의 태자 경사는 그럴 만한 재목이었다. 그의 생각은 틀리지 않았고, 그는 소신을 지켰다는 근거로 마한의 출신성분임에도 남당의 중임을 맡았다. 경사는 귀족들을 압도했고 조미걸취는 계속 그의 밑에 머물렀다. 그러다 진남에게로 돌아섰다. 경사가 도림을 등용했을 때. 과연 머지않아 왕가는 허물어졌고 유약한 문주가 어라하가 됐다. 진씨는 비록 이등가문이나 곧 으뜸이 되리라. 그는 확신했다. 저근도 도림의 때까지 왕가를 섬겼다. 남당에 몇 없는 마한의 출신으로 조미걸취와 저근은 가까웠다. 도림이 왕사가 되고 조미걸취는 저근에게 물었다.

- 어디로 가시려나.

- 해구에게 가겠습니다.

- 의외로군.

- 어른께서는 진남을 택하실 터.

- 권력이 향할 곳은 자네도 알 것인데.

- 예, 압니다.

당당한 대답에 조미걸취는 말을 잃었다. 그 대답으로써 저근은 조미걸취를 초라하게 했다. 너의 젊음으로 판을 뒤집겠다는 말이구나. 너의 젊음으로 야망이 숨 쉬는구나. 나는 머리가 세고 주름이 깊다. 여생은 길지 않으리. 늙음이 나에게 안정을 강권한다. 야망을 버리시라. 그대로 있으시라. 늙음이 일어서려는 야망을 억지로 앉힌다. 조미걸취는 쓸쓸하게 중얼거렸다.

- 자네가 부럽군.

정말로 저근이 해구에게 귀띔을 해줄까. 진남은 호기심이 동한 표정으로 물었다. 조미걸취는 잠시간 심호흡하고 천천히 고개를 내저었다. 아니, 저근은 말하지 않습니다. 그는 수염을 쓸었다. 윤기 없이 뻣뻣한 백수가 갈퀴 같은 손가락에 걸려 뽑혔다. 조미걸취는 눈을 게슴츠레 뜨고 고개를 슬며시 뒤로 뺐다. 늙은 눈이라 이렇게 해야 보였다. 지독한 순백에 조미걸취는 얕은 숨을 뱉었다.

모대는 앞으로 나아가며 칼을 휘둘렀다. 내딛는 걸음마다 세워놓은 허수아비들이 세련된 검법에 깨끗이 절단됐다. 팔짱을 낀 채 관망하던 찬수류는 만족스러운 듯 고개를 끄덕였다. 구경 온 근방의 조무래기들은 모대의 솜씨에 갈채를 보내면서도 어딘가 주눅이 들었다. 무지렁이와 한가지로 얽히던 모대는 왕성에 걸맞은 사람으로 커가고 있었다. 이어서 활쏘기. 화살들은 한가운데의 붉은 과녁에 촘촘히 박혔다. 찬수류는 팔짱을 낀 채 고개를 끄덕였다.

- 솜씨가 갠잖네.

한참의 활쏘기를 마치자 이요가 마른 수건으로 모대의 이마를 닦았다.

- 이제야 그 귀한 피 값을 하시네요.

모대는 멋쩍게 웃었다. 찬수류는 잠깐의 휴식 후 곧장 모대를 글방으로 불렀다. 맹자를 강론한다고 했다. 모대는 선선히 그 분부에 따랐다. 조무래기들은 그들의 수장이자 으뜸가는 청개구리가 글공부를 하려는 것에 흥미가 동했는지 와아 함성을 지르며 그의 꽁무니에 따라붙었다. 찬수류는 짐짓 으름장을 놓으며 그들을 쫓아냈지만 말씨가 장난스러웠다. 조무래기들은 깔깔거리며 거짓으로 물러났다가 다시 글방으로 밀고 들어갔다. 찬수류의 좁은 글방이 떠들썩했다. 왁자하고 유쾌한 소리가 멀리서 들리자 사마는 책을 덮고 일어나 닫힌 문을 열었다. 밖으로 나서 소리의 근원을 내다보았다.

- 모대…….

그는 아랫입술을 살짝 깨물었다. 위로 시선을 향했다. 하늘의 뜬구름은 무심히 떠내려갔다. 사마는 대청에 걸터앉아 빈 웃음을 웃었다.

- 아버님, 어찌하여 모대에게 문무를 분부하십니까. 무사는 무로 살고 선비는 문으로 살거늘. 오로지 군주만이 문무로 살아내거늘…… 아버님은 그리 말씀하지 않았습니까.

사마는 다시 글방으로 들어와 책에 시선을 꽂았다. 그러나 글이 읽히지 않았다. 잇바디를 드러낸 모대의 환한 웃음이 지면紙面에 떠올라 출렁였다. 그저 철이 덜 든 아우일 따름이다. 아버님께서 무어라 몇 마디 당부하셨기로서니 이리도 흔들리느냐. 네 마음이 아직도 약하다. 사마는 스스로 꾸짖었다.

- 사마 공자님, 곰나루에서 연통이 왔습니다.

문 밖에서 집사의 늙은 목소리가 사마를 찾았다. 사마는 평정을 되찾고 그를 맞았다. 집사는 수더분한 얼굴이었다.

- 아버님께서 보내셨습니까.

집사는 고개를 끄덕이며 품에서 두루마리를 꺼내 내밀었다. 사마는 그것을 공손히 받았다. 곤지는 저를 대리해 왕부를 짊어진 사마에게 곰나루의 정세를 세세히 일러주었다. 연통에 따르면 곤지는 사약사와의 제휴를 크게 반겼다. 사약사를 필두로 남부의 귀족들을 왕가의 깃발 아래 규합하여 해묵은 해씨의 정권을 부수어버리겠다 공언했다. 그리함으로써 왕가의 존엄을 되살리겠다고 했다. 이를 위해 왕부에서도 물심양면으로 도우라 당부했다.

사마는 어두운 표정으로 두루마리를 내려놓았다. 곤지는 수신인을 다만 왕부의 수장으로 상정할 뿐이었다. 서찰에는 아비로서의 따스한 정도 없었고 후일의 큰 역할을 위해 배움에 정진하라 이르지도 않았다. 건조한 문체로 곰나루의 일을 밝히고 조만간 벌어질 일대 정쟁에 힘을 보태라고만 했다. 사마는 문무에 두루 힘써라, 모대에게 이른 아비의 말이 지독히 부러웠다. 부럽다기보다는 불같은 질투심이 일었다. 사마는 세도가들과 얽혀 분투하는 아비의 걱정을 뒷전으로 미루고 시시콜콜한 것에 질투하는 자신을 책망했다. 불경하고 좀스럽다. 그는 올라오는 두통에 머리를 감쌌다. 찬수류나 모대가 대단한 우스개를 떠벌렸는지 다시 저만치에서 여럿의 웃음소리가 몰려왔다. 사마는 읽던 책을 내팽개치고 그대로 누워버렸다.

연신은 해구에게 협조하기로 했다. 저근의 달변도 효험이 있었지만 애초 해구와의 제휴는 연신 또한 바라던 바였다. 곤지와 사약사의 밀착에 몸이 달아있던 차였다. 남부의 귀족들 중 목씨는 남당의 관등이나 가병의 수효에서 저만치 앞서있었다. 고이대왕의 대에 마한소국들의 으뜸이었던 목지국目支國이 신흥하는 젊은 소국인 백제에 귀부했다. 목지국은 그 임금을 진왕辰王이라고 부르며 삼한의 맏형 노릇을 해왔다. 소국들 중 하나로 시작한 백제였으니 목지국은 오래간 그들의 상전이었다. 그런 고로 고이대왕은 목지국의 왕족들을 폐족으로 삼지 않고 극진히 대우했다. 목지국의 진왕족이 바로 목씨였다. 그들은 목지국의 땅을 식읍으로 보전 받고 세족으로 군림했다. 그들은 옛 마한 남부에서 영향력을 유지했고, 가야국과 왜국에 상당한 세를 확보했다. 그들은 한 성의 권력과는 거리를 두되 남부에서는 맹위를 떨쳤다. 근초고대왕 대 가야일대를 평정한 장군 목라근자木羅斤子가 그러했고, 구이신대왕 대 집정대신이었던 목만치木滿致가 그러했다. 가주 목협만치의 대에 이르 러서도 강성함은 쇠하지 않았다. 그러하니 한성의 진과 해의 힘에는 미 치지 못해도 사, 백, 연의 토호출신과는 격이 달랐다.

그렇게 앞선 목씨를 사씨와 백씨, 연씨가 쫓는 형국이었다. 그 틈바 구니에서 사씨는 왕가에 의지해 활로를 찾았고, 백씨는 왜와의 교역으 로 재미를 봤다. 다만 연씨만 마땅한 수를 찾지 못해 몸이 달았다. 그 런 때에 해구가 손을 내밀었다. 연신은 덥석 잡았다. 연신이 해구와 제 휴함으로써 정국은 팽팽해졌다. 왕가와 사씨, 해씨와 연씨가 양대 축을 형성했다. 그 사이에서 목씨와 백씨가 주저했다. 저근의 뜻대로 연씨 가 해씨로 이탈하면서 남부대연합의 구상은 분쇄됐다. 마한의 토호들 사이에선 이렇게 된 이상 이기는 쪽에 붙겠다는 보신주의가 만연했다. 얽히고설킨 판에서 진씨는 애매한 태도로 양쪽에 발을 걸쳐놓았다. 진 남은 자신을 내세우지 않았다. 남당에서는 곤지와 해구의 입씨름을 눈 감은 채 듣기만 했다. 한참을 다투던 곤지와 해구는 결국 진남의 입으 로 시선을 옮겼다. 팽팽한 균형을 한쪽으로 기울일 자는 진남이 유일했 다. 그럼에도 진남은 말하지 않았다. 곤지의 말에도 끄덕, 해구의 말에 도 끄덕. 그러던 그가 퇴청해서는 표변했다. 해구에게는 적극적인 책략 가가 되었고, 곤지의 우군 사약사에게는 노련한 후견인이 되었다. 저울 의 양 끝에 발을 올려놓은 진남이 반대편의 발에 힘을 주면 그대로 구 도는 무너져버린다.

- 사냥꾼이 개를 부려 토끼를 잡는다. 토끼가 죽으면 개를 삶고. 결

국 사냥꾼의 배만 불러. 사냥꾼이 돼야 해. 그러자면 싸움을 벌이지 말아야지. 싸움을 벌이지 말고 이미 벌어진 싸움판에 끼어야해. 서로 물고 뜯는 쌍방 중 강한 쪽을 개로 삼고, 약한 쪽을 토끼로 삼는 것. 개를 부려 토끼를 잡고 그 다음 개를 잡는 것. 나는 이 계책으로 여기까지 왔다. 그리고, 거기까지 간다.

진남은 관정을 불렀다. 관정은 남당에서 벼슬하지 않았다. 오로지 진씨의 본가에 머물며 가병을 조련했다. 그는 문중에서 대도라는 별칭으로 불렸다. 자루가 긴 반달 모양의 대도는 관정의 무武, 그 자체였다.

- 관대도, 썩혀온 재주를 쓸 일이 생기겠어.

관정은 무겁게 고개를 끄덕였다.

- 명을 내리시면 즉시 받잡겠습니다.

- 든든하군.

진남은 부드럽게 웃었다. 든든하다. 그것만큼 대도를 잘 나타내는 말은 없으리. 저자에서 떠들기 좋아하는 사람들이 운운하기로 관정은 옛날 관운장의 후예가 분명하다 했다. 그럴지도 모르지. 뜬소문을 꺼리는 진남도 그 풍문에는 일리가 있다 여겼다. 진남이 증오하는 아비가 유일하게 물려준 유산이었다. 중원에서 난리를 피해 바다를 건너와 아비의 식객노릇을 하던 관정이었다. 아비가 역모를 일으키고 경사의 토벌군과 맞닥뜨렸을 때 관정이 나서 왕가의 부장 십 수 여를 베고 두터운 포위망을 뚫은 일화는 여전히 일세의 무용담으로 회자됐다.

- 곧 날이 온다. 날이.

오래 쓰지 않았음에도 관정의 대도는 예리했다. 그의 휘하에서 뼈가 굵은 가병들도 마찬가지일 터. 저 예리한 칼날에 패퇴는 없으리.

곤지는 사약사를 어라하의 침전으로 불렀다. 주위를 물리고 어라하와 사약사, 곤지만이 침전에 남았다. 사약사는 침을 삼켰다. 어라하의 화려한 금관이, 곤지의 다문 입술이 위압적이었다. 사약사는 무언가에 짓눌린 듯 시선을 아래로 향했다. 그러다 제 손을 붙드는 곤지의 악력에 놀라 고개를 들었다. 곤지는 웃고 있었다. 사약사는 따라 웃었다. 긴장이 다소 풀렸다. 그러나 곤지의 입에서 흘러나오는 끔찍한 언어에 다시 얼었다. 곤지가 나지막이 말했다.

- 해구를 죽입시다.

사약사는 식은땀을 훔쳤다.

- 남당에서 해구가 지껄인 말을 그대도 들었겠지.

해구는 자신의 생일 축연을 궐에서 열겠다고 했다. 어라하가 백성들의 궁핍한 형편을 고려해 등극 일주년을 기념하는 연회를 폐한다고 한 지 고작 사흘째였다. 예의를 잊은 말에도 반론이 없었다. 목협만치의 불편한 헛기침이 유일했다. 사약사는 고개를 끄덕였다.

- 들었습니다.

- 죽을 자리를 스스로 택한 것이오.

사약사의 입술이 메말랐다. 시선을 둘 곳이 막막했다. 할 수만 있다면 말도 안 되는 소리를 지껄이는 곤지의 입을 틀어막고 싶었다. 해구를 죽이다니. 무슨 수로. 몇 번의 말다툼에서 이겼다고 만용을 얻었나. 곤지가 귀족을 삼등으로 나누고 해씨의 가병을 일만으로 덜어냈다 해도 여전히 해구의 전력은 왕가를 압도했다. 덜어낸 오천을 영악한 저 근이 어디에 감추었는지 모른다. 더군다나 관군을 이끄는 병관좌평의 인은 해구의 것. 근왕병의 수장 위사좌평은 그의 일족 해모다. 그에 반해 왕가의 인마 중 절반은 한성의 찬 바닥에서 주검으로 썩어가고 있고 나머지 절반이라야 피죽도 못 얻어먹는 이들이다. 그런 병력 오천에 사씨의 이천을 얹어봐야 무의미한 덧셈일 뿐. 수단이 없는데 무슨 수로 해구를 잡나. 곤지야말로 죽을 자리를 스스로 찾음이 아닌가. 사약사의 떨리는 눈빛을 본 곤지가 실소했다.

- 공은 정치를 하려거든 낯빛부터 단속해야겠소.

사약사는 멋쩍게 웃었다.

- 나는 함부로 일을 저지르지 않소. 수단은 충분하오.

곤지는 사약사를 붙든 손에 힘을 주었다. 사약사의 손에서 땀이 배어나왔다. 단단한 속박에 그의 심장이 빠르게 뛰었다.

- 그의 생일이 기일이 될 것이오. 연회가 무르익으면 왕가와 사씨의 창칼이 해구를 참륙하고 잔당을 일거에 토평할 것이오.

- 가능하겠습니까.

사약사의 음성은 불안증으로 떨렸다. 곤지는 가볍게 고개를 끄덕였다.

- 충분히.

침전은 고요했다. 사약사는 곤지의 제안에 쉽게 응하지 못했다. 아무리 따져도 세가 불리하다. 곤지의 확언에도 그는 주저했다. 권세의 맛을 깨달은 그였지만 본디 정변, 거병, 계책과는 동떨어져 살았다. 목숨을 담보로 권세를 얻는 것, 정치의 냉혹한 방정식을 받아들일 만한 배포가 없었다. 곤지 또한 모르지 않았다. 그가 상황에 내몰려 어쩔 수 없이 자신의 옆에 서봤자 큰 보탬이 되지 못할 것을 알았다. 그를 스스로 움직이게 할 원동이 필요했다. 사약사 역시 자신이 움직여야할 이유를 원했다. 그는 입가에 맴도는 말을 갈무리하고 마침내 곤지의 앞에 엎드려 물었다.

- 전하께서 답을 주셔야할 것이 있습니다.

- 말하시오.

- 무엇을 위해 해구를 죽여야 합니까. 목숨을 걸고서.

곤지의 답은 간단했다.

- 사직을 바로잡기 위함이오.

사약사는 엎드린 채로 침묵했다. 곤지는 웃었다. 그래, 네가 원하는 답은 이것이 아니다. 껍데기뿐인 명분이 무슨 소용이랴.

- 내 답이 마음에 차질 않소?

- 사직을 바로잡기 위해 제가 목숨까지 내던져야 합니까.

곤지는 수염을 쓸며 웃었다. 성좌에 앉아 그 말을 듣는 문주의 낯빛이 흐렸다. 사약사는 말을 뱉어놓고 입이 바싹 말랐다.

- 솔직하니 좋소.

- 송구합니다.

- 사직을 바로잡는 것은 나의 이유. 당신의 이유는 다르오. 당신이 왜 해구를 죽여야 하느냐고? 살기 위해서요. 당신이 살려면 해구를 잡아야 해.

- 해구를 죽이지 않으면 제가 살지 못합니까.

곤지는 자리에서 일어났다.

- 정치는 여정이오. 권력이란 신기루를 바라보며 역사라는 사막을 방랑하는 여정이오. 여정에 동지는 없소. 당신과 나, 마찬가지요. 해구라는 고비를 넘기면 우리는 서로의 고비가 되어 싸울 것이오. 해구도 그렇소. 유아독존의 권세로 향하는 길목에 우리가 그의 고비로 있소. 언제든 우리가 허술해지면 그는 우리를 죽이려 들겠지. 선제해야만 살 수 있소. 고비를 넘어 한숨 쉬고, 다시 여정을 시작하는 것이오.

사약사는 쉬이 결단하지 못했다. 곤지는 그의 배포에 간단한 문제가 아님을 알았다. 그래서 채근하지 않았다. 무거운 침묵이 흘렀다. 사약사가 고개를 숙였다.

- 전하의 뜻대로 하겠습니다. 해구를 죽이겠습니다.

- 나의 뜻이 아니라, 어라하의 뜻이오.

곤지는 떨쳐 일어나 어라하의 앞에 무릎을 꿇었다.

- 신 내신좌평 곤지가 어라하의 성위에 엎드려 아뢰나이다. 해씨가 나라를 좀먹고 남당을 어지럽히며 백성을 핍박하니 해악이 심하나이다. 신은 눈물을 흘리며 나라를 염려하옵니다. 신, 오늘에 이르러 마침내 결단하였나이다. 수괴 해구를 비롯하여 나라를 어지럽히는 무리를 처단하고 사직을 바로 세우고자 칼을 쥐려합니다. 마땅히 어라하의 명 받잡기를 원합니다. 명을 내려주소서!

문주는 제 앞에 무릎 꿇은 곤지를 눈물을 흘리며 굽어보았다. 천천히 몸을 일으켜 그의 앞으로 다가섰다. 우직한 곤지의 어깨를 붙들고 울면서 말했다.

- 짐은 해구를 국적으로 선포한다. 또한 너에게 국적을 토평하라 엄히 명하니, 너는 성지를 받들어 반드시 사직을 바로 세우라.

- 명을 받들겠습니다.

사약사 또한 문주의 앞에 엎드려 똑같이 외웠다. 명을 받들겠습니다. 사약사의 수염이 떨렸다. 여전히 떨쳐내지 못한 두려움 때문. 그러나 두려움의 사이에서 일말의 사명감이 움텄다. 붓대나 놀리다 이름 없이 죽어갈 생이 아니었나. 왕가를 옹위하고 국적을 참살하여 나라의 기강을 바로세우면, 전혀 인연이 없던 영웅이란 이름으로 불리지 않겠나. 사내란 무릇 야망을 품는 법. 이기면 된다. 이기면…… 두려움과 사명감이 물과 기름처럼 섞이지 못한 채 사약사의 마음에서 출렁거렸다.

곤지는 일어나 사관史官을 불렀다. 그는 긴장하여 목울대로 침을 넘겼다. 곤지는 엄히 명했다.

- 너는 오늘 일을 글로 남겨라. 오늘, 어라하께서 해구의 참살을 명하셨다. 분명히 써둘 것이다.

사관은 엎드려 받들었다.

궐은 아침부터 분주했다. 울긋불긋한 천막이 둘러졌다. 진한 고깃국을 우려내는 솥들이 김을 내뿜고 전을 부쳐내는 기름 냄새가 고소하게 퍼졌다. 백관들은 화려한 예복을 꺼내 입고 치장한 부인들의 수다소리와 진한 분 냄새가 궐의 구석구석에서 강렬했다. 세도가의 눈에 들어보려는 알량한 속내들이 두둑한 금은보화로 화하여 생신선물의 이름이 붙어 해씨의 본가가 있는 대두성大豆城으로 향했다. 궐의 너른 마당에는 어라하의 성좌와 나란히 해구의 자리가 놓였다. 어깨를 드러낸 복식의 무희들이 무대에 올라 마지막으로 합을 맞췄다. 악사들은 현을 튕기고 북을 쳐보면서 주악에 만전을 기했다.

도성 안팎이 잔치 분위기로 들썩였다. 고매한 대신이라고 점잖게 남당에서 국사만 돌보지는 않았다. 진하게 분을 바른 여인들이 옆구리를 찌르는 통에 대신들은 궐의 여기저기를 구경시키느라 분주했다. 남당에는 일찍이 부인을 여읜 늙은 진남과 조미걸취만 남아 번갈아 밭은기침을 주고받았다.

- 해의 권세가 대단하기는 해. 왕궁이 삽시에 들놀이 판이 됐어.

- 놀랄 일도 아니지요.

- 곤지는 씁쓸한 표정이겠군.

- 사약사도 부인의 팔짱을 끼고 한가로이 구경이나 시켜줄 마음이 아닐 테지요. 잔치가 벌어지면 더욱. 한껏 초라해진 어라하와 나란히 앉은 당당한 해구의 풍채를 보노라면 후회를 금치 못할 겁니다.

진남은 킬킬거리며 말했다.

- 사씨의 부인은 나이에 맞지 않게 발랄한 성정이라던데. 난생 처음의 궐 구경에 신이 났을 터. 그래, 우리 사 좌평께서는 어디부터 구경을 시켜준다던가.

조미걸취는 혀를 반쯤 내밀고 고개를 갸웃거렸다. 이상하다, 이상하다 혼잣말을 하면서. 진남이 연유를 물으니 여전히 의문이 가시지 않은 표정으로 답했다.

- 제가 그래도 남당의 원로라고 여러 관료들이 부인과 함께 인사를 드리러 왔습니다마는 사약사만은 보질 못했군요. 별난 일이죠. 부인의 성정도 그렇고 그 자의 성미가 윗사람의 눈치를 많이 보는데. 왜 인사를 오지 않았을까요.

- 거 이상한데.

진남은 등받이에 몸을 묻은 채로 허공을 응시했다.

- 사약사가 궐에 없다는 말인가.

진남은 툭 던지듯 말했다. 그는 말을 곱씹다 얼굴을 굳혔다. 조미걸취도 마찬가지. 둘의 시선이 맞닥뜨렸다. 서로의 생각을 듣지 않아도 알았다. 둘은 천천히 고개를 끄덕여 공감했다.

어둠이 내리자 분위기가 절정이었다. 모름지기 잔이 돌아야 잔치. 몇 순배 도니 떠드는 소리가 부쩍 왁자했다. 해구도 얼굴이 불콰해지고 눈이 풀렸다. 그는 무희들을 물리치고 무대에 올랐다. 시선이 그에게 쏠렸다. 해구는 머리 위로 잔을 들었다.

- 자, 건배합시다.

눈치 빠른 저근이 재빨리 일어나 건배사를 외쳤다.

- 해 대인의 만수무강을 위하여!

해구는 목을 젖히고 실컷 웃었다. 그리고 싸늘한 눈빛과 더불어 술잔을 어라하에게로 향했다.

- 더불어 어라하의 치세를 위하여

그 말에는 일동 침묵. 헛기침을 하거나 애먼 곳에 시선을 던졌다. 문주의 얼굴이 달아올랐다. 성좌에 어울리지 않는 어라하의 초라하고 왜소한 모습에 좌중은 숨죽여 웃었다. 치욕스런 침묵을 곤지가 깨트렸다.

그는 벌떡 일어나 외쳤다. 어라하의 치세를 위하여! 그리고 가득 찬 독주를 단번에 들이켰다. 해구를 향해 증오의 눈빛이 빛났다. 너의 주제넘음도 이제는 끝나리라. 곤지는 속으로 선언했다. 그는 잔을 높이 치켜들었다. 좌중의 시선이 쏠렸다. 그는 치켜든 청동 잔을 세차게 내리꽂았다. 둔탁한 쇳소리와 함께 잔이 나뒹굴었다. 좌중이 술렁였다. 곤지는 허리춤에서 장도를 뽑아들었다. 교교한 달빛이 칼날에 부딪혀 부서졌다. 칼날이 해구를 겨눴다. 곤지는 그동안 뼈에 사무쳤던 말을 깊은 속에서 꺼내 외쳤다.

- 어라하의 명이다! 국적 해구를 참살하고 일문을 멸하라! 그리하여 사직을 바로 세우고 나라를 구하라!

- 뭐라!

취기에 풀렸던 해구의 눈에 정신이 들었다. 그는 자리에 얼어붙었다. 해씨의 일문은 일제히 무대로 뛰어들어 해구를 엄호했다. 가주가 없으면 가문은 그대로 무너지리라. 여유롭던 해구의 낯빛도 이지러졌다. 위사좌평 해모는 위사부의 장졸을 호출했지만 이미 그쪽의 형편은 곤지의 복안대로였다. 곤지의 부름에 응한 몇몇이 해모 위사부의 발목을 붙들었다. 저근은 이를 갈았다. 궐은 왕가의 심장이란 사실을 뒤늦게 깨달았다. 근왕병이 몰아치면 속수무책. 그 전에 손을 써야만 한다.

- 대인, 속히 궐을 빠져나가십시오. 북문이 방비가 허술하고 북부의 대두성으로 향하는 첩로捷路이니 북문으로 가십시오!

해구는 얼결에 고개를 끄덕이고 뒤뚱거리는 걸음으로 비대한 몸뚱이를 북문으로 향했다. 근왕병 몇몇이 달려들었지만 일단의 위사부 병졸이 가로막아 당장의 생포에 실패했다. 해구는 정신이 아득했다. 즐거운 날에 어찌 이런…… 놀란 와중에 취기마저 가시지 않으니 더욱 생각이 더뎠다. 호흡이 가빠졌다. 그는 제 살진 가슴팍을 붙들고 사력을 다해 달렸다. 저근도 칼 한 자루를 쥐고 내달렸다. 해의 달솔과 은솔들이 그 꽁무니를 쫓았다. 거의 북문에 다다른 한 떼의 도망을 창칼들이 가로막았다. 아뿔싸. 해구의 심장이 내려앉았다. 기어코 곤지가 나를 잡으러 왔다. 해구는 진득한 침을 삼켰다.

- 어딜 그리 바삐 가시오.

조롱으로밖에 들리지 않는 물음. 해구는 분한 속을 삭였다. 해의 일문은 바닥에 앉아 장탄식을 뱉었다. 해의 유구한 권력이 진다. 망할 거면 진즉 망할 것이지. 아니면 먼 나중에 망할 것이지. 하필 내 숨이 붙어있는 와중에 망해버리나. 곤지가 나를 어떻게 해칠까. 목을 벨까, 독을 먹일까, 교살絞殺할까, 요참腰斬을 할까, 기시棄市를 할까, 아니면 사지를 찢을까. 해구의 속이 복잡해졌다. 가병과 가산을 왕가에 바치면 어떨까. 조용히 숨만 쉬고 살겠다 하면 어떨까. 곤지는 당대의 군자라 하지 않나. 그래, 무릎을 꿇고 머리를 바닥에 찧으면 그가 내치지 않으리.

- 왕제 전하!

- 어찌 전하라 하시오.

그래, 실컷 조롱해라. 나는 목숨만 건지면 재미를 보는 장사다.

- 나를 가엾이 여기오.

- 권세가 대인에게 쏠렸거늘 누가 가엾이 여긴단 말이리까.

- 아이고…….

이제 해구는 목 놓아 울어볼 참이었다. 울음으로 목숨 값을 치르리라. 그런 그에게 창칼의 선두에 선 자가 말에서 내려 다가왔다. 저벅저벅 내딛는 당당한 걸음에 해구는 목을 움츠렸다. 그는 해구의 앞에 섰다. 그리고 그 앞에 무릎을 꿇었다. 해구는 말을 잃었다. 그러다 그의 얼굴을 보고 표정을 구겼다. 저근도, 해의 일문들도 매한가지였다.

- 무관無官의 관정이 상좌평의 존안을 뵙소.

저근은 이를 악물었다. 진이 곤지의 정변을 알았나. 진남이 벌써 손을 쓴 것인가. 얼굴에 떫은 빛이 번졌다. 관정은 도망자들에게 마필을 주었다. 곧장 북문을 향해 고삐를 당기는 해구를 관정이 막았다. 해구는 당혹과 항의의 표시로 관정을 위아래로 훑어봤다. 관정은 남쪽을 가리켰다. 그의 손끝이 가리키는 남쪽은 지옥이었다. 불길이 솟고 여럿의 비명이 무잡하게 섞여 울렸다. 야차 같은 왕가의 창칼이 번뜩이고 있는 저곳으로 왜 가야하나. 불만과 의문의 눈빛들을 본 관정은 웃으며 말했다.

- 비명은 왕가의 것.

해구는 어리둥절했다.

- 진이 왕가를 치고 있습니다.

- 왕가를 치다니.

지금껏 어라하의 앞에서 허리를 펴지 못하던 그가 아닌가. 왕가에 의해 서궁에 유폐되고 그 기억으로 왕가에 굴신하던 그가 아닌가. 그런데 그가 왕가를 치다니. 모종의 꾀가 숨어있나. 주저하는 해구의 등 뒤로 저근의 음성이 들렸다.

- 서둘러 남으로 가십시오.

해구는 결단을 내리지 못했다.

- 가야 하는가.

- 북으로 가면 정권이 진에게로 넘어갑니다.

해구는 찬물을 맞은 듯 몸서리쳤다. 두려운 말이다. 불가하다. 해구는 곰곰이 생각을 정리했다. 저근의 말이 옳다. 이대로 진에 의한 정변이 성공하고 해가 도망자로 낙인찍히면 그대로 끝장. 도망간 권세가에게 절을 올릴 만큼 유순한 귀족들이 아니다. 역시 항상 그랬듯 저근의 말이 옳다. 남으로 방향을 바꾸는 해구에게 저근이 덧붙였다.

- 일문의 달솔을 대두성으로 보내 원병을 청하십시오. 진이 왕가를 전복한 이상 궐에는 예의와 법도가 없습니다. 오로지 힘으로 질서를 이룹니다.

급박한 진언에 해구도 서둘러 응낙했다. 진이 기특하게도 곤지의 난리를 진압하고 마필까지 주었다지만 언제 돌변할지 모른다. 관정을 앞세우고 궁으로 서둘러 향하는 해구의 앞을 누군가 다시 가로막았다.

- 대인께선 서두르지 마십시오.

덜덜 떨리는 노령의 음성으로 해구는 그가 진남임을 알았다. 진남은 사람 좋게 웃는다. 그 뒤에 독한 꾀가 숨어있을지 모른다. 해구는 의연한 체 했다.

- 당신에게 신세를 졌군.

진남은 너털웃음을 지으며 손사래를 쳤다.

- 생신 선물입니다.

그는 북방으로 죽어라 내달리는 해의 달솔을 보고 다시 웃었다.

- 이미 대두성에 연통했습니다. 대인의 가병이 거의 당도했습니다.

의구심을 품은 채 정말이오, 물어오는 해구의 말에 진남은 어깨를 으쓱였다. 그렇다니까요, 굳은 확인과 함께. 저근은 미간을 찌푸렸다. 저의가 무엇인가. 이대로 왕가를 부수고 권력을 통째로 삼키면 그만. 어째서 다시 해의 손에 권력을 쥐여 주나. 진남의 말은 진실이었다. 해의 군마가 허겁지겁 북문으로 쏟아졌다. 일만의 대병으로 궁성은 빽빽했다. 해구의 맏아들 해례곤이 말에서 내려 그의 앞에 부복했다.

- 서둘렀으나 다소 지체했습니다. 용서하소서.

지나치게 우직해 마음에 차지 않던 아들이나 풍전등화의 위기에서는 한없이 미더웠다. 해구는 그의 어깨를 붙들어 꿇은 무릎을 일으켰다. 해례곤을 앞세운 가병이 남으로 진군했다.

궐은 본디 임금의 거소. 싸움에는 맞지 않다. 구불구불 미로처럼 뻗은 숱한 담벼락과 고급한 기와를 올린 웅장한 누각들로 인해 진법과 전술은 무용하다. 오로지 무지막지한 백병전과 어지러운 시가전만 가능하다. 승패는 오로지 병마의 양과 질에 달렸다. 곤지의 셈법으로는 왕가가 해구의 목을 자르고 사약사가 궁성을 옹위하면 그만이었다. 다른 가능성은 없었다. 해와 진, 뒤늦게 합친 연의 가병이 해일처럼 몰려오는 경우는 염두에 두지 않았다. 자신을 향해 일제히 쇄도하는 수만 명의 해일에 곤지의 뇌리가 암흑으로 차단됐다. 왕가의 가병들은 투항했다. 왕당과 귀족당의 일대결전은 싱겁게 결판났다. 곤지는 최후까지 저항했다. 숱한 창날이 그를 축으로 삼아 바퀴살처럼 에워쌌다. 어라하는 넋이 나가 성좌에 얼어붙었다. 해구는 곤지의 앞에서 거들먹거렸다. 싯누런 잇바디를 드러내며 시시덕거렸다.

- 꼴이 우습소.

뜨거운 눈물이 곤지의 관자놀이를 타고 흘렀다. 물기에 풍경이 어른거렸다. 우뚝 선 곰나루의 정전. 동풍에 나부끼는 황룡기. 모조리 어른거렸다. 그는 자결했다. 심장을 향해 스스로 찔렀다. 붉은 피가 팍 터졌다. 곤지의 눈은 붉게 충혈 됐다. 그 눈이 해구를 노려봤다. 해구의 체모가 일제히 곤두섰다. 곤지의 눈은 그 옆의 진남을 보았다. 진남은 고개를 삐딱하게 기울인 채 피를 흘리는 곤지를 구경했다. 통탄스럽다. 내 너를 기어코 이기지 못하고…… 벌목당하는 교목처럼 곤지의 몸뚱이가 사선으로 기울었다. 둔중한 소리를 내며 바닥에 처박혔다.

- 고얀…….

곤지의 호흡이 멎었다. 왕가가 최후의 권위를 잃었다.

반정을 먹는 반정

상좌평 겸 병관좌평 해구, 내신좌평 진남, 위사좌평 해모, 조정좌평 조미걸취, 내두좌평 저근, 내법좌평 목협만치, 하좌평 해례곤

정국이 바뀌었다. 전공도 없이 떨기만 했던 연신도 줄을 잘 탄 덕으로 달솔이 됐다. 왕가와 사씨는 몰락했다. 하좌평 사약사는 곤지의 정변에 동참했지만 목숨은 건지고 관등만 깎여 덕솔이 됐다.

- 당신, 어떻게 곤지의 정변을 알았지.

난이 진정되고도 여전히 벌렁거리는 가슴을 부여잡은 채 해구는 진남에게 물었다. 진남은 웃기만 했다. 진남과 조미걸취는 사약사가 모종의 음모를 꾸민다고 짐작했다. 막연히 인사를 오지 않은 탓만은 아니었다. 사약사는 어수룩했다. 진남은 사약사에게 조언을 해준다는 명목으로 동향을 물어 소상히 알았다. 사약사도 나름의 방편으로 진남이 원하는 바를 곧이곧대로 내주지는 않았다. 민감한 부분은 어물거리고 곤지가 함구령을 내린 바는 말하지 않았다. 그러나 진남의 비상한 직감이 행간을 능히 짚었다. 그날도 그랬다. 찻잔을 홀짝이며 사약사는 시시

콜콜한 것을 운운했다. 진남은 유난히 말을 돌리는 사약사를 끈질기게 공략했지만 사약사는 외면했다. 이 외면이 진남으로 하여금 불신을 갖게 할 것임을 사약사가 모르지 않을 것이다. 그걸 감내하면서도 사약사는 외면하고 있다. 진남은 눈을 빛냈다. 그 침묵으로 지켜야할 것이 무엇일까. 진남은 속으로 웃었다. 예사는 아니리라. 해구의 탄일 당일, 모종의 흑막이 있다는 것에 조미걸취와 같은 결론을 도출한 진남은 즉각 궁성과 일대의 동태를 살폈다. 과연 병마의 준동이 있었다. 진남은 서두르되 졸속으로 흐르지 않았다. 그 때문으로 곤지는 제법이었으나 죽고 말았다. 진의 대병이 궁성에 출몰하자 성곽의 방비를 맡던 사약사는 식은땀을 훔쳤다. 모든 것을 다 안다고 선언하는 진남을 보고 그는 농성의 의지를 상실했다. 그는 자신의 어리석음을 자복하며 궁성을 열어 진의 병마를 맞아들였다. 사씨의 이천 가병은 진씨에 녹아들었다. 그덕으로 사약사는 정변에 가담하고도 목숨만은 건졌다. 궁성을 장악한 진남은 그대로 궐의 심장으로 내달려 곤지와 해구를 죽이고 권좌에 오를 수 있었다. 관정도 그리 권했고, 조미걸취도 나쁘지 않은 선택이라고 했다. 그러나 진남은 고개를 저었다.

 - 아직 사냥개가 잡을 토끼들이 많다. 또한, 개의 이빨이 아직 날카롭다.

진남은 해구의 앞에 엎드려 백제의 권력을 들어 바쳤다. 왕가의 목줄을 틀어쥔 해는 나라의 병마와 물산을 모조리 장악했다. 대족 어쩌고를 운운하던 곤지의 야심찬 삼등분도 주인과 명을 같이했다. 해구는 어라하의 앞에서도 칼을 찼다. 허리도 꺾지 않았다. 이따금 존대마저 생략했다. 하오, 로 끝맺는 해구의 기름진 음성에 문주는 울음을 삼켰다. 지독하도록 무거운 금관의 무게에 짓눌려 문주의 목은 무력하게 굽었다. 침전으로 물러난 문주는 금관을 바닥에 내팽개쳤다. 그것을 늙은 내관이 보았다. 고정하소서. 점잖게 어라하를 만류하는 것이 그의 소임. 그러나 그리하지 못했다. 곤지처럼 그를 어루만질 만큼 대범하지 못했다. 또한 고정하시라는 주문이 처절한 그의 처지에 너무나도 가혹함을 알았다. 처진 눈두덩의 물기를 소매로 찍어낼 뿐이었다. 그는 또 한 가지의 소임을 더 지키지 못했다. 외인이 어라하를 알현하려거든 어라하의 윤허를 받은 내관의 허락이 있어야 했다. 따르지 않는 자는 근왕병으로 하여금 죄인을 베어라 준엄히 명해야 했다. 해구가 어라하의 침전에 발을 들였다. 미닫이를 열어젖히는 소리가 신경질적이었다. 법도를 따지자면 해구가 내관에게 이르고, 내관이 어라하의 윤허를 받아 해구에게 전해야 했다. 그러나 늙은 내관은 무력하게 무릎을 꿇고 고개를 조아리기만 했다. 해구는 늙은 내관의 조아림을 보지 못했다. 그대로 지나쳐 어라하의 침전으로 무자비한 걸음을 내딛었다.

- 어라하.

풀어헤친 어라하의 검은 머리카락들이 어지러웠다. 한밤의 흐르는 백강처럼 그것은 슬펐다. 해구는 부름에도 뒤돌아보지 않는 어라하의 목을 보았다. 자신의 곁을 지키는 저근에게 눈짓을 보냈다. 저근은 칼을 들고 앞으로 나아갔다. 퍼석한 머리카락의 밀림을 헤집고 저근의 강한 악력이 머리칼에 숨은 어라하의 연약한 목을 쥐었다. 예리하게 벼린 칼날이 연한 살을 뚫고 들어가 숨통을 끊었다. 비명조차 지르지 못하고 문주는 고꾸라졌다. 목의 잘린 단면에서는 육중한 혈압이 빨간 피를 뿜었다. 늙은 내관은 조아린 채로 울었다. 남당의 대신이 침전에 입시하거든 절을 올려 예를 표하라. 대신이 절을 받을 때까지 자세를 바로하지 말라. 내관은 그 소임만큼은 훌륭히 치렀다. 해구는 절을 받지 않았고 내관은 내내 절을 올린 채로 있었다. 그 채로 울었다.

좌평 곤지가 성좌를 탐했다. 좌평 해구, 진남, 은솔 연신이 난리를 진압했다. 그러나 성좌를 보위하지 못했다. 어라하가 붕어하셨다. 남당의 신하들은 목 놓아 통곡한다. 그러나 시절이 엄혹하다. 국사가 절박하다. 상좌평 해구를 섭정으로 추대하고 새로운 어라하를 옹립하게 한다. 나라 안팎으로 사정이 지난하다. 국상을 간소히 치른다. 나라를 일으킴에 문무백관은 물론 온 백성이 힘을 다해야 할 것이다. 그것이 붕어하신 어라하의 뜻이다.

절절한 방문이 백제의 전역에 붙었다. 과연 해구는 섭정이 됐다. 그는 문주의 뒤를 태자 삼근으로 하여금 잇게 했다. 핏덩이였다. 그를 위해 손바닥만 한 금관이 만들어졌다. 어린 아이가 정치는커녕 말조차 알지 못해 해구가 임금의 스승이자 섭정의 자격으로 성좌와 높이를 나란히 했다.

위선적인 방문을 불신하는 민심이 사나워졌다. 고구려의 수족인 말갈족속이 국경을 넘나들었다. 쇠잔한 가야의 병졸이 남녘 변방을 침노했다. 동의 신라는 날로 자랐다. 그럼에도 노골적으로 국성을 자처하는 해는 제 배만 불렸다. 해구의 입에서는 퀴퀴한 술 냄새가 가시질 않고 뱃가죽은 나날이 부풀었다. 나라가 크게 어지러웠다. 진남과 목협만치는 나라의 형편을 모르지 않았다. 그러나 권력의 생리가 그들을 다그쳤다.

정政에 힘쓰지 말고 세勢를 돌보아라. 그래야 산다.

모대는 이요를 탐했다. 그녀의 옷을 벗겼다. 새하얀 살이 볼수록 새로웠다. 그래서 즐거웠다. 그녀의 얌전히 들뜬 젖무덤을 모대는 가만히 애무했다. 그 끝에 불그스름하게 맺힌 젖꼭지에 입술을 댔다. 따뜻한 입김이 떨리며 그녀의 살로 전해졌다. 이요는 가만히 몸을 떨었다. 어쩌면 이리도 예쁘냐. 모대는 실없이 웃었다. 그러다 다시 그녀의 목덜미에 입을 맞췄다. 이요의 몸이 떨렸다. 길쭉한 모대의 손가락이 까만 머리칼을 쓸었다. 풋내에 가까운 살 냄새가 연하게 풍겼다. 모대는 그것이 또 즐거워 웃었다. 이토록 예쁘고 소중하다. 나에게 네가 과분하다. 모대는 점차로 과감해졌다. 초승달마저 숨은 어둠 진한 밤. 부끄럼이 없다. 남녀는 솔직한 욕구를 드러냈다. 모대와 이요는 함께 벌거벗었다. 남자가 여자를 힘지게 품었다. 그녀의 말랑한 젖가슴이 모대의 단단한 가슴팍에 눌렸다. 둘은 같이 웃으며 입을 맞췄다. 사랑이 실하게 여물었다.

부음은 그때 왔다. 늙은 집사가 무례를 무릅쓰고 아뢰었다. 울음 섞인 늙은 목소리가 문풍지를 투과해 울렸다.

대왕 폐하 붕어. 왕제 곤지 전하 홍서.

부음은 짧고 울림은 벅찼다. 밤을 따라 어둠을 택한 왕부의 방들에 칸칸이 불이 들어왔다. 칸칸이 들어찬 그림자들이 잠에서 깼다. 그들은 부음을 들었다. 몸을 떨며 울었다. 서서 자던 말들이 때 아닌 소란에 눈을 뒤집고 발을 굴렸다. 덕택에 선잠을 자던 닭이 요란하게 홰를 쳤다. 말과 닭과 사람의 소리가 얽혔다. 모두 울었다. 모대는 벌거벗은 채로 울었다. 이요도 그랬다. 어둠은 길었다. 곰나루에서 날아온 슬픈 글자가 이 어둠을 영구히 붙잡아 여명은 오지 않을 것만 같았다. 모대의 통곡은 영구할 듯한 밤을 꿰뚫고 새벽을 지나 여명에도 서러웠다. 바닥에 머리를 찧고 손가락으로 흙을 움켜쥐었다. 손톱 사이로 핏물이 흘러 흙을 반죽했다. 눈물이 흐르고 콧물이 흐르고 침이 흘렀다.

왜 그랬습니까. 왜 죽었습니까. 왜 나를 괴롭게 합니까. 당신의 머리가 날아갈 때 나는 무얼 했습니까. 여인을 껴안았습니까. 밥알을 삼켰습니까. 술을 마셨습니까. 사냥을 했습니까. 몃을 감았습니까. 책을 읽다 머리를 박고 잠을 잤습니까. 시시한 말놀음에 웃었습니까. 당신에게 사무쳤을 아픔과 괴로움, 끝내 떨치지 못한 슬픔이 왜 내게 전해오지 않았습니까. 나는 왜 이다지 못났으며 무력하고 못됐습니까. 나는 대체 뭘 했습니까. 당신이 죽을 때.

모대는 다시 바닥에 머리를 찧었다. 싸한 고통이 머리를 흔들었다.

대체 무엇으로 나를 단죄하겠습니까. 내 무신경과 비겁한 회피, 방관을 무엇으로 심판합니까. 나는 당당했습니다. 문무에 힘쓰라, 한 줄 자구에만 매달렸습니다. 그것만을 얼치기로 행하고 스스로 용인했습니다. 도대체 나는…… 당신의 자식이 되어서 나는 아무것도 안 했습니다. 당신의 사투에 도움이 되지 않았고 도움이 되고자 하지도 않았습니다. 다만 먼 곳으로 가는 당신을 멀뚱한 눈으로 전송할 뿐. 이따금의 편지로 나는 당신에게 도의를 다한다고 여겼습니다. 당신의 죽음이 온 나라에 알려지고 그것이 바다를 건너 기나긴 물 위의 길을 걷는 와중에도 나는 깔깔거리며 웃고 여자와 관계하고 밥을 부르게 먹었습니다.

명치의 끝이 따가웠다. 모대는 끝내 졸도했다. 왕부에 다시 빈소가 들어섰다. 하얀 장막이 둘러졌다. 매캐한 향내가 빈소를 메웠다. 권속들은 흰 옷을 입었다. 얼굴은 표정을 잃었다. 경사의 죽음 때 이미 눈물 샘이 말라 다만 초점 흐린 눈으로 장방형의 위패에 절을 올렸다. 그들의 주인은 영명하고 너그러웠다. 영명하고 너그러운 만큼의 무게를 가진 부고가 그들의 가슴을 눌렀다. 그들은 무구한 슬픔에 압도되어 절을 올리고 자리에 주저앉았다. 모대는 빈소를 지키지 못했다. 울고 울다가 까무러쳤다. 다시 네 발로 기어나가려는 것을 권속들이 저지했다. 그것을 뚫고 나오려다가 모대는 다시 까무러쳤다. 모대가 누운 자리는 식은땀으로 금세 젖어 이요는 수시로 자리를 갈았다. 이따금은 각혈했다. 이요는 울면서 입가의 피를 닦고 옷을 갈아입혔다. 곰나루에서 사자가 왔다. 사마가 대표하여 그를 만났다. 한솔의 관등을 가진 이였다. 이름은 밝히지 않되 진의 일문이라 했다. 사마는 그에게 곤지의 유해를 요구했다. 그러나 그는 거절했다.

- 자식으로서 도리를 다하고자 하오. 어찌 안 된다 하시오.

- 부여곤지는 사직에 반기를 든 역적이오.

사마는 아비의 함자가 낯설었다. 누구도 그 높은 이름을 함부로 부르지 못했으니까. 아비는 부여곤지로 불리지 않고 다만 군군이며 좌현왕이며 왕제 전하였다. 그런데 저 무도한 작자는 지금 무어라고 했나. 부여곤지라고. 역적이라고. 관자놀이의 힘줄이 곤두섰다. 아비가 역적이라고. 이 자가 미쳤나.

- 부여곤지는 난을 일으켰소. 그 바람에 어라하가 시해되었고. 그야말로 역적. 이미 수급을 저자에 효수했소.

패륜적인 언어를 마구잡이로 쏟아내는 한솔의 입이 저주스러웠다.

- 부친을 욕보이지 마시오. 더 이상 관용은 없소.

- 결론이 났소. 새로 즉위하신 어라하께서 그를 국적으로 공인했지. 어라하의 뜻에 반기를 들 셈인가.

- 말도 모르는 핏덩이가 어찌 뜻이 있는가! 해구의 삿된 꾀가 아니냐. 너는 나를 기만하는가!

사마는 마침내 참지 못하고 칼을 빼들었다. 한솔은 대수롭잖게 웃어넘겼다.

- 어라하를 핏덩이라 하셨소. 부친을 따라 역도를 걸으시려나.

한솔은 맨손으로 사마의 칼날을 붙잡았다. 사마는 칼을 휘둘러야 했다. 그러나 한솔이 힘을 주는 대로 칼날이 아래로 무력하게 떨어졌다.

- 왕가의 허황된 위세로 나를 누르려 마오. 부여는 이미 기울었어. 함부로 굴면 곰나루는 왕부를 토벌할 것이오. 불면 날아가는 먼지만큼이나 그대들은 하찮아졌소. 부디, 목숨을 중히 여기오.

한솔의 말들이 폐부를 찔렀다.

- 뭐라…….

- 나는 경고를 하러 왔소. 몸을 낮추시오. 그래야 그대들이 살고 밥을 먹고 잠을 잘 수…….

미처 말이 맺기 전에 사마와 한솔이 자리한 방의 여닫이가 우지끈 무너졌다. 미동도 않던 한솔이 흠칫 놀랐다. 여닫이가 형편없이 무너진 자리에 모대가 서있었다. 땀을 흘리고 가쁜 숨을 쉬었다. 입술은 메말라 갈라졌다. 사마가 그를 점잖게 타일렀다.

- 모대야, 내가 대할 터이니…….

모대는 답하지 않았다. 점멸하는 정신을 붙들고 한솔의 앞으로 나아갔다. 눈물이 마른 뻑뻑한 눈으로 그를 내려다보았다. 한솔은 외면했다. 모대는 그의 멱살을 쥐었다. 그대로 힘을 주어 그를 일으켰다. 낚대에 걸린 고기처럼 그는 둥근 눈을 껌뻑이며 활개를 허우적거렸다. 사력을 다해 항의했으나 무효했다. 여유롭던 한솔이 순간의 멱살잡이에 흔들렸다. 제 딴에는 칼 깨나 쥐어본 무인이랍시고 아귀힘에서 벗어나려 사지를 뻗댔으나 모대의 힘이 억셌다. 모대는 그를 마당까지 끌고 나갔다. 허청거리는 걸음이나 쥔 멱살을 놓치지 않았다. 모대는 한솔을 흙바닥에 팽개쳤다. 붉은 비단옷이 흙먼지에 뒹굴었다. 한솔이 이를 갈며 모대에게 달려들었지만 모대의 젊음이 중년의 그를 능히 꺾었다. 한솔의 관자놀이에 주먹을 꽂았다. 배를 걷어차고 어깨를 밟았다. 한솔은 지체를 잊고 온몸에 번지는 고통에 몸을 구르며 진득한 핏덩이를 토했다. 모대는 멈추지 않았다. 관절을 부수고 살을 뭉갰다. 한솔이 속으로 삭이던 비명조차 멎고 나서야 모대는 때리기를 관두었다. 모대 또한 식은땀을 흘리며 그 옆에 쓰러졌다. 찬수류와 사마가 달려와 그를 건사했다. 권속들은 저들의 주인을 역적으로 규정한 한솔을 거두지 않았다.

관절이 꺾이고 살이 뭉개진 그를 대문의 밖으로 추방했다. 그를 상전으로 받들던 곰나루의 아랫것들이 크게 놀라 그를 모시고 부리나케 곰나루로 달음박질을 놓았다. 권속들은 대문을 굳게 잠그고 다시 빈소로 가서 울었다.

모대는 꿈을 꾸었다. 꿈에서 곤지를 봤다. 곤지는 모대의 잔에 술을 가득 부었다. 모대도 곤지의 잔에 술을 부었다. 곤지는 넉넉히 웃었다.

- 잘했다.

곤지는 술을 죽 들이켰다.

- 잘 때렸어.

아비의 칭찬이 기꺼워 모대는 실없이 웃으며 곤지의 잔을 다시 채웠다. 곤지는 거푸 잔을 넘겼다.

- 나는 편하다. 육신을 버리니 편하다.

- 아버지…….

- 그러나 불편한 사람들이 많다. 곰나루의, 이 나라의 백성들은 불편할 게야. 어쩔 수 없는 명줄을 붙들고 사는 사람들. 네가 그들을 가엾이 여겨야 해. 나무껍질을 불려 먹다가 다음날 물똥을 지리는 사람들이다. 나무껍질마저 없으면 제 아이를 다른 집 아이와 바꿔 삶는 사람들이다. 생채기만 나도 쇠한 몸이 견디지 못해 곪고 곪아 죽어버리는 사람들이다. 집이 없어 풀을 덮고 자다가 찬바람을 이기지 못해 죽어버리는 사람들이다. 그들을 생각해라. 더불어 그들을 그리 살게 하는 자들을 생각해라. 못된 자들이다. 네가 그놈을 때렸듯 나아가 그들 또한 벌하고 백성들을 살려라…… 아비는 잊고 그들을 생각해라…….

모대는 무어라 답하려 했으나 말이 나오지 않았다. 곤지의 형체가 흐려졌다. 이내 연기처럼 흩어졌다. 모대는 허망하게 빈자리를 지켜봤다. 문무에 힘써라…… 흐릿한 음성이 들렸다. 정말로 들렸는지, 아니면 그저 막연한 생각인지 모를 정도로 흐릿했다. 잠에서 깼다. 누운 자리가 땀으로 축축했다. 이요가 자리를 갈아주었다.

왜왕이 곤지의 조상을 겸해 모대를 병문안했다. 풍채가 좋았다. 곤지와 막역했으므로 모대를 제 아들처럼 여겼다. 사냥을 즐기고 곧잘 왜인과 어울리던 모대인지라 유독 마음이 쓰였다. 왜왕은 모대의 냉한 손을 만지다 돌아갔다. 모대의 어미는 축자국의 여자였다. 사마를 낳고 죽은 본처의 후실이었다. 으레 사람들이 축자부인이라 일컬었다. 축자부인은 이요와 더불어 모대의 곁을 지켰다. 그녀는 범상했다. 정치는 모르고 바느질을 좋아했다. 그래서 복잡한 사정이 있는 부군의 죽음을 이해하지 못했다. 다만 죽음을 슬퍼했다. 그리고 몸져누운 아들을 걱정했다. 말들이 야위었다. 말들을 찌우는 것은 찬수류의 손이었다. 더 이상 그의 손이 꼴을 썰지 않았다. 말죽을 쑤지 않았다. 말들이 발을 구르고 잇몸을 드러내며 울어도 찬수류는 눈만 감았다 떴다.

- 울지 말라 하셨은게 울지는 않겠구면요. 그려도 너무 서두르셨소…… 잘 계씨오, 그곳에서. 곧 따르겠소……

해의 통치는 삼근이 어라하가 되고 두 해간 이어졌다. 세율이 가혹했다. 징발은 엄했다. 변방의 백성들이 도망쳤다. 그들이 짓던 땅은 황무해졌다. 먹을 것이 더욱 모자랐다. 배를 주리니 인심이 사나워졌다. 모자란 양식을 두고 다퉜다. 힘 센 자는 약한 자를 죽여 양식을 앗았다. 국법은 지엄해서 살인은 참형으로 다스렸다. 그들은 죽지 않기 위해 남을 죽인 자들이었다. 나라가 자신들을 죽이도록 두지 않았다. 도적이 됐다. 그들을 평정하기 위해 관군들이 출병했다. 그러나 그들의 사기는 낮았다. 도적을 잡는다고 쌀 한 되 더 주는 것도 아니요 도적들의 한둘은 아는 낮이 섞여있는 탓. 사기가 낮으니 이기지 못했다. 관군은 처절한 도적의 저항에 지리멸렬했다. 그럼에도 해는, 저들의 권세를 누리느라 다른 곳에 시선 두지 않았다. 해를 욕하는 소리가 높았다. 그나마 형편이 낫다는 해의 영지에서조차 속민들이 그의 흉허물을 잡았다.

― 이대로는 어렵습니다. 민란의 조짐이…….

내두좌평은 나라의 살림을 돌보는 자리. 저근이 내두좌평이었다. 각지의 궁핍한 사정이 그의 앞에 무더기로 쌓였다. 그는 나라를 받치는 수다한 백성들이 흔들리는 것을 느꼈다. 그들이 흔들리면 해 또한 흔들린다. 저근의 비관적인 진언에도 해구는 무심했다.

― 민란은 먹지 못해 일어난다. 먹지 못한 자는 약해. 국성의 가병은 부르고 강하니 그들을 능히 토평한다. 좌평에 오르더니 자네, 겁이 지나치게 많아졌어.

― 허나…….

― 됐네.

해구는 두툼한 손바닥으로 저근의 말을 막았다. 그는 화제를 돌렸다.

― 백씨의 거동이 수상하다는 풍문이 돌던데. 그를 가만 두어도 괜찮을까.

진남은 해구의 앞에 바짝 엎드렸다. 끼니마다 안부를 여쭙고 절기마다 선물을 챙겼다. 궂은일을 도맡았다. 해의 권세에 도전하는 이들을 피로 다스렸다. 진남은 해구의 앞에서 버릇처럼 말했다. 성심을 다하겠습니다. 대인께서도 제게 성심을 보여주십시오. 그러면 상하는 명백합니다. 해구는 그 말이 좋았다. 그런 진남이 근자에 백문을 입에 올렸다. 진과 백은 앙숙이다. 지금껏 진이 손에 피를 묻혀가며 해를 도왔으니 이번에는 도움을 받아야겠다는 말이었다. 해구는 흔쾌히 동의했다. 차라리 이렇게 주고받는 깔끔한 거래가 좋았다. 찜찜한 뒷맛이 없으니까. 또한 백씨를 쳐서 해의 위세를 남당에 떨치면 남당의 귀족들이 더 깊이 머리를 숙일 것이다. 손해 보는 장사가 아니었다. 그는 이미 결론을 내려놓고 저근에게 확인을 부탁했다. 저근은 진언을 물리치고 말을 돌리는 해구가 한심했다. 그러나 민심의 얘기는 듣고자 하지 않으니 그는 해구의 뜻대로 백씨에 대한 진언을 해주었다. 그러나 해구가 듣고자 하는 말과는 거리가 있었다.

- 진과 백은 상극입니다. 그대로 두십시오. 백이 진을 붙들고 있습니다. 눈은 앞의 적을 보되 귀로는 나란히 있는 자의 기척을 느끼십시오. 동맹이나 가장 큰 적, 진남을요.

해구는 제법 귀담아 듣는 체 했으나 행동은 달리했다. 남당에서 해구는 백문을 압박했다. 백문은 나라의 물산을 다스리는 내두부의 달솔. 해구는 불시에 궐의 물자를 점고했다. 장부와 대조했을 때 모자란 것이 있었다. 천막과 차양, 근왕병의 창칼, 환관의 총채와 궁녀의 파초선. 하나 아니면 둘이 모자랐다. 해구는 불처럼 날뛰었다. 백문은 국사를 소홀히 한 죄목으로 관등이 깎였다. 은솔이 됐다. 모든 것이 일문의 기강이 해이한 까닭이라며 백의 덕솔과 한솔 몇몇이 파직됐다. 사소한 물목 하나둘로 인해 가문이 크게 기울었다. 목협만치가 이에 반발하여 따지고 나섰다.

- 백문의 죄를 물으려거든 마땅히 내두좌평 저근도 엄히 치죄해야지. 그가 내두부의 수장이니까. 어찌 달솔의 죄만을 물을 수 있소.

해구는 태연했다. 어차피 명분을 들먹여 어떻게 해보기에는 자신이 쥔 권세가 막대했으니까.

- 모름지기 나라의 실무는 달솔과 은솔이 관장하오. 좌평은 원로일 뿐. 실질적인 내두부의 수장은 달솔 백문이란 말이지. 아차, 이제 은솔이 됐지. 그러하니 책임은 백문이 지는 게 맞소.

논리를 상실한 발언에 남부의 귀족들이 일제히 항의했다. 이대로 백이 당하는 꼴을 방조하면 해구가 더욱 전횡을 일삼을 것이란 위기감이 발동했다. 한껏 찌그러져있던 사약사도 조심스레 그건 좀…하며 소심하게 반발했다. 해구는 여유작작했다.

- 그럼 내두부뿐만 아니라 목 공의 내신부도 한번 들쑤셔 볼까요. 들리는 풍문들을 애써 모른 체 했건만.

진남은 빙긋 웃으며 해구의 활약을 구경했다. 으르대는 해구의 말에 목협만치는 헛기침을 하며 물러났다. 남부의 수장이 전의를 상실하니 백문은 순식간에 고립무원. 일은 해구의 뜻대로 풀렸다. 백문은 통한의 눈물을 삼키며 달솔의 직을 내려놨다. 위풍당당하게 남당을 나서는 해구에게 진남이 종종걸음으로 다가갔다. 그는 밀실회담을 청했다. 해구는 기꺼이 응했다.

- 목협만치를 비롯한 남부귀족들이 꼼짝 못하는 것을 대인도 보셨지요.

해구는 빙글빙글 웃었다.

- 보았지.

- 누구도 대인의 힘에 딴죽을 걸지 못합니다.

어깨를 으쓱거리며 해구는 진남의 말에 무언의 찬동을 보냈다.

- 진정한 국성의 주인이 되실 때입니다.

해구는 눈을 치떴다. 또 다시 지겨운 말을 꺼내려고 하나.

- 반정을 하시지요.

- 또 다시 반정 타령을…….

- 반정을 하시지요, 상좌평. 반정을 하고 왕성을 부여에서 해로 바꾸십시오.

- 다른 이들의 반발이…….

- 고이대왕은 우優씨 성으로 왕이 되었습니다.* 대인의 힘이 잠룡이었던 고이대왕의 힘을 넘습니다. 무엇이 두렵습니까.

해구는 일단 진남의 제안을 물렸다. 밀실에 홀로 남아 고심했다. 반정이란 얼마나 좋은 말인가. 부정을 정으로 되돌리다. 누구도 딴죽을 걸 수 없는 의로움의 결정이다. 더불어 그것은, 반정은 권력의 전유물이다. 이른바 지사들은 많다. 저마다 큰 뜻을 품은 이들이다. 바름의 정의는 지사들의 수만큼 많다. 지사들은 저마다의 바름을 관철시키려하지만 관철은 그들의 몫이 아니다. 그들은 왁자하게 떠드는 방관자며 참견꾼에 불과하다. 그들은 뜻은 있되 힘은 없다. 수많은 바름의 종류 중에서 하나를 결정하고 그것을 결단하는 것, 반정은 권력의 몫이다. 해구에게 자신이 통치하는 남당은 항상 정이었다. 그러므로 지금껏 반정이 필요하지 않았다. 그러기에 진남의 진언은 채택되지 않았다. 그러나 해구의 마음이 점차로 자신의 남당을 부정으로 여겼다. 자신의 남당이 아니라, 자신의 나라를 정으로 삼고자 했다. 조약돌만 한 머리에 금관을 얹은 삼근을 보고서 그 마음이 더욱 동했다. 용포의 소매가 고물고물한 손가락을 온전히 덮었다. 얼굴은 불그스름하고 솜털은 보송했다. 짧은 혀로 어라하의 성지를 옹알이하는 삼근에게 왜 머리를 조아려야 하는지 의구심이 들었다. 지성이 모자라나, 힘이 모자라나, 경륜이 모자라나. 삼근아, 너 왜 거기 앉았니. 오로지 부여의 핏줄이라는 까닭. 저 붉은 뺨에 번진 혈관, 그것을 타고 흐르는 온조의 몇 백 년 된 케케묵은 핏방울의 까닭이다. 오로지 그 핏방울들의 까닭으로 남북 구백 리 속민들의 경외를 받는다. 해구는 그것을 부정으로 규정했다. 삼근아, 너 왜 거기 앉았니.

- 나, 반정하기로 했소.

해구는 남당에서 좌우를 물리고 진남에게 말했다. 궐의 심장부에서 궐의 주인을 내쫓겠노라 공언했다. 진남은 감격에 겨워 바닥에 엎드렸다.

- 드디어 해씨를 왕성으로 섬기게 되었습니다.

진남의 엎드린 모습이 보기에 썩 나쁘지 않았다. 왕가의 군대는 조악했다. 수효도 기껏해야 삼천. 그나마도 이미 왕가에 대한 충정을 잃었다. 누구를 바라보고 살 것인가. 곤지도 없고 문주도 없다. 넓은 침전에서 어린 짐승처럼 먹고 싸기만 하는 어라하에게 기댈 것인가. 다만 겨가 섞인 좁쌀 가마니를 바라보고, 그것을 먹일 처자식을 보고 창을 쥘 뿐이다. 충의지사를 자처하던 위사부의 이들도 곤지의 난리 때 모조리 숙청됐다. 왕가는 해구의 적수가 되지 못했다. 그런 까닭으로 해구는 어떻게 왕가를 꺾을 것인지를 고민하지 않았다. 얼마나 위엄을 떨치며 꺾을 것인가. 그것을 고민했다.

진남은 해구를 부추겼다. 용포를 입고 금관을 쓰소서. 금술로 꾸민 백마를 타소서. 왕의 깃발을 올리고 고둥을 불리고 인마의 맨 앞에 서소서. 병사들에게 외치게 하소서. 어라하가 납시었다. 어라하가 납시었다. 모두 엎드려 절하며 어라하의 등극을 경하하여라. 궁성 사방의 문을 열고 백성들이 그 소리를 듣게 하소서. 그리하면 백성들은 어둠이 걷히고 진짜 어라하가 나셨다며 기쁨의 눈물을 흘릴 것입니다…… 해구는 늙은 목청을 타고 흘러나오는 말에 전율을 느꼈다. 용포, 금관, 금술, 백마, 깃발, 고둥, 등극, 궁성, 어라하, 어라하, 어라하…….

해구는 대두성에서 반정을 공포했다. 일문은 일제히 찬동했다. 맏아들 해례곤이 주저했지만 환호의 기류에 휩쓸렸다. 저근은 흑개사를 이끌겠다고 했다.

- 구태여 흑개사를 동원할 필요가 있나.

해구는 고개를 갸웃거렸다. 그러나 저근은 완고했다.

- 정상을 향한 마지막 걸음을 내딛을 때. 그때가 가장 위험합니다.

한사코 권해오는 저근을 이기지 못하고 해구가 마침내 응낙했다. 해구는 속으로 생각했다. 지나치게 조심한다. 겁쟁이다. 성좌에 오르면 쓰지 말아야겠다.

반정에 미적지근하게 굴던 해례곤에게는 대두성의 방비를 맡겼다. 축제에 기꺼이 춤을 출 이들만 궁성에 들일 참이었다. 진남은 성벽을 장악하기로 했다. 혹시 모를 농성을 대비해 선봉을 자처했다. 그 뜻이 갸륵해 해구는 반드시 후사하겠다 결심했다. 연신은 후미를 맡았다. 저근은 흑개사를 임의대로 운용하게 해달라 청했다. 돌발한 일에 곧장 대처하기 위함이라 했다. 해구는 속으로 비웃으며 겉으로는 선선히 승낙했다. 진군은 위풍당당했다. 대두성은 곰나루의 북쪽이어서 첩로를 따지자면 북문이었다. 그러나 해구의 군대는 궁성을 에돌아 남문으로 향했다. 어라하의 거둥은 항상 남문으로 통하기 때문이었다. 임금은 남면南面한다고 했다. 항상 남녘을 바라본다. 핏덩이 어라하 삼근에게 해구는 보여주고 싶었다. 이것이 진정한 왕의 거둥이다. 역사의 준엄한 걸음이다. 부정이 정으로 전환함이다. 세계가 부여에서 해로 넘어간다. 반정이며 역성혁명이다.

어떠한 저항도 없었다. 백성들은 땅을 울리는 말발굽 소리에 엎드려 몸을 떨었다. 발굽이 말아 올린 먼지가 그들의 위로 씌었다. 진남은 온전하게 성벽을 장악했노라 전갈을 보냈다. 해구는 삐져나오는 웃음을 참았다. 이 웃음은 삼근의 앞에서 실컷 웃어주겠노라. 활짝 열린 남문이 해구를 맞았다. 햇빛은 산산이 부서져 백마가 단 금술을 더욱 찬란하게 빛냈다. 열린 남문의 뒤, 직선으로 연달아 뻗은 문들이 일제히 무력한 아가리를 벌렸다. 오냐. 너희의 주인이 납시었다. 해구는 말의 배를 걷어찼다. 백마가 길게 울며 앞으로 나아갔다. 궁성의 홍예문을 지날 때 머리 위로 잠깐의 응달이 졌다. 홍예문을 지나 다시 쪼이는 햇빛은 온화했다. 머리 위에서 느리게 선회하는 솔개는 상제의 축사이려나. 좌우에 길게 늘어선 병사들이 부우우 고둥을 불었다. 빠른 박자로 북을 쳤다. 그것을 따라 해구의 가슴이 뭉클했다. 해구는 고삐를 당겨 백마의 걸음을 늦추었다. 이 환희를 최대한 더디게, 오래도록 만끽하고 싶다. 천천히 편전을 향해 행진하는 해구의 앞에 해모가 엎드렸다. 그는 금장한 상자를 해구의 앞에 진상했다.

　- 패주敗主의 수급입니다. 보시렵니까.

　- 벌써 베었나.

　해구는 얼굴을 찡그렸다. 서투른 충심이 극을 망쳤다. 장검을 높이 들어 삼근을 베는 것이 절정이었다. 헌데 네가 망쳤다. 그럼에도 해구는 그를 꾸짖지 않았다. 좋은 날 기분을 망칠 필요는 없으니.

　- 보는 건 되었다. 잘했다.

　핏덩이의 대추알만 한 얼굴을 봐서 무엇 하겠는가. 그것의 표정이 궁금하기는 했다. 울고 있을까 질려 있을까. 혹시, 웃고 있지는 않을까. 바늘에도 안 찔려봤을 고귀한 어린 애가 시퍼런 날붙이를 보고 무어라 생각했을지. 뭐, 아무렴 어때. 이미 대가리만 남은 조무래기쯤이야. 해구는 말의 허리를 걷어찼다. 행진은 계속되었다. 후미의 연신도 이제 남문을 통과했다. 편전이 목전이었다. 어린 주인을 잃은 편전을 위로해주어야지. 해구는 백마를 재촉했다. 그때 편전으로 향하는 마지막 홍예문이 우지끈 닫혔다. 급작스런 폐쇄에 백마가 눈알을 뒤집고 앞발을 치켜들었다. 하마터면 낙마할 뻔했다.

　- 무엄하다!

해구는 사나운 눈을 빛냈다. 어수룩한 수문장은 참수하리라. 속이 한 껏 뒤틀렸다. 선봉을 이끈 진남의 가병들이 성벽에 있었다. 그들이 일제히 몸을 일으켰다. 모조리 이쪽을 바라보고 있었다. 돌발한 소란에 적잖이 놀란 까닭이리라. 해구는 안심하란 표시로 손을 흔들었다. 저만치 진남의 하얀 수염이 어슴푸레 보였다. 진남도 손을 들었다. 내 손짓에 화답을 하는 것인가. 어라하에 대한 예법을 따지자면 한참 무례하지만 일등공신 반열에 오를 이이니 봐주기로 했다.

- 네놈도 끝이다. 지겨웠다.

진남은 긴 숨을 뱉었다. 숨이 긴 만큼이나 오랜 세월 답답했다. 경사에서부터 이어진 굴신의 세월. 질기고 길었다. 이것으로 청산이다. 진남은 산맥처럼 주름이 얽힌 손을 들었다. 그것에 응해 성벽의 가병들이 활에 살을 먹였다. 예기치 않은 조준에 해구는 고개를 갸웃했다. 저 멀리 있는 목소리가 들릴 리 만무했지만, 저놈들 뭐하는 거야, 하는 살진 목소리가 또렷이 느껴졌다. 진남은 높이 든 손을 힘주어 떨어뜨렸다. 저주스러운 머리통을 향하여, 쏴라!

진남의 걸걸한 명령이 쩌렁쩌렁하게 울렸다. 동서남북 각 성벽에 위치한 진의 부장들이 복창했다. 쏴라! 동서남북의 활잡이들이 일제히 시위를 냈다. 수천을 헤아리는 살들이 황금의 용포를 겨눠 쏘아졌다. 화살의 소나기에 한창 웅장한 주악을 펼치던 고둥과 북소리가 멎었다. 멎은 소리를 죽음으로 내닫는 단말마의 비명들이 대신했다. 해의 가병들은 허둥거리다 죽어나갔다. 해모는 방패를 해구의 머리에 씌우고 활로를 찾아 동분서주했다. 화살은 용포의 황금빛을 좇았지만 해구의 운이 좋았다. 해구는 급히 용포를 벗어던졌고, 화살은 과녁을 잃었다.

반정이 반정을 먹었다. 해구는 좁은 개구멍을 용케 찾아 비대한 몸을 비집어 대두성으로 달음박질쳤다. 꽁무니에 붙었던 연신도 목숨을 건졌다. 그러나 그처럼 운이 좋은 이는 이삼십 여에 불과했다. 비천한 분수로 태어나 출세의 운수가 터서 왕궁에 발을 들이게 됐다며 콧노래를 부르던 오천의 가병은 귀신이 됐다.

진남은 빠르게 움직였다. 막 자식을 잃은 태후를 채근해 해구를 국적으로 선포했다. 뭇 귀족들에게 격문을 띄워 해구 척살의 기치를 들었다. 정병 오천을 잃었으나 여전히 대두성은 위협적이었다. 해구는 농성했다. 시간을 끌며 진남의 예기가 꺾이기를 기대했다. 한참 분주한 진남에게 관정이 달려와 보고했다.

- 흑개사가 건재합니다! 저근이 이끕니다. 행방이 묘연합니다.

진남은 주먹을 꼭 쥐었다. 저근과 흑개사가 건재하다면 반정의 성공을 속단하기는 일렀다.

- 저근의 행방을 알아야 해. 그와 흑개사는 버겁다.

뻐기기 좋아하는 성정의 해구가 반드시 흑개사를 궁성으로의 행진에 대동하리라 진남은 확신했다. 윤택한 갑주를 빛내는 장골들은 더없이 든든하고 화려할 테니까. 저근이 이토록 신중할 줄이야. 흑개사를 무력화시킨다면 대두성에 웅크린 해의 잔병은 문제없었다. 조급증을 내는 진남과 달리 조미걸취는 차분했다. 그는 좀체 자리에 앉지 못하는 진남의 팔을 잡아끌었다.

- 저근은 해구를 돕지 않습니다.

진남의 얼굴에 의구한 기색이 역력했다. 조미걸취는 그가 잘못들은 것이 아님을 확인해주었다. 저근은 해구를 돕지 않습니다…….

저근은 빠른 속도로 남하했다. 오천의 흑개사는 곰나루를 지나쳐 남서쪽으로 향했다. 서해를 향해 칼끝처럼 불쑥 튀어나온 반도. 분란과 원한의 땅. 역심이 팽배한 땅. 백제국 기군 성대혜현. 옛날엔 이렇게 불렸다.

큰소도.

마한의 혼백이 살아있는 땅. 대천군^{大天君}이 다스리는 땅. 백제를 백잔
百殘이라 부르며 저주하는 땅. 저근의 흑개사가 그곳으로 향했다. 흑개
사는 바람을 타고 번지는 곰나루의 변란 소식보다 빠르게 움직였다. 흑
개사는 저근이 어째서 자신들을 남으로 이끄는지 알지 못했다. 다만 그
의 말을 따랐다. 지금껏 그의 말은 항상 죽음을 비껴 삶으로 이끌었으
므로. 풍문보다 빠른 검은 무리가 곰나루를 이탈했다. 저근은 입가를
벌리고 웃었다.

- 오랜만에 뵙게 됐소, 대천군.

곰나루에 각색의 깃발이 내걸렸다. 귀족들은 부리나케 궁성으로 모
였다. 그들은 벌건 대낮에 해구가 어라하의 목을 베었다는 것에 놀랐
다. 그런 해구를 진남이 기습해 곰나루에서 몰아냈다는 것에 다시 놀랐
다. 휘몰아치는 정국에 노련한 목협만치도 쓴 침을 삼키며 애써 평정을
지켰다. 진남이 띄운 격문에 귀족들은 즉각 응했다. 이제 권좌는 해구
에서 진남으로 넘어갔다. 어라하는 공위空位. 정국의 세찬 파도에 떠내
려가지 않으려면 진남이란 범선에 안착해야 한다. 어수룩하게 머뭇거
리지 말고 확실한 판에는 속히 뛰어들어야 한다. 냉혹하고 노회한 진남
은 많은 시간을 주지 않는다. 빠른 결론을 내리지 못한 어중이떠중이들
은 해구의 잔당으로 명명돼 토벌의 칼날에 목이 잘릴 것이다.

- 해구가 어라하를 시해했소. 그래서 내가 토벌했소.

진남은 칼을 빼들었다. 예리한 날에 탁한 피가 말라붙었다. 숱한 해
씨들의 혈흔을 뒤집어쓴 칼날의 다음 먹이가 누가 될지는 진남의 선택
에 달렸다. 귀족들은 미동도 없이 그의 말을 들었다.

- 그러나 아직 해구가 살아 있소. 대두성에 박혀 농성을 하고 있소.
내 친히 나아가 그의 목을 베려 하오.

- 본관도 가병을 이끌고 따르겠소.

대세를 읽은 목협만치가 나섰다. 기특한 소리였지만 진남은 고개를 저었다.

- 궁성이 가장 중요하오. 여러분들은 성심을 다해 궁성을 수호하시오.

목협만치는 낯빛을 흐렸다.

- 진씨의 힘만으로 대두성을 치시겠다는 것이오? 허나 대두성은 방비가 두텁소. 해의 잔병 또한 만만한 수효가 아니고. 아무리 진이 강성하다지만…….

- 이천.

진남은 굳은 표정으로 손가락 두 개를 폈다.

- 이천만으로 대두성을 손에 넣겠소.

좌중이 술렁였다. 이천이란 말에 진의 일문도 동요했다. 가당찮은 수효다. 침략군의 삼분의 일이면 농성에 성공함이 병가의 상식. 대두성의 병력은 종잡아 이천이다. 양곡은 넉넉하고 해자는 깊다. 아무리 적어도 오천은 갖춰야 대등한 싸움이 될 터. 진남은 얼토당토않은 수효를 고집했다. 조부의 깊은 뜻을 짐작해왔던 진로도 납득하지 못했다. 조미걸취도 입을 내밀고 선뜻 진남의 말에 찬동하지 않았다.

- 이천으로는 어렵소.

- 이미 결정했소.

앙다문 입술이 고집스러웠다. 동지보다는 정적에 가까운 목협만치마저 우려를 표했다. 그러나 진남은 꿩 깃을 꽂은 투구를 쓰고 이천 병력만으로 출병했다. 까닭만이라도 듣고자 궁성의 밖으로 따라나선 진로에게 진남이 말했다.

- 대두성보다는 차라리 궁성이 전장. 너에게 궁성을 맡긴다. 교활한

자들이 언제 우리를 칠지 몰라.

- 이천은 턱없이 적습니다.

- 그 이상은 불가하다. 적어도 놈들을 휘어잡을 수 있을 만큼의 수효는 궁성에 두어야 해.

- 저들에게도 병마를 요구하십시오.

진남은 희미하게 웃으며 고개를 가로저었다.

- 그럴 수 없어. 오로지 우리의 힘으로 해구를 친다. 저들과 공훈을 나누지 않는다. 모든 공훈은 진의 몫. 모든 명예와 권력이 진에게로 쏠린다.

진로는 더 말하지 않았다. 읍하며 고개를 숙여 조부의 무운을 빌 뿐. 진남은 돌아서며 말을 남겼다.

- 왜의 왕부로 사람을 보내라. 성좌를 이을 왕자를 데려와. 어라하는 네가 정해라. 너와 나의 뜻이 다르지 않으리.

어라하는 네가 정해라. 조부의 말이 무거웠다. 또한 경이로웠다. 조부는 그 말로써 선언했다. 진이 어라하를 정한다. 드디어, 진이 모든 것의 위에 섰노라.

대두성은 무기력했다. 성좌를 목전에 두고 역적이 되어 삽시에 모든 것을 잃었다. 해구는 치솟는 분에 세 번 각혈했다. 마땅히 자신을 구원했어야할 저근과 오천의 정예는 오지 않았다. 소리를 지르고 손에 잡히는 것을 모조리 내던지고 나서야 그는 겨우 잠잠해졌다. 분이 삭여져서가 아니라 운신할 기력이 다한 까닭이었다. 성좌에서 한껏 거들먹거릴 꿈에 부풀었다. 헌데 이 무슨 괴이한 신세냐. 대두성으로 내몰려 문을 걸어 잠그고 쥐새끼처럼 밖의 동태만 살피는 꼴이라니. 해구는 제 처지를 곱씹다 다시 피를 토했다. 병사들의 사기는 땅에 떨어졌다. 창을 비스듬히 잡고 고개를 푹 꺾었다. 그러면서 속으로 상욱을 퍼부었다. 제에기, 이왕 쌍놈으로 날 거였으면 진씨의 쌍놈으로 났어야지. 쌍놈으로 난 것도 서러운데 역적놈의 쌍놈으로 나버렸네. 스산하게 밀려오는 바깥의 바람에 병사들은 몸을 떨었다. 형체 없이 불어오는 바람처럼 언젠가 진의 병마들이 쳐들어오리라. 병사 십 여가 도망을 놓다가 붙잡혀 참수됐다.

해례곤은 허공을 향해 숨을 뿜었다. 처지가 우스웠다. 탈영병을 베었노라 고하는 부장에게 그는 식솔들에게 목을 내주라 했다.

— 가엾지 않냐. 억울했을 터. 누릴 것 못 누리고 졸지에 역당이 되어 죽겠다 생각하니 억울했겠지.

그는 아비에게 도를 넘지 마시라 간해왔다. 나라에는 오랜 질서가 있었다. 질서를 어지럽히면 애꿎은 백성들이 다친다. 반정을 외치는 아비에게 해례곤은 그렇게 말했지만 케케묵은 간언은 해구의 좁쌀눈만 곤두세웠다. 허영에 매달려 여기까지 떨어진 아비가 딱했다. 그러나 그를 버릴 수는 없었다. 단단히 묶인 혈맥 또한 지엄한 질서이므로. 해례곤은 아비를 위해 번을 서고 가병을 다그쳤다.

진남이 이끄는 병력이 대두성으로 향한다는 전령이 당도했다. 전선에 긴장이 퍼졌다. 와병 중인 해구는 맏아들에게 병권을 내주었다. 생김부터 성정까지 닮지 않은 아들이 탐탁지 않았다. 그러나 병법에 밝고 가병의 신임이 두터웠다. 해구는 떨떠름한 표정으로 부절을 주었다. 진남의 북진 소식에 해례곤은 방비를 굳혔다. 바야흐로 전운이 감돌았다.

진남은 대두성의 앞에 진지를 꾸렸다. 높다랗게 솟은 대두성의 장대에 비해 이천의 병력이 초라했다. 함께 따라나선 관정도 얕게 한숨 쉬었다.

— 정녕 이천으로 되렵니까.

— 고작 이천으로 굳은 성문을 어찌 열겠나.

- 허면…….

진남은 소리 없이 웃었다.

- 글쎄. 누가 이 늙은이를 가엾이 여겨 성문을 열어준다면, 그래준 다면.

실없는 소망에 관정은 캄캄한 밤하늘을 향해 다시 숨을 뱉었다.

대치는 이어졌다. 이천의 공성군은 쉽사리 탕지철성으로 나아가지 못했다. 해례곤은 곰나루에서 병력이 증파되기 전에 야습을 하자 제의 했다. 그러나 연신은 미온적이었고 병상의 아비는 역정만 냈다. 병사들 도 야습을 두려워했다. 해가 떴다 지고 달이 밝다 흐려지는 것만을 제 하고 대두성의 풍경은 그대로였다. 진남을 따라나선 이들은 슬슬 조바 심이 동했다. 입 무겁던 관정도 슬그머니 운을 뗐다.

- 너무 오래 궁성을 비워두시는 게 아닌지. 다른 이들이 불순한 마음 을 품을까 염려됩니다.

- 다른 이들. 누구를 말하는가. 목협만치? 사약사? 판을 읽는 자들 일세. 섣부른 장난은 못해. 더군다나 조미걸취가 로를 보하고 있어. 이 만큼 시간을 끈 것도 조미걸취더러 정치 수업을 하게끔 한 것이었네 만…….

진남은 성벽 위에서 서성이는 해의 초병을 올려봤다.

- 자네마저 불안해하니. 더 지체하진 말아야겠어. 사흘 안에 개시하 지. 공성을.

어찌 이천으로… 비관적인 목소리로 관정이 주저하자 진남은 늙은 손을 저으며 막사의 안으로 들어갔다. 날이 춥네. 무용한 진언일랑 관 둬. 그의 카랑카랑한 목소리만 막사의 밖에 남아 찬바람을 맞았다.

해례곤은 이 밤에도 번을 섰다. 부장들은 쉬시라 누차 권했다. 그러 나 듣지 않았다. 주장이 잠을 피해야 적의 야습에 속히 대처한다. 해례곤은 한사코 번을 자처했다. 그는 대두성의 남문을 맡았다. 진남의 진지와 맞닿았다. 위사좌평으로 칼 깨나 만지던 해모가 북문을 맡았다. 병관부 달솔 해루가 서문, 담이 작고 전장과는 거리를 뒀던 연신이 비교적 적습이 적은 북문을 맡았다. 동과 서는 나름의 질서가 있었으나 북문의 군기는 형편없었다. 애초에 연의 가병은 해의 강병에 비해 기량이 모자랐다. 더하여 그 수장인 연신이 좀스럽고 유약한 성정. 북문은 지리멸렬했다는 소식이 수시로 들렸다. 진남은 계략가다. 얼굴을 맞댄 남문으로만 오란 법은 없다. 남문에서 북을 두드리고 북문으로 동병하는 양동陽動을 구사할 수도 있다. 해례곤은 큰 칼을 쥐고 북문으로 향했다. 북문의 얼빠진 초병들은 창은 아무렇게나 바닥에 부려놓고 화톳불에 의지해 몸을 녹이고 있어야 했다. 시시콜콜한 가족의 애기를 슬프게 나누고 있어야 했다. 헌데 해례곤의 눈에 들어온 풍경은 퍽 달랐다. 정면만을 응시하고 있는 초병의 빛나는 시선. 직립한 창의 자루. 의외였다. 해례곤은 고개를 갸웃하며 성벽의 아래쪽을 봤다. 한 떼의 횃불들이 한 사람을 옹위했다. 연신. 어스름한 새벽에 웬일로. 그의 성정이었으면 전쟁이건 뭐건 발 뻗고 잠에 취해있어야 맞았다. 그런데 성벽 아래로 보이는 연신은 신경이 잔뜩 곤두서 있었다. 부장을 윽박지르고 사방의 눈치를 살폈다. 해례곤은 성벽 위에서 손을 흔들었다.

- 달솔 어른, 새벽부터 열심이시군요.
- 어, 해, 해 공자이신가……

떨리는 목소리가 미심쩍었다. 해례곤은 잰걸음으로 성벽 아래로 내려가 연신과 마주했다. 연신은 쉽사리 해례곤의 눈을 바로보지 못했다.

- 바람 스산한 게… 불안한 새벽입니다.
- 그런가…….
- 적이 야습을 한다면 북문입니다. 대비 단단히 하시죠.

- 그러지.

남문으로 돌아가면서 해례곤은 뒤따르는 심복 회매^{會邁}에게 은밀히 명했다.

- 북문에 남아라. 연신이 수상해.

회매는 절도 있게 읍했다. 회매는 한 시각이 안 되어 남문으로 복귀했다. 해례곤의 직감은 적중했다. 얼굴에는 급한 기색이 역력했다. 그의 입에서 나오는 말은 퍽 충격적이었다.

- 연신이 내통을 꾀하고 있습니다.

놀라고만 있기에는 상황이 급했다.

- 진의 밀사가 은밀히 연신을 만났습니다. 밀실로 데려가 나누는 이야기를 엿들었습니다. 진이 야습하고 연신이 내응하겠다 했습니다.

회매는 치밀했다. 해례곤의 용맹과 회매의 면밀함이 버무려진 해례곤 산하의 부대는 일명 파선봉^{破先鋒}. 적의 선봉을 단숨에 부순다는 뜻이었다. 병졸의 숙련도가 흑개사에 미치지 못함에도 해례곤과 회매의 역량이 파선봉을 흑개사와 동일한 위계에 올려놨다. 해례곤의 용맹만큼이나 회매의 수완은 확실했다. 그가 그렇다면 그런 것이었다. 연신의 배반은 확실했다.

- 아버님을 만나 이를 아뢰겠다. 너는 나를 대신해 남문의 병력을 통솔해라. 연신을 살펴라. 급하거든 연신을 쳐도 좋다.

- 알겠습니다.

해례곤은 해구의 침소로 발걸음을 옮겼다. 입이 마르고 실핏줄 하나하나가 힘 있게 뛰었다. 침소는 기나긴 복도의 끝에 있었다. 복도까지는 삼중사중으로 무장들이 경계를 섰다. 주인의 단잠을 깨우지 않게 암흑 속에 서 있었다. 해례곤이 걸음을 내딛을 때마다 겹겹의 무장들이 고개를 숙였다. 과연 아비도 이토록 쉽게 고개를 끄덕여줄 것인가. 연신이 배반했다. 이 말을 믿어줄 텐가.

- 연신이, 내통을, 진남과.

잠에서 깬 아비는 부스스한 얼굴로 아들의 진언을 느리게 곱씹었다. 누런 얼굴에 짜증이 확 번졌다.

- 확실하냐.

해례곤은 고개를 숙였다.

- 그렇습니다.

- 네가 아니고?

이상한 말이다. 대체 무슨 생각으로 저리 말씀하시나. 아비의 물음에 확실히 답할 필요가 있었다.

- 제가 아닙니다. 연신입니다.

- 그렇단 말이지.

해구는 느리게 몸을 일으켰다. 오래 누운 자리에서 쉰내가 났다. 일어난 해구는 외투를 걸쳤다. 북문으로 가자, 가마꾼을 재촉했다. 가마가 뒤뚱거리며 북문으로 향했다. 해례곤은 침착한 표정으로 뒤따랐다. 그의 속이 복잡했다. 연신의 내통을 밝히고 그를 죽이리라. 계략이 통한 것으로 믿고 북문으로 들어오는 진남을 급습해 궤멸하리라. 그리하면 이 답답한 전장에도 빛이 보이리라.

- 연신!

해구는 북문의 누대에 이르러 연신을 목청껏 불렀다. 목청에도 병세가 번져 듣기 싫은 쇳소리가 울렸다. 부름에 성벽 아래서 분주하던 연신이 쪼르르 올라와 절을 올렸다.

- 몸을 돌보지 않으시구······.

- 누가 당신을 고발했소.

- 고발이요!

연신은 소스라치게 놀랐다. 진실로 그렇다기보다는 놀란 체에 가까웠다.

- 마음을 하나로 모아야할 시국에 누가 이 연신을 고발했습니까.
- 당신이 진남과 내통했다더군. 그런 말을 듣고 어찌 병상에 누워만 있겠나.
- 억울합니다.

그때 남문에서 회매가 일대의 병졸을 이끌고 북문으로 달려왔다. 그는 해구의 앞에 부복하며 아뢨다.

- 가주께 아룁니다. 연신이 진남과 통하여 가주를 해치려 한즉, 일이 자못 급합니다. 속히 연신을 참하시고 기강을 다잡으소서.

해구가 답하기 전에 연신이 나섰다. 눈을 뒤집고 목에 핏대를 세웠다.

- 되도 않는 참언을 주워섬기는 품이 네놈이야말로 진남의 간자다! 대인, 부디 진실을 가려내시어 저 무도한 역적을 참하소서!

쌍방은 서로를 역적이라 부르며 삿대질을 했다. 이윽고 멱살잡이. 왁왁 싸우는 소리에 해구는 머리를 짚었다. 참다못한 그가 소리를 지르며 둘을 떼놓았다.

- 이상의 소란은 참형으로 다스린다.

그러나 연신은 입을 다물지 않았다. 괘씸한 술수가 들켜 죽게 된 마당에 열심히 떠들어야 수가 틀 테지. 허나 어림없다. 해례곤은 속으로 조소를 퍼부었다. 그런데 궁지에 몰려 아무렇게나 떠드는 말치고 연신의 변호는 제법 조리 있었다. 그는 성공적으로 자신을 방어했다. 동시에 해례곤의 폐부를 찌르고 들어왔다. 불의의 일격. 치명적이었다.

- 진남과 내통을 꾀한 것은 제가 아니라 도리어 해 공자입니다. 저는 그와 내통한 간자를 붙잡아 취조하고 있던 차였고요. 회매가 도리어 제게 죄를 뒤집어씌우는 것은 해 공자의 죄가 만천하에 드러낼까 저어한

까닭입니다.

연신은 그리 말하며 좌우의 부장에게 눈짓을 보냈다. 부장은 곧 포박된 사내를 끌고 왔다. 고개를 숙인 사내는 칼자루로 옆구리를 찌르자 고개를 들었다.

- 고, 공자님…….

메마른 음성이 해례곤을 향했다. 해례곤은 미간에 주름을 잡았다.

- 네가 나를 아느냐.

연신이 고개를 까딱거리며 앞으로 나섰다.

- 공자, 예를 아셔야지. 그간 수고한 자가 아닌가. 이리도 매정하나.

저 자는 공자의 얼굴을 알잖소. 연신은 능글맞게 웃으며 해구에게로 몸을 돌렸다. 그는 가볍게 읍하며 아뢨다.

- 저놈은 진남의 간자올시다. 북문의 개구멍으로 드나드는 것을 제가 잡았죠. 겁을 주니 실토를 하더군요. 해 공자와 내통을 했노라.

- 수작이 괘씸하다……!

해례곤은 마침내 참지 못하고 칼을 빼들어 연신의 목줄을 겨눴다. 연신의 좌우도 잽싸게 칼날로 해례곤을 막았다. 세는 이미 기울었다. 연신은 여유로웠다.

- 엄연한 증좌도 있는걸요.

연신은 품에서 서찰을 꺼내 해구에게 내밀었다.

공자의 수고가 많소. 좋은 날을 위해 더 힘을 냅시다. 지금부터 달이 두 번 더 뜨면 칼을 들겠소. 공자도 그때에.

짧은 글귀. 삐침이 유난히 예리한 진남의 필체가 확실하다. 해구의 눈빛이 타올랐다.

- 네놈… 네놈이 정녕…….

서찰을 쥔 해구의 손이 파르라니 떨렸다. 목울대가 세차게 꿈틀거렸다. 진득한 핏덩이가 그의 입에서 흘러나왔다. 해례곤이 놀라 그를 부축하려 했지만 해구는 손길을 무자비하게 내쳤다.

－해의 혈맥을 타고나 어찌 이럴 수가…….

연신은 은밀히 해구를 찾아 해례곤에 관한 말들을 조심스레 늘어놓았다. 공자가 수상합니다. 진과 내통한다는 소문이 파다합니다. 그 은밀한 말을 해구는 애써 외면했다. 그럴 리가 있는가. 그래도 아들이다. 그렇게 외면했다. 아들의 충정을 믿었다. 헌데. 믿음의 대가가 통렬한 배반인가. 참을 수 없었다. 해례곤의 고발이 있을 때 해구는 물었다. 네가 아니고 연신이란 말이지. 아들은 그렇다고 했다. 해구는 내심 안심했다. 그래, 그 막돼먹은 작자의 술수렷다. 헌데.

해구의 뇌리에 수많은 기억들이 스쳤다. 나를 닮지 않은 자식. 우직하다. 올곧다. 아랫것들에게 실실 웃음을 흘리고 혼자 고고한 척 재물을 탐하잖고…… 아버님, 그러시면 아니 됩니다. 그것은 그른 일입니다. 옳지 않습니다. 통촉하십시오. 부당합니다. 그만두십시오. 멈추십시오. 해례곤의 숱한 음성들이 해구의 머릿속에서 윙윙 울렸다.

내 너를 그래도 지금껏 내치지 않았거늘. 기어코 네가 나를 내치는구나.

해구의 본능적인 악력이 서찰을 구겼다. 마구잡이로 내버려진 서찰을 해례곤이 떨리는 손으로 주웠다. 무서운 글자들이 해례곤의 시선에서 살아 움직였다. 감내하기 힘들었다. 가슴에 무거운 것이 들어앉았다. 그 무거운 것이 속에서 난동을 피웠다. 해례곤은 욕지기를 느꼈다. 서러웠다. 이렇게 결딴날 관계였나. 한낱 치졸한 글귀 한 줄에 무효가 돼버릴 핏줄이었나.

－부디 이 거짓을 믿지 마십시오! 제발…….

－그대야말로 연극을 관두시지, 배신자.

역겨운 연신의 말에 해례곤은 참지 못하고 칼을 내질렀다. 연신의 부장 서넛이 달려들어 간신히 제지했다. 해구는 눈에 핏발을 세우며 해례곤을 향해 삿대질을 했다. 아비의 증오에 찬 얼굴에 해례곤은 슬픔을 견디지 못하고 울어버렸다. 해구는 피와 함께 날카로운 말을 뱉었다.

　- 더러운 놈! 역적 해례곤을 당장 참하라!

　해구의 명령을 연신의 능글맞은 웃음이 가로막았다.

　- 참형은 너무 가혹합니다. 그래도 적장자가 아닙니까.

　병자의 퀭한 눈으로 해구가 연신을 쏘아봤다.

　- 나를 막지 마라, 연신!

　- 추방을 하시죠. 어리석은 가병들이 해 공자를 따릅니다. 참형으로 다스리면 군심이 어지러워질 터.

　- 역적을 어찌 살려서 내보낼 수 있나!

　연신은 양손을 비비적거리면서 사근사근하게 말했다.

　- 묵형을 하세요. 공자의 얼굴에 그 죄목을 새기는 겁니다. 누구나 그 죄를 향해 침을 뱉을 수 있게, 묵형을 하세요.

　절망의 수렁에 빠진 해례곤을 해구의 좌우가 꿇어앉혔다. 회매가 울분을 토하며 고함을 질렀지만 그도 무릎 꿇렸다. 해례곤의 단단한 몸을 더 단단한 포승줄이 결박했다. 그의 얼굴에 먹줄이 새겨졌다. 새김의 고통이 막심했다. 아픔을 심장에 새기는 듯. 불효하고 불충하고 불의한 자. 가문을 저버리고 나라를 저버리고 백성을 저버린 자. 죄가 매우 심하다. 평생 기억하고 죽어서도 기억하라. 너의 죄, 지워지지 않으리. 연신이 읊조리는 대로 해례곤의 얼굴에 새겨졌다.

　불효. 불충. 불의. 해례곤은 자신에게 내려진 죄명이 슬퍼 다시 울었다. 야음을 틈타 대두성의 북문이 빠끔 열렸다. 결박을 당한 채로 해례곤이 추방됐다. 바람이 그의 몸을 쓸고 지나갔다.

- 모레 밤, 대두성을 치겠네.

진남은 매끈한 칼날에 기름을 칠했다. 이것으로 반드시 해구의 목을 자르리. 여전히 확신을 얻지 못한 관정은 미온적이었다. 지금이라도 궁성에 지원을… 조심스레 묻는 말을 진남이 손을 들어 가로막았다.

- 그 얘기는 관두게. 자네답지 못하군. 걱정 말게. 지원은 이미 청해 났어.

- 진로 공자가 원병을 보내겠답니까.

진남은 흐흐 웃으며 고개를 모로 저었다.

- 지원은 궁성에서 오지 않아.

관정은 고개를 갸웃했다.

- 대두성에서 올 걸세.

여전히 짐작조차 하지 못하는 관정에게 진남이 귀띔했다. 우리가 성을 치면, 연신이 내응할걸세. 그제야 관정의 낯빛이 환해졌다.

- 연신을 꾀어내셨군요.

- 연신이 서투를 것 같아서 귀띔을 해주었어. 혹여 우리의 계획이 들키게 되거든 해례곤에게 씌워라. 만일을 대비한 계책이지만 도리어 이것을 쓰게 되면 더욱 좋으리라. 이 계책을 위해 해구를 충동질하라. 우리가 내일 대두성에 흑룡기를 꽂게 된다면, 우리는 세 명에게 고마워해야 해. 연신과 해구, 해례곤. 연신의 불의함에, 해구의 옹졸함에, 해례곤의 우직함에 건배를.

진남은 킬킬 웃으며 수염을 쓸었다.

- 만반의 준비를 갖추게. 단번에 끝내는 거야.

관정은 가슴을 두드리며 자신감을 드러냈다.

- 맡겨주십시오.

백제의 이목이 대두성에 쏠려있다. 무장을 풀지 않은 남부귀족들이 팔짱을 끼고 이쪽을 바라본다. 단번에 해구를 없애야 한다. 그것으로 진의 확실한 힘을 증명한다. 해내지 못하면 서투른 솜씨로 회자되리. 진은 도모해봄직한 세력으로 여겨지리. 오만한 도전자들의 숱한 칼들을 받으리. 내일 밤, 그 한 번으로 진의 영화가 결정된다. 로야, 너에게 온전한 권세를 물려주리라…… 진남은 이를 악물었다.

검명(劍銘)

　결박을 끊는 데 한나절이 걸렸다. 뭉툭한 돌부리에 질긴 포승줄을 비벼 끊었다. 그것만으로 온몸에 피로가 번졌다. 해례곤은 둔덕에 몸을 기댔다. 비린 풀냄새가 훅 끼쳤다. 실소가 터졌다. 권세가의 맏아들로 살다가 하루아침의 역적의 맏아들이 되었다. 그러다 역적의 역적이 되어 누명을 얼굴에 새긴 신세라니. 그 와중에 목이 마르고 배가 주리고 추위에 몸이 떨린다. 나의 생은 도대체…… 해례곤의 얼굴이 일그러졌다. 그는 자리에서 일어나 허청거리는 걸음으로 둔덕을 올랐다. 개울에 얼굴을 처박고 해갈했다. 갈증이 풀리자 허기가 몰려온다. 벗긴 나무껍질을 물에 불리며 그는 울었다. 대두성의 교외를 떠돌다 흙먼지를 뒤집어쓴 채 버려진 칼을 발견했다. 자루에 어설프나마 장식을 넣은 것으로 보아 칼의 주인은 병졸 몇은 족히 거느렸겠다. 해례곤은 칼을 주웠다.

　- 주제에 검명劍銘도 새겼군.

　과연 칼날에는 세련된 서체로 검명이 쓰여 있었다.

　한 자루 칼로 무엇을 이루려나.

　해례곤은 한참 웃었다. 주인 잃은 검명이 나를 조롱한다. 그래, 나는 한 자루 칼로 무엇을 이루었나. 아비의 엄혹한 정치를 막았나. 주제넘은 역적질을 막았나. 고구려의, 가야의, 신라의, 하다못해 말갈의 졸개 하나라도 베었나. 백성을 핍박하는 탐관들을 베었나. 다만 불의한 아비를 지키고 사직을 배반하고 백성을 도탄에 빠트렸다. 나의 칼, 치졸했다. 칼로 살아온 나의 생. 나의 생도 치졸하다. 검명의 주인은 그래도 싸우다 죽었겠다. 검명에 대하여 그 주인은 싸움과 죽음이라고 답했다. 해례곤도 대답하고 싶었다.

한 자루 칼로 무엇을 이루려나.

칼을 땅에 꽂고 그 앞에 가부좌를 틀었다. 검명을 응시했다. 달이 구름 뒤로 숨고 새벽이슬에 옷이 젖었다. 다시 동이 텄다. 그는 가부좌를 풀지 않았다. 해가 뜨고 칼날이 햇빛을 반사해 해례곤의 눈이 부셨다. 해례곤은 마침내 일어섰다. 칼을 뽑았다.

- 나도 대답한다.

그는 깊은 숨을 쉬었다.

- 나의 대답도 그와 같다. 너의 주인이었던 자와 같다. 싸움과 죽음.

해례곤의 독백은 장중했다.

- 너의 주인은 스스로의 죽음으로 대답했다. 그러나 나는 아니다.

짧게 자란 풀밭으로 뱀이 재빠르게 기어갔다. 해례곤은 뱀의 모가지를 잡았다. 뱀은 아가리를 벌렸다. 세모꼴의 대가리, 독사다. 겁에 질려 혀를 날름거리는 교활한 꼴.

- 마땅히 죽어야할 자에게 죽음을 주겠다.

독사의 머리를 베어 독을 받아 칼날에 묻혔다. 노란 독액이 검명에 고였다.

진남의 야습은 은밀히 진행되었다. 계획은 완벽하다. 급작스런 천변이 없는 한 해 뜨고 나서의 식사는 대두성의 널찍한 관아에서 들 것이다. 태양의 붉은 잔광이 서녘으로 완전히 저물고 달만 밝은 밤이 되었다. 진남은 투구를 썼다. 막사의 위로 쏟아지는 달빛에 진남의 관자놀이가 미동했다.

- 하늘이 해구의 목을 하루 더 붙여놓고 싶은 겐가.

진남을 보고 하늘을 바라본 관정의 표정도 좋지 않았다.

- 달이 지나치게 밝습니다. 야습을 미루시렵니까.

진남은 고개를 저었다.

- 연신과 약조를 했다. 오늘 치겠다고. 만반의 준비를 했을 거야. 일을 미루면 해구가 눈치 챌 수도 있고, 연신에게 불신을 심는 수도 있어.

- 허면 깃발을 누이고 말의 재갈을 더 단단히 물리겠습니다.

진남은 군을 둘로 나눴다. 진남이 맡은 전군前軍은 칠백. 울긋불긋한 깃발을 잇달아 세우고 요란스레 북을 치고 나발을 분다. 함성을 지르고 말발굽으로 흙먼지를 일으킨다. 전투를 염두에 두지 않았으므로 연로하거나 경험이 적은 가병들이 주를 이뤘다. 관정이 맡은 후군後軍은 천삼백. 전군과는 다르게 날랜 이들로 꾸렸다. 무장을 가볍게, 어두운 색으로 했다. 깃발을 누인 채로 잠행한다. 전군은 남문에서 시위하고 후군은 북문을 공략한다. 후군이 북문에서 불화살을 쏘아 올리면 연신이 문을 개방하여 내응한다. 연신의 가병은 투구에 붉은 깃을 꽂아 진의 편에 섰음을 표한다. 남문의 시위에만 신경을 곤두세우던 해구는 북에서의 내습에 지리멸렬하고 해는 멸문한다. 꾸민 대로 된다면.

시종 밝던 달이 엷은 구름 속에서 희미해지자 진남은 출병했다. 칠백이 대단한 수효는 아니나 어둠 속에서 울려 퍼지는 당당한 함성과 밤바다처럼 일렁이는 깃발들이 해의 가병들을 흔들기에 족했다. 성벽 위에 줄지은 횃불들이 바쁘게 요동했다. 노구의 진남은 말 대신 가마에 올랐다. 어차피 남문의 전군은 멀찌감치 떨어져 광대노릇만 할 터. 구태여 불편한 말안장에 오를 까닭이 없었다.

– 북문에서 불화살이 오르면 진격한다. 그때까지는 주악이나 실컷 울리자고.

진남은 제 곁의 사내를 흘끗 보며 말했다. 이제 막 흰 머리가 돋는 초로의 사내. 진모달眞慕達. 진남의 아우. 특출한 기재는 아니나 성정이 무던해 진남은 바둑친구 술친구로 가까이했다. 그는 달솔 관등이었다. 그는 형님의 말에 무난한 맞장구를 쳤다.

– 형님의 꾀가 어련히 잘 통하겠지요. 걱정하지 않습니다.

– 너무 낙관적인데.

진모달은 어깨를 으쓱였다.

– 모조리 생각한 대로 이루시니 이번에도 그렇게 되리라 여깁니다.

들어줄 만한 아첨에 진남은 웃었다. 불화살은 아직 오르지 않았다. 관정 치고는 시간이 걸렸지만 신중해서 나쁠 것은 없었다. 진남은 눈을 지그시 감고 가병들의 작위적인 주악을 감상하며 망중한을 즐겼다. 진모달은 모처럼 편안한 형님의 얼굴을 보고 삐져나오는 잔기침을 참았다.

소란은 애먼 곳에서 터졌다. 대두성의 이목을 끌려고 벌이는 작위적이고 목적이 뚜렷한 소란이 아니었다. 겁과 당황이 반씩 섞인, 감정에 진실한 소란. 진남의 직감은 계획에 없던 변수가 발동했음을 감지했다.

– 무슨 일이냐!

걸걸한 목소리로 다급하게 묻는 진남에게 아랫것들은 비명으로 대답했다. 본디 전군은 연로하거나 유소한 자들. 용력과 배포가 모자랐다. 후미에서 시작한 비명은 소리가 커졌다. 후미에서 터진 재앙이 가까이 미치고 있다는 증거. 진남은 허리춤의 장도를 뽑았다. 장도를 움켜쥔 진남의 늙은 손에 얽힌 푸른 핏줄들이 빠르게 박동했다. 예상하지 못한 환란에 딱 중간치의 배포인 진모달은 입술만 우물거렸다.

- 진남……

진남을 우두머리로 받드는 전군에서 그의 높은 함자를 함부로 말하는 자가 있어서는 안 됐다. 더군다나 내씹는 투로는 더욱. 후미부터 퍼지던 무질서와 공황은 이제 진남의 바로 뒤에까지 미쳤다. 관자놀이를 스쳐 날아가는 창에 진남의 가마꾼 하나가 기겁하며 가마를 놓쳤다. 가마의 일각이 무너져 한쪽으로 기우뚱했다. 늙어 몸이 둔해진 진남이 굴러 떨어졌다. 고귀한 얼굴이 가마가 기운 쪽의 흙바닥에 처박혔다. 흰 수염에 개흙이 매달렸다. 진모달이 급히 말에서 내려 부축했다. 상체를 일으키는 진남의 시선에, 다부지게 땅을 디딘 두 다리가 들어왔다. 익숙한 모습.

칭찬 중에서는 자식 칭찬이 제일이다. 몇 해 전, 진남이 해구의 비위를 맞출 적에 마땅히 추켜세울 구석이 없던 해의 자식들 중 유일한 준재가 있었다.

- 대인은 잡수지 않아도 배가 부르겠습니다.

- 거 무슨 말씀.

- 맏공자의 풍모가 미더우니… 가문을 맡길 만합니다. 더불어 전장에 나서서는 꺾을 자가 없겠습니다. 굳게 디딘 두 다리가 든든합니다.

- 든든하기는… 모자란 아이올시다.

해구는 예의 차리는 말을 하지 않았다. 칭찬을 달가워하지 않는 품에 진남은 이후 해례곤을 운운하지 않았다. 그러나 유난히 듬직하던 두 다리가 기억에 오래 머물렀다.

그 다리였다. 진남은 이를 갈았다. 그리고 낙망했다. 더불어 전장에 나서서는 꺾을 자가 없겠습니다…… 제가 지껄였던 인물평이 원망스러웠다. 또한 지금껏 사람을 논함에 틀리지 않았던 자신의 감식안이 원망스러웠다. 진남은 고개를 들었다.

- 해례곤…….

입성은 남루하나 살갗으로 느껴지는 용력이 해씨의 맏공자가 분명했다. 그의 눈에 번진 살기가 진남을 압도했다. 해례곤의 모습은 두려웠다. 먹줄을 새긴 얼굴. 몇 명의 몫일지 모르는 피를 뒤집어쓰고 왼손에는 칼을, 오른손에는 노획물이 분명한 긴 창을 들었다. 양손의 쇠붙이들이 자신을 노리고 있었다.

- 너의 꾀가 눈앞의 칼날마저 피할까.

해례곤을 몰아낸 것은 연신이지만 독한 꾀의 주인은 그가 아니리라. 그는 어설프고 어리석다. 연신은 하수인. 면밀한 계략은 진남, 그가 아니면 꾸미지 못한다. 비극은 모조리 그의 주름진 손에서 비롯됐다. 해례곤은 검명에게 약속했던 죽음의 주인으로 진남을 택했다.

- 죗값을 치러라. 무거운 죄, 목숨으로 치러라.

충성스러운 노병 몇몇이 해례곤에게 달려들었지만 무용했다. 해례곤의 흰 옷을 더 붉게 할 뿐. 해례곤은 창을 버리고 앞으로 나아가 진남의 멱살을 틀어쥐었다. 진남은 젊은 팔뚝에 맥없이 끌렸다. 얇은 살갗으로 드러난 진남의 푸른 경동맥이 빠르고 불규칙하게 박동했다. 여유가 흐르던 늙은 동공이 긴장했다. 해례곤이 왼손의 칼을 잡았다. 진남은 죽음이 필연으로 다가왔음을 알았다. 할 말이 많다. 꽃피려는 권세. 그것을 눈앞에 두고 생을 버린다. 억울하다. 그러나 청승맞은 말을 주워섬길 때가 아니다. 그는 끝까지 냉철했다.

- 진모달! 네가 지금부로 전군의 수장이다. 내가 죽거든 당장 해례곤을 참살하라. 내가 죽어도 모든 것은 유효해. 관정이 북문을 돌파하거든 그대로 대두성을 점령하고 해구를 죽여라!

늙은 목소리가 다급하게 쏟아졌다. 해례곤은 독을 바른 칼날을 진남의 심장으로 찔러 넣었다. 얇은 가죽을 뚫고 예리한 칼날이 물렁한 심장으로 곧게 들어왔다. 찌르르한 고통에 진남은 비명을 질렀다.

　- 내 뒤는 진로가……!

　진남의 고개가 꺾였다. 백오십의 무리는 우두머리가 쏟아내는 붉은 피를 우두커니 바라봤다. 곁에서 저 분이 쟁취한 승리를 만끽해왔다. 항상 승리하던 분. 꿈에서나 그려보았나. 그런데 저 분이 패배한다. 죽음은 모든 것을 몰수한다. 가장 매정하고 완전한 패배. 저분이 가장 나쁜 패배를 당한다. 지금. 그들은 진남의 죽음에 무엇을 해야 할지 몰랐다. 덩그러니 놓인 비석처럼 방관할 뿐. 진모달의 머릿속은 깨끗한 순백이었다. 거짓 같은 풍경이 그의 귀를 닫고 눈을 닫고 입을 닫았다. 그는 형님의 최후 진술을 듣지 못했다. 그들의 가문을 위해서라면 그는 조금 더 명석하고 대담해야 했다.

　관정은 불화살을 쏘려던 참이었다. 그런데 남문이 먼저였다. 시종 암흑인 남쪽 하늘을 붉은 화살이 둘로 찢었다. 남쪽의 불화살은 의아했다. 그것은 퇴각을 의미했다. 남문에서 멀리 떨어져 시위만 했을 전군이다. 퇴각이라니. 퇴각을 할 만큼 비상한 사건이 발생했을 리 없다. 관정의 부장들은 오발일 것이라며 진공을 거듭 권했다. 그러나 두세 발의 불화살이 더 올라 이들의 논리는 힘을 잃었다.

　- 돌아가자. 퇴각한다.

　관정은 미련 없이 말머리를 돌렸다. 코앞에서 물러나는 관정의 군마를 보며 연신은 몸이 달았다. 그의 속이 타들어가는 것은 아랑곳 않고 대두성의 동서남북에서는 승전의 이유를 모르는 승전고가 울렸다.

　- 왜 퇴각령을 내렸소. 가주께서는 어디 계시오!

　관정은 전군에 합류하자마자 진모달에게 따지듯 물었다. 관정은 전군에 내려앉은 침울한 공기를 느꼈다. 진모달은 울고 있었다. 목소리는 울음에 막혀 나오지 않았다. 그를 대신해 냉정을 되찾은 또 다른 일문, 덕솔 진교眞爻가 답했다.

- 가주께서는 불의의 습격에 그만 돌아가셨소.

- 뭐라고!

- 군심이 혼란하니 우선은 퇴각을 택했소.

관정은 울분을 토했다.

- 이런 멍청한!

그는 참지 못하고 진교의 턱주가리에 주먹을 꽂았다. 거센 일격에 진교는 그대로 말에서 떨어져 나뒹굴었다. 관정은 진모달의 멱살을 틀어쥐었다.

- 어째서 퇴각을 명했소!

진모달은 울기만 했다. 시든 푸성귀처럼 늘어져 눈물만 짜내는 그를 관정은 흠씬 두들겼다. 그리고 하늘을 바라보며 괴성을 질렀다.

- 대인의 죽음이 헛되었습니다! 이 자들이 망쳤습니다!

짐승 같은 울부짖음이 한참동안 이어졌다. 진의 일족들이 일제히 고개를 숙였다. 진남을 따라 동고동락했던 관록의 노병들도 함께 울었다. 그제야 진모달의 귓전으로 망자의 마지막 말이 환청처럼 울렸다. 너무 늦은 각성이었다. 관정은 대두성의 앞에 다시 대오를 정렬했다. 주먹을 얻어맞은 진교가 얼얼한 턱을 매만지며 조심스레 물었다.

- 일단의 패배와 가주의 작고로 사기가 낮소. 대두성을 계속 칠 참이오?

- 돌아가면 남부의 작자들이 뭐라 여기겠소. 시커먼 꾀를 떠올릴 터. 허나 이대로는 어려우니… 진교, 당신이 궁성으로 가 가주를 뵈시오.

진교는 당혹했다.

- 가주께서는 이미…….

- 이제부터 지로 공자가 가주요.

진교는 긴장한 낮으로 고개를 끄덕였다.

- 가주께 원병을 청하오. 그로 하여금 직접 군마를 이끌게 하고 궁성은 조미걸취님께 맡기라 하오.

진교가 떠나고 오래지 않아 진로가 당도했다. 그의 등 뒤로 수 백의 기병이 따랐다. 여전히 얼굴이 벌게져 울음기가 가시지 않은 진모달과는 달리 진로의 표정은 덤덤했다. 건넬 말을 찾지 못하는 진모달에게 진로가 먼저 나섰다.

- 욕 보셨습니다. 이제 제가 맡겠습니다.

- 로야…….

진로는 어쩔 줄 모르는 진모달로부터 시선을 거뒀다. 그는 관정을 바라봤다.

- 오백뿐입니다. 충분합니까.

- 가주가 이끄신다면 족합니다.

진로는 희미하게 웃었다. 그는 가주라는 부름을 무겁게 들었다.

- 난중에 상을 치를 수 없어 조부님을 막사에 모셨습니다. 뵈시렵니까.

관정은 흰 휘장이 나부끼는 막사를 가리켰다. 그곳을 흰 옷 입은 노병이 지키고 있었다. 노병은 울고 있었다. 진로의 목울대가 울렁였다. 한동안 정적을 지키다 진로는 고개를 저었다.

- 나중에.

진로는 하얀 휘장을 등지고 쇠 비린내 풍기는 진중으로 걸어갔다. 진중의 공기는 무겁고 참담했다. 예상하지 못한 패배. 예상하지 못한 죽음. 충격은 진하고 슬픔은 역병처럼 번졌다. 진남의 밑에서 노익장을 과시하던 노병들은 하루 새 허리가 더 굽고 주름이 파였다. 그들은 궁성에서 달려온 새로운 가주를 불신했다. 젊은이를 향한 불신은 노인의 고질병이다. 진로는 노병들에게로 다가가 어깨를 매만지고 승리를 다짐했다. 그러나 돌아오는 것은 불온한 눈빛. 진로를 뒤따르는 관정은 한숨을 쉬었다. 내색하지 않았지만 그의 마음이 노병들과 다르지 않았다. 젊은이가 영리하다 하나 노인의 경험에 비할쏘냐. 허튼 허영심과 지나친 만용 또한 우려스럽다. 이 젊은이가 노인이 이기지 못한 대두성을 꺾겠나. 목전의 승리를 날려먹은 진모달의 그릇이 한스럽다.

한참 진중을 살피던 진로의 얼굴이 굳었다. 사기는 생각보다도 현저히 낮았다. 진남이 의지했던 것은 치솟는 사기와 내통의 계책. 두 가지 방법이 모조리 불분명해졌다. 진로의 입에서 뜻밖의 말이 흘러나왔다.

- 철수합시다.

관정은 그의 뒷모습을 안쓰럽게 바라봤다. 영리한 젊은이다. 조부를 잃은 슬픔과 패배의 쓴맛. 그리고 원수들이 울리는 승전고 소리에 동하는 분노. 그것들이 한 데 얽혀 그의 혈관에서 끓어오를 테다. 헌데 그것을 끝내 억누른다. 냉철하다. 진로는 뒤돌아 관정을 바라봤다. 그는 쓰게 웃었다.

- 이대로라면 어렵겠어요.

무력한 진로의 말이 뼈아팠다. 관정은 눈을 감고 고개를 끄덕였다. 관정이 희망을 걸었던 바는 연신. 내통이 유지된다면 점령은 무난하다. 하지만 연신은 더 이상 호응하지 않았다. 사소한 승리에 자신감이 솟았는지, 해구가 해례곤의 일 이후로 감시의 눈초리를 더욱 날카로이 했는지. 연신이 없다면 힘들다.

- 권토중래捲土重來하시지요.

진로는 고개를 끄덕이고 막사의 안으로 들어갔다. 관정의 속이 복잡했다. 재빠른 포기는 영리하지만 또한 용렬하다. 무릇 우두머리란 때론 감정에 휩쓸릴 필요도 있다. 정확한 계산에 근거한 이성적인 결단은 우두머리가 아닌 참모의 자질. 가주의 죽음에 앙갚음하지 않고 무심하게 돌아서는 진로를 노병들은 어떻게 바라보겠나. 경험 없는 젊은이가 패기마저 없다며 혀를 갈길 터. 진로가 안팎의 숭앙을 받으려면 비상한 수가 필요하다. 무작정 공성을 벌이는 것도, 무력하게 철수를 하는 것도 하책이다. 진로가 듣는다면 낸들 어찌 하리오 하소연을 할 터이지만 그토록 어려운 것이 우두머리의 책무다. 공성보다는 철수가 나은 수이지만 진하게 남는 아쉬움을 관정은 금하지 못했다.

진로는 철수를 명했다. 진모달과 진교는 관정더러 거보라는 듯, 철수가 올바른 방책이었다는 얼굴로 입을 삐죽였다. 가병들은 힘없이 막사를 걷었다. 진남의 간이빈소를 지키던 흰 옷의 노병은 한참 버티다 마지막으로 막사를 걷었다. 그는 진로를 원망스럽게 쏘아봤다. 진로는 팔짱을 끼고 무력한 풍경을 관조했다. 그러다 관정에게 말했다. 그의 말은 무심결에 내뱉는 듯 불분명하고 나직했다.

- 흰 깃발을 올리세요.

관정은 까닭은 묻는 표시로 미간을 좁혔다.

- 조의를 표해야죠. 할아버님께. 흰 깃발을 높이 올려요.

전장에서 조의를 찾나. 지나친 예의는 도리어 예의가 아니다. 패배감이 번진 진중에 흰 깃발은 가병들은 한없는 무력함으로 빠트린다. 그들은 흰 깃발에서 조의가 아닌 투항에 가까운 패배감을 통감할 터. 관정은 반대의 구실을 고심했으나 이내 관뒀다. 진로의 앙다문 입술. 저것만은 할아비를 닮았다. 저 고집스런 폐쇄에 절충은 없다. 관정은 읍하며 진로의 명을 받들었다.

흑룡기와 나란히 순백의 깃발이 나부꼈다. 진의 군대는 더욱 슬퍼졌다. 노병들은 함께 늙어갔던 주인을 떠올리며 눈시울을 붉혔다. 뼈저린 패배감이 진중을 엄습했다. 진로는 진모달에게 명했다.

- 작은할아버님께서 선두를 이끌어 궁성으로 가십시오.

진모달은 그러마했다. 진로는 진교에게 중군을 맡겼다. 관정은 당혹했다.

- 진모달 공은 군재가 아닙니다. 그가 이끌면 질서 없이 어지러울 것인즉…….

진로는 웃기만 했다. 그의 명은 관철됐다. 진모달이 이끄는 선두가 종대로 행진했다. 관정은 몸이 달았다.

- 중군은 제게 맡기십시오. 문란한 군세를 보고 적이 쫓을까 염려됩니다.

- 아뇨. 중군은 진교 님이.

해구는 대두성의 남문에 올랐다. 병세는 여전히 깊었다. 그러나 좋은 구경거리를 놓칠 수는 없었다. 단번의 패배에 꼬리를 말고 도망치다니. 진도 그럴 듯한 깜냥은 못 된다. 해구는 웃음을 토했다. 골짜기를 따라 굽이굽이 이어지는 진의 행렬은 우스웠다. 무력하고 무질서하다. 해구는 한참을 웃다 이내 속에서 번지는 쓴맛에 가슴을 부여잡았다. 흑개사 오천이면 저 머저리들을 단숨에 쓸어내는데. 저근의 이름자가 그의 머리에서 떠나지 않았다. 역시 마한놈은 거두는 게 아니었어…….

- 뒤를 치시지요.

젊고 당찬 목소리가 해구의 뒤에서 들렸다.

- 연 공자인가.

연신의 차남, 연돌燕突. 활 솜씨가 출중한 젊은이였다. 군재가 박하기로 소문난 연의 일문에서 그나마 쓸 만한 재주였다.

- 오백만 내주십시오. 적의 후미를 깨트리겠습니다.

- 부러 세를 흩뜨리는 것일 수도 있어. 자네처럼 혈기 넘치는 젊은이들을 꾀어내려고. 진남은 음흉하거든.

- 아뇨, 저들은 진짜입니다.

이번엔 간드러지는 연신의 목소리였다.

- 그게 무슨 말인가.

연신은 어마어마한 말을 대수롭잖게 입에 올렸다.

- 진남이 죽었습니다.

해구는 눈을 가늘게 떴다.

- 뭐라고.

- 진남이 죽었습니다.

연신은 힘주어 말했다.

- 뭐라…….

약한 감기 기운이 번진 듯 해구의 정신이 아득했다.

- 진남이 죽었습니다, 대인.

- 뭐라고……!

- 진남이 죽었습니다!

해구는 놀랐다. 놀라다 웃었다. 웃다 울었다. 다시 놀랐다. 다시 웃고, 울고, 또 놀라고 웃고 울고…… 진남이 죽었다. 책략가가 죽었다. 전장에서 항상 이기던 그 자가 전장에서 죽었다. 놀랍다. 그는 항상 굴종했다. 경사에 굴종하고 해구에 굴종했다. 뱃속에 칼을 숨기고 몸을 숙였다. 그러다 마침내 칼을 뽑았다. 궁성의 문을 걸어 잠그고 화살 비를 쏘아 권세를 얻었다. 그러던 그가, 지나간 권력의 부스러기를 치우다 죽었다. 몸을 굽혀 물을 주고 땅을 다지고 피를 뽑아 유실수를 키웠다. 이제 열매가 탐스럽게 익어 따먹을 참. 그런데 열매를 따려고 걸음을 내딛다 벼락을 맞고 죽어버렸다. 한심스런 생. 어찌 우습지 않은가. 비웃어주지 않고 어찌 배겨. 그러다 우는 까닭은, 그런 한심스런 생에 된통 당해버린, 더 한심스런 작자가 자신이란 사실이 뼈아픈 탓이었다. 웅크리고만 있는 신세가 한심스러워 울었다. 한참을 놀라고 웃고 울던 해구가 연신에게 물었다. 눈물과 웃음기과 범벅된 그의 얼굴이 우스꽝스러웠다.

- 그래, 그 늙은이는 어쩌다 서둘러 골로 가셨다던가?

- 칼에 맞았답니다.

- 저런!

뒤의 물음은 자연스러웠다. 누구의 칼에 맞았다던가. 연신은 그 물음에 진실할 수 없었다. 해 공자가 죽였습니다. 이 말을 해구가 의아히 받아들일 것이다. 그는 멋쩍은 웃음을 걷치며 둘러댔다.

- 글쎄요…… 내란이 일었나.

- 내란이라니. 진의 가병은 결속이 굳다.

연신은 관자놀이만 긁었다. 거듭 고개를 갸웃거리는 해구가 혹 쓸데없는 추리를 감행할까 두려워 그는 급히 진의 군마를 향해 손가락을 뻗었다.

- 저걸 보십시오. 흰 깃발입니다. 진남이 죽었다는 증좌. 대인은 진남이 죽은 까닭에 마음 두지 마시고 그 자가 죽었다는 사실에 기뻐하시면 그만입니다.

- 신원미상의 장골이 그를 죽였다던데…….

물색없이 뇌까리는 연돌의 말을 연신이 입 주위에 손가락을 갖다 대며 제지했다. 해구는 몇 차례 고개를 모로 기울이다 진남을 죽인 장본인의 생각은 관두었다. 소나기를 만난 개미떼처럼 황망히 물러나는 진의 군대를 보고 해구는 몸을 일으켰다.

- 놈들의 뒤를 쳐라.

연돌의 의문을 표했다.

- 적이 꾀한 바일 수 있다고, 대인께서 말씀하지 않았습니까.

- 그거야 진남이 멀쩡했을 때의 얘기지. 저놈들의 무질서는 진짜야. 진남의 급사에 정신을 못 차리는 거야. 저놈들이 계략을 쓴 것이라면 진남의 상여를 메고 곡소리를 부러 크게 내며 철수했을 게야. 그런데 지금은 다만 흰 깃발 하나만 올리지 않았나. 저건 진짜야. 진남의 유고 시에는 아우 진모달이 군을 이끌 터. 관정의 군재가 뛰어나다지만 핏줄 따지기 좋아하는 진의 족당이 그에게 군을 맡길 리 없지. 형의 옆에서 농담이나 따먹던 진모달이 군을 어찌 이끌겠나. 군중의 질서가 문란해진 게다. 절호의 기회. 지금 진을 토벌하여 다시 해에게로 권력을 가져온다. 연돌, 그대가 기병 칠백으로 적을 쫓아라. 나머지 전 병력은 후군으로 해모가 맡아 진격하라. 적을 궤멸하라!

굳게 닫혔던 대두성의 문이 열렸다. 굶주린 맹수가 먹잇감을 향해 내달리듯 연돌은 호기롭게 출격했다. 진교가 이끄는 중군은 진모달보다는 낫다지만 질서가 없기로는 매한가지였다. 연돌은 회심의 미소를 지었다. 해구는 난간에 손을 짚은 채 연돌의 진격을 굽어봤다. 대두성의 남녘은 잠깐의 평야 뒤에 야트막한 산지의 연속. 진의 후미를 쫓던 해의 군마는 산지 사이의 계곡으로 진입했다. 계곡에 가려 해구의 시야에서 병마가 사라졌다.

연돌은 마침내 진교의 뒤를 따라잡았다. 진의 가병들은 실색했다. 슬픔에 푹 젖어있던 가병들은 순식간에 연돌의 말발굽에 으깨졌다. 가병들은 혼이 빠졌다. 그들의 질린 얼굴에서 연돌은 승리를 확신했다. 이것으로 해와 진은 다시 백중세. 백제의 권력은 진의 품에서 떠난다. 한 발짝 물러나 다시 싸움을 지켜볼 것이다. 강자의 품에 다시 안길 것이다. 연돌은 무자비하게 진의 가병들을 도륙했다. 잿빛 성벽에 갇혀 얼마나 많은 한숨을 뱉었던가. 답답한 분과 치미는 설움으로 수많은 밤을 지새웠다. 이제는 복수다. 너희들이 우리를 핍박한 만큼 너희도 핍박당해라. 연돌의 창끝은 무수한 생을 앗아갔다. 그 휘하의 기병들도 그랬다. 켜켜이 쌓였던 분을 일시에 터트렸다. 진의 가병들이 무참히 죽어 나갔다. 연돌의 확신은 점차 굳어졌다.

확신을 부정하는 소리가 뒤에서 들렸다. 소리는 지축을 흔들었다. 소리는 단일한 개체가 빚는 것이 아니었다. 수백, 수천이 빚었다. 말발굽의 소리, 사람들의 고함. 노병들을 참륙하던 연돌의 병마는 불의의 소리에 고개를 돌렸다. 연돌은 말을 잃었다. 진의 기치를 나부끼는 군단이 좌우로 야트막히 솟은 야산의 우거진 수풀에서 뛰쳐나왔다.

- 역도를 섬멸하라!

관정이 야산을 디딘 채로 소리쳤다. 그의 옆에는 흰 얼굴의 공자가 웃음을 흘렸다. 덕솔 진로. 연돌의 얼굴에서 핏기가 가셨다. 당했다. 한쪽으로 찌그러지던 진의 중군도 일제히 돌변하여 해와 연을 압박했다. 중군의 수장인 진교는 연돌의 진격에 아연실색하다가 좌우에서 쏟아져 나오는 우군을 목도하고 그제야 사정을 깨달았다. 진교는 폭소를 터트리며 중군에 공세를 명했다. 좌우에서 기습하는 적과 수세에서 공세로 전환한 적. 연돌의 마병은 삼면으로 둘러싸여 궤멸지경으로 치달았다. 비록 후방이 트여있으나 협로인데다 고삐를 움켜쥐어도 기습으로 놀란 마필들이 진정하지 못했다. 설상가상으로 영문을 모르는 해모의 전 병력이 꾸역꾸역 죽음의 계곡으로 밀쳐 들어왔다. 해모의 창이 연돌의 말에 핏빛 생채기를 냈다. 생채기에 놀란 연돌의 말들이 눈알을 뒤집고 해모의 보병들을 발굽으로 뭉갰다.

비명은 계곡에서 공명했다. 처절한 메아리가 먼 곳까지 날아갔다. 장대 위의 해구에게까지 희미하게 들렸다. 해구는 달콤한 미소를 머금었다. 진의 족당이 종내 멸망한다. 뼛골 속속들이 깃들었던 병마가 씻기는 듯 기분이 상쾌했다. 계곡의 위로 시커먼 연기가 피었다. 불은 모든 것을 태운다. 그러므로 전장의 불은 곧 대토벌. 해구는 시종에게 술을 따르게 했다. 전장에서 술은 승전이다.

해모가 죽었다. 어지러이 쏟아지는 화살 중 하나가 그의 목줄을 꿰뚫었다. 뚫고 나온 화살촉에서 검붉은 핏방울이 뚝뚝 떨어졌다. 주인을 잃은 담가라말이 길게 울었다. 해모의 보병들은 낙망했다. 수라장^{修羅場}은 더욱 무질서했다. 연돌은 휘하를 버렸다. 어깻죽지에 박힌 화살들이 아팠다. 그는 말을 내달려 전선을 이탈했다. 점차로 멀어지는 아군의 절규가 아팠다. 연돌은 눈물을 삼켰다. 등을 보이는 장수를 보고 가병들도 각자도생을 결심했다.

살기 위한 무수한 움직임으로 가득 찼던 계곡이 고요했다. 모두 죽어 움직임을 멎고 고요해졌다. 진로는 처절한 풍경을 바라보며 관정에게 하명했다.

- 철수를 취소한다. 전군, 대두성으로 진격하라.

관정은 읍하며 명을 받들었다.

- 진격하라! 대두성을 함락한다!

전군에 군령을 사자후하는 관정의 얼굴에는 감격이 번졌다. 주군을 알아보지 못한 좁은 식견이 부끄럽다. 진로는 가주의 감이다. 수세를 공세로 바꿀 줄 안다. 적을 기만할 줄 안다. 대담하다. 교묘하다. 냉철하다. 사랑하는 조부의 죽음마저도 그는 계략으로 삼았다. 필부의 그릇인 진모달과 진교를 고의로 속여 계략을 성공했다. 해구의 속을 간파하여 흰 깃발을 올리되 상여를 메고 곡을 하는 과잉은 범하지 않았다. 일제히 뒤로 돌아 대두성으로 몰려가는 가병들을 보며 관정은 뭉클한 감동에 젖었다. 흑룡기와 나란히 나부끼는 하얀 깃발은 이제 고무와 용기의 표상으로 변모했다. 어린 주인을 받들기로 결심한 노병들은 장창을 받쳐 들고 호보당당^{虎步堂堂}하게 대두성으로 진군했다. 몰려오는 병마를,

해구는 자신의 당당한 개선군으로 여겼다. 양팔을 한껏 뻗어 포옹하리라. 그들과 더불어 오는, 집 나갔던 권력까지. 해구의 쾌감은 절정이었으나 미몽이 빚어낸 허깨비 같은 쾌감은 순간에 무너졌다. 대두성으로 몰려오는 인파는 해가 아니라 진임을 깨달았다. 용틀임하는 거무튀튀한 짐승, 그것이 그려진 깃발이 인주를 넉넉히 바른 도장을 찍듯 너무나도 명확하게 해구의 시야에 박혔다.

- 아…….

일거에 물러나는 듯했던 병마와 피로감이 다시 해구의 몸뚱이를 엄습했다. 해구는 쓰러졌다. 지키는 병사가 없이 농성은 허무했다. 하얀 깃발은 햇살을 투과하며 진의 광영을 표상했다. 진이 해의 넓고 깊은 해자를 건넜다. 주인의 복수심에 불타는 노병들은 사슴의 깃발을 불살랐다. 매운 연기가 곳곳에서 올랐다.

- 팔자 지독하오.

진로는 제 앞에 무릎 꿇은 해구를 굽어보았다. 넋이 나간 해구는 고개를 숙인 채 삽시에 깊어진 병세를 애써 견뎠다. 두어 차례의 각혈이 그를 괴롭혔다. 해구는 가쁘고 벅찬 숨을 쌕쌕 뿜었다.

- 왕년의 실력자치고는 너무 형편없잖소.

해구의 곁에는 과소寡少한 사람만 남았다. 이천의 가병은 계곡에서 귀신이 되거나 소속을 버리고 도망했다. 그의 곁에는 몇몇의 호위와 물정 모르는 도련님, 살진 부엌데기와 병들어 출정하지 못한 늙은 병사만 남았다. 해구는 몸을 떨었다. 비참하다.

- 오래 누렸소. 이제는 관둬야지.

진로는 해구를 등졌다. 정신이 점멸하는 해구는 식은땀을 흘리며 침묵으로 일관했다. 함께 포승에 묶인 연신은 시끄러웠다. 그는 할 말이 있었다. 연신의 입에서 급박한 언어들이 쏟아졌다. 진 공자, 날 보시오.

나는 대인과 함께했소. 이렇게 다루면 안 되지. 나를 방면하고 당신의 일익으로 삼으오. 죽음의 문턱에서 울음과 함께 토해내는 발음은 불분명했다. 진로는 그를 향해 몸을 돌렸다. 연신은 구명의 길이 열린 것으로 믿고 웃었다. 진로도 웃었다. 와중에 해구는 진정한 배신자의 정체를 뒤늦게 깨닫고 피눈물을 삭였다.

- 여봐라, 죄인이 시끄럽다. 매를 쳐서 입을 다물게 하라.

진로는 다시 해와 연을 등졌다.

해의 가솔들이 줄줄이 차꼬에 엮여 압송됐다. 남녀와 노소를 가리지 않았다. 머리를 풀어헤치고 맨발로 궁성까지 걸었다. 호강하느라 굳을 새가 없던 해의 연한 발바닥들이 숱한 자갈에 갈리고 찢겼다. 대두성에서 궁성으로 향하는 길목에 해의 피 발자국이 어지러이 찍혔다. 간밤에 연신이 도주했다는 보고가 들어왔다. 제 식솔들을 내팽개치고 북으로 내달렸단다. 연돌도 용케 사지를 벗어났다더니. 달음박질이 연의 집안 내력이로세. 진로는 쓴웃음을 지었다. 직무유기로 감시역이 참수되었다. 날이 밝고 연의 가솔들은 해의 뒤를 따라 궁성으로 걸었다. 검붉게 메말라가던 대지에 다시 밝은 핏자국이 찍혔다.

- 승전을 감축하오, 진 공.

목협만치가 남문에서 개선하는 진로를 맞이했다. 그는 한 마디 덧붙이는 것을 잊지 않았다.

- 더불어 조부의 타계를 위로하오.

감축과 위로에 따라 진로의 낯이 밝았다 흐렸다.

- 토역討逆의 와중에 궁성을 든든히 보위하셨습니다. 노고가 많으셨습니다.

진로는 곰나루의 남문으로 개선했다. 위풍이 넘쳤다. 귀족들은 허리를 꺾으며 새로이 취임하는 진의 가주가 녹록하지 않겠다고 여겼다. 진로는 남당에 나아가 귀족들의 우러름을 받았다. 어라하의 텅 빈 성좌가 진로의 위세에 참담히 가렸다. 진로의 관등은 덕솔에 그쳤으나 좌평마저 위압했다. 뭇 귀족들이 진로의 앞에 굴신했다. 좌평 조미걸취가 진로의 앞에 나아가 몸을 숙인 채로 아뢨다. 남당의 원로가 진로에 절을 올리니 너희들도 모조리 그리하라는 공공연한 겁박이었다.

- 부재하신 동안 여러 일들이 있었습니다. 전임 내두좌평 저근이 흑개사를 이끌고 기군의 성대혜현을 경유하여 면중面中(지금의 광주광역시)으로 남하, 그곳에 웅거했습니다. 그곳의 토호들이 기꺼이 호응하여 세가 자못 위험합니다.

- 성대혜현이라면 옛날 큰소도가 아닙니까. 저근이 대천군과 만났습니까.

- 큰소도를 경유한 것은 확인했습니다만 그것은 알지 못합니다.

- 저근이 망국을 재건하려는가.

진로는 그리 말하며 목협만치의 낯빛을 살폈다. 망국의 진왕족이었던 목의 얼굴에는 표정이 없었다. 이미 목씨는 마한에 대한 옛정을 잃었다.

- 진왕을 자처하지는 않습니다. 다만 저근의 수하들이 주군이라고 부릅니다.

- 군세는.

- 저근의 흑개사 오천에 더하여 망국을 따른 무장한 속민 이천 여, 토호들의 가병 천 여를 더하여 도합 팔천 여를 헤아리는 바, 쉬운 세가 아닙니다.

진로는 고개를 끄덕였다.

- 타계하신 조부의 상례喪禮는 어찌하오리까.

조미걸취가 묻자 진로는 말에 힘을 주었다.

- 마땅히 국상의 예로써 치릅니다.

조미걸취는 목협만치를 돌아봤다.

- 내법께서 알아 행하시리라 믿소.

목협만치는 성심을 다하겠노라 다짐했다. 조미걸취는 진로를 향해 아뢨다.

- 토역의 공신들이 많습니다. 남당에서 미리 임의로 공을 논했습니다.

조미걸취가 두루마리를 올렸다. 진로는 살피고 답했다.

- 나를 상좌평으로 올리는 것을 제하고 이대로 하십시오. 나는 연소하고 재주가 모자라니 좌평의 주제가 아닙니다.

대신들은 거듭 상좌평에 오르시라 권했으나 진로는 듣지 않았다.

상좌평·병관좌평- 덕솔 진로가 대리, 내신좌평 조미걸취, 위사좌평 관정, 조정좌평 진모달, 내두좌평 진교, 내법좌평 목협만치. 육좌평 중 다섯 자리가 진의 차지가 됐다. 해를 토벌함에 다른 일문과 결탁하지 않았으므로 다른 일문이 시비를 걸지 못했다. 조미걸취는 계속해서 아뢨다.

- 대두성의 역도가 궁성에 이르렀습니다. 어찌 처분하오리까.

- 저자에서 모조리 참하십시오.

말 한 자락으로 저자에서 모조리 해와 연 남녀노소의 머리가 날아갔다. 저자거리에 나뒹구는 그들의 대가리들을 노한 백성들이 몰려와 밟아 으깼다.

- 타계하신 조부께서 왕부의 공자 중 하나를 옹립하라 했습니다. 누구를 염두에 두셨는지.

진로는 한동안 침묵을 지키다 답했다.

- 내가 왕부로 가 옹립하겠습니다.

등극

모대가 아비의 죽음을 받아들이는 데 꼬박 한 해가 걸렸다. 몸은 쇠잔하고 정신은 더욱 쇠잔했다. 식수를 족히 마셔도 땀으로 빠져나갔다. 입술은 마르고 살갗은 거칠었다. 끼니를 예사로 걸렀다. 뺨이 패고 밀도 있던 근육은 성겼다. 수발을 드는 이요도 따라 지쳤다. 축자부인도, 찬수류도 가까운 이의 죽음이 드리운 응달 밑에서 여전히 우울했다. 해가 거듭 지나 응달은 희미해졌으나 아예 가시지는 않았다. 진로가 바다를 건너 왕부로 온 것은 그런 때였다. 진로의 행렬은 화려했다. 일전에 왔던 일문의 한솔과는 격이 달랐다. 백제 사신단의 소문이 파다했다. 워낙에 왁자해 모대는 진로가 오기 전부터 그의 내방을 알았다. 호사가들은 구다라의 세도가가 왜왕과 중요한 담화를 나눌 것이라 떠들었지만 진로의 종착은 왕부였다. 세도가의 내방에 왜의 감투들이 그의 눈도장을 찍고자 행렬을 따랐다. 제 고장의 특산을 바리바리 싸들고서. 특산의 갖가지 냄새가 짐꾼들의 시큼한 땀내와 얽혀 풍겼다. 진로는 왜왕과 간단히 환담하고 물러나 왕부로 향했다. 진로가 지나가는 말처럼 왜

왕에게 왕부 공자들의 인물평을 청했다. 왜왕은 곤지를 인용했다.

- 작고하신 왕제께서 곧잘 그리 말했지. 사마는 물이요, 모대는 불이라. 다른 공자들은 범재야. 구태여 인물평을 하는 품까지 들일 필요는 없지.

사마는 물, 모대는 불. 왜왕의 잡담을 한 귀로 흘리며 진로는 그 말만을 되새겼다. 사마는 물, 모대는 불. 간명하고 절묘한 평이로다.

진로는 왕부로 향했다. 예복을 입은 무리가 왕부의 대문 앞에 도열했다. 사마는 상복을 입은 가솔들의 선두에 섰다. 진로가 문지방을 넘자 상복들은 일제히 허리를 꺾어 그를 맞이했다. 사마도 간단한 고갯짓으로 예를 표했다.

- 덕솔 진로가 사마 공자의 존안을 뵙습니다.

진로의 말은 깍듯했다.

- 원로에 노고가 많소.

모대는 진로를 보았다. 구토가 치미는 듯 속이 울렁였다. 진로는 여러 말을 입에 올렸으나 모대의 귀에는 한 글자로만 들렸다. 진. 모대는 속으로 그 글자를 여러 번 발음했다. 진. 단번에 맺지 않고 지독하게 긴 울림이 있는 글자. 지이이인— 그 긴 울림 속에서 백가의 붉은 흉터들이 춤을 추고 몸뚱이를 잃은 곤지의 슬픈 수급이 부유했다. 면식이 없는, 이제는 죽어버렸다는 진남이란 늙은이의 흉흉한 웃음이 흉터와 수급을 조롱하며 그 사이를 유유히 흘렀다. 부여곤지는 역적이오. 한솔진 아무개가 뇌까리던 무례한 언사도 건더기로 토막 나서, 지이이인— 긴 발음 위에서 흘렀다. 주먹이 떨렸다. 모대는 폭력의 충동을 느꼈다. 그를 염려스런 얼굴로 보던 이요는 연약한 악력으로 모대의 주먹을 어루만졌다. 모대는 눈을 감고 아픔과 슬픔을 삭였다.

- 늦었지만 춘부의 별세에 조의를 표합니다. 안타깝습니다.

사마의 눈꺼풀이 살짝 떨렸다.

- 조부의 타계로 속이 번잡할 텐데 신경을 써주니 고맙소.

사마는 비껴서며 진로에게 안으로 들라 권했다. 진로는 목례와 함께 안으로 들었다. 접객을 마친 상복들은 저마다의 자리로 뿔뿔이 흩어졌다. 모대와 그의 형제들도 그리할 참이었다. 진로가 그런 그들을 돌아보며 말했다.

- 다른 공자들께서도 안으로 드십시오. 긴히 드릴 말씀이 있으니.

모대는 무표정으로 제안을 받아들였다. 사마와 모대를 비롯해 곤지의 자식 다섯이 배석했다. 늙은 집사와 찬수류도 자리했다. 이요는 문 밖에서 바짝 귀를 대고 높으신 분네들의 담화를 엿들었다. 진로는 한동안 차만 홀짝이며 뜸을 들였다. 사마가 말을 재촉하려 입을 우물거리자 진로는 그제야 말문을 열었다.

- 본국의 사정을 잘 아시지요.

- 어느 정도는.

- 공자의 춘부께서 어라하를 시역했다고 하나 그것은 모조리 해구의 계책에서 나온 것입니다. 해구가 농단한 남당은 그것을 막을 힘이 없었습니다. 늦은 사과를 올립니다.

진로는 아픈 곳을 건드렸다. 부드럽고 예의를 차린 말씨였지만 곤지의 죽음을 곱씹는 것만으로 형제들은 아팠다. 그의 죽음을 진의 꾀로 여기는 모대는 진로의 위선과 기만이 역겨웠다.

- 어라하를 시역한 것은 해구입니다. 해구는 문주대왕께서 붕어하신 후 태자를 옹립했습니다. 허나 그도 세 해만에 해구에 의해 시역당하셨습니다.

형제들은 말이 없었다. 그들에겐 아비의 죽음만이 유의미했다. 먼 촌수의 어린 일족이야 알 바 아니었다. 다만 한 명의 신하가 두 명의 어라하를 죽였다는 사실은 왕가의 혈맥으로서 퍽 굴욕이었다.

　- 해구의 난리는 진압했습니다만 난리로 하여 성좌가 비었습니다. 속민들은 불안합니다. 어라하란 나라의 아비. 아비 없는 자식들이 되었습니다. 태후께서 왕실의 어른 노릇을 하시지마는 백성들이 여인을 의지하지 못합니다.

　형제들은 침묵했다. 사마만이 진로를 말로써 응대했다.

　- 그래서요.

　- 어라하를 모시려 합니다.

　사마의 눈이 흔들렸다.

　- 어라하를 어찌 왕부에서 찾으오.

　- 곰나루에는 온당한 어라하의 감이 없습니다.

　- 온당한, 감이라고.

　적개심이 팽배한 말은 모대의 것이었다. 모대의 말에는 울음기가 섞였다. 침묵하던 모대의 말이 의외라는 듯 진로는 눈을 크게 뜨며 천천히 고개를 끄덕였다.

　- 네, 온당한 감이 없습니다.

　- 건방지다. 신하된 자가 외람되이 군주의 감을 논하는가.

　단호한 말에도 진로는 웃었다. 모대는 불. 그는 부드럽게 웃으며 손을 저었다.

　- 오해는 마십시오. 고래^{古來}의 예법과 전통을 따졌을 때 어라하가 될 만한 분이 없다는 것이니. 왕통으로 따졌을 때 곰나루의 종친들은 촌수가 더 멉니다. 왕부의 공자들께서 어라하에 가깝죠. 온당과 감을 운운한 것은 제 실수입니다. 사과드리죠.

　모대는 굳은 얼굴로 입을 닫았다. 직선으로 내지르지 않고 곡선으로 유유히 에둘러 나가는 겸양한 화법이 불쾌했다. 진로는 멋쩍게 웃다가 차를 머금었다. 차향이 좋군요. 진로는 그리 말하고 잔을 내려놓았다. 맑은 도자의 소리가 내려앉은 공기 중으로 날카롭게 공명했다. 함께 자리한 찬수류의 얼굴은 진중했다.

- 남당과 왕실이 상의하여 어라하를 결정했습니다.

그는 조심스레 운을 뗐다.

- 어라하가 되실 분은…….

진로는 한번 씩 웃었다. 그는 잠깐의 휴지동안 다섯 공자의 얼굴을 살폈다. 저마다 표정이 달랐다. 사마는 낯빛에 속내를 보이지 않았다. 사마는 물. 모대는 여전히 눈에 힘을 주고 입을 다물었다. 그 속에서 끓어오르는, 용암과 진배없는 적의와 분노가 전해왔다. 모대는 불. 나머지 세 공자는 불안한 눈빛이었다. 그들은 다만 진로가 말하는 생경하고 어마어마한 말들에 넋이 빠져있었다. 필부들. 조심스레 입을 떼던 처음과는 달리 진로는 분명하게 말을 맺었다.

- 어라하가 되실 분은, 모대 공자이십니다.

좌중에 당혹감이 번졌다. 사마의 눈이 심하게 떨렸다.

- 모대라고.

찬수류는 시종 진중한 얼굴이었다. 모대의 얼굴은 심하게 일그러졌다.

- 내가 왜. 사마 형님이 계시다.

진로는 예상했던 반응이라는 듯 능숙하게 답변했다.

- 남당과 왕실이 모대 공자를 택했습니다.

왕실은 껍데기. 그나마 화려하고 영화로운 외양마저 잃어버린, 그야말로 허깨비. 그런 왕실이 어라하를 결정하는 데 입김이나 시원하게 불어봤을까. 또한 왕실이 구태여 혈통에서 앞서는 사마의 즉위를 저지할 까닭이 없다. 제 몸 사리기 어려운 와중에 사마면 어떻고 모대면 어떠

랴. 자라처럼 목을 집어넣은 채 그리하시오 저리하시오 했을 테지. 그
런즉, 모대를 택한 것은 왕실이 아니라 남당이다. 남당은 진로의 것. 진
로, 바로 앞에 앉은 이 남자가 모대를 택했다.

찬수류가 시비를 걸었다.

- 까놓고 말혀서, 서열과 핏줄에서 사마 공자가 젤로 앞서잖소. 나라
의 법제가 사마 공자럴 성좌의 임자루 삼으라 한디 먼 까닭으루 모대
공자가 어라하여.

진로는 가볍게 받아쳤다.

- 남당과 왕실에서 당면한 상황과 여러 가지를 따져 모대 공자를 성
좌의 주인으로 정했소. 사마 공자는 곤지 전하가 그랬듯 왕부를 지켜
본국과 왜의 튼튼한 혈맹을 두텁게 하는 데 적합하다고 판단했소.

- 헛 참, 그래, 남당과 왕실에선 왜 사마 공자를 튕긴 게요. 진 공이
말허는 당면한 상황과 여러 가지가 대체 뭣이냔 말요.

진로는 냉담하게 답했다.

- 일개 촌부에게 세목을 들어 설명할 까닭은 없소만.

- 내게 설명하시오.

모대는 진로를 노려보며 말했다.

- 그대의 말대로라면 장차 나는 그대의 주인이리니. 주인에게 설명하
시오.

진로는 실실 웃음을 흘렸다.

- 아직은 아닙니다. 성좌에 오르시면 그때 어라하의 신하로서 설명
하죠.

모대는 진로의 시선을 외면했다. 입술을 닫은 채. 진로도 침묵으로
모대의 답을 기다렸다. 팽팽한 고요가 좌중을 눌렀다. 어라하를 탁자
위에 두고 벌이는 기 싸움에 늙은 집사나 찬수류는 간섭할 주제가 아

니었다. 핏줄은 귀하되 재주는 장삼이사張三李四에 그치고 호부견자虎父犬子의 수식이 꼭 맞는 모대의 세 형제도 모대에게 한번 진로에게 한번 시선을 던질 뿐이었다. 사마의 속은 잡념으로 들끓었다. 그는 이미 흘러간 진로의 말 한 자락에 머물렀다. 어라하가 되실 분은 모대 공자입니다. 그 말이 묘하고 아프고 씁쓸했다. 사마의 학문은 깊다. 따라서 도리를 안다. 마땅한 도리를 따른다면, 어라하를 멋대로 지명하는 진의 주제넘음을 질책해야 했다. 그런데 사마의 마음은 모대가 자신을 제치고 어라하가 되는지에 관한 당위만을 물었다. 어째서 모대인가. 어째서 내가 아닌가. 혈통과 서열이 앞선다. 학문과 도량, 언변과 계책이 앞선다. 성좌가 요하는 모든 것에 앞선다. 헌데 어째서 모대인가. 사마는 자신의 마음이 성좌를 탐하고 있음을 인정했다. 성좌를 죽음으로 수호하던 아비의 충심과 왕가를 깔아뭉개는 진의 사독함을 외면하고 오로지 성좌를 탐하는 불민함을 인정했다. 그는 지금, 진로보다 모대가 더 미웠다. 내내 숨기던 사마의 마음이 그의 낯빛에 언뜻언뜻 드러났다. 진로는 소리 없는 웃음을 띠었다.

- 분명히 말하지. 사마 형님만이 성좌의 주인으로 가당하오.

모대가 긴 고요를 깼다.

- 남당과 왕실의 결정입니다. 공자께선 거스를 명분과 힘이 없습니다.

- 나는 가지 않소. 뜻을 꺾지 않으시려거든 내 목을 베어 성좌에 올려놓으시오.

- 무력을 써서라도 공자를 옹립할 겁니다.

- 마음대로 하시오!

팽팽한 고요가 팽팽한 소란으로 변했다. 둘은 으르렁거리며 물러날 태세가 아니었다. 늙은 집사와 찬수류와 호부견자들은 긴장 속에서 아랫입술만 잘근잘근 씹었다. 모대가 사마를 향해 무릎을 꿇었다.

- 형님께서 곰나루로 가주십시오. 성좌에 올라 백제를 다스려주십시오.

사마는 복잡한 시선으로 무릎 꿇은 모대를 내려다보았다. 사마는 심한 충동을 느꼈다. 잘할 수 있다. 선대의 어떤 명군보다도 이 나라를 잘 다스릴 수 있다. 이 궁벽한 시골을 벗어나, 일국의 주인으로…… 사마는 진로를 바라보았다. 진로는 천천히 고개를 저었다. 당신은 결코 성좌의 주인이 아닙니다. 진로의 눈빛은 완고했다. 사마는 이를 악물었다. 나는 잘 할 수 있다. 진로의 눈빛은 흔들리지 않았다. 당신은 안 됩니다. 사마는 질끈 눈을 감았다.

- 남당과 왕실의 결정을 따라라. 모대야, 네가 성좌에 올라라.

- 형님!

- 남당과 왕실이 결정했다지 않느냐! 곰나루로 가라!

사마는 악을 지르며 자리를 박차고 나갔다.

- 형님…….

빈자리를 향해 모대는 탄식하듯 사마를 불렀다. 빈자리는 대답하지 않았다. 침묵하던 찬수류가 입을 열었다.

- 성좌에 오르씨오.

- 사부…….

- 남당과 왕실이 공자를 원합니다. 성좌에 올라 그들을 다스리씨오.

찬수류는 말끝에 힘을 주었다. 그들을 다스리씨오.

- 성좌에 오르씨오!

모대는 크게 호흡했다. 그 호흡으로 결단했다. 그는 진로를 향해 말했다.

- 남당과 왕실의 뜻에 따라, 성좌에 오르겠소.

진로는 자리에서 일어났다. 그는 두 손을 머리 위로 슬며시 올리며 나지막이 말했다. 그의 얼굴은 냉소했다.

- 어라하 만세.

만세는 본디 찬양과 환호의 외침이었으나 진로의 만세는 모대의 귀에 달리 들렸다. 겨뤄보자. 백제의 권력을 두고. 전장은, 곰나루다.

어둠이 내렸다. 사마가 먼저 자리를 뜨고 늙은 집사와 찬수류와 호부견자들, 이윽고 진로마저 자리를 떴다. 그러나 모대는 움직이지 않았다. 호롱도 켜지 않고 스미는 어둠을 온몸으로 맞았다. 그는 머리를 싸쥐었다. 어라하. 졸지에 굴러 들어온 그것이 저주스러웠다. 어라하가 뭐라고. 형편없는 허울. 아비를 잡아먹은 괴물. 이제 그것이 나의 앞에서 추악한 아가리를 벌린다. 두렵다. 나는 불민하고 불량한 인간. 내가 남당의 살벌한 놀이판에서 살아남은 독한 적들을 당해내겠나. 내가 당해내지 못하면 얼마의 사람이 또 죽겠는가. 내가 얼마의 사람을 죽이겠는가. 언젠가 백가는 앞섶을 풀어 붉은 흉터를 보여주었다. 그러면서 나지막이 말했다. 왕가의 피가 흐르는 이상 공자 또한 이 역사에 붙들릴지도…… 그것은 예언이었나. 아니면 백가의 주문呪文이었나. 원망스럽다. 나도 백가처럼 상처를 입을까. 종내 상처들을 못 견뎌 죽을까. 나에게 무슨 죄가 있어 어라하란 괴물이 나를 먹이로 정했나. 나는 흙구덩이에서 뒹굴고 개울에서 멱 감고 들판에서 사냥했다. 밥을 먹고 여자와 관계하고 이따금 서책을 읽었다. 그뿐인 삶이다. 내가 왜 어라하가 돼야 하나.

- 사흘 후 떠난대요.

어둠 속에서 반가운 목소리가 울렸다. 이요. 모대는 소리가 울리는 쪽으로 고개를 돌렸다. 어두워서 보이지 않았다.

- 채비하세요.

- 이요, 가기 싫어.

- 가셔야 해요.

- 내가 왜 어라하야. 나는 견딜 자격도, 힘도 없어. 내가 왜 어라하지?

- 남당과 왕실, 백제의 속민들이 공자님을 어라하로 정했다잖아요.

- 진이 정한거야.

- 한 입으로 두 말 하시네요.

이요는 어둠 속에서 모대를 힐난했다.

- 아까 그러셨잖아요. 남당과 왕실의 뜻에 따라 성좌에 오른다면서
요. 그런데 왜 이제 와서 진의 뜻이라 하시죠. 비겁해.

- 그건······.

- 성좌에 오른다면서. 그걸로 끝이야. 칭얼거리는 모습 멋없어요.

- 이요······.

- 누구는 공자님이 성좌에 오르는 게 좋은 줄 알아요? 나는 진로라는
작자를 패버리고 싶어요. 왜 남의 잘난 애인을 함부로 데려가죠? 같이
먹을 끼니, 같이 구경할 꽃이 몇인데.

- 또 같이 관계할 일도 몇인데······.

이요는 헛웃음을 터트렸다.

- 이 와중에 밝혀요? 이런 색골을 성좌에 앉히는 진로의 안목도 형편
없네요.

모대도 이요를 따라 힘없게 웃었다.

- 네 말대로 갈게. 성좌에 오를게.

- 어디서 떠넘겨요. 가겠다고, 성좌에 오른다고 한 건 공자님이에요.

한 마디도 지지 않는 이요에 모대는 혀를 내둘렀다.

- 알았어. 내 말대로.

- 잘 가세요.

이요의 말끝은 살짝 젖어있었다.

- 뭐?

- 잘 가시라고요.

- 나 혼자선 안 가.

- 말대인이 따를 거예요.

- 너도 가야 해.

이요는 볼에 바람을 넣었다.

- 저더러 이역만리 백제까지 가서 공자가 높으신 분의 여식이랑 혼인해서 잘 먹고 잘 사는 꼴을 보라는 건가요. 너무하네요.

- 어륙은 너야.

뜻밖의 말에 이요는 멈칫했다. 고마운 말. 그러나 치기 어린 말. 이요는 고개를 저었다. 저것은 필부의 말이지 어라하의 말이 아니야. 어라하의 말은 무겁고 강해야 한다. 물러서지 않는 자신감과 그것을 지켜낼 힘이 있어야 한다. 어륙은 너야. 이 말은 지키지 못할 약속이고 진한 후회만 남길 허언이다. 따라서 어라하의 말이 아니다. 소년의 만용이요 허장성세다.

- 누누이 말하지만 왕가의 핏줄은 귀한 핏줄끼리 통해서 잇는 거예요.

- 어륙은 너야, 이요.

- 그러니까…….

- 어륙은 너야.

이요는 반론을 포기하고 입을 닫았다. 어둠 속에서, 모대가 앉아있으리라 여겨지는 곳을 바라보았다. 이요의 침묵을 향해 모대는 다시 말했다.

- 어륙은 너야.

- 어륙은 진씨의 규수여라.

미닫이가 드르륵 열리며 찬수류의 걸걸한 목소리가 울렸다.

- 밤이 깔렸는디 당에 불을 밝히잖구……

그는 지청구를 늘어놓으며 불을 밝혔다. 은은한 빛도 눈이 부셔 모대는 눈을 찌푸렸다. 모대는 찬수류를 보았다. 그는 잔뜩 찡그린 얼굴이었다.

- 어륙은 이요입니다.

- 쓸디없는 고집일랑 관두씨오. 어륙은 진의 몫이요. 그것은 성좌에 오르기 전부팀 정해져 있넌 일종의 벱칙이요. 어륙 자리럴 진에 던져주지 않고서는 성좌에 오를 수 없구먼이라.

- 어륙은 이요입니다. 이요가 아니고서는 즉위하지 않겠습니다.

찬수류는 단호하게 일축했다.

- 어린둥이가턴 소리……

- 어륙은 이요입니다.

모대는 고집스런 말을 던져놓고 자리에서 일어나 방을 나갔다. 이요는 얼굴을 붉혔다. 어륙은 이요입니다. 그 말이 이요의 귓전에서 맴돌았다. 물정 모르는 소리. 정녕코 만용이요 허장성세다. 그러나 그 말이 고맙고 눈물마저 핑 돌아버리는 나도, 어쩔 수 없는 필부匹夫의 필부匹婦이고, 소년의 소녀다. 이요는 눈을 꼭 감았다.

왕부의 권속들이 부산하게 짐을 꾸렸다. 찬수류의 행장은 칼 한 자루였다. 모대의 유모는 갖가지를 챙겼다. 모대에게 달여 바치던 보약에 모대가 곧잘 찾던 육포, 모대가 맞을 바닷바람을 염려하여 넉넉한 치수의 갖옷을 챙겼다. 유모가 모대를 오래 돌본 만큼 모대를 잘 알았다. 모대를 아는 만큼 유모의 짐도 한없이 불어났다.

- 얼레, 임자도 곰나루로 가능가.

- 내가 아니면 누가 공자를 챙겨.

- 타향살이 눈물겹다는디… 어며, 살림을 합쳐보시련가?

- 지랄도 병이야, 병…….

말과는 달리 아주 싫은 기색은 아니었다.

모대를 따르던 조무래기 패거리의 몇몇도 바다를 건널 채비를 했다. 조실부모^{早失父母}하고 고향에 마땅히 정붙일 건더기가 없는 이들이었다. 그들은 시늉만 하던 진짜 근왕병노릇을 하게 되었다며 허황된 꿈에 부풀었다.

이요도 백제행을 결심했다. 찬수류는 이요에게 어륙은 요원한 꿈이고 어라하의 앞날에 걸림돌이 될 뿐이라 역설했지만 그녀는 그 말을 가뿐히 무시했다.

백가도 휘하의 상단을 다른 이에게 맡기고 귀국을 서둘렀다. 원수의 족속인 진로와의 동승을 꺼려 독자의 배편으로 바다를 건너겠다고 했다. 백씨의 위세가 크게 줄었으나 아비 백문이 은솔이고 한솔과 나솔 몇몇이 남당에 발붙이고 있으니 백가 또한 조정에 출사할 터였다. 모대는 그것이 든든했다.

- 귀국하기 전에 대왕을 알현하십시오.

백가는 모대에게 귀띔했다. 백가가 말하는 대왕은 왜왕이었다.

- 아버지와도 친분이 두터웠고 나도 많이 챙겨주셨으니 뵙고 가야지.

- 진로가 동석하기를 원할 것입니다. 이를 물리치십시오.

모대는 백가의 말대로 했다. 진로는 굳이 함께 알현하겠다고 나섰지만 모대는 오랜 정을 나눈 사이에 내밀한 사담이 많다 하며 물리쳤다. 진로도 예의를 생각해 더 채근하지는 않았다.

왜왕과 모대는 독대했다. 왜왕은 모대의 손을 붙잡았다.

- 속이 복잡하겠다.

- 두렵습니다.

왜왕은 모대를 잡은 손에 힘을 주었다. 적당한 악력이 든든하게 전해왔다.

- 두려운 것이 맞다. 대왕은 두려운 자리다, 모대.

모대를 붙잡은 손을 풀며 왜왕은 웃었다. 주먹을 쥐었다 폈다 하며 쓰게 웃었다. 두터운 손등의 무수한 생채기들이 그의 인생 역정을 아우성쳤다.

- 피를 많이 묻힌 손이다. 나는 피로 두려움을 이겼다. 두려운 사람들을 다 죽였어. 그래서 나는 이때까지 성좌에 들러붙어있다. 모대야, 너도 두렵다면 사람을 죽이면 된다. 그러나 너는 다른 방법으로 두려움을 이겨라. 피로 씻은 두려움은 잠이 들면 다시 살아나. 꿈에서 역겨운 비린내를 풍기면서 비명을 질러.

왜왕은 생채기가 무수한 손을 품에 집어넣었다. 다시 꺼낸 손에는 밝은 빛의 옥제 부절符節*이 들렸다. 그것은 잉어의 모습을 본떴다. 옥빛의 잉어는 금방이라도 펄떡일 듯 눈을 흡뜨고 있었다. 왜왕은 그것을 모대의 손에 쥐여 주었다.

- 왕제가 나에게 맡겼던 것이다.

백제국 내신좌평 부여곤지. 잉어의 단면에는 그렇게 쓰여 있었다.

- 왕제는 왕부에서 군사를 양병했다. 외국의 군대가 내 나라의 경내에 주둔하는 것을 허락하지 않으니 왕제가 이것을 내게 주었다. 군사가 경내에 있는 한 왕제가 아닌 나의 명을 따르게 하겠다고 했어. 이 군사들은 나를 따라 반역을 진압하고 도적을 토멸했다. 귀하게 썼다. 이제 돌려주겠다. 네 아비의 유산이다.

모대는 숨을 헐떡이는 듯한 옥빛 잉어를 한참 바라보았다. 아버지의 유산. 그것을 꼭 쥔 채로 왜왕의 탑전榻前에서 물러났다. 물러나는 모대

_____

* 부절(符節) : 병권을 지니고 있음을 증명하는 증표

의 등 뒤로 왜왕의 목소리가 들렸다.

- 건승하시오, 어라하.

모대는 물러나 백가에게 잉어의 얘기를 했다. 백가는 놀라는 빛 없이 어깨만 으쓱였다.

- 알고 있었어?

- 그러니 진로를 배제하고 만나라 했지요. 자리를 같이했다가는 이런저런 구실로 반대할 테니까.

모대는 축자築紫(쓰쿠시, 지금의 규슈)에 이르러 진로에게 부절을 보여주었다. 곤지의 유산은 모대의 일을 예견한 듯 백제로 향하는 여정의 경유지인 축자에 주둔하고 있었다. 진로는 창칼을 번뜩이는 정병들이 불편했다.

- 소장 막고해莫古解라 합니다. 왕제 전하의 명을 받들어 축자에 주둔했습니다만 하는 일 없이 다섯 해간 밥그릇만 축냈습니다. 죄가 큽니다. 성좌에 오르시면 목숨으로 보위하겠습니다.

정병들의 선두에 선 장골이 가슴을 두드리며 저를 소개하고 모대에게 절을 올렸다. 긴 수염에 기름기가 흘렀다. 모대는 엎드린 그를 일으켰다. 옥빛 잉어를 그의 손에 들려주자 그는 품에서 같은 모양의 잉어를 꺼냈다. 부절은 둘로 나누어 병권을 가진 자와 병권을 대리하는 자가 하나씩 가진다. 병권을 가졌던 곤지의 부절과 병권을 대리하는 막고해의 부절이 오랜 세월을 건너 상봉했다. 그는 듬직한 손으로 두 쪽의 잉어를 하나로 합쳤다. 잉어를 합치니 나뉘어 있던 글자가 마침내 짝을 찾았다. 글자는 잉어의 등줄기에 드러났다. 합동(合同). 막고해는 감격에 젖어 별스럽지도 않은 글자를 끝없이 되뇌었다.

- 합동입니다, 어라하. 합동, 합동…….

모대는 부절의 단순한 짝 맞춤에 감격하는 막고해가 감격스러웠다.

그는 오로지 이 날만을 손꼽았겠다. 그는 이 날만을 위해 꼬박 다섯 해간 축자에 머물렀다. 대왕에게 나는 두렵다 했으나 이런 자들이 내 곁에 있다면, 두렵지 않다. 찬수류가 내 뜻을 굳히고 백가가 계책을 말하고 막고해가 다섯 해를 기다렸다. 이들과 함께라면, 내 두렵지 않다.

- 막고해, 나와 함께 곰나루로 가주시오. 잘 부탁하오.

- 여부가 있겠습니까.

모대는 웃으며 단단한 어깨를 붙들었다. 막고해는 읍하며 결연한 의지를 다졌다. 둘의 의기투합이 진로는 고까웠다.

- 부절이 있다하나 당신의 성분이 불분명하오. 소속이 확인되지 않은 군대를 어찌 본국의 경내에 들이나.

신경질적인 진로의 목소리가 둘 사이를 비집고 들어갔다. 성좌에 오르기도 전에 벌써 세력을 이루는 모양이 달갑지 않았다. 진로의 딴죽에 막고해는 덤덤하게 표정으로 반박했다. 그는 부절을 내밀었다.

- 부절의 한쪽은 백제국 내신좌평 부여곤지라 적혀 있소.

그는 다른 쪽 부절도 내밀었다.

- 그리고, 다른 한쪽은 백제국 내신부 덕솔 막고해. 엄연히 내신부 직할의 군대요. 이의가 있는가.

- 부절만으로는 소속을 증명할 수 없소.

- 나는 칠 년 전에 이미 본국 덕솔의 관등에 취임했소. 그대의 관등이 지금 덕솔에 머무르는 것을 보니 한참 후배인 듯한데 말씨가 차갑군.

막고해는 불쾌한 기색을 노골적으로 드러내며 말을 이었다.

- 나는 왕부 직속의 군대를 이끌고 왜왕을 도와 각지의 난리를 토평했소. 왕부는 왕실 직할의 관서요. 육좌평의 관할보다도 위상이 높지. 또한 이 몸과 휘하는 본국과 왜 양국이 친선을 드높인 공로로 본국의 상훈까지 받은 바 또한 있소. 왜왕으로부터 어라하를 도우라는 당부를

받고 이제 어라하의 직속에서 봉사하려 하오. 이상의 증명이 있을 수 있는가.

막힘없이 쏟아내는 막고해의 반론을 받아들일 수밖에 없었다. 막고해와 오백의 정병이 탑승한 전선 스무 척은 모대의 귀국선을 옹위하게 됐다. 모대는 그들을 축자오백築紫五百으로 칭했다. 축자의 오백 병력이라고 축자오백이었다. 투박한 명명이언만 막고해는 그것에 또 감격했다. 눈시울이 축축이 젖던 막고해는 모대의 등 뒤에 선 누군가를 발견하고 눈을 휘둥그레 떴다.

- 아니, 찬 대인이 아니십니까.

그는 찬수류를 보고 알은체했다. 좌중의 시선이 그에게로 쏠렸다. 왕부에서 말에게 꼴이나 먹이던 찬수류와 본국 덕솔을 지내던 막고해가 어찌 아는 사이란 말이야. 더군다나 막고해는 찬수류를 대인이라 높여 부른다. 막고해의 기름진 수염과, 들풀처럼 대중없이 솟은 빳빳한 찬수류의 수염만큼이나 둘은 이질적이었다. 시선들이 찬수류에게로 쏠렸다. 평소 같았으면 우쭐거리는 기색이었을 찬수류는 정작 상봉을 반기지 않는 낯이었다.

- 어, 어, 막고해 자네…… 오랜만일세.

- 행방이 묘연하더니 미래 어라하를 모시고 계셨군요.

찬수류는 어색하게 웃었다. 뒤가 마려운 개처럼 막고해와의 만남에서 조금이라도 빨리 벗어나고 싶은 낌새였다. 의아히 여긴 모대가 막고해에게 물었다.

- 어찌 사부랑 알고 계십니까.

- 역시 보통분이 아닌지라 어라하의 스승으로 지내셨군요. 찬 대인은 일찍이 저와 함께 왕제 전하를 섬겼습니다. 백제 정예의 철기를 이끌고 고구려와 숱하게 싸웠죠. 가야의 잔병을 토벌했습니다. 말갈족속의 침

노를 물리치고. 워낙에 출중한 기재라 마한 벽지의 출신으로 관등이 은솔에 미쳤습니다.

말대인이 은솔이라니. 좌중이 술렁였다. 유모의 눈빛도 사뭇 달라졌다. 일견 우러러보는 기색. 그러던 것이 이어지는 막고해의 말에 김이 팍 샜다. 막고해는 멋쩍은 듯 뒤통수를 긁으며 말을 흐렸다.

- 그러던 것이 과음을 하고 여염의 부녀자를 겁탈하려다 파직에 노비 신세가 되었습니다마는…… 이리 잘 살고 계시니 그것으로 되었습니다.

좌중의 한심스럽다는 눈빛을 견디지 못한 찬수류는 얼굴이 벌게져 부리나케 자리를 피했다. 내심 사부를 덕솔의 위계에는 올려놓으리라 마음먹었던 모대도 저런 불한당은 남당에 들이지 않으리라, 다짐을 굳게 했다.

축자의 북쪽에서 닻을 올린 귀국선은 순풍을 맞았다. 막고해의 전선戰船과 백가의 상선이 뒤따르는 선단은 옛 마한의 땅을 에돌아 백마강의 하구로 향했다. 모대는 갑판으로 나와 멀리 보이는 땅을 바라봤다. 짭짤한 냄새가 박힌 해풍이 그의 등을 떠밀었다. 둥글둥글한 낮은 봉우리들이 눈에 들어왔다. 항구는 인파로 왁자했다. 목선들은 규수처럼 얌전히 항구에 정박해 있었다. 미풍에 이는 파도에 이따금 출렁일 뿐이었다. 설지만 정겨운 풍경. 모대는 새삼 감격에 젖었다. 저곳이 백제. 낯선 조국. 나의 통치지. 아비의 무덤. 나의 전장. 거창한 이칭異稱만큼 백제의 풍경은 별스럽지 않았다. 힘센 역부들이 짐을 하역하고 외래의 상인들이 아낙을 희롱하고 귀부인이 이국의 특산을 탐하는 세상이었다. 저 항구의 뒤로는 농군들이 땀을 흘리고 심마니들이 심심산천深深山川을 헤매리라. 저곳이 백제. 조국이자 통치지이자 무덤이자 전장. 정치의 장은 눈앞의 저 범상한 들판과 여염이 아니리라. 그 너머 옹벽과 수문장의 뒤편, 십육 관등의 늙고 젊은 사람들이 사는 곳. 남당과 궁궐이리라. 해 뜨고 달 질 때까지 생사를 줄타기 하는 곳. 긴장과 계략, 정치는 이제 나의 생활이리라.

귀국선은 땅과 맞닿았다. 귀국선은 한번 크게 기우뚱하더니 다시 잔잔하게 상하로 움직였다. 선실에 있던 진로가 여유롭게 갑판으로 나왔다. 그는 모대를 향해 웃음을 지었다.

- 백제입니다. 내리시지요.

모대는 고갯짓하고 발걸음을 내딛었다. 일렁이던 배에서 정지된 땅으로 몸을 옮겼다. 낯선 느낌에 가벼운 헛구역질이 올라왔다. 항구에선 모대의 앞에 수많은 사람들이 보였다. 끼룩거리는 갈매기의 울음을 우렁찬 나발과 북소리가 제압했다. 수많은 사람들은 모대를 향해 몸을 숙였다. 모대는 눈에 힘을 주었다. 몸을 숙인 그들을 향해 모대는 걸었다. 진로가 그에게 귀엣말을 했다.

- 몸을 일으키라 명하셔야 저들이 편합니다.

모대는 진로의 주문을 따랐다.

- 몸을 일으키시오.

가벼운 한 마디에 사람들이 일제히 허리를 폈다. 느낌이 짜릿했다. 인파의 선두는 자줏빛 관복들이었다. 나솔의 관등부터는 자색 관복을 입습니다. 찬수류는 선실에서 급조된 가르침을 주었다. 모대는 그 가르침을 되새겼다. 모대가 걸음을 내딛으며 그들을 하나씩 지나쳤다. 그럴 때마다 그들은 저마다의 목소리로 자신을 소개했다. 낯익은 이름들이었다. 아비의 서찰에 곧잘 오르내리던 이들. 한 명 한 명 지나칠 때마다 모대는 서찰을 떠올렸다.

- 신 내신좌평 조미걸취, 어라하를 뵙습니다.

왕가를 섬기다 진으로 돌아선 이다. 꾀가 깊고 교활하니 대할 때 반드시 주의하라. 말 한 자락도 물고 늘어져 끝내 이기고 마는 독한 늙은이다. 그의 앞에서 달변보다 차라리 침묵이 유리하다.

- 신 위사좌평 관정, 어라하를 뵙습니다.

진씨의 무력이다. 중원의 출신으로 진의 식객을 하던 이다. 대단한 무용을 지녔고 말수가 적다. 우직한 성정이나 그 역시 진씨의 밥을 먹는 자이니 거듭 주의하고 많은 병마를 맡기면 안 된다.

- 신 조정좌평 진모달, 어라하를 뵙습니다.

진남의 아우이다. 범상한 사내이고 성정이 무던하여 인망이 있으나 그 역시 권세를 탐하는 정치꾼일 뿐이다. 남당에서는 호인도 악랄하니 정을 붙이지 않는 것이 좋다.

- 신 내두좌평 진교, 어라하를 뵙습니다.

진의 족당이며 탁월한 준재는 아니다. 그러나 능히 병마의 일익을 지휘할 만하고 맡긴 일은 힘써 노력하는 자이다. 그러면서 소심한 구석이 있으니 다룰 때에는 거세게 위압하여 짓눌러야 한다.

- 신 내법좌평 목협만치, 어라하를 뵙습니다.

목지국의 진왕족이며 남부의 수장이다. 또한 조미걸취와 더불어 남당 제일의 원로이다. 남부 일대에 광활한 식읍을 다스리며 가야와 왜에 비상한 실력을 갖췄다. 예의와 상식을 아는 자이나 그 역시 야심가이니 진을 치기 위해 가까이 두되 아주 친하지는 말아야 한다.

좌평의 뒤를 잇는 달솔은 줄줄이 진의 족속들이었다. 일관된 진들의 소개에 모대는 두통이 도졌다. 그 진이라는 독한 발음이 모대의 속을 괴롭혔다.

- 신 은솔 백문, 어라하를 뵙습니다.

백가의 아비, 진의 앙숙. 분명 든든한 우군이 되리라. 다만 그 또한 얽힌 과거가 있으니 우리의 동지가 될 뿐이다. 그것을 달성하면 반드시 우리를 찌르려 할 것이다.

　- 신 덕솔 사약사, 어라하를 뵙습니다.

　우둔한 자이다. 사리분별이 어둡고 보신하고자 하는 자이니 이용하
되 아주 신용하면 안 된다.

　남당을 점령했던 숱한 해씨들과 그를 섬기던 연씨들의 아룀은 없었
다. 그들은 순식간에 멸망했다. 모대는 시시각각으로 바뀌는 판을 체감
했다. 또한 그 수많은 자줏빛 관복의 틈바구니에서 확실한 아군이 백문
일 뿐이라는 사실이 두렵고 외로웠다. 남당을 대표해서 조미걸취가 모
대를 궁궐로 인도했다.

　- 어라하를 영접하는 연회를 준비했습니다. 납시어 여독을 풀고 신하
들과 시급한 정국을 논하소서.

　백문이 이를 막았다.

　- 해로가 험하여 옥체가 지치셨을 터. 어찌 행장을 풀자마자 연회를
즐기겠습니까. 당일은 쉬시도록 해야 합니다.

　목협만치가 백문을 거들었다.

　- 은솔 백문의 말이 지당합니다.

　그러자 진의 세 좌평과 달솔들이 일제히 나서 조미걸취를 도왔다. 연
회에 납시어 여독을 풀고 시급한 정국을 논하소서. 조미의 말을 그대로
외웠다. 모대는 망설였다. 백과 목이 나에게 가까우니 저들의 말이 내
게 이로울 것이다. 그러나 초장부터 자리를 피한다면 장차 저들을 어찌
바로 보겠는가.

　- 젊은 나이라 여독이 심하지 않습니다. 내신좌평의 말대로 하죠.

　백과 목은 우려했지만 더 막을 명분이 없었다. 조미걸취는 모대를 궁
성으로 인도했다. 찬수류와 막고해가 그 뒤를 따를 참이었다. 당연한
추종을 위사부의 병졸들이 막아섰다. 찬수류는 발끈했다.

- 지금 뭐더는 짓거리여? 저리 못 비켜?

막고해의 얼굴에도 불쾌감이 또렷했다. 등 뒤의 소요에 모대는 고개를 돌렸다. 어찌 저들을 막는가. 병졸들의 수장인 위사좌평 관정에게 물었다. 관정은 읍하며 아뢨다. 예를 갖춘 말씨와는 달리 말의 알맹이는 꽤씸했다.

- 저들의 신원이 확인되지 않았습니다. 위사부에서 일정의 절차를 거친 후에 궁성에 들도록 할 것입니다.

- 왕부에서부터 나를 호종한 자들이다. 신원을 따질 계제가 있는가.

- 왕부에서는 모르겠지만 곰나루는 다릅니다. 이곳은 법도가 있습니다.

- 그렇다면 왕부는 법도가 없다는 말인가!

- 본국의 법도가 그러하니 따르십시오.

공기는 삽시에 얼어붙었다. 모대와 관정 모두 본바탕이 굽힐 줄을 몰랐다. 둘 사이를 조미가 비집고 들어왔다. 그의 헤벌쭉 웃는 입모양에 모대의 속에서 비린 기운이 몰칵 솟았다.

- 간단한 절차입니다. 법도가 조금 빡빡합니다. 너른 마음으로 양해해주십시오.

- 좋소. 찬수류와 막고해, 백가, 더불어 왕부에서 나를 따른 식솔들은 그리하시오. 그러나 어륙은 나와 나란히 궁성에 들도록 하시오.

조미걸취는 천천히 고개를 모로 기울였다.

- 어륙…이라니요.

모대는 인파를 헤집고 들어가 왕부 권속들의 사이에서 한 여자의 손을 잡아끌었다. 모대가 나아가는 대로 자줏빛 관복들의 시선이 따라갔다. 모대는 여자를 제 앞에 세우고 둥근 어깨에 얌전히 손을 올려놓았다. 그리고 선언했다.

- 이 여인이 나의 어륙이오. 또한 그대들의 어륙이오.

관복들은 말을 잃었다. 시선들은 모조리 이요에게 꽂혔다. 꽂힌 시선들이 당혹으로 요동쳤다. 이따금은 실소. 모대는 그것을 정면으로 바라봤다. 그는 이요의 어깨를 쓸었다. 갖옷의 거친 감촉이 느껴졌다. 초라한 잿빛의 여인을 윤기 도는 자줏빛 관복들이 바라보고 있었다. 이요는 입술을 깨물고 시선들을 견뎠다.

- 저 여인이, 어륙이라고요.

조미걸취가 웃음기를 거둔 채 물었다.

- 그렇소.

조미는 다시 물었다.

- 저 여인이, 어라하의 정실이자 나라의 어머니라고요.

- 그렇소.

잠시간 침묵하던 조미는 다시 웃었다. 그리고 다시 물었다.

- 농담이시죠.

- 아니오.

- 저런.

조미는 모대를 등지고 관복들을 바라봤다. 그가 어깨를 한번 으쓱이니 좌중에서 폭소가 터졌다. 폭소인 동시에 조소였다. 그들은 한참 웃었다. 웃음에 들썩이는 자줏빛 어깨의 물결이 모대의 시야를 어지럽혔다. 이요의 얼굴이 붉어졌다. 모대는 그녀의 어깨를 붙잡은 손에 힘을 주었다. 웃던 조미걸취가 모대의 앞으로 바짝 붙었다. 그는 모대를 올려다보았다. 늙은이의 깔보는 눈빛에 뱃성이 솟았다. 그는 점잖은 목소리로 타이르듯 말했다.

- 위사도 말했지만 법도가 있습니다. 법도는 지엄합니다. 어라하도 지켜야 합니다. 법도는 이렇게 말하거든요. 어륙은 고귀한 자리니 고귀

한 자를 삼아라.

　- 이요는 고귀하오.

　- 그런가요. 어라하가 어륙이라 하는 저 여인은, 아조^{我朝}의 여인입니까.

모대는 고개를 저었다.

　- 왜의 여인이오.

　- 그렇군요. 이요라는 저 여인은 세도가의 여식입니까.

　- 아니오.

　- 그러면 출신이 어떻습니까.

　- 백씨의 종노릇을 했소.

　- 그렇군요. 저 여인은 배움이 깊습니까.

　- 학문을 깨치지 않았으되 지혜롭소.

　- 그렇군요. 저 여인은 처녀입니까.

　- 아직 혼인하지 않았소.

조미걸취는 푸근하게 웃었다.

　- 동정이냐 여쭙는 겁니다.

좌중은 다시 폭소했다.

　- 나와 관계하였소.

　- 그렇군요.

조미걸취는 허리를 꼿꼿이 폈다.

　- 다시 여쭙겠습니다. 그렇다면, 저 여인은 고귀합니까.

　- 그렇소.

　- 아조가 아닌 왜의 여인. 천출. 일자무식. 처녀성도 없고. 무엇으로 저 여인의 고귀를 증명합니까.

　- 내가 사랑한다. 그 이상의 증명이 있는가.

　- 어륙의 자격은 자리를 감당할 출신과 배움입니다. 어라하의 사랑이

아니라.

- 이요 없이는 연회에 참석하지 않겠소.

조미걸취의 관자놀이에 푸른 핏줄이 팽팽하게 돋았다.

- 응석받이는 여기까지입니다.

그는 위사부의 병졸들에게 엄히 명했다.

- 어라하께서 궁으로 드신다! 성심으로 모셔라!

위사부의 우락부락한 병졸들이 모대에게 달려들었다. 모대의 용력이 약하지 않았으나 사방에서 에워싸는 그들을 당하지 못했다. 모대는 악을 쓰며 저항했지만 병졸들은 그를 쉽게 제압했다. 찬수류와 막고해는 병졸들에게 마구 짓이겨지는 어라하를 보면서 그 자리에서 통곡했다. 이요는 가만히 고개를 숙였다. 위사부의 병졸 하나가 그녀를 우악스럽게 붙잡았다. 그녀는 밖으로 내몰렸다. 달솔 백문이 조미걸취에게 항의했다. 조미는 듣지 않았다. 좌평 목협만치가 항의했다. 조미는 불가피했다는 무성의한 변으로 받아쳤다. 모대는 사지가 단단히 붙들린 채로 연輦(임금이 타는 가마)에 올랐다. 고통스럽게 이요를 불렀다. 거듭되는 부름에 이요는 울어버렸다.

소요는 금세 멎었다. 모대와 자줏빛 관복들은 궁으로 돌아갔다. 막고해와 축자오백은 병관부의 감독을 받으라는 지시로 병관부의 북부 주둔지에 막사를 쳤다. 백가와 그의 수하들은 백씨 본가로 돌아갔다. 찬수류와 이요, 왕부의 식솔들만 덩그러니 남았다. 주저하던 그들은 등짐을 짊어지고 교외의 주막으로 걸음을 옮겼다. 어라하의 영접을 구경하던 이들도 어라하가 신하들에게 짓뭉개지더라는 풍문을 무수히 생산하며 흩어졌다. 인파가 사라진 자리에는 정적만 남았다. 그 자리에 한 사람만 남았다. 진로는 뒷짐을 쥔 채로 이미 지나간 장면을 곱씹었다. 어라하와 내신좌평이 주고받는 말 사이에 서있던 여인. 잿빛 갖옷의 여인. 진로는 그 자리에서 벌어지던 왕과 신하의 논쟁은 잊었다. 정치는 잊었다. 다만 그 여인만이 그의 눈동자에 그득히 담겼다. 저를 조롱하는 관복들의 시선을 온몸으로 받아내던 여인. 참다 참다 끝내 울음을 삼키던 여인. 적의 여인. 용포와 관복들은 진부하고 따분한 풍경이다. 그러나 그들의 사이에 서있던 갖옷의 여인은 새롭고 신선했다. 그는 한동안 구름처럼 떠있던 장면을 떠올리다 돌아갔다.

연회의 분위기는 뻣뻣했다. 떡 벌어지는 상을 차려놓고 용포와 관복들은 다른 생각을 품었다. 모대는 메마른 시선을 잔칫상에 던지며 이요만을 떠올렸다. 관복들이 무어라 거듭 아뢨으나 대답하지 못했다. 모대는 뻑뻑한 눈으로 정면을 보았다. 수많은 관복들이 수많은 물음을 던지고 있었다. 물음마다 날이 서있고 날선 물음들이 던져져 모대를 찔렀다. 귓전에서 윙윙거리는 물음들에 모대는 진저리쳤다. 모대는 눈을 감았다. 자신을 제압하던 위사부 병졸들의 억센 악력이 차단된 시야에서 되살아났다. 온몸을 옥죄던 속박들을 기억하는 근육 하나하나가 경련을 일으켰다. 그는 다시 눈을 떠 앞을 보았다. 웃는 낯의 조미걸취를 보았다. 너로부터 떠안은 이 열패와 수모…… 앙갚음의 날이 반드시 있으리라.

연회가 파했다. 관복들은 흩어졌다. 거대한 잔칫상에서는 진미들이 차갑게 식어갔다. 모대의 앞에 놓인 고깃국은 기름이 하얗게 응고되었다. 따갑게 웅성거리던 소리는 관복들과 함께 사라졌다. 이제는 먹먹한 고요를 지키는 궁녀들과 내관만 남아 모대의 옆에서 머리를 조아렸다. 모대는 식은 고깃국을 퍼먹었다. 응고된 기름이 모대의 입안에서 겉돌았다. 눅눅한 기름의 냄새가 모대의 미각을 강하게 옥쬈다. 모대는 고개를 숙였다.

- 해정亥正(오후 10시)입니다. 침소에 드십시오.

늙은 내관의 조심스러운 말이었다.

- 싫다. 졸리지 않다.

- 궁중의 법도입니다. 어라하는 해정에 침소에 들어야 합니다.

- 법도라고.

모대는 쓴웃음을 지었다. 그는 힘없이 일어났다. 그래, 가자. 침소로 가자. 법도라면 따라야지. 법도가 모든 것을 정한다. 잠자는 시간도 법도가 정한다. 누구와 잠을 잘지도 법도가 정한다. 법도가 어라하구나. 법도가 나라를 다스린다. 연회장을 나서 침소로 가는 길은 어두웠다. 늙은 내관이 몸을 구부정하게 숙이고 모대의 앞에 등롱燈籠을 비췄다. 등롱이 일러주는 곳을 따라 모대는 조심스러운 걸음을 내딛었다. 걸으면서 모대는 내관에게 물었다.

- 침소로 가는 길도 법도가 있느냐.

내관은 가라앉는 목소리로 대답했다.

- 궁궐은 어라하의 집입니다. 뜻대로 가시면 됩니다.

- 내 걷는 대로 갈 수 있느냐.

- 그렇습니다.

- 어디까지 갈 수 있느냐.

- 남북 구백 리, 걸음 닿는 어디든 거둥하실 수 있습니다.

- 고맙다.

내관은 말을 이었다.

- 다만 위사부가 보위하여야 하니 내신부를 통하여 위사부에 이르셔야 합니다.

- 그것이 법도냐.

- 그러합니다. 법도가 그리 돼있습니다.

- 알았다.

침소로 가는 길은 어두웠다. 궐은 넓고 어지러웠다. 수풀 우거진 정원이 있었고 물결 잔잔한 연못이 있었다. 몇몇의 관아에서 불빛이 새나왔다. 야근하는 관리들의 까만 그림자가 부산히 오갔다. 이따금은 어린 여관女官들의 깔깔대는 웃음소리와 밤중의 빨래하는 소리가 들렸다. 새로 기와를 올리는 건물도 있었고 진한 향내를 풍기는 불당佛堂도 있었다. 그런 궁궐의 곳곳마다, 창을 곧게 세우고 투구를 쓴 병사들이 눈을 빛내고 있었다. 내관에게 물으니 위사부의 병졸들이라고 했다. 내 몸을 구속하여 연으로 내던진 이들의 동류렸다. 관정의 휘하며 진로의 눈이렸다. 궐의 구석마다 촘촘히 박힌 저들이 나를 감시한다. 이 밤중에도 진로는 나를 보고 있다. 나는 그 자가 어디서 무얼 하고 있는지 알지 못한다. 진로는 이요도 보고 있을까. 나는 보지 못하는 이요를, 진로는 보고 있을까.

- 어라하!

희미한 등롱을 따라 걷는 모대를 누군가가 불렀다. 여자의 목소리. 애달픈 목소리. 모대는 소리를 향해 몸을 돌렸다. 모대의 뒤를 따르는 궁녀와 내관에 달리지 않는 수효를 거느린 자였다. 그만큼 지체 높은 여자렸다. 그녀는 모대를 향해 몸을 숙였다. 모대의 뒤에 섰던 궁녀와 내관들이 그녀를 향해 머리를 조아렸다. 그들은 그녀를 이렇게 불렀다.

- 태후太后 폐하.

태후. 낯선 호칭이다. 모대는 가벼운 목례로 그녀에게 예를 표시했다. 뒤에서 내관의 귀엣말이 들렸다. 태후께서는 왕실의 어른이시니 마땅히 허리를 숙여 예를 표하셔야 합니다. 궁중의 법도입니다. 모대는 법도대로 했다. 태후는 모대를 자신의 침전으로 인도했다. 모대는 따갑게 쪼이는 위사들의 눈빛을 느꼈다. 태후의 침전은 밝았다. 모대는 그제야 그녀의 얼굴을 바로 보았다. 왕실의 어른 대접을 받는 신세치고는 앳되었다. 그녀는 모대에게 차를 따라주었다.

- 나는 해씨의 여자입니다.

해씨의 발음이 생경했다. 지금까지 귀에 인이 박히도록 들려온 것은 오로지 진씨였다.

- 위사를 지내던 해모의 여식입니다. 나는 문주대왕의 어륙으로 간택되었습니다. 나는, 위사좌평 해모의 여식이자 문주대왕의 부인이며 삼근대왕의 어머니입니다.

모대는 잠자코 들었다.

- 일족의 가주였던 해구가 지아비를 죽였습니다. 삼 년 후 아들을 죽였습니다. 아버지는 가문을 위한 일이라며 나를 위로했습니다. 나를 위로하던 아버지는, 대두성의 난리 때 죽었습니다. 나는 홀몸이 되었어요. 지아비가 없고 아들이 없고 아버지가 없는 여자가 되었습니다. 일문은 모조리 죽었습니다. 궁궐에 들어찬 진씨들에 나는 질식할 것 같습니다.

태후는 울었다. 소매로 눈물을 찍으며 어깨를 달싹이는 태후를 모대는 위로하지 않았다. 동정할 마음이 동하지 않았다. 너는 해씨 족속이 아니냐. 네 족속이 저지른 죄악을 너는 아니. 네 족속의 손에 내 족속과 내 아버지가 죽었다. 탐욕스런 반란으로 수도 없는 이들이 이름도 없이 죽었다. 너는 대체 무엇이 슬프지. 너는 살아있다. 죽은 너의 주변을 슬퍼해라. 너의 아비는 죽을죄를 지어 죽었다. 무고한 사람들의 죽음을 슬퍼해라. 내 아버지의 죽음을 슬퍼해라. 대체 너는 왜 슬프지. 태후는 계속 울었다. 울면서 말했다.

- 나는 비구니가 되고 싶었어요. 궐에 들어오기 전부터 그렇게 하고 싶었어요. 불당의 향냄새가 좋았거든요. 그런데 아버지가, 일문이 나를 궁에 들였습니다. 궁에서 나는 다 봤습니다. 그 틈에서 나는 어떻게 했

어야 했죠. 나는 아버지의 곁에 서지 못했고 지아비의 편에 서지도 못했습니다. 그냥, 아무것도 안 했습니다. 끔찍한 장면을 보고만 있었습니다. 아들의 목이 잘릴 때 나는 우는 것밖에 못했습니다. 아들을 죽인 자를 어라하로 승인했어요. 그는 얼마 안 가 죽고 진씨가 궁궐을 메웠어요. 하루하루가 두렵습니다. 내가 왜 어륙이 되었죠. 내가 왜 태후죠. 나는 비구니가 되고 싶었어요. 내가 왜 여기 있죠.

그 말이 아팠다. 뼈가 저리도록 아팠다. 태후의 말이 모대와 다르지 않았다. 내가 왜 어라하야. 나는 그 자리를 견딜 자격도, 힘도 없어. 내가 왜 어라하지, 이요? 모대의 마음에서 태후의 말과 그의 말이 겹쳐서 공명했다. 내가 왜 여기 있죠. 내가 왜 태후죠. 내가 왜 어라하지, 이요? 태후는 계속 울었다. 모대는 그녀의 어깨를 두드려주려다 관두었다. 그는 허청거리는 걸음으로 태후의 침소를 나섰다. 태후의 말과 그가 했던 말이 한데 얽혀 모대를 괴롭혔다. 내가 왜… 내가 왜… 내가 왜…… 왜 비구니가 태후가 되고 시시껄렁한 건달배가 어라하가 되었지. 희미한 등롱은 침전으로 가는 길을 재촉했다.

굶주림은 낯선 느낌이었다. 세도가의 도련님으로 허기가 지기 전에 먹을 것이 입안으로 들어왔다. 연한 살코기를 먹으며 그는 자랐다. 추위도 몰랐다. 삼중사중의 털옷은 월동의 기본이었다. 그런데 지금 해례곤은 굶주림과 추위에 시달린다. 이따금 잡히는 토끼는 진미였다. 사력을 다해 붙잡은 토끼의 털을 그을리고 사지를 토막 내 불에 구웠다. 노린내가 진동하는 질긴 고기에 그는 감격했다. 토끼를 다 먹은 그는 다시금 운 좋은 토끼잡이의 때가 도래하기를 고대하며 풀뿌리와 나무껍질을 불려먹었다. 그런 그가 연돌을 만난 것은 그야말로 조우遭遇였다. 어깻죽지에 화살이 박힌 채 패잔병들을 이끌고 풍찬노숙風餐露宿하는 연돌은 영락없는 거지왕초였다. 연돌의 밑에는 간신히 목숨을 건진 회매도 섞여있었다. 역도의 낙인이 찍힌 연돌의 무리는 관군의 눈초리가 미치지 않는 산골짜기와 능선, 인심 사나운 벽지만을 오가며 고초를 겪었다. 연돌은 해례곤을 보고 반가워했지만 그의 휘하들은 그렇지 않았다. 군입이 하나 늘었을 뿐이었다. 연돌은 왕초 자리를 해례곤에게 넘겨주었다. 저들끼리 부르는 장군 소리가 청승맞았다. 한 자루 칼로 무엇을 이루려나. 해례곤은 검명에 답했지만 남는 것은 오로지 굶주림과 추위. 숨이 붙어있는 한 검명은 끝없이 물어올 것이고 해례곤은 끝없는 물음에 끝없는 대답을 해야 했다. 그는 당장의 대답을 보류했다. 그에게 검명보다 호구지책糊口之策이 급했다. 연돌의 잔병은 모두 삼백 여. 해례곤은 그들을 곰나루의 서쪽, 소부리所夫里(지금의 충남 부여군)로 이끌었다. 소부리는 사씨 일가의 영지. 가문이 쇠하며 영지를 단속하는 힘 또한 쇠했다. 자연히 도적들이 들끓었다. 해례곤은 휘하를 독려해 산봉우리 하나를 꿰찬 도적떼를 타진했다. 굶주렸을지언정 해례곤과 연돌은 강했고, 회매는 훌륭한 참모였다. 굶주린 것은 도적떼도 매한가지여서 싸움은 싱거웠다. 해례곤의 무리는 일단의 터전은 마련하게 되었다. 그러나 썩은 짚단을 올린 움막은 몸 누울 자리는 마련해줄지언정 오래 웅거할 만한 요충은 아니었다.

  - 비빌 언덕이 필요합니다.

  회매의 진언은 해례곤의 묵은 고민이기도 했다. 연돌은 푸념을 늘어놓았다.

  - 이미 우리는 대역죄인으로 낙인이 찍혔소. 해 공자께서는 세도가의 할아비를 죽인 대역죄인 중의 대역죄인. 백제 천지 어디에 비빌 언덕이 있소.

  말대로 그들의 신세는 사고무친四顧無親. 머리 좀 깨나 굴린다고 자부하는 아랫것들이 조언을 한답시고 되는 대로 주워섬겼다. 고구려로, 가야로, 신라로, 왜로 망명하자고 건의했다. 해례곤은 망명이란 말이 부끄러워 헛웃음을 지었다. 목덜미에 까맣게 때가 낀 우리들 신세에 망명은 웬 망명이냐. 치졸한 달음박질일 뿐. 중구난방으로 터져 나오는 시답잖은 조언들에 해례곤은 진절머리가 났다. 와중에 회매가 흥미로운 말을 던졌다.

- 왕가와 결탁하시죠.

흥미로웠지만 한계가 분명한 제안이었다.

- 내 아비가 두 어라하를 죽였어. 그들의 원한이 진로보다 더할 거야. 더군다나 이번에 즉위한 어라하는 죽은 곤지의 아들. 우리가 여기 있는 걸 안다면 당장에 근왕병을 풀어 우리를 사냥하겠지.

- 그렇긴 하지만 어라하와 왕가의 신세도 초라합니다. 진로에 맞서려면 당장 사람 하나가 아쉬우니까.

- 그 말을 달리 생각해보자고. 제 몸 하나 건사 못하는 어라하가 우리의 비빌 언덕이 될 수 있겠나.

- 서로가 서로의 언덕이 되면 됩니다.

- 글쎄……

- 때를 살펴 자리를 만들어보도록 하죠.

왕가와의 동맹을 운운하던 논의는 밖에서 들려온 소리에 급하게 끝났다. 사슴! 사슴입니다! 움막에 옹기종기 모였던 이들은 저마다 창과 칼과 활을 들고 천재일우의 먹잇감을 놓치지 않으려 사력을 다해 달렸다.

백관들은 정전의 앞에 도열했다. 훈풍이 부는 날에 모대는 등극했다. 수많은 어라하를 섬겼던 금관이 이제는 모대의 머리 위에 올랐다. 금제金製의 왕관은 전 주인의 이야기를 모대에게 속삭였다. 비참하고 슬픈 이야기. 허망하게 목이 잘린 핏덩이 어라하의 이야기와, 머리를 풀고 울다가 목이 잘린 어라하의 이야기, 간자의 말에 속아 도읍을 빼앗기고 적장의 칼에 목이 잘린 어라하의 이야기를 속삭였다. 그러면서 물었다. 과연 너는 어떨까. 오래도록 몇 명의 어라하를 섬겨온 늙은 내관이 금관을 씌워주었다. 그는 모대의 앞에 엎드리며 가래 끓는 목소리로 덕담을 했다.

- 부디 강녕하소서. 복을 누리소서.

내관의 늙고 깊은 눈에 슬픔이 어리었다. 그의 말은 진실했다. 왕실의 어른으로서 임시로 나라를 다스리던 태후가 모대에게 국새國璽를 이양했다. 그녀는 미소를 지으며 모대에게 국새를 주었다. 그녀의 얼굴은 편안해보였다. 국새를 넘겨주면 이제 자유를 찾으리라 여기는 것일까. 비구니가 될 수 있다 여기는 것일까. 모대는 그녀가 해씨의 이름을 버리고 오로지 법명法名으로만 살아내기를 바랐다.

모대가 국새를 받아드니 백관들이 일제히 만세를 외쳤다. 소리가 우렁찼다. 문주와 삼근도 이렇듯 우렁찬 만세 소리를 들었겠다. 만세. 만년을 살라니…… 만 년을 살라 해놓고 타고난 천수도 누리지 못하게 한다. 만세— 만세— 만만세— 만세— 만세— 만만세— 모대의 비위가 뒤틀렸다. 만세소리는 궁궐의 담을 타고 넘어가 조야朝野에 울렸다. 궐밖의 백성들도 만세를 불렀다. 제발 중간에 죽지 말고 일만 년을 살아라. 네가 죽으면 누군가 변을 일으킨 것이고 그러면 백성들이 더 못산다. 부디 오래 살아라.

- 어라하가 등극하셨나 봐요.

이요는 멀리 소리가 들리는 쪽으로 몸을 틀고 말했다. 찬수류는 뒷짐을 쥔 채 고개를 숙였다. 빈속에 강술을 벌컥벌컥 들이켰다. 왜녀 이요에게 백제는 북국北國이었다. 한바탕 쓸고 가는 바람이 낯설고 차가웠다. 만세소리는 한참 들렸다.

비어있던 성좌에 임자가 생겼지만 남당의 나날은 변하지 않았다. 남당에서 진씨들의 쑥덕공론으로 국사가 집행되었다. 다만 내신좌평 조미걸취가 어라하의 형식적인 윤허를 받기 위해 머리를 한번 조아리는 절차가 추가되었을 뿐이었다. 억센 부녀자를 겁간하다 겁결에 살인을 저질러 투옥되었던 진씨의 도련님이 어라하의 사면령을 받았다. 진의 영지에 세율을 엄히 적용하던 강직한 세리^{稅吏}가 어라하의 내탕^{內帑}(왕의 사유재산)을 좀먹었다는 죄목을 뒤집어쓰고 어라하의 명으로 참수되었다. 죽은 진남을 봉왕^{封王}으로 추존하고 그의 사당을 궐 안에 설치했다. 이 또한 어라하의 뜻. 모대는 장님이 된 채 내용은 알지 못하고 손을 더듬어 국새를 찍었다. 그러면 조미걸취는 어라하 만세를 외고 어전에서 물러났다.

- 내법좌평 목협만치 입시^{入侍}이옵니다.

늙은 내관이 아뢰었다. 모대는 윤허했다. 목협만치는 형형한 눈빛을 발하며 그의 앞에 절을 올렸다. 당당한 늙은 풍채를 모대는 무심히 건너보았다. 목협만치는 다짜고짜 모대에게 물었다.

- 어라하의 마음에 정치가 있습니까.

모대는 가볍게 웃었다.

- 방금 내신좌평 조미걸취가 진남을 봉왕의 반열에 올리기를 주청하기에 그리하라 했소. 주요한 정치가 아닌가.

- 정녕 삼근의 전철을 밟으시렵니까!

- 경은 선왕의 휘^諱를 함부로 입에 담았소. 일개 신하가 왕의 이름을 불러 젖히는 나라에서 경은 왕의 정치를 논하나.

- 그러면 근왕병을 부려 이 역신의 목을 치셔야 합니다!

- 근왕병이 나의 근왕병인가.

- 저들이 어라하의 근왕병이 아니라면 마땅히 어라하의 근왕병으로

삼으셔야지요! 무력하게 손 놓고 계시면 저들은 영원히 진의 근왕병입니다.

모대의 목울대가 뜨거워졌다. 치미는 울음기를 그는 간신히 삼켰다.

- 신은 어라하가 강건하기를 바랐습니다. 신은 야심가입니다. 목이 진을 위압하고 권좌에 오르기를 바랍니다. 그리하기 위해 어라하와 손을 잡으려 했습니다. 헌데 이리도 형편없는 모습이시라면 신은 어라하의 값어치를 얕잡습니다. 신이 어라하를 이용하려하듯 어라하도 신을 이용하십시오. 그러려면 서로가 서로에게 값이 있어야 합니다. 강건하십시오. 신이 어라하께 애걸하도록 강건하십시오!

목협만치는 절도 올리지 않고 어전에서 물러났다. 그는 물러나며 허공을 향해 외쳤다.

- 반드시 이 무례를 징벌하는 날이 어라하께 오기를!

모대는 뜨거운 눈망울로 목협만치의 뒷모습을 바라봤다. 늙은 내관은 뜨거운 숨을 토하며 허리를 더욱 굽혔다.

다음날 조미걸취가 상소더미를 이끌고 모대의 앞에 나섰다. 익숙한 일상이 되어 그는 무성의한 투로 아뢰었다. 대신의 입궐 시 절차 간소화, 병관부의 귀족 가병 보고대장의 말소, 귀족 영지에 부과되는 조세의 감세. 모대는 그대로 국새를 찍어주었다. 말미에 이르러 조미가 다시 아뢰었다.

- 곧 국혼國婚을 추진하겠습니다.

모대는 눈을 치떴다.

- 어륙에 관하여는 내 분명 말했을 텐데.

조미걸취는 그 말을 외면했다.

- 좌평 진모달의 손녀입니다. 재색을 겸비한 여인이니 어륙의 감입니다.

- 어륙은 이요라고 했소, 내신.

- 역박사曆博士가 길일을 택하여 품신稟申할 것이옵니다.

- 이보시오…….

- 고구려와 신라, 가야, 왜, 중원의 남북조南北朝에도 인편을 보내 축사를 보내도록 할 것입니다. 사방제국이 어라하의 국혼을 경하할 것입니다.

- 어륙은…….

- 어륙은 좌평 진모달의 손녀가 될 것입니다, 어라하.

모대는 이를 갈았다. 칼을 빼들어 말라비틀어진 늙은 목을 베어버리고 싶은 충동이 들었다. 모대는 목협만치의 말을 속으로 되뇌었다. 어라하의 마음에는 정치가 있습니까. 모대는 얕은 숨을 뱉었다. 그 말은 꾸짖음이었다. 마땅히 어라하라면 마음에 정치를 들여야 한다. 정치를 들이지 않고서는 어라하일 수 없다. 정치란 거래. 적에게 내줄 수밖에 없다면, 그와 같은 값을 얻어내라. 모대는 마침내 정치를 마음에 들이기로 했다. 그것은 아픈 과정이었고 힘든 결정이었다.

- 좋소…… 진모달의 손녀를 어륙으로 들이겠소. 허나, 조건이 있소.

어렵쇼, 이 자가 이제는 거래를 하려든다. 정치의 일단을 깨쳤냐, 풋내기. 조미걸취는 빙글빙글 웃었다.

- 조건이 무엇입니까.

- 은솔을 지냈던 찬수류를 복직시키고 덕솔 막고해도 마찬가지로 내신부의 덕솔로 명하시오. 또한 달솔 백문의 장자 백가를 한솔로 삼을 것이오. 그리고 왜녀 이요를 후궁으로 들일 것이니 이를 처리하시오.

조미걸취는 잠시 속으로 셈하는 체하다 답을 내놓았다.

- 전 은솔 찬수류는 중죄를 짓고 파직된 것으로 아는데요. 그를 그대로 은솔로 삼을 수는 없습니다. 막고해는 본디 내신부의 소속이었으나

무재가 뛰어난 자이니 병관부 소속으로 하는 것이 낫습니다. 더불어 백가는 재주는 뛰어나나 연소하여 한솔의 직무를 감당하기 어려우니 7품 장덕으로 삼아야 합니다. 또한 왜녀 이요는 신분이 비천하여 후궁이 되기에는…….

- 경의 진언을 받아들이겠소. 찬수류는 덕솔로 삼고 막고해는 병관부의 소속으로 하시오. 백가는 장덕으로 삼겠소. 이요만큼은 꼭 후궁으로 삼겠소. 이는 결코 무를 수 없소.

조미걸취는 입을 삐죽 내민 채 고개를 삐딱하게 기울였다. 마음에 차지 않는다는 표시였다.

- 그 말씀은 제 진언을 받아들이신 것이 아닙니다. 찬수류는 관직에 오르기에는 죄과가 지나칩니다. 그러니 찬수류는 등용할 수 없습니다. 막고해와 백가는 그렇다 치더라도 왜녀 이요 역시 아조의 후궁으로 들일 수 없습니다.

침묵이 어전을 메웠다. 모대는 폭력의 충동을 느꼈다. 주먹의 푸른 핏줄이 도드라졌다. 모대는 불. 조미걸취는 진로가 전해주던 인물평을 떠올리며 조소했다. 저렇듯 낯빛에 속내를 드러내서야…….

- 찬수류는 등용하지 않겠소. 허나 막고해와 백가, 이요의 건은 관철해야겠소.

- 막고해와 백가는 바로 처리하겠습니다만 후궁을 들이는 일은 궁중의 법도와 긴요히 관여되어 있으니 내법 목협만치와 상의하여 결정하겠습니다.

조미걸취는 여지를 남기지 않고 어전에서 물러났다. 그의 걸음에 맞춰 어전의 문이 열렸다. 문틈으로 햇발이 쏟아졌다. 빛을 향해 걸어가는 늙은이를 어둠 속의 젊은이는 떨리는 눈빛으로 봤다. 기어코 지지 않으려는 신하를 임금은 벌하지 못했다. 눈물을 훔치는 모대에게 보는 눈을 가려주는 어둠은 사려 깊은 벗이었다. 늙은 내관은 다시 울었다. 막고해와 백가는 마땅한 자리를 찾았지만 곰나루 교외의 찬수류와 이요는 여전히 임시의 거처에 오래 머물렀다. 역박사는 가까운 시일에 국혼의 길일을 택했다. 그가 길일이라고 일러준 날에는 하늘이 어둡고 가랑비가 내렸다. 조미걸취는 그를 크게 꾸짖었다. 혼례는 예정대로 이뤄졌다. 백관이 참석한 자리에서 모대는 생면부지 진의 규수를 어륙으로 맞았다. 말씨가 점잖고 수더분한 여인이었다. 모대는 밤에 그녀와 관계했다. 혼례를 치르고 곧장 관계하는 것이 궁중이 법도라고 했다. 무성의한 방사房事에 어륙은 울었다. 어륙은 아프다고 세 번 말했지만 모대는 무자비하게 관계에 임했다. 방사만이라도 진을 누르고 싶었다. 모대는 사정하고 돌아 누워 이내 코를 골았다.

진로는 술을 마셨다. 권좌는 우러름을 받는 자리이지만 더불어 고독하고 피로하다. 이따금 잔을 기울이지 않으면 견디기 고되다. 진로는 홀로의 술자리를 즐겼다. 안주는 마땅하지 않아도 되었다. 취기가 주는 편안과 달콤한 각성을 좇을 뿐이니까. 치아가 근질근질해지고 목 주변이 뜨뜻해졌다. 진로는 푹신한 자리에 몸을 묻었다. 목을 한껏 젖히고 푸— 숨을 뱉었다. 진한 술 냄새와 함께 묵은 시름이 뿜어졌다. 이요라고 하였나…… 진로는 그렇게 뇌까리는 스스로가 놀라웠다. 일국을 경영하는 몸이다. 그런데 어찌 천한 여인의 이름을 그토록 무람없이 떠올리는가. 스스로 꾸짖으면서도 이요의 얼굴과 몸이 진로의 머릿속을 메웠다. 침몰하는 선박처럼 진로는 무력하게 이요라는 바다에 가라앉았다. 진로는 실성한 듯 웃으며 고개를 저었다. 골이 울리면서 뜨끈한 취기가 급하게 올랐다. 진로는 비틀거리며 몸을 일으켰다.

– 말대인은 오늘 영영 안 들어오실 모양이죠.

이요는 대청마루에 앉아 다리를 그네처럼 흔들며 말했다. 그녀의 말을 설거지하던 유모가 받았다.

- 그 놈팡이, 필경 유곽遊廓에서 질펀하게 잡년들하고 얽혀있을걸?
- 오늘은 두세요. 말대인 속도 말이 아닐 텐데.

유모는 말을 더 하지는 않았지만 유독 달그락거리는 소리가 소란스러워진 걸로 봐서는 적잖이 분을 삭이고 있는 중이었다. 한참 신경질적으로 설거지에 임하던 유모는 마침내 참지 못하고 구부정한 허리를 곧게 폈다. 팔을 걷어붙인 그대로 씩씩거리며 대문을 나갈 태세였다.

- 이 밤에 어딜 가요!
- 아무래도 그 자식을 잡아와야 분이 풀리겠어. 백제 땅까지 끌고 와서는 딴 계집이랑 붙어먹어? 이런 쌍놈의 종자 같으니.

말대인과 유모가 사라진 집은 고요했다. 이요는 하던 대로 발을 흔들며 허공을 바라봤다. 피식 웃다가 아랫입술을 꼭 깨물었다. 어라하와 진씨의 규수가 혼례를 올리더란 소식으로 동리가 들썩였다. 눈물 한 줄기가 뺨을 타고 흘렀다. 스치는 밤공기가 눈물을 증발시켰다. 눈물자국을 따라 시린 기운이 쓸었다.

- 어륙은 나라며. 백제 땅까지 끌고 와서는 딴 계집이랑 붙어먹어?

이요는 깜깜한 밤하늘을 향해 조용히 중얼거렸다.

- 쌍놈의 종자 같으니…….

욕을 하니 응어리진 분이 그나마 누그러졌다. 누군가 눈물을 엿보는 듯해 이요는 소매로 눈물을 훔쳤다. 대문간에서 인기척이 느껴졌다. 누군가 이쪽을 두리번거리며 살피고 있었다. 이 집이 익숙한 사람은 아니다. 이요는 침을 꼴깍 삼켰다. 시종 흔들던 발이 뚝 멎었다. 두리번거리던 이가 대문간에 발을 들였다. 조심스러운 걸음이었다. 여전히 고개는 이리저리를 살피고 있었다.

- 누구시오.

이요가 던져야 할 질문을 그쪽에서 먼저 던졌다. 오히려 그것이 이요의 적의를 누그러뜨렸다.

- 그쪽은 누구시죠.

헛기침으로 목소리를 정리하던 그쪽에서 답을 주었다.

- 덕솔 진로라 하오만.

- …….

섣불리 입술이 떨어지지 않았다. 뭐라 말할까. 정적의 여인이 사는 뜰에 버젓이 발을 들이고 스스럼없이 자신을 소개하는 그를 향해, 나는 무어라 말할까. 욕을 해야 할까. 친절히 맞아야 할까. 심드렁하게 대꾸해야 할까. 말 한 마디 섞지 않아본 그에게, 그러나 무수히 남의 입에 오르내려 익숙한 그에게 나는 무어라 말해야 하지. 침묵하며 고민하는 동안 진로는 이요의 앞까지 왔다. 그는 숨결이 닿을 거리에서 멈췄다. 뒷짐을 지고 가만히 그녀의 얼굴을 들여다봤다. 이요는 옅게 끼치는 술 냄새를 맡았다.

- 내가, 술을 좀 먹었소.

진로가 말하고 나서야 이요는 답할 말이 생겼다.

- 그런 것 같군요.

- 내가 두렵지 않소?

- 두려울 게 뭔가요.

- 술 먹은 사내는 짐승이나 진배없거든.

진로는 이요를 안았다. 이요는 놀라 눈을 크게 떴다. 그러다가 침을 삼켰다. 당황스런 마음도 함께 삼켰다. 이요의 콧잔등이 진로의 가슴팍에 눌렸다. 콧잔등에 와 닿는 비단도포의 결은 부드러웠다. 술 냄새와 귀족적인 향냄새가 풍겼다. 이요는 진로가 자신을 껴안도록 가만히 두었다. 뿌리치지 않으니 도리어 진로가 당황했다. 사내를 광포히 만드는 것은 여인의 반항하는 몸짓. 몸짓이 없으니 진로는 뻣뻣한 자세로 주춤 거릴 뿐. 진퇴양난進退兩難이었다.

- 다 안으셨으면 그만 풀어요.

까무룩 정신이 아득해지며 술기운이 삽시에 달아났다. 진로는 순진한 눈을 빛내며 양팔로 가두었던 이요를 놓아주었다. 그녀는 진로의 눈을 똑바로 바라보았다. 말짱한 정신의 진로는 그 눈빛이 견디기 힘들었다.

- 아무리 술기운이라지만… 다음부턴 이러지 마세요. 어라하께서 어류를 따로 세우셨다지만 저는 언제고 어라하의 여자예요.

진로는 어떠한 말도 하지 못했다. 입술만 붙였다 뗄 뿐. 대문간에서 웅성거리는 소리가 들려왔다. 소리는 점점 가까워졌다. 여자의 목소리는 기가 살아있었고, 사내는 한껏 풀이 죽은 소리였다. 이요는 급히 진로의 손을 잡아끌었다.

- 찬수류와 유모가 오는 소리예요. 괜한 봉변당하지 마시고 후문으로 나가요!

이요는 후문에서 진로의 등을 급히 떠밀고 다시 대문간으로 가 찬수류와 유모를 살갑게 맞았다. 두런두런 떠들어대는 소리가 들렸다. 진로는 이요가 잡았던 손목을 매만지다가 허탈하게 웃었다. 남당에서 대신들을 호령하는 몸이다. 어째서 그 앞에서는 벙어리에 청맹과니가 돼버린단 말이야. 어째서.

고구려왕

- 찬수류는 죄질이 심히 나쁩니다. 어찌 그를 다시 등용합니까.

진교가 말했다.

- 신하는 재주도 좋아야지만 이전에 덕성을 갖추어야 합니다. 여염의 아녀자를 겁탈한 파렴치한은 불가합니다.

진모달이 말했다.

- 춘부의 복심이니 마음이 가시겠지요. 허나 정사는 냉철하게 살피십시오. 차라리 뇌물을 받은 죄과로 파직되었던 전 은솔 진무를 복권하시지요.

조미걸취가 말했다.

- 즉위하시고서 처음으로 단행하는 인사인 바, 이목이 쏠려있습니다. 헌데 찬수류 같은 자를 요직으로 삼으시면 여기저기서 불평이 들끓을 것이옵니다.

관정이 말했다.

- 다시 헤아려주십시오. 인사란 정치의 시작입니다.

사약사가 말했다. 반발이 심했다. 막고해와 백가의 건은 조미걸취와 사전의 교감이 있었기에 무리 없이 통과되었다. 모대는 내친 김에 한 발자국을 더 내딛었다. 그러나 패착이었다. 땅벌의 둥지를 잘못 건드린 것처럼 진과 그들의 족속은 팔을 내저으며 목에 핏대를 세웠다. 모대는 목협만치와 백문의 응원을 기대했으나 그들도 떨떠름한 낯빛이었다. 도와봤자 무소용. 이미 그들은 속셈을 마친 후였다. 여우의 소굴에서 모대는 얼치기였다. 서릿발처럼 매서운 진의 항변에 모대는 성좌에 몸을 묻었다. 찬수류에게 관직을 제수하고 여세를 몰아 이요를 궁에 들이려던 야심은 파랑에 띄운 일엽편주一葉片舟가 되어 좌초했다. 모대는 실패했다. 곰나루 외곽의 호젓한 와가에는 짧은 글귀가 인편에 실려 왔다. 미안합니다, 사부. 미안해, 이요. 식도를 타고 찌르르 흐르는 강술의 느낌으로 찬수류는 씁쓸한 신음을 흘렸다. 연약한 임금의 권위가 안타까웠고 자신의 추악한 죄과가 통탄스러웠다.

- 장덕 백가가 어라하께 문후 여쭙니다.

백가가 모대의 앞에 읍하며 예를 표했다. 모대는 웃었다. 마침내 궁에도 흉금을 터놓을 이가 생겼다.

- 푸른 관복이 잘 어울리는데.

- 어라하의 용포만 하겠습니까. 사력을 다해 보위하겠습니다.

모대는 익살스레 웃으며 백가에게 슬며시 귀엣말을 했다.

- 조미걸취의 배때기에 주먹을 꽂고 싶을 때가 한 두 번이 아니야. 때때로 침전에 들어 술친구 해줘. 독한 노인네 흉을 보게.

- 여부가 있겠습니까.

둘은 시시하게 웃었다. 웃던 백가는 웃음기를 거두고 목소리를 낮춰 진언했다.

- 조미의 꾀가 교활합니다. 막고해를 어라하 직할의 내신부가 아닌 병관부 덕솔로 삼은 것은 축자오백을 어라하가 운용하지 못하게 하겠다는 의중입니다.

모대는 경청했다.

- 저도 안심 못해요. 틈 보이면 진은 비집고 들어와 저를 낙마시킬 것입니다. 가문의 세가 쪼그라든 백씨를 저들이 호시탐탐 노리고 있습니다. 저들은 정치를 생업으로 삼아왔습니다. 조밀한 그물에 걸리지 않도록 하십시오.

- 나는 가물은 연못의 물고기 신세야. 도망칠 곳도 없고 지느러미는 찢기고 꼬리는 연약해. 그물을 찢자니 잇바디가 억세지 못해. 네가 이번에 취임하여 나를 돕지만 저들의 그물을 피하기엔 여전히 나는 무력해. 내 지느러미와 꼬리와 잇바디를 얻으려면 어찌하지.

- 적의 적을 안으십시오.

- 적의 적.

- 진이 권좌를 꿰찬 지 오래지 않아 모두들 몸을 숨기고 있을 뿐입니다. 진을 미워하는 자들이 많습니다. 그들을 안으십시오. 그리하면 능히 저들과 씨름할 용력이 됩니다.

- 백과 목이 진의 적이잖나. 그들로는 부족해.

백가는 싱긋 웃으며 말했다.

- 그들뿐만이 아닙니다.

모대는 곰곰이 생각하다 말했다.

- 해씨의 태후가 진에게 적의가 깊으니 그녀를 끌어들이라?

- 그것도 좋은 수입니다. 또한 그뿐만이 아닙니다.

- 해와 연의 패잔병들 또한 진에게 원한이 있을 터.

- 그들 또한 염두에 두소서.

- 더 있단 말인가.

- 더 있습니다.

- 왕부의 사마 형님 또한 우군이겠다.

- 옳습니다. 더 있습니다.

모대는 얼굴을 구겼다.

- 이만하면 되었지, 대체 얼마나 더 남았나.

- 어라하께서는 요서^{遼西}·진평^{晉平} 양군^{兩郡}을 들어보셨습니까.

모대가 고개를 젓자 백가는 미소를 지으며 설명했다.

- 서쪽 바다 건너 광활하진 않을지언정 우리의 강역이 있었습니다. 일만 여의 병마를 거느리고 본국과 외국의 물산을 교역하며 우리의 상업거점이자 전초기지로 일익을 담당했습니다. 그곳이 요서와 진평입니다.

- 그것은 좋았던 옛날이 아닌가. 지금껏 있을 리가 없지.

- 저도 그런 줄 알았습니다. 그러나 용케 재건했더군요. 예전만큼의 힘은 아닙니다만.

모대는 상체를 백가의 가까이로 숙였다.

- 누가 재건했나.

- 해구가 삼근대왕을 옹립했습니다. 물론 정통은 삼근대왕에게 있었으나 지모나 배포로 정평이 났던 왕자들이 있었습니다. 삼근대왕을 세우면서 해구가 그들을 가만 두었겠습니까. 왜에 왕부를 두었듯, 요서와 진평에도 왕부를 세운다는 구실로 그들을 추방했습니다. 유배나 다름없었지요. 헌데 그들은 보란 듯이 성공했습니다. 휘하에 수천의 용병을 거느리고 위나라 조정에 깊숙이 연줄이 닿아있습니다. 우리 조정은 아직도 위나라와 교통하지 못하고 있사온데, 겨우 이들과 통하여 드문드

문 소식을 전해들을 뿐입니다.

모대는 한동안 침묵했다. 진로가 어째서 왜 왕부로 와서 자신을 어라하를 지명했는지 알 것 같았다. 요서의 현명한 왕재보다 사냥이나 일삼는 머저리가 다루기 쉬우니까, 그러니까 왜 왕부로 왔구나. 모대는 얕게 숨 쉬고 물었다.

- 그들은 진의 적인가.

- 누구의 적도 아닙니다. 위魏나라에게서는 요서군공遼西郡公의 작위를 받아 위나라 제후의 행세를 합니다. 우리에게서는 요서왕부의 왕자들로 받들어지죠. 진도 그들을 존중합니다. 본국의 물산을 염가에 내주고 위나라의 사정을 귀동냥하니까. 그러므로 요서왕부도 진을 미워하지 않습니다.

- 그렇다면 그들은 진의 끄나풀이 아닌가.

- 저들이 들으면 섭섭할 말씀이시군요. 저들이 진과 사귀는 것은 효용이 있기 때문입니다. 우리가 나은 효용이 있다는 것을 증명하면 저들은 우리에게 설 것입니다.

모대는 쓴웃음을 머금었다.

- 힘든 여정이겠어.

- 그들 말고 더 있습니다.

모대는 고개를 저었다.

- 질려버리겠군.

- 마한입니다.

마한이라면 망국이 아닌가. 허물어져도 오래 전에 허물어졌다. 고이대왕이 목지국을 병합하여 진왕족 목씨를 귀족으로 삼았다. 근초고대왕이 땅 끝까지 밀고 들어가 마한을 어제의 왕국으로 정의했다. 마한의 주인이었던 목씨는 진씨에 짓눌려 얕은 숨만 내쉰다. 목씨가 아니면 이

승을 뜨지 못한 마한의 원귀^{冤鬼}라도 사귀라는 말인가. 백가가 모대의 속을 모를 리 없었다. 그는 짐작하고 얌전히 웃었다.

- 마한은 망하지 않았습니다.

모대는 허탈하게 웃었다.

- 마한은 망했어.

- 그들의 몸은 무너졌을지언정 정신은 살아있습니다.

- 그게 무슨.

- 큰소도를 아십니까.

모대에게는 마한도 낯설다. 큰소도라고 그렇지 않을쏘냐. 모대는 느리게 고개를 저었다.

- 마한에는 진왕이 있고 대천군이 있었습니다. 아니, 있습니다, 지금도. 진왕은 죽었지만 천군은 지금도 숨을 쉽니다.

- 천군이라니. 하늘임금이라니. 이름이 우습다.

- 마한의 속민들에겐 천군은 정녕 하늘임금입니다. 소도^{蘇塗}는 하늘에 제사를 지내는 성역. 천군은 그곳의 임금입니다. 마한의 읍마다 있던 소도들을 다스리는 곳이 바로 큰소도. 그 큰소도의 주인이 바로 대천군입니다. 대천군은 아직 살아있습니다.

- 근왕병이 여태 큰소도를 꺾지 못했나.

- 근왕병은 속민의 몸은 구속할 수 있으나 넋은 그리 못합니다. 큰소도는 넋의 성역입니다.

- 그렇다면 서둘러 병탄해야지. 진보다도 그들이 오히려 아조의 적이다.

- 그리 여기신다면 어라하께서는 영원히 반쪽짜리 어라하입니다.

모대는 항변할 말을 찾지 못했다. 무어라 말하고 싶었지만 할 수 있는 말이 없었다. 그는 백가의 말을 이기지 못했다.

- 병탄이라고요? 그들을 병탄하신다고요? 무엇으로요. 창으로요? 칼로요? 그들의 넋을 창으로 찌르고 칼로 베실 겁니까? 그들의 넋은 병탄하는 것이 아니라 끌어안는 것입니다. 어라하께서 온전한 어라하이시려거든 끌어안아야 합니다.

온전한 어라하…… 그 말이 험산의 만년설만큼 멀어보였다. 모대는 자리에서 일어나 창가로 나섰다. 궁궐은 높은 지대에 지어졌다. 침전의 창을 통해 햇빛과 더불어 도도한 백마강의 풍광이 모대의 게슴츠레 뜬 눈으로 침투했다. 모대는 난간을 붙잡고 상체를 길게 폈다. 찌르르한 느낌이 온몸을 쓸고 지났다. 백가가 그의 뒷모습을 향해 말했다.

- 마한은 지금껏 벙어리였습니다. 입이 없었던 탓이지요. 진왕가의 목협만치는 그들의 속민을 버렸습니다. 그러지 않았다면 왕가에 토벌되었겠지요. 읍마다 뿌려져 있던 숱한 토호들 또한 제 목숨을 보전하는 데 전전긍긍할 뿐. 마한의 속민들은 무참한 차별과 수모를 감내하며 황무지를 일구고 살았습니다. 큰소도의 대천군 또한 은인자중하였으니… 그런데 지금은 상황이 달라요.

뒷말에 힘을 주는 백가를 향해 모대는 저절로 몸을 틀었다. 백가는 조심스레 입을 뗐다.

- 저근.

- 저근…….

그의 이름을 발음하면서 실재일지 모를 비린내가 끼쳤다. 일면식 없는 그의 여유에 찬 웃음이 들리는 듯도 했다. 그때 돌연 문간에서 다급한 소리가 들렸다. 늙은 내관의 목소리.

- 어라하, 위사좌평 관정 들었사옵니다!

미처 목소리가 맺기도 전에 침전의 문이 벌컥 열리며 떡 벌어진 어깨의 관정이 성큼성큼 걸어왔다. 저놈이 예의를 잊고…… 힘없는 어라하는 분노를 감춰야 했다. 관정은 모대의 앞에서 무릎을 꿇었다.

- 위사 관정, 어라하를 뵙습니다. 급박한 사안이라 윤허 없이 알현하나이다.

평시라면 자색관복에 은화銀花를 꽂은 관모를 썼을 터. 지금의 관정은 명광개를 입고 있었다. 관정이 고개를 숙이자 투구의 풍성한 붉은 술이 아래로 처졌다. 무장의 의미는 전시戰時였다.

- 아뢰시오.

관정은 무릎을 꿇은 채로 아뢨다.

- 고구려왕 거련이 말갈 족속과 한성의 장정들을 징발하여 도합 이만의 군세로 남하하고 있사옵니다! 기세가 등등하옵니다. 저들을 영격迎擊해야 하옵니다!

백가가 관정에게 그 말이 사실이냐며 재차 확인했다. 관정은 간단한 고갯짓으로 긍정했다. 고구려왕. 모대는 저도 모르게 침을 삼켰다. 고구려왕 거련은 전쟁의 신이라 일컬어지던 아비 담덕을 닮았다. 담덕의 이상으로 교활하고 능란하다. 한성을 유린하고 개로왕의 목을 벤 자. 백제의 이름 아래 살면서 그를 두려워하지 않는 자 누구랴. 그는 이만의 병력을 쉽게 동원했다. 그러나 백제에게 이만은 사력을 다해 짜내야 할 수효. 머뭇거리는 모대를 관정이 다그쳤다.

- 어라하!

모대는 굳은 표정으로 그의 부름에 응했다.

- 응전 태세를 갖추고 편전에 대신들을 소환하시오.

- 명을 받들겠습니다!

편전에 가까워질수록 갑론을박하는 고성이 울렸다. 전쟁은 사람을 급하게 만든다. 점잖은 체 하던 남당의 대신들은 잔뜩 몸이 달아있겠다. 잰걸음으로 편전으로 향하는 모대에게 백가가 귀띔했다.

- 결코 저들처럼 흔들리지 마십시오. 거련과 소꿉장난을 하는 것처럼, 여유를 가지시고…….

모대는 고개를 끄덕였다.

- 어라하 거둥이오! 제신諸臣 예를 갖추시오!

늙은 내관이 오랜만에 목청을 세게 울렸다. 시끌벅적하던 편전이 일시에 고요해졌다. 대신들은 일어나 모대를 향해 고개를 숙였다. 급박한 시국에 그나마 어라하를 의지하는가. 모대는 어쩔 수 없는 소년의 마음으로 우쭐해졌다. 군무를 맡은 병관좌평의 대리인 진로가 모대에게 아뢨다.

- 위사에게 들으셨겠지만 병력은 도합 이만, 거련이 친히 군사를 이끕니다. 고구려 본국의 정예는 아닙니다. 말갈족속과 한성의 옛 우리 백성들을 징발하였다 합니다. 그러나 말갈의 성미가 사납고 거련의 병법이 신묘하여 가벼이 볼 수 없습니다.

사약사가 한 마디 거들었다.

- 한성의 이름을 남평양南平壤으로 바꾸었다지요. 젠장할 늙은이……!

모대는 침착하게 응대했다.

- 징발할 수 있는 관군은 몇이나 되오.

여기엔 조미걸취가 나서서 답했다.

- 거듭된 환란으로 병관·위사부에서 낼 수 있는 병력은 오천입니다.

고구려 이만의 다음에 들리는 오천 소리는 서리 쐰 황무지의 연약한 보리 싹만큼 초라했다. 거련은 쉽게 이만 병력을 동원하는데 우리는 전역의 관군을 탈탈 털어도 오천에 그치나. 근초고대왕의 시대에 평양에서 고구려왕을 쏘아죽이던 맹렬한 위엄은 어디로 사라졌나.

- 어찌 고작 오천에 그친단 말인가.

조미걸취는 전란에도 느긋한 얼굴이었다.

- 말씀드렸듯 거듭된 환란의 탓이옵니다.

- 그것만으로는 대적하기 어렵소.

거련의 별칭, 북방살무사. 그는 압도적인 무력으로 사방제국을 짓눌렀던 그의 아비 담덕과 달랐다. 어를 땐 어르고 휘몰아칠 땐 휘몰아쳤다. 때때로 달콤한 선물을 하고, 이따금은 선물 안에 독을 탔다. 용맹하면서 지혜롭고, 대담하면서 비겁했다. 난세에는 생존과 승리가 미덕이니 그는 명군이면서 성군이었다. 그토록 교묘한 거련이 억센 말갈 마군을 이만이나 이끌고 온다니 먹지 못해 가냘픈 오천의 유약한 관군으로 어찌 제어하겠나. 조미걸취는 입가를 넓게 벌리며 웃었다. 넉넉한 인심의 촌로처럼 비쳤으나 그의 검도록 깊은 잔꾀를 아는 모대는 그 웃음이 두려웠다.

- 어렵습니다. 남당의 중론은 방어선을 곰나루의 뒤로 물려 험지에서 적을 막고 역습의 때를 도모하여 곰나루를 탈환하는 것입니다.

모대는 미간을 좁혔다.

- 도성을 또 거련의 손아귀에 넣어주잔 말인가.

- 수가 없습니다.

위사좌평 관정도 조미걸취의 의견에 동의했다.

- 적의 위세가 거세니 우선 험지에서 장기전으로 대치를 한 후, 예기가 꺾이면 그때 공략하면 됩니다. 후방에서 보급을 차단하는 계책도 고려할 수 있습니다.

- 그러나 대치가 길어지면 백성들이 크게 고통 받소. 적이 목전에 다다랐으니 백성들을 피란시킬 방도도 없지 않은가.

관정은 어린 아이를 다독이듯 말했다.

- 당장의 난리에서 그들을 모두 배려할 수는 없습니다.

모대는 잠시간 침묵을 지켰다. 대신들은 백제 제일의 무武라 일컬어지는 관정의 조언을 치기 어린 어라하가 받아들이는 것으로 자리가 파하겠다고 여겼다. 그러나 모대는 일반적인 예상을 깨트렸다. 관정의 조언을 모대는 거부했다.

- 국경으로 가겠소. 국경에서 거련을 무찌르겠소.

전쟁 좀 안다고 자부하는 치들이 들고 일어났다. 미친 짓입니다! 무례한 언어까지 동원하며 그들은 모대를 정면으로 비판했다. 초짜 어라하께서 또 사고를 치셨군. 조미걸취는 혀를 갈기며 웃었다. 그러나 모대는 흔들림이 없었다.

- 관군 삼천을 이끌고 국경에서 거련을 맞겠소. 내 시간을 벌 터이니 덕솔 진로는 관군의 나머지로 백성들을 피란시키고 험지에서 적을 맞을 준비를 하시오.

의아한 말에 진로는 되물었다.

- 어라하께선 고작 삼천만 대동하시겠단 말씀이십니까.

- 그렇소. 또한 경들이 사병을 내주시오. 무리한 요구하지 않겠소. 당신들의 영지를 지키는 데 사병을 쓰시오.

대담한 명령에 관정은 흥미가 동했다. 그는 선심 담긴 제안을 내놓았다.

- 그러하시다면 신이 어라하를 모시고 국경으로 가겠습니다. 위사의 소임은 어라하를 보위하는 것이니.

배려에 가까운 말도 모대는 튕겨냈다.

- 그대의 힘은 백성을 위해 써주시오. 나는 장덕 백가와 전 은솔 찬수류를 대동하겠소. 또한 덕솔 막고해와 휘하의 축자오백 또한 국경으로 이끌겠소.

조미걸취는 바람 빠지는 웃음소리를 냈다. 그 와중에 찬수류를 운운한단 말인가. 소년 어라하의 고집도 어지간하군. 그는 구태여 반발하지 않았다. 거련을 물렁하게 보는구나. 너 정도는 가을날의 바싹 마른 낙엽처럼 바스러뜨릴 위인이다. 백가와 찬수류와 막고해까지. 너의 사람들을 모두 죽음의 수렁에 빠뜨리려 하느냐. 전장에서 패한다면 어라하는 패전의 책임을 온전히 져야할 것이고 어라하를 보위하지 못한 죄로 백가와 찬수류와 막고해는 즉시 참수당해도 할 말이 없지. 지나치게 어수룩하고 무모하다, 어라하.

모대의 말은 관철되었다. 축자오백을 포함하여 삼천의 병력이 모대에게 주어졌다. 나머지 관군 이천과 진의 사병 오천은 방어선을 뒤로 물리고 백성들을 피란시켰다. 찬수류는 백의종군하는 조건으로 전장에 투입되었다. 그는 저처럼 늙은 말을 달래며 모대와 나란히 국경으로 갔다. 그는 고개를 모로 기울이며 모대에게 물었다.

- 어라하께서능 먼 자신감으루다가 거련과 직접 쌈을 벌이시겠다 한 거씨요. 묘안이라도 있으신갑제요.

모대는 맑게 웃었다.

- 아뇨. 뭐 어떻게 되겠죠.

찬수류가 주먹을 휘휘 저으며 무어라 따지듯이 소리를 질렀지만 모대는 들은 체도 하지 않았다. 삼천의 병사들은 종대縱隊로 늘어서 굽이치는 길을 따라 걸었다. 그들은 지옥으로 행진하듯 얼어붙은 표정으로 내키지 않는 걸음을 딛었다. 그들이라고 듣는 귀 없을까. 한성을 잡아먹었던 귀신이 대군을 업고 왔다는 풍문을 그들은 알았다. 덕솔 막고해도 가슴을 한껏 펴봤지만 스멀스멀 피어오르는 불안감은 어찌해볼 도리가 없었다.

국경은 도성에서 멀지 않았다. 본시 고구려와의 경계로 삼았던 칠중하는 고구려의 내륙이 되었다. 잡초만 무성한 벌판에서 모대는 고삐를 당겼다. 말이 길게 울었다. 황량한 지평선의 근처에 벌레 떼처럼 까만 점으로 집결해있는 사람의 무리가 시야에 들었다. 실재하는 적의 모습에 모대는 가볍게 몸서리쳤다. 짐승이나 잡아봤지 창칼로 사람을 잡게 될 줄이야. 끔찍한 일이나 숙명이다. 곤지를 도와 숱한 전장을 경험했던 찬수류가 진형陣形을 이루고 조언을 올렸다. 적진의 가까이로 척후를 보냈으나 모조리 화살에 목줄이 뚫려 돌아오지 못했다. 주인 없는 말이 본능에 따라 군문으로 터벅터벅 돌아왔다. 말의 안장에는 서늘한 바람만 타고 왔다. 바람에는 망자의 피비린내가 진하게 묻어있었다. 탈영병이 늘었다. 병사들은 앳된 어라하가 불안했다. 참모랍시고 종군하는 백가도 얼굴에 홍조가 짙게 올라와있다. 덕솔 막고해도 그들에겐 외지의 낯선 지휘관이고 은솔 찬수류야 말할 나위 없는 파렴치한이요 퇴물이었다.

밤이 되었다. 모대는 잠을 이루지 못했다. 지평선 가까이의 말갈족속은 괴상한 외침을 내며 밤새 춤을 추었다. 백제의 군문까지 메아리로 퍼져 들려오는 그 소리는 소름끼쳤다. 비단 모대뿐만 아니라 백제의 관군들도 막사에서 나와 지평선을 향하여 찬 바닥에 앉았다. 잡초에 맺힌 이슬이 엉덩이를 적셨다. 눈을 말똥히 뜬 채 무릎을 옹송그리고 제 부모자식의 이름을 주문처럼 속삭이는 그들의 군상이 참혹했다.

- 주무시지 않고요.

막고해가 모대에게로 다가왔다. 밤바람이 찹니다. 그는 갖옷을 모대의 어깨 위에 덮어주었다. 모대는 간신히 싱긋 웃어보였다.

- 부군께서 항상 보셨던 풍경입니다.

지평선의 무리는 불길을 활활 피우며 왁자하게 떠들었다. 말을 잡아먹는지 찢어질 듯한 말울음소리가 밤공기를 가르며 모대의 귓전까지 생생히 전달되었다.

- 부군께선 항상 이기셨습니다.

막고해는 두터운 손으로 모대의 어깨를 매만졌다. 등 뒤에서 느껴지는 든든한 인기척이 좋았다.

- 어라하도 이길 것입니다.

밤공기를 깊이 들이마셨다가 내쉬었다. 모대의 속에 들러붙어있던 미지근한 불안감이 씻겨나갔다. 막고해는 웃다가 막사로 돌아갔다. 모대는 갖옷을 벗어 찬 바닥에 앉은 노병의 앙상한 어깨에 걸쳐주었다. 황송한 은혜에 노병은 떨었다.

어김없이 해는 솟았다. 모대의 전마戰馬는 거세게 투레질했다. 모대는 부드럽게 그것의 목덜미를 쓸었다. 찬수류의 명에 따라 관군은 요충에 진을 형성했다. 완만한 경사가 있어 적이 함부로 달려들지 못하고 후방은 평탄하여 지원군의 원호나 보급을 받기에 유리했다. 백가는 안장 위에서 모대에게 진언했다.

- 삼천으로 저들을 궤멸하기는 불가능합니다. 도성의 백성들이 안전하게 피난을 마치면 우리도 철수하는 것으로 하시죠. 그 정도로도 진로나 조미걸취가 시비를 걸지 못합니다.

모대는 무겁게 고개를 끄덕였다.

땅이 울렸다. 지평선의 고구려군이 덮쳤다. 선두에는 경무장을 한 말갈의 마군들이 진을 형성하지 않고 무질서하게 쳐들어왔다. 개중에는 웃통을 벗어던진 이도 있고 중처럼 머리를 밀어버린 이도 있었다. 창칼 따위만 쥔 정도로 무장이 가벼운 그들은 현란한 마술馬術을 선보이며 급히 육박했다.

- 말갈마군은 고구려 철기와 다릅니다. 철기는 육중하게 압박하지만 말갈은 어지럽게 유린합니다. 방비를 단단히 하고 아군이 진을 이탈하지 않도록 하는 것이 중요합니다.

모대는 백가의 말을 따랐다. 왕가의 검을 높이 세우고 전군을 향해 호령했다.

- 전군, 정위치를 목숨으로 지켜라!

- 아따 제법 장군 넴시가 나네요이.

찬수류는 킬킬거렸다. 그러다 순식간에 성큼 다가온 말갈을 보고 다급하게 소리쳤다.

- 쩌그, 쩌그, 말갈넘들! 어라하, 싸게싸게 화살 쏘라고 하쇼!

모대도 목을 가다듬고 외쳤다.

- 사수射手! 쏴라!

백제의 사수들은 힘껏 시위를 잡아당겼다가 명이 떨어지자마자 일제히 놓았다. 허공을 향해 포물선으로 떠올랐던 살들은 말갈마군들의 머리로 쏟아졌다. 개중의 몇몇이 고삐를 놓치고 흙바닥에 나뒹굴었으나 대개는 무사했다. 산개散開한 대형에 화살은 큰 효험이 없었다. 몰려오는 그들은 흡사 한여름의 각다귀 떼처럼 무질서하고 날렵했다. 대중없는 손짓으로 날벌레의 무리를 퇴치하기 어렵듯이 무수한 화살도 질주하는 말갈을 잡지 못했다. 그들은 얕은 오르막을 쉽게 넘어 백제의 일선을 돌파했다. 모대는 침착하게 전군에 명했다.

- 전군! 방진方陣!

명에 따라 병사들은 불란하게 움직였다. 삼천의 관군은 먹지 못해 야위었으나 숱한 환란에서 살아남은 자들이었다. 생존자가 강자인 법, 역량은 쇠해도 관록과 경륜은 충분했다. 빠른 성진成陣이 생존의 첩경임을 그들은 알았다. 백제의 선봉은 순식간에 사각형의 방진을 형성했다. 모두 창끝을 바깥으로 벼리니 말갈의 말발굽이 진형을 쉽게 범하지 못했다. 방진의 안에서 사수들이 부단히 살을 쏘았다. 매섭던 말갈의 예기가 무뎌졌다. 막고해는 좌군에서, 찬수류는 우군에서 아군을 독려했다. 백가는 모대의 옆에서 대국을 읽었다. 마땅한 장수가 없는 중앙이 전전긍긍했다. 그곳으로 파고드는 말갈의 장수가 예사 재간이 아니었다. 둔중한 도끼를 날래게 휘둘러 백제 관군의 머리통 서넛을 수월하게 날렸다. 짧은 수염과 탄탄한 팔 근육은 혈기왕성한 젊음을 과시했다. 날아드는 창칼을 가뿐히 넘기며 그는 진을 휘저었다.

- 겁도 없이.

모대는 아랫입술을 깨물었다.

- 네 방종도 끝이다.

모대는 장궁에 살을 먹였다. 소의 질긴 힘줄로 만든 시위를 빳빳하게 당겼다. 모대의 팔뚝에 힘줄이 굳세게 돋아났다. 오른쪽 눈을 가만히 감고 허벅지로 말의 옆구리를 단단히 조였다. 말이 투레질을 관두었다. 말갈의 젊은 장수는 막 앙상한 노병에게로 달려들었다. 노병은 초라한 행색에 어울리지 않는 검은 갓옷을 걸쳤다. 그와 더불어 전장에서 늙은 창자루가 가까스로 말갈의 도끼를 막아냈다. 그러나 그것으로 창자루는 운명을 다했다. 우지끈 부서진 창의 반쪽씩을 양팔에 쥔 채로 노병은 뒤로 자빠졌다. 말갈은 혈흔으로 붉어진 도끼로 늙은 수급을 취하려 했다. 마지막 일격을 위해 그는 털이 무성한 겨드랑이를 드러냈다.

- 죽어라.

모대는 당겼던 시위를 놓았다. 젊은 개구리가 바닥을 박차고 뛰듯이 화살은 맹렬하게 날아갔다. 기괴한 소리를 내며 여러 겹의 공기를 뚫고 지나 화살은 마침내 주인의 명을 수행했다. 두꺼운 살갗을 뚫고 젊은 말갈의 경동맥을 꿰뚫었다. 엄청난 혈압이 피를 뿜어냈다. 햇빛이 투영되어 핏빛이 밝았다. 맹수 같은 몸뚱이가 땅을 울리며 낙마했다. 쿵 하는 소리와 함께 옅은 흙먼지가 풀풀 일었다.

- 이것으로, 첫 번째는 견뎠네요.

백가는 소리죽여 웃었다. 젊은 말갈이 죽자 그들의 마군은 주춤했다.

- 말갈족장의 장자를 처치한 것이 어라하의 첫 전공이 되었습니다.

모대는 어리둥절했다.

- 저놈이 족장의 장자라고?

- 족장의 장자이자 숱하게 국경을 약탈했던 골칫덩이죠. 잘하셨습니다.

젊은 말갈이 전사하자 고구려의 본영에서 뿌우우— 긴 고둥소리가 들려왔다. 장수를 잃은 말갈마군은 미련 없이 퇴각했다. 물러가는 그들을 보며 백제는 함성 대신 안도의 한숨을 쉬었다. 이미 찬수류는 눈대중으로 셈을 마쳤다.

- 우덜서 백 여가 죽어불고 오백이 불능이여라. 저넘들은 이백 정도 죽구. 우덜이 곱절은 더 조졌습니다마는 숫자놀음이 계속되믄 어렵다고 봐야제라.

모대는 쓰게 웃었다.

- 일단은 우리 목이 붙어 있는 것에 감사하자고요.

젊은 말갈의 목을 베어 군문에 효수梟首했다. 백제의 관군들은 햇볕에 쪼그라드는 적장의 머리를 보며 자신감의 일단을 되찾았다. 말갈의 족속은 분한 기운을 감추지 못하면서도 초장보다는 다소 위축되었다. 모대는 지평선 쪽에 부단히 곁눈질을 보내며 주먹밥을 먹었다. 찬바람에 식어서 모래처럼 씹혔다. 물을 들이켜 퍽퍽한 알갱이들을 삼켰다. 찬수류는 와중에 술을 마셨다. 그때 흙먼지가 다시 일었다. 주먹밥을 먹던 관군들은 긴장했다. 말발굽소리가 멀리서 들렸다. 일선의 병사들은 침을 삼키며 다시 창의 자루를 쥐었다.

- 저놈들이 쉬지도 않고…….

모대도 남은 밥을 욱여넣고 자리에서 일어났다. 손차양을 만들어 바라보던 백가가 고개를 갸웃거렸다.

- 백기를 들었는데요. 수효도 고작 서넛이고.

- 백기라니.

찬수류는 실없게 웃으며 술을 죽 들이켰다.

- 어라하의 절륜헌 무용에 거련이가 똥오줌을 지려블고 항복을 할란 갑제요.

백기를 든 고구려마군을 관군이 군문에서 저지했다. 여차저차 설명하는 마군들에 일선의 관군은 난처한 기색이었다. 군문의 장교도 그런 눈치였다. 눈치 빠른 백가가 모대에게 물었다.

- 저들을 들일까요?

- 무슨 말을 지껄이는지 들어나 보자고.

모대의 윤허가 떨어지자 군문이 개방되었다. 고구려마군은 말에서 내려 무장을 풀고 모대의 앞에 무릎을 꿇었다.

- 대형大兄(고구려 14관등 중 7위) 양부개楊釜蓋가 백제 어라하를 뵙습니다.

- 고구려왕이 보냈나.

- 그렇습니다.

모대는 입술을 비틀며 내키지 않는 기색을 노골적으로 표했다. 그러나 예의를 잃지는 않았다. 양부개를 일으켜 막사의 안으로 그를 들였다. 데운 차를 대접하는 것도 잊지 않았다. 몸을 녹일 시간을 준 연후 모대는 그에게 물었다.

- 전장에선 말이 필요 없소. 무슨 까닭으로 왔나.

- 사리호의 수급을 받아오라 명하셨습니다.

모대가 백가를 흘끗 바라봤다. 백가가 귀엣말을 해주었다. 죽은 말갈 족장의 아들이 사리호입니다. 모대는 헛웃음을 터트렸다.

- 어째서 수급을 넘겨주어야 하지.

- 대왕께선 후하게 보답하실 것입니다.

모대는 이를 악물었다.

- 그럴 위인이었으면 지난날 한성을 그리도 무참하게 무너뜨리진 않았겠지. 네놈들은 선대 어라하의 목을 베어갔다.

양부개는 침착하게 응대했다.

- 대왕께서 영수회담을 제의하셨습니다.

모대는 비아냥거렸다.

- 북방살무사께서 꾀를 내셨나보군.

- 대왕을 욕보이지 마십시오.

- 그대들은 나의 나라를 욕보이지 말라.

- 진지한 제의입니다. 군문을 뒤로 십 리씩 물린 후 중립지에 막사를 세우겠습니다. 무장 둘을 대동하여 회담하자고 대왕께서 어라하께 제의하셨습니다.

백가가 개입했다.

- 받아들이지 마십시오. 술수가 두렵습니다.

- 무슨 할 말이 있어 거창한 회담씩이나 제의하나.

- 양국의 우애를 다지기 위함이라 하셨습니다.

말놀음을 하나. 국도를 능멸하고 말갈을 부추겨 국경을 도둑질하던, 이제는 말갈과 옛 백제의 속민들을 앞세워 침략한 북방살무사가 양국의 우애를 다지겠다니 속아주려고 해도 어지간해야 할 것 아닌가. 백가라고 생각이 다르지 않았다.

- 일고의 가치도 없습니다.

- 회담장을 중립지에 마련한다고.

모대는 턱을 쓰다듬으며 양부개에게 물었다.

- 그렇습니다. 믿음직한 무장을 대동하니 문제될 것이 없습니다.

- 좋다. 수락하지.

백가는 뜨악한 표정을 지었다.

- 어라하!

- 막고해와 찬수류는 나를 호위하라. 그러나 사리호의 수급은 어림도 없다. 어디까지나 이것은 전리품이다.

단호한 태도에 양부개도, 백가도 더 말하지 않았다. 양부개가 돌아가자마자 지평선의 진영이 시야에서 멀어졌다. 이따금 막사의 형상만 거무스름한 점 몇 개로 보일 뿐이었다. 모대도 응하여 군문을 뒤로 물렸다. 모대를 제외한 모두가 북방살무사의 계략을 두려워했지만 모대는 크게 긴장하지 않았다.

- 죽어도 혼자 안 죽어. 거련을 길동무 삼지. 모대와 거련의 값을 따지면 수지맞는 장사야. 내가 죽으면 전군 철수시켜. 왕위는 진로가 잇든 누가 잇든 알아서 하고. 이요한테는 미안하다고 전해줘. 내 무덤에다 똥물을 끼얹으라고 해.

- 그게 하실 말씀입니까…….

백가는 고개를 절레절레 저었다. 막사에 고구려와 백제의 깃발이 나부꼈다. 모대는 좌우에 막고해와 찬수류를 거느리고 말에 올라 중립지로 향했다. 말 두 마리가 끄는 전차가 가까워지고 있었다. 전차를 좌우의 장골들이 수행했다. 모대의 등 뒤에서 찬수류의 말이 들렸다.

- 아주 그저 있는 거들먹이란 거들먹은 다 부림서 오는구먼.

모대도 동감했다. 막사를 코앞에 두고 전차는 멈췄다. 고구려의 특산으로 이름이 높은 과하마果下馬가 옹골찬 발굽을 구르며 콧김을 뿜었다. 전차에서 거련이 분명한 거구의 사내가 내렸다. 모대도 말에서 내렸다. 긴장감으로 목 주변이 뻣뻣해졌다. 거련은 금빛 갑옷을 입고 있었다. 그의 목덜미까지 둘러진 황금의 미늘이 햇빛을 반사했다. 노인은 허리가 굽기 마련이다. 거련은 그 통념마저도 가뿐히 뛰어넘었다. 허리는 곧고 어깨는 벌어졌다. 가슴께까지 내려오는 흰 수염과 누에처럼 두터운 눈썹은 늙음이 표상이 아니라 도리어 범하기 어려운 기운을 뿜었다. 북방살무사라기에 저도 모르게 조미걸취의 굽은 허리를 상상했던 모대는 의외의 거구에 압박감을 느꼈다. 거련은 그를 보고 씩 웃었다. 그는 손을 내밀어 악수를 청했다. 모대는 얼결에 손을 붙잡았다. 상당한 악력이 전해졌다.

- 젊은 어라하가 등극하셨다더니, 과연 신수가 훤하시구려. 고구려왕이요.

거련의 음성은 포효하듯 묵직하게 울렸다. 모대는 기세에 눌리지 않으려 거련의 눈을 똑바로 보았다. 중키는 넘는 모대임에도 그를 올려다보았다.

- 말씀은 많이 들었습니다.

같은 임금의 주제였지만 모대의 입에서는 저절로 존대어가 나왔다.

- 말씀이야 많이 들었겠지. 귀국에 내 악명이 워낙에 파다하잖소.

국치國恥를 두고 웃어넘기는 거련에게 모대는 항변하지 못했다. 거련은 모대를 막사로 안내했다. 내부는 단출했다. 원탁이 놓여 있고 좌우로 걸상이 하나씩 있었다. 거련은 모대에게 자리를 권하고 뒤따라 착석했다. 탁자에는 삶은 꿩고기가 식어가고 있었다. 날렵한 몸매의 술병과 잔도 두 개 있었다.

- 어라하께서는 약주를 하시오?
- 남들만큼은.
- 거 좋군. 젊은 사내란 모름지기 술과 계집을 알아야지.

거련은 잔을 가득 채워주었다. 모대도 거련의 잔을 채웠다. 거련이 권해도 모대가 쉽사리 들지 않자 거련은 호탕하게 웃으며 먼저 마셨다.

- 이럴 때면 살무사라는 별명이 내키지가 않아. 내 일거수일투족이 전부 계략인 줄 알거든. 독 안 들었소. 마음껏 드시오.

모대는 그제야 잔을 들었다. 꿩고기를 집어 입가심하고 그는 거련에게 물었다.

- 대왕은 어찌 회담을 제의했습니까.

- 급할 것 없소. 사는 얘기, 귀국 남당의 징그러운 작자들 얘기 먼저 하고…….

- 죄송하지만 대왕, 저는 급합니다.

거련은 흐흐 웃음을 흘렸다.

- 대왕이 동병하여 목숨을 걸고 전선으로 나왔습니다. 저의 백성들은 지금 사력을 다해 남녘으로 도망하고 있습니다. 대왕에겐 간단한 침략일지언정 저에게는 사투입니다.

거련은 눈썹을 치떴다.

- 어라하는 더 배워야겠소. 간단한 침략이라니. 전쟁은 사람 목숨으로 두는 장기야. 간단할 수 없지. 나는 갑옷을 입을 때마다 애끊는다오. 전쟁은 흙 털면 그만인 소꿉장난이 아니오.

모대는 반응하지 않았다.

- 나는 백제를 멸망시킬 것이오.

늙은 목소리가 막사를 가득 메웠다. 일거에 공기를 소멸시키는 듯 거련의 말에 모대의 숨이 막혔다. 멸망은 얼마나 두려운 말인가. 한성을 부수어버린 거련의 말이기에 진실하고 섬뜩했다. 모대는 흔들리는 동공을 들키지 않으려 하얗게 삶아진 꿩에게로 시선을 떨어뜨렸다. 거련은 거침없었다.

- 백제 이백 개의 성을 모조리 병탄하고 대륙의 끝을 고구려의 경계로 삼고자 하오. 백제 남방옥토의 낱알들로 군사들을 배불리 먹여 가야

를 정벌할 것이오. 가야의 굳센 쇠를 녹여 창칼을 만들 것이오. 그것으로 서라벌을 짓밟아 종내 이 땅의 오랜 분란과 전쟁을 끝내고자 하오.

거련은 술을 들이켰다. 굵은 식도를 타고 내려가는 것이 백제인 것만 같아 모대는 속이 쓰렸다. 입술이 파르르 떨려 모대는 윗니로 입술을 깨물었다. 거련은 그런 모대를 흘끗 보았다. 애송이. 아직 멀었다.

- 허나 그날이 오늘은 아닌 듯하오.

모대는 숨죽여 듣기만 했다.

- 내가 전력으로 밀어붙이면 어라하쯤이야 쉽지. 그러나 어라하께서도 사력으로 나를 막을 것이니 적잖은 피해를 감수해야 하오. 오늘 어라하의 눈에 찬 결기를 보았으니 싸움이 쉽지만은 않겠다싶소. 어라하와 악수를 나눈 것으로 만족하리다. 나는 평양으로 돌아가겠소.

거련은 자리에서 일어났다. 수다한 사람들의 목숨을 앗아갔을 손으로 모대의 어깨를 세게 쥐었다. 수십 년 패업을 누린 노웅의 일생이 느껴졌다.

- 이 거련보다는 차라리 남당의 작자들이 그대의 적이지. 잘해보시오.

거련은 막사를 나서 타고 왔던 전차를 다시 타고 돌아갔다. 모대는 여전히 어깨에 남아 있는 거련의 힘을 느끼며 한동안 막사를 떠나지 못했다. 정말로 거련은 전군을 거두어 평양으로 돌아갔다. 왔던 것과 똑같이 그들은 흙먼지를 일으키며 돌아갔다. 지평선의 밖으로 그들은 완전히 소멸했다. 백가는 우두망찰하며 그것을 바라보았다.

- 정말 갔군요.

모대는 대답하지 못했다. 그는 초점 흐린 눈으로 고구려의 뒷모습을 바라보았다. 토기가 올라왔다. 그는 거련에게 완전히 위압되었다. 쓰디쓴 패배감이 모대의 가슴을 힘지게 쥐어짰다. 눈물이 쏟아지려는 것을 참았다.

- 기껏 원정을 왔는데 그냥 돌아가시다니요. 폐하답지 않습니다.

대형 양부개의 말에 거련은 가만히 웃었다.

- 그냥 돌아가다니. 육십 년을 원정 다니며 나는 항상 원하는 바를 이뤄왔어. 그것은 이번에도 예외는 아니야.

양부개는 툴툴거렸다.

- 젖비린내 나는 어라하를 보는 게 목적이셨습니까.

- 미남자더군. 그것도 그렇지만, 백제놈들의 평형을 맞춰준 거야.

- 평형이라니요.

거련은 투구를 벗고 고개를 좌우로 까딱거렸다. 상투를 묶은 백발이 눈부셨다.

- 진로가 워낙 강해. 그러면 안 되지. 진로가 어라하를 손쉽게 구워삶게 되면 국내정치에 흥미를 느끼지 못할 거야. 미련한 해구는 그저 제 배를 불리는 데 열중했지만 진로는 달라. 분명 제 손에 쥔 권력에 만족하지 못하고 바깥으로 눈을 돌릴 거야. 비상한 두뇌로 우리를 어떻게 해보려고 할 테지. 그러면 안 돼. 저들끼리 치고 박고 다투는 데 써야지.

그제야 양부개는 입을 헤벌리고 고개를 주억거렸다.

- 초짜 임금한테 힘을 좀 실어준 거야. 궁지에 몰렸으나 맹렬하게 항전했노라. 그리하여 거련과 회담하여 전쟁을 끝냈노라. 어떻게 포장하느냐는 녀석의 소임이지. 그러면 남당의 공기가 달라질 거라고. 어라하는 신임도 얻고 헛기침 깨나 해볼 건수가 생기는 거야.

- 그래서 본국의 정예를 동원하지 않고 말갈족속과 남평양의 장정을 동원하신 게로군요. 영명하십니다.

살무사는 혀를 날름거렸다. 걱정이 없는 고구려의 군사들은 느릿한 걸음으로 천천히 행진했다. 거련은 말의 뱃가죽을 걸어차 속도를 냈다.

충분한 체력의 군사들은 임금을 무리 없이 따랐다. 어디 해내봐라, 소년. 너의 눈에 가득하던 원한과 분노라면 할 수 있다. 국경의 바깥에서 너를 만나보기를.

상대가 떠난 전장에서 한동안 머무르던 모대는 철군을 명했다. 죽음을 각오했던 관군들은 뜻밖의 생존에 펄쩍펄쩍 뛰었다. 막고해도 가슴을 쓸어내렸다. 불운하게 전사한 시신을 수습하여 모대의 군세는 곰나루로 발걸음을 뗐다.

- 거련이 나를 동정했다.

모대가 말을 흘려보냈다. 백가는 잠자코 들었다.

- 적국의 왕에게 동정을 받는 왕이야. 분하고 분하다.

한참을 침묵하다 백가는 짧게 말했다.

- 견디십시오.

곰나루의 북문이 열렸다. 모대는 개선 아닌 개선을 했다. 모대의 전마가 북문의 경계로 발굽을 들이자 갈채가 쏟아졌다. 백성들은 길거리에 쏟아져 나와 대로변에 엎드렸다. 키 작은 동자들은 지붕 위에 올라가 어라하를 향해 손을 흔들었다. 죄다 꾀죄죄한 꼴이었지만 웃음만큼은 밝았다. 성벽을 무너뜨릴 듯 내지르는 함성소리에 모대는 전율을 느꼈다. 백가가 그의 가까이 다가와 귀띔했다.

- 인사를 받기만 하실 요량입니까. 손을 흔들어주십시오.

모대는 손을 들어 화답했다. 함성은 더 거세게 울렸다. 눈치 빠른 찬수류가 사리호의 목을 꽂은 긴 자루를 높이 치켜들었다. 분위기가 절정으로 치솟았다. 백성들은 남루한 누더기를 대로의 흙바닥에 깔았다. 모대는 말의 걸음을 멈추고 땅으로 내려왔다. 누더기의 길 위로 나아가 엎드렸다. 피와 땀이 묻은, 먼지와 때가 엉긴 누더기에 모대는 입을 맞췄다. 군중의 몇몇은 감격의 눈물마저 흘렸다. 찬수류는 너털웃음을 터트렸다. 백성들은 엎드린 몸을 일으켜 만세를 외쳤다. 모대는 기껍게 만세소리를 받아들였다. 양 어깨를 짓누르던 거련의 동정심을 깔끔하게 잊었다. 그는 군중의 외침 속에 녹아들었다. 건길지 만세. 건길지 만세. 그 소리는 모대를 추앙하는 소리면서 그들 자신의 불안감을 불식시키는 소리였다. 유약한 건길지는 이제 없다네. 국경에서 거련을 무찌르고 당당히 개선하신 건길지 나셨네. 왕제 곤지의 핏줄이시라네. 우리 건길지는 강하고 지혜로운 분의 핏줄이시라네. 혼란한 시대를 맞어 오곡 무르익고 가가호호 웃음소리 퍼지는 태평성대 여신다네. 백성들은 사소한 호재에도 감격할 만큼 삶에 찌들고 지쳐있었다. 모대는 깊게 호흡했다. 백가는 모대의 손을 붙들었다. 따뜻했다.

진로는 북문이 아니라 궐의 바로 앞에서 모대를 맞았다. 신하의 도리를 따지자면 불충했다. 모대는 개의치 않았다. 궁궐의 층계를 오르는 모대를 향해 진로는 절을 올렸다. 덤덤하고 무신경하기까지 한 말투였다.

- 승전을 감축합니다.

남당의 신하들이 진로의 말을 똑같이 외웠다. 감축하옵니다. 모대는 가벼운 손짓으로 그들의 축하를 받았다. 입가를 늘어뜨린 채로 이리저리 눈알을 굴리는 조미걸취의 얼굴이 고소했다. 목협만치는 과장된 언어로 모대를 추켜세웠다.

- 고구려에 연패를 거듭하던 아조가 거련을 꺾었습니다. 손바닥만 한 땅도 내주지 않고 굳건히 침략을 막아내셨으니 그 업적, 만세에 전할 것이옵니다.

- 고맙소.

목협만치의 공치사에 이의를 제기하는 자는 없었다. 승전을 자축하는 연회가 열렸다. 모대는 일개 병사들에게도 먹을 것을 부르게 나누었다. 조미걸취는 전쟁에 관하여 일언반구도 이르지 않았다. 거련이 왜 물러갔는지도 묻지 않았다. 아무 일도 없었던 듯 덮고 가려고 했다. 그러나 이러한 호재를 놓칠 정객들이 아니었다. 백문이 운을 뗐다.

- 친히 악명 높던 사리호를 죽이시다니… 일찍이 없었던 공훈입니다. 신 백문, 진심으로 놀랐습니다.

겸손이 최고의 자화자찬임을 모대가 모르지 않았다.

- 눈 먼 화살이 운 좋게 맞았소.

- 그렇지 않습니다. 어라하께서는 탁월한 군재이십니다. 더불어 전은솔 찬수류의 공이 또한 눈부셨다 들었습니다.

- 찬수류야말로 으뜸이었소. 사나운 말갈을 빼어난 무용으로 잠재웠으니.

모대와 백문은 자연스레 찬수류의 얘기로 넘어갔다. 불온한 기류를 감지한 조미걸취가 선제하고 나섰다.

- 그러나 크나큰 죄를 지은 자입니다.

목협만치도 끼어들었다.

- 허나 죄과를 저지르고 상당한 세월이 흘렀소. 또한 파직으로 충분히 그 값을 하였고 왕제 전하를 따르면서 숱한 공을 세웠소. 이번 전쟁에서도 활약했으니 이만하면 허물을 벗겨줄 때도 됐지.

모대가 쐐기를 박았다.

- 죄는 벌하고 공은 상찬하면 되는 것이오. 찬수류는 지은 죄에 벌 받았으니 세운 공에 상 받을 자격이 충분하오.

분명한 사실에 조미걸취도 더 따지지 못했다. 진로는 가만히 있었다. 즉석에서 찬수류가 복권되었다. 진로는 무덤덤한 표정으로 의자에 몸을 묻었다. 왜에서 굴러먹던 소년이 어라하가 되었다. 용포는 그에게 맞지 않았다. 어설프고 미숙해서 조롱당했다. 그런데 어째서 지금은.

목을 빳빳이 세우고 활기찬 목소리를 낸다. 목소리를 내면서 손짓을 크게 한다. 모대는 불이라더니, 가물은 날의 건조한 산맥을 전소하는 산불이 되는 것인가. 불은 셈하기 쉬우나 산맥을 전소하는 불은 셈을 해도 당하질 못한다. 어린 아이가 목을 조르는 듯 진로는 가벼운 질식감을 느꼈다. 속이 답답하여 빈속에 술을 부었다.

욱리하

욱리하는 큰물이다. 본류를 따라 넓게 펼쳐진 평야는 그야말로 옥토
沃土. 바다로 나가기 수월하고 부드러운 능선은 외침外侵을 막기 좋다. 삼
한일통을 꿈꾸는 나라 모두 욱리하를 탐한다. 모두 탐하기에 욱리하는
전장이다. 본디 백제의 젖줄이었다. 그러나 거련이 경사에게서 국도 한
성을 빼앗고 한성의 물인 욱리하를 전장으로 바꾸었다. 고구려가 욱리
하를 얻으니 신라가 침을 흘렸다. 시시콜콜 욱리하로 쇠붙이를 들이댔
다. 권토중래를 외치며 백제도 이 악물고 뛰어들었다. 개의 이빨이 맞
물린 듯 삼국의 경계가 어지러이 얽혔다. 다시 해가 뜨면 전장으로 땅
을 뺏고 뺏겼으므로 전날의 국경은 무효가 됐다. 시체는 들판에서 썩고
매일 허물어지는 성벽은 매일 다시 세워 새것이었다. 피 먹은 대지에서
자란 곡식에는 붉은 낟알이 맺혔다. 썩은 내 나는 운구선은 과적過積이
었다. 기우뚱거리며 위태로이 떠가는 그것이 마침내 전복하기를 민물
고기들은 바랐다. 주검으로 살진 까마귀는 육중한 몸을 날리기 위해 도
움닫기를 했다. 백제의 찬란했던 국도는 징병된 장정들의 강제된 기합

소리와 그들의 손에 들리기 위한 쇠붙이를 단련하는 소리로 요란했다. 백제의 아들들이었던 그들은 고구려의 선봉이 되어 조국이었던 나라로의 출정했다. 고구려의 거련이 즉위한 지 61년째 되는 해. 신라의 비처毗處와 백제의 모대가 즉위한 지는 4년째 되는 해였다. 모두들 빼어난 군주였다. 난세의 빼어난 군주는 살육에 능하니 욱리하는 더욱 슬펐다.

- 승전을 경하합니다, 어라하.

갑옷을 입은 채로 편전에 들어오는 모대를 향해 진로는 허리를 숙였다. 모대는 환하게 웃으며 그 인사를 받았다.

- 고맙소, 병관.

- 친히 출정하시어 고립된 신라를 구원하시니 서라벌에서 대아찬大阿湌(신라 17관등 중 5등) 실죽實竹을 보내어 감사를 표했습니다.

- 실죽은 전장에서 함께했던 바 있소. 훌륭한 장수지. 때가 맞으면 접견하겠소.

진로는 그리하겠노라 하며 어전에서 물러났다. 모대는 투구를 벗었다. 늙은 내관이 궁녀들을 급히 불러 모대의 갑옷을 벗기도록 하고 뜨끈한 목욕물을 받아놓으라 했다. 모대는 깊은 배려를 기꺼이 받았다.

진로는 병관좌평이 되었다. 소임을 다하기에 모자람이 없는 나이가 되었다며 스스로 취임했다. 조미걸취는 연로하여 남당에서 물러났다. 진로가 만류했으나 조미는 결단코 사의하겠다고 했다. 늙은 지혜는 제가 없어도 진로가 올곧게 설 것을 확신했다. 진로도 더 만류하지 않고 상좌평으로 그를 높여 기렸다. 유일한 원로가 된 목협만치가 내신좌평으로 존중받았다. 공석이 된 내법좌평에는 사약사가 임명되었다. 해구의 역란에 동조한 역사는 그에게 있어 치명적인 낙인이었다. 역량도 모자란 그가 좌평에 오르기란 불가했다. 후보군에 오르긴 했어도 구색 맞추기에 그칠 것이란 평이 중론이었다. 그러나 모대가 사약사를 택했다.

의외의 선택이었다. 모대의 선택에 진로도 반대하지 않았다.

 - 사약사는 자기 목소리를 내지 못하는 사람이다. 권력이 거세된 사람이다. 그렇기에 시류에 휩쓸리고 권력의 대변자가 된다. 그는 지금껏 진의 하수인이었다. 그런데 어라하가 그를 내법으로 택했어. 어라하가 우리를 제치고 그를 이용할 수 있다 여긴다. 승인해주마. 한번 해봐라. 네가 과연 그를 다룰 수 있을지.

 사약사가 영전榮轉하며 빈 달솔의 자리에는 찬수류가 임명되었다. 복권된 이후 찬수류의 전공은 관정의 그것에 필적했다. 말대인이란 별칭은 더 이상 우스개가 아니었다. 고구려와 말갈에게는 야차夜叉의 이칭異稱이었으며 우방인 신라와 가야에게는 든든한 원호였다. 그의 달솔 취임에 누구도 반대하지 않았다. 은솔 백문은 달솔이 되었고 그것을 막고해가 이어받았다. 다시 그의 은솔 관등은 장덕 백가가 이었다. 왕가와 그 일파가 약진했다. 그것은 순전히 눈부신 전공의 덕택. 진교와 진모달은 전장에서 연전연패했다. 진에서는 진로와 관정만이 승리했다. 그러나 모대와 찬수류와 막고해와 백가는 거듭 이겼다. 눈에 보이는 전공을 누구도 외면하지 못했다. 백제의 권력을 틀어쥔 진이라고 해도 곰나루의 북문으로 개선하는 그들을 보고 내지르는 백성들의 환호를 외면할 수는 없었다. 권력의 저울은 점차 평형으로 나아갔다. 그럼에도, 모대는 이요를 궁으로 부르지 못했다. 이요에 관해서 모대는 아무 말도 하지 않았다. 그가 세련된 정치에 익숙해진 탓. 모대와 진로는 서로 적이었으나 서로가 익숙해진 그들은 적의 역량과 상황을 계산하고 겨뤘다. 그래서 싸움은 깔끔했다. 모대는 이요의 일이 받아들여질 수가 아니란 걸 알았고 그렇기에 이요의 이름을 입 밖으로 내지 않았다. 이요는 침묵의 왕궁을 바라보았다. 이따금씩 왕실의 이름으로 먹을 것 입을 것이 나왔지만 그것은 모대가 이요를 망각하지 않았다는 기초적인 애정의 증거일 뿐이었다. 이요는 그것에 감동하지 않았다.

진로는 이따금 이요를 찾았다. 저절로 향하는 자신의 발걸음을 보며 스스로 비웃었지만 걸음을 돌리지는 못했다. 이요는 그를 맞아 환담했다. 이미 내로라하는 여인들과 볼 것 다 본 진로였지만 이요와 단순히 찻잔을 기울이는 것만으로 진로는 흥분했다. 물색없는 애정의 까닭을 몰라 진로는 더 이요가 예뻤다. 너무나도 예뻐 안거나 입을 맞추거나 관계할 욕심이 동하지 않았다. 말을 듣고 말을 들려주는 것만으로도 좋았다. 이요에게서 돌아오는 길에 진로는 유곽의 고급 창녀들을 모조리 불러 즐겼다. 다시는 이요를 찾지 않으리라 다짐하면서.

진의 어륙이 원자를 생산했다. 진과 왕가를 반반씩 닮은 아들을, 모대는 혐오하면서도 사랑했다. 이름을 미도彌度라고 했다. 파탄지경으로 내몰렸던 나라가 반듯해지고 왕가도 붕괴된 기반을 다졌다. 그러나 모대는 건전한 풍경들이 잿빛으로 보였다. 이요의 부재가 그를 색맹이게 했다. 어륙은 너야. 분명하게 뱉었던 자신의 목소리가 올무가 되어 그의 마음을 옭았다. 모대는 미도를 안아주지 않았다. 건넌방에서 미도가 왕 하고 울음을 터뜨렸다. 어륙이 그를 열심히 달랬다. 울음은 쉽사리 그치지 않았다. 모대는 울음소리와 달래는 소리를 들었다.

저근은 면중에서 마한의 부활을 선포했다. 망국의 속민들은 열렬히 반겼다. 그들에게 마한은 향수였다. 기름진 평야의 반역에 곰나루의 시름이 깊어졌다. 남당은 즉시 토벌군을 보내라 주창했지만 주력은 고구려와 말갈에 묶여있었다. 병법에 능한 저근이 거느리는 흑개사에다 마한 재건의 구호 아래 모인 충직한 병사들을 곰나루의 예비군이 통제할 수 없었다. 모대는 귀족들로 하여금 사병을 운용하라 제의했으나 누구도 시원하게 나서지 않았다. 남부의 대표자 목협만치도 난색을 표했다. 한때 마한의 진왕이었던 그들이 마한의 이름을 토벌함은 오래된 뿌리를 부정하는 것이자 남부의 지배적인 장악력을 상실했노라 자인하는 꼴이었다. 저근 타도의 목소리는 남당에서 유야무야 사그라졌다. 누군가가 큰소도를 토벌하여 저들의 넋을 거세하자고 주장했지만 채택되지 않았다. 큰소도를 건드리면 걷잡을 수 없다. 곰나루의 방관 아래 저근은 백제의 남녘을 좀먹었다. 쇠잔한 가야의 소국들이 저근과 교통하여 사소하게 시비를 거는 일이 잦아졌다.

그런 때에 백가가 모대에게 말했다.

- 큰소도에 다녀오겠습니다.

모대는 아연했다.

- 작금의 상황이 어떤지 잘 알 텐데.

- 알기 때문에 다녀오려는 것입니다.

역도의 심장에 가겠다니. 아니, 다녀오겠다니. 너는 당차게 말한다. 배포가 부럽다. 모대는 불분명한 발음으로 백가의 큰소도행을 윤허했다. 백가는 절을 하고 물러났다. 위험을 향해 걸어가는 그를 모대는 푹신한 성좌 위에서 바라봤다.

- 뭐라고요? 성대혜현으로 가신다고요?

백가의 노복은 순진한 눈을 껌뻑거렸다. 백가는 고개를 주억거렸다.

- 거긴…….

- 장광설 늘어놓을 셈이면 관둬. 이미 어라하께서 하셨어.

노복은 깊은 속에서 끌어올린 한숨을 뱉는 것으로 심정을 표했다. 더군다나 마한 제일의 축일인 수릿날(단오)이 다가오고 있다. 그런 날에 백제의 고관대작이 큰소도에 발을 들인다면. 짧은 배움으로도 노복은 충분히 짐작했다. 물정 모르는 어린 주인을 만나 헛것이 돼버릴 인생이라니. 처량하다. 도수장屠獸場으로 이끌리는 축생처럼 그는 발을 끌었다. 산기슭너머 주악소리가 들렸다. 절절한 곡조는 망국을 추억하고

조국을 망국으로 만든 이들을 증오하기에 알맞았다. 노복은 그것을 장
송곡으로 들으며 속으로 울었다. 백가와 노복은 산기슭을 넘다가 엄한
경계를 펼치는 큰소도의 초병에게 붙들렸다. 백제의 예복을 입은 백가
를 초병은 엄하게 다뤘다. 관자놀이를 얻어맞아 피가 흘렀다. 백가는
이를 악물고 고통을 삭였다. 노복은 거품을 물었다. 둘은 가차 없이 뇌
옥에 내동댕이쳐졌다. 노복은 곡소리를 냈다가 간수에게 몽둥이찜질
을 당했다. 그는 저를 보며 키득거리는 백가를 원망스러운 눈초리로 쏘
아봤다. 궁둥이를 문지르면서 혼잣말. 상전이고 나발이고. 뇌옥의 좁은
창틈으로 간신히 미치던 빛줄기가 얇아지더니 사라졌다. 밤이 되었다.
백가의 빈 창자에서 소리가 났다. 이것 참, 피죽도 못 얻어먹을 줄이
야…… 좁은 창틈 사이로 고소한 기름 냄새가 진동했다.

  - 마한이 이래서 망한 게야! 암만 죄수라도 먹여서 살리는 놔야 할 게
아니야!

  누굴 들으라고 한 소린 아니었다. 먹지 못한 사람은 짐승이다. 때 맞
춰 먹지 못하면 제 새끼를 남의 새끼와 바꿔 삶아먹는 게 사람이다. 백
가의 굶주림은 그처럼 심하진 않아도 홧김에 벌컥 소리를 지를 정도는
되었다. 그는 간수의 카랑카랑한 겁박을 예상했다. 예상은 빗나갔다.
간수의 입보다 빠른 음성이 있었다.

  - 반나절 굶주리는 게 어렵나요.

  이질적이었다. 썩은 내가 밴 짚단. 살진 벼룩이 떼 지어 뛴다. 곪아터
진 죄수의 썩은 살을 생쥐가 탐하고 하루 두 번 나오는 걸쭉한 보리죽
은 빨간 눈의 파리가 먼저 맛본다. 여염과 격리된 음습함과 불량함. 그
것이 뇌옥의 정체성이었다. 음성은 뇌옥과 비교하여 너무나도 이질적
이었다. 소녀의 맑은 음성. 그것에 색이 있다면 순백이리라. 백가는 각
성한 듯 음성을 찾아 시선을 옮겼다. 그러나 어두운 감옥은 백가의 눈

을 가렸다. 그녀는 들리되 보이지 않았다.

- 덕솔 백가. 주제넘은 걸음을 하셨네요.

백가는 목소리에 얼어붙었다. 미지의 그녀가 자신을 안다는 것에 당혹했다. 대답하지 못하는 백가에게 그녀가 다가갔다. 성기게 늘어선 목재 창살을 붙들고 백가를 바라봤다. 비로소 백가도 그녀를 보게 되었다. 음성대로 맑은 눈과 앳된 살갗이었다. 정결한 인상에 백가의 눈이 흔들렸다.

- 누구시오.

소녀는 웃기만 했다. 백가의 물음은 짝을 찾지 못하고 그대로 바람결에 날아갔다. 백가는 다시 물었다.

- 누구시오.

소녀는 눈을 감고 대답했다.

- 나는…….

백가는 저도 모르게 심호흡했다.

- 나는 마한입니다.

긴장이 흘렀다. 서늘한 기운이 백가의 몸을 쓸었다. 마귀의 혓바닥이 핥는 듯 뜨악했다. 소녀는 역설했다.

- 나는 망국 마한입니다. 백제에 밟힌 자존심입니다. 백제에 배부름을 뺏긴 굶주림입니다. 백제에 노동을 바치는 고단함입니다. 백제에 먹혀버린 대지입니다. 백제가 마셔버린 강물입니다. 백제에 사냥당한 역사이며 약탈당한 문명입니다. 내가 누구냐고요? 나는 마한입니다…… 반나절 굶은 당신은 아우성쳤지요. 우리는 수 백 년 고통을 삭이며 살았습니다. 당신이 우리를 아십니까? 마한을 아시나요…….

백가는 무의식적으로 중얼거렸다.

- 대천군…….

- 무슨 염치로 큰소도에 오셨나요, 원수의 복심이여.

존대어에는 싸늘한 푸대접이 반어적으로 담겨 있었다. 무구한 얼굴에서 흘러나오는 원수란 단어가 비수로 찌르듯 아팠다. 백가는 침착한 어투로 대답했다.

- 반역을 멈추러 왔소.

- 죽으러 오셨군요.

- 반역을 멈추러 왔소.

- 다시 말씀드리지만…….

백가는 대천군의 말을 가로막았다.

- 저근의 제의가 달콤했을 것이오. 망국의 재건이라니. 그러나 치기 어린 허깨비일 뿐. 마한을 되살리겠다는 선언은 무고한 백성들만 죽고 다치게 할 뿐이야.

- 큰소도에 마한의 넋이 살아있어요. 면중의 저근이 마한의 몸을 되살렸고, 넋과 몸을 합하면 더 이상 마한은 망국이 아닙니다. 함부로 망국이라고 부르지 마세요. 방자한 말을 지껄이는 당신의 입을 영영 다물게 해버릴 수도 있습니다.

- 마한의 넋이라 하셨소. 마한이란 게 뭐요. 오밀조밀 모여 싸우던 소국들의 집합일 뿐. 상처내기에 급급한 시절이었지. 아무것도 모르는 백성들이 아무것도 모른 채 죽어가던 시절. 백제가 그 난국을 종식시켰소. 마한이란 허울이 무슨 의미가 있소. 백성들은 배불리 먹고 편히 쉬면 맞는 분수요. 망국이니 재건이니 들먹이며 선동하는 것은 당신들을 위함이 아닌가. 그런 당신들을 어찌 반역이라 부르지 않겠소.

- 백성들은 짐승이 아닙니다. 먹고 자면 그만인 사람들이 아니라고요. 풍습과 전통이 있습니다. 그것 또한 중요합니다. 백제가 그것을 짓밟지 않았습니까.

백가는 소리 죽여 웃었다.

- 풍습과 전통. 그것은 박제가 아니라 생물이오. 마한이 백제를 대신하여 이 땅을 꿰차고 있으면 풍습과 전통이란 것이 불변하여 전해질 것이라 여기시오? 천군과 소도의 영험한 주술을 백성들이 계속 믿었으리라 여기시오? 결국 당신의 주술이 이 땅에 미치기를 바라는 착오의 이기심일 뿐. 그 이기심이 저근의 권력욕과 버무려진 추악한 결과물이 지금의 반역이야.

대천군은 입술을 깨물었다 놓았다. 혈액이 막힌 곳이 하얗게 되었다 붉어졌다.

- 백제는 마한을 핍박합니다. 우리 손으로 일군 곡식으로 나라 백성을 다 먹이는데 권력은 한성귀족들만 쥐고 흔듭니다. 사사로운 이기심으로 마한의 재건을 운운했다면 저들이 들불처럼 호응했겠습니까. 마한백성들은 분노하고 있습니다.

- 한성귀족들이 발호함은 부인하지 않겠소. 억울할 만하지. 그러나 그것을 백제의 탓으로 돌리면 곤란하오. 순전히 한성귀족들의 탓. 당신들이 남부에서 반역을 일으킨 통에 어라하와 긴밀한 남부귀족들이 애먹고 있소. 덕분에 진씨만 득세하지. 당신들이 진을 후원하는 꼴이란 말요.

- 우리한테는 진이나 남부귀족이나 똑같아요. 마한의 본분으로 남당에서 어라하에 머리를 조아리는 남부의 그들이 더 원망스럽습니다.

- 철없는 말씀 관두시오.

마침내 대천군은 백가의 앞에서 소리를 내질렀다.

- 당신의 나라와 가문이 이렇게 돼도 당신은 가만히 있을 겁니까!

백가는 잠자코 들었다.

- 나라를 뺏기고 영지를 뺏기고 사라져가는 기억과 흔적을 보면서도

당신은 가만히 있을 겁니까. 군자처럼 고고히 받아들이실 건가요.

백가는 망설임 없이 대답했다.

- 받아들일 거요. 그것이 역사에 순응하는 길이니.

- 내게 거짓을 말하지 마십시오.

- 역사가 나에게 멸망을 명령한다면 나는 받아들일 것이오!

- 더 듣지 않겠습니다.

대천군은 백가와 노복을 방면해주었다. 뇌옥에서 나오는 길에 음악과 함께 축제를 즐기는 큰소도의 백성들과 맞닥뜨렸다. 그들은 으르렁거렸다. 두터운 팔 근육의 젊은이는 돼지를 잡은 칼을 백가에게 들이밀었다. 대천군이 제지했지만 역겨운 피 냄새는 오래 감돌았다. 대천군은 백가를 산기슭으로 내몰았다. 우거진 수풀이 괴물의 아가리에 매달린 이빨처럼 들쭉날쭉했다.

- 돌아가세요.

그녀는 끝까지 냉정했다.

- 가겠소. 그러나 명심하시오. 주제넘은 반역은 어라하께서 즉시 토평하실 것이오. 그러나 당신이 어라하와 사귀고자 하면 어라하께선 언제든 벗이 될 것이오.

- 그럴 일은 없을 겁니다.

- 어라하께선 인내하고 있소. 큰소도쯤이야 한 손으로 쥐면 가루로 만들어버릴 수 있소. 그러나 어라하는 큰소도의 속민도 귀한 아들딸들로 아끼신단 말이오. 부디 진정을 깨달으시오.

- 듣기 싫습니다.

- 어라하께선 천군과 소도를 존중하오. 진로는 정을 두지 않소. 미망에서 벗어나 옳은 답을 찾기를……

백가는 암흑을 향해 발을 내딛었다. 혹여 뒤에서 화살이 날아오지는 않을까 노복은 뒤를 흘끔흘끔 보더니 잰걸음으로 백가를 앞서나갔다. 대천군은 미련 없이 산중으로 나아가는 백가의 뒷모습을 오래 보았다. 적의 고관을 죽여 천신께 제물로 바치자. 다수의 속민들이 그렇게 날뛰었으나 대천군은 그를 온전히 보내주었다. 저근의 웅변은 매력적이었다. 마한을 부활시키고 진왕과 대천군을 다시 세워 그동안의 설움을 딛고 일어나자. 다시 찬란한 역사로 나아가자. 그녀는 그것에 흔들렸다. 나는 속민들을 위하였나. 아니면 마한이란 허울에 얼이 빠져버린 걸까. 어라하가 언제든 마한의 벗이 된다고…… 턱없는 거짓임을 알면서도 그녀의 머리에는 그 말이 두고두고 맴돌았다. 어느 어라하가 거짓이라도 마한의 벗이 되리라 한 적이 있었다. 산을 등지고 큰소도를 바라보았다. 저들이 즐거이 춤추는 까닭은 천신에 제사를 올리는 수릿날이어서가 아니라 음식이 있고 음악이 흐르기 때문일 터. 정녕 마한은 허울인가.

백가는 수풀을 더듬으며 산을 올랐다. 횃불을 밝혔지만 우거진 수목과 뿌연 밤안개는 횃불의 효용을 덜었다. 이따금 짐승의 눈빛이 잔상을 뿌리며 움직였다. 노복은 몸을 떨었으나 백가는 떨지 않았다. 대천군의 목소리가 그의 정신을 흩뜨려놓았다. 나는 그녀에게 거짓을 말했다. 정말로 난 멸망을 용인하지 못한다. 나의 나라를, 가문을, 주변을 욕보이고 다치게 하고 종내 멸망시키려는 준동을 용서할 수 없다. 내 몸에 꿈틀거리는 상처들은 나를 와신상담臥薪嘗膽하게 만든다. 슬프다. 백가는 곰나루로 돌아와 모대에게 경과를 아뢰었다. 모대는 논평하지 않았다. 수고했다 한 마디로 그쳤다.

9월 가을. 누런 곡식을 거두는 농군들의 마음은 더웠다. 모대가 즉위하고 세율을 낮추니 백성들에게 돌아가는 바가 많았다. 그들은 넉넉한 곳간을 기대하며 낟알만 한 땀방울을 흘렸다. 그런데 한 해의 배부른 상상으로 즐거운 그들에게 불행이 닥쳤다. 한산漢山은 북방의 요충이었다. 본디 내륙의 대처였던 그곳은 한성의 소실과 더불어 군사를 동병하는 전초기지로 삼아졌다. 한산의 백성들은 수확의 기쁨과 더불어 죽음의 슬픔을 겪어야 했다. 말갈마군이 기습으로 한산에 들이쳐 곡물을 약탈했다. 남녀노소의 구분을 두지 않고 살육을 자행했다. 더불어 삼백여 호 백성들의 머리채를 잡아 북방으로 끌고 가니 걸음 닿는 곳마다 통곡이요 시선 두는 곳마다 혈흔이었다. 모대는 근왕병 이천을 대동하여 한산으로 달려갔으나 말갈은 소나기처럼 간 데 없고 가을하늘의 태양만 맑았다.

- 신 한산성주漢山城主 양무楊茂가 어라하를 뵙습니다.

모대가 참담한 표정으로 한산을 순시하는데 무장 하나가 달려와 앞에 엎드렸다. 그는 땅바닥에 머리를 찧었다.

- 죽여주십시오. 어라하의 백성을 지키지 못했나이다.

한산은 원래 내륙이었다. 군사적 요충으로 삼았지만 그 이름에 걸맞은 성책과 해자는 허술했다. 그러면서 각지로 향하는 대로를 잘 닦여있어 말갈의 재빠른 침략을 제어하기 힘들었다. 양무라고 당하고 싶어 당했겠나. 모대는 그의 팔을 이끌어 꿇은 무릎을 일으켰다.

- 사죄는 너의 성민城民들에게 하라.

모대는 열흘 간 백성들을 위무, 진휼하고 곰나루로 돌아갔다. 양무는 돌아가는 모대의 뒷모습을 향해 절했다. 한산은 본디 진의 영지다. 백제 전토가 어라하의 땅이라지만 엄연히 이곳은 진로의 땅이다. 솔직히 말해서, 이곳의 백성은 진로의 백성이다. 어라하에겐 적의 백성이다. 그럼에도 그들을 염려하는가. 위무하는가. 그들의 불편에 참담히 눈물 흘리는가. 양무는 모대가 향하는 쪽을 향해 다시 머리를 찧었다.

진씨의 어륙은 수더분한 여자였다. 모대는 그녀를 외면했다. 어륙은 수더분한 여자라서 그 외면을 견뎠다. 권력을 틀어쥔 제 일족에게 하소연이라도 할 법하건만 뒤돌아 눈물을 찍으면 그뿐인 여자였다. 어륙은 외면 속에서 원자를 생산하고 내관들을 다스렸다. 여자의 습성이 우스운 것이 정치에 휩쓸리지 않았다. 해씨의 태후와 진씨의 어륙은 복수를 다짐해야 할 역사를 지녔지만 그것에 관계하지 않았다. 궁궐의 사소한 일거리들을 이야기하며 그들은 그들의 생활을 꾸렸다. 모대가 원하지 않아도 어륙은 그의 눈에 자주 보였다. 울지 마라, 울지 마라, 아가야. 미도를 얼렀다. 어라하께선 센 간을 싫어하신다. 수라를 다시 올려라. 여관들을 타박했다. 모대가 진을 싫어하고 이요를 사랑한다지만 어륙의 마음을 영영 외면할 수는 없었다. 이따금 안아주고 종종 관계했다. 의무감의 발로였으나 어륙은 그것만으로도 만족하는 눈치였다. 모대는 더욱 미안했다.

사냥은 모대의 오랜 취미였다. 성좌에 등극해서는 사냥이 절실한 숨구멍이 되었다. 거미줄처럼 얼기설기 속박하는 무수한 법도들과 살벌한 진의 눈초리에 모대는 질식했다. 바람에 정면으로 대항하여 달리며 짐승들을 죽이는 사냥만이 모대의 숨을 틔어주었다. 사냥이란 오로지 즐거움만을 목적으로 하는 단순하고 원초적인 유희일진대 진로는 그 자리에도 더듬이를 심었다. 진의 수족들이 사냥터에 꼭 붙어 다녔다. 모대는 불편했다. 대동하는 복심들이 많을수록 진의 더듬이도 많아졌다. 모대는 그것이 싫어 백가만 대동하곤 했다. 소부리의 동남쪽은 짐승들이 많았다. 짐승들이 많음은 나라의 제도가 미치지 않는다는 것. 제도의 속박을 두려워하는 사람들이 몰려가 살았다. 많은 짐승에 더하여 도적들이 많아졌다. 아무리 사나운 도적이라 한들 어라하의 깃발을 높이 들면 적대하기 어려우므로 모대는 그들에 개의치 않고 오로지 많은 짐승에 기꺼워했다. 여러 번의 사냥에서도 도적이 시비 거는 일은 없었다. 모대는 시위에 살을 먹여 짐승을 잡는 것보다도 말 달리는 것을 좋아했다. 모대의 마술은 능란했다. 백가도 그에 미치지는 못해도 꽁무니를 따를 정도는 되었다. 그러나 그를 따라온 진의 더듬이와 말도 타지 못한 졸개들은 그를 따르기 어려웠다. 모대는 한참을 내달렸다. 머리칼을 헤집고 지나가는 바람이 반가웠다. 동정에 땀이 밸 정도로 달린 후 모대는 고삐를 당겨 말을 멈췄다. 그가 뒤를 바라보았을 때에는 백가가 올라탄 말만 침을 질질 흘리며 가쁜 콧김을 뿜고 있었다.

- 이제야 살 것 같군.

모대가 맑은 공기를 마시며 웃자 백가는 고개를 저었다.

- 저는 죽을 것 같습니다.

진의 더듬이를 비롯한 이들은 멀리서 우왕좌왕했다. 모대는 그것을 비웃어주었다. 백가는 그 사이에 숨을 돌렸다. 모대의 웃음기는 오래가지 않았다. 사람보다 기민한 짐승이 먼저 낌새를 알았다. 모대의 가라말은 앞발을 치켜들고 길게 울었다. 거푸 불안한 투레질을 했다. 곧이어 모대도 사방에서 느껴지는 인기척을 느끼고 허리춤의 환두대도에 손을 갖다 댔다.

- 가소롭다. 황룡기를 보고도…….

백가도 고삐를 바짝 쥐었다. 녹음 속에서 그들은 모습을 드러냈다. 남루한 몰골들이 모대와 백가를 에워쌌다. 지금껏 도적들은 어라하의 무리를 범하지 못했으나 굶주림이 심했는지 혹은 술을 걸쳐 담이 커졌는지 주제넘은 포위를 감행했다. 궁궐에 감도는 은은한 향과 달리 그들의 몸에서는 맹렬한 악취가 풍겼다. 궁궐에 익숙한 모대는 저도 모르게 코를 싸쥐었다가 관두었다. 왕부에서 굴러먹던 시절에는 내 몰골이 저것보다 더했거늘. 모대는 쓰게 웃었다. 그를 둘러싼 무리의 개중에 누구는 애꾸였고 누구는 절름발이였다. 누구는 한쪽 팔이 없으며 누구는 앉은뱅이로 뒤에 숨었다. 악취를 풍기는 병신들을 보고 모대는 분노보다 연민을 느꼈다. 이 빠진 칼날은 그들의 인생을 소리쳤다. 모대는 놀란 가라말을 쓰다듬으며 말했다.

- 나는 어라하이되 줄 것 없는 빈털터리 어라하이니 길을 터라.

얌전한 타이름에도 그들은 포위를 풀지 않았다. 유독 몸집이 큰 이가 앞으로 나섰다. 그나마 입성이 나은 것으로 보아 딴에는 왕초 행세를 하는 자이리라.

- 적선하는 셈 쳐 용포나 벗어 주구려. 노자가 있으면 보태주어도 괜찮고.

모대는 불이라고 했다. 어라하가 됐다고 있던 천성이 없었던 듯 꺼져 버리지 않았다. 불손한 응대에 모대도 말을 날카롭게 갈았다.

- 용포를 벗어주고 싶다가도 말씨가 건방져 그럴 마음이 달아난다.

- 그러시다면 완력으로 빼앗는 수밖에.

- 근왕병의 토벌이 두렵지 않은가.

- 칼 한 자루면 백만 인도 두렵지 않소.

- 도적치고는 지나치게 좋은 배짱인데.

- 본래 도적질이나 할 분수가 아니다.

모대는 웃었다. 왕초의 얼굴에는 묵형이 되어 있었다. 대죄인이로다. 저런 자가 왕실을 두려워할 리 없지. 모대는 가라말의 허리를 걷어찼다. 말이 눈알을 뒤집으며 급히 앞으로 달렸다. 모대는 순식간에 왕초의 앞으로 치달아 환두대도를 발도했다. 급작스레 몰아치는 모대의 공격을 그는 침착하게 막아냈다.

- 비겁하다, 어라하.

- 비겁이 천직인 도적놈이 누구더러 비겁하다 하는가.

- 도적이 비겁하다 하나 당신만큼은 아닐 것이다.

으랏, 모대는 다시 말 머리를 돌려 환두대도를 휘둘렀다. 거푸 세 번을 휘둘렀다. 왕초는 두 번 피하고 한 번 막아냈다. 날카로운 쇳소리에 백가와 다른 도적들은 개입할 엄두를 못 냈다.

- 어라하는 고귀한 자리. 비겁과는 관계없다.

- 원수와 타협을 이뤄 목숨을 부지하는 당신을 누가 고귀하다 하겠는가.

모대의 눈매가 곤두섰다.

- 뭐라.

- 정치를 위해 오랜 연인을 내팽개치는 당신을 누가 비겁하지 않다 하겠는가.

- 그 입 닥쳐라……!

모대의 분노가 불처럼 번졌다. 그는 왕초를 향해 육박했다. 과중한 힘이 실린 환두대도를 그의 목을 향해 내질렀다. 공기를 가르는 소리와 함께 날아드는 칼날을 왕초는 온힘으로 막았다. 모대는 사정을 주지 않고 내리쳤다. 분노한 검법은 세련됨을 잃었으나 그 이상의 응력을 발휘했다. 거세게 내리치는 왕가의 환두대도가 왕초의 낡은 검이 당해내질 못했다. 환두대도가 왕초의 오른팔을 스치고 지났다. 왕초는 이를 악물며 뒤로 물러섰다. 피가 잿빛 누더기에 선명하게 배었다. 도적들은 동요했다. 모대는 틈을 주지 않고 밀고 들어왔다. 왕초는 모대의 공격을 스치듯 피하고 칼을 내질렀다. 왕의 환두대도와 도적의 낡은 칼이 동시에 상대를 향해 몸을 날렸다. 진격하던 환두대도와 칼은 동시에 상대의 목을 겨눈 채로 우뚝 멈췄다. 티끌만큼만 나아가면 박동하는 경동맥이었다. 땀방울이 관자놀이를 타고 흘러내렸다. 둘은 서로를 겨눈 채 거친 숨을 내몰았다.

- 이럴 수가… 해 공자가 아니십니까…….

좀체 놀라는 일이 없는 백가가 아연했다. 그는 급히 말에서 내려 접전의 현장으로 달려갔다. 그는 둘의 칼을 거두게 하고 왕초의 얼굴을 가까이서 보았다.

- 이런, 정말로 해 공자시군요.

해례곤은 백가의 시선을 피했다. 모대도 미간을 찌푸렸다.

- 해구의 적장자인 해례곤을 말하는 것인가.

누군가가 앞으로 나섰다. 해례곤 못지않은 장골이었다.

- 어라하가 상대한 이는 공자 해례곤이 맞소. 나는 연신의 차남 연돌이오.

백가는 다시 놀랐다.

- 연 공자! 살아계셨군요.

오묘한 감정이었다. 모대는 이들을 어찌 대해야 할지 몰랐다. 지난날 백가에게는 이들이 진의 적이니 끌어안아야 한다고 했다. 그러나 이들은 아비를 죽인 원수의 일족. 역적죄를 뒤집어쓰고 목숨을 건진 자들. 나는 이들에게 살가워야 하는가. 모대는 입술을 다물었다. 모대가 해례곤을 향해 물었다.

- 그대는 어찌하여 나를 습격했나.

- 칼을 휘두른 것은 어라하가 먼저요.

모대는 픽 웃었다.

- 용포를 내놓라 겁박하지 않았나.

해례곤은 차갑게 응대했다.

- 어라하의 그릇을 보고 싶었을 뿐. 오줌을 싸고 목숨을 애걸하진 않을까 해서.

모대의 성미를 아는 백가가 눈치를 주었다.

- 해 공자, 말씀을 가려서…….

- 용력은 있으나 속은 좁으시오. 말 몇 마디에 불타는 성미라니.

- 도적 주제에 어라하를 평하려들다니 건방지다.

- 왜의 건달이 운수가 좋아 금관을 쓰게 됐음을 모르는 이 백제 천지에 있을까. 피차 비슷한 처지요.

분노를 삼키는 모대의 목젖이 울렁거렸다. 백가는 금방이라도 육탄전을 재개할 듯한 공기에 아찔했다. 모대는 깊은 호흡으로 분노를 삼키고 화제를 돌렸다.

- 위험을 무릅쓰고 내 앞에 나선 까닭이 무엇인가.

- 어라하와 동맹을 맺으려고.

- 우습다. 임금은 임금과 동맹 맺는다. 반역자의 주제로 감히 누구 앞에서 동맹을 운운해. 임금 아닌 자는 임금의 앞에서 두 가지만 선택할 수 있어. 신종臣從과 반역. 선택하라.

- 어라하야말로 우습소. 한 줌 권력을 쥐고 임금의 행세는 하고 싶은 모양이지. 아직 배가 덜 고픈 것 같소, 어라하. 하찮은 자존심을 내세울 때가 아닐 텐데.

- 내가 어째서 반역자와 동맹까지 맺어야 하나. 네놈이 그만 한 효용이 있나.

- 외로운 어라하에겐 누군들 효용이 있을 것이오. 서로 힘이 되리라 믿소.

해례곤의 뒤에서 연돌이 외쳤다.

- 해의 잔병은 해씨를 증오하오. 그러나 해 공자만은 다르지. 잔병은 공자에게 충성을 다할 것이오. 해씨 파선봉의 위명은 어라하도 아실 터. 해 공자와 나 연돌, 그리고 회매를 비롯하여 해의 잔병들을 일으키면 어라하에게 큰 쓰임이 있을 것이오. 부디 뿌리치지 마시오!

- 너희의 역량은 믿는다. 그러나 어찌 너희와 내가 대등하게 서겠는가.

- 어라하가 스스로 가치를 증명하면 자연히 우리는 당신을 섬길 것이오.

모대는 말없이 해례곤을 노려봤다. 백가는 조언하지 않았다. 순전히 주군의 판단에 맡기기로 했다. 해례곤도 모대의 숙고를 참아주었다. 모대는 손에 쥐었던 환두대도를 제자리로 돌려놓았다.

- 좋다. 동맹이다.

모대는 던지듯 말하고 곧장 그들을 등졌다.

- 훗날 너희를 정식으로 사면하고 신하로 삼겠다. 조금 있으면 진의 개가 우리를 찾을 것이다. 돌아가라.

해례곤과 연돌은 다시 녹음 속으로 은신했다. 백가는 웃으며 모대의 뒤를 따랐다. 진의 더듬이는 한참 찾았다며 호들갑을 떨었지만 모대는 여유롭게 넘겼다. 모대는 사냥을 파하고 환궁했다. 진의 더듬이가 의아한 기색으로 물었다.

- 이제 막 꿩 세 마리와 멧돼지 한 마리만 잡았을 뿐인데 벌써 돌아가시렵니까. 오늘 범을 잡으신다 하셨습니다.

모대는 씩 웃었다.

- 이미 잡았다.

모대는 환두대도의 칼자루를 타고 팔뚝으로 전해오던 힘을 상기하며 몸을 떨었다. 대단한 사내다. 그는 세차게 말을 몰아 환궁했다. 그의 뒤를 쫓느라 무수한 사람들의 숨이 다시 벅차올랐다. 내 너의 앞에 떳떳한 주인으로 서겠다. 이제부터 진짜 정치다.

- 내법, 중요한 소임이니 꼭 성공하오.

편전에 모든 대신들이 입시했다. 모대는 내법좌평 사약사에게 국서를 건네주었다. 백제국왕의 인이 찍힌 국서는 밖으로 뻗는 어라하의 목소리였다. 사약사는 수염 끝으로 땀방울을 떨어뜨리며 모대가 건네는 국서를 받들었다.

 - 명심하겠습니다.

대신들은 저마다 다른 표정으로 사약사를 바라봤다. 진교는 노골적으로 앓는 소리를 냈다. 진모달도 혀를 날름거리며 국서를 저주하는 시선으로 바라보았다. 그만큼 진에게 국서는 불편했다. 진로의 표정은 건조했으나 시선은 국서에 박혀있었다. 시선에 담긴 불쾌감을 아는 사약사는 침을 삼키며 떨리는 손으로 국서를 받잡고 물러났다.

백제국왕 여대^{餘大}가 천자께 아룁니다. 고孤는 안팎의 우환이 극심할 때 등극했습니다. 북방의 고구려가 날뛰고 동방의 신라가 업신여겼습니다. 물산이 감하고 백성은 굶주리니 군사는 허약하고 전답은 피폐했습니다. 그리하여 예를 갖추어 천자께 등극의 일을 알려야 했으나 다섯 해가 된 지금까지 그리하지 못했습니다. 이제야 나라의 기틀을 다잡고 관민 합심하여 국란을 벗어났습니다. 늦게나마 천자께 예를 갖춥니다. 우리는 대대로 중국의 책봉을 받아왔는데 국란이 겹쳐 받지 못했습니다. 오늘에 이르러 삼가 청하니 가엾이 여기소서.

사약사의 손에는 이러한 모대의 말이 들어있었다. 책봉이란 상국으로부터 벼슬을 받는 일. 임금이 다른 임금을 섬김은 퍽 굴욕이다. 그러나 스스로 화하華夏라 칭하는 이들은 천하의 중심이었다. 조공과 책봉은 천하의 질서. 사방제국이 화하에 조공하고 화하가 사방을 책봉하는 일은, 겉으로는 군신지례君臣之禮를 갖추었으나 실지로는 화하와 사방 모두 진실로 군신이라 여기지 않는다. 다만 오래된 틀을 따르는 것이요 틀 안에서 각자의 이익을 꾀하는 것. 화하는 혼란한 시대였다. 이른바 남북조시대로 장강의 이북에는 탁발씨拓拔氏의 선비鮮卑족속이 위나라를 세웠다. 장강 이남에는 연이어 짧은 왕조가 들어서고 무너졌다. 이때는 소도성蕭道成이란 자가 제齊나라를 세웠다. 모대가 제나라에 사약사를 보내는 것도 소씨를 상전으로 모시기 위함이 아닌 꾀하는 바가 있는 탓이었다. 들어선 지 고작 여섯 해 된 나라를 성심으로 섬길 까닭이 없었다. 모대의 꾀하는 바는 해외가 아닌 해내에 있었다. 화하로부터 백제왕의 책봉을 받는 것은 군주로서 천하의 공인을 받는 것. 국내에서 추대되어 군림하는 왕이 아닌 천하제국 군주들이 모대를 자신의 벗이자 호적수로 인정하게 되는 것이다. 나라 안팎에 어라하의 위엄을 선연하게 드러낸다. 뜨내기의 탈을 벗고 영주英主의 옷으로 갈아입게 된다. 그래서 책봉은 중요했다.

- 내법좌평은 반드시 완수하도록 하오. 나라의 위상이 달렸소.

출국 전야에 모대는 사약사를 불러 신신당부했다.

- 성심을 다하겠나이다.

사약사의 핼쑥한 턱주가리가 파르르 떨렸다. 모대가 내법좌평으로 그를 지명한 것도 이와 같은 일을 염두에 둔 탓. 모대가 자기 사람을 내법좌평에 임명하려 고집할 순 있어도 결코 관철하진 못했을 터다. 도리어 진로가 대항마로 내세운 이가 설전 끝에 내법좌평의 인을 접수했겠다. 그래서 모대는 사약사를 택했다. 사약사는 일단 주어진 임무는 이행한다. 완전한 진의 수족이라면 중간에 괘씸한 장난질도 서슴지 않았을 터. 그리하여 사약사였다. 담이 작은 그는 감히 국서를 훼손하지 못한다. 백제 어라하와 제의 천자 사이에 나누는 담화다.

내법이 물러나고 시덕 비타毗陀가 들었다. 덩치는 작아도 눈매가 부리부리하고 야무졌다. 일개 창잡이의 주제로 전장에서 분투하는 것을 보고 모대가 발탁했다. 어린 나이에 왕가의 총아로 명망이 높았다. 마한 토민 출신이라 뒤에 둔 세력이 없는 점도 모대가 기특하게 여겼다. 어라하가 마한 토민을 친히 등용하면 응어리진 마한 민심이 다소 누그러질 것도 계산에 들어 있었다.

- 비타, 네가 내법을 수행해야겠다.

- 명을 따르겠습니다.

또랑또랑한 목소리가 흐뭇했다.

- 귀로에는 항로를 바꾸어 요서를 경유했다가 곰나루로 와라.

비타는 속뜻을 곧장 짐작했다.

- 요서왕부에 전할 말씀이 있으십니까.

- 오냐, 이것을 전해라.

모대는 품에서 고이 접은 편지를 내주었다. 비타는 소중히 받들었다.

- 그들은 나의 일족이되 나와 사귀지 않는다. 말문이나 터보려고.

- 명을 완수하겠습니다.

- 사약사가 시비를 걸거든 이것을 보여라. 나의 뜻이라고 해라.

와상의 머리맡에 놓인 세 자루 왕가 보검 중 한 자루를 꺼내어 비타의 손에 들려주었다. 비타는 침을 삼키며 받들었다.

- 그럼에도 물러서지 않거든 이것으로 목을 베어라.

- 존명.

서해를 건너는 사행선使行船은 육중한 몸집을 자랑했다. 갑판의 위에는 삼층의 누각이 위용을 드러냈다. 난간에는 백제의 깃발이 촘촘히 박혀 나부끼고 뱃머리에는 아가리를 벌린 호랑이가 포효했다. 사약사는 화려한 예복을 입었다. 그의 호들갑스런 부인은 그의 얼굴에 분까지 칠했다. 흰 옷을 입은 이백 여의 창잡이들이 그와 국서를 호위했다. 사행선을 십여 척의 전선이 따랐다. 오랜만에 열린 바닷길에 신이 난 장사치들은 재화를 실은 상선을 띄웠다. 모대는 나루까지 나와 용왕에게 제를 지내고 사신단이 순탄히 돌아오기를 기원했다. 닻을 올랐다. 순풍이었다. 잔잔한 파도에 실린 범선은 미끄러지듯 서녘으로 향했다. 사약사는 뱃멀미가 심해 선실에 박혀 나오지 않았다. 비타는 난간에 몸을 기댄 채 짭짤한 해풍을 먹었다. 사약사가 군율을 심하게 적용하지 않아서 창잡이들을 저마다 편한 자세로 항해에 임했다. 어둠이 깔리고 살에 닿는 바람이 시려 비타는 선실로 들어갔다. 순풍은 사행선을 서녘으로 밀었다.

우욱, 우욱, 사약사는 급히 갑판으로 나와 바다에 토했다. 먹은 게 없어 맹물에 가까운 토사물이 쏟아졌다. 그는 올라오는 현기증에 이마를 짚으며 난간에 의지해 스르르 주저앉았다. 콧잔등에 땀이 맺혔다. 원체 마른 몸에 밤낮을 멀미에 시달려 생김이 해골과 진배없었다. 토하는 흉한 소리에 근처에서 자던 창잡이 서넛이 잠에서 깼다. 그들은 낮게 신음하며 몸을 뒤척이며 지엄한 상관에 항의했다. 소심한 사약사는 작게 헛기침하며 조심스레 선실로 돌아갈 작정이었다.

- 아, 아니!

사약사가 발하는 큰 소리에 잠귀 밝은 몇몇이 고개를 들었다. 그들은 감히 상사를 지청구하지는 못하고 따가운 눈초리만 보냈다. 그러다가 그들도 소리 질렀다. 그 소리에 모두 깼다. 붉은 빛이 그들을 비추고 있었다. 밤바다에는 자연한 빛이 없으므로 곧 인기척이었다. 어마어마한 수의 횃불이 바다에 떠있었다.

- 비타! 비타!

사약사는 비타를 애타게 불렀다. 이미 갑판에 나와 있었다. 그의 검은 동공에 무수한 횃불들이 비쳤다. 정신을 차린 창잡이가 고등을 길게 불었다. 모두들 어정쩡한 자세로 횃불의 무리를 긴장 속에 지켜봤다. 저들은 누구인가. 사약사는 난간을 붙잡고 고심했다. 어라하의 증원은 아니다. 저만한 수효를 제나라로 끌고 가면 도리어 천자의 의심을 받는다. 해적도 아니다. 저런 규모의 해적은 없다. 그렇다면 누구냐. 밝은 횃불은 그의 고민을 씻어주었다. 횃불만큼이나 무수한 깃발들이 눈에 들어왔다.

- 고, 고구려······!

붉은 바탕에 선명한 글자. 고구려. 그의 앙상한 손가락이 달달 떨렸다. 고구려의 전선 중 한 척이 사약사를 향해 바짝 다가왔다. 맥박이 빠르게 뛰었다.

- 그대가 백제국 내법좌평 사약사렷다.

내리꽂는 맹렬한 고구려 말이 들려왔다. 사약사는 침착하게 응대했다.

- 그렇다.

- 반갑군. 통성명이나 하지. 이 몸은 고구려 수군총사 태대사자^{太大使者}(고구려 14관등 중 4등) 을길^{乙吉}이다.

물돼지 을길. 육군에 비해 형편없는 기량의 고구려 수군을 강병으로 조련한 명장. 물돼지는 돌고래의 별칭이자 그의 별칭이기도 했다. 피둥피둥 살이 오른 그의 외관을 보면 물돼지는 잘된 명명이었다. 우스운 몸매에 비하여 눈에는 독기가 차있었다. 사약사도 형형한 눈빛에 압도되어 이미 말씨는 주눅이 들었다.

- 우리는 어라하의 명을 받들어 제의 천자를 알현하러 가는 길이다. 그대들은 어찌 주사^{舟師}(수군)를 동원하여 우리의 길을 막는가.

- 본국으로 돌아가는 게 좋겠다, 좌평.

- 그럴 수 없다! 본관은 어라하의 명을 받들었다. 죽음으로 명을 수행한다.

을길은 비웃었다.

- 한 번만 더 권하지. 돌아가라. 헛되이 죽지 말고 돌아가라.

사약사의 배짱은 거기까지였다. 을길이 활시위에 살을 매기는 시늉을 하자 조심스레 뱃머리를 돌렸다. 대담한 비타도 뾰족한 수가 없음을 알고 분을 삼켰다. 웅장한 사행선은 뱃머리를 돌리는 데도 한참이 걸렸다. 뱃머리에 조각된 호랑이가 체면을 구겼다. 굴욕적인 철수를 향해 고구려의 졸개들은 뱃가죽을 붙잡고 소리 내어 웃었다.

- 젠장……

비타는 주먹으로 난간을 내리쳤다. 고구려의 앞에서 아무것도 하지 못하는 창잡이들도 고개를 숙이고 눈물을 흘렸다. 쭈뼛거리는 몇몇 전선들을 향해 고구려가 화살을 쐈다. 운 없는 몇몇이 맞아 고꾸라졌다. 사약사는 난간을 붙들고 구역질을 했다. 눈물이 찔끔 배어나왔다. 그러면서도 드는 생각은, 이런 망망대해에 어째서 고구려의 주사가 떠있느냐는 것이었다. 단순히 해안을 순찰하는 정도였다면 저 정도의 선단이 오지는 않았을 거니와 총사 을길이 직접 오지 않았을 것이다. 치미는 욕지기에 사약사는 다시 토했다. 한참을 달음박질을 친 뒤 혹여 고구려의 주사가 물러났을까 뒤를 돌아보았으나 횃불들은 여전히 그 자리에서 점점이 타오르고 있었다. 사약사는 낙망했다. 그때 비타가 사약사에게 말했다.

- 소인, 어라하의 밀명을 받았습니다. 작은 배 하나와 종자 다섯만 내주십시오. 요서에 다녀오겠습니다.

- 그게 무슨 말이냐. 밀명이라니, 요서라니.

비타는 보검을 꽉 쥔 손을 보여주었다. 말이 더 필요하지 않았다. 사약사에겐 비타의 임무수행을 저지할 실력도 명분도 없었다. 작은 선박이 바다 위에 떴다. 그것은 유유히 북쪽을 향했다. 서녘에만 신경을 쏟는 고구려의 주사를 우회했다. 이미 사행선이 철수하는 것을 보고 주의를 누그러뜨린 그들이 밤바다에서 반대편의 작은 배를 발견하기는 불가했다. 비타는 물돼지를 지나쳐 요서로 향했다. 사약사는 씁쓸한 웃음을 지으며 곰나루로 돌아갔다. 하는 일마다 고꾸라지는 자신이 한심했다. 서녘으로 보내는 순풍이 이제는 역풍이 되어 돌아가는 길은 고역이었다. 허공으로 사약사의 탄식이 무력하게 퍼져나갔다.

반향은 컸다. 남당이 들썩였다. 괄괄한 성미의 진교는 싸움닭처럼 거세게 발언했다. 그는 소매를 걷어붙이고 주먹을 휘휘 저었다.

– 나라망신입니다! 고구려 주사에 막혀 가던 길을 되돌아오다니……
천하가 비웃을 일입니다!

관정도 묵직한 목소리로 진교의 말에 힘을 실었다.

– 나라의 위상이 땅에 떨어졌습니다. 누군가가 책임을 져야 합니다.

그가 말한 누군가는 시각에 따라 얼마든지 다르게 들릴 수 있었다. 임무에 실패한 사약사, 그를 제대로 보위하지 못한 비타, 다소의 비약을 거치면 이 일을 계획하고 명령한 어라하까지. 누군가의 과녁은 정의하기 나름이었다. 진모달도 늙은 목소리를 울렸다.

– 더군다나 마땅히 책임지고 오라를 받아야 할 비타는 종적을 감췄습니다. 어찌 이럴 수 있습니까.

진로가 진모달의 말을 받았다. 모대를 향해 눈을 빛냈다.

– 비타는 어디 있습니까.

모대는 성좌 위에서 몸을 비스듬히 틀며 진로를 내려다봤다. 모대의 눈에서도 불빛이 튀겼다.

– 경의 말투가 꼭 신문하는 것 같소.

– 당치 않으십니다. 어라하, 비타는 어디 있습니까.

– 밀명을 수행하고 있소.

– 밀명이란 무엇입니까.

– 대답할 의무는 없소. 대답하지 않겠소.

남당의 대신들이 웅성거렸다.

– 대신들이 동요합니다. 말씀을 해주십시오. 밀명이란 무엇입니까.

- 대답하지 않겠소.

진로가 캐물으려는 것을 목협만치가 제지했다.

- 왕명출납은 내신의 소관. 내신이 굳이 여쭙지 않는데 그대들이 불경을 무릅쓰고 어라하께 대답을 강요할 권한이 있는가.

진로는 시시하게 웃었다.

- 좋습니다. 그렇다면 다른 것을 여쭙죠. 이번 일에 대해 어라하께서는 어떻게 책임을 지시겠습니까.

진로의 혀 화살은 모대의 성좌를 직격했다. 대담한 공세에 담이 작은 진모달은 목을 움츠렸다. 대신들은 숨죽인 채 성좌를 곁눈질했다. 모대는 성좌의 팔걸이 끝부분을 세게 쥐었다. 격통이 번졌다. 모대가 침묵을 지키는 사이 백가가 나서서 진로를 공박했다.

- 병관께선 말씀을 가려 하십시오. 군주에 책임을 묻는 신하는 없습니다.

- 나는 일찍이 어라하께 사신파견은 시기상조라 진언했소. 다수의 대신들이 내 뜻에 동조했고. 헌데도 어라하께서는 파견을 강행하셨소. 그리고 결과가 이렇소. 우리의 근원인 옛 부여에서는 일식이 일어나고 흉년이 들면 군왕이 스스로 물러났소. 어라하는 책임을 지셔야 하오. 그래야 정치가 바르게 서는 것이오.

백가는 물러서지 않았다.

- 불경합니다, 병관.

- 군주를 바른 길로 이끄는 것 또한 신도. 그것을 막는 그대가 불경하다.

진로는 백가의 반발을 일축하고 모대를 향해 몸을 틀었다.

- 어떻게 책임을 지시겠습니까.

모대는 침묵을 지속했다.

- 어라하.

이어지는 부름에도 대답은 없었다. 진로는 물러날 태세가 아니었다. 양손을 모은 채로 모대의 앞에서 허리를 세우고 서있었다. 모대는 그런 그를 덤덤한 눈초리로 바라보았다. 쉽사리 열리지 않던 모대의 말문이 오랜 침묵을 깼다. 모대의 흰자위에 붉은 핏발이 선명하게 퍼졌다.

- 어떻게 책임지면 되겠소. 항상 그랬듯 경이 짐에게 옳은 진언을 하시오.

진로의 대답엔 망설임이 없었다.

- 하야하시겠습니까.

남당은 삽시에 소란으로 들끓었다. 왕가의 편에 선 이들이건 진의 편에 선 이들이건 당혹의 늪에 빠져 허우적거리는 것은 같았다. 뜻밖의 선언에 찬수류와 백가도 일순 공황에 휩싸였고 어떠한 짐도 감당할 듯했던 모대의 굳은 눈빛도 흐트러졌다. 모대는 좌우에서 모시던 내관과 여관도 허리를 꺾은 상태에서 놀란 고개를 급히 치켜들었다. 드넓은 남당에서 진로만이 평정이었다. 그래, 차라리 하야하고 싶다. 다시 무구한 왜로 돌아가 이요와 대낮부터 엉키고 싶다. 추악한 혀 놀림이 사람의 목숨을 쥐락펴락하는 이 지옥도에서 달아나고 싶다. 이요를 안고 남녘으로 도해渡海하고 싶다…… 모대는 진로에게서 시선을 거두고 말했다.

- 하야하겠소. 내 과실이오.

찬수류가 허망한 눈으로 모대를 바라봤다.

- 어라하!

모대는 진로를 쏘아봤다.

- 짐은 하야로 책임지겠다. 그런데 경은 어떻게 책임질 텐가.

진로의 눈썹이 꿈틀거렸다.

- 신에게 무슨 책임이 있습니까.

- 나라의 기밀을 국적에게 누설한 죄.

진로는 가까스로 웃어보였다.

- 내법의 파견이 남당에서 결정되었을 때 경의 끄나풀이 열심히 북녘으로 향했지. 평양으로 들어가 거련에게 남당의 논의를 속속들이 일러바친 일을 모를 줄 알았나.

남당을 경악시킬 말을 모대는 일상어처럼 말했다. 그의 음성은 높낮이가 없이 평평하게 깔렸다. 남당이 뒤집어졌다. 진의 대신들은 일제히 반발했다. 그들이 모대가 말한 진위를 알 리 없었다. 우선 화부터 내며 발뺌했다. 모대의 말이 진실이라면 진이 으뜸가는 대족이라지만 치명상을 각오해야 한다. 고구려를 움직여 제나라로 가는 사신을 가로막았다는 것은 반란에 준하는 역적질. 이만 한 명분이라면 진씨 타도의 목적으로 왕가의 깃발 아래 모든 세력이 집결하는 수가 생긴다. 진모달, 진교, 관정을 비롯해 진에 몸담은 이들은 목에 핏대를 세웠다. 이들이 더욱 거세게 반발하는 것은, 남당 내부의 누군가가 고구려에 일러주지 않고서야 그 많은 주사가 움직였을 리 없다는 마땅한 계산이 서는 탓이었다. 진의 반발에 왕가의 대신들이 진상을 규명하자며 언성을 높이는 탓으로 서로의 말소리를 분간하기 어려운 지경이었다.

- 증좌가 있습니까.

들끓던 소란은 진로의 침착한 물음으로 소탕되었다. 좌중의 이목이 모대의 입으로 향했다. 진실은 모대와 진로만이 알고 있다. 일동은 긴장했다.

- 증좌? 물론이오. 무독武督(16관등 중 13위) 왕책은 진씨의 오랜 복심이지. 그 자가 은밀히 고구려에서 우리 쪽으로 입경하는 것을 충직한 한산성주 양무가 붙잡았소. 출경할 때는 해로를 통하여 위나라로 간다고 나갔으면서 들어올 때는 숨을 죽이며 몰래 육로로 들어왔다고 하오.

그 자의 손에 거련의 밀서가 들려있었다더군. 밀서엔 긴요한 첩보를 내주어 고맙다고 쓰여 있었다고 하고. 수신인은 병관좌평 진로라더군.

모대는 성좌에서 진로를 내려다봤다. 진로의 얼굴이 굳었다.

- 양무가 한산성에서 그를 억류하고 짐에게 그의 처분을 물어왔소.

상세하고 당당한 진술에 진의 대신들은 낯빛이 얼었다. 무독 왕책은 진에 가까운 인물이다. 거련의 친필 밀서가 진로를 수신인으로 하여 감사를 표했다면 빠져나갈 구멍이 없다. 밀서에 구태여 수신인을 써넣은 것은 북방살무사의 괘씸한 장난인가. 관정은 이를 악물었다. 한산성주 양무를 천거한 것은 다름 아닌 자신이었다. 성정이 무던하고 능력이 쓸 만했다. 더불어 화하의 출신으로 동류의식이 발동하기도 했다. 당파가 없고 의협심이 좋아 국경의 방비를 맡기기에 족하다고 여겼다. 또한 한산은 진의 영지다. 진의 사람들로 득시글거리는 판에 놓으면 다른 마음을 품지 못하리라 여겼다. 그런데 왕당에 붙을 줄이야. 말갈의 대대적인 침략이 있을 적에 모대가 급히 동병해 애쓰고 열흘 간 백성들을 위무하는 장면에서 그는 감동했으리라. 우직한 양무는 그것에 복종을 결심했을 것이다. 관정은 식은땀을 흘렸다. 위기다. 명분을 상실하면 실력은 거품이다.

- 어떻게 책임지겠소, 병관.

모대는 굳은 얼굴로 물었다. 이번에는 모대가 침묵을 지켰다. 일촉즉발의 긴장이 남당에 퍼졌다. 뒤집힌 구도에 찬수류는 목을 쭉 빼고 조롱하는 표정으로 진로의 대답을 기다렸다. 정면만 바라보던 막고해도 진로를 곁눈질했다. 진로는 눈을 지그시 감았다 떴다. 미소를 띤 채 좌중을 보았다. 그의 입가가 더 벌어졌다. 그는 모대를 똑바로 보았다. 모대는 응시를 응시로 받았다. 흐흐. 진로의 잇새로 웃음소리가 빠져나왔다. 그러다 얼굴을 위로 향하고 크게 웃었다. 진로의 커다란 웃음소리가 천장에 부딪혀 사방으로 부서져 내렸다. 그는 한참 웃었다.

- 흐흐.

모대도 따라 웃었다. 그의 소리도 커졌다. 둘의 웃음이 엉켜 남당을 흔들었다. 그들의 웃음에 대신들은 엉거주춤했다. 개중 실없는 자는 어라하와 병관을 따라 웃었다. 겁쟁이들은 웃음 뒤에 두려운 것이 몰아닥칠까 염려하여 눈을 굴렸다. 진로는 웃음을 마치고도 여운이 남는지 어깨를 들썩이며 쿡쿡 남은 웃음을 웃었다.

- 어라하, 농이 많이 느셨습니다.

모대도 웃음기를 머금은 채였다.

- 경의 농은 다소 지나쳤소. 하야라니 너무하잖소.

- 죄송합니다, 어라하.

대신들은 영문 모르는 눈망울을 깜빡였다. 모대는 아랑곳하지 않고 성좌에서 일어났다. 진로를 향하던 눈들이 모대에게로 쏠렸다.

- 내법께서는 욕을 보셨소. 경의 과실이 아니니 처벌 또한 당치 않소. 훗날 때를 살펴 제와 교통하도록 하지. 이만 조례를 파하겠소. 각자 자리로 돌아가 국무에 매진토록 하오.

여전히 얼떨떨한 낯빛을 거두지 못하는 대신들을 두고 모대는 편전을 빠져나왔다. 백가와 찬수류, 막고해가 그의 뒤를 부리나케 쫓았다.

진로는 곧장 본가로 돌아왔다. 후원後苑에는 오랫동안 수고한 상좌평 조미걸취의 오래된 별장이 관목灌木에 둘러싸여 있었다. 조미걸취를 닮아 들보는 삭아 있었고 기와는 변색되었다. 벽지에는 파란 곰팡이가 조미걸취의 검버섯을 닮아 번졌다. 진로는 허물고 새로 짓겠다고 했으나 조미걸취는 저승 가는 길동무를 떼어내지 말라 만류했다. 진로는 별장으로 나아가 조미걸취에게 물었다.

- 왜 그러셨습니까.

늙은 책략가는 이부자리 위에 비스듬히 누워 있었다. 은퇴자는 급히 늙었다. 치열한 전장에서 물러난 그는 그동안 부리지 못한 게으름을 빚을 갚는 듯 부단히 수행하고 있었다. 눈두덩에 굳은 눈곱이 켜켜이 쌓이고 머리칼은 메말랐다. 눈꺼풀이 무거워 조미걸취는 졸린 눈이었다. 목소리는 잠겨 있었다.

- 이런, 모대 녀석이 이 사람의 계책을 꿰뚫었나.

- 추잡한 일을 하셨습니다.

조미걸취는 기침하듯 웃었다.

- 내가 너무 늙은 걸까, 아니면 녀석이 너무 커버린 걸까.

- 한산성주 양무가 어라하의 편에 섰습니다. 게다가 거련이 밀서의 수신인을 저로 썼습니다.

- 인망人望도 계책이 되는 것이지.

- 어라하가 우리의 적수가 되고 있습니다.

- 은퇴자가 주제넘게 현역에게 달려들었군. 가주에게 폐를 끼쳤소.

진로는 인사치레로라도 조미걸취의 유감을 위로하지 않았다.

- 이만 물러나겠습니다.

진로는 은퇴자의 앞에서 물러났다. 그의 매끈한 비단 관복을 조미걸취는 물끄러미 보았다. 헛웃음이 터졌다. 치열한 판에서 물러나니 삽시에 퇴물이 된다. 내가 왕책을 고구려로 보내고 을길을 움직여 사약사를 막았다. 그것이 통하지 않고 도리어 나의 편을 내가 해했구나. 계책으로 일생을 지탱하던 나는 이제 무엇으로 호흡을 해야 해…… 조미걸취는 찌뿌듯한 몸을 일으켰다. 해묵은 관절이 삐거덕거리며 가죽만 남은 노구를 일으켰다. 뼈마디가 시큰하게 쑤셨다. 그는 외투를 걸치고 삿갓을 썼다. 나뭇가지처럼 앙상한 손을 뻗어 지팡이를 쥐었다. 미투리를 구겨 신고 그는 별장을 떠났다. 별장을 돌아보며 그는 독백했다.

- 주인 떠난 너도 허물어지리라. 함께 허물어지자. 우리는 쓸모가 다했구나.

늙은 걸음을 질질 끌며 조미걸취는 대문을 나섰다.

- 진로가 고구려놈들을 움직였단 말씀이 참말 농담이어라?

찬수류는 모대에게 재차 확인했다. 모대는 그를 흘끗 보고는 고개를 저었다.

- 농담 아니에요. 진로가 고구려에 은밀히 알렸습니다.

- 에? 참말루다가 진로가 물도야지새끼럴 사약사 앞에다가 풀어버린 거씨요?

- 한산성주 양무가 그리 알려왔습니다.

- 하늘아래 이런 숭악헌 놈이 다있댜…… 헌디 진로가 농이라고 헌게 어라하두 농으로 받었잖여요. 어찌 농으루다 넘겨버리신다요?

막고해도 수염을 쓸며 고개를 갸웃했다.

- 호기였습니다. 진로를 몰아붙이면 명백한 증좌가 있는 이상 그도 어쩌지 못했을 텐데요.

백가는 흐뭇이 웃었다.

- 이것이 진실로 밝혀지면 진로를 역적죄로 다스려야 합니다. 절충을 할 만한 문제가 아니죠. 진로의 목을 베어야 하는데, 그러자면 노골적인 전면전을 각오해야 합니다. 진로를 성토하여 세력을 규합하면 어느 정도 규모가 됩니다만 패배의 공산도 다분합니다. 어라하는 도박을 원하지 않으신 겁니다.

찬수류는 뒷짐을 지며 혀로 입술을 쓸었다.

- 요번엔 참말 진로에게 실망을 해브렀어야…… 암만 혀도 글치 우째 고구려놈들을 갖다 끌어들일 수 있단 말요…….

백가는 어깨를 으쓱였다.

- 고상한 세족 출신인 진로는 추잡한 계략을 싫어합니다. 연명하기 위해선 아무렇지도 않게 똥물에 몸을 담그는 조미걸취의 꾀가 분명해요.

그들이 떠드는 와중에 내신좌평 목협만치가 입시했다. 모대가 연유를 물으니 그는 품에서 종이 하나를 꺼내어 내밀었다. 모대는 그것을 받아들었다. 목협만치의 목소리는 미묘하게 떨렸다.

- 상좌평 조미걸취가 사직했습니다.

- 돌연 사직이라니.

목협만치는 쓸쓸하게 웃었다.

- 구태의 퇴장입니다.

두 원로는 오랜 세월 더불어 동지였던 적은 없었다. 항상 견제하고 겨뤘다. 서로 살갑지 않고 치열했기에 목협만치의 뇌리에 조미걸취의 말과 행동들이 선명하게 떠올랐다. 오만하게까지 보이던 조미걸취의 자신감이 이제는 바닥을 드러냈다. 그의 퇴장을 비웃는 모대와 백가를 보았다. 그들의 목에 돋을새김 된 뚜렷한 울대를 보았다. 그것이 웃는 소리를 따라 생동했다. 조미걸취의 물러남을 두고 이렇다 저렇다 논평하는 목소리는 활기찼다. 늙음의 퇴장을 두고 환호하는 젊음이 미웠다. 목협만치는 그들의 왁자한 목소리를 남겨두고 조용히 물러났다.

한산성의 뇌옥에 수감됐던 무독 왕책이 풀려났다. 형법을 관장하는 조정좌평 진모달이 양무를 압박한 결과였다. 양무가 왕가에 호의를 품었을지언정 그것이 정면으로 진을 거스를 정도로 굳은 것은 아니어서 그는 진의 말을 따랐다. 왕책은 풀려나 노복 하나와 함께 곰나루로 내려오던 길에 괴한의 습격을 받아 그 자리에 고꾸라졌다. 남당에서 왕책의 죽음을 공론하고자 하는 이는 아무도 없었다. 왕책과 주인을 잘못 둔 노복은 들길에서 갖가지 짐승의 먹이로 찢겨 배설물로서 장례되었다.

이림(爾林)의 역

목협만치가 죽었다. 어느 날부터 병을 얻어 생명이 쇠했다. 약을 써도 차도가 없다가 유언도 없이 죽었다. 그의 장자 목간나木干那가 뒤를 이었다. 아비가 능란한 정치가라면 자식은 호협豪俠한 무장이었다. 완력으로는 관정도 못 이긴다고 했다. 다만 성미가 괄괄해 과연 남부의 대표자로 제대로 역할 하겠느냐는 치들이 많았다. 목협만치 또한 그를 모르지 않으나 목간나를 후계로 택했다. 정치가 세습되었다. 목씨 문중에서 그 결정에 반대하는 무리들이 있었으나 표면으로 드러내지는 않았다. 조정의 원로가 된 진모달이 내신좌평이 되었다. 불혹의 나이로 달솔의 직을 수행하던 목간나는 진모달의 자리였던 조정좌평에 올랐다. 진에서는 까다로운 노인의 죽음을 은근히 반겼고 왕가에서는 심려하는 목소리가 왕왕 들렸다. 모대와 백가, 젊은이들은 괜찮다고 말했다. 그들에게는 몇 차례의 승리로 쌓인, 검증된 혈기가 충만했다.

모대가 등극한 지 7년 되는 해 5월 여름, 달솔 찬수류를 신라에 보냈다. 고구려의 칼끝은 신라를 매섭게 도려냈다. 신라는 거련의 전대前代

였던 담덕을 신종하며 따랐다. 담덕은 신라를 제후로 알았다. 그러던 신라가 거련에게 반항하니 거련은 코웃음 치며 신라를 짓눌렀다. 북방 살무사의 독은 누구에게나 치명적이었다. 남녘의 두 나라, 백제와 신라는 누가 먼저랄 것도 없이 서로에게 손을 내밀었다. 이른바 나제동맹羅濟同盟이었다. 같은 해 등극한 모대와 비처는 서로의 왕족을 인질로 교환하며 동맹을 확정했다. 이 견고한 결의는 수십 년을 버텨오다가 신라의 잔인한 배반으로 막을 내린다. 난세에 배반은 죄악이 아니니, 백제는 아프되 억울할 수는 없었다. 신라는 몇 번의 손가락질을 받고 그것을 원동으로 삼아 삼한일통의 대업을 완수했으니 재미를 보는 장사였다.

같은 해 가을에는 내법 사약사를 제나라에 다시 보냈다. 제나라에서 칙사勅使가 답방했다. 황제 소색蕭賾(남제 무제)은 심복인 알자복야謁者僕射 손부孫副를 보냈다. 모대는 그를 편전에서 맞이했다. 손부가 나루에 정박하여 곰나루의 궁성까지 오는 동안 허리춤에 칼을 차고 화려한 예복을 입은 겹겹의 무장들을 봤다. 손부는 긴장한 낯빛으로 궁성을 향했다.

- 어서 오시오, 칙사.

모대는 성좌에 비스듬히 앉아 손부를 맞았다. 부사의 자격으로 손부를 따라온 동만董巒은 불쾌한 기색을 가감 없이 드러냈다.

- 칙사는 천자의 대리입니다. 대왕께서는 엎드려 칙서를 받드십시오.

모대가 낮게 웃었다. 좌우의 대신들도 따라 웃었다. 손부는 당혹스러웠다. 해외 소국의 주제로 칙사를 비웃다니. 천자를 욕보인다. 동만의 툭 튀어나온 턱이 파르르 떨렸다.

- 대왕은 어째서 웃으십니까.

모대는 대수롭지 않게 받아쳤다.

- 말이 우스워서 웃었소.

- 무례합니다.

- 칙사가 더욱 무례하오. 엎드려 칙서를 받들라? 오만하고 방자하다.

인내하던 손부도 참지 않았다.

- 소국이 대국을 예의로 섬기는 것은 지당한 도리.

- 과공비례過恭非禮라 했소. 칙사는 지금 과공을 요구하고 있소.

- 사방제후들이 천자를 받들 때는 마땅히 엎드려 절하는 법입니다.

- 귀국의 태조는 여섯 해 전에 나라를 세웠소.

손부는 숨을 씩씩거리며 모대의 말을 들었다.

- 내가 즉위한 것이 여섯 해 전이오. 이 나라는 오백 년 전에 창건되었소. 귀국이 대국이라고는 하나 아조의 뿌리가 이토록 깊으니 엎드려 절하고자 하는 마음이 솟겠소이까. 화하는 지금 혼란의 시대. 수시로 왕조가 교체되고 있소. 따지자면 귀국은 왕조보다는 정권이라 함이 옳지 않은가. 소씨 정권.

- 더 이상 아조를 모욕하지 마십시오.

- 그리하리다. 그러니 칙사께서도 내게 과공을 요구하지 마시오.

손부는 얼굴이 벌게진 채로 소색의 조칙을 읽었다.

- 외방의 오랜 신하 여대는 들어라.

한 마디 뗐을 뿐인데 여기저기서 비아냥거리는 소리가 들렸다. 진로도 재미난 놀이를 하듯 입을 가만두지 않았다.

- 제나라의 사직이 오래되지 않았는데 오랜 신하라 하는구려.

손부는 외면하고 말을 이었다.

- 네가 내법 약사를 보내어 아조에 조공하고 기꺼이 책력 받기를 원하니 짐은 기특하게 여긴다. 이에 너를 지절도독持節都督 백제제군사百濟諸軍事 진동대장군鎭東大將軍 백제왕百濟王에 명하노니 너는 칙명을 받들어

해동의 백성들을 평안케 하라. 지금 흉리[*]가 변방을 수시로 침범하니 백성들의 고초가 심하다. 너는 아조의 충신으로 이를 염려 하고 도울 방도를 강구하라.

모대는 선선히 고개를 끄덕였다.

- 천자의 말씀을 깊이 새기겠소.

- 요서와 진평 양군을 백제가 점유하고 있습니다. 그곳을 다스리는 대왕의 신하가 멋대로 흉리와 교통하고 심지어는 제후의 봉작까지 받으니 천자께서 이를 염려하십니다. 조치를 취해주십시오.

- 그렇게 하리다.

- 가까운 날에 천자께서 군사를 휘몰아쳐 흉리를 정벌하실 것입니다. 그때 대왕께서도 천자를 원호해주십시오.

- 병관·위사와 협의하여 결정하겠소.

- 감사합니다.

- 연회를 마련했으니 즐기시구려. 거친 바다를 건너시느라 여독이 심하실 터이니 며칠 푹 쉬다 돌아가시오.

- 대왕의 은혜, 감사합니다.

소색에게 정식으로 백제왕의 책봉을 받은 모대는 정통성을 얻게 되었다. 그가 사약사의 편에 당부하여 진로 또한 그의 영지 한산군漢山郡의 왕, 한산왕漢山王으로 봉하고 용양장군龍驤將軍의 작호를 내리게 했다. 양측의 긴장이 다소간 누그러졌다. 남당에 훈풍이 불자 달솔 백문이 퇴관을 요청했다. 그의 나이 아직 쉰이 되지 않았다. 찬수류는 환갑에 가깝고 진모달은 고희를 바라보고 있었다. 심한 병질이 있는 것도 아니었다. 그의 퇴관은 정치적이었다. 모대도, 진로도 그의 속내를 알았다.

---

[*] 흉리(匈梨) : 북위를 낮잡아 이르는 말. '험윤', '위로'라고도 하였다.

좋은 때를 맞아 자신이 남당에서 물러나는 대신 아들 백가에게 가문의 세를 몰아주겠다는 심산이었다. 진로는 위사좌평 관정을 좌장左將에, 공석이 된 위사좌평의 자리에 백가를 천거했다. 좌장이란 야전에서 병마를 지휘하는 전군의 총수였다. 위계가 좌평에 못지않았다.

- 백가를 좌평에 세워도 되는 겁니까. 전하*께서 친히 백가를 천거하시다니요.

관정이 미간을 좁히며 말했다.

- 좌평 자리에 미련이 남으십니까.

진로가 빙글빙글 웃으며 묻자 관정은 손을 내저었다.

- 그럴 리가 있겠습니까. 자리에 연연하지 않습니다.

- 어라하 밑에 그럴 듯한 좌평 하나는 있어야지요. 그만 한 주제는 갖췄습니다. 화하로부터 책봉도 받고 신라와 굳은 동맹을 맺고. 어엿한 왕재가 되었어요. 어라하가 나를 한산왕으로 삼아준 것에 대한 보답이기도 하고. 이것으로 우리도 이롭게 됐습니다. 내외병마의 권한을 내가 쥐었으니 위사좌평은 허울뿐이죠. 차라리 야전에서 실력을 발휘할 좌장의 직함이 낫습니다. 관대도께서도 그 편이 더 체질에 맞지 않습니까. 치렁치렁한 관복보다는 갑주가 낫죠.

- 그렇긴 합니다만.

- 슬픔을 주기 전에 기쁘게 해주는 것도 나쁘지 않습니다. 달콤한 기쁨만큼 뒤에 따르는 슬픔의 쓴맛이 진한 법이니. 일단은 저들의 기분이 좋도록 두세요. 오래가지 않습니다.

진로는 웃었다.

백가는 좌평의 부름이 어색했다. 백문은 아들의 어깨를 쓸어내리며

---

* 황제나 대왕의 경우 '폐하'를, 왕의 경우 '전하'의 호칭을 썼다. 진로가 한산왕에 봉해졌으니 전하의 호칭이 맞다.

만족한 웃음을 지었다. 드디어 백씨가 좌평을 배출했다. 어라하가 무슨 재주가 있는가. 전부 나의 장자가 진씨와 겨룰 만한 구도를 만들어냈다. 좌평은 응당한 대가다.

- 이제부터가 중요한 것이다. 진씨를 굴복시켜라.

- 오랜 원수입니다. 여부가 있겠습니까.

백문은 백가의 귀에 입을 가까이 대고 속닥거렸다.

- 어라하를 너무 키워주지 마라. 효웅梟雄의 싹이 보여. 네가 사냥개가 되는 수가 있어. 진로라는 토끼를 잡고 백가라는 사냥개를 삶아먹을 궁리를 하고 있을지 몰라.

치졸하다. 백가는 패륜적인 생각을 품었다. 아비의 입에서 흘러나오는 말이 불쾌하여 한 발짝 물러섰다. 모대는 어라하이기 전에 유년을 공유하는 오랜 친구. 순수한 친우에게 불손한 상상력의 마수를 뻗치는 아버지가 경멸스러웠다. 백문도 아들의 속을 짐작했지만 굽히지 않았다.

- 아들아, 사람이 정치를 바꾸긴 어렵다. 그러나 정치는 사람을 쉽게 바꿔. 남당의 선배로서 말하는 것이다. 정치는, 이전에 사람의 관계는 더럽다. 애초에 인간의 타고난 물성이 더러움일지도 모르지.

- 어라하는 저의 벗입니다.

- 쉽게 벗이라고 하지 마라. 네가 입에 담은 벗이란 말이 아프게 돌아올 것이다…….

더 듣기 싫어 백가는 아버지를 등지고 큰 보폭으로 걸어 나갔다. 모대와 백가는 다르다. 정치의 셈법이 아니라 벗의 진정으로 대한다. 모대와 백가 사이에 정치는 이물질이야. 그것이 멋대로 침범하도록 두지 않는다. 내가 그에게 모든 것을 쏟으면 된다. 나는 가문까지도 쏟을 자신이 있어. 백가는 입술을 깨물었다. 얇은 막을 뚫고 핏방울이 맑게 맺혔다. 위사좌평은 어라하를 항상 가까이서 보좌하여야 한다. 궁중의 법도는 그렇게 지시하고 있었다. 백가는 마땅한 지시를 수행하기 위해 모대가 있는 편전으로 향했다.

- 든든한데, 위사좌평.

모대는 은화로 장식한 관모와 짙은 자색의 관복을 뿌듯하게 바라봤다. 백가는 그 깨끗한 미소를 보고 다시 한 번 아버지를 욕했다. 순전한 미소를 웃어주는 이 사람을 두고 효웅이라고. 아버지, 잘못 보셨습니다.

- 성심을 다해 어라하를 보위하겠습니다.

- 진로가 스스로 너를 위사로 천거할 줄은 몰랐어.

- 한산왕 책봉에 대한 보답일 뿐입니다. 예의도 정치입니다. 그 명분으로 공석이었던 좌장 자리를 차지했으니 그들로서도 손해 보는 장사는 아닙니다.

- 그래도 좌평 자리는 무게가 달라.

- 말대인이나 막고해 님보다 앞서 좌평이 된 것은 면구스럽습니다.

- 그 자들은 멋대로 뛰놀길 좋아해서 오히려 좌평 자리는 독이야. 또 부친이신 달솔 백문의 퇴관이 없었다면 좌평의 자리는 요원한 일. 가문의 세가 없는 그 둘에게 어차피 좌평은 인연이 없는 자리였다.

무심한 듯 마음을 매만지는 모대가 고마웠다.

- 진로가 좌평을 내줬다고 마음을 느슨히 잡수시면 안 됩니다. 언제든 몰아칠 수 있는 자이니 긴장하셔야 합니다.

- 오래된 적수야. 그쯤은 알아. 진의 힘은 정면에서 실력으로 밀어붙이는 정^{正}보다는 옆과 뒤에서 교묘하게 찌르는 기^{奇}에 있으니. 빈틈을 노려 목덜미를 깨물려 하겠지.

진로의 의뭉한 미소가 떠올라 모대는 짧게 진저리쳤다.

모대는 이따금 이요를 찾았다. 위사좌평은 지근거리에서 어라하를 모신다. 그런 탓에 곰나루의 교외로 거둥할 때면 항시 뒤에서 햇볕처럼 쪼이는 관정의 눈빛을 견뎌야 했다. 어라하가 자진하여 염문을 흘리고 다닌다는 남당의 쓴 소리가 환청처럼 들렸다. 남당에 익숙해질수록 그는 모대와 이요, 둘이서만 감당하는 사랑을 멀리했다. 권력에는 가문들과 그것에 딸린 권속들의 목숨이 달려 있음을 모대가 알게 된 탓이었다. 둘만 참으면 여럿의 목줄이 보전된다. 위사에 백가가 오른 이후로는 궁성을 빠져나가는 일이 잦았다. 백가와 위사부의 근왕병들이 와가의 바깥을 지키고 모대와 이요는 독채의 내부에서 오붓이 만났다.

- 미안해, 이요.

미안해. 그것이 제일 급한 말이었다. 그러나 이요에겐 제일 내키지 않는 말. 이요는 감정 없는 눈을 몇 차례 깜빡일 뿐이었다.

- 그 말씀 이제 지겨워요. 저는 괜찮아요.

괜찮아요. 이요의 말이 모대의 폐부를 아프게 찔렀다. 어떻게 괜찮은가. 내가 고향을 버리게 했다. 어륙으로 둔다면서. 평생 곁에 둔다면서. 그러던 것이 일곱 해가 지났다. 괜찮다는 말은 모대에게 가장 매서운 원망이었다. 모대는 미지근한 이요의 손을 붙들었다. 그녀의 손은 거친 질감이었다. 미안하다는 말 다음으로 모대는 침묵했다. 할 말이 없었다. 상대방을 고꾸라뜨리고 나를 방어하는 계책을 종일 논하는 생활. 그 속에서 이요에게 건넬 만한 말 한 마디 찾아내는 것이 어려웠다. 옛날이 그리워졌다. 모대는 내내 입을 다물다 이요를 한번 끌어안았다. 그것으로 관두었다. 대낮의 만남은 노을이 퍼지기 전에 끝났다. 모대는 지친 걸음으로 대문을 향했다. 이요는 대문까지 배웅을 나갔다. 모대는 나가다가 마당에 심어진 단풍나무를 보았다. 못 보던 것이었다.

- 웬 단풍이지.

이요는 덤덤하게 대답했다.

- 한산왕 전하께서 선물해주셨어요.

모대는 아찔한 눈빛을 보냈다.

- 진로가 왜.

- 마당에 그럴 듯한 조경수 하나 없다면서 주었어요. 어라하의 적이라지만 단풍은 적이 아니잖아요. 그래서 그냥 두었어요. 가을이 되면 예쁘겠죠. 붉게 옷 갈아입고.

그래, 단풍잎은 초록에서 붉은색으로 옷을 갈아입는다. 변화하는 색깔이 나는 너무 불안해. 모대의 목소리가 떨렸다.

- …베어버려.

- 그냥 두게 해주세요. 심심한 생활 나무라도 벗하게 해줘요.

모대는 차마 받아치지 못했다. 고개를 떨어뜨리고 대문간을 넘었다. 이요가 느린 걸음으로 따랐다. 대문 밖의 백가와 이요가 간단하게 알은체했다. 모대가 궁성을 향하다가 문득 뒤를 돌아 이요의 와가를 바라보면, 그녀는 처진 어깨로 슬픈 미소를 띠며 손을 흔들었다. 안장 위에서 고개를 늘어뜨리고 조용히 눈물을 흘리는 모대를 백가는 모른 체 했다. 부러 목소리를 크게 하여 근왕병의 해이하게 굽은 허리를 꾸짖었다. 모대는 물기 어린 눈으로 거듭 뒤를 돌아봤다.

- 왜녀 이요를 후궁으로 들이겠소.

모대는 편전에서 그렇게 말해야만 했다. 더 참으면 감당 못 할 죄책감의 늪에 익사할 것만 같았다. 어륙이 아니어도 이요를 궁성에 들여야만 한다. 이대로 방치할 수는 없어. 모대는 어떠한 대가도 불사할 각오였다. 이미 이요는 일곱 해를 나를 위해 견뎌주었다. 이제는 내가 갚아야만 할 때. 일제히 반걸음 앞으로 내딛으며 불가를 외치려는 대신들을 향해 모대는 손을 내저었다.

- 이것은 명령이오. 더 이상 침전의 일에까지 남당이 개입하지 마시오.

위압하는 모대의 말에 대신들은 주저했지만 진로는 그렇지 않았다.

- 절대 불가합니다.

- 무슨 일이 있어도 나는 강행할 것이오. 병관에게 짐을 막을 명분이 있는가.

- 출신과 신분이 미천한 여인을 후궁으로 삼은 전례가 없습니다. 어라하께서는 왕실의 체면을 스스로 깎고 계십니다.

- 전례가 없다면 짐이 이번에 그 예를 만든다. 막지 말라.

- 안 됩니다.

- 경의 눈빛이 사납군.

직접적인 경고에도 진로는 태도를 양순하게 하지 않았다. 어떠한 사안에도 진로는 화를 내지 않았다. 온후한 말씨에 칼날 같은 언어를 담았다. 헌데 지금은 눈빛부터 불타오른다. 모대는 눈빛이 불편했다. 진로를 타오르게 하는 것은 설마 이요인가. 연정인가. 모대의 눈에 힘이 들어갔다. 그렇다면 용납할 수 없다.

- 내법 사약사는 길일을 택하여 품하라. 왜녀 이요를 후궁으로 들이겠다.

담이 작은 사약사는 즉답하지 못했다. 모대와 진로, 젊은이들의 혈기 넘치는 기 싸움의 틈바구니에서 긴장만 삼켰다. 모대는 용이 오목새김된 성좌의 팔걸이를 거세게 내리치며 사약사를 다그쳤다.

- 내법은 속히 답하라!

그가 침을 꿀꺽 삼키는 틈에 진로가 압박했다.

- 내법이 진정 충신이라면 바른 말로 어라하를 간해야 옳을 것이오.

관정과 진모달, 진교가 일제히 사약사에게로 등등한 눈빛을 발했다. 지지 않으려는 듯 막고해와 찬수류, 백가도 그를 노려보았다. 쌍방에서 쏟아지는 무언의 압력 속에서 사약사는 진땀을 흘렸다. 짧은 순간에 온

갖 생각이 교차했다. 남당에선 말 한 마디가 쇳물이고 대신들은 대장장
이다. 솜씨 좋은 대장장이들은 말의 한 토막을 잘 단련하여 칼로 만들
어낸다. 그 칼로 말의 주인을 찔러 죽인다. 사약사는 능숙한 대장장이
는 아니나 어깨너머로 칼이 만들어지는 것을 봐왔던 이. 그의 입에서
쇳물이 쏟아지기만을 저들이 기다리고 있음을 그는 알았다. 쌍방은 눈
빛으로 대답을 종용했다. 그는 결정해야만 했다. 그간 사약사는 진씨의
개 노릇을 해왔다. 진남의 손에서 좌평에 올려지고 덕솥로 내려갔다.
그가 곤지의 편에 붙었을 때 진남은 궁성을 포위하고 그의 투항을 권
유했다. 모든 것을 알고 있다는 듯 여유로운 진의 눈빛은 사약사를 그
의 꼭두각시로 만들었다. 그것이 사약사로 하여금 머리를 조아리게 했
다. 그러나 진은 사약사의 몸은 멋대로 이끌었지만 마음만은 그렇지 못
했다. 사람을 효용으로 값 치는 집안을 존경할 수는 없었다.

　- 신 내법좌평 사약사…….

　그러나 왕가는 달랐다. 백가와 찬수류, 막고해, 그리고 모대. 그들의
결속은 신의로 이루어졌다. 군신보다는 친우와 사제의 정으로 대하는
그들이 사약사는 시종 부러웠다. 그뿐이었다. 사약사가 이렇게 말한 까
닭은.

　- 명을 받들어 길일을 택해 품하겠나이다. 후궁 들이심을 감축하나
이다.

　진모달이 미간을 좁히며 재차 확인했다.

　- 이봐 자네, 미쳤는가.

　막고해가 엄준히 받아쳤다.

　- 어라하의 명을 수행하는데 미쳤다니, 내신좌평이야말로 미쳤습니까.

　차갑던 진로의 눈이 들끓었다. 그의 하얗던 목주변이 벌겋게 달아올
랐다.

- 왕실의 위신이 달린 중차대한 문제. 남당의 동의 없이 결행할 수 없습니다.

- 짐의 생활에 간섭하지 말라, 진로! 이미 내법이 명을 받들기로 했다!

- 부당한 명을 거둬주십시오!

- 그대야 말로 생떼를 관두어라!

진로의 눈에서 불빛이 튀겼다.

- 후회하게 되실 겁니다. 명을 거두십시오.

- 그럴 수 없다.

- …좋습니다.

진로는 제 자리로 돌아갔다. 숨통을 옥죄는 진로의 눈빛에 사약사는 목을 움츠렸다. 모대, 너는 이요를 궁에 들이겠다고 말했다. 헛된 죄책감에 미혹되어 일단 저지르고 보자는, 그런 무책임한 마음에서 말을 뱉었다. 그것은 너와 너의 여자를 다치게 하리라. 너는 나와 비등해졌다고 믿을지 모르겠지만 그것은 단단한 착오. 나는 너를 짓누를 힘이 있다. 그 힘을 보여주겠다. 네가 자초한 일이다.

이요는 붉은 비단옷을 입고 궁성의 남문으로 들어왔다. 광장을 건너 편전으로 향하는 잿빛 돌계단을 밟았다. 계단의 끝에는 모대가 있었다. 계단 하나하나 오를 때마다 모대가 보였다. 빨랫감을 이고 갈 때 입 맞추던 소년. 삽시에 연정을 느끼게 한 소년. 사냥과 낚시를 즐기던 소년. 아비의 죽음에 졸도하던 소년. 등 떠밀려 고향을 떠난 소년. 임금이 돼버린 소년. 어륙은 너야…… 지금껏 지키지 못한 거짓을 약속한 소년. 정치에 바빠 연인을 소홀히 한 소년. 다 자라버린, 소년. 전쟁에서 피를 뒤집어쓰고 남당에서 대신들을 제압하는 힘센 임금. 나의 연인. 돌계단 하나하나 모대의 웃음과 울음과 분노가 돋을새김 돼있었다. 그것을 차례로 밟으며 올라갔다. 돌계단마다 벅차오르던 슬픔이 거침없는 눈물로 분출됐다. 돌계단을 다 오르지 못하고 이요는 울었다. 편전의 앞에서 웃으며 바라보던 모대는 급히 내려가 이요를 안았다. 용포에 안겨서 이요는 무너져 흐느꼈다. 모대도 같이 무너졌다. 둘이 하나로 얽혀 울었다. 이제야 우리의 껴안음이 법도를 거스르지 않는다. 남당의 입방아를 염려하지 않아도 된다. 사소한 사랑을 더 이상 숨기지 않아도 된다. 둘은 소리 내어 울었다. 수더분한 진의 어륙은 미도를 안은 채로 혀로 아랫입술을 쓸며 그 장면을 덤덤하게 바라봤다.

모대는 이요를 빈嬪으로 삼았다. 서열은 어륙의 밑이었으나 국혼의 예로 궁에 맞아들였다.

- 어라하와의 일들은 들었어요. 늦게라도 이루어졌으니 다행이라 할까요.

태후는 이요의 손을 맞잡았다. 그녀는 이요가 반가웠다. 역시 진에게 상처받은 여자. 귀한 공통점이 반가웠다. 이요는 말없이 고개만 끄덕였다.

- 궁중의 법도가 어지러울 거예요. 힘써 도울 테니 걱정 말아요.

- 감사합니다, 태후 폐하…….

- 외로운 자리에서 적적한 시간이 많아. 종종 태후전에 들러요. 말벗 좀 해줘.

이요는 가만히 고개를 끄덕거렸다.

모대는 밤에 이요만 찾았다. 달포동안 즐거이 관계했다. 어륙은 새벽까지 불을 켜놓고 수를 놓다가 미도를 안고 잤다. 그도 여인인지라 눈물이 나왔다. 진모달이 좋은 말로 달랬지만 그런다고 달래질 마음이 아니었다. 모대와 이요의 결합이 아픈 것은 어륙뿐이 아니었다. 이요의 침전을 지나다가 진로는 탄식했다. 욕심은 없었다. 그러나 제일 미워하는 사내와 제일 원하는 여인이 즐거워하는 풍경은 가슴 시렸다. 너희에게 슬픔을 주리라. 진로는 저도 모르게 소리 내어 중얼거렸다. 사랑을 얘기하는 남녀의 정다운 소리가 그의 귓전에서 맹렬하게 진동했다. 진로는 귀를 막아버렸다.

궁성의 어둠은 조용했다. 이따금 길가에 떨어진 음식물의 부스러기를 갈구하는 들개들의 짖는 소리가 멀리 들릴 뿐. 치안이 안정된 국도는 밤중에 조용했다. 밤은 조용하여 독서에 좋았다. 복잡한 일들로 치미는 두통을 다스릴 좋은 시간이기도 했다. 백가는 손자를 읽었다. 병가兵家의 가르침은 이 시대에 무엇보다 절실했다. 밤이 되면 온몸의 상처들이 눈을 뜨는 듯 욱신거렸다. 유독 난리를 치는 허리춤의 자상을 붙들고 그는 독서에 집중했다.

- 손자孫子구려. 군쟁軍爭 편을 읽으시오?

뒤에서 들리는 낯선 목소리가 백가의 목덜미를 쓸었다. 그는 본능적으로 곁에 놓은 칼자루를 꽉 쥐고 잽싸게 뒤를 돌아봤다. 작은 촛불로는 목소리의 주인을 분간하기 힘들었다. 백가는 눈에 바짝 힘을 주었다. 아둑시니처럼 백가를 도사리는 사내는 몸집이 컸다.

- 누구냐.

- 군쟁 편에서 손자 왈, 난지여음難知如陰이라. 기동할 때는 적이 알기 힘들도록 움직여라. 마치 그늘처럼. 이만하면 제법 가르침에 충실하지 않았나.

백가는 어렴풋한 기억에서 그 목소리를 끄집어냈다. 차분하며 확신에 찬 음성.

- 저근…….

- 용케도 나를 짐작해냈군, 어린 참모.

- 호위들이 있었을 텐데.

- 큰 몸이지만 나름 민첩해서. 잠입에 문제는 없었지.

- 나와 나눌 얘기는 없을 줄로 아오.

저근은 낮게 웃을 뿐이었다. 백가는 여전히 적의 가득한 목소리로 물었다.

- 어라하와 담판을 지으러 왔나.

그는 의자를 백가의 가까이 끌어다 앉았다. 그는 고개를 내저었다.

- 어라하에겐 볼 일 없어. 당신에게 있지.

- 나에게 무슨 용무가 있소.

- 함께 합시다.

말이 우스워 백가는 헛웃음을 웃었다. 왕가의 복심더러 역도가 되라 한다. 해씨의 저근은 천하기재라더니 헛말이다. 이치에 동떨어진 제안을 주워섬기려 면중에서부터 수다한 위험을 건너왔나. 무가치한 말에 백가는 답하지 않았다.

- 군주에겐 숙명이 있소. 군림. 외람되이 치켜드는 신하의 고개를 땅에 처박는 것. 지금의 어라하도 그럴 터.

- 나는 이미 어라하께 머리를 조아리고 무릎을 꿇었어.

- 그건 부정하지 않소. 허나, 어라하가 당신의 전유물을 원한다면?

- 마땅히 헌상할 터.

- 과연 그럴까.

- 난 준비돼 있소.

- 아니, 당신은 덜 자랐을 뿐. 아직 전유물이 없을 뿐이야. 지킬 것이 없는 애송이라 알량한 충성심을 내보이며 대단한 협객이라도 된 듯 우쭐거릴 뿐이야.

- 물러가시오.

- 더 배우면 알게 될 것이오. 사람의 관계가 단순한 의협심으로 되지 않음을. 한 꺼풀 들추면 치사하고 알량한 셈속이 얽혀 있음을. 항상 들

어맞은 주술이 당신만을 예외로 비껴가진 않음을.

백가는 힘지게 쥔 칼의 끝을 저근의 목줄로 향했다.

- 더 말하지 마시오.

- 어린 어라하와 어린 참모는 소꿉놀이를 하고 있어. 머리 굵어지면 다시 보지.

저근은 자리에서 일어났다. 백가는 그의 미소가 불편했다.

- 재회를 기대하겠소. 그리고 조언하건대 진로가 무언가를 작당하는 눈치거든. 주의하시오. 떠나는 조미걸취를 붙잡지 않을 정도로 진로가 자랐어.

개운치 않은 경험이었다. 형체가 없는 듯 유유자적하는 저근이 불쾌했다. 그가 쏟아낸 말들은 더욱 불쾌했다. 저주에 가까운 말들이 백가는 마음이 묶였다. 내내 저근의 목소리가 떠올라 그는 책을 덮었다. 저근이 물러간 후에도 다시 그의 음산한 목소리가 들릴까 저어하여 백가는 여러 번 뒤를 돌아봤다. 시야에는 어둠뿐이었다.

저근이 손자의 난지여음을 따랐다면 진로는 기질여풍其疾如風(바람처럼 빠르게 움직여라)을 섬기는 듯했다. 저근의 조언은 불운하게 맞아떨어졌다. 내신좌평 진모달이 태후전의 문을 박차고 들어갔다. 그의 뒤에는 무장한 병사 여럿이 도사렸다.

- 역적을 추포하라!

진모달의 늙은 손가락이 가녀린 태후의 가슴을 가리켰다. 태후는 이요에게 자수 놓는 법을 강설하고 있었다. 눈썰미 있고 제법 손재주엔 도가 튼 이요이기에 능숙하게 따르는 차였다. 고양이는 겁에 질리면 눈을 동그랗게 뜬 채 그 자리에서 몸이 굳어버린다. 태후는 고양이의 꼴이었다. 마음이 굳은 이요가 태후의 앞으로 나섰다. 진모달은 슬그머니 주름진 손가락을 내려놓았다.

- 이 무슨 무례입니까.

힘주어 이요가 묻자 진모달은 조소를 머금었다.

- 빈께서 관여하실 일이 아닙니다. 비키십시오.

- 미천한 저는 아닐지언정 궁중의 어른이신 태후께서는 아셔야 할
일입니다.

- 태후라고요? 지금까진 그랬습니다만 이제부턴 역적일 따름입니다.

- 그토록 당당하게 무례를 저지를 만큼 분명한 증좌가 있습니까!

진모달은 말 대신 품 안에서 구깃구깃한 종이를 펼쳤다. 글을 모르는
이요는 순진한 눈빛이었다. 학식 깊은 내신좌평은 가볍게 비웃어주고
종이에 쓰인 글자들을 또박또박 일러주었다.

- 인파로 북적이는 곰나루 저자에 벽서가 붙었습니다. 위험하고 불온
한 글자들로 가득하더군요. 그대로 읽어드리리다.

늙은 음성에 실려 나오는 벽서의 글자들은 태후전으로 내뱉어져 벌
레처럼 곰실거렸다. 머릿속을 하얗게 표백하는 듯 벌레 같은 글자들은
독했다.

마한의 적통을 이은 저근 공이 면중왕面中王을 자처하고 침미다례枕彌
多禮*의 부활을 선포하였다. 더불어 신성神聖을 자임하고 삼한의 왕이 되
겠노라 선언한 목생반木生盤이 백제장군인 적막이해適莫爾解를 죽이고 침
미다례와 교통하여 백제를 정벌코자 한다. 달도 차면 기운다. 오백 년

---

* 침미다례(枕彌多禮) : 글쓴이 註. 침미다례는 노령산맥 이남 전남지역 마한 소국들의 연맹이
다. 4세기 근초고왕에 의해 정벌되었으나 개로왕 대 한성이 점령당하는 등 중앙의 통제력이
극히 약화되었을 때 다시 존재를 드러내었다. 또한 『일본서기』에는 기생반숙녜(紀生磐宿禰,
숙녜는 귀족의 존칭이고 이름은 기생반이 된다)가 임나에 웅거하여 백제의 관리인 적막이해
를 죽이고 삼한의 왕이 되겠다며 신성을 자처했다는 기록이 나온다. 이와 관련하여 木의 일
본어 발음이 紀와 같다는 점, 임나가 목씨 가문의 영향이 미친다는 점 등을 들어 기생반숙녜
가 백제 목씨의 일족이라는 설이 존재한다. 본 글에서는 이 설을 지지하여 채택하도록 한다.
편의상 기생반을 목생반으로 바꾸어 부르도록 한다.

을 넘긴 백제는 고목이나 다름없다. 한성이 토평되었을 적부터 명맥을 다했다. 곰나루는 본디 마한의 강역. 이제는 마한이 백제를 다스린다. 지금껏 죄 없이 백제에 부역하던 마한의 신민들아, 이제는 일어서자. 백제는 속에서부터 좀먹어 속이 빈 고목이다. 왕실의 어른인 태후께서도 진을 도륙하고 마한의 깃발이 곧게 서기를 원하신다. 태후께서 친히 면중왕께 밀서를 보내시어 협조를 굳게 약조하였다. 적은 약하니 주저하지 말라. 모두들 일어나 새로운 역사에 동참하라!

태후는 숨이 막혀 힘겹게 호흡했다. 이요는 그녀를 부축했다. 태후는 힘겨운 호흡의 틈에서 몇 글자의 토막말을 간신히 얹었다.

－나, 난, 아니에요…….

－발뺌할 생각은 관둬라. 증좌가 명백하다.

－난 아니에요…….

난 아니에요, 아니에요, 아니에요, 아니에요－ 같은 말을 되풀이하는 겁먹은 태후의 눈동자를 억센 장정들이 연행했다. 가녀린 여인의 힘으로는 어찌할 수 없는 일이었다. 태후의 울음소리가 태후전에서 멀어졌다. 껍데기뿐일지언정 태후는 왕실의 어른이다. 그녀가 역적의 이름을 뒤집어쓰고 진모달에 의해 억류되자 남당은 혼돈에 휩싸였다. 한가로이 사냥을 즐기던 모대는 급히 환궁했다. 모대는 불처럼 분노했다. 함부로 왕실의 권위에 더러운 역적의 색을 덧씌웠다. 용납할 수 없었다. 모대는 칼을 쥐고 내신부의 대문을 걸어찼다.

－진모달! 네가 너의 주인을 업신여기느냐!

모대를 맞이한 것은 진모달이 아닌 진로의 젊은 음성.

－어라하, 긴급한 시국에 사냥을 즐기시다니요. 적절하지 않으셨습니다.

－진로…….

진로는 태연자약했다.

- 곰나루의 저자에 벽서가 붙었습니다. 그 내용은…….

모대는 진로의 말을 잘랐다.

- 이미 알고 있다.

- 태후가 저근과 내통하는 혐의가 있습니다. 이런 때에 형법을 관장하는 조정좌평 목간나는 역적 목생반과 일족이니…… 어라하마저 부재하신 탓으로 남당의 최고관서인 내신부가 나서서 태후를 추포하고 목간나를 삭탈관직 했습니다.

- 벽서의 진위부터 밝히는 게 순서다.

- 진위는 조정부에서 따져 밝힐 것입니다. 헌데 조정부의 우두머리에 역적의 일족을 둘 수는 없지 않습니까. 또한 태후가 저근과 긴밀히 통하고 있다면 우선 그녀를 억류하는 것이 옳습니다. 의혹이 있음에도 그대로 둔다면 국기가 문란해질뿐더러 나라의 기밀이 죄다 저근에게 넘어갈까 염려되옵니다.

- 허울뿐인 태후가 무슨 힘이 있단 말인가!

- 모든 일이 순리대로 이루어졌습니다. 어라하께서는 자중하십시오.

- 뭣이라… 자중?

- 급박한 때에 사냥을 나가신 것으로 남당의 대신들이 어라하께 불신을 표하고 있습니다. 그 부분은 신이 잘 다스렸으니 심려치 마소서.

은근한 웃음마저 띠는 진로의 얼굴. 모대의 속에서 천불이 일었다. 왕가와 진씨의 짧은 밀월은 그렇게 요절했다. 이죽거리는 진로와 더 맞상대해봐야 감정에 휩쓸려 그의 손에 이리저리 이끌릴 뿐이었다. 모대는 침전으로 일파들을 불러 들였다. 긴박했다. 위사 백가를 위시하여 달솔 찬수류, 은솔 막고해, 이제는 제 입장을 결정한 내법 사약사가 입시했다. 또한 그들의 일문이 각색의 관복을 입고 침전에 도열했다. 그들이 모인 자리에서 백가는 이를 갈았다.

- 신의 불찰입니다.

- 어찌하여 그대의 불찰인가.

- 지난밤 저근이 찾아왔습니다.

불온한 이름을 말하는 소리에 사람들은 긴장했다. 마한에 웅거한 저근이 어찌 곰나루에 모습을 드러냈는가. 백가는 그날 밤의 일을 모조리 고백했다. 저근이 신을 포섭하려 하였습니다. 또한 진로가 흉계를 꾸미고 있다고 했습니다. 백가는 주먹으로 바닥을 내리쳤다.

- 벽서를 붙인 것은 저근과 진로의 합작이 분명합니다. 저근이 친히 곰나루까지 올라와 진로와 합을 맞춘 겁니다. 벽서의 내용은 새롭지 않습니다. 침미다례의 부활은 예정돼 있었습니다. 목씨의 방계인 생반이 임나에서 불안한 준동을 책동하고 있다는 사실은 여러 차례 보고가 올라왔습니다만… 남당에서 목씨 일가의 집안일에 관계할 수 없어 방조하고 있었습니다. 목생반의 역란도 예견되었던 바입니다.

찬수류가 고개를 끄덕였다.

- 위사의 말씀이 맞제라. 일전에넌 목협만치 님이 일문을 잘 다스렸으니께 문제가 터지지 않았습니다마는, 퇴관하시고 나서 일문의 가주 자리를 놓고 조정과 임나의 영지를 맡아 다스리던 목생반이 날감허게 대립을 했제라. 지도 목생반이 대단헌 세력을 이룰 재주는 없다고 봐서 신경을 쓰지 않았습니다만 저근이 침미다례럴 부활시키고 가야가 저들과 사귀믄서 시비를 결구 다니니 목생반이도 용기를 얻은게지라. 잔나비가턴 넘…….

- 두 사건은 그다지 놀랍지 않습니다. 그러나 그 틈바구니에서 태후 폐하를 들먹인 것은 진로의 흉계입니다.

모대는 벌레가 머릿속을 갉아먹는 듯한 두통에 머리를 짚었다.

- 조정좌평이 굳건하다면 크게 번질 사안은 아니었어. 태후 폐하는 무고하니까. 그런데 목생반의 난으로 목간나 또한 위험한 처지로 내몰렸으니…….

- 내신부에서 선수를 친 이상 수사권을 쥐고 놓으려 하지 않을 것입니다.

막고해가 침통한 목소리로 말했다.

- 조정좌평이 유명무실해진 이상 내신이 전권을 쥐는 것이 이치에 맞습니다.

공기가 무겁게 가라앉았다. 굳이 말이 필요하지 않았다. 내신 진모달은 허울뿐이고 진로가 실질적으로 지휘한다. 그리되면 목씨 가문이 송두리째 달아나고 태후는 거열형으로 사지가 찢길 테다. 왕실이 권위가 추락하고 왕실의 맹우인 목씨는 멸문의 화를 입을 터. 왕실이 다시 문주와 삼근으로 돌아가고 만다. 이미 태후의 목에 올가미를 걸어버린 진이 어라하라고 그리하지 못하리란 법이 없다. 끝없이 새끼치기하는 계략은 진의 장기. 자리한 누구나 알고 있는 바이기에 좌중은 말없이 침통했다.

남당은 기세등등한 진의 목소리로 쩌렁쩌렁하게 울렸다. 왕당은 조용했다. 시시각각으로 상황이 불리하게 돌아갔다. 사안의 전권을 위임받은 진모달은 큰 손짓을 동원해가며 당당하게 웅변했다.

- 거련의 한성 침공 이후로 최악의 국난입니다. 저근은 침미다례를 부활시키고 임나의 목생반은 나라의 곡창지대를 좀먹고 있습니다. 가야가 국경을 기웃거리고 동맹인 신라도 우릴 업신여깁니다. 게다가 태후는 역적과 밀통하다니. 나라가 뿌리째 흔들리고 있습니다. 속히 태후를 처분하시고 목간나를 역적죄로 다스려 나라의 기강을 바로잡으소서!

그의 선창에 진의 대신들이 일제히 엎드려 모대를 겁박했다.

- 기강을 바로잡으소서!

목생반의 기세는 들불처럼 타올랐다. 관군을 연전연파하며 심지어 침미다례와 국경을 맞닿는 지경에 이르렀다. 수성에 집중하던 저근도 그와 손잡고 창끝을 북녘으로 향했다. 이미 욱리하 전선에 대부분의 전력을 쏟아 붓고 있는 관군은 그들을 토벌할 여력이 없었다. 욱리하에서 발을 뺀다면 고구려의 대대적인 남하가 이어진다. 또한 동맹 신라의 불신을 사게 되고 결국 고립무원의 처지로 전락한다. 시시각각 전황은 불리하게 돌아갔다. 위사 백가는 음울한 패전으로 들어찬 장계를 모대에게 진상했다.

- 목생반의 기세가 위험합니다. 벌써 고사부리^{古沙夫里}(전북 정읍)에 이르러 대산성^{帶山城}을 쌓고 관군을 연전연파하고 있습니다. 저근이 뒤에서 원호하고 대가야가 물자를 지원하고 있습니다.

피 비린내가 진동하는 장계를 모대는 펴보지 않았다. 짓이긴 골육과 들마다 낭자한 선혈, 허공을 메우는 처절한 아우성이 보지 않아도 보이고 듣지 않아도 들렸다. 모대는 머리를 싸쥐었다. 야전이 음울하고 남당에서의 정쟁 또한 불리하다. 목생반의 기세가 타오를수록 태후를 욕하는 목소리가 높아졌다. 왕실을 사랑하던 백성들은 저자에 나붙은 벽서를 읽어서 알았고 들어서 알았다. 푸른 뫼에 불씨가 솟았네. 꺼버려야지. 끄지 못한다면, 푸른 뫼가 붉은 불로 타버리겠네. 작을 때 꺼버려야지. 길거리의 아이들은 입을 모아 유행가를 불렀다. 저근과 내통한 태후의 병폐가 더 번지기 전에 목을 자르라는 말이었다. 민심마저 모대의 목을 졸랐다. 순진한 신민들이 벽서를 철석같이 믿고 왕실을 힐난했다. 목간나는 투옥되었다. 괄괄한 성미라 억울한 투옥을 양순하게 받아들이지 않았다. 더군다나 죄목이 철천지원수인 목생반의 역란에 연루

됨이라. 뇌옥의 석벽을 주먹으로 내리쳐 그의 주먹에는 피딱지가 엉겼다. 모대는 그의 면회를 갔다.

- 조금만 견디시죠, 조정좌평. 모든 것이 제자리를 찾을 겁니다.

여전히 분이 풀리지 않은 목간나는 거친 호흡이었다.

- 차라리 나를 앞세우십시오, 어라하! 내가 나의 가병을 이끌고 생반 그놈을 붙잡겠습니다. 그놈의 창자를 뽑아다 날로 먹겠습니다!

저근과 목생반, 가야와 태후를 엮어 재미를 보는 진로가 그것을 허락할 리 없었다. 모대는 속이 답답해 가슴께를 매만졌다. 이미 휘하의 은솔 둘과 덕솔 넷, 그리고 무수한 장수들이 죽거나 군율에 의해 참수, 파직되었다. 침미다례와 목생반이 남부를 쑥밭으로 만들었다. 가주가 억류당한 상황에서 남부를 영지로 두고 있는 목씨는 황무해졌다. 목간나는 다시 분통을 터트리며 돌아앉았고, 모대는 허청거리는 걸음으로 뇌옥에서 나왔다.

- 목생반은 좀스럽고 배포가 없다며. 지략이 모자라고 용력이 미미하다며. 우리가 왜 그깟 놈 하나를 못 이겨 이렇게 아파야 하지?

모대는 백가에게 그렇게 물었지만 이미 속으로 답을 알고 있었다. 백제의 주력은 욱리하에 있다. 침미다례와 대가야가 목생반의 역성을 들어 세력이 강하다. 백가는 이미 모대가 알고 있는 까닭들은 제했다.

- 고구려가 그들을 후원한다고 합니다.

고구려란 말에 모대의 뇌리에서는 한없이 높아보이던 거련의 두터운 눈썹과 북방살무사의 지모가 번뜩이는 눈초리가 재생되었다. 살무사의 혓바닥이 이제는 남방까지 훑는가.

- 우리와 신라가 동맹을 맺은 것에 대항하여 거련이 대책을 강구한 듯합니다. 그러나 사실 고구려가 그들에게 결정적인 원호를 하기엔 무리가 있습니다. 우리가 거듭 지는 까닭은 따로 있습니다.

모대는 침묵으로 백가의 말을 기다렸다.

- 나기타^{那奇他}.

- 나기타?

- 여러 장계에서 그의 이름이 돋보입니다.

- 위사는 일전에 들어본 자인가.

- 처음 알았습니다. 듣기로 가야 소국의 군장^{君長}이라고 하는데… 패전의 전갈마다 이 자를 두려워하는 말이 많습니다. 최신의 장계에는 이 자가 우리의 동쪽 보급로를 차단하여 더욱 곤경에 처했다고 합니다.

모대는 짧게 한숨 쉬었다.

- 괘씸하다.

- 범상한 무장으로는 난국을 타개하기 어렵습니다.

- 관정을 보낼까.

- 좌장은 진로가 보내지 않습니다. 욱리하 전선에서 뺄 수 없다 하겠죠. 좌장이 패배하면 진에게도 타격이 클 것이고, 이기게 되면 왕가의 악재가 걷히는 셈이 되니까. 진로로서는 좌장을 내줄 이유가 없습니다.

- 말대인은.

- 찬 대인은 욱리하 동부전선을 맡아 연합군을 이끌고 있으니 그가 전선에서 이탈하면 전선이 붕괴하고 신라가 우리를 불신합니다. 불가합니다.

모대는 난색을 표했다.

- 허면 누구를 보내야 하는가.

- 은솔 막고해를 보내십시오.

- 위사도 알겠지만 막고는 대담하고 능숙하나 지모가 관정이나 말대인만큼 출중하지는 않아. 숱한 장수들을 물리친 나기타를 제압한다고 확언할 수 없어.

- 좋은 보좌역이 있습니다.

모대는 익살스럽게 웃었다.

- 자네가 가려고?

백가도 부러 발끈하는 체 했다.

- 좌평이 어찌 은솔의 보좌역으로 만족하겠습니까.

- 물러난 조미걸취라도 참모로 붙일 게 아니라면 누군들 안심하겠나.

- 덕솔 고이해古爾解.

모대는 입술을 앞으로 쭉 내밀었다.

- 그 건달 같은 방계*의 얘기는 관두라고.

- 성미는 급해도 지모는 뛰어납니다. 막고해 님이 잘 다스릴 겁니다. 지금으로선 그것이 최선입니다.

마뜩찮은 표정으로 모대는 고이해를 불렀다. 막 약관을 넘긴 그의 눈에는 반항기가 어려 있었다. 삐딱하게 기울인 고개가 모대는 마음에 차지 않았다. 은솔 막고해도 함께 불렀다.

- 고이해.

어라하의 부름에 고이해는 고개만 살짝 주억거렸다.

- 네게 중임을 맡기겠다.

- 신성을 자처하는 녀석을 토평하라는 말씀이시군요.

- 그렇다. 얼마의 병력이면 되겠느냐.

- 이천이면 되겠습니다.

백가가 눈을 치떴다.

---

* 방계 : 고이해의 성인 고이(古爾)는 제 8대 임금 고이왕의 시호를 따온 것이다. 마찬가지로 『일본서기』에는 동성왕의 시호인 동성을 딴 동성도천과 동성자막고의 이름이 등장한다. 고이왕과 동성왕 모두 방계로서 왕위에 올랐는데, 이들은 모두 방계로서의 정체성을 드러내기 위해 부여씨 대신 이러한 성을 따른 것으로 추정된다.

- 적은 기세가 두렵다. 이천으로 네가 꺾겠느냐.

고이해는 묘한 미소를 띠었다.

- 싸움은 숫자가 아니라 지모로 합니다. 지모를 받칠 정도의 수효면 족합니다.

- 자만이 네 지모를 가릴까 두렵다.

- 그랬으면 지난날 말갈족속의 마군 이천 여를 고작 백 여의 보군으로 꺾지 못했을 것이며 화공으로 고구려의 예봉을 물리치지 못했을 터. 위사께서도 제 전공을 아시지 않습니까.

백가는 낮게 신음하며 막고해를 향해 몸을 틀었다.

- 막고해 님, 얼마면 되겠습니까.

담이 크기로 치자면 막고해도 못지않아서, 그도 어깨를 으쓱이며 고이해의 말에 동의했다. 군을 사령할 주장과 부장이 동의하니 백가도 그대로 해주었다. 모대가 즉위한 지 9년째 되는 해, 은솔 막고해를 주장으로 삼고 덕솔 고이해를 영군장군領軍將軍에 명하여 목생반과 나기타를 토벌하게 했다.

고사부리 대산성.

이제 막 기치를 치켜든 반군의 기세는 드높았다. 성내에서 병사들이 분주하게 오갔다. 백제의 속살을 파고드는 그들은 활기찼다. 백제의 물산을 어림셈으로 넉넉하게 나누어 가지니 사기가 충천했다. 아랫것으로의 삶을 살아오던 여염의 사람들은 일시적인 해방감을 맛봤다. 그러나 머나먼 원정으로 제 아내와 관계하지 못한 들끓는 욕정들이 일제히 여염으로 쏟아져 겁간을 일삼으니 해방감은 일거에 좌절로 화했다. 도리어 민가의 쇠를 긁어모아 창칼을 만들고 조세를 무겁게 물리니 늙은 농부의 뺨이 더욱 초라하게 파였다.

- 너무 속민들을 핍박하는 것 아닌가.

삼한의 신성을 자임하는 목생반은 기어들어가는 목소리였다. 잉어처럼 입가에 빼죽 튀어나온 수염이 땀에 절어 있었다. 야윈 몸의 그와 달리 갑주로 무장한 나기타는 장골이었다. 도드라지게 나온 아래턱이 험상궂었다.

- 성군노릇은 곰나루를 집어삼킨 후에 하시죠, 신성. 우리 병사들에게는 이유가 필요합니다. 백제와 힘써 싸울 이유. 그리고 활력이 필요합니다. 당장에는 백성들이 다소간 희생해줘야 된다는 말이죠. 그들의 희생으로 우리의 병사들이 이유와 활력을 얻습니다. 너희들의 욕심을 모조리 해결할 수 있음이 저들로 하여금 싸울 이유가 되게 하고 배부르게 먹이면서 곰나루로 나아갈 활력을 얻습니다.

- 그런가…….

- 신성께서는 손 떼고 계십시오. 이 나기타가 신성을 삼한의 군주로 만들어드리죠. 지금까지 우리는 다 이겼습니다. 백제의 이름난 장수들이 맥없이 죽어갔다고요. 이 나기타의 손에.

목생반은 어색한 웃음을 흘렸다.

- 그대의 솜씨는 의심할 여지가 없지.

전령 하나가 급히 들어와 나기타에게 아뢰었다. 즉각 신성 목생반에게 전하지 않는 것은 군략에 관해서는 굳이 그와 논의할 까닭이 없는 탓이었다. 모든 군사는 나기타가 임의로 정했다. 실패하지 않으니 목생반도 관여하지 않았다. 도리어 제가 정할 일도 나기타의 눈치를 살살 살폈다. 잠자코 전령의 보고를 듣던 나기타는 이를 드러내며 웃었다. 그의 커다란 몸통이 웃음으로 들썩였다.

- 어라하가 우리를 두려워하기 시작했습니다.

- 무슨 말씀…….

- 이제야 우리를 전력으로 상대하는군요. 은솔 막고해와 영군장군 고

이해가 이천의 병력을 이끌고 대산성으로 오고 있다는 전갈입니다.

목생반의 잉어 수염에 맺힌 땀방울이 떨어졌다.

- 뭐라! 막고해라면 왕가의 손꼽히는 무장이 아닌가.

- 왕가에서는 찬수류 다음가는 무장이지요. 백제 전국으로 봐도 관정과 찬수류를 제하고는 그에 견줄 만한 자가 많지 않습니다.

- 아무리 그대라도 이번에는 긴장을 조금 해야겠는데…….

나기타는 목을 까딱거렸다.

- 뭐, 그렇습니다. 전력의 절반을 내주십시오. 막고해 정도의 거물을 잡으려면 무리할 필요가 있죠. 그를 잡으면 백제는 공포에 빠집니다.

목생반은 의자 등받이에 몸을 묻으며 손짓했다. 뜻대로 하라는 표시. 나기타는 의기양양하게 물러났다. 내딛는 걸음마다 병사들이 긴장하며 군례를 올렸다.

막고해의 군대는 대산성이 또렷하게 보이는 거리에 진을 쳤다. 고이해는 그에게 대담한 요구를 했다.

- 군을 일천씩 둘로 나누시죠.

막고해는 눈살을 찌푸렸다.

- 말도 안 되는 소리. 그렇잖아도 적에 비해 수효가 적다. 게다가 그대와 내가 군을 나누어 지휘하면 체계가 문란해져.

- 그러면 천오백과 오백으로 하시죠. 저는 별동대로 움직이겠습니다. 그 편이 전략의 기奇를 도모하는 면에서 낫지 않습니까.

고이해의 표정은 자신만만. 막고해는 눈을 가늘게 뜨고 그를 살폈다. 젊은 친구, 피가 끓는 것은 좋지만…… 지금 너는 군공을 탐하는구나. 네 멋대로 움직여 너만의 군공을 세우고 싶은 거야. 뜻대로 된다면 다행이지만 글쎄…….

- 잘할 자신 있나.

막고해의 물음에 고이해는 코웃음을 쳤다.

- 저는 자신 있습니다만, 달솔께선 천오백으로 적을 도모하실 자신이 없으신 모양이군요.

건방진 애송이. 막고해는 주저 없이 답을 내놓았다.

- 바보 같은 소리!

그는 거침없이 말을 이었다.

- 일천씩 둘로 나누지. 내가 본대로서 정^{正}으로 움직이고 그대가 별동대로 기^{奇}로써 움직여라. 그러나 항시 신중히 하라. 그대의 손에 천 명의 목숨과 어라하의 정치가 들렸어.

젊은 장수는 의외의 수확을 얻기도 한다. 어떠한 전투를 계기로 하여 이름난 명장으로 불쑥 천하에 존재를 드러낸다. 확실히 싹이 있는 자이니 기대를 걸어도 좋겠지. 네게 독단의 자유를 주겠다. 너의 기량을 힘껏 펴봐라. 어차피 남의 밑에 있어서는 신이 나질 않는 성정이니. 차라리 이 편이 나을지도 몰라. 본대에서 떨어져나가는 고이해의 뒷모습을 보며 막고해는 수염을 쓸었다. 그리고 나 막고해, 일천으로도 충분히 역도를 토평할 수 있다. 보고 배워라, 애송이. 고이해의 별동대가 제멋대로인 망아지처럼 본대에서 갈라져 나왔다. 대산성의 북문이 활짝 열렸다. 신성의 누런 깃발을 의기양양하게 나부끼며 나기타가 삼천의 병력으로 요격에 나섰다. 나기타는 손차양을 만들어 막고해와 고이해의 동정을 살폈다. 그러다 이내 입가를 비스듬히 올리며 웃었다.

- 이천의 군세를 반으로 갈라서 운용한다? 재미있네. 저 꼴은 또 뭐야. 본대는 평야에 진을 치고 별동대는 산 위에 진을 치나. 고약한 수로군. 고지에서의 공략이 상수라는 심산인가. 이런……

나기타는 웃음을 삼키며 왼손을 들었다. 세 있는 바람이 손가락 사이를 스쳐 지나갔다.

- 바람은 적진을 향하고…….

오른손으로는 말의 목덜미를 쓸었다. 뻣뻣하게 메말랐다.

- 날은 가물었으니.

그는 다시 웃었다.

- 산 위의 사람들아, 축융祝融을 견디려나—

장수란 잠재의 죄인이다. 무수한 인명을 어깨 위에 짊어지고 전장에
뛰어든다. 살육의 현장에서 장수는 책임이 있다. 적을 더 죽이고 수하
를 덜 죽여야 한다. 적을 많이 죽이고 수하를 덜 죽일수록 명장으로서
찬미되며 결과가 그 역이라면 죄인이 된다. 정도가 심할수록 죄는 불어
난다. 파초대원수破楚大元帥 한신韓信은 초군을 몰살하고 제 군마를 보전
한 업적으로 명장으로 칭송된다. 몽매한 판단으로 자신의 백만대군을
비수淝水에 수장시킨 부견苻堅은 천하죄인으로 역사 앞에 살아남아 돌
을 맞는다. 부견은 자신의 제국이 찢기는 것을 목도했고 최후에는 수하
의 칼에 목이 베였다. 그는 한없는 굴욕과 하극상의 시역으로 죄과의
대가를 치렀다. 그러나 대죄를 지은 자가 대가 또한 치르지 않는다면—

- 최악이다.

모대의 목소리는 싸늘했다. 장계를 든 손은 핏기가 가셔 창백했다.
그의 앞에 고이해가 엎드렸다. 백가는 고개를 젖히고 탄식했다. 가슴
이 답답해져 주먹으로 내리쳤다. 장계는 간단했다. 전멸. 은솔 막고해
전사.

고이해는 바닥에 머리를 박은 채 움직이지 못했다.

- 너는 왜 돌아왔나. 왜 살아서 돌아왔나.

어라하의 하문에도 고이해는 가만히 엎드려 몸을 떨 뿐이었다.

- 죽었어야지. 죄를 지었으면 그 갚음을 했어야지.

높은 지대에 진지를 마련하고 적을 몰아쳐 섬멸할 계책이었다. 손자

말하기를, 높은 곳에 임하여 트인 시야를 살려라(視生高處). 고이해는 가르침을 따랐다. 허나 손자 이 또한 강조하였다. 무릇 전쟁이란 정으로 맞서고 기로 승리함이라(凡戰者 以正合 以奇勝). 고이해는 기를 맡아 놓고 정으로만 싸웠다. 막고해가 정을 맡고 기를 맡은 고이해 또한 정을 고집하니 백제는 맞서기만 하고 이기지 못했다. 이기지 못하니, 졌다. 정면으로 불어오는 바람, 그리고 건조한 공기. 나기타는 바람과 공기를 아군으로 삼았다. 바람과 공기와 더불어, 불의 신 축융을 아군으로 삼았다. 불길은 거세게 타올랐다. 바삭하게 마른 가지와 이파리들은 백제의 적이 되었다. 아둔한 장수 대신 기민한 장수를 따랐다. 천인千人의 병졸이 불타죽었다. 그에 더하여 그들을 구하러 달려온 또 다른 천인도 집어삼켰다. 이천의 사람들이 빛과 열에 갇혀 숨 막혀 죽고 불타 죽었다. 나기타의 군세는 불을 앞세워 산을 에워쌌다. 뜨거움을 벗어난 행운아들이 창칼에 베이고 찔려 죽었다. 불과 쇠가 백제를 전멸시켰다.

  - 고이해! 내가 엄호하겠다. 전장을 빠져나가라! 곰나루로 가라!

불 속에서 막고해가 외쳤다. 넋 나간 고이해가 어눌하게 대답했다.

  - 제가… 어찌 제가 갑니까…… 은솔께서 가십시오…….

  - 얼빠진 소리 관둬! 승패의 책임은 주장이 진다! 패장의 마지막 명령이다! 곰나루로 돌아가 어라하께 전황을 아뢰어라!

  - 은솔…….

  - 퇴락만 남은 나보다 너의 젊음이 어라하의 복이 될지니. 어라하께 전해다오, 곤지 전하의 곁으로 먼저 가노라고.

막고해는 고이해가 올라탄 전마의 궁둥이를 채찍으로 세차게 내리쳤다. 말은 앞발을 들고 날뛰더니 타오르는 불 속을 경중 뛰어넘었다. 고이해의 눈물 들어찬 시야가 막고해의 마지막을 제대로 담지 못했다.

불은 더욱 거세졌고, 나기타의 창칼은 기운이 최고조에 달했다.

- 죽었어야지. 죽었어야지. 네가 죽고 막고해가 살았어야지······.

모대는 울었다.

편전에서 고성이 오갔다. 모대는 조례에 출석하지 않았다. 심신이 정치를 견뎌내지 못하는 까닭. 진의 목소리는 더욱 매웠다. 어라하가 직접 발탁한 주장과 부장이 사령한 전투에서, 주장은 죽고 부장은 겨우 목숨만 건져 돌아왔다. 병력은 문자 그대로 전멸. 아무리 현묘한 달변이라 한들 사실만을 읊어대는 투박한 공세를 제어할 방도가 없다. 백가는 외로웠다. 아버지는 퇴관했고 은솔 막고해는 죽었다. 조정 목간나는 옥에 갇혔고 내법 사야사는 담이 작다. 쏟아지는 진의 혀 화살을 홀로 받아쳐야만 했다. 그러나 말은 궁하고 슬픔은 벅찼다.

- 백성의 불안이 극에 달했소. 속히 태후를 베고 목간나를 숙청하여 질서를 다잡아야 할 때. 그 이후 대대적인 정벌군을 편성해야 하오.

그래, 진로 네 말이 옳다. 이제는 그리해야 한다. 그러나 그리하면 나는, 우리는 어찌 하나. 어라하와 나는 영원한 몰락으로 기운다. 또한 죄 없는 태후와 목간나를 원혼으로 만든다. 그리할 수는 없는데… 너의 주장에 받아칠 말이 없다.

내신부의 여우같은 감찰관들은 태후와 목간나의 시시콜콜한 것까지 죄다 트집을 잡았다. 진모달의 심복인 내신부의 달솔 장색張塞은 개중에서도 발군이었다. 태후가 지난날 남녘의 사찰에 자주 들러 불공을 드린 일까지 이용했다. 남녘의 사찰이 지금 침미다례의 영역 안에 있는데, 태후가 그것을 미리 알고 불공을 드리는 명분으로 그들과 내통했다는 것. 이러하듯 그들은 태후가 목간나가 역적이어야 하는 당위를 억지로 창조해냈다. 왕가의 심복들도 지쳐갔고 이제는 정말 진이 떠들어대는 말들을 진실로서 인정해버리자는 마음이 피었다. 태후와 목간나를 버리면 일단의 재앙은 끝나리라. 좌장 관정이 군을 휘몰아쳐 나기타의 수급을 창에 꿰어버리면 백성들은 평안하고 저근도 다시 그의 소굴로 기어 들어가리라. 차라리 그 편이 나을지도 몰라. 백가는 정신이 아득해졌다.

- 막고해와 고이해를 천거한 것이 위사라는 말이 있소. 이것이 사실이라면 위사도 책임을 져야지. 그대가 천거한 이들로 인하여 이천의 군사가 그대로 개죽음을 당하지…….

막힘없이 말을 쏟아내던 진로의 말문이 우뚝 막혔다.

- 않았습니까…….

성좌의 주인이 편전에 거동했다. 진로는 허리를 꺾어 예를 갖췄다. 뜻밖의 등장에 대신들은 어정쩡한 자세로 절을 올렸다. 모대의 얼굴은 창백했다. 내두 진교가 이죽거렸다.

- 어라하, 막고해의 패전으로 병세가 심한 것 같은데 쉬시질 않고요.

모대는 그를 쏘아봤다. 살기가 번뜩이는 눈빛에 진교는 입맛을 다시며 물러났다. 그러나 진로만은 쉽게 다스려지지 않았다. 그는 목소리에 힘을 주었다.

- 어라하, 결단하십시오. 태후와 목간나를 처분하시고 막고해와 고이해를 천거한 위사 백가를 엄히 벌하십시오. 그 연후에 정벌군의 편성을 논하시죠.

모대는 백가를 바라봤다. 백가는 무겁게 고개를 끄덕였다. 그렇게 하십시오. 불가피한 패배는 받아들이시고 새로운 국면에서 승리를 예비하십시오. 필요하시거든 이 사람의 벼슬도 앗아가십시오. 일단은 저들이 원하는 대로 하십시오. 모대는 그렇게 말하는 백가의 간절한 눈빛에 웃음을 보여주었다.

- 한산왕.

모대의 부름에 진로가 응했다. 질질 끌지 말고 속히 항복해라. 관대도를 대산성에 보내어 진의 무명을 떨쳐주마.

- 말씀하십시오.

- 짐이 그들을 친히 정벌하리라.

괴이쩍은 말을 들은 진로의 표정이 괴이쩍게 구겨졌다. 아홉 해째 성좌를 누리면서 아직도 배우지 못했나. 아직도 소년의 생떼를 쓰는가.

- 어라하……

- 다른 말 들을 생각 없소. 친히 정벌하겠소.

진로는 가볍게 한숨을 쉬었다. 칼자루가 누구에게 들렸는지 너는 아직도 모른다. 기개는 좋다만 주제가 틀려먹었다.

- 이미 어라하의 근왕병은 세가 기울었습니다. 무엇으로 그들을 진압하시렵니까. 병관부의 군사들은 이미 욱리하 전선에 대거 투입되어 여유가 없나이다.

태후와 목간나를 죽여라. 항복을 서두르고 애걸하라. 그리하면 관대도와 욱리하의 정예를 고사부리로 보내주마. 환란을 멎게 해주마. 간단한 문제다. 너는 쓸데없는 투정을 부린다. 나와 나의 세력을 강샘한다. 대범해져라. 네 신세를 알아라. 진로가 속으로 퍼붓는 주문을 모대는 무시했다.

- 백가! 짐에게 군사가 없는가!

백가는 불현 듯 스치는 생각이 있어 읍하며 모대에게 아뢨다.

- 그렇지 않습니다! 있습니다!

- 누가 짐의 군사인가!

- 은솔 막고해의 유산. 축자오백. 축자오백과 더불어 또한 그들이 있습니다.

- 든든하다. 짐은 그들과 정벌하겠다! 축자오백과 그들이 짐의 근왕

병이다!

모대는 진로를 굽어봤다.

- 짐에게는 근왕병이 있소. 그들을 이끌고 정벌하겠다. 이의 있는가.

고작 오백으로.

- 되시겠습니까?

- 충분해.

진로는 미소 지으며 한 발자국 물러섰다.

- 뜻대로.

모대는 성좌에서 내려와 대신들이 도열한 한가운데를 지나갔다. 망설임 없는 발걸음이 진로는 불안했다. 그럼에도 스스로 다독였다. 뒤집을 수 없는 싸움이다. 백가와 왕가의 대신들이 뒤를 따랐다. 축자오백은 오랜 세월 막고해를 섬겨온 정병. 그들은 주인의 죽음에 분노했다. 역도를 향한 적의敵意가 뚜렷했다. 모대는 그들이 든든했다. 금도금을 입힌 명광개를 입고 은화로 장식한 투구를 썼다. 요대에는 돋을새김 된 사자가 포효했고 허리춤의 환두대도는 울음소리를 냈다. 쇠심줄로 시위를 삼은 대궁은 적들이 모대를 두려워하는 연유. 모대의 담가라말은 마갑을 입었다. 그의 얼굴에 씌운 하얀 면렴面簾은 성스러웠다.

- 당당히 개선하세요, 어라하.

이요가 까치발을 세웠다. 그럼에도 마상馬上의 모대에 닿지 않았다. 이요는 그의 어깨를 끌어당겼다. 모대는 살포시 웃었다. 이요는 모대의 건강한 뺨에 입을 맞췄다. 모대는 얼굴을 돌려 입과 입을 맞췄다. 느낌은 익숙했지만 일면 새로웠다. 둘은 숨죽여 웃었다.

- 진로가 허튼 수작 하거든 고사부리로 도망 와야 돼.

- 제가 왜요. 어라하가 구하러 와요.

모대는 픽 웃었다.

- 하여튼 지질 않아.

이요는 모대의 손을 꼭 쥐었다 놨다. 뒤로 물러서 살갑게 손을 흔들었다. 곁에서 지켜보던 백가는 군사들의 사기를 있는 대로 꺾어놓는다며 지청구를 놨다. 모대는 어깨만 으쓱이고 대답하지 않았다. 백가를 참군으로, 사약사의 조카인 은솔 사법명沙法名을 후군장으로 삼았다. 대단할 것도 없는 군세. 선봉과 중군을 나누지 않고 합하여 모대가 통솔했다. 곰나루의 남문이 삐거덕거리며 열렸다. 너른 대로가 모대의 앞에 펼쳐졌다. 말의 허리를 걷어차며 고사부리를 향해 출정하려는 모대의 앞을 누군가가 가로막았다.

- 어라하!

모대는 낯빛을 바꾸지 않았다.

- 고이해. 길을 비켜라.

고이해는 그의 앞에 엎드려 말했다. 음성은 간절했다.

- 신을 데려가 주십시오!

- 부끄러움을 알아라. 네 손으로 막고해를 묻은 전장에 무슨 염치로 다시 가겠다는 말이냐.

- 우둔함을 만회할 기회를 주십시오.

- 네게 내줄 병사는 없다.

- 일개 군졸로 따르겠나이다.

- 내줄 전마 또한 없다.

- 맨발로 따르겠나이다.

모대는 담가라말을 재촉했다. 급한 걸음으로 말이 앞으로 나아갔다.

- 행렬의 맨 뒤로 가라. 그곳이 너에게 가당한 자리다.

고이해는 묵묵히 명을 따랐다.

금마金馬(전북 익산)에 이르러 급한 전갈이 당도했다. 목생반은 대산성에 머물고 나기타와 또 다른 장수인 좌로左魯가 대군을 이끌고 북상한다는 전언. 전군은 긴장했다. 축자오백에게 나기타는 원수였다. 그러나 더불어 용감무쌍한 주인을 일거에 꺾은 강자. 분노와 두려움이 애매한 공존을 이뤘다. 후군장 사법명은 덤덤했다. 중키에 평범한 외양을 지닌 그는 강마른 몸매였다. 창칼로 부닥치는 무예에는 범재였으나 야전에선 군을 능숙히 다스리고 특히 군을 진법을 구사하는 데는 천재였다. 탄지경彈指頃*에 진을 이룬다고 하여 그를 아는 사람들을 곧잘 탄지진彈指陣이란 별칭으로 불렀다.

- 우리의 수배에 달하는 병력이 대산성에 틀어박혀 농성을 한다면 답이 나오지 않습니다. 무릇 전투에선 수성이 유리한 법입니다. 헌데 그들이 녹림綠林(도적의 소굴)을 박차고 개활지로 나오니 고마운 일입니다. 대등해졌습니다.

백가도 동의했다.

- 축자오백의 절반은 철기입니다. 평야에서 맞붙으면 저들도 애를 먹을 겁니다. 나기타가 지나치게 자신만만해졌군요.

모대는 금마에 진을 쳤다.

- 적의 군세는 사천입니다.

- 군세가 제법인걸.

백가가 마뜩찮은 표정으로 말했다.

- 저들 중 반수는 침미다례의 군세일 겁니다.

군략을 논하는데 무장한 한 떼의 사람들이 다가왔다. 군문을 소란 없이 통과한 것으로 미루어 아군이었다. 뜻밖의 내방에 모대는 고개를 갸웃거렸다. 무리의 선두가 모대의 앞에서 무릎을 꿇었다. 생면부지의 사

---

* 탄지경(彈指頃) : 손가락을 튕길 정도의 짧은 시간

내였다.

- 어라하를 뵙습니다.

- 누구인가.

- 지량초현ㅈ良肖縣(전북 익산 일대)의 현장縣長 두지ㅍ호입니다. 어라하께서 친정하신다기에 병력 백오십을 이끌고 왔습니다. 적은 수효일지언정 귀히 쓰옵소서.

모대는 만면에 웃음기를 머금으며 그를 친히 일으켰다.

- 고맙고 고맙다. 큰 도움이다. 은공은 잊지 않겠다.

- 송구합니다.

사법명은 수염을 잡아당기며 두지에게 물었다.

- 이곳은 옛 마한의 땅. 그대 또한 마한의 후예. 어찌하여 침미다례에 동조하지 않고 그 반대에 귀부하나.

- 말씀이 어렵습니다. 마한은 망했고 소장은 어라하를 섬깁니다. 그뿐입니다.

이번엔 백가가 물었다.

- 왕가와 진은 남당에서 겨루고 있다. 진이 고깝게 여길 터.

- 신이 진에게 은혜를 입은 바 없는데 어찌 제가 그를 따릅니까. 신은 어라하의 은혜를 입었습니다.

모대는 겸연쩍게 웃었다.

- 짐은 그대에게 해준 것이 없다.

- 곤지 전하의 은혜를 기억합니다. 곤지 전하는 어라하의 부군이 아닙니까.

오래도록 마음 한 구석에 모셔만 놓고 듣지도, 말하지도 않았던 이름이 뜻밖의 입에서 흘러나왔다. 모대의 마음이 먹먹해졌다.

- 아버님이…….

- 일찍이 귀족을 대족·세가·귀문으로 나누어 봉작을 새로이 했습니다. 보잘 것 없던 신의 가문도 그때에 비로소 귀문으로 인정되어 기쁘기 한량없었습니다. 헌데 해구와 진남이 역란을 일으켜 왕제 전하와 선대 어라하를 시역하고 다시 저들만의 잔치로 회귀하니 옛 마한 곳곳의 인심이 사납습니다. 그러하거늘 신이 어라하를 버리고 어찌 진을 따르겠습니까.

- 그 말, 글자마다 고맙다…….

모대가 눈을 감자 더운 눈물이 쏟아졌다. 이제는 흐릿해진 곤지의 얼굴이 어른거렸다. 두지뿐만 아니었다. 소식을 들은 인근의 현에서 적잖은 원호를 보냈다. 감물아현^{甘勿阿縣}(전북 익산 일대)의 현장 잠개^{涔介}는 백인의 병력을 이끌고 모대에 합류했고, 소력지현^{所力只縣}(전북 익산 일대)과 알야산현^{閼也山縣}(전북 익산 일대)에서는 물자를 보내왔다. 금마의 본성^{本城}은 중앙에서 파견된 진의 심복이 굳건히 지키고 있어 어떠한 지원도 없었다. 모대의 본대는 도합 칠백오십 의 군세가 되었다. 모대는 주변 현들의 토성들과 연계하여 진을 구성했다. 금마의 백성을 북녘으로 피신시켰다. 담이 큰 몇몇은 높은 산에 올라 전장을 엿봤다. 어라하의 무명은 그들도 어설프게나마 들어 알고 있었다. 멀리서 새떼가 날아올랐다. 이어 땅에서 피어오른 누런 먼지가 하늘에 닿았다. 먼지보다 더 누런 깃발이 보였다. 적군입니다! 첨병이 외쳤다. 깃발엔 신성이라 쓰였다. 신성이라고. 주제넘다. 이 시대의 누구도 신성일 수 없다. 죽은 아비가 흘린 피 웅덩이 위에 물정모르는 어린 아들이 오줌을 누는 시대다. 그들에게 누구인들 신성일까. 그들이 나를 말하는 건길지란 부름도 부끄럽거늘 스스로 신성이라 일컫는 너희는 주제넘어. 내 반드시 너희를 토평하리라.

모대가 군의 선두에 섰다. 탄지진 사법명에게 전군^{全軍}을 사령하게 했다. 군의 주인인 모대가 전군을 통솔해야 했지만 진법에 능한 자가 사령하는 것이 옳았다. 두지를 좌군에, 잠개를 우군에 두었다. 백가는 위사이자 참군이므로 모대와 함께했다. 신성을 자처하는 역도는 승리가 익숙하고 패배가 낯설다. 그들은 일천에 미치지 못하는 적을 보고 하품을 했다. 어라하의 목을 쉽게 얻겠다. 학익진으로 몰아붙이면 쌈을 싸듯 온전히 끌어안길 초라한 군세를 보고 그들은 승리를 확신했다. 눈앞에 승리가 있는데 머뭇거릴 필요 없다. 나기타는 여독을 풀기 위한 잠깐의 휴식을 거친 후 모대를 향해 밀고 들어왔다. 모대는 자신의 말구종에게 눈짓했다. 오래 그를 섬긴 말구종은 짊어 메고 있던 기다란 극戟을 모대에게 내밀었다.

- 적들과 얽혀 싸우려 하십니까. 위험합니다.

백가가 조심스럽게 진언했다. 모대는 그를 돌아봤다.

- 적은 많고 우리는 적어. 어라하가 앞서지 않으면 병사들은 두렵다. 내 앞서 싸워야 한다. 위사는 진에 남아 전황을 보고 사법명과 더불어 군을 다스려.

- …알겠습니다.

모대는 전군을 향해 사자후했다.

- 너희들의 어라하가 전선의 맨 앞에서 싸우겠다!

병사들이 창을 높이 들며 호응했다.

- 죽음으로 건길지를 지키겠습니다!

수효에서 우세한 측은 학의 나래처럼 좌우로 활짝 군세를 펼친 학익진鶴翼陣으로 적진을 포개어 섬멸하는 것이 병가의 상식이다. 모험할 까닭 없는 나기타는 상식을 택했다. 좌우익의 끝에서 날랜 마군이 육중하게 압박하고 중앙에서는 긴 창을 다잡은 보군이 틈을 내주지 않았다. 탄지진 사법명은 고지에서 적정을 살폈다. 그의 시선은 빠르게 적의 진을 살폈다.

 - 후군은 안행진雁行陣으로 바꾸어라!

 오래 합을 맞춰온 장교들은 능숙하게 울긋불긋한 깃발로 신호를 보냈다. 그러자 병사들은 사법명의 수족처럼 그의 생각대로 진을 펼쳤다. 안행진이란 기러기 떼가 날아가는 형세의 팔자八字 모양 진.

 - 쏴라!

 탄지경에 이루어진 기러기의 무리에서 무수한 화살이 뿜어졌다. 억센 화살에 용감히 앞선 신성의 선봉이 고꾸라졌다. 그러나 기러기 떼보다도 거대한 학의 날개는 쉬 꺾이지 않았다. 신성의 선봉은 모대를 향해 육박했다. 사법명은 다시 군령을 발했다.

 - 전군前軍! 방진方陣!

 열세인 측은 필히 전황을 지구전으로 끌어야 한다. 그래야만 우세한 측의 날카로운 기세에 꺾이지 않고 전세 전환의 계책을 강구할 틈을 얻는다. 방진은 무수한 진법 중에서도 가장 방어적이다. 사람들로 빽빽한 사각의 틀을 만들고 길고 뾰족한 창날을 밖으로 향하는 진법. 사법명의 군령에 모대가 군을 독려하여 재빨리 방진을 이뤘다. 나기타는 느긋했다.

 - 방진도 방진 나름이다. 수효에서 압도당하면 방진이라고 별 수 없지. 급류에 말린 주제에 연약한 나뭇가지를 의지하는 꼴. 탄지진의 이름은 허명이었나.

 그와 나란히 선 좌로가 야산 기슭으로 불안한 시선을 보냈다.

 - 좌우 산성에 적세가 포착되는데. 저들이 원호하러 오면 전황이 달라질 수도…….

 나기타는 좌로의 말을 잘랐다.

 - 말하지 않았나. 급류라고. 신성의 군대는 급류야. 하잘 것 없는 원

호는 덩달아 휩쓸릴 뿐이야.

신성의 군대는 방진을 덮쳤다. 복수의 쇳소리들이 동시다발적으로 울렸다. 쇳소리에 맞추어 사람의 몸이 춤추듯 휘청거렸고 목숨이 꺼졌다. 전장이 피아가 멋대로 얽히는 단계로 치달으면 화살은 무용하다. 사수들은 활을 내동댕이치고 창을 들었다. 사법명이 외쳤다.

- 추행진錐行陣!

기러기 떼가 날카로운 송곳으로 변했다. 사법명도 기다란 창을 쥐었다. 송곳으로 변한 후군이 신성의 나래를 갈가리 찢어놓으려 발진했다. 붉은 깃발이 거푸 좌우로 움직였다. 좌우의 토성에 웅거하던 두지와 잠개가 함성을 지르며 학의 나래를 향해 쏟아졌다. 수효는 적었으나 앞뒤에서 몰아치는 공격에 나기타의 군대는 위축되었다. 좌로는 불안한 곁눈질을 나기타에게 보냈다.

- 조무래기처럼 안절부절 말라고.

나기타는 심드렁한 말을 던지고 앞으로 나섰다.

- 기奇의 정수를 보여주마, 얼치기 어라하.

그의 손짓에 삼백의 마군이 기동했다.

모대의 뺨에 핏물이 튀었다. 햇빛을 받아 찬란한 투구의 은화는 한없이 역도들을 끌어들였다. 그럼에도 모대는 은빛을 가리지 않았다. 밝은 은빛은 건길지를 따르는 이들을 고무했다. 무수히 육박하는 그들을 모대는 모조리 감당했다. 신성의 이름이 떠오르기 전 자신의 통치 아래 있었던 그들을 친히 잠재웠다. 그들의 건길지가 그들의 망나니가 되어 참수형을 집행했다. 어라하의 목에 걸린 무거운 포상에 눈이 멀어 모대에게 창을 내질렀던 이들은 이내 질린 낯빛으로 목이 베이거나 뱃가죽이 찢겨 창자를 쏟았다. 모대의 검푸른 찰갑은 이내 축축한 빨강으로 염색되었다. 모대와 군사들은 분투했다. 그러나 중과부적衆寡不敵. 방진의 네모는 서서히 찌그러졌다. 진형이 어그러지면 군사들은 겁을 먹고 패퇴하기 마련. 모대는 이를 악물었다. 역도 다섯이 한꺼번에 모대를 향해 달려들었다. 모대가 단칼에 둘을 베고 하나와 창을 부딪쳤다. 나머지 둘이 모대의 허점을 파고들려는 참. 모대는 그것을 알았지만 창을 부딪친 자의 완력이 약하지 않았다. 허점을 향해 두 개의 창날이 진격해왔다. 모대는 이를 악물었다. 그때 고이해가 뛰어들어 칼로 창날들을 쳐냈다. 무예가 출중하지 않아 고이해는 창날을 쳐내고 흙바닥에 뒹굴었다. 창날들은 낙담하며 고이해를 먼저 찌르고자 했다. 먼지에 시야가 가린 고이해는 창날이 오는지도 몰랐다. 모대는 창을 맞부딪친 자의 목을 찌르고 허리에서 환두대도를 뽑아 고이해를 향하는 창날들을 꺾고 그들의 목을 베었다. 먼지가 잠잠해지고 고이해는 모대를 향해 절을 올렸다.

- 어라하께서 저를 살리셨습니다.

모대는 환두대도를 칼집에 넣으며 대답했다.

- 너 또한 나를 살렸다. 잘했다.

모대가 벅찰 정도로 신성의 기세는 힘을 더해갔다. 좌우에서 받치던 두지와 잠개의 도움도 미약해졌다. 형국을 살피던 사법명이 입술을 쭉 내밀었다.

- 나기타…… 조그마한 방해도 허용하지 않겠다는 것인가.

나기타의 삼백 마군은 두지를 덮쳤다. 군소 현의 현장인 두지가 이끄는 군사들은 본디 땅이나 파먹는 농군들. 나기타의 조련된 마군은 두지와 백인의 농군을 참륙했다. 모대의 왼쪽 후방을 지원하던 두지가 휘청거렸다. 전군의 뒤편에 있던 백가가 사법명에게로 가까이 다가왔다.

- 사 공! 두지가 전사했습니다! 좌군은 궤멸지경입니다.

사법명은 눈살을 찌푸렸다.

- 보았습니다.

- 잠개도 얼마 버티지 못할 터.

- 아직 혈로가 터 있습니다.

- 고등을 불어 어라하께 퇴각 신호를 보내십시오.

백가의 다급한 분부에 사법명은 빠르게 고개를 끄덕이고 옆의 장교를 바라보았다. 장교는 읍하고는 고등을 길게 불었다. 부우— 긴 고등소리에 모대가 창을 거두었다. 그는 뺨의 핏물을 소매로 슥 닦으며 군령을 사자후했다.

- 전군! 퇴각! 전군 퇴각하라!

방진은 힘을 집결하는 데 유용한 원진으로 진형을 바꾸었다. 이후 모대의 원진은 삼십육계에 유용한 일자진으로 바꾸어 급히 물러났다. 나기타의 삼백 마군은 잠개를 거의 집어삼켰다. 백가와 사법명은 잠개를 구원하며 군을 뒤로 물렸다. 뒤로 내몰리는 어라하를 보며 나기타는 껄껄 웃었다. 그는 좌로의 옆구리를 쿡 찔렀다.

- 어라하도 별 수 없잖나!

그제야 좌로도 어색한 웃음을 지었다. 나기타는 입가를 들썩이며 전군에 군령을 발했다.

- 전군! 돌격하라! 백제의 왕을 잡는다! 왕을 잡는 자는 신성께서 제후로 삼을 것이다!

전쟁은 끝났다. 이제부터는 노략이다. 병법이 소용없고 병사들의 탐욕에 모든 것을 맡긴다. 나기타는 어라하 사냥을 위해 병사들을 들판에 풀어버렸다. 승리를 확신한 신성의 전군이 함성을 지르며 백제를 추격했다. 제후라는 말에 졸개들은 설렜다. 패주하는 무리의 맨 앞에 선 자, 그 자의 목을 취하면 아랫것으로서의 삶은 청산이다. 나도 한번 목에 힘주고 살아보자. 미망에 가까운 희망을 품고 그들은 개처럼 달렸다.

제후가 아니더라도 승리감에 도취한 군사들은 두려움을 모르는 법. 추격이 시작되자 백제는 더욱 숨 가쁘게 달렸다.

- 탄지진, 손빈병법孫臏兵法 십문十問편을 읽어보셨습니까.

백가가 묻자 사법명이 답했다.

- 생각나는 구절이 있습니다만.

백가가 운을 뗐다.

- 어떤 이가 물었다. 적이 강하고 아군이 적으면 어찌 이기겠습니까. 그러자 손빈 답하기를.

사법명은 빙긋 웃었다.

- 군을 셋으로 나누어라.

나기타는 제 군사에 질서를 두지 않았다. 오로지 모대의 목에 포상만을 약속했다. 어라하의 목을 따라, 제후로 삼겠다. 그것이 그들의 다리를 튼튼히 하고 창 쥔 팔뚝을 굳건히 하리니. 어라하의 목을 향하여, 달려라!

사법명은 계속 말했다.

- 셋으로 나누어, 셋 중 하나는 정예한 장병을 골라 결사대로 삼으라.

나기타와 좌로는 후미에서 말을 멈춘 채 미쳐 날뛰는 군사들을 흡족히 바라봤다. 개중에 특출한 자가 있어 창끝에 어라하의 머리를 꿰어오면 더없이 좋으련만. 나기타의 독백에 좌로는 지나친 기대는 삼가라며 농으로 퉁바리를 놓았다.

사법명은 노래를 부르듯 구절을 줄줄 읊었다.

- 결사대는 죽음을 각오하고 적의 폐부를 일거에 몰아쳐라.

등 뒤는 보이지 않는다. 그러나 명민한 사람은 기척을 느낀다. 나기타는 명민하다. 등줄기에 서늘한 기운이 닿았다. 섬뜩하여 그는 뒤돌아보았다. 뒤돌아본 채로 그는 얼어붙었다. 목소리가 나오지 않았다.

이… 이… 둔한 좌로는 나기타의 소리를 듣고 무의식중에 뒤를 돌아봤다. 누, 누구냐…… 겁에 질린 나기타의 목소리가 간신히 허공으로 흘러나왔다. 그들의 시야에 사람의 무리가 들어왔다. 살기로 번뜩이는 눈빛들에 그들은 위압되었다.

사법명은 말고삐를 세게 끌어당겼다. 말이 앞발을 치켜들며 자리에 멈췄다. 그의 입은 계속 손빈병법을 말했다.

- 바로 이것이 적장을 죽이고…….

누구냐고. 나기타의 뒤에 선 자가 대답했다. 그의 얼굴엔 글자가 새겨져 있었다. 그는 날렵하게 칼을 내질렀다. 나기타는 필사의 몸짓으로 떨어지는 칼날을 막아보려 했지만 소용없었다. 칼날은 경동맥을 끊었고 나기타의 생명은 급히 쇠했다. 눈이 닫히고 입이 얼어붙었다. 사지가 굳었다. 죽어가는 사람은 모든 감각이 다한 후 청력이 마지막에 꺼진다고 했다. 고요 속으로 꺼져가는 나기타의 청력으로 무심한 소리가 간신히 들어왔다. 그 소리를 마지막으로 나기타의 귓문이 닫혔다. 나는 해례곤, 어라하의 동맹이다…… 나기타의 목이 바닥에 나뒹굴었다. 피로 축축한 잘린 단면에 흙먼지가 엉겨 붙었다.

사법명은 급한 정지에 놀란 말을 다독이며 계속 말했다.

- 적진을 붕괴시키는 계책이니라.

그는 무릎을 탁 치며 아차차, 급히 답변을 수정했다.

- 앞부분을 빼먹었군요. 군을 셋으로 나누어 하나는 결사대로 삼고, 이 다음을 깜빡했어요. 셋으로 나누어 하나는 결사대로 삼고 나머지 둘은……

백가가 사법명의 말꼬리를 훔쳤다.

- 제가 대신하죠. 나머지 둘은…….

최후의 도둑은 모대였다.

- 나머지 둘은, 결사대의 날개가 되어 호위하라!

모대는 고삐를 급하게 당겼다. 담가라말이 몸을 번쩍 들며 허공에 발을 굴렸다. 모대는 환두대도를 빼들고 전군에 엄하게 호령했다.

- 전군! 뒤로 돌아!

장교가 바쁘게 붉은 깃발을 흔들었다. 전군은 일제히 적을 향해 몸을 돌렸다. 모대는 목에 핏대를 바짝 세우며 전군에 호령했다.

- 전군! 돌격하라!

- 돌격하라!

어라하의 명령은 각급의 장교들에게로, 일개 졸개에게까지 분명하게 전해졌다. 그들은 역도를 향해 창을 질렀다. 뜻밖의 항전에 역도들은 당혹했다. 수효에서 압도하는 역도들이었으나 지휘가 문란하고 질서가 사라진 그들은 쉽게 혼란에 빠졌다. 대대적인 반격에 그들은 도리어 내몰렸다. 정신을 가다듬고 재반격의 태세를 준비하는 그들의 뒤로 거대한 외침이 들렸다.

- 너희의 주인 나기타와 좌로가 죽었다! 항전을 그만두고 어라하께 투항하라!

준엄한 선언은 역도의 귀를 쓸고 지나갔다. 역도의 얼굴들이 하얗게 질렸다. 역도는 허영과 탐욕의 추종자. 충성과 사명감은 그들에 속한 바 아니다. 따라서 담보된 승리만이 그들의 전의를 북돋으며 패배의 확정은 그들의 동력을 앗아간다. 지금 등 뒤에서 들린, 나기타의 부음은 패배의 확정이었다. 그의 목이 잘리면서 제후의 포상을 운운하던 나기타의 여유 만만한 약속도 무효가 되었다. 미망을 탐하려 울룩불룩 돋아났던 역도들의 팔 근육들이 물렁하게 사그라졌다. 너희의 주인을 다시 섬겨라! 해례곤의 목소리가 다시 쩌렁쩌렁 울렸다. 그가 든 장창의 끝에는 두 개의 머리가 나란히 대롱대롱 매달렸다. 태양을 등진 그것들에 진한 음영이 드리웠다. 백문불여일견. 아직 그들의 귓전에 나기타의 호령 소리가 생생했다. 헌데 대가리만 남아 적장의 창끝에 꿰여 부패돼가는 꼴이라니. 든 병장기를 땅바닥에 떨어뜨렸다. 수효가 많아도 그것을 묶어 지휘할 이가 없으면 소용이 없었다. 나기타의 죽음에도 여전히 신성을 울부짖는 자가 있었다. 만용이었다. 부장 하나가 칼을 높이 들며 악을 썼다.

- 꾐에 넘어가지 마라! 아직 우리의 세력이 저들을 짓누른다. 정신 차려! 우리는 신성의 명을 받들어… 윽…….

부장은 꿰뚫린 목을 부여잡으며 낙마했다. 모대는 소임을 다한 대궁을 전동에 도로 집어넣었다. 어라하가 친히 반역을 간단히 진압하자 역도는 완전한 투항을 결심했다. 어느 노병 하나가 모대의 앞에 엎드리자 눈치를 보던 역도는 차례대로 모대의 앞에 부복했다. 모대는 복속의 절을 내치지 않았다. 해례곤 역시 먼 곳에서 달려와 엎드렸다. 모대가 그를 친히 일으켰다.

- 그대와 동맹을 맺어서 무슨 효용이 있겠냐고 했다. 진심으로 사과하지.

- 가치를 스스로 증명하시면 섬기겠다 했습니다. 신, 어라하를 따르겠나이다.

축자오백을 이끌고 출정하면서 모대는 전령을 띄웠다. 동맹이여, 나를 도와라. 한 줄 글귀를 읽고 해례곤은 잔병을 모조리 이끌고 전장으로 왔다. 모대는 해례곤의 어깨를 툭툭 두들겼다. 마음이 뭉클했다. 중과부적을 끝내 극복한 것이, 인명이 크게 상하지 않은 것이, 적들을 복속시킨 것이, 더불어 해례곤의 진정한 신복信服이 뭉클했다. 그는 앞에 엎드린 자들을 향해 말했다.

- 너희들은 본디 나의 백성이라. 역적의 부추김에 속아서, 그들의 겁

박이 두려워서 역도를 따랐으나 그것이 어찌 허물이 되겠느냐. 너희들의 어리석음과 연약함이 어찌 죄과가 되겠느냐. 다시 나의 백성 되기를 청하니 어찌 기쁘지 않겠으며 어찌 기특하지 않겠느냐. 너희가 나를 도와 역란을 토평하면 너희들은 나라에 크나큰 공훈을 세운 것인즉, 너희들은 마땅히 그리할지어다.

창칼을 내던진 마당에 그 말을 고분고분 듣지 않을 수 없었다. 그들은 땅에 머리를 찧으며 저마다 긍정의 대답을 외쳤다. 교전으로 죽고 심하게 다친 자를 제하면 항복한 이들은 도합 삼천오백. 모대의 군사는 두지와 잠개의 병력을 제하면 사백 여. 해례곤이 끌어 모은 잔병은 오백 여를 헤아렸다. 오백으로 출정한 모대는 사천오백의 주인이 됐다. 모대는 두지의 주검을 수습하여 정중하게 장례했다. 잠개에게는 포상을 약속했다. 금마의 군장이 달려와 승리를 감축하고 군량을 보냈다. 기실 진로의 정탐꾼노릇을 하려는 심산일 터. 모대는 구태여 군세를 숨기지 않았다. 군장이 놀란 기색으로 돌아갔다.

나기타와 좌로를 잃은 신성은 신성일 수 없었다. 모대가 대산성으로 몰아쳐 갔을 때에는 이미 사람 없는 빈 성이 타오르고 있었다. 침미다례로 도망했다가 왜국으로 가는 배를 탔다는 말이 바람결에 들렸다. 반역이 진압되었다. 더 이상 삼한의 신성을 말하는 사람은 없었다. 북녘으로 곁눈질하던 침미다례도 그들의 소굴로 들어갔다. 동방의 땅을 좀먹던 가야의 군마들을 모대가 겁박하니 그들이 놀라 꽁무니를 뺐다. 모대는 백성들을 위무하고 곰나루로 개선했다.

곰나루의 백성들은 건길지의 피 묻은 갑주를 보고 울었다. 또한 그 뒤를 따르는 무수한 사람들을 보고 감격했다. 군주의 힘은 나라의 안정이리니. 건길지여, 부디 강건한 힘으로 천수를 누리소서. 저자에 나기타와 좌로의 목을 내걸었다. 백성들이 그곳에 크고 작은 돌을 던졌다.

찢기고 터져 썩은 피가 줄줄 흘렀다. 건길지가 던져준 역도 수괴의 수급은 백성에게 유희가 되었다.

- 감축합니다.

진로의 축하는 경직되어 있었다. 모대도 그것을 살갑게 받을 마음이 없었다.

- 고맙소.

불타오르는 대산성과 함께 진로의 호시절도 불탔다. 모대는 태후와 목간나의 방면을 주문했다. 진위여부가 불명확한 벽서는 목생반이 활개를 칠수록 신빙을 얻었으나 신성의 세력이 뿌리 뽑힌 시점에선 효력을 상실했다. 태후와 목생반이 복권되었다. 참회의 진정과 백의종군의 공훈을 인정받아 고이해는 시덕이 되었다. 위사 백가는 식읍 백여 호가 더해졌고 은솔 사법명은 달솔이 되었다. 왕가의 병력에 사천 여가 더해졌다. 죽은 막고해는 내두좌평으로 추증했다. 진로는 이 모든 것을 인정했다. 뼈아픈 결정이었으나 거스를 수 없었다. 그러나 모대의 마지막 말은 도저히 수용할 수 없었다.

- 어라하, 내 앞에서 그 이름을 말하지 마십시오…….

그날의 그 이름을 어떻게 잊을까. 나의 스승, 나의 후견인, 나의 할아버지. 그의 심장에 칼을 찔러 넣은 그 이름을 어떻게 잊을까. 정녕코 원수다. 어떻게 그 이름을 잊을까. 해례곤. 그를 어떻다고? 벼슬을 내린다고? 어라하, 너의 천박한 입에 저주 있으라. 절대로 용인하지 않는다. 그 자에게는 벼슬이 아니라 극형이 온당하다. 진로의 눈은 적개심으로 포화되었다.

- 그가 경의 조부를 해친 것은 애석하오. 그러나 역적의 수괴이자 아비인 해구가 그를 내쳤고 나기타의 목을 베는 공훈을 세웠으니…….

진로는 모대의 말문을 틀어막았다.

- 어떠한 찬사로도 그 죄를 씻을 수 없습니다.

- 그러나…….

- 그는 전 좌평 진남을 죽였습니다.

- 해례곤은 좌평을 지냈지만. 죄를 무겁게 여겨 10품 계덕 관등을 내리겠소.

- 죄는 흥정의 대상이 아닙니다. 무조건 참수입니다. 아니, 능지처참입니다.

- 이봐, 한산왕…….

- 부탁드립니다. 더 이상 옥음^{玉音}에 그 이름을 싣지 마소서.

모대는 주먹을 꽉 쥐었다.

- 기어코 관작을 내리겠다면.

- 그러실 수 없습니다.

- 막을 텐가.

- 기어코.

- 반역이라도 하겠는가.

진로는 대답하지 않았다.

- 반역이라도 하겠냐고 물었다.

- 답하지 않겠습니다.

모대는 낯빛을 싸늘하게 바꿨다.

- 내신좌평 진모달은 들어라.

진모달은 떨떠름한 빛으로 고개를 숙이며 알은체를 했다.

- 짐은 해례곤을 죽은 막고해를 대신하여 은솔로 삼을 것이다. 또한 연돌은 한솔로, 회매는 장덕으로 삼을 것이니 곧장 그리하라. 남당의 논의와 품신은 필요하지 않다. 명대로 하라.

- 어라하.

- 내신은 명을 따르고 전할 뿐이다. 너의 논평은 듣지 않겠다.

- 내신 진모달, 명을 따를 수 없나이다.

- 너는 나의 신하가 아니냐. 명을 따라라!

모대의 찢어질 듯한 일갈에 진모달의 늙은 몸이 휘청거렸다.

- 명을 따르지 마십시오, 내신.

진로의 말에는 살의가 들어찼다. 모대는 그를 향해 고개를 돌렸다. 모대의 눈에도 불빛이 튀겼다. 팽배한 긴장에 누구도 개입하지 못했다.

- 무슨 주제로 명을 가로막는가.

- 어라하의 명은 왕실과 남당을 해칠 분부입니다.

- 너의 불충이 나라의 질서를 거꾸로 뒤집고 있다.

진로는 이빨을 숨기지 않았다.

- 섣부른 몽니로 피를 부르지 마십시오.

- 뭐라…….

- 나의 조부를 죽인 해례곤, 그 이름을 남당에 들일 수 없습니다.

- 왜지?

단순한 반문에 진로의 눈썹이 꿈틀거렸다.

- 왜 너의 조부를 죽인 자를 남당에 들일 수 없는가.

진로는 입술을 비틀 뿐 답하지 않았다.

- 나는 나의 아버지를 죽인 너의 할아비를 열후로 추존했다. 그런데 왜 해례곤은 그럴 수 없지?

- 그것은……

진교가 어줍지 않은 말로 무마하려는 것을 모대가 눈빛으로 제압했다. 진교는 목을 움츠리며 뒤로 물러났다.

- 내가 너를 용인했듯 너도 나를 용인하라.

- 그때의 어라하가 힘이 있었다면, 그랬다면 열후 추존을 윤허했겠습

니까.

- 물론 아니다.

- 나는 그때의 어라하처럼 무력하지 않습니다. 절대 명을 따르지 않
겠습니다.

- 나 또한 그때의 내가 아니다.

- 헛된 망상 관두십시오. 어라하는 강하지 않습니다.

세련된 말을 버리고 거칠고 솔직하게 내지르는 일촉즉발의 언쟁에
남당의 대신들은 기가 눌렸다. 당장에라도 칼을 뽑아들고 서로의 심장
을 노릴 것만 같았다. 어라하와 한산왕의 사이에서 중재할 만한 거물도
없었다. 관정과 찬수류 전선에 있었다. 진모달은 나이만 많고 속이 무
르다. 진교는 빈껍데기. 백가는 어리고 사약사는 겁쟁이다. 괄괄한 목
간나는 싸움판에 뛰어들지나 않으면 다행. 남당에서 찍 소리도 내지 못
하는 중급관료들은 손가락을 물어뜯으며 분란이 잦아들기를 기도했
다. 어느 한 쪽이 양보하기에는 사안이 너무 무거웠다. 모대는 죽은 곤
지를, 진로는 죽은 진남을 꺼내들었다. 둘 사이에 벌어진 틈이 깊었다.

- 너의 말, 반역으로 다스릴 수 있다.

- 반역이 아닙니다. 마땅한 말입니다.

- 짐은 해례곤에게 벼슬을 주겠다. 연돌과 회매에게도 그리할 것이
다. 짐에게 속한 힘을 부정하지 말라.

- 나는 내게 속한 힘으로 부당한 명을 거부하겠습니다.

- 한산 영지의 가병이라도 일으키겠다는 말인가.

- 명을 거두십시오.

모대는 성좌를 박차고 일어났다.

- 위사! 왕실의 전군에 비상을 걸어라! 불순한 준동에 응전할 채비를
갖춰라!

백가는 모대를 향해 절했다.

- 명을 받들겠습니다!

진로도 맞불을 놨다.

- 장색! 궁성이 어지러워질 것 같으니 병관부 병력 전원을 대기시켜라. 또한 덕솔 모유^{慕遺}는 한산 영지로 가 본가의 가병들을 무장하라! 때가 화급하다.

- 옛.

도열한 대신들의 울대가 울렁였다. 모대와 진로가 수하들의 무장을 지시했다. 군령만 떨어지면 이 나라는 내홍에 휩싸인다. 결코 달갑지 않다. 같은 일족의 진모달과 진교도 진로의 지시가 내키지 않았다. 진남의 죽음이야 안타깝고 분하다. 그러나 왕실과 전면전을 불사할 수는 없다. 왕실은 예전의 왕실이 아니다. 문주와 삼근처럼 유약하고 간단하지 않다. 수천의 군세와 걸출한 어라하가 있다. 이대로 간다면 공멸. 진씨 산하의 가문들도 각기 불안한 눈빛이었다. 진로의 명을 받든 장색과 모유만 해도 눈동자가 이리저리 바삐 움직였다. 왕가의 측에 선 사약사와 사법명도 전쟁을 바라지 않았다. 군세로 보자면 진이 훨씬 강하다. 아무런 연고가 없는 해례곤과 연돌을 복권하기 위해 어째서 어라하는 무리한 어깃장을 놓는가. 자칫하다가는 순간의 화가 모대를 삼근의 신세로 전락시킨다. 분노로 바들거리는 모대의 아래턱은 금방이라도 군령을 발할 것만 같았다. 사약사는 아찔했다. 막상 전운이 감도니 붉으락푸르락하던 얼굴의 목간나도 긴장된 눈초리로 심호흡했다.

- 어라하, 비빈께서 입시하셨······.

늙은 내관이 말을 채 멎기 전에 편전의 문이 거칠게 열렸다. 이목이 그쪽으로 쏠렸다. 어류과 이요가 거기 서 있었다. 살기가 서려 있던 모대와 진로의 눈빛이 떨렸다. 사나운 남자를 다스리는 것은 항상 여인들이다. 이요는 말없이 모대를 노려봤다. 어륙은 할아비인 진모달에게 매달렸다.

　- 할아버님, 어째서 나라를 파탄 내는 대립을 막지 않으십니까.

　진모달은 말이 궁했다.

　- 나라의 큰 어른으로서 어찌 소임을 다하지 않으십니까.

　손녀의 지청구에 그는 민망한 낯빛을 보이면서도 속으로는 쾌재를 불렀다. 만일 다른 때였으면 아녀자가 국사에 훼방을 놓는다며 크게 나무랐을 것이나 지금은 달랐다. 진모달은 어륙의 말을 받아 모대를 향해 엎드렸다.

　- 어륙의 말씀에 깨친 바가 많사옵니다. 어라하와 한산왕께서는 부디 거친 언사를 삼가십시오.

　- 어라하, 나라를 도탄에 빠트릴 생각이십니까.

　이요의 목소리에는 힘이 실려 있었다. 모대는 이요에게 큰 소리를 낼 수 없었다. 헛기침으로 목소리를 가다듬을 뿐. 진로 또한 이요를 보고 고개를 다른 곳으로 향했다. 대신들은 뻣뻣하게 굳은 몸을 그제야 풀었다. 모대와 진로가 수그러들고 진모달이 먼저 나서니 대신들이 일제히 엎드려 애원했다.

　- 부디 화평으로 나아가소서.

　진정국면을 틈타 진교가 타협안을 제시했다.

　- 해례곤, 연돌, 회매를 복권하되 곰나루 남당에 두지 마시고 외관外官으로 삼으소서. 옛 해씨 본가인 대두성이 황폐하니 해례곤에게 그곳의 성주를 맡기어 나라에 봉사케 하소서. 연돌과 회매는 성좌로 삼으소서. 성주는 족히 덕솔의 벼슬은 되고 성좌 또한 시덕의 분수는 되니 그들의 체면도 살 것입니다.

　모대와 진로 누구의 만족하지 못하는 진교의 제안은 텁텁한 맛이었다. 그러나 그 둘을 제외한 모든 대신들이 제안을 삼키라고 종용했다. 수더분하던 어륙도 물러날 태세가 아니었고, 더군다나 이요의 눈빛이 한여름의 햇볕처럼 강하게 쪼였다. 근왕병에 비상을 걸라는 명을 받든 백가도, 진로의 호령을 받은 장색과 모유도 어정쩡한 자세로 편전과 바깥의 경계에 발을 걸쳐놓고 있었다. 떨떠름한 오랜 침묵이 이어지고 마침내 진로가 고개를 숙였다.

- 해례곤이 남당에 발을 들이는 일은 절대로 있어선 안 됩니다. 그는 종신토록 외관이어야 합니다.

동위의 관등이라고 하여도 남당의 내직과 지방의 외관은 엄연히 격이 다르다. 성주가 덕솔의 관등이라 하나 허울만 좋다. 더군다나 해의 본가였던 대두성은 생쥐조차 굶주릴 만큼 황무하다. 그곳의 백성들이라 봤자 부랑자내지는 늙은 병자들. 모대로서는 썩 내키는 일은 아니었다. 그러나 이미 진로가 물러섰고 사람들의 시선이 쏠리는 와중에 그 말을 퉁겨내기 어려웠다. 해례곤을 기어코 남당에 들이려다가는 정말로 사달이 나는 수도 있다. 모대는 고개를 끄덕였다.

- 해례곤을 대두성의 성주로 삼고 연돌과 회매를 그의 보좌역으로 삼겠소.

대신들은 엎드려 안도의 한숨을 쉬었다.

- 어라하의 영명하심을 찬하나이다.

진로는 건성으로 예를 표하고 편전에서 물러났다. 편전의 밖에는 해례곤과 연돌과 회매가 서 있었다. 묵형을 당한 해례곤의 얼굴이 강렬했다. 진로는 그를 향해 이를 갈았다.

- 너는 죽은 듯 살았어야 했다. 산 자처럼 살고자 한 것을 후회하게 해주겠다.

해례곤은 대답하지 않았다.

요서

　모대는 침전과 연결된 노대露臺로 나왔다. 말간 하늘에 몇 조각 구름이 천천히 지나갔다. 모대는 난간에 기댔다. 깎아지른 잿빛 절벽과 굽이치는 백마강은 한결같았다. 그를 모시는 늙은 내관은 얕게 호흡했다. 금관을 쓴 이가 백마강을 바라보는 일은 얼마나 슬픈가. 권력에 지친 불쌍한 자는 뜻대로 향하는 강물을 굽어보며 시샘한다. 그러다가 칼날에 무력하게 죽어갔지…… 늙은 내관은 두 어라하가 죽는 것을 보았다. 그들이 마지막으로 본 것은 백마강이었다. 모대는 물끄러미 강물을 내려다보았다. 나도 저러하였으면…… 황금의 멍에를 벗어던지고 저것과 같았으면.

　- 문주대왕께서 말씀하셨습니다.

　모대의 뒷모습을 향해 늙은 내관이 말했다. 모대의 시선은 백마강에 머물렀다.

- 곰나루에게 말씀하셨습니다. 너는 왜 왕도가 되었느냐… 풍류의 땅으로 그쳐야 할 땅인데 왜 왕도가 되었느냐. 그리 말씀하시고 우셨습니다.

문주의 무력함이 늙은 내관의 머리에서 생생하게 떠올랐다. 내관은 소매로 눈물을 찍었다. 사내는 늙으면 눈물이 많아진다. 그는 문주의 무력함과 함께 자신의 무력함을 슬퍼했다. 저근이 문주의 목을 내리칠 때 해구의 앞에 굴신한 채 꼼짝하지 못했던 자신의 무력과 비겁. 그 덕택으로 늙어서도 기능하는 몹쓸 숨통이 한심스러웠다. 내관은 소리 내어 울었다.

- 너는 어찌 우는가.

모대는 난간에 의지한 채로 물었다.

- 송구합니다, 어라하…… 늙고 망령된 몸이 예를 잊었나이다. 신도 퇴관해야겠나이다. 어라하를 굳건히 모셔야 할 노복이 도리어 폐만 끼치나이다…….

- 퇴관을 하겠다고. 나도 물러나고 싶다.

모대는 건조한 말씨로 중얼거렸다. 사람의 생에서 느낄 수 있는 슬픔과 분노는 한정돼 있나보다. 마땅히 슬프고 분노해야 할 일이 닥쳐도 더 이상 슬프거나 분노되지 않는다. 내 감정이 이제는 가물었나보다. 다만 지친다. 슬픔과 분노로 해소되지 못한 것들이 주먹과 발길질이 되어 전신을 마구 때린다. 만끽할 수 있는 기쁨에도 한계는 있는가. 내가 가진 기쁨의 끝까지 나아가고 싶다. 그러나 내가 쓴 금관은 그것을 허락지 않으리니……

- 금관을 저 백마강에 버리고 싶어.

모대는 자조했다.

- 영원한 강물에 잠겨버린다면, 그러면 좋겠어.

금관을 벗어 두 손에 들었다. 양쪽에 달린 장식은 빼어난 솜씨로 조각돼 있었다. 타오르는 불꽃같기도 하고 무성하게 피어난 꽃 같기도 하다. 언뜻 보면 봉황이 두 날개를 활짝 펼치고 있고 다시 보면 연꽃이 연못 위에 떠 있다. 예술적인 멍에다. 금관을 받잡은 모대의 손이 경련했다.

- 문주대왕께서도 금관을 벗으셨습니다.

늙은 내관은 몸을 숙인 채로 말했다.

- 대왕께서는 금관을 왕제 전하께 바쳤습니다. 당신을 대신하여 써달라고 간절히 청하였습니다.

모대는 내관을 바라봤다.

- 아버님께서는 뭐라고 하셨나.

- 다시 써라, 문주야.

내관은 입가를 벌리며 웃었다.

- 함부로 할 것이 아니다, 다시 써라. 그리 말씀하셨습니다.

늙은 내관의 입을 빌려 들리는 아버지의 목소리가 모대는 반가웠다. 그는 응석을 부리듯 내관에게 물었다.

- 또. 또 뭐라고 하셨나. 아버지께서 뭐라고 하셨나.

- 산처럼 굳어라, 내 도우리라…….

모대는 웃다가 울었다. 난간에 살포시 이마를 갖다 댔다. 목재의 풋내가 풍겼다. 너무나도 아비다운 말에 모대는 눈물을 참지 못했다.

- 다시, 다시 말해라… 아버지께서 뭐라고 하셨다고.

- 산처럼 굳어라, 내 도우리라…하셨습니다.

- 다시 말해라.

- 어라하…….

- 다시 말해다오.

- 산처럼 굳어라, 내 도우리라.

- 다시…….

- 산처럼…….

같은 말을 읊다가 둘은 함께 울었다. 산처럼 굳어라, 내 도우리라. 모대는 드넓은 편전에 덩그러니 홀로 앉아 초점 흐린 눈으로 아버지의 말을 반복했다. 다시 웃다가 울었다. 아버님, 내가 산처럼 굳을 수 있겠습니까. 억지로 버텨온 세월…… 내가 굳게 나아가 끝내 이기겠습니까. 어느덧 태양은 서산 뒤로 숨었고 자줏빛 어둠이 슬그머니 깔리는 중이었다. 어둠에 몸을 숨기고 흐르는 소리만 내는 백마강을 향해 모대는 그리운 사람을 불렀다. 대답을 얻지 못한 부름은 그대로 강물 위로 떠내려갔다.

사람들은 역적의 땅이라고 불렀다. 대두성. 역적의 피를 먹어 아직도 그 고장의 들풀은 붉은 빛이었다. 심마니들도 대두성의 붉은 풀은 역적의 풀이라 하여 취급하지 않았다. 풀이 길게 자랐다. 해례곤은 연돌과 회매, 오랜 가병들을 이끌고 대두성으로 왔다. 오래 쓰지 않은 성벽의 틈 사이로 질긴 잡초가 꽃을 피웠다. 성문은 허물어져 대두성은 무력하게 아가리를 벌리고 외인의 출입을 허락했다. 사람들은 많지 않았다. 떠날 수 없어 남은 사람들뿐. 그들은 모조리 여위었다. 주먹 굵은 건달배가 임금노릇을 했다. 국법이 죽었다. 해례곤은 법부터 살렸다. 가병의 무장을 벗겼다. 쟁기를 쥐였다. 홀몸인 여인들과 집단으로 혼례를 치르게 했다. 해씨의 장자가 대두성으로 돌아왔다는 풍문은 빠르게 퍼졌다. 그를 흠모하던 떠난 가병과 속민들이 남부여대男負女戴하고 고향으로 돌아왔다. 이따금 장터가 열렸다. 먹고 남는 바가 있다는 뜻이었다. 어려운 사람들끼리라 법제를 엄하게 적용하지 않았다. 성민들은 성주 해례곤도 묵랑墨郞이라 부르며 친근하게 대했다. 그의 얼굴에 새겨진 아픈 글자들을 농으로 삼는 일이니 해구였다면 감히 생각조차 품지 못할 바였다. 밭에는 피를 뽑는 남녀의 손길이 바빴고 늙거나 어린 이들은 한데 모여 짚신을 삼거나 가죽을 무두질했다. 대두성은 다시 힘써 일어났다. 해례곤은 그 풍경이 눈물 차도록 흡족했다.

－남당이 무슨 소용이냐. 이편이 좋다.

해례곤은 아이들의 자지러지는 웃음소리를 듣고 지그시 눈을 감았다. 진로야, 고맙다. 나를 남당에 두지 않아서. 불편한 정치에서 나를 떨어뜨려줘서. 얼마나 기쁘냐. 지키지 못한 속민들을 다시 돌보고 아비의 죄과를 갚으니. 이대로 지내면 족한 분수다. 살살 부는 바람에 한가한 오수나 청할까 했다. 그러나 시절이 그를 그렇게 하도록 두지 않았다. 회매가 급히 그의 앞에 대령했다.

－주공, 곰나루에서 전갈이 왔습니다.

급박한 목소리가 반갑지 않았다. 해례곤은 감은 눈의 한쪽만을 게슴츠레 뜨고 그를 바라봤다. 회매는 말을 이었다.

－어라하의 밀명을 받잡아 요서에 갔던 시덕 비타가 돌아왔습니다.

－내가 알 게 뭐야. 그런 것까지 시시콜콜하게 일러바칠 필욘 없어.

－곰나루로 가셔야겠습니다.

그렇게 말하는 회매의 낯빛이 굳은 터라 해례곤은 연유를 캐묻지 않고 곰나루로 갈 채비를 했다. 연돌과 회매가 따랐다.

남당에는 백관들로 붐볐다. 본디 남당에는 자색 공복을 입고 은화로 관을 장식한 고관들만 임했다. 그러나 이날에는 남당 밖의 돌바닥에도 관리들이 저자처럼 북적이니 중차대한 일이 벌어졌음을 짐작하고도 남았다. 해례곤이 까닭을 주변에 물으려 하였으나 뺨에 새겨진 글자들을 그들이 은근히 꺼리므로 관두었다. 해례곤의 뒤로 두서넛의 관리가 더 들자 늙은 내관이 수탉처럼 목을 길게 빼고 발성했다.

－어라하 납시오!

남당의 밖에 도열한 관리들은 어라하의 모습이 보일 리 없었다. 다만 내관의 목소리를 듣고 어라하가 있음직한 쪽을 향해 절을 올렸다. 반쯤 열려 있던 남당의 문이 활짝 열렸다. 해례곤도 그제야 용안의 윤곽을 희미하게 볼 수 있었다. 성좌에 그가 앉아 있었고 좌우로 좌평과 달솔들이 엄숙히 고개를 숙이고 있었다. 어라하의 음성은 말석의 해례곤까지 제법 또렷하게 전해왔다.

- 시덕 비타가 짐의 밀명을 받들어 요서에 다녀왔다.

어라하를 친견할 기회가 많지 않았던 하급 관료들은 옥음만으로도 목의 근육이 굳었다.

- 요서왕부의 부여력^{夫餘歷}이 비타를 통하여 짐에게 친서를 보냈소.

모대는 비타를 향해 가볍게 고갯짓했다. 그러자 비타가 목을 가다듬고 총기 어린 음성으로 품에서 부여력의 친서를 꺼내들었다. 그를 바라보는 진로는 불편한 눈초리였다.

- 요서왕부의 부여력이 어라하께 문후 여쭈나이다. 바다 건너 먼 땅에 거처하여 알현하지 못하는 불충을 너른 아량으로 용서하소서. 서로는 위나라와 동으로는 고구려와 남으로는 제나라와 닿아 있으니 이는 교통하기는 수월하나 또한 침범을 받기도 수월합니다. 특히 위가 고구려와 통하여 왕부를 경계하고 핍박하니 고난이 많습니다. 더하여 위국의 동태가 심상치 않습니다. 은밀한 준동이 엿보이니 원방의 신하는 두렵습니다. 어라하의 영명하심으로 굽어 살피소서. 금번에 제의 대신 여법량^{呂法亮}이 왕부에 머물다가 시덕 비타가 내방함을 알고 동행하여 어라하 뵙기를 청하였으니, 신이 외람된 주제로 그리하라 허하였습니다. 그는 천자의 막역한 복심이고 대단한 책략가오니 그와 담화하면 큰 이득이 있을 것입니다. 청컨대 내치지 마시오소서. 항시 강녕하옵기를 바라나이다.

왕부의 부여력은 모대의 먼 친척이었다. 모대는 그의 생김새도 목소리도 몰랐다. 부여력도 그럴 것이었다. 비타는 부여력을 귀공자로 묘사했다. 피부가 희고 목소리가 점잖다고 했다. 언변이 물 흐르듯 좋고 기품이 넘친다고 했다. 그는 비타를 후대했으며 어라하께 안부를 전해달라는 말도 빼먹지 않았다고 했다. 비타의 입을 통해 들리는 부여력의 말씨는 세련되었다. 그가 전한 대로 비타는 동행을 궁성에 데려왔다. 그는 제의 조정에서 중서통사사인中書通事舍人의 직을 수행했다. 그 자리는 본디 황제를 지근거리로 보좌하는 미천한 잡인들을 위한 직책이었다. 그러나 천자를 가까이 모시며 말벗을 하고 바둑친구를 하면서 천자를 벗바리로 등에 업고 권력의 칼을 휘둘렀다. 그리하여 그 자리는 품계는 낮되 권세는 삼공三公을 능가했다. 따라서 그 자리에 앉은 여법량은 천자의 벗. 그의 눈썹은 짙고 눈매는 예리했다. 중저음으로 뱉는 화하의 말은 울림이 깊었다.

- 미천한 몸이 감히 천자의 말씀을 전하고자 합니다.

- 그리하시오.

모대는 여법량에게 말하며 시선은 남당의 밖을 바라보았다. 일품 좌평부터 십육품 극우까지 모두 귀 기울이라는 명령이었다. 북적거리며 모여든 백관들은 일제히 남당을 향해 몸을 틀었다.

- 험윤獫狁이 장성을 넘어 하북을 어지럽힌 지 여러 해입니다. 이미 황제헌원黃帝軒轅의 문명은 허물어지고 야만스런 오랑캐의 인습만 가득합니다. 귀국이 비록 동이東夷의 후예로서 역시 화하와 다르나 일찍이 지식과 예의를 깨쳐 이치에 밝고 염치를 압니다. 그러나 험윤은 오로지 칼을 숭상하고 인의 대신 흉포한 힘을 믿으니 폐단이 심합니다.

모대는 웃기만 할 뿐 무어라 대답하지 않았다.

- 천자께서는 본디 화하의 땅에서 험윤을 몰아내고 다시 헌원의 문명

을 되찾고자 하셨으나 저들이 사납고 억세어 쉬 다스리지 못했나이다.

여법량은 여기까지 말하고 모대의 앞에 무릎을 꿇고 절을 올렸다.

- 그리하여 청컨대, 부디 귀국의 용맹한 군대를 아조의 창칼과 합쳐 험윤을 토벌하게 하소서. 그리하여 험윤이 짓밟은 땅에 다시 문명이 꽃 피게 하소서.

- 이른바 원교근공遠交近攻(먼 곳과 사귀고 가까운 곳을 침)과 이이제 이以夷制夷(오랑캐로 오랑캐를 제압함)는 화하의 오랜 수법이 아니오. 지 금 그대의 말 또한 이와 같지 않은가. 험윤을 토평하여 문명을 중흥하 는 것이 아니라 백제와 험윤을 공히 멸망시켜 귀국의 흥성을 도모함이 아닌가.

여법량은 부정했다.

- 그렇지 않습니다. 물론 귀국의 원호는 아조에 이익이 됩니다. 그러 나 이는 아조가 유아독존唯我獨尊을 꾀함이 아니라 험윤의 야만을 무찌 르고 아조와 귀국이 함께 영원한 화평, 영화로 나아감을 원할 뿐입니다.

- 듣기에는 기껍다.

모대는 좌우를 돌아보며 물었다.

- 천자가 여 공을 보내시어 말씀하는데 경들의 생각은 어떻소.

그의 윤허가 떨어지자마자 진모달이 나서서 거센 어조로 떠들었다.

- 결코 아니 되옵니다. 욱리하에 온힘을 쏟아도 겨우 세발솥의 정세 를 버틸 뿐입니다. 게다가 남녘에는 저근의 침미다례가 도사리고 가야 가 위협하니 어찌 바다 건너를 생각합니까. 천자의 말씀을 거스름이 두 렵사오나 본국의 상황은 매우 급박하나이다. 선후를 따져 올바른 결단 을 내리소서.

진모달의 말을 뒤이어 진교를 비롯한 진의 대신들이 줄줄이 똑같이 읊는 것은 익숙한 모습이었다. 모대는 그들의 지껄임이 끝나기를 기다렸다. 그러나 그들의 말이 끝나고서도 소음은 멎지 않았다. 천자의 말을 부정하는 축들은 오로지 진뿐만이 아니었다. 백가도 조심스레 운을 뗐다.

– 내신의 말씀이 지당합니다. 고구려는 사납고 신라는 맹방이지만 미덥지 못합니다. 이런 때에 해외로 군세를 옮길 수는 없습니다.

목간나와 사약사, 사법명 등도 비슷한 의견이었다. 왕당의 대신들 중에서도 시원하게 파병에 찬동하는 것은 달솔 찬수류 정도였다.

– 요서의 왕부도 우덜 백제의 영역인디…… 지금 그짝이 심히 위태론 상태면은 마땅히 군을 보내어 도와부러야 옳지 않겄어라?

남당의 대체가 반대하는 까닭으로 목소리를 크게 할 수는 없었다. 의외의 반향에 모대는 손가락으로 매끈한 턱을 쓸었다. 의외라는 눈빛으로 백가를 바라보자 백가는 당연한 말을 했다는 듯 어깨를 으쓱였다. 모대는 멋쩍은 표정을 지으며 시선을 여법량의 쪽으로 옮겼다.

– 중론이 이러하다오.

– 이는 비단 아조만의 문제가 아닙니다. 요서왕부의 부여력 공이 서신에서 썼듯 귀국의 양군도 자칫하다가는 험윤의 손아귀에 넘어갈 공산이 있어요.

모대가 묻지도 않았는데 여기저기서 목소리가 터져 나왔다. 해외의 작은 땅을 보전하려다 개로대왕의 때처럼 국도를 잃는 수가 있습니다. 요서는 오래 전에 절연했으니 본국의 경계로 보기 힘듭니다. 갖가지 구실들이 쏟아졌다. 여법량은 감당하기 힘든 반론들에 고개를 저었다. 왕당과 진의 대신 모두가 반대하는 상황에서는 모대가 무리하여 여법량의 역성을 든다 하여도 성사되기 어려웠다.

– 어라하, 왕부에 군사를 보내시지요.

남당의 다수에 당당히 맞서는 목소리가 들렸다. 호기로운 의견의 주인공이 누구인지를 확인하기 위해 시선이 그쪽으로 쏠렸다. 가장 목소리가 잘 들리는 쪽의 사람들이 말을 옮겨준 탓으로 남당의 밖에 도열한 이들도 대강의 사정은 짐작하게 되었다. 달솔 찬수류가 아쉬운 소리나마 해보는 상황에서 누가 이토록 분명하게 말하는가. 웅얼웅얼 소리가 흘러나오는 쪽에 귀를 대고 있던 나솔 벼슬의 뚱보가 소스라치게 놀랐다.

- 한산왕이야! 한산왕이 파병을 찬동하였네!

그 한 마디에 일동이 술렁였다. 남당의 안팎이 체면을 잊고 일순 소란스러워졌다. 진의 대신들은 난감한 빛이 또렷이 번졌다. 실컷 고개를 가로젓다가 가주의 말 한 토막에 입장을 급선회할 수는 없었다. 그렇다고 가주의 의견에 가타부타 이르지 않고 침묵을 지키는 것 또한 이치에 닿지 않는 일. 진모달은 속으로 자신의 성급함을 자책했다. 진로는 꿋꿋이 할 말을 이었다.

- 달솔 찬수류의 말대로입니다. 요서왕부 또한 우리의 영역입니다. 욱리하는 가깝다 하여 지키고 요서는 멀다 하여 버리면 먼 지방의 백성들이 남당을 신뢰하겠습니까. 당장 침미다례가 날뛰는 것도 먼 곳을 소홀히 한 탓입니다. 어라하께서는 군을 보내시어 요서의 백성들을 아끼십시오.

찬수류가 진로의 역성을 들고 나섰다. 구도가 이상해졌다.

- 한산왕의 말씀이 맞구먼이라. 어라하께서능 바다 건너로 파병을 결단하셔야 헐 것이요.

가주 진로가 가닥을 잡으니 수족들도 따라갈 수밖에 없었다. 진모달을 비롯한 그들은 방금 주워섬긴 말을 깨끗이 뒤집었다.

- 어라하, 돌이켜 살피오니 한산왕 전하의 진언이 옳습니다. 아뢰옵건대 병마를 보내시어 먼 곳의 백성들을 보살피소서.

- 그리하소서.

백가와 사약사, 사법명, 목간나 등은 여전히 본래의 입장을 견지했다. 여법량은 양측에서 오가는 말들을 예의주시하며 식은땀을 흘렸다. 남당의 고관들이 다투는 꼴을 문 밖의 관리들은 숨죽이며 지켜봤다. 파병을 하든 안 하든 그들이 알 바는 아니었다. 소견을 가져도 말할 위치가 되지 못하니 위에서 결정되는 사안을 따르면 그만. 그들은 다만 자색 공복을 입은 높으신 분네들의 말다툼을 유희를 관람하듯 관조했다. 모대가 개입하지 않고 관망만 하는 와중에 논쟁은 끝을 몰랐다. 왕당이 한데 뭉쳐도 모자랄 판에 마한의 사투리를 지껄이며 열성적으로 진로를 돕고 나선 찬수류의 탓에 백가는 점점 지쳤다. 결국 백가는 모대의 입을 여는 수밖에 없었다.

- 어라하, 남당의 생각이 분분하니 어심을 밝혀주십시오.

그럼에도 모대가 실없는 웃음만 웃자 백가는 고개를 저었다. 모대는 익살스런 낯빛으로 남당을 둘러보다가 성좌에서 몸을 일으켰다. 자색 공복의 가운데를 가로질러가 밖으로 나섰다. 응달에 가렸던 모대의 피부가 부서지는 햇빛을 받아 하얗게 빛났다. 남당의 밖에 도열한 무리들은 그를 향해 머리를 조아렸다. 고급한 자색으로 일관된 남당의 내부와는 달리 그들은 복색이 갖가지였다. 모대는 자신에게 머리를 조아린 이들의 면면을 살폈다. 찾는 얼굴이 있었다. 모대는 그를 쉽게 찾았다. 그의 얼굴이 발하는 진한 먹빛에 모대는 웃음을 흘렸다.

- 대두성주 해례곤.

자신의 이름이 불리자 해례곤은 머리를 바닥까지 조아렸다. 차가운 돌바닥의 기운이 온전히 전해졌다.

- 하문하소서.

- 너에게 묻겠다. 너의 대답이 곧 나의 비답批答이 되리라.

해례곤의 이마는 여전히 바닥에 닿았다. 모대가 물었다.

- 요서를 구해야겠느냐.

- 송구하나이다. 신에게는 중대사를 결단할 혜안이 없나이다.

자색관복들이 날뛰었다. 어라하, 남당의 고견을 충분히 취합하여 결단하소서. 어찌 나라의 명운을 덕솔의 입을 빌려 정하시나이까. 대신들의 소란을 모대는 간단한 미소로 무시했다. 시선은 여전히 해례곤의 입술을 향했다.

- 말하라. 요서를 구해야겠느냐.

- 송구하오나…….

- 하문한 말에만 답하라. 요서를 구해야겠느냐.

해례곤의 입술은 쉽사리 떨어지지 않았다. 모대는 인내를 발휘했다. 날뛰던 남당도, 어라하의 성위에 숨죽인 남당의 바깥도 모두 해례곤의 입술을 바라보았다. 여법량은 진한 한숨으로 기다림에 조급증을 냈다.

- 구해야겠느냐.

해례곤이 마침내 대답했다.

- 구하십시오.

- 요서를 구해야겠느냐.

해례곤은 머리를 한껏 조아렸다.

- 대병을 요서로 보내시어 그곳의 백성을 살피소서!

그것으로 논의는 끝났다. 모대는 여법량을 향해 말했다.

- 백제는 바다 건너로 대병을 보내겠소. 요서를 구원하고 맹방 제나라를 험윤의 이빨에서 구하겠소.

여법량은 감격하여 바닥에 엎드렸다.

- 결단에 몸 둘 바를 모르겠나이다.

- 현명하신 결단입니다.

진로는 비죽비죽 웃었다. 모대는 그 웃음이 불쾌했다. 불쾌한 웃음에 불쾌한 말들이 따라온다는 것을 아홉 해 간의 경험을 통하여 모대는 잘 알고 있었다. 이번에도 틀리지 않았다.

 - 욱리하 전선의 병마를 요서로 이탈할 수는 없습니다.

 - 아조의 병마는 반수 넘게 욱리하에 있소. 각 성의 병마는 반드시 배치되어야 할 최소 병력. 욱리하 전선을 건들지 않고 어찌 바다 건널 병마를 구하는가.

 - 생반의 난을 진압하고 어라하께서 새로이 사천 여의 병마를 얻으셨습니다.

백가를 위시한 왕당의 대신들이 길길이 날뛰었다. 모대가 지리멸렬한 왕가의 군대를 겨우 살려놓았다. 목생반이 역란을 일으키기 직전 왕가의 병마는 삼천 여를 헤아렸다. 이후 나기타를 제압하면서 새로이 병마를 더해 사천오백. 어떻게 얻은 장정들인가. 진로는 그것을 토해내라 겁박한다. 진씨의 사병은 일만이 넘는다. 그 병력은 뒤로 숨기고 근근이 모은 근왕병을 바다 건너로 떠밀려 하니 왕당의 대신들은 그가 괘씸했다. 왕당이 들고 일어났다. 진로의 말을 성토했다. 대응하여 진의 대신들이 그들을 논박하니 다시 남당이 악다구니판으로 전락했다. 시끄러운 소리에 가벼운 두통이 일었다. 모대는 이마를 짚으며 다른 손으로는 그들의 소란을 제지했다.

 - 그만들 하시오. 짐이 결단하겠소.

모대의 눈이 빛났다.

 - 근초고대왕께서 재위하실 적에도 그랬소.

빛나는 눈이 진로를 보았다.

 - 외척 진정眞淨을 조정좌평으로 삼아 내치를 돌보게 하고 당신께서는 밖의 적들을 평정하셨나니. 그래서 우리는 대왕을 군신軍神으로 찬

미하오.

모대는 짧게 쉬고 말했다.

- 나 또한 대왕을 따르겠소.

백가가 간하려는 것을 모대가 가로막았다.

- 대왕께서는 마한의 잔족을 처치하실 때 오로지 근왕병과 근신의 가병만을 동원하셨소. 사사노궤沙沙奴跪와 목라근자의 충직한 가병들이 옥체를 보중했소.

사사노궤는 사씨의 이름난 조상이요 목라근자는 폐족을 백제의 명문으로 탈바꿈시킨 장본인. 익숙한 이름이 불리자 사씨와 목씨들은 결연한 표정을 지었다.

- 너희들도 나를 보중하라! 너희의 조상들이 그랬듯 나를 보중하라!

사약사는 온몸의 털이 곤두서는 것을 느꼈다. 어라하는 가병을 통째로 내어놓으라 한다. 시시각각으로 바뀌는 살얼음판에서 병력은 목숨을 보전하는 가장 확실한 방편이다. 이런 가병을 털어내어 바다로 내몰라 함은 목숨을 바다로 던지라는 소리랑 다르지 않다. 그럴 수는 없다. 사약사가 대록대록 눈알을 굴리는 동안 사법명이 치고 나섰다.

- 어라하의 뜻대로 하소서.

사약사가 사색이 되어 점잖게 그를 다그쳤다.

- 이보게, 조카님!

사법명은 담 작은 숙부를 외면했다.

- 신 사법명, 사씨의 모든 가병을 어라하의 뜻대로 하겠나이다.

목간나도 가슴을 두드리며 장중하게 말했다.

- 어라하께서 생반을 정벌하지 않으셨으면 신의 가문은 오욕을 당하고 그대로 멸문의 화를 입었을 것인즉, 어찌 신의 가병을 어라하를 위하여 쓰지 않겠습니까. 뜻대로 하소서.

- 든든하다. 너희의 말이 고맙다.

모대는 진로를 보았다.

- 나는 군신을 따르겠소. 사법명은 사사노궤를, 목간나는 목라근자를 따르기로 했소. 그대는 진정을 따르시구려.

진정은 조정좌평으로 열세 해 간 집정했다. 근초고대왕은 내치보다는 외정에 공을 들였으므로 자주 부재한 성좌를 그가 대리했다. 그러나 본성이 포악하고 사람들을 유희로 해치니 민심이 어지럽고 그를 탄핵하는 목소리가 드높았다. 결국 고심 끝에 근초고대왕은 그를 경질하고 진씨를 권세의 중심에서 이격시켰다. 모대가 진로에게 진정의 이름을 들먹이는 것은 공공연한 모욕이었다. 진정을 따르라. 더러운 최후를 맞으라. 사소한 도발에 눈을 뒤집을 만큼 진로는 어수룩하지 않았다. 가벼운 고갯짓으로 그 말을 흘렸다.

- 군신을 따르시겠단 말씀은 친히 요서를 구원하시겠다는 뜻이신지.

- 그렇소.

제멋대로 말을 주워섬기는 모대에 백가는 경악했다. 그간 모대는 돌발한 수로 난국을 타개했지만 이번만은 다르다. 바다를 건너는 것부터가 해풍과 파도와의 전쟁이다. 무사히 상륙해도 험윤의 사나운 창칼과 맞부딪혀야 한다. 중원의 전장은 삼한보다 넓다. 용력을 자랑하는 모대라도 승리를 장담할 수 없을 터. 수많은 병마들을 먹일 양초를 요서왕부가 아니면 제나라에 의지해야 하는데 이 둘은 완벽한 맹우가 아니다. 수가 틀리면 보급을 차단당하고 창칼이 아니라 주린 배를 부여잡고 죽는 수도 생긴다. 사람의 일이란 위험할수록 이익이 많지만 이번은 위험하기만 하고 이익은 없다. 또한 근왕병과 사씨·목씨의 가병을 모조리 동원하면 힘의 공백이 생긴다. 헌데 스스로 원정을 자처하여 성좌를 비우겠다니. 진로가 반역을 도모한다면 왕당은 무력하리라. 불가하다. 만용이다.

- 어라하!

모대는 백가에게 발언권을 주지 않았다.

- 이미 결단을 내렸다. 더 논하지 말라.

백가는 멍한 눈이었다.

- 어라하…….

모대는 그에게 잠깐의 시선을 던졌다가 다시 거둬들였다. 모두 모대
의 말에 고개를 숙였다. 진로도 침묵했다. 자진해서 죽을 곳을 찾아 걸
어 들어간다는데 말릴 생각은 없었다. 모든 것이 모대의 뜻대로 이루어
졌다. 거두어진 시선에 백가도 입을 다물었다. 백가는 도저히 납득하지
못했다.

사천오백의 근왕병 중 삼천이 동원되었다. 사씨 가문의 가병 이천 중
에서 천 여가 징발되었다. 목씨 가문은 오천 중에서 삼천을 원정에 동
원했다. 백씨에서는 퇴역한 백문이 반발했지만 젊은 가주 백가의 주장
에 따라 삼천 중에서 이천을 투입했다. 왕가에 귀부한 마한의 군소 가
문들도 저마다의 형편을 고려하여 무장한 병력과 일정한 물자를 보내
왔다. 해례곤은 대두성의 전 병력을 내주었다. 사랑하는 묵랑을 위해
원정에 자원하는 백성들이 있으므로 수효가 적지 않았다. 원정군은 일
만을 헤아렸다.

- 요서는 멀고 먼 땅. 원정은 한 해를 꼬박 넘길 것이오.

모대가 진로에게 말했다.

- 행궁行宮(임금이 궐 밖에 거처할 때 마련하는 임시 궁궐)을 설치하
소서.

- 곰나루 법궁法宮은 한동안 병관의 차지겠구려.

농조였으나 불편한 경계심이 숨은 말. 진로는 슬그머니 웃었다. 희미

한 웃음이 모대를 더욱 불편하게 했다.

- 잘 맡아두겠습니다. 어라하께서 돌아오실 때까지…….

전쟁의 전야는 들떴다. 군부의 수뇌들은 전장으로 내몰리는 병졸들의 두려움을 씻기 위해 전야에는 모든 쾌락을 허한다. 요서로 원정을 가는 그들을 용사니 충의지사니 기꺼운 말들로 추켜세운다. 더불어 진하게 고기국물을 우려 말캉한 비계나마 배불리 먹게 해준다. 걸쭉한 탁주로 그들을 몸을 데운다. 그들의 마음을 두렵지 않게 한다. 유곽의 창녀들을 불러다가 병졸들의 충만한 양기를 보양한다. 곰나루는 새벽이 되도록 아우성이 끓는다.

- 너도 함께 가는 게 좋겠어, 이요.

모대는 벗은 몸으로 이요의 위에 올라탔다. 이요도 벗었다. 원정은 지루하게 이어지리라. 부재의 기간이 길수록 이요가 불안하다는 것을 모대는 알았다. 그러나 이요는 완강히 고개를 저었다.

- 곰나루에서 어라하를 기다릴래요.

- 위험해.

- 저마저 이곳을 비울 순 없어요. 왕의 사람이 궁궐을 지켜야 해요. 제가 적임이에요.

모대는 대답 대신 이요의 하얀 목에 입을 맞췄다.

선봉 주장 달솔 찬수류 부장 한솔 양무 이천오백.

좌익 주장 덕솔 해례곤 부장 시덕 회매 일천오백.

우익 주장 좌평 목간나 부장 시덕 비타 일천오백.

후군 주장 달솔 사법명 부장 시덕 연돌 일천오백.

중군 주장 어라하 부여모대 참군 시덕 고이해 삼천오백.

모대는 스스로 마련한 군진을 제시했다. 좌장 관정이 나서서 물었다.

- 위사 백가를 대동하지 않으십니까. 옥체를 보중하는 것이 그의 책

무입니다.

- 국도를 보위하는 것 또한 위사의 일. 짐은 짐이 스스로 지킬 것이니 위사는 국도를 보위하도록 하라.

백가는 읍하며 받들었다. 마음 한구석이 허전했다. 이것이 마땅하다. 어라하가 외방으로 친정을 떠나면 버금가는 권신이 국도에 남아 내정을 수습하는 것이 맞다. 허나⋯ 나는 권신보다 그의 가까운 벗이 좋다. 함께 바다의 짠 내를 맡고 적병의 피를 뒤집어쓰고 악전고투하고 싶다. 이것은 내가 원하는 바가 아니다. 목간나를 남기고 나를 데려갔어야 옳지 않은가. 백가는 모대를 올려다보았다. 그는 전장에 나서는 이들과 백마를 잡아 그의 피를 삽혈했다. 그의 입술에 번지는 핏빛에 백가는 저도 모르게 손가락으로 입술을 쓸었다. 메마른 느낌. 모대는 갑주를 입고 역시 마찬가지로 갑주를 입은 이들을 대동하여 곰나루를 빠져나갔다. 군마들이 그의 뒤를 따랐다.

거대한 황룡기가 높이 치솟았다. 출정이었다.

이백 여 척의 함선에 일만의 군세가 나누어 탔다. 모대의 전함은 거대하고 안전했다. 황금빛 휘장을 두른 삼층 누각에 앉아 모대는 술을 마셨다. 바다는 끝없이 푸른 수평이었다. 가고 가다보면 물이 끝나고 높고 낮은 뭍이 나온다. 그곳에서 내 타고난 숙명이 나를 맞이하리니. 이요의 품처럼 따뜻하고 향기로울까. 진로처럼 영악하고 사나울까. 술을 마시고 느른한 몸에 힘을 풀었다. 낯설고 낯선 땅. 왜에서 백제로, 백제에서 요서로. 낯섦으로의 여정은 항상 긴장되었다.

- 쪼까 무서우시제라.

익숙한 목소리에 모대는 편하게 웃었다. 이 남자, 내가 태어날 때부터 지금껏 그대로인 남자. 왜에서 함께하고 백제에서 함께하고 이제는 요서에서 함께할 남자. 자연한 안도감에 모대는 다시 웃었다.

- 말대인이 다 이겨줘요. 내가 가기도 전에 선봉의 말대인이 나서서 쑥밭을 만드세요……

- 지만 믿으시란게요. 오시넌 길은 다 닦어놓을 텐게 어라하께서넌 꽃구경이나 함서 오소.

모대는 찬수류의 손을 맞잡았다. 늙을 대로 늙은 맥박이 힘겹게 뛰었다. 목에 무언가 걸린 듯 먹먹한 기분에 찬수류는 고개만 끄덕였다. 대륙의 끝에 거의 다다랐다. 긴 항해에 몸이 고단했다. 찌뿌듯한 사지를 기지개 켜며 일렁이는 바다에서 판판한 대륙으로 운신할 준비를 했다. 갑판에 나와서 뭍을 바라보는 모대의 낯이 구겨졌다. 그보다 시력이 좋은 병졸들은 진즉 저들끼리 웅성거렸다. 대륙보다 가까이 어떤 것들이 있었다.

- 고구려의 주사입니다, 어라하.

찬수류는 주름이 빽빽한 이마를 짚었다.

- 씹어 먹을 것들. 왜 쩌그다 진을 쳐놓고 지랄이여.

고구려의 글씨가 펄럭이는 깃발들이 해안을 봉쇄했다. 그들은 적은 수효가 아니었다. 모대의 선단보다는 규모가 작았다. 그러나 모대는 황해를 쉬지 않고 건넜다. 그들은 요서와 이웃한 반도의 남단이자 고구려 주사의 본부가 있는 비사성에서 출정했을 터. 아직 기운이 생생하다. 그들과 일거에 맞닥뜨린다면 승리는 거둘지언정 상륙도 하기 전에 막대한 피해를 감수해야만 한다. 더군다나 고구려 주사는 껄끄러운 이가 사령한다.

- 태대사자 을길이 어라하를 뵙소.

고구려의 전함이 모대에게로 바짝 다가와 말을 걸었다. 모대는 얼굴이 굳었다.

- 길을 터라, 을길. 이번 출정은 고구려와 무관하다.

을길은 이죽거리며 받아쳤다.

- 어라하의 출정이 아조와 관계가 있고 없고는 어라하의 소관이 아니오. 아조의 대왕께서 결정하실 일이지. 대왕께서는 깊이 관여하기로 결심하셨소.

- 칼날을 맞대는 것은 욱리하로 족하다. 강병들이 즐비한 화하에서까지 구태여 맞설 까닭이 있는가. 우리는 험윤을 토벌하러 왔다.

물돼지는 코웃음 쳤다. 모대는 불쾌했다.

- 위국은 우리의 오랜 혈맹이오. 어라하는 요서왕부와 어라하의 혈맹인 제국을 구원하러 오지 않았소. 우리도 우리의 혈맹을 구원할 것이오.

- 너의 병법이 출중하다지만 우리의 선단을 네가 당하겠느냐. 너희의 세력쯤은 족히 짓누른다.

칼날 같은 해풍이 을길과 모대의 사이에서 불었다. 모대는 대담하게 을길을 겁박했지만 내심 불안이 번졌다. 을길은 껄끄러운 상대다. 모대의 위세에도 을길은 위압되지 않았다. 도리어 먹잇감의 도발을 받은 맹수처럼 으르렁거렸다.

- 백제가 바다를 벗하는 나라라 하나 나의 주사 또한 강병이니 승부는 결착이 나야 알 수 있을 것이오.

모대는 참군 고이해에게 명하여 진형을 이루게 했다. 을길 또한 본진으로 돌아가 그에게 대항했다. 시위를 팽팽히 당긴 사수들의 팔뚝이 저려왔다. 서로의 배를 불사르기 위한 수백 개의 불화살이 하늘에서 꽃처럼 피어났다.

- 쏴라!

을길이 선수를 쳤다. 개전에 미온적이던 모대가 먼저 당했다. 일제히 날아드는 화시들에 백제의 사수들은 본능적으로 시위를 놓았다. 받은 만큼의 화살을 되돌려주었다. 어지럽게 오가는 불화살을 맞고 몇몇이 찬 바다에 수장되었다. 모대가 있는 누각을 향해 무수한 화살들이 쏟아졌다. 근위들은 사각방패를 겹겹이 둘러 어라하를 보위했다. 모대는 입술을 깨물었다. 난전은 양측에 모두 막심한 피해를 안길 것이다. 고구려의 몽충艨衝(적 함선에 직접 충돌하여 파괴하는 대형함선)들이 선두의 백제 함선을 무자비하게 당파撞破(부딪혀 깨트림)했다. 백제의 몽충이 이에 응수하니 양측의 경계는 난잡하게 얽혔다. 전몰을 각오한 듯 물돼지는 사납게 달려들었다. 바다가 익숙하지 않은 몇몇은 싸움은커녕 당파로 심하게 요동치는 선상에서 맑은 토사물을 뱉느라 여념이 없었다. 그러다가 눈먼 화살을 맞고 바다에 부유하는 토사물 위에 몸마저 빠트리고 말았다. 그런 개죽음이 곳곳에서 흔하게 벌어졌다. 모대도 난간을 부여잡고 목청껏 호령했다. 물돼지의 살진 몸도 좌우로 휘청거렸다. 군략이 소멸하고 무자비한 살육만이 물 위의 전장에 남았다. 주먹곤죽이 되어도 주인의 호령이 떨어지기 전에는 깨문 도둑을 놓지 않는 맹견처럼 물돼지는 끈질기게 모대를 물고 늘어졌다. 숱한 고구려의 전선이 침몰해도 물돼지는 수하들에게 공세만을 주문했다.

- 을길! 정녕 물귀신이 되려는가!

바다의 짠 내와 피의 비린내를 맡으며 모대는 을길을 향해 외쳤다.

- 나를 죽여 어라하를 수장시킨다면 값있는 죽음이 아니겠소! 당신의 손에 죽어간 사내의 미망인들이 물귀신이 된 을길에게 제삿밥을 던져주지 않겠소!

을길의 대장선이 날랜 기동으로 모대를 향해 근접했다. 재빠른 속도에 모대의 누선 주위에 있던 전선들은 그것을 제어하지 못했다. 을길의 전함은 선수의 하부에 박은 철심이 모대의 누선을 거세게 타격했다. 거대한 선체가 기우뚱했다. 모대를 보위하던 근위 몇몇이 갑판에 나뒹굴었다. 고구려의 수졸들이 모대의 전선에 갈고리와 교량을 걸었다. 용맹한 몇몇이 메뚜기처럼 누선으로 뛰어 올랐다. 선상의 백병전에서 백제의 몇이 죽고 고구려의 몇이 죽었다. 먼저 나선 몇몇이 죽어준 덕에 용기를 얻은 고구려의 수졸들이 넘어왔다. 백제의 기세가 눌렸다. 억센 고구려의 발자국들이 모대의 누선을 범했다. 마침내 모대도 환두대도를 빼들었다. 어라하의 금제 미늘갑주를 보고 달려드는 이들을 베었다.

- 어라하와 칼을 섞다니, 이거 황공하외다.

졸개들과는 다른 무게가 모대를 압박했다. 야만스럽도록 거친 박도^朴^刀. 모대는 환두대도를 쥔 손에 더욱 악력을 가했다.

- 네놈, 을길……

박도와 환두대도가 맞부딪히며 쇳소리를 냈다. 근위들은 저마다의 적을 떠안아 어라하를 보위할 여유가 없었다. 찬수류도 이따금 모대에게로 시선을 흘긋흘긋 줄 뿐 저에게 날아오는 칼날을 쳐내느라 분주했다. 물돼지의 박도는 무거우면서 날랬다. 질리도록 몰아치는 물돼지에 모대는 진저리가 났다. 코앞의 뭍을 두고 어찌…… 모대가 물돼지와 얽히는 와중에도 숱한 백제의 강병들이 누런 바다에 송장으로 내던져졌다.

- 그만 족하고 너희의 땅으로 돌아가라.

- 어라하의 수급이 내 앞에 있는데 어찌 족함을 알리오.

- 방자하다. 네가 내 수급을 취하겠느냐.

- 너무 젊음을 믿지 마시오. 끓는 혈기는 강하면서도 서투르니.

박도와 환두대도가 다시 여러 번 몸을 섞었다. 을길은 물러날 태세가 아니었다. 그때 고구려의 후미에서 긴 고둥소리가 울렸다. 주사의 으뜸인 을길이 군령을 발하지 않았음에도 고둥이 울리는 것은 돌발한 사달이 그쪽에서 일었다는 뜻이었다. 을길이 후미에 신경이 곤두선 틈을 타 모대가 그를 맹렬하게 몰았다. 환두대도는 사나운 소리를 발했다.

- 나와 싸우기로 했다면 나에게 힘을 온전히 쏟아야 살 것이다.

그러나 을길은 그럴 수 없었다. 나팔소리는 불안하게 연달아 울렸다.

- 당신의 수급은 훗날에 취하리다.

육중한 물돼지의 몸뚱이가 급히 물러났다. 모대는 쫓지 않았다. 대장의 도주에 당황망조한 졸개 몇을 가볍게 벤 찬수류가 손차양을 만들어 나팔소리의 음원을 향해 시선을 보냈다. 그는 실없는 웃음을 흘렸다.

- 오호라… 요서왕부가 어라하를 위해서 꽃가마를 보내브렀어야.

꽃가마라는 찬수류의 비유가 절묘하여 모대도 웃었다. 요서의 뭍에 정박했던 배들이 움직였다. 왕부가 움직였다. 규모가 컸다. 모대에게 온힘을 쏟던 을길의 뒤를 덮쳤다. 연약한 후미를 파고드는 왕부의 전선을 보고 고구려의 사졸은 짧은 호흡으로 긴급한 고둥 소리를 거듭 울렸다.

- 요서를 얕봤을 것이다. 고약한 물돼지는.

고구려의 주사는 동북방의 비사성卑沙城으로 물러났다. 을길은 등을 돌리며 말을 남겼다. 다음번에는 대왕께서 어라하를 맞을 것이오. 잘하시오. 모대는 고개를 저어 그 말을 떨쳐냈다. 선수에 용을 조각한 전선이 모대의 누선에 다가갔다. 먼 곳에 사는 나의 핏줄. 모대는 가슴이 뛰었다.

- 요서의 부여력이 어라하를 뵙습니다.

부여력은 선상에서 모대를 향해 절을 올렸다. 모대 또한 손을 포개고 고개를 숙였다. 촌수로 따지면 부여력이 손위였다. 그는 화하의 복식을 했다. 이국의 동포는 그곳의 방법으로 살아가고 있었다. 부여력은 모대의 전선으로 넘어와 다시 절을 올렸다. 모대가 그를 일으켰다. 그에게서는 진한 향기가 끼쳤다. 짧게 기른 턱수염이 아름다웠다. 부여력은 왕부의 수하들을 부려 본국의 손해를 수습하고 그들을 뭍으로 인도했다.

요서군은 대처였다. 벽돌을 촘촘히 쌓은 성벽과 깊은 해자는 사나운 위국의 정병일지언정 함부로 범하기 어려웠다. 물산 족하고 상인들이 물건을 거래했다. 요서와 진평 양군을 지키는 병력은 일만을 헤아렸다. 그들의 눈은 모두 빛났다. 그럼에도 부여력의 얼굴은 그늘졌다.

- 내홍을 잠재운 위국이 우리를 넘보고 있습니다.

그의 목소리도 그늘졌다.

- 지금 위국은 태후 풍씨馮氏가 다스리고 있습니다. 여걸이죠. 잔혹한 술수로 권력을 틀어쥐고 위국을 강국으로 이뤘습니다. 태후에게 우리는 눈엣가시입니다. 맹방 고구려의 사이에서 걸림돌이 되고 또한 불구대천지수不俱戴天之讎인 제와 긴밀히 교통하니까요. 수십만을 헤아리는 병사들이 눈을 번뜩이고 있습니다.

요서까지 모대를 수행한 여법량이 말을 더했다.

- 천자의 강병들도 험윤을 쉽게 다스리지 못합니다. 허나 이번에 어라하와 힘을 합친다면 충분히 도모할 수 있습니다. 천자께서 대장군 진현달陳顯達로 하여금 어라께 힘을 더하시니 사나운 험윤이라도 끝내 복종할 것입니다.

- 위국의 병마는 누가 사령하는가.

- 정동대장군征東大將軍 유창劉昶과 진원장군鎭遠將軍 설진도薛眞度입니다.

여법량은 유창과 설진도에 대한 설명을 곁들였다. 유창은 본디 소씨 제나라가 성립하기 전 강남을 지배했던 유씨劉氏 송宋나라의 왕족이었다. 그런데 그의 조카가 새로이 천자에 등극하면서 위엄을 떨친다는 셈속으로 숙부인 유창을 공격했다. 유창은 부득불 송조에 반기를 들다 패배하고 위나라로 망명했다. 위에서는 그를 단양왕丹陽王으로 봉하고 후대했다. 남쪽의 지리에 밝고 인품과 명망이 좋아 사람들이 따랐다. 강남의 지리와 풍습에 밝고 병법에 일가견이 있으며 사람을 다스릴 줄 아는 위인이니 녹록한 적수는 아니라고 여법량은 조언했다. 양평공陽平公 설진도는 불세출의 명장 설안도薛顔度의 친척으로 가문의 명성에 걸맞은 무재라고 했다. 여법량은 장광설을 동원했지만 결국 간단히 말해 그들은 강적이었다. 부여력의 말씨에는 긴박한 마음이 이따금 묻어 나왔다.

- 위국과 왕부의 국경에서 병마의 준동이 뚜렷이 늘었습니다. 우리의 상단이 국경을 넘나드는 절차가 까다로워졌습니다. 그들이 보고 들은 바를 신에게 일러주었사온데 전쟁이 일어난다는 풍문이 파다하다고 했습니다.

여법량이 말했다.

- 근자에 아조와 험윤이 사신을 왕래하며 화호를 약속했습니다. 음험한 풍씨가 우리를 붙들어놓고 그들의 국도인 평성坪城과 가까운 백제를 토벌한 후 아조와의 결전에 전심을 다하려는 포석이 분명합니다. 이를 짐작하신 천자께오서 귀국과 힘을 합쳐 험윤을 토평코자 하는 것입니다.

- 고구려를 잊으셔서는 아니 됩니다.

뒤에서 들리는 목소리에 모대는 고개를 돌렸다. 함께 배석한 부여력, 여법량의 시선도 그쪽으로 갔다. 품계가 낮아 자리에 앉지 못하고 기립한 무리에서 고이해가 앞으로 나섰다.

- 을길이 말하지 않았습니까. 거련이 이 전쟁에 관여하기로 결정했다고.

거련의 이름자는 모대에게 자연적인 거부반응을 불러일으켰다.

- 거련마저 뛰어든다면⋯ 이 전쟁은 화하와 삼한의 명운을 결정짓는 일이 될 것입니다. 어라하께서 이기시면 요서와 욱리하를 지키게 되고

패배하시면 뺏기게 되는 것입니다.

백제와 고구려, 위와 제. 누구에게는 미소 짓고 누구에게는 사납게 으르렁거릴 명운은 요서를 향해 느린 걸음으로 다가오고 있었다. 어쩌면 달음박질쳐 오는지도 몰랐다.

평성, 위의 국도. 옛 전국칠웅戰國七雄 중 하나였던, 삼국시대에는 조씨曹氏의 국호였던 위魏라는 이름은 화하의 식이었다. 그러나 국호와는 달리 그들의 기원은 북방의 이민족이었다. 탁발씨의 선비족속. 그렇기에 그들의 국도인 평성은 북방의 시원한 기풍과 화하의 얌전한 대기가 어우러졌다. 위는 대국이었다. 강역의 넓음으로만 보자면 소씨 제나라가 탁발씨 위보다 우위에 있었으나 장강의 남쪽은 늪지와 사나운 도적이 들끓었다. 곡식 알차게 여물고 문화 융성하니 화하의 대국을 꼽자면 선비족속의 위나라가 온당했다. 동서남북으로 드넓고 비옥한 땅을 통치하는 이는 여인이었다. 망국의 왕녀였던 그녀는 빼어난 미모로 황실의 간택을 받았고 마침내 무소불위의 권력을 휘어잡았다. 태후 풍씨.

- 백제왕이 바다를 건넜다고?

사실을 되묻는 음성은 차가웠다. 이미 중병으로 파리한 낯빛의 그녀는 까다로운 적수의 출현에 신경을 예리하게 벼렸다. 그녀의 심기를 거스르면 혹형을 면치 못함을 아는 대신들은 고개를 더욱 깊이 조아렸다. 백제는 위국에게 변방이었으나 그녀는 항상 그 나라를 염두에 두고 있었다. 국도 평성과 지척에 버젓이 병마를 기르고 왁자지껄하게 장터를 여는 나라였다. 요서의 주인을 자임하는 부여력이란 작자도 까다로웠다. 그런데 이번에 그의 왕이 친히 군사를 이끌고 바다를 건넜다니. 소식을 전하는 대신의 목소리는 가냘프게 떨렸다.

- 소색의 충복인 여법량이 꾀어냈습니다.

병색을 감추기 위해 분을 하얗게 칠한 태후의 피부가 경련했다. 백제왕과 그가 이끄는 일만의 병력은 당연히 전쟁을 각오했을 터. 여법량이 동행했다면 칼끝이 향할 곳은 바로 나의 심장이다. 알 굵은 가락지를 낀 태후의 손가락이 저도 모르게 여윈 가슴께를 쓸었다.

- 두려워할 까닭이 없습니다. 우리는 요서를 정벌하기 위하여 단양왕에게 강병을 맡겨두었으니 설진도와 더불어 정벌케 하면 됩니다. 태후께서는 변방의 작은 소란을 염려치 마소서.

황실의 일족이자 명망이 높은 임성왕任城王 탁발징拓拔澄이 듣기 좋은 말을 해주었다. 그녀는 낯빛을 다스렸다.

- 백제도 그렇지만 화호의 맹약을 맺은 소색이 괘씸히 백제와 다른 뜻을 품다니… 용납할 수 없다. 유창으로 하여금 요서를 무너뜨리고 곧장 건강建康(남제의 국도)까지 쳐들어가리라.

탁발징은 태후의 앞에 납작 엎드렸다.

- 그리하소서.

권좌에 앉은 여인이 결심하자 뒷일은 속행되었다. 태후 풍씨는 유창을 정동대장군으로, 설진도를 진원장군으로 하여 마군 이만과 보군 십만, 도합 십이만의 대병을 요서로 보냈다.

- 화하는 땅 크고 바다도 넓더니 사람도 많다.

모대는 눈을 지그시 감고 웃었다. 위의 십이만 대병은 사람들의 입소문을 타고 이십만 대군, 백만 대군의 과장을 얻어 요서로 전해졌다. 좌중은 허탈하게 웃었다. 터무니없이 많은 수효에 허탈한 웃음만 나왔다. 위국의 소식을 전달한 전령이 물러나자 다른 전령이 모대의 앞에 대령했다. 모대는 감은 눈의 한쪽만 뜬 채 전령을 바라보았다. 전령의 표정은 어두웠다. 모대는 다시 눈을 감았다.

- 네가 전할 말은 무엇이냐.

- 고구려의 거련이 철기 삼만을 이끌고 요하遼河(요동과 요서의 경계

를 흐르는 강)를 건너 요서를 향해 오고 있습니다!

모대는 함께 자리한 여법량을 바라봤다.

- 그렇다는군. 귀국은 아조를 도울 준비가 되었소?

- 응당 도울 것입니다.

요서로 몰려오는 적들의 발굽소리가 울리는 듯했다. 모대는 욕지기를 느꼈다. 그러나 두렵지만은 않았다. 전율이 그를 스쳤다. 십만이든 백만이든 와라. 팔 벌려 맞이하리라. 찬수류의 늙은 손이 모대의 손을 쥐었다. 둘은 눈을 맞추고 가볍게 웃었다. 전투가 아닌 전쟁이다. 전술이 아닌 전략으로 맞설 때. 이 전쟁이 화하와 삼한의 명운을 가른다. 나와 내 나라, 또한 백성을 기쁨으로, 혹은 슬픔으로 이끈다. 모대가 자리에서 일어났다. 그를 따라 백제의 장수들도 일어났다. 모대는 그들의 얼굴을 보았다. 찬수류. 사법명. 목간나. 고이해. 비타. 연돌. 양무. 그리고 해례곤. 그의 먹빛 얼굴을 보며 모대는 크게 숨을 쉬었다.

위국의 십이만 군대는 정동대장군 단양왕 유창과 진원장군 양평공 설진도가 사령했다. 그들의 밑으로도 쟁쟁한 면면들이었다. 양주자사楊洲刺史 광릉후廣陵侯 탁발연拓拔衍, 태후와 황제 탁발굉의 총애를 한 몸에 받는 명장 좌위장군左衛將軍 위락후尉洛侯 우열于烈, 관록의 무장인 진주자사秦州刺史 역양자易陽子 유조劉藻가 따랐다. 모두 독자적으로 군단을 이끌 수 있는 능력과 명망과 벼슬이 있는 이들이었다. 그들이 둘러앉은 원탁에는 범접하기 어려운 기운이 뻗쳤다.

- 백제의 요서는 큰 골칫거리였소. 치세에는 기발한 수완과 장삿속으로 나라의 물산을 좀먹더니, 이제는 본국의 수괴가 바다를 건너는 수고를 하면서까지 병마를 이끌고 와 아조를 위협하다니.

단양왕 유창의 어조는 느릿하고 무거웠다. 그의 눈꺼풀에는 세월의 무게가 앉아 있었다. 풍성한 흰 수염은 그의 기품을 더욱 높였다.

- 그러나 지금에 이르러 태후께서 십만 대병을 단양왕 전하께 내주었으니 그들의 목숨도 이제는 경각에 달렸지요. 그들이 무슨 수로 전하를 막겠습니까.

진원장군 설진도의 목소리는 확신에 차 있었다. 유창은 느리게 고개를 저었다.

- 백제왕은 무용이 절륜하고 병법에 밝으니 쉽게 봐서는 안 되네.

- 십만 대병을 손에 쥐고도 우는 소리를 하십니까, 단양왕.

반항기 어린 목소리가 좌중에서 튀어나왔다. 유창의 뼛성 돋은 시선이 소리의 근원을 향했다. 광릉후 탁발연. 혈기가 충만한 젊은이는 늙은이의 신중함이 못마땅한 법. 탁발연은 젊은이였다. 성정이 급한.

- 목숨이 오가는 전쟁은 신중해야 하는 법일세.

- 재빠르지 않으면 죽고 마는 게 또한 전쟁이지요.

- 백제왕은 강적일세.

- 손바닥만 한 삼한에서 날고 긴다 해도 화하에서는 비적 우두머리에 불과합니다. 하잘 것 없는 무명에 떨 필요 없습니다. 소장에게 선봉을 맡기십시오. 사람 목숨을 귀히 여기는 전하께서 사람 죽는 꼴을 목도하지 않게 해드리죠. 전하께서 요서에 왔을 땐 동이의 족속은 다 죽고 없을 터이니.

진원장군 설진도가 그를 점잖게 달랬다.

- 말씀을 점잖게 하시게.

물꼬를 튼 젊은이의 목소리는 오히려 더 거세게 울렸다.

- 고구려왕이 삼만 군마를 이끌고 오고 있습니다. 그들의 예봉에 선 철기는 요서까지 한달음에 올 겁니다. 개전의 영광을 오랑캐의 손에 쥐여 주시렵니까. 지금 전하께서 주저하는 동안에도 거련은 거침없이 내달리고 있단 말입니다!

유창은 권태로운 눈빛으로 그의 폭거를 관조했다. 탁발연은 용맹하나 성질이 급하다. 인정을 두지 않고 약한 적을 함몰하는 데는 최선이지만 적이 강하고 교묘하다면 쓰지 말아야 한다. 유창은 탁발연이 저렇듯 망동하는 데는 또 다른 이유가 있음을 잘 알았다. 탁발은 황실의 성씨. 위국에서 가장 높은 가문이다. 가장 고결한 핏줄을 타고난 저 젊은이는 자신이 이성異姓의 누군가에게 존대어를 쓰는 것부터가 못마땅할테다. 유창은 송의 폐족으로 목숨을 구제하기 위하여 도망 온 망명객일뿐이다. 그런 주제로 왕의 봉작을 받고 위국의 대병을 사령한다. 게다가 진공을 주저하니 탁발연은 답답증과 울화가 치미는 것. 유창은 낮게신음했다. 얼마 전 탁발연이 황제 탁발굉에게 후侯가 아닌 왕의 봉작을청원했다가 매몰차게 거절당한 일을 떠올렸다. 그러니 유씨 성의 주제로 봉왕의 은덕을 입은 유창이 더욱 미울 터.

- 고구려가 백제를 먼저 친다면 그것이야말로 이이제이라. 우리의 병마를 다치지 않고 적을 제압하는 것일세. 병법 중에서 상책이다. 어찌광릉후는 상책을 버리려 하는가.

- 대국의 격이 떨어지질 않습니까. 더 머뭇거리지 마시고 소장에게선봉을 맡기십시오.

- 병마가 많으면 그만큼 많은 양곡을 먹네. 무작정 달리다보면 병참이 여의치 않으니 대병일수록 신중하게 기동해야 해. 천자께서 나에게대장군의 인을 맡기셨으니 내 결정을 따르도록 하게. 자네는 군을 다스리기 전에 혈기부터 다스려. 선봉은 우열 장군이 맡도록 하시오.

우열은 읍하며 받들었다. 탁발연의 얼굴은 흙빛. 유창은 수염을 쓸며 느리게 몸을 일으켰다. 그를 따라 제장들이 막사를 떴다. 노자는 도덕경에서 말했다. 코끼리가 겨울의 언 강을 건너듯 신중하여라與兮若冬涉川. 유창은 그렇게 요서까지 갔다. 코끼리처럼 큰 걸음을 망설이면서 디

떴다.

　제의 원호는 기대에 미치지 못했다. 시시각각 육박해오는 위국의 대병에 여법량은 몸이 달았다. 체면을 유지해야 하는 모대 대신 찬수류가 팔을 걷어붙이고 틈만 나면 제국의 원군이 어디에 당도했냐며 여법량을 들볶았다. 천자 소색은 진현달로 하여금 수군을 이끌고 요서를 구원하게 했다. 요서의 왕부와 제국의 사이를 위국의 요새들이 가로막고 있어 국경이 단절되었다. 수군의 행진은 더뎌서 여법량은 찬수류의 질문에 변명만 늘어놨다. 제는 육군으로 위의 성과 요새를 공격했지만 도움이 되지 않았다. 위국의 성병들이 문을 걸어 잠그고 수성에 치중하니 제국의 육군은 변죽만 울리다가 무력하게 돌아갔다. 백제의 수뇌들은 고독한 싸움을 결심했다.

　- 적은 도합 십오만.

　사법명은 쓴 웃음을 지었다.

　- 우리는 본국과 왕부의 병마를 합해서 도합 이만. 분명한 열세입니다.

　목간나가 말을 받았다.

　- 또한 상대는 고구려왕 거련과 대장군 유창. 비상한 수가 아니면 집니다.

　고이해의 목소리는 침잠했다.

　- 유창이 서두르지 않고 보급로를 다지며 천천히 오고 있습니다. 태산처럼 무겁게 움직입니다. 빈틈을 엿보기 어렵습니다.

　모대는 멋쩍은 표정으로 뺨을 긁었다.

　- 댁에서 손자나 돌보고 계실 것이지 성성한 백발에 투구를 쓰시고들…… 거련이나 유창이나 골치 아픈 노인네들이네.

　- 비등한 전력이라면 농성이 옳으나 격차가 심하니 계책을 꾀해야

합니다.

부여력은 침통한 얼굴이었다.

－ 신을 구원하느라 어라하께서 곤경에 처하셨으니 불충을 무엇으로 갚으리까.

모대는 입가를 씰룩이며 가만히 웃었다.

－ 곤경이라니. 초치지 마시오. 아직 싸우지도 않았소. 주눅들 것도 없지. 적음이 많음을 이긴 사례는 생각보다 허다하니까.

첨병이 입시하여 모대에게 아뢰었다. 거련이 백 리 밖에 도달했습니다. 전군에 계엄을 선포하고 전쟁을 예비하십시오. 절도 있는 첨병의 아룀에 모대는 가슴이 뛰었다. 그는 분연히 자리에서 일어났다.

－ 모두, 칼을 드세요.

계엄이 선포되었다.

고구려의 선봉인 일 만의 철기는 양부개가 이끌었다. 그 뒤로 거련이 이끄는 이 만의 보군이 무수한 깃발을 나부끼며 따랐다. 거련의 나이 아흔 일곱이었다. 그는 마상에 오르지 못하고 네 마리 말이 이끄는 전차에 비스듬히 몸을 기댄 채 군을 지휘했다. 모대는 성루에서 고구려를 굽어봤다. 질기고 질긴 적수야, 어찌 화하에서마저 창칼의 불꽃을 튀기려 하는가. 모대는 쓸쓸한 웃음을 지으며 전군에 전쟁의 태세를 갖추게 했다.

요서는 완만한 구릉지형인 탓으로 천험지지^{天險之地}에 의존하여 적을 몰아내기는 어려웠다. 요서를 둘러싼 옹성이 견고하여 수비에 보탬이 되었지만 십오만의 대병을 농성으로 일관할 수는 없었다. 결국 악명 높은 고구려 철기를 경사가 완만한 지형에서 맞아야만 했다. 모대는 부여력에게 농성을 맡기고 성의 밖으로 나왔다. 찬수류를 앞세우고 해례곤과 목간나를 좌우로 거느렸다.

- 수성군의 이점을 최대한 살려야 합니다.

고이해는 열성적으로 참군의 역할을 수행했다. 고구려의 철기는 압도하는 힘과 기동력으로 몰아붙인다. 빽빽한 결속을 이뤄 짓누르는 그들을 이기려면 그 결속을 깨트려야 했다. 철기의 허점은 재빠른 회피가 불가하며 빈틈이 생기면 속절없이 무너진다는 것. 고이해는 그 허점을 파고 들려 했다. 침을 튀겨가며 휘하를 다그치는 그가 기특해 모대는 웃었다. 적의 진로에 무수한 함정을 설치하고 군진을 언덕의 중턱에 설치했다. 사정거리가 길고 철기의 마갑을 뚫는 강노強弩를 배치했다. 전방에는 자루 긴 창을 든 창잡이들을 뒀다. 견고한 면모를 구축하는 모습에 모대는 고개를 끄덕였다.

질주하던 양부개가 멈춰 섰다. 선봉의 철기가 멈추자 뒤따르던 보군들의 양발이 땅에 닿았다. 거련은 전차의 휘장을 걷고 밖을 바라보았다. 눈이 부셔 눈살을 찌푸리자 시종이 얼른 차양을 씌웠다.

- 양부개가 주춤하는 걸 보니 모대가 제법 진을 잘 차린 모양이야.

세월에 찌든 목소리에도 용력은 남아 있었다. 거련은 전차의 밖으로 나와 지팡이를 짚고 먼 곳을 바라봤다. 개활한 땅에는 백제의 깃발이 없고 오로지 높은 성벽과 야트막한 언덕의 중턱에만 깃발이 펄럭였다.

- 험한 곳에만 진을 펼쳐놨군.

- 태세가 삼엄하니 쉽사리 대했다가는 큰 화를 입을 것입니다.

울절鬱折(왕명출납을 받은 벼슬) 여노餘奴의 말은 조심스러웠다. 그는 거련의 참군이었다. 매사에 신중하여 거련이 가까이 두었다. 돌발적이고 기분에 내키는 때가 많은 거련이 과격한 언동을 하면 여노가 잘 무마하곤 했다.

- 우리가 위국보다 먼저 피를 흘릴 까닭은 없습니다. 우선 관망하시지요.

- 이 사람, 이제 보니 도둑심보 아닌가. 우리가 나중에 요서를 접수하려면 명분이 필요해. 풍 태후 그 여우같은 계집이 찍 소리도 못하도록 분명한 군공을 쌓아야 한단 말일세.

또 다른 목소리가 거련의 역성을 들었다.

- 맞습니다. 모대가 강해보여도 실속은 없습니다. 저들의 대부분은 귀족의 가병. 저들을 이끄는 장수들은 모두 가병의 주인입니다. 오롯이 그들의 재산이지요. 대왕의 철기에 무참히 가병들이 죽는 꼴을 보면 장수들은 꼬리를 말고 퇴각할 것이니 그때에는 모대의 왕명도 허사가 될 것입니다. 그대로 진공하시지요.

거련은 밭은기침과 함께 쿡쿡 웃었다.

- 이제는 정말 고구려의 충의지사가 다 되었군, 연신.

- 과찬이십니다.

해구·연신의 난이 토평된 이후 연신은 일가를 버리고 고구려로 귀순했다. 거련은 그를 받아주었다. 깜냥은 대단하지 않아도 오랫동안 남당에 있으면서 백제의 고급한 기밀과 고구려가 깊이 알지 못하는 세밀한 지리를 잘 알고 있었다. 일가가 몰살당한 연신은 거련의 충복이 되어 개처럼 일했다. 거련도 그에게 조의두대형른衣頭大兄(태대사자와 유사) 관등을 내리고 신임했다. 거련이 믿은 것은 연신의 충정이 아닌 절박함이었다. 망명객의 살 길은 잔뜩 굴신하여 역량을 짜내는 것뿐임을 거련도 연신도 잘 알고 있었다.

- 여노와 연신의 모두 옳아. 관망도 옳고 돌파도 옳다. 군주의 의무는 옳은 양자 중에 더 옳은 걸 택하는 것이야. 나의 맞수인 젊은 어라하도 그럴 테니.

거련은 지팡이를 내짚으며 다시 전차의 안으로 몸을 들였다. 비단 휘장이 그의 얼굴에 응달을 드리웠다. 그는 전차의 밖으로 손을 저으며 휘하에 명했다.

  - 양부개에게 전하라. 적진을 부수지 말고 두드리라고 해.

  거련은 나지막하게 덧붙였다.

  - 양동陽動이다.

  양부개의 말발굽이 땅을 흔들었다. 일만의 철기는 대지를 박차고 몰려왔다. 마갑馬甲의 철제미늘이 맑은 소리를 요란하게 발했다. 수십 만 개의 미늘들이 내는 소리는 언덕에 부딪혀 공명했다. 수십 만 개의 소리들은 곱절의 메아리가 되어 백제의 귓전을 괴롭혔다. 모대는 아랫입술을 깨물었다. 선봉에 선 찬수류의 군진에는 결연한 기운이 내려앉았다. 햇빛에 그들의 창과 마갑의 미늘이 눈부시게 빛났다. 그들은 백제를 향해 뛰어들었다.

  - 적들이 산개하여 쳐들어오다니…….

  본진 모대의 옆에서 전국을 바라보던 참군 고이해는 눈을 가늘게 떴다. 모대도 이상한 기류를 감지했다.

  - 철기의 힘은 촘촘한 결속에서 뿜는 법. 산개하여 진격하면 힘이 현저히 떨어진다. 적장 양부개가 그것을 모르지 않을 터.

  - 경기병은 산개하여 어지럽게 몰아치지만 고구려의 철기는 면밀한 직물처럼 정연하게 움직입니다. 산개하여 저들이 취할 이익은 오로지 아군의 집중된 반격으로부터의 피해를 경감하는 것뿐. 그러나 덜어낸 피해보다 그들의 감쇄된 힘이 더 클 것인데…….

  후군장으로 동행한 탄지진 사법명도 의아한 표정이었다.

  - 저들이 산개할 까닭은 하나뿐입니다. 전장을 한없는 지구전으로 이끌고 싶은 것입니다. 양측의 피해를 공히 미약하게 하여 전국을 끄는 것입니다.

  고이해도 그의 말에 동의했다.

- 그렇습니다. 헌데 저들은 원정군이고 우리는 수성군인데 저들이 지구전을 도모하는 것은 이치에 닿지 않습니다. 저들이 우리를 붙들어놓고 다른 수작을 부리려는 것이 분명합니다.

양부개의 철기는 찬수류의 선봉과 얽혔다. 죽고 죽이는 살육이 시작되었다. 그러나 철기의 무참한 위력은 발휘되지 않았다. 눈부신 군공을 세워왔다는 양부개의 무명에 걸맞지 않았다. 범처럼 깨물어 삼키지 않고 개처럼 물고 늘어졌다. 찬수류는 그들을 어렵지 않게 상대했으나 성가신 공세를 온전히 차단하지는 못했다. 쉬파리를 상대하듯 쫓기는 수월했으나 섬멸은 요원했다. 지루한 전황을 보다가 고이해의 뇌리에 어떤 생각이 스치고 지나갔다. 식은땀 한 줄기가 고이해의 관자놀이를 타고 흘렀다.

- 양동입니다!

고이해의 고함에 모대와 사법명의 눈에도 긴박감이 떠올랐다. 그들은 동시에 외쳤다.

- 을길!

요서는 해양도시다. 바다를 향해 트인 항만은 해양진출의 이점을 지니고 있지만 반대로 적군의 주사에 취약하다. 항만에는 성벽을 쌓을 수 없으니 거북의 내놓은 목처럼 약하다. 거련의 양동은 항만을 향했다. 양부개의 철기가 모대의 주력을 묶고 을길을 움직여 항만으로 내습한다. 굉음과 함께 바닷가에서 연기가 피어올랐다. 물돼지의 주사는 비사성으로 물러나지 않고 다만 백제의 시야에서 물러나 있을 뿐이었다. 살무사의 서늘한 혓바닥이 모대의 뺨을 쓸었다. 모대에게 생채기를 입은 물돼지는 앙갚음을 하듯 항만을 광포히 습격했다. 항만은 요새가 아닌 민간이었기에 을길의 급습은 무고하고 연약한 신민들의 죽음이었다. 부여력이 거느린 군마가 적지 않다 하여도 기습으로 공황에 빠진 군대는 수효가 많을수록 혼란한 법이다. 매캐하게 솟는 검은 연기는 항만에 정박한 무수한 군선과 상선이 불타는 증거. 모대의 속이 갈래갈래 찢겼다.

－ 사법명! 후군을 거두어 성으로 돌아가라!

사법명은 다급히 군례를 올리고 물러났다. 그러나 후군이 당도했을 때 이미 물돼지는 만면에 웃음을 머금으며 유유히 물러나고 있었다. 사법명은 불살라지며 침몰하는 군선을 보며 쓴 침을 삼켰다.

거련은 노회했다. 사법명의 후군이 물러가자마자 진공을 명령했다. 철기로 장사진을 이루어 노도처럼 모대를 덮쳤다. 함정이 설치된 개활지를 우회하여 백제군의 측면을 타격했다. 거련의 본진이 찬수류의 저지를 무효로 만들었다. 양부개의 철기가 그대로 모대 본진의 허리를 파고들었다. 좌익의 해례곤과 우익의 목간나가 강노로 원호했다. 철기 여럿이 피를 흘리며 낙마했지만 철미늘 강의 본류는 묵묵히 모대의 목을 노리고 침노했다.

－ 놈들을 영격하라!

모대가 전군을 호령했다. 서릿발처럼 단호한 군령에 요동했던 군심이 다스려졌다. 언덕 위의 백제는 우위를 점했다. 오르막을 타는 고구려의 철기를 장창으로 방어했다. 탁한 쇳소리가 골짜기를 메우고 비린 피가 마른 땅을 적셨다. 철기의 말발굽이 백제 사졸의 두개골을 짓뭉개면 백제의 강노가 쏜 화살이 철 미늘을 뚫고 철기의 숨통을 끊었다. 한참 싸우다 양부개가 물러났다. 양측 모두 손해가 심했다. 모대는 눈 주위에 피가 쏠리는 느낌이 들었다. 심한 피로로 온몸이 쑤셨다. 첫 전투는 모대의 패배였다. 부여력으로부터 전령이 왔다. 요서에 정박한 군선 삼십 여 척이 완파되었고 오십 여 척이 반파되었다. 군사 오백이 죽고 성민 일천이 죽거나 다쳤다. 모대는 신음을 뱉었다. 적지 않은 피해였다.

달이 지고 해가 뜨자 싸움은 다시 시작되었다. 불안감으로 잠을 제대로 이루지 못한 백제의 군사들은 피곤을 느끼며 죽어갔다. 부여력은 항만에 경비를 집중했지만 을길은 오지 않았다. 힘을 허비하니 허탈했다. 그러한 반복이 사흘 간 이어졌다. 여름의 열사 아래서 주검은 악취를 풍기며 썩어갔다. 그 옆에서는 아무렇게나 싸지른 말똥이 더위에 푹익어 진한 냄새를 발했다. 병사들은 전우의 송장과 말똥의 옆에서 설익은 주먹밥을 씹었다. 그렇게 처절히 살아남으며 고구려와 호각지세를 이루던 그들의 시야가 무엇인가로 꽉 찼다. 좁은 사람의 시야는 그 장대한 풍경을 전부 담지 못했다. 목이 뻐근해지도록 고개를 좌우로 돌려 살펴야만 다 볼 수 있었다. 나뭇가지에 앉아 고개를 까딱거리며 졸던 새들이 놀라 급히 나래를 퍼덕이며 하늘로 솟았다.

대위정동대장군단양왕유창
대위진원장군평주자사양평공설진도
대위양주자사광릉후탁발연
대위좌위장군위락후우열
대위진주자사역양자유조

거대한 깃발에 억센 필체로 그렇게 쓰여 있었다. 네 개의 깃발 앞에 말에 올라탄 장수들이 느리게 전진하고 있었다. 깃발들은 찬란한 광배처럼 장수들의 위용을 뻗쳤다. 깃발의 뒤로는 끝이 보이지 않는 사졸들의 연속이었다. 모대는 저도 모르게 입을 벌렸다. 사람의 집합만으로 모대는 참담한 열패감을 느꼈다. 고구려의 삼만 병마만으로도 벅찬 싸움을 감당하고 있던 백제의 병사들은 저도 모르게 창 자루를 쥔 악력이 풀렸다. 위의 십이만 병사들은 기합을 내지르며 행진했다. 그들이 내지르는 십이만 개의 기합소리가 요서를 뒤흔들었다. 알아듣지 못하는 화하의 말들에 소름이 돋았다. 모대도 땅을 디디는 다리가 허청거려 환두대도를 지팡이처럼 짚었다. 그들은 고이해가 끈적한 땀을 흘리며 마련한 함정 따위는 사졸 몇을 생매장하여 메우고 가뿐히 진공을 이어갈 태세였다. 가까이서 그들의 수효를 목도하는 찬수류 군은 이미 전의를 상실한 듯 설익은 패배감이 감돌았다. 모대는 뼈아픈 결정을 했다. 그렇게 말할 수밖에 없었다.

- …농성에 돌입한다.

백제의 본진에서 구슬픈 고둥소리가 울렸다. 소나기에 빨래를 걷듯 찬수류의 선봉을 시작으로 백제는 진을 거두었다. 위의 병사들은 다급한 철수를 여유롭게 구경했다. 요서의 홍예문 안으로 백제는 숨었다.

- 대위의 정동대장군 유창이 고구려의 대왕을 뵙습니다.

유창은 거련의 앞에서 공손히 고개를 숙였다. 북방살무사 거련은 영웅이다. 일백세가 가까워지도록 기운이 쇠하지 않고 천하를 호령한다. 위의 조정에서 원로에 속하는 유창보다도 거련은 삼사십 세 연상이었다. 늙은 영웅의 숙성된 기운이 여전히 왕성했다. 그런 그에게 유창은 예를 갖춰야만 했다. 깍듯이 숙인 유창의 어깨를 거련이 두드렸다.

- 단양왕의 명망은 짐에게도 익숙하오.

- 황송합니다, 대왕.

뒷전에서 바라보는 탁발연은 속에서 불길이 치솟았다. 거련이 천하영웅이라 하나 천자의 책봉을 받은 봉왕에 불과하고 요하의 동쪽에 갇힌 예맥족속의 우두머리일 따름이다. 게다가 봉왕의 주제로 외람되이 칭짐稱朕*을 한다. 헌데 천자로부터 친히 부절을 하사받은 대장군인데다가 선제의 부마駙馬인 작자가 그의 앞에서 머리를 조아리고 비굴한

---

* 칭짐(稱朕) : 스스로를 짐으로 부른다는 뜻. 짐(朕)은 황제만 사용하는 일인칭대명사이다.

언어들을 말한다. 내가 대장군이었다면 허리를 세우고 대국의 위엄을 떨쳤으리라. 뒷전의 젊은이가 무슨 꿍꿍이를 지녔는지 알지 못한 채 두 늙은이는 환담했다. 가벼운 농담에도 정치가 녹아 있었다.

- 백 년을 살아온 몸이라 작은 전쟁에도 힘에 부치더군. 우리가 귀국보다 먼저 요서에 당도하여 모대를 좀 두들겨 주었소. 인명 깨나 죽였지.

개전의 공훈이 고구려에게 있음을 못 박는 말이었다. 유창도 웃으며 맞받았다.

- 불과 삼만 병마로 적을 치시느라 고생이 많았습니다. 이제부터는 아조의 대병이 백제를 물리칠 것이니 후방으로 물러나 태세를 정비하십시오.

깝신거리며 콩고물을 바라지 말고 대업을 거들기나 하라는 뜻. 거련은 어깨를 으쓱하며 웃고 말았다.

쫓기다시피 복귀한 백제에는 암담한 분위기가 내려앉았다. 기세 좋게 출격한 젊은 대왕이 무기력하게 성에 틀어박히자 바다를 건너기 전 고무되었던 사졸들 사이에 어수선한 기류가 만연했다. 모대는 장대에 올라 바람을 맞았다. 턱을 괴고 성 밖 개미떼처럼 곰실거리는 무수한 적병들을 바라보았다. 그들은 장기전을 염두에 둔 듯 목책을 세우고 그럴 듯한 군문을 두었다. 선잠만 이룬 눈가가 물기 없이 뻑뻑해 모대는 눈을 감았다.

사흘 간 공방이 벌어졌다. 고구려의 양부개와 위국의 우열이 선봉에 서서 요서의 성문을 두드렸다. 성벽에 운제雲梯를 걸어 타고 올라오는 적병의 얼굴에 끓는 물을 쏟았다. 성벽 아래로 바위를 던져 그들의 관절을 뭉개고 성벽을 타고 넘은 자들은 창으로 찔러 떨어뜨렸다. 충차로 성문을 공략하는 자들에게는 화살 소나기를 내려주었다. 적의 주검을 접수하면 수급을 베어 장대에 매달아 적들을 겁박했다. 수급의 썩은 진물이 피에 섞여 장대를 타고 흘렀다. 냄새가 심했다. 이따금 밤이 되면 백 여 인의 별동대를 꾸려 적진을 야습했다. 한 번 이기고 한 번 졌다. 야습의 앙갚음을 하는지 적진에서 밤마다 징과 북을 두드려 사졸들이 잠을 이루지 못했다. 무거운 눈꺼풀을 짊어지고 싸우니 움직임이 둔했다. 그래서 죽었다. 적군이 멀리서 석포를 쏘았다. 견고한 성벽도 바위로 치니 무너졌다. 무너지면 성민들을 동원하여 다시 벽을 쌓았다. 돌이 없으면 나무로 목책을 세웠다. 적병에 노출되어 성벽을 보수하던 늙은이와 아녀자 몇이 팔자에 없던 창칼에 맞아 죽었다. 죽은 사졸들과 함께 화장했다. 개전 뒤 열흘이 지나자 진현달이 요서에 닻을 내렸다. 가뭄 끝에 해갈한 듯 모대는 반갑게 맞았다. 우방의 증원이 도착했다는 소식만으로도 사졸들은 크게 기뻐했다. 제국의 선단이 항만을 메웠다. 모대는 바닷가까지 마중 나갔다.

 - 대제국 진군장군鎭軍將軍 겸 시중侍中 중령군中領軍 풍성현후豐城縣侯 진현달이 어라하의 존안을 뵙습니다.

 진현달은 반듯한 외모에 걸맞은 품행을 지녔다. 모대도 그를 후대했다.

 - 고생이 많았소. 우선 여독을 푸시구려.
 - 험윤이 지척에 도사리는데 어찌 쉽겠습니까. 바로 합류하겠습니다.
 - 말씀이 고맙소.

 진현달이 이끌고 온 제의 증원은 도합 일만 오천이었다. 세의 균형을 도모하기에는 역부족이었으나 한숨소리만 들리던 적막한 성내가 왁자한 화하의 언어로 떠들썩하니 그것만으로 든든했다. 제의 원군은 많지 않아도 노련한 강병들이었다. 수장인 진현달 또한 손꼽히는 군략가. 지금껏 찬수류에게 핍박당한 분풀이를 하듯 여법량은 미사여구를 동원하여 진현달과 휘하가 요서에 도착한 사실의 의미를 과장하여 역설했다. 모대는 그의 지껄임을 기꺼이 경청했다. 진현달의 가세로 수성은 다소 수월해졌다. 수월해졌다기보다는 패배의 구름이 약간 걷혔다는 쪽이 맞았지만 전황이 나아진 것은 분명했다. 성벽의 바깥으로 위국 사졸의 주검들이 겹겹이 쌓였다. 살아 있는 사졸들은 말린 포처럼 꾸덕꾸덕 말라가는 전우들을 밟고 성벽을 향해 운제를 걸었다. 개중에 몇몇은 고꾸라져 다시 꾸덕꾸덕 말라갔다. 요서성 누각의 기왓장도 조금씩 무너졌으나 전장은 쉽게 어느 한쪽으로 기울 태세가 아니었다. 생명의 상실이 이어졌다. 수성하는 백제도 지쳐갔다. 긴장과 피로가 골동품에 쌓인 먼지처럼 그들의 어깨 위에 내려앉았다. 그럼에도 살아야 하기에 사투는 반쯤 뜬 눈으로 계속되었다.

 - 아군의 피해도 막심합니다. 어째서 이 정도의 대병으로 손바닥만 한 성을 떨어뜨리는 데 이토록 오랜 시간이 필요합니까.

탁발연의 목소리는 격앙되어 있었다. 거련은 소리 없이 웃었다. 선두에서 공성을 지휘했던 우열의 얼굴은 수치심으로 구겨졌다. 유창도 별달리 받아칠 말이 없어 메마른 입술만 우물거렸다. 백방으로 돌파구를 찾았다. 안개 짙은 밤을 골라 땅굴을 파고 잠입을 시도했으나 대비를 갖추고 있던 수성군에게 도리어 당했다. 주사를 움직여 항구를 봉쇄하는 안도 시도되었으나 내륙의 유목족속인 위국 주사의 항해술은 형편없었고 고구려의 주사만으로는 항구를 완전히 봉쇄하기에는 역부족이었다. 물 샐 틈 없는 포위망으로 성병들을 고사시키는 작전도 고려되었으나 그런 생각을 비웃기라도 하듯 모대는 수문^{水門}을 열고 부연 쌀뜨물을 흘려보내 해자를 젖처럼 희게 만들었다. 요서의 삼만 병마가 먹는 양곡보다 십오만이나 되는 위와 고구려의 병마가 해치우는 양이 천양지차였다. 도리어 아군을 해치는 하책^{下策}이었다. 유창은 골머리만 썩이며 이마를 짚었다. 사졸도 지쳐갔다. 많은 수의 사졸은 전장에서 이롭지만 도리어 해로운 때도 있다. 역병, 공황, 낙담의 경우가 그러하다. 지루한 전황은 그들을 천천히 낙담시켰으며 그 낙담은 삼삼오오 모인 사졸들의 입을 타고 곱절의 무게를 얻어 진영 전체에 뻗쳤다. 항장의 신분으로 봉왕의 인을 얻고 대장군이 되어 대군을 거느림은 영광이었으나 거대한 부담이었다. 황실의 전폭적인 지원을 받아 출정한 자신이 일개 성 하나도 함락하지 못한다면 황실과 조정이 잠깐의 힐난에 그치지 않고 군율을 엄히 적용해 목을 자르라 명할 수도 있음을 유창은 잘 알았다.

- 이보게, 광릉후.

유창이 탁발연을 불렀다. 황실과 조정의 엄중한 문책을 덜어내려면 유일한 묘책을 쓰는 수밖에. 탁발연은 무성의한 어조로 답했다.

- 말씀하십시오.

- 선봉을 우열에서 자네로 교체하겠어. 또한 전군 중 절반을 주겠다. 그대가 육만의 병마를 이끌고 요서를 함락하라. 또한 그대가 군략을 세우고 필요한 인력이나 물자가 발생하거든 나에게 말하게. 전적으로 돕지.

책임을 나누는 것. 한 몸에 쏠린 책임을 다른 사람과 나누면 된다. 그러면 황실과 조정의 사나움이 줄어든다. 다른 장수에게 공성의 권한을 위임한다면 혹여 패배하여 책임을 질 일이 생긴다 하여도 그 무게가 확실히 줄어든다. 광릉후 탁발연은 황족. 태후의 총애를 받는 그가 나선다면 패배하더라도 엄히 문책하지는 못하리. 유창은 교활한 구석이 있었다. 그러나 대장군이 군략이 아닌 상부의 문책을 염두에 둠은 전쟁에서 이로운 일은 아니었다. 그제야 막힌 속이 뚫린다는 듯 탁발연은 가슴을 두드렸다.

- 맡겨주십시오. 모대의 목을 이 창에 꿰어오겠습니다.

탁발연은 혈기가 동했다. 그는 세차게 몰아쳤다. 주마가편走馬加鞭이 그의 전술이었다. 위의 공세는 더 맹렬해졌다. 미지근했던 유창의 방식과는 달리 얼마가 죽든 해가 질 때까지 공세를 멈추지 않는 탁발연의 방식은 효험이 있었다. 위의 사졸들도 그에게 호응했다. 전우의 머리통을 바위로 깨 죽이는 적병을 눈앞에 두고서 엄정한 호령에 굴복하여 물러나는 일이 유창의 밑에서는 비일비재했다. 그것이 현명한 판단인지는 배워먹지 못한 사졸들에게 중요하지 않았다. 붉은 피는 사람을 미치게 만드는 힘이 있다. 폭죽처럼 붉게 폭발하는 전우들의 깨진 머리통을 두고 철수를 외치는 유창의 늙은 쇳소리가 사졸들은 원망스러웠다. 그들은 전우의 머리통처럼 둥근 주먹밥을 씹으며 대장군을 욕봤다. 겁대장군 등의 유치한 별명을 생산하면서. 그런 그들의 입맛에 탁발연은 괜찮은 지휘관이었다. 계산이 반영되지 않은 전법에 아군들도 많이 죽었지만, 견고하던 성벽에 균열이 눈에 보일 만큼 또렷해졌고 백제의 사졸들이 운제를 타고 올라온 위국 사졸의 창에 맞아 성벽 아래로 추락하기도 했다. 위의 사졸들은 백제 사졸의 머리통을 흙구덩이에서 굴리며 기뻐했다. 고무된 젊은 황족은 전공을 자화자찬하며 평성으로 장계를 올렸다. 하루아침에 바뀐 전법에 모대도 당혹했다. 둘 다 죽자는 식으로 달려드는 전술은 달갑지 않았다. 병력의 차이가 컸다. 아군이 죽는 만큼 적병을 죽이는 뺄셈의 전법을 고수한다면 위의 피해도 막심할 테지만 백제는 전멸하리라. 괴팍한 탁발연이 원망스러워 모대는 이를 갈았다.

- 아무리 효험이 있다지만… 벌써 아군의 전사자가 일만에 육박합니다, 대장군.

진주자사 유조는 불편한 표정이었다. 전쟁은 많이 죽여야 하지만 또한 많이 살려야 한다. 탁발연은 피아 모두에게 죽음을 안기고 있다. 피 냄새를 맡은 아군은 미치광이가 되었다. 그것은 강병強兵이 아니다. 피에 취한 광병狂兵일 뿐이다. 저들은 전쟁이 낯선 사내들. 피에 취한 병사들은 대중없이 창칼을 휘두른다. 그러다 패배의 기운이 피어오르면 그들은 각성한다. 끓는 광기는 한없는 두려움으로 변한다. 그러면 병사가 십만이든 백만이든 전쟁의 끝은 패주敗走다. 관록의 유조는 전쟁의 시류를 잘 알았다. 유창이라고 모를까. 유창은 눈을 감았다.

─ 어쨌거나 광릉후의 전술이 놈들에게 먹힌다. 이미 전권을 일임했으니 통제할 명분이 없어.

─ 하오나 대장군, 이러다간 만에 하나라도…….

유창은 손을 들어 유조의 말을 막았다.

─ 자네, 기억하게. 탁발연은 탁발씨야. 태후께서 광릉후를 총애한다고. 우리가 그를 제어하는 것이 옳다 해도 태후는 제 총아를 제지한 우리를 미워할 걸세. 우리에겐 아직 병마가 많아. 만일 탁발연이 패주해도 요서를 꺾을 수 있어.

유조는 더 말하지 않았다. 늙은 망명객의 신분이 대장군으로 하여금 전장에만 전념할 수 없게 하는 걸 알았다. 유창 스스로도 이런 말을 지껄일 수밖에 없는 신세가 한스러워 신음을 토했다. 진원장군 설진도가 급히 막사로 들어왔다.

─ 대장군, 광릉후가 선봉의 군량 배급을 두 배로 늘렸습니다.

유창이 감은 눈을 부릅떴다.

─ 그게 무슨 말이야. 배급을 두 배로 늘리다니.

─ 곡창이 있는 유성柳城의 장수 왕승준王僧儁이 보고를 올렸습니다. 선봉의 광릉후가 배급을 두 배로 하라 지시했다고.

─ 그래서 왕승준은 어떻게 했나.

- 군령이 지엄하여 일단 따랐다고 합니다.

대답이 끝나기가 무섭게 유창은 고개를 휙 돌리고 눈을 질끈 감았다. 미간에 빽빽한 주름이 잡혔다. 그는 분을 참지 못하고 탁자를 주먹으로 내리쳤다.

- 멍청한 놈!

그를 바라보는 설진도의 얼굴에도 씁쓸한 빛이 번졌다.

- 수하의 목숨을 버려 적병의 목숨을 해치는 야만스런 싸움을 하는 주제에 헛바람이 들어도 너무 들었군! 선봉은 육만이나 되는데 그들의 배급을 배로 늘려? 탁발씨의 젖먹이는 병법을 알기는 하는 것인가!

침착한 유조도 유창의 흥분을 만류할 의지가 없었다. 탁발연은 단단히 착오하고 있다. 설진도도 고개를 설레설레 저었다.

- 제 놈이 거들어주지 않아도 양곡은 한없이 부족하다. 배로 늘린 양곡을 다시 줄인다고 하면 사졸들은 우리를 원망할 것이다. 또한 양곡이 부족한 것을 눈치 채고 불안해할 것이야. 굶주림은 사람을 망치는 법이다! 대체 탁발연은 목 위에 머리란 것을 달고 다니는가!

- 대장군, 일단 군령을 취소하심이…….

유창은 우열의 진언을 받아들이지 않았다.

- 지금 선봉은 배부른 양곡으로 사기가 충천할 것이다. 낭비한 양곡의 값어치만큼은 효험을 봐야지. 일단 두어라.

거센 주먹이 다시 한 번 탁자를 강하게 내리쳤다.

밥의 힘은 강했다. 두 배로 오른 양곡만큼 위의 사졸들은 흥겹게 트림하며 창을 쥐었다. 운제를 오르는 팔의 근육이 단단하게 돋았다. 백제는 완전히 밀렸다. 근위의 두터운 호위를 입은 모대에게도 몇 차례 핏방울이 튀었다. 진현달도 오로지 군령을 발하기 위한 목적으로 만들어진, 불필요한 장식들이 새겨진 보검을 적의 창칼을 튕겨내기 위해 휘둘러야 했다. 사법명이 맡던 북쪽은 한때 깊숙한 침투를 허용하기도 했다. 운제를 오른 위의 사졸 몇몇은 한참이나 성 안의 구경을 하다 창을 맞고 죽었다. 어둠이 내리는 탓으로 일단 싸움이 멎었다. 그러나 여전히 모대는 가쁜 숨을 내쉬었다.

- 적의 용력이 부쩍 늘었다.

참군 고이해는 하얀 무명으로 모대의 이마에 맺힌 땀을 닦았다.

- 탁발연의 군령이 괴팍합니다.

- 단순한 농성으로는 지겠다.

- 군량도 많이 소진하여 넉넉한 형편이 아닙니다.

진현달이 군선에 오를 때 최대한 인원을 많이 태우기 위하여 양곡은 바다에서 버틸 정도로만 실었다. 그런 탓으로 요서의 양곡만으로 백제와 제 양국의 병마를 모두 먹여야 했다. 곳간이 날이 갈수록 비었다.

- 비상한 수를 강구해야지.

그때 비타가 입시하여 모대에게 군례를 올렸다. 모대가 고갯짓으로 알은체하자 비타가 아뢰었다.

- 위국이 배급을 두 배로 늘렸다는 전갈입니다.

모대의 눈빛이 고이해와 맞닿았다. 절로 웃음이 흘러 나왔다.

- 그 용력이 다 밥심이었군.

한바탕 시시덕거린 뒤 말을 이었다.

- 배급을 배로 늘렸다. 그 뜻은…….

모대가 고이해를 향해 눈짓을 하자 그는 주군의 마음을 읽고 머리를 조아렸다. 그는 어전에서 물러나 아랫것들을 불러 긴 시간 군령을 전달했다. 모대는 고달에게로 시선을 돌렸다.

- 수고했다. 물러나도 좋다. 연돌을 대령토록 하라.

연돌이 대령하여 예를 갖추자 모대는 그를 가까이 청해 말을 일렀다.

연돌은 경직된 얼굴로 모대의 말을 경청했다. 모대는 웃으며 그의 어깨를 매만졌다.

- 할 수 있겠지.

- 최선을 다하겠습니다.

- 최선을 다해 끝내 해내야만 해.

연돌은 머리를 조아렸다.

어김없이 불과 피와 절규가 들끓는 싸움이 이어졌다. 틈바구니에서 전령 하나가 참군 고이해에게 나아가 아뢰었다. 고이해는 고개를 끄덕이고 장대의 모대에게로 나아가 전령의 말을 그대로 전했다. 모대는 고이해가 그랬던 것처럼 진중한 낯빛으로 고개를 끄덕였다. 모대는 찬수류를 바라봤다. 한참의 응시 뒤에 모대는 엄한 목소리로 외쳤다.

- 달솔 찬수류는 마군 오천과 성문을 열고 나가 적을 격퇴하라!

찬수류는 멍한 표정으로 고개를 갸웃했다.

- 밖은 미친 개새끼 탁발연으 대병이 있어라. 오천으로 넘들을 격퇴하라고라?

모대는 웃음기를 머금으며 되물었다.

- 왜, 안 되겠습니까?

- 아, 머… 되겠제요. 어라하 어명이신게…….

찬수류는 시종이 받들고 있던 장창을 쥐었다. 늙은 근육들이 단단히 일어섰다. 찬수류는 휘하의 마군을 향해 쩌렁쩌렁 목청을 울렸다.

- 어명이다! 나하고 느그들하고 성 밖으로 나가 디져블라는 어라하의 명이시다! 이왕 디질 거 험윤의 목이나 하나둘쯤은 따놓고 디지자. 알겄냐!

마군들은 두려운 와중에 말이 우스워 괴이쩍은 표정을 지었다. 찬수류는 한바탕 호쾌하게 웃어주고 모대를 향해 몸을 틀었다.

- 참말루 디져가지고 올 수도 있은게 미리 작별인사라도 드리겠소. 잘 계씨오!

모대는 푸— 내뱉듯 웃었다.

- 군말이 많군. 달솔 찬수류는 속히 출정하라!

굳게 봉쇄되었던 성문이 느리게 열렸다. 날카롭게 벼린 충차로 부단히 성문을 두드리던 위군은 갑작스런 개방에 당혹했다. 그 틈으로 찬수류의 오천 마군이 쏟아졌다. 예기치 않은 공습에 위군의 예기가 꺾였다. 찬수류가 올라탄 전마의 단단한 말발굽이 선두에 선 위군 부장의 턱을 으스러뜨렸다. 늙은 찬수류는 관록의 솜씨로 젊은 위의 사졸들을 도륙했다. 만인적萬人敵의 수식이 꼭 옳았다. 수뇌의 용맹에 고무된 오천의 마군도 함성을 지르며 위의 선두를 쑥밭으로 만들었다. 찬수류는 강인한 허벅지의 힘만으로 말의 허리를 단단히 붙들었다. 장창을 쥔 손은 자신을 향해 뻗치는 수많은 쇠붙이를 튕겨냈다. 호기롭게 달려든 위의 부장 몇몇의 수급은 이미 땅에 떨어져 오가는 말발굽에 반죽되었다.

- 역시 말대인이야.

모대는 구경꾼이 되어 흐뭇한 표정으로 찬수류의 무용을 감상했다. 그러다 고이해를 향해 나지막이 명령했다.

- 전군, 출정이다.

고이해가 굳은 표정으로 지엄한 군령을 받들었다. 전군, 출정이다! 고이해가 모대를 대신하여 외쳤다. 함께 장대에 올라와 있던 부여력, 목간나와 사법명, 해례곤이 절하며 군령을 받았다. 요서의 전군에 출정 명령이 떨어졌다. 진현달 또한 자신의 휘하에 출정하라 명했다. 요서의 동서남북에서 울리는 고둥소리가 병사들의 맥박을 재촉했다. 빠른 박자로 치닫는 북소리는 그들의 전신을 고동쳤다. 찬수류가 터를 닦은 개활지로 백제와 제의 병사들이 출격했다. 비록 위국에 미치지 못하지만 백제와 제의 병력 역시 대단한 수효. 한꺼번에 쳐들어오는 위세에 위의 사졸들이 위축되었다.

- 미친놈들이 아니냐. 요격이라니.

탁발연은 경멸조로 백제를 욕했다. 연회에서 한창 흥이 오르던 차에 풍악이 멎은 듯, 요서성을 사방에서 옥죄다가 불의의 일격을 맞으니 왈칵 성이 났다. 허술한 구석 없이 완벽하게 구축한 포위망이 무너졌다. 탁자의 다리 하나를 베어낸 듯 진의 한쪽이 궤멸되니 진의 전체가 무질서의 수렁에 빠졌다. 탁발연은 불편한 낯빛으로 전군을 거둬들였다. 그는 입을 앙다물었다.

- 전군을 쏟아 붓는 도박을 벌여서 재미를 좀 봤구나, 여대…….

- 잠깐의 시간벌이일 뿐입니다, 광릉후.

탁발연의 참군 하뢰균賀賴鈞이 상관을 위로했다. 명석한 그는 젊은 상관이 이성을 잃지 않아야 승리한다는 사실을 알았다. 탁발연의 성미만 붙들어놓아도 질 일은 없다 믿었다. 이만 한 일격에는 탁발연 스스로도 동요하지 않았다.

- 나도 알아. 물 밖의 잉어가 살아보려고 펄떡이는 것만큼 쓸모없는 발악이지.

하뢰균은 평정을 찾은 상관이 대견스러웠다. 탁발연의 마음만 굳건하면 된다. 그런데 탁발연의 평정은 오래가지 않았다. 일단의 승리를 취하면 다시 꽁무니를 뺄 것으로 보였던 백제는 물러나지 않았다. 도리어 물러나는 위군의 뒤를 쫓아 사지로 몰아넣었다. 탁발연은 물론 하뢰균 또한 눈썹이 꿈틀거렸다. 백제가 공세를 고집한다면 위 또한 총공세를 명할 것이다. 전방에서 물러난 유창과 고구려의 군사를 모조리 동원하여 백제를 타격하면 일거에 궤멸할 터. 군략을 깨치지 않아도 이는 자명하다. 그런데 백제는 그것을 알면서 공세를 이어간다. 시종 끌려다니다 성을 내주느니 배수진을 치고 포위를 돌파하려는 셈속인가. 찬수류의 마군은 목숨 따윈 내버린 듯 날뛰었다. 미친 칼날에 위의 사졸들이 숱하게 죽었다. 모대와 진현달 또한 사정을 돌보지 않았다. 가만히 앉아서 전국을 보던 탁발연은 참지 못하고 벌떡 일어났다.

- 당장 전군을 동원하여 저놈들을 일망타진하라!

하뢰균이 따라 몸을 일으켰다.

- 대장군께 전령을 보내시어 대장군과 고구려왕 거련도 놈들을 치게 하십시오. 놈들이 성 밖으로 나온 지금이 적기입니다.

- 대장군을 기다릴 여유가 없다. 증원이 오는 동안 먼저 공격을 개시한다.

- 옳으신 말씀입니다.

탁발연은 주먹을 쥐며 공격을 명했다.

- 독고추獨孤酋! 네가 군의 맨 앞에 서서 백제를 짓뭉개라!

중랑장中郎將 독고추는 탁발연의 상장上將이었다. 산처럼 거대한 덩치는 괴력을 품었다. 투박한 쇠도리깨가 그의 장기였다. 그는 병사들을 호령하여 대대적인 토벌에 나섰다. 그러자 탄지진 사법명은 군진을 방진으로 변환했다. 독고추의 쇠도리깨가 백제의 방진을 파고들었다. 자루가 긴 방천극을 잘 쓰는 독고직獨孤稙은 추의 아우였다. 그 또한 탁발연의 막료로 형님 못지않은 공훈을 쌓았다. 그가 찬수류의 선봉과 정면으로 맞붙었다.

- 늙은이가 겁도 없이 전장을 기웃거리는구나.

날카롭게 벼린 독고직의 방천극이 찬수류의 눈앞을 스쳤다. 맹렬한 쇠의 기운이 찬수류를 쓸고 지나갔다. 피와 쇠의 비린내가 찬수류의 코를 자극했다.

- 씨퍼렇게 어린 노무자석이 통성명도 없이 쇳덩이부터 들이밀어?

못 배먹언 오랑캐냄시가 진동을 하네이. 오오냐, 어른껴서 니놈헌티 예의란 걸 좀 갈쳐야 쓰겄다.

찬수류의 장창이 독고직의 방천극과 얽혔다. 힘에서는 독고가 앞섰으나 찬수류에게는 수십 년을 닦아온 교묘한 기술이 있었다. 전력을 실은 방천극이 허공을 가르니 순 헛힘이 되고 말았다. 강하나 둔한 독고직의 공격에는 틈이 있었다. 찬수류의 장창이 틈을 이용하여 독고직이 올라탄 백마의 궁둥이를 깊게 찔렀다. 하얀 가죽 위에 검붉은 피가 팍 터졌다. 말은 찢어지는 울음소리를 내며 풀썩 주저앉았다. 찬수류는 땅으로 꺼지는 독고직을 향해 빠르게 창을 내질렀다. 독고직은 아연하면서도 수차례의 맹격을 견뎠다. 찬수류는 쉴 틈을 주지 않고 창을 내질렀다. 힘이 풀린 독고직의 양팔이 창을 간신히 막는 틈을 타 찬수류는 허리춤의 칼을 뽑았다. 예리한 칼날이 독고직의 노출된 턱밑 살을 파고들었다. 독고직은 애마의 꼴이 되고 말았다. 비명이 독고직의 목청에서 튀어나왔다.

- 젠장……!

- 고런게 어른헌티 함부로 뎀비는 게 아니여…… 저승 가서는 꼭 시방의 가르침을 써먹도록 혀라.

쇠도리깨의 독고추는 압도적인 힘으로 사법명의 방진을 뚫어버렸다. 진이 와해되자 백제의 군진은 일순 공황에 빠졌다. 잠깐의 혼돈을 틈타 독고추는 성큼 군진의 심장까지 내달렸다. 그곳에는 근위병 몇과 그들이 지키는 모대가 있었다. 독고직은 그것을 보고 피를 토하며 웃었다.

- 나의 형님께서 너의 대왕을 내 저승길동무로 삼을 것이다…… 네놈도 곧 저리 되겠지. 먼저 가서 기다리겠다…….

독고직의 숨은 더 버티지 못하고 멎었다. 숨이 멎는 사이에 찬수류의 가벼운 웃음이 들렸다. 찬수류는 주검이 돼가는 독고직을 미련 없이 등지며 뇌까렸다.

- 백제에넌 위대한 무장 다섯이 있는디… 일명 국오맹國五猛이라 부르거던.

찬수류의 목소리는 꺼져가는 독고직의 생명은 안중에도 없는 듯 느릿했다.

- 국오맹이라 하믄 나를 비롯하야… 묵랑 해례곤, 호랑이 목간나, 대도 관정, 그리고…….

쇠도리깨와 환두대도가 불빛을 튀기며 맞붙었다. 찬수류는 이미 고깃덩이로 전락한 독고직의 몸뚱이 위에 말을 뱉었다.

- 이 나라의 어라하시다.

환두대도와 쇠도리깨는 수 합을 맞붙었다. 쇠도리깨는 있는 힘껏 환두대도를 내리쳤지만 환두대도는 가뿐히 공세를 차단했다. 모대는 씩 웃었다. 공격에 도리어 웃음으로 답하는 모대에 독고추의 몸이 얼어붙었다.

- 짐의 군진으로 들어온 용기는 가상하다만…….

모대는 억센 발길질로 독고추의 배를 걷어찼다. 숨이 턱 막히는 고통에 그는 사지를 허우적거렸다. 잽싼 환두대도가 쇠도리깨를 굴복시키고 그 주인의 목을 베었다.

- 주제를 몰라도 너무 몰랐구나.

모대가 환두대도에 독고추의 수급을 꽂아 높이 들었다. 찬수류는 화답이라도 하듯 장창에 그 아우의 대가리를 꽂고 흔들었다. 혀를 죽 내민 적장의 대가리를 보고 백제는 거센 함성을 질렀다. 반면 위의 선봉은 삽시에 낙망했다. 탁발연의 섬멸작전은 초장부터 실패했다. 하뢰균은 유창, 거련과 합세하여 백제를 치라 진언했다. 그러나 상장의 죽음에 광포해진 탁발연은 백제를 몰아쳤다. 그러나 수효의 모자람을 들끓는 적의와 전의로 메워버린 백제는 탁발연을 가볍게 꺾었다. 호되게 혼난 후에야 탁발연은 하뢰균의 진언을 따르기로 했다. 그때까지도 백제는 성으로 철수하지 않고 두 다리로 단단한 땅을 딛고 있었다. 백제와 제의 견고한 방진에서 각색의 깃발들이 마구 나부꼈다.

- 모대 녀석······.

거련은 묘한 기분이었다. 적국의 젊은 군주에게 가지는 감정은 호오 好惡조차 명확하지 않았다. 이름난 적장을 아무렇지도 않게 토막 내어 수급을 치켜드는 위용은 대견스럽기까지 했다. 동맹에게 티를 낼 순 없어 거련은 속으로 웃었다. 너라면 내 적수로 가당하다. 훌륭하다, 어라하.

- 이 일을 어찌 설명할 텐가.

유창은 참담한 목소리로 탁발연을 꾸짖었다. 풍성한 수염이 미세하게 떨렸다. 탁발연은 고개를 숙인 채 말이 없었다.

- 할 말이 없겠지. 없어야지. 멋대로 배급을 배로 늘리고서도 이토록 끔찍한 패배를 당했으니. 장수된 자로서 목이 붙어 있는 것만으로도 수치스러워야 한다.

탁발연은 말이 없었다. 유창은 유조에게 명했다.

- 천자께 장계를 올리시오. 광릉후의 참람한 독단으로 대패하였노라고. 대장군으로서 무한한 책임을 느끼며 사죄드리노라고. 이제부터는 내가 전군을 지휘하여 백제를 공파하고 여대의 수급을 조만간 바치겠노라고.

유창은 숙인 탁발연의 고개를 보고 가만히 웃었다. 그리고 저 너머 백제의 군진을 보았다.

- 네놈 여대야, 승부는 지금부터다.

휘하를 완벽하게 장악한 유창은 자신만만했다. 백제가 작은 승리를 얻었다지만 대국적으로 봤을 때 생채기에 불과하다. 탁발연의 독고형제가 횡사했다지만 그들은 탁발연 휘하에서나 상장이지 전군에는 그 이상으로 날고 기는 장수들이 맑은 밤의 별처럼 많다. 백제가 작은 승리에 취해 올바른 분간을 못하게 될 터이니 도리어 이득이다. 유창은 군을 뒤로 물렸다. 갓 따낸 승리로 백제는 잔뜩 고무되어 있다. 화염처럼 타오르는 그들의 사기가 식어들기를 기다려야 한다. 그는 탁발연을 후방으로 물리고 설진도와 우열을 선봉으로 삼았다. 탁발연만큼의 젊은 완력은 없어도 노련하게 판을 이끄는 장수였다.

모대는 웃었다. 유창의 본진을 보고 웃었다. 그들의 시선이 자신에게로 쏠렸다. 고이해도 웃음기를 감추지 않았다. 모대는 독고추의 피가 묻은 환두대도의 날을 닦았다. 검붉은 탁함에 가려져 있던 환두대도의 예리한 검광이 다시 빛났다. 모대는 망설이지 않았다. 피를 뒤집어쓴 자신의 휘하를 다시 전장으로 내몰았다.

- 너희들이 적을 앞에 두고 쉬겠느냐!

모대의 장졸들은 목청껏 대답했다.

- 아닙니다!

- 그렇다면 어찌하겠느냐!

- 싸우겠습니다!

- 싸워서 어찌하겠느냐!

- 이기겠습니다!

망설임 없는 대답에 모대는 가슴이 뭉클했다.

- 이겨서 살도록 하라…….

모대는 칼을 높이 들었다.

- 싸워라! 나 또한 싸우리라!

기합소리가 요동쳤다. 기합에 놀란 말들이 투레질했다. 백제의 기합은 위의 군진까지 광풍처럼 불었다. 끓어오르는 사기에 유창은 바닥에 침을 뱉었다. 선두의 설진도와 우열은 긴장했다. 백제의 전군이 움직였다. 잠시간 싸움을 쉬고자 했던 위군은 저마다의 병장기를 들었다. 횡으로 길게 늘어선 양군이 동서에서 맞붙었다. 이십만에 가까운 인명들이 얽혀서 기합과 비명을 질렀다. 얽힌 소리의 범벅으로 귀가 먹먹해졌다. 전장의 경계선에서 소리가 가장 컸다. 숱한 인명들이 동시에 꺼졌다. 모대는 얼마가 더 죽어나가야 멎을지 모르는 절명의 현장으로 휘하를 몰아넣었다. 모대의 호령이 거세질수록 많은 사졸들이 죽었다. 그에 지지 않고 유창도 목소리를 돋웠다. 말 탄 자의 소리가 드높을수록 죽음은 많아졌다. 위는 수효가 많고 백제는 기세가 드높으니 전황은 호각이었다. 기약 없는 전장은 더 많은 인명을 품삯으로 요구했다.

- 양부개, 철기를 움직여라.

뒤로 물러나 미온하게 위를 원호하던 거련이 굳게 닫았던 입술을 열었다. 정正과 정으로 맞붙는 싸움은 무익한 소모일 뿐. 정으로 고착된 전장을 기奇로 환기하여 적의 기운을 꺼트리고 전투를 끝낸다. 양부개의 철기가 날래게 기동했다. 백제는 철기가 익숙하다. 욱리하의 밀고 당기는 전선에서 철기는 흔한 풍경이다. 그렇기에 백제에게 철기는 더 이상 기가 아니다. 양부개의 철기는 백제를 노리지 않았다. 진현달의 상장 은제지殷制之는 우익을 맡았다. 그는 가열하게 몰아치는 우열의 공세를 막아내는 중이었다. 긴장의 땀방울을 훔치는 그의 옆구리를 양부개가 깊게 찔렀다. 급습은 치명적이었다. 고구려의 철기는 은제지의 군을 요참腰斬하듯 두 동강 냈다. 사방으로 포위된 은제지의 선봉은 그대로 휩쓸려나갔다. 그의 후군 또한 두려움의 수렁에 빠져 선 채로 경련하다가 무기력하게 토벌되었다. 은제지는 은제지만의 군세가 아니었다. 우익이 붕괴되자 전군이 동요했다. 무참히 절단되는 우익을 곁눈질하던 사졸들이 날아드는 창칼을 막지 못하고 죽었다. 모대는 환두대도를 휘두르며 그들을 다그쳤지만 전황은 시시각각으로 불리하게 돌아갔다. 은제지를 앞세우고 후방에서 대국을 살피던 진현달이 급히 야전을 지휘했으나 이미 사정은 틀어졌다. 양부개의 선전에 힘을 얻은 위의 사졸들이 진현달의 우익을 옥죄었다.

- 이대로라면 버티기 어렵습니다!

고이해의 목소리는 다급했다. 모대는 대답하지 않고 숨을 크게 쉬었다. 전군의 수장인 자신이 흔들리면 전쟁의 신은 냉정하게 패배를 선언할 것이다. 속을 가다듬었지만 마땅한 계책이 없었다. 고이해도 분루憤淚를 삼킬 뿐 명쾌한 조언을 주지 못했다. 두터운 거련의 손에 목 졸리던 모대의 눈앞을 무언가가 재빠르게 지나갔다. 모대는 크게 눈을 떴다. 거련의 악력보다도 그 재빠른 풍경이 모대의 호흡을 더욱 억눌렀다. 울음이 솟구칠 것만 같았다.

- 말대인…….

선봉에서 일단의 마군이 이탈했다. 대단한 숫자는 아니었다. 백 여 기쯤 될까. 그 선두에 찬수류가 장창을 꼬느며 고삐를 바짝 쥐었다. 그의 전진에는 주저함이 없었다. 백 여 기의 마군은 수 만의 고구려와 위군을 향해 뛰어들었다. 진현달은 지리멸렬하여 넋 나간 노인처럼 퀭한 눈동자였다.

- 안 돼…….

검은 바다에 물 몇 모금 뱉는다고 민물이 되랴. 애꿎은 목숨만 버린다. 모대는 이지러진 얼굴로 불안한 미래를 상상했다. 찬수류와 양부개, 우열이 정면으로 충돌했다. 찬수류와 그의 휘하는 인파에 둘러싸여 금세 모대의 시야를 벗어났다. 누런 먼지만이 그곳에서 혈투가 벌어지고 있음을 알려주었다.

- 중군을 움직여라! 중군으로 우익을 구원하라! 찬수류를 구원하라!

오른손을 허둥대며 군령을 발하려는 모대를 고이해가 붙잡았다. 고이해는 갓 발효되려는 모대의 군령을 곧바로 취소했다. 모대는 불충한 참군을 사납게 쏘아봤다.

- 무슨 짓이냐.

- 지금 중군을 움직이시면 전쟁은 끝입니다. 우리는 사분오열되어 저들의 먹이가 될 것입니다.

- 우익이 함몰되고 찬수류가 사지로 뛰어들었다! 어찌 방관만 하느냐!

고이해는 단호했다.

- 방관하십시오.

- 말대인은 나의 스승이다. 스승을 저버릴 수 없어.

고이해는 고개를 내저었다.

- 전장에서는 일개의 노병일 뿐입니다.

모대는 머리를 아래로 떨어뜨렸다. 고이해는 말에서 내려 바닥에 긴 장대를 꽂았다. 햇빛이 그림자를 드리웠다.

- 정오까지는 버텨야 합니다. 정오가 되면 구원하러 가서도 좋습니다.

흙먼지가 우익을 완전히 덮어버렸다. 모대는 우익에서 눈을 떼지 못했다. 전황은 불리해지고 있었다. 찬수류의 분투가 없었다면…… 모대는 저도 모르게 목을 쓸었다. 몸뚱이는 들짐승의 먹이가 되겠지. 수급이 소금에 절여져 평성으로 갈 테다. 태후 풍씨는 쪼그라든 수급을 보며 교성에 가까운 웃음소리를 내겠고. 모대는 몸서리쳤다. 불안한 눈빛으로 땅에 곧게 꽂힌 장대를 보았다. 그림자는 더디게 짧아져갔다. 그림자가 마침내 소멸해야 정오였다. 멀게 느껴졌던 죽는 사람들의 외침이 가까워졌다. 군의 중심에서 수십 겹의 호위를 받으며 대국을 보고 사졸을 지휘하는 것이 장수다. 그러니까 장수는 이를 테면 장기를 두는 기사棋士다. 자연히 사졸들은 기사의 차포마상車包馬象 기물이 된다. 그런데 급박한 전황은 기사를 장기판으로 내몰았다. 목간나, 사법명, 해례곤들은 난전에 뛰어들어야만 했다. 위와 고구려의 사졸들은 수효로 그들을 압박했다. 대단한 무장은 아닌 사법명은 팔뚝에 자상刺傷을 입었다. 모대마저 달려드는 적들을 쳐내야만 했다. 진법은 무효가 되고 각자도생이 백제의 전술이 되었다. 모대는 위의 사졸 서넛을 베고 뒤를 돌아봤다. 장대의 그림자는 소멸 직전이었다.

  - 연돌! 우리를 구원하라!

모대는 허공을 향해 일갈했다.

부름에 답하듯 불길이 치솟았다. 전장이 아니었다. 먼 곳의 불길이었다. 장대의 그림자가 소멸했다. 정오가 되었다. 모대는 고구려 부장의 경동맥에 칼을 꽂아 넣으며 외쳤다.

  - 전군! 방진! 진을 유지해!

새까만 연기가 하늘을 가렸다. 연기의 어미는 붉은 불길이었다. 붉은 불길은 새까만 연기를 잉태했다. 불길이 연기의 어미이듯 또한 무언가가 불길의 어미였다. 불길은 패륜하다. 어미를 먹어치우며 왕성한 기운을 얻는다. 자기를 죽여 불길을 힘지게 피울수록 불길에게 좋은 어미였다. 가물은 날의 양곡은 불길의 좋은 어미였다. 산처럼 쌓인 낟알들은 까맣게 탄화하며 불길을 뜨겁게 출산했다. 맹렬한 불의 탄생을, 백제와 고구려와 위와 제의 사람들이 전쟁을 멈추고 바라봤다. 넋 놓고 바라봤다.

  - 유, 유성이 아니냐…….

불길을 바라보는 유창의 동공이 불의 잔영으로 붉게 물들었다. 콧잔등에 맺히는 땀방울도 불의 상을 반사해서 붉은 색이었다.

  - 유성의…….

낱알에서 시작된 불길은 맹렬하고 강한 불, 무화武火였다. 어지러이 얽혀 싸우던 사졸들은 불구경에 넋을 놓았다. 유성이 아니냐…… 대장군 유창의 말이 사졸들의 입을 타고 퍼졌다. 중애는 십오만 병마가 씹고 삼키는 병량을 저장한 그야말로 군량고. 그것으로 밥을 짓고 꼴을 썬다. 십오만 병마가 삼켜야 할 양곡을 터무니없는 화염이 먹어치우고 있다. 밥이 없어진다. 사졸들의 마음이 덜컥 내려앉았다. 밥 없이 어찌 싸우나. 밥은 곧 목숨. 목숨이 불타 없어지고 있다. 하늘을 찌르던 기세가 애초부터 없었던 듯 자취를 감추었다. 양곡이 새까만 숯으로 변해갈수록 타오르던 전의는 차갑게 소화消火되었다. 적의 낙담, 곧 나의 격정이여. 백제의 사졸들은 온몸에 기합을 넣었다. 모대는 정오를 지나 다시 그림자를 드리우려는 장대를 뽑아들었다. 흙먼지가 떨쳐져 바닥에 뿌려졌다.

- 나를 옹위하는 너희, 축자오백아!

말을 듣는 자들의 눈이 빛났다.

- 너희의 주인 막고해의 죽음을 너희들은 막지 못했다!

장대가 우익의 매캐한 흙먼지를 향했다.

- 찬수류마저 버리려느냐!

- 아닙니다!

- 마땅히 나를 따라 살릴지어다!

모대는 말의 허리를 걷어찼다. 말은 길게 울더니 우익을 향해 뛰쳐나갔다. 축자오백의 넓은 보폭이 모대의 뒤를 따랐다. 낙담한 적의 포위를 걷어내고 모대는 양부개를 막아섰다. 찬수류의 마군 백 여 기는 궤멸의 직전이었다.

- 어라하…….

찬수류는 괴물이 되어 있었다. 비린 피를 뒤집어 쓴 채 넋 나간 시선으로 모대의 구원을 바라보았다. 화살을 맞은 날갯죽지가 파르라니 떨렸다.

- 말대인!

잘려나간 왼팔에서 피가 쏟아졌다. 출혈이 심해 찬수류의 낯빛은 창백했다. 모대는 울듯이 찬수류를 불렀다.

- 말대인!

찬수류는 픽 웃었다.

- 시끄런 소리에 골 아픈게 자꾸 부르지 마씨오…… 두 짝 들고 태어난 팔, 하나쯤 없어도 괜찮소. 이짝 팔을 줘불구 우익을 구해냈은게…… 수지맞았소.

그의 동공이 풀렸다. 허벅지의 힘도 풀려버려 찬수류는 맥없이 낙마했다. 축자오백의 몇몇이 다급히 달려들어 그의 몸을 받쳤다. 전의를 상실한 사졸들을 다그치던 양부개는 본진의 고둥소리를 듣고 전장을 등졌다. 대장군 유창은 전군을 불러들였다. 전장의 긴장이 일거에 풀렸다. 그러나 긴장의 매듭을 풀어버리려는 유창의 손길을 모대가 매몰차게 쳐냈다.

- 전쟁은 끝나지 않았다!

모대의 장대가 유창의 본진을 향했다.

- 유창의 목으로 전쟁을 끝낸다! 전군! 진격하라!

몰려드는 백제에 유창은 거북한 표정을 지었다. 그는 세차게 고개를 저었다.

- 밀물의 갯벌에서 조개를 더 줍지 않는다.

유창의 한마디에 십만 대군이 일거에 철수했다. 전의를 잃은 사졸은 미련 없이 전장을 등졌다. 양군의 경계에서는 벌써 난전이 한창이었다. 군령을 하달 받지 못한 위의 사졸들은 우왕좌왕하다가 죽었다.

- 이미 물린 팔은 놈들에게 던져준다.

유창은 매정히 돌아섰다. 백제와 얽힌 일만의 사졸들은 대장군을 원망하며 죽어갔다. 자신을 버린 조국을 그들 또한 버렸다. 싸움의 이유를 잃은 자들은 병장기를 내던지며 양팔을 들었다. 투항. 싸우지 않는 군인은 백성일 뿐이었다. 모대도 칼을 멈추었다. 투항하는 적의 사졸들을 품었다. 싸움이 멎은 들판은 참담했다. 핏빛 경치에 까마귀들이 내려앉아 살점의 연회를 열었다. 물러가는 적을 보고 모대는 안도와 피로를 한꺼번에 느꼈다. 그대로 흙바닥에 풀썩 주저앉았다. 제 주군이 그리하는 것을 보고 모든 사졸들이 그리했다. 승전의 환호를 한껏 내질러야 했으나 그러질 못했다. 파리한 안색의 찬수류는 간이병상에 누워서 가쁜 숨을 쉬었다. 그는 고개를 돌려 주저앉은 모대를 흘끗 보다가 다시 시선을 하늘로 향했다. 그는 바람 빠지는 웃음소리를 내며 모대를 가볍게 질책했다.

- 아아따, 김빠지는 말만 함시롱 뜨뜻미지근허게 쌈을 끝낼 참이시오. 어라하답지 않여요.

찬수류는 오른쪽만 남은 팔과 두 다리를 곧게 펴면서 하늘을 향해 외쳤다. 미친 사람의 외침처럼 요란하고 유쾌했다.

- 너희가 이겼다! 우리가 이겼다! 백제가 이겼다!

사졸들은 넋 나간 눈망울을 빛내며 찬수류를 바라보다가 끓는 격정을 느끼고 벌떡 일어나 괴성을 질렀다. 승리를 기뻐하는 소리. 죽은 전우를 추도하는 소리. 고향을 그리워하는 소리. 적을 조롱하는 소리였다. 모대도 활개를 한껏 피며 입을 크게 벌렸다.

- 이겼다!

유창은 등 뒤에서 널리 퍼지는 환호성을 불편하게 들었다.

목간나는 승리에 취했다. 그러나 기쁨을 만끽하면서도 해소되지 않은 궁금증이 마음의 바닥에 앙금으로 가라앉아 있었다. 어라하는 적의 병량고인 유성을 불태워 적의 전의를 소멸시키고 마침내 이겼다. 자라가 용왕의 병을 고칠 명약으로 토끼의 간을 찾으러 떠나는 오래된 우화가 있다. 토끼는 간을 은밀한 곳에 숨겨놓는다 말한다. 군에게 있어 군량고는 토끼의 내놓은 간이다. 가장 은밀한 곳에 두어야 하며 적의 눈에 띄어서는 안 된다. 헌데 어라하는 무슨 대단한 심안으로 유성을 정확히 짚어냈을까. 승전의 연회를 즐기면서 목간나는 슬그머니 제 궁금증을 입에 올렸다. 모대는 빙긋 웃으며 술을 죽 넘겼다.

 - 군軍.

한 음절로 끝맺는 대답은 바로 깨닫기 어려웠다. 모대는 웃음을 머금은 채로 시종에게 붓과 먹물을 대령케 했다. 한상 걸게 차려진 그릇들을 저만치 밀어놓고 모대는 탁자에 선명한 글씨를 썼다. 필체는 거침없었다.

軍.

 - 군은 왜 군인 것이오? 군이 글자로 나타날 때 왜 이런 모양을 얻었을까.

모대는 글자의 아랫부분을 가리켰다.

車.

 - 수레 거. 이것은 수레요.

다시 윗부분을 가리켰다.

冖.

 - 덮을 멱. 이것은 덮는다는 뜻.

손은 다섯 손가락을 활짝 폈다. 그의 긴 손가락들이 글자를 온전히 덮었다.

軍.

- 그렇다면 군이란 무엇인가. 수레를 덮는 것. 곧 은폐. 적을 기만하는 것. 그것이 군의 정수精髓인 것이오.

웃음을 흘리며 모대의 손은 다시 술잔을 향했다.

- 탁발연은 군량의 배급을 두 배로 늘렸소. 배급관은 당황했겠지. 비축해놓은 양으로는 명령을 수행할 수 없으니. 전령을 보내어 군량고를 닦달했을 것이오. 배급을 배로 늘렸으니 부족한 병량을 조속히 보충하라.

들이킨 술잔을 탁자에 내려놓고 모대는 검지를 빼들어 목간나를 겨눴다. 목간나는 저도 모르게 침을 삼켰다.

- 그것이 바로 놈들의 패착이오.

산만 한 병량을 운송하는 데는 무수한 달구지가 필요하다. 은폐도 쉽지 않다. 추상같은 장수의 명령을 수행하는 것만으로도 급급한 이들이 여타의 세밀한 부분을 신경 쓸 수는 없다. 군량고에서 탁발연의 선봉까지 이어지는 달구지의 행렬은 백제의 길라잡이가 돼주었다. 백제의 첨병이 그 경로를 그려 상부로 보고했다. 병량을 모조리 태워버릴 화염의 종착지를 안내해주었다. 그러나 병량은 군의 목숨인 만큼 방비가 삼엄하다. 군량고를 알고 타격한다 해도 방비가 두터우면 이길 수 없다. 따라서 적의 시선을 다른 곳으로 이끌어야만 한다. 그러한 탓으로 요서성의 굳건한 성문이 열렸다. 모대는 전군을 이끌어 성을 박차고 나갔다. 탁발연을 격파하고 유창과 거련의 본군을 자신에게 전력專力하게 했다. 전국은 난전으로 치달았고 유창은 모대를 공파하는 데 몰두했다. 그 사이에 밀명을 받든 연돌의 별동대가 길을 우회하여 유성을 타격, 성주 왕승준을 패퇴시켰다. 그리하여 마침내 넉넉한 기름을 붓고 마른 장작을 쌓아 불을 놓았다. 위국 사졸들의 전의까지 모조리 태워 하얀 잿더미로 만들었다. 전쟁은 그것으로 결착이었다.

- 연돌, 너의 공로가 가장 높다.

모대는 연돌의 잔에 맑은 술을 넉넉히 따라주었다. 연돌은 공손하게 받들었다.

- 헌데 너의 표정이 어찌 어두운가. 너의 공로만큼 얼굴도 눈부셔야 마땅하다.

어라하의 하문에 연돌의 낯빛은 더욱 음울해졌다. 잠시간 뜸을 들이던 그는 탁자 아래에 내려놓았던 물체를 탁자의 위에 올렸다. 반듯한 나무상자였다. 그곳에서 연돌의 표정만큼이나 어두운 기운이 뿜어졌다. 모대는 눈썹을 찌푸렸다.

- 그것이 무엇이냐.

잠깐의 침묵이 이어졌다. 모대는 참을성 있게 기다려주었다. 연돌은 상자 위에 머리를 박으며 눈물 먹은 목소리로 대답했다.

- 나라의 역적이자 신의 아비, 연신의 수급입니다.

좌중이 당혹했다.

연돌은 모대의 밀명을 받들어 경무장한 마병 삼천을 이끌고 우회로를 택하여 유성을 쳤다. 첩보에 따르면 중애의 병력은 이천. 내지에 위치한 터라 많은 수효가 경비하지 않았다. 다만 병량을 수호하는 책무는 막중하니 모두 정예한 병력이었다. 그러나 전쟁의 소리는 먼 곳에서 들릴 뿐이고 달구지가 오가는 것 외에는 별달리 관계할 일이 없으니 자연스레 유성의 병력은 해이해졌다. 방비를 맡은 왕승준 또한 대단한 군재라기보다는 홉 단위의 병량까지 허투루 날리지 않는, 저울질에 능한 자였다. 먼 곳에서 들리는 혈전의 아우성을 들으며 그들의 안도는 수확의 때를 놓친 홍시처럼 무르게 푹 익었다. 연돌은 동쪽에서 횃불을 올리고 징과 북을 울리면서 가장 경계가 느슨한 서문을 택하여 운제를 걸고 성벽을 넘었다. 삽시에 유성은 혼란에 휩싸였다. 군령에 능숙하지 않은 왕승준은 허둥거렸다. 그 틈에 군량고에는 마른 장작이 쌓이고 기름이 부어졌다. 연돌은 강한 완력으로 기름으로 축축이 젖은 장작을 향해 횃불을 던졌다. 맹렬한 불길은 땅에서 솟은 태양이 되어 유성을 뜨겁게 밝혔다. 임무를 완수한 연돌은 급히 군을 거두어 불타는 유성을 등지고 퇴각하는데 무언가가 퇴로를 가로막았다.

- 과연, 대왕께서 모대가 잔머리를 굴릴 것이라 하시더니.

긴 그림자가 연돌의 몸을 덮었다.

- …네가 올 줄은 몰랐다만.

연돌을 가로막은 군대는 고구려의 것이었다. 펄럭이는 고구려의 깃발들의 맨 앞에는 연돌로서는 당혹스러운 얼굴이 있었다.

- 아버지…….

연돌의 얼굴이 심하게 일그러졌다. 연신. 아버지이자 역적. 빌어먹을 조우에서 나는 어떤 표정을 지어야 하나.

- 살아 있었구나, 용케.

연신은 이상한 웃음을 지었다.

- 또한 용케… 모대의 복심이 되었구나.

- …….

- 기특하다.

기괴한 말에 소름이 돋았다. 연신 또한 기특하다는 말을 하려고 한 것은 아니었다. 다만 할 말이 마땅치가 않았다. 무슨 말을 하나.

- 너와 나는 적으로 만나게 되었으니 어쩌겠느냐. 네가 나를 베든, 내가 너를 베든…….

연신은 칼을 빼들었다.

- 여럿 죽일 필요 있느냐. 너와 내가 칼을 부딪쳐 결착을 보면 그만.

이럇. 연신은 연돌을 향해 빠르게 말을 몰았다. 연돌은 엉겁결에 칼을 빼들었다. 맞수가 될 리가 없다. 연돌은 야전에서 숱한 사내들의 피를 묻혀온 무부武夫다. 연신은 어떠한가. 가문의 음덕과 나쁘지 않은 처세로 일생을 살아온 일개의 벼슬아치일 뿐이다. 칼의 결착은 곧 죽음이리라. 헌데 어째서 아비는 칼을 택하는가. 오랜 질곡을 통과하고도 남아 있을 법한 효의 잉여를 염두에 두었나. 애석하지만 그런 건 없다. 연돌은 아비의 수급을 벨 작정이었다. 저자에서 몸이 찢기는 일족을 내버리고 적국으로 도망쳤을 때부터 골육지정骨肉之情은 남지 않았다. 쳐들어오는 아비를 맞아 그 또한 칼을 들고 말을 달렸다. 연돌은 칼을 휘둘렀다. 실력을 가늠하기 위해 힘을 싣지 않은 밋밋한 공격이었다. 늙고 칼에 둔한 아비라도 능히 받아칠 검법. 이것을 막으려 하는 쇠붙이의 저항이 있어야 했다. 그리고 그 저항은 단단한 쇠의 느낌이어야 했다. 그런데 느낌은 물렁했다. 연돌의 칼이 내리친 것은 마땅히 마중을 나왔어야 할 아비의 칼이 아니었다. 칼이 아니라 아비의 목줄이었다.

― 아버지…….

연신의 잘린 경동맥에서 붉은 피가 뿜어졌다. 연신은 목을 부여잡고 낙마했다. 연돌은 칼을 떨어뜨렸다. 아비는 몸을 뒤틀며 피를 뿜었다. 충분히 막을 수 있었다. 막을 수 있음은 물론이고 호기로운 반격을 할 수 있었다. 한데 어찌 그대로 칼을 맞았나. 연돌은 몸을 떨었다. 땅바닥에 떨어져 피를 뿜는 연신의 목소리가 들렸다. 그것은 아비가 아니라 땅귀신의 속삭임처럼 음산했다.

― 나의 수급을 베어라…… 모대에게 주어라…… 그러면서 아뢰어라. 죄의 핏줄을 끊어냈노라고…… 너는 역적 연신의 아들이 아니라, 죄를 씻고 다시 태어나 연씨의 비조鼻祖가 되었노라 당당히 선언해라…… 이로써 너에게 지은 나의 죄를 면하고 비겁으로 얼룩진 내 생에 깨끗한 최후를 선물하리라…….

피를 다 쏟은 연신은 하얀 얼굴이 되어 죽었다. 아비의 주검 앞에서 우두망찰하는 연돌에게 함께 따른 회매가 단호히 조언했다.

- 부친의 유훈을 따르십시오.

연돌의 몸이 떨렸다.

- 죽음을 헛되이 하지 마십시오.

회매는 연돌에게 칼을 들렸다. 연돌은 눈물을 쏟으며 유훈을 행했다. 아비의 목을 잘랐다. 유훈의 결과가 모대의 눈앞 정방형의 나무상자 안에 숨어 있었다. 모대는 들이키던 술잔을 가만히 내려놓았다. 역적이든 배신자든 망명객이든, 그 어떠한 부름보다도 앞서는 이름이 있다. 만백성의 돌을 맞는 죄인일지언정 연돌에게는, 아버지. 피를 나누어 나를 만든 자가 눈앞에서, 게다가 나의 칼을 맞고 절명하다니. 짐작할 것 같다가도 끝내 연돌의 마음에 닿지 못한 모대는 눈을 감았다. 집사의 한마디 말로 아비의 부음을 전해들은 그날의 밤, 온몸에 새겨진 기억이 떠올라 모대는 마른침을 삼켰다. 군진 밖의 개구리가 꽥꽥 울었다.

유창은 진을 백 리 밖으로 물렸다. 대병에 짙게 내려앉은 절망의 안개는 걷힐 줄을 몰랐다. 사졸들은 주린 배를 부여잡으며 대장군의 뒤통수를 따갑게 쏘아보았다. 거련은 요동으로 돌아갔다. 유창은 그의 소매를 붙잡았으나 거련은 매몰차게 떨쳐냈다. 거련은 부러 들으라는 듯 여노에게 큰 목소리로 말했다.

- 요서에 아조의 깃발을 꽂으러 왔다. 누구 덕에 장사를 망쳤는데 무슨 염치로 엉덩이를 더 비비고 있으란 거야? 고얀 심보다! 애꿎은 연신만 욕을 보았구나.

집으로 돌아가는 고구려를 위국은 힘없는 눈으로 바라보았다. 절망은 더욱 짙어졌다. 주변 관부를 털어 병사를 먹였지만 원체 수효가 많아 곳간은 금세 비었고 사졸은 굶주린 배를 쓰다듬었다. 평성으로의 철수를 운운하는 소리가 공공연하게 터졌다. 유창이 군의 사기를 저하하는 자를 군령으로 엄히 다스리겠다 선포했으나 불만에 가득 찬 사졸들의 입을 모조리 단속할 수는 없었다.

- 그만 평성으로 돌아가시지요.

노장 유조도 뾰족한 수가 없음을 전제하고 철수를 권유했다. 유창은 침묵했다. 수용의 의미가 아니었다. 철수는 결코 불가하다. 그러나 철수를 반대할 근거를 찾지 못했기에 침묵했다. 유창은 그대로 철수하고 나서의 미래를 충분히 내다볼 수 있었다. 비범한 혜안씩이나 필요 없는 일이다. 범부凡夫라도 능히 사세를 따진다면 그릴 수 있었다. 망명객의 신분은 항상 올가미였다. 황족인 탁발연의 패착이 승부를 좌우한 것은 맞다. 그러나 대장군의 인을 받은 이가 최후의 책임을진다. 태후와 천자가 급속히 한화漢化를 추진함에 조정에서의 입지가 좁아져가는 선비 출신의 고관대작들이 한족의 최고위 인사인 유창을 고깝게 보고 있다. 태후가 전력으로 대병을 몰아주고 군을 사령할 전권을 내줬음에도 일개 성 하나를 토벌하지 못하고 철수했다. 구태여 논리를 동원하지 않아도 명백한 탄핵의 증거였다. 이대로 끝낼 수는 없다.

- 천자께서 반드시 요서를 손에 넣으라 하셨네. 명을 수행하고야 말 것이다.

유조는 난색을 표했다. 유창, 설진도, 탁발연, 우열. 모두들 왕·공·후의 봉작인데 반해 유조는 역양자, 자작子爵에 그친다. 그 역시 숱한 감투를 거친 원로였으나 유창과 설진도, 탁발연, 우열은 황실의 일원이거나 두터운 신임을 받는 인물들. 유조는 자신의 위세만으로 유창을 설복하지 못할 것을 알고 다른 이들에게 동조를 해주시라 눈빛을 보냈다. 그러나 그들은 그의 눈빛을 거부하고 유창을 따랐다. 유조는 허탈하게 웃었다. 그렇지. 너희도 지켜야 할 것이 많지. 변방의 문지기만 전전해온이 늙은이가 미처 너희의 사정을 몰랐다. 지킬 것이라고는 고향의 처자식과 수저 한 벌뿐인 자들이 다시 죄 없이 죽어가겠다.

- 군마를 죽여라!

유창은 칼을 빼들었다. 벼린 칼끝을 자신의 애마에게 겨눴다. 오래 전장을 함께 누빈 말은 늙어 있었다. 유창은 눈을 질끈 감고 말의 목을 내리쳤다. 말은 순하게 칼을 받았다.

- 우리에게 양식은 없다! 군마를 잡아먹는다!

말의 잘린 목이 뿜는 피를 받았다. 피를 담은 잔에서는 미지근한 체온으로 김이 났다. 유창은 그것을 음료처럼 마셨다. 입술이 붉게 물들었다.

- 고기를 먹어라! 먹은 고기를 너희의 피와 살로 만들어라! 기운을 북돋고 창을 잡아라! 다시 백제를 칠 것이다!

오랜만의 육식이었으나 사졸들은 기쁘지 않았다. 유창은 애마를 직접 내리치고 고기를 수하들에게 나누어주는 파격으로 사졸들을 고무했으나 고루한 연극에 놀아나지 않을 만큼 그들의 마음은 황무했다. 유창은 당황했다. 하루에 말들을 닥치는 대로 잡았다. 말의 피를 입가에 묻히며 위군은 행진했다. 유창의 걸음이 향하는 곳은 창수군滄水郡. 요서의 지척에 있는 항만이었다. 유조가 창수로 가는 까닭을 묻자 대장군은 가벼운 미소를 지었다. 그는 견고한 성을 점령하는 것은 관두었다. 바다를 택했다.

- 청주자사青州刺史 진동장군鎭東將軍 양평백陽平伯 공손수公孫遂를 아는가.

유창이 유조에게 물었다. 귀에 익은 이름이다. 황실의 총애를 받던 인물. 작위는 후작侯爵에 이르고 남부상서南部尚書와 좌장군左將軍을 겸하여 문무의 고관에 올랐다. 그를 총애하는 태후와 천자는 그로 하여금 도읍의 구획을 자문하기도 했다. 그러나 영명한 군주일수록 신하의 왕성한 참견을 좋아하지 않는다. 들뜬 공손수는 귀족의 등급을 새로이 재편할 것을 주청했다. 태후는 그것을 과하다 여겼다. 범양후^{范陽侯}였던 공손수는 양평백으로 강등되고 청주자사와 진동장군의 관인을 받아 외방으로 쫓겨났다. 그런 그가 근자에 하나의 관직을 제수 받았다.

동이교위^{東夷校尉}.

오랜 연원이 있는 직책이었다. 옛 한나라의 깃발이 날릴 때부터 그 이름이 존재했다. 동이교위란, 동이, 즉 화하의 동방에 있는 이민족을 관할하는 자리다. 교위라는 자리는 품계가 낮았으나 동방에서 일어나는 모든 전쟁과 유화를 현장에서 지휘하는 막중한 권한과 책임이 있다. 위의 황실이 백제의 요서를 공략할 뜻을 품은 해에, 황실은 공손수를 동이교위에 임명했다. 동이교위의 인장을 받든 그의 속내는 이러저러한 계산으로 잡답했다. 그가 자사로 부임한 청주는 고구려와는 멀고 백제의 요서왕부와는 지척이었다.* 천자는 왜 나를 동이교위에 명했는가. 게다가 청주자사를 제수 받을 때 겸하여 받은 진동장군의 인. 동쪽을 진압하라. 공손수는 골몰했다. 그즈음 유창은 모대에 의해 대패하고 군진을 물렸다. 유창은 물러나면서 전령을 재촉하여 공손수에게 서한을 전달했다.

양평백은 보구려. 나의 병마가 백제왕에게 당하여 군을 임시로 철수했소. 허나 곧 태세를 정비하여 요서를 손아귀에 넣을 것이오. 그러나 요서의 방비는 단단하니 공성이 여의치 않소. 당신이 자사로 있는 청주는 바다를 향해 불쑥 튀어나온 반도지형. 예로부터 강력한 주사를 육성하던 지방이오. 비록 아조가 북방의 내륙에서 비롯하여 물에 능숙하지 않지만, 청주의 주사라면 얘기가 다르지. 주사를 동원하여 우리를 도우

---

* 청주는 지금의 산둥반도 일대이다.

시오.

　공손수는 코웃음을 쳤다. 패전지장의 주제에 오만하다. 그러나 그 뒤에 실린 글은 그의 목덜미를 뻣뻣하게 굳혔다.

　왜 하필 올해에 천자께서 당신을 동이교위에 임명하셨을까. 당신은 구중궁궐 심처에 거처하시는 천자의 내밀한 어심을 읽을 수 있소? 나는 읽었소. 천자께서는 요서를 치기 위해 오래 준비하셨소. 당신을 동이교위에 명한 것도 같은 맥락. 지금껏 고구려를 제어하는 것이 동이교위의 주된 소임이었소. 그러나 백제와 가까운 청주의 자사인 당신을 동이교위에 명한 것은 천자의 어심이 백제에 가 있다는 뜻이오. 진동장군의 인도 그러한 맥락일 터. 에둘러 말하지 않겠소. 당신은 천자의 어심을 불편케 하여 지금 외방에 쫓겨나 있소. 천자께선 이번에 기회를 주신 것이오. 나를 도와 백제를 정벌하면 반드시 조정의 부름을 받게 될 터. 주사를 동원하여 빠른 시일 내에 창수군으로 보내시오. 나와 더불어 백제를 꺾고 조정으로 금의환향하시기 바라오. 단양왕 유창 백.

　벌거벗은 마음을 들켜버렸다. 공손수는 경악했다. 유창의 글자들이 살아 움직여 정확히 마음의 급소를 찌른다. 더없이 합당한 말. 그는 식은땀을 훔쳤다. 망설일 틈이 없었다. 그는 화급히 휘하의 장수들을 모조리 소집했다.

　- 주사의 삼분지일만 남기고 모조리 창수로 향한다!

　- 자사어른!

　- 꾸물거릴 틈이 없다. 내가 직접 나선다. 갑옷과 투구를 가져와라!

　청주의 선단이 황급히 닻을 올렸다. 창수로 향했다.

　모대는 곰나루로의 철수 준비를 했다. 요서에서 한세월을 보낼 만큼 여유롭지 않았다. 궁성을 오래 비웠다. 백가가 어련히 잘하련만 곧장 소식을 들을 길이 없으니 마음이 답답했다. 이요의 얼굴도 절실했다.

귀국의 행장을 다 싸가던 모대는 전령의 보고에 묶었던 매듭을 풀었다. 모대는 떨떠름한 표정을 지었다.

- 끈질기군.

거련이 요하를 넘어 요동으로 돌아갔다는 전언을 듣고 모대는 전쟁의 종식을 확신했다. 그런데 전령은 예상을 산산조각 냈다. 유창의 병마가 남녘의 창수로 향하고 있습니다. 또한 청주자사 공손수가 대규모의 선단을 이끌고 유창과 합세한다는 첩보입니다. 모대는 하늘을 바라보며 탄식을 뱉었다. 제장들도 허탈한 웃음을 웃었다. 벌써 평정을 찾은 고이해가 군략을 논했다.

- 공성을 할 요량이었으면 청주를 움직일 필요도 없을뿐더러 합세한다고 해도 육로에서 군을 합쳤겠지요. 주사를 움직이는 것은 항만을 타격할 심산입니다.

- 공손수의 선단은 어느 정도인가.

- 대선大船 칠십 척, 소선小船 백오십 여 척 가량입니다.

- 대단하군.

목간나는 고개를 젖히며 껄껄 웃었다.

- 그래봤자 애송이들입니다.

호랑이 목간나. 그의 웃음은 쩌렁쩌렁했다.

- 어라하, 무엇이 두려워 요서에 웅크려 적을 맞아야 합니까.

호방한 목소리가 듣기 좋았다.

- 선단을 주십시오. 놈들을 수장하고 돌아오겠습니다.

사법명이 미온적인 반응을 보였다.

- 적은 수효로 전쟁을 할 때에는 든든한 성에 의지해야 합니다. 설불리 나섰다가는 크게 지고 맙니다.

모대는 팔짱을 끼고 고심하더니 선선히 고개를 끄덕였다.

- 모든 군선을 주겠소.

- 어라하!

- 탄지진은 그렇게 놀랄 것이 아니라 같이 나가서 바닷바람 좀 쐬고 오시오.

결단을 내린 어라하는 반론을 허하지 않았다. 목씨는 왜국과 바닷길을 통해 자주 통교했다. 목씨는 바다에 익숙하다. 거기에 용맹을 더한 목간나라면 아무리 날고 기는 공손수라 하더라도 이기지 못한다. 더불어 바다에서는 육지 이상으로 진법이 긴요하다. 진법에 통달한 사법명이 보좌한다면 필승이다. 모대는 팔천의 군사를 내주었다. 주장을 목간나로 삼고 사법명과 해례곤이 따르게 했다. 또한 부여력을 참군으로 삼았다. 일대의 해역을 잘 아는 그가 있어야만 했다.

- 요서에서 농성하기는 쉬우나 수륙양면으로 공세를 받으면 버티기 어렵다. 차라리 선제가 나아.

모대는 칼자루의 끝에 둥글게 조각된 고리를 매만졌다.

- 나는 여기서 육로의 적을 맞겠다.

이미 한 번 이겼다. 아군은 더욱 강하고 적은 더욱 약하니, 어찌 다시 이기지 못하겠는가.

- 장졸이 일치하여 절박하면 상대하기 껄끄럽지. 허나 장수만 절박하고 사졸은 두려워한다면, 그리하여 장졸이 어긋난 마음을 지닌다면 대지를 덮는 병력과 교묘한 병장기를 지녔다 하더라도 소용없다. 그러므로 우리가 이긴다.

창수에서 공손수와 합류한 유창은 병력을 둘로 나누었다. 육로는 설진도와 우열, 유조에게 맡겼다. 자신은 직접 전선에 올라타고 탁발연을 부장으로 삼았다. 자신이 수전에 능하지 않으므로 전군의 지휘는 공손수에게 위임했다. 창수와 요서의 사이에 있는 해역의 어딘가. 양군은 맞붙었다. 목간나의 호령은 호쾌했다. 그의 전법은 부스러기 같은 자잘한 계산 없이 완력으로 압도하는 것.

- 제깟 놈들이, 초원에서 말이나 몰 줄 알던 놈들이…….

목간나는 수염을 매만졌다.

- 단단한 땅을 디디고 싸우던 놈들이 바다를, 물을 아느냐.

공손수의 선단이 하나둘 모습을 드러냈다.

- 천하에 물보다 약한 것은 없노라. 그러나 견고하고 강한 것을 이기는 데 물보다 능한 것은 없으니. 무엇도 이를 대신하지 못한다. 약함이 강함을 이기고, 부드러움이 단단함을 꺾나니.*

목씨가 목지국의 진왕족일 적부터 내려온 보검을 그는 장중하게 뽑았다.

- 너희가 물을 모르면 나를 이기지 못하리라.

유창은 공손수에게 항구를 타격하라고 했다. 뭍에서 멀리 떨어진 전장은 공손수에게 뜻밖이었다. 망망한 해역에 섬처럼 떠 있는 백제의 깃발에 공손수의 몸이 얼었다. 군의 움직임을 파악해버린 백제의 더듬이는 어디까지 감각을 뻗쳐 놨는가. 부여력은 공손수가 요서로 향하는 해로를 정확히 짚었다. 백제는 그 길목을 차단했다. 마음의 방비가 없이 곧장 부딪치기에 백제의 선단은 두려웠다. 그러나 순풍이 위의 선단을 백제에 가깝게 밀어주었다. 맹수를 향해 등 떠밀리는 듯 공손수는 당혹했지만 이내 평정을 찾았다.

- 순풍은 적들에겐 역풍. 바람에 올라탄 불화살을 저들이 어찌할 도리가 없을 겁니다, 대장군.

유창은 만족한 듯 고개를 끄덕였다.

---

* 노자 도덕경 78장. 天下莫有弱於水, 而攻堅强者莫之能勝, 以有無以易之, 弱之勝强, 柔之勝剛

- 전군! 불화살을 쏴라!

이백 척 넘는 전선들이 일제히 불화살을 토했다. 허공을 향해 가파르게 오르던 불화살은 올라간 만큼의 높이에서 추락했다. 순풍을 받은 불화살은 힘차게 날아가 백제 선단의 선봉을 불태웠다. 맨 앞에 선 소선한 척이 수 백 발의 화시를 맞고 침몰했다. 선제에 성공한 위국은 뜻밖의 조우에 당혹한 마음을 다스리고 흐트러진 전열을 정비했다. 바다 속으로 가라앉는 전선을 보면서도 목간나의 표정은 흔들리지 않았다.

- 작은 일로 너무 들뜨는군, 멍청이들.

그는 사법명을 돌아보며 고개를 끄덕였다. 사법명은 직속의 휘하에 군령을 발했다. 고둥이 길게 소리를 내고 북소리가 빠른 장단으로 울렸다. 붉은 깃발을 든 장교는 절도 있게 깃발을 움직여 명령을 전군에 하달했다. 머리 위로 어지러이 쏟아지는 불화살을 회피하며 백제의 선단은 둘로 갈라졌다. 노군櫓軍들은 능숙하게 좌우로 선회했다. 날렵하게 기동하는 백제의 선단을 위국의 사수들이 따라가지 못했다. 개중에 몸이 둔한 치들은 시위 겨눌 곳을 찾아 허둥대다가 저들끼리 몸뚱이가 얽혀 엉덩방아를 찧었다. 지엄한 상관의 꾸짖음이 따랐다. 백제의 선단은 위의 선단을 농락하듯 공세를 회피했다. 순풍을 받아 기세 좋게 날아간 불화살들이 표적을 잃고 그대로 빈 바다에 수장되었다. 능숙한 항해술로 이리저리 회피하는 백제를 향해 위국은 변죽만 울렸다. 백수百獸의 임금을 자처하는 사자라 하더라도 물에 빠지면 영락없는 바보 천치가 되고 마는 법. 위국은 사자였다. 억센 앞발을 휘두르고 날카롭게 벼린 송곳니를 드러낸다 한들 물에서는 대단하지 않았다. 목간나는 재빠르게 기동하여 위국의 허리를 깊숙이 찔렀다. 위국은 공습에 제대로 응전하지 못하고 혼란에 빠져 허우적거렸다. 공손수가 위국에서 물에 가장 해박하다 하나 그가 백제의 사내였다면 일개 수부水夫의 감에 그치는 터. 더불어 그가 이끄는 청주의 주사 역시 뱃멀미만 하지 않을 뿐이지 놀랄 만한 역량은 아니라 목간나가 그들을 다스릴 수 있었다. 유창이 공손수를 구슬려 바다에 전선을 띄우는 데는 성공했지만 기울어진 전황을 뒤집을 만한 힘은 그에게 속한 바 아니었다.

- 물러납시다.

무참하게 얻어맞아 깨져버리고 마는 전선들을 보며 유창은 전쟁을 단념했다. 오래 살아 깊은 그의 눈은 끝을 예감했다. 버틸수록 비참해진다.

- 하지만 대장군! 이대로 물러나면 조정의 문책을 피할 길이 없습니다!

공손수는 허망하게 입을 벌린 채 전선의 난간을 붙들었다. 그의 얼굴에 끔찍한 미래를 예감하는 땀방울들이 흥건하게 맺혔다.

- 더 버티면 죽음을 면치 못할 터. 살아서 문책 당하는 호사를 누리오.

태연하게 주워섬기는 유창에 공손수의 목 주변이 벌겋게 달아올랐다. 지금 누구 때문에 이런 우스운 꼴을 당했는데…… 유창은 그를 무심한 눈으로 흘긋 보더니 가볍게 웃었다.

- 설마 나를 원망하는 건 아니겠지. 그대가 바다로 나오는 것은 올바른 선택이었소. 난 당신이 수전에 대단히 능한 줄 알았는데… 이 정도로 형편없을 줄은 몰랐다는 게 잘못이라면 잘못이지.

- 대장군……!

- 재미없게 돼버렸군. 여대 이 녀석, 나를 이 정도까지…….

유창은 철수를 명령했다. 명령이 떨어지자마자 위국의 주사는 꼬리를 말고 일제히 뱃머리를 돌려 남하했다. 더듬거리며 생로를 찾아 달음박질치는 주사를 보고 유창은 깊은 한숨을 쉬었다. 위국의 전선들은 제멋대로 달아나다가 서로를 당파하여 전열이 엉켜버리기까지 했다.

- 청주로 돌아가거든 군을 제대로 조련하시오. 당신은 조정의 문책을 두려워할 것이 아니라 저 지리멸렬한 전열을 보고 부끄러워해야 마땅하오.

공손수 목 주변의 벌건 기운이 수치심으로 이마 끝까지 번졌다.

물러나는 위국의 주사를 보고 목간나는 사나운 눈을 빛내며 질탕하게 웃었다. 주먹을 휘두르며 위국의 주사를 궤멸하라 명하려는 것을 사법명이 제지했다.

- 저들을 모조리 수장시키면 위의 조정을 지나치게 자극하게 됩니다. 대장군 유창은 황실의 일원이기도 하니까요.

- 그게 무슨 말인가, 탄지진. 아예 싹을 잘라버려야지.

- 놈들의 체면도 생각을 해주셔야 합니다.

목간나는 고개를 모로 기울였다.

- 고양이 쥐 생각하란 말인가?

- 우리가 고양이였으면 뼈에 붙은 살점까지 다 발라먹어야지요. 지금은 이겼지만 우리는 여전히 약합니다. 적당히 전장을 매조져야지 저들로 하여금 앙갚음의 구실을 갖게 하면 안 됩니다. 이 이상의 회전會戰은 어렵습니다. 마냥 요서에 매달려있기에는 곰나루의 정세도 여전히 불안하고요.

- 쳇, 틀린 말은 아니오.

목간나는 패주하는 위국의 주사를 풀어준 채로 요서로의 철수를 명했다. 여전히 아쉬움이 남는 듯 입맛을 다시는 그를 보고 부여력이 헛헛하게 웃으며 위로해주었다.

- 걱정 마십시오. 부근의 해류는 성질이 고약하거든요. 우리를 대신해서 놈들의 궁둥이를 몇 번 걷어차 줄 겁니다.

- 그렇다면 다행이군요.

목간나는 만족스럽게 웃으며 요서로 개선했다. 요서성까지 육박한 위국의 육군은 해양에서의 호응이 없자 영문 모르는 눈만 깜빡였다. 창수까지 군을 물린 유창은 전령을 급파하여 요서를 에워싼 육군을 철수시켰다. 변변한 승리 하나 낚지 못한 채 지루하게 이어지는 전쟁에 극도의 피로를 느끼던 위의 사졸들은 홀가분한 마음으로 전장을 떴다.

곰나루

　전쟁이 끝났다. 왔던 것처럼 흙먼지를 몰고 물러나는 그들을 보고 모대는 이마에 흐르는 땀을 닦았다. 초봄에 시작된 전쟁은 후텁지근한 여름에 끝났다. 매미가 보름간의 생명을 쏟아 드세게 울었다. 어느덧 우거진 녹음을 바라보며 모대는 입가를 벌리고 웃었다.

　- 기다려, 이요.

　그리운 이름을 불렀다.

　더운 날씨에 사졸들이 웃통을 벗은 채로 귀국을 위한 물자를 하역했다. 그들은 고향에서의 그리운 일들을 지껄이며 즐겁게 일했다. 꼬박 몇 달을 부두에 정박한 전선들이 익숙해진 갈매기들은 돛대에 나란히 앉아 사졸들의 작업을 순진한 눈으로 구경했다. 모대도 그처럼 장대에 몸을 의지한 채 잡념을 떨친 눈으로 그들을 바라봤다.

　- 요서의 날씨가 퍽 덥지요.

　부여력이 다가와 살갑게 물었다. 모대는 눈웃음을 지으며 고개를 끄덕였다.

- 백제 못지않소.

- 백제도 이처럼 덥습니까.

- 말도 마시오. 잠을 자다가도 울컥 뼛성이 솟기도 하고…….

- 그렇군요. 저는 백제의 더위를 모릅니다.

- 모르는 편이 나을 거요.

부여력은 모대를 향해 몸을 틀었다.

- 이번에 알고자 합니다.

모대는 영문 모를 표정을 지었다.

- 무슨 말씀…….

- 저도 데려가주십시오.

- 요서는 누가 맡고.

- 요서에는 온조대왕의 피를 나눈 이들이 많습니다. 다들 살림을 말
아먹을 감들은 아니니 누구한테 맡겨도 잘할 겁니다.

- 나의 일족이 곁에서 도와준다면 그보다 더 든든한 일이 어디 있겠
소. 고맙소.

- 제 아우 고固와 고圖도 대동하겠습니다. 가본 적 없는 고국을 그리워
합니다.

- 거듭 고맙군.

어라하의 귀국은 장대했다. 많은 병사들을 요서에 묻었지만 그 수를
상회하는 병력을 얻었다. 유창이 버리고 간 만 명의 투항병이 그들이었
다. 모대는 그들 중 삼천을 요서에 잔류시키고 나머지 칠천을 곰나루로
데려갔다. 본국의 병력에 버금가는 수효이므로 선상반란을 염려하여
식솔들이 적은 자들을 선별했다. 또한 군량의 배급을 구분 없이 하고
본국의 사졸로 하여금 어떠한 악행도 금했다. 왕부는 그들이 탈 전선을
내주었다. 어라하의 근왕병이라는 든든한 방패막이를 얻은 요서의 상

인들도 크고 작은 상선을 바다에 띄웠다. 울긋불긋 각양각색의 돛들이 바람을 맞으며 남동으로 미끄러지듯 나아갔다. 모대는 이요의 이름을 거듭해 불렀다. 이 부름이 바다를 건너 곰나루에 닿았으면.

- 사흘 후면 뭍이 보일 것입니다. 쾌속선을 보내어 문무백관으로 하여금 어라하의 개선을 마중하게 하십시오.

그리하라는 하명이 떨어질 것을 기다리며 고이해는 모대의 용안을 보았다. 그러나 모대는 쉬 답을 내주지 않고 묵묵히 바다를 보았다.

- 해야.

모대는 그리하라는 하명 대신 고이해의 이름을 불렀다. 그는 머리를 조아리며 부름에 답했다.

- 사람의 일이란, 더욱이 그 일 중에서도 이른바 대업大業이란 마땅한 때가 있지 않니.

고이해가 야무진 음성으로 답했다.

- 맹자 이르기를 하늘의 때는 땅의 이로움만 못하고 땅의 이로움은 사람의 어울림만 못하다 했습니다.* 실로 사람의 어울림이 가장 중요합니다. 작은 일을 이루려거든 이것만으로 해낼 수 있습니다. 그러나 무릇 대업이란 땅의 이로움과 하늘의 때마저 두루 갖추어야 이룰 것입니다. 또한 손자 이르기를, 천시와 지리를 모두 알아야 비로소 전승한다고 하였습니다.** 어라하께서는 이미 두루 사람의 마음을 얻으셨으므로 작은 일에서는 막힘이 없으실 것이나 만일 신으로서는 가늠하기 힘든 대업을 도모하려 하신다면 마땅히 하늘의 때와 땅의 이로움을 갖추셔야 할 것입니다.

- 네 말이 옳다.

---

* 맹자 공손추 하. 天時不如地利, 地利不如人和
** 손자병법 지형 편. 知天知地, 勝乃可全

모대는 바다를 보며 말했다.

- 곰나루에 나의 귀국을 알리지 마라.

고이해는 머리를 조아리다 몸을 일으켰다. 모대는 바다를 본채로 가만히 서 있었다. 수면은 고요했다.

전언대로 꼭 사흘이 지나자 멀리 뭍이 보였다. 옅은 해무가 끼었지만 호리병을 누인 듯 둥그스름한 능선이 보였다. 익숙한 풍경. 저 너머에 곰나루가 있고 궁성이 있고 이요가 있다. 모대의 맥박이 빠르게 뛰었다. 해줄 얘기가 많다. 허풍 섞은 무용담도 들려주고 싶고 화하의 경치와 찬수류의 분투, 연돌의 애달픈 악연도 말해주고 싶다. 너는 지금 뭘 하고 있니. 수를 놓고 있니, 밥을 먹고 있니. 너의 소리를 듣고 너의 냄새를 맡고 싶다.

- 닻을 내려라.

목소리는 비장했다. 고이해는 전군에 모대의 군령을 하달했다. 일만 오천 여를 헤아리는 인원이 탑승한 선단이 일제히 닻을 내리고 바다 위에 정지했다. 그들을 따라온 상선들도 영문 모르는 얼굴로 뒤늦게 따랐다. 뜻밖의 군령에 장수들이 의아한 빛을 띠며 모대에게로 몰려들었다.

- 어라하, 어인 일로…….

사법명이 조심스레 물었다. 모대는 허리춤의 환두대도를 빼들었다. 그는 어라하이기 전에 선단을 사령하는 장수. 장수가 칼을 빼들었다면 그때부터 다시 전쟁이었다. 사법명의 얼굴에 아찔한 빛이 떠올랐다.

- 설마…….

모대는 뽑아 든 환두대도를 갑판 바닥에 꽂았다. 예리한 칼날에 판자의 단단함이 이기지 못하고 부서졌다. 바다 위에 멈춘 모대의 전선은 넘실대는 파도를 따라 상하로 움직였다.

- 짐은 이 시각부로 나라를 좀먹은 진씨와 그들을 섬기는 죄인들을 벌하겠다.

모대의 말은 한 자 한 자 분명한 발음이었다. 형형한 안광을 발하며 내뱉는 어라하의 말은 거역의 의지를 불허했다. 그 뜻은 견고하며 강했다. 사법명은 모대의 기운에 위압된 채로 아뢰었다.

- 어라하, 그러나 한산왕이 궁성을 쥐고 있습니다. 그곳에는 위사 백가와 어라하의 비빈께서 계시는 바… 변고가 일까 두렵습니다.

- 하늘의 뜻이 우리에게 있으니 그가 감히 준동하지 못하리라.

모대는 눈을 감고 숨을 들이쉬었다.

- …변고가 일어도 어쩔 수 없다.

해상의 선언은 역사의 물길을 비트는 대업의 시작이었다. 진, 그 이전에 해. 신하가 임금을 다스리는 기형의 역사를 공파하겠노라 모대는 선언했다. 문주와 삼근. 반역에 시해된 목숨에 대한, 모대가 지금껏 받아왔던 모멸과 조롱에 대한 앙갚음이었다. 아래에서 위로 거꾸로 흐르던 역사의 물길을 다시 위에서 아래로 흐르게 한다. 모대는 비로소 이때에 이르러 진을 부정으로 규정하고 자신을 정으로 규정했으며 부정을 정으로 돌이키겠다고 선포했다. 그러니까, 반정反正이었다. 선언의 울림은 깊고 명징했다. 어라하의 신하들은 바닥에 엎드려 명을 받들었다. 모대의 말은 해풍을 타고 거세게 휘날렸다. 어라하의 선언은 두려웠다. 진로의 권력은 태초부터 존재했던 것처럼 익숙하고 당연하다. 모대의 선언은 공고하게 다져진 뿌리를 들추고 뽑는 일. 패배할 공산도 크거니와 그 뿌리를 다 뽑는다 해도 진로의 권력이 죽으면서 빚어낼 그것의 유복자, 모대가 들춰낼 검은 장막의 뒤편은 환란과 불화, 혈투일 수도 있다. 그럼에도 목간나 이하 장수들이 모대의 선언을 따르겠다 결심한 것은, 진로가 소멸한 힘의 공백, 모대가 취하고 남을 권력의 잉여를 재분 받을 수 있다는 희망의 셈법이 있기 때문이었다. 고이해가 바라보는 모대의 뒷모습이 사뭇 산처럼 크게 느껴졌다. 어라하께서는 여기까지 계획하신 겁니까. 그래서 목씨와 백씨와 사씨와 해씨의 가병들을 원정에 동원하고 어라하께서도 직접 바다를 건너고 칼을 뽑으신 겁니까. 배반의 공산이 있는 목간나를 대동하시고 가장 신뢰하는 백가를 곰나루에 두셨습니까. 십 수 만의 적병을 이기고 다시 돌아와 진로를 토벌하고자 하신 겁니까. 무모하고 괴팍하십니다. 그러면서도 간교하십니다. 어라하의 선언은 저들이 꿈꾸는 사욕을 채워줄 정도로 매혹적이니 저들이 군말 없이 어라하를 따릅니다. 진로의 강함은 누구나 알고 있으나 등 뒤에 거느린 저 거대한 선단을 보노라면 없던 전의마저 끓지 않습니까.

다시 닻이 오르고, 순풍은 뭍을 향해 그들의 등을 떠밀었다. 사졸들은 느슨히 쥐었던 창을 다시 곧게 직립했다. 본래 어라하의 귀환을 환영하는 백관의 무리가 부두를 메우고 있어야 했다. 그러나 어떠한 연통도 받지 못한 곰나루의 부두는 아랫것들의 바쁜 생업으로 북적거릴 따름이었다. 화물을 하역하다 지쳐버려 앞섶을 드러내고 숨을 헐떡이는 역부, 터무니없는 값으로 에누리를 시도하는 장사치, 호시탐탐 어물을 노리는 갈매기들, 젓갈을 담글 게를 싼값에 사려는 엉덩이가 펑퍼짐한 주막 여주인. 그들의 눈에 점차로 가까워져오는 대규모 선단은 당혹과 공포였다. 어라하의 황룡기를 높게 치켜든 대선, 그것을 옹위하는 수백 척의 선단을 물정 모르는 눈으로 지켜보았다. 저만 한 수효의 배가 곰나루의 부두에 정박했던 적은 유례없었다.

- 뭐냐.

짙은 응달의 밑에서 꾸벅꾸벅 졸던 부두의 주사 총관이 실눈을 뜨고 먼 곳을 바라봤다. 옅은 해무가 꼈어도 부두를 향해 근접해오는 것이 여러 척의 배라는 것을 총관은 알았다. 그 감이 틀리지 않았다는 것을 헐레벌떡 뛰어오는 초병이 확인해주었다.

- 총관 어른! 전선입니다!

총관의 얼굴이 창백해졌다.

- 고구려 놈들이라면 반드시 욱리하 전선에서 봉화가 올랐을 것이다. 침미다례는 주사를 운용할 여유가 없고… 그렇다면 대체 저놈들은 누구란 말이냐.

- 정지 신호를 보냈습니다만 듣지 않습니다! 속히 응전 명령을 내려주십시오!

- 젠장… 부두의 사람들을 모두 철수시키고 배를 띄워라. 또한 궁성에 보고하라. 적침이다!

총관은 급히 가용한 전선을 모조리 바다에 띄웠다. 자신도 전선에 올라타 응전 태세를 갖추었다. 부두의 불량배들이나 타진하면 그만이었던 팔자에 사나운 액이 낀 것을 속으로 한탄하면서. 가까이서 바라본 선단의 규모는 상상을 넘어섰다. 수 백 척의 전선의 양 옆으로 나온 수천 개의 노들이 짐승의 울음 같은 소리를 내며 파도를 갈랐다. 총관과 함께 올라탄 사졸들도 그 거대한 규모를 보고 넋을 잃었다. 선단에서 가장 큰 군함이 총관의 전선에 바짝 붙었다. 뱃머리에는 안광을 뿜을 듯한 황룡이 조각되어 있었다.

- 너는 감히 누구의 행차를 막는 것이냐.

너무나도 당당한 침략자의 물음에 총관은 답하지 못했다.

- 어라하의 행차시니라.

어라하. 하늘에서 쇳덩이가 떨어진 듯 일개 총관으로서는 감당하기 힘든 무게의 호칭에 그는 몸을 떨었다. 어라하라니. 그 호칭은 해무에 휩싸여 사나움을 발하는 선단과 어우러져 범의 이빨 같은 공포를 떨쳤다.

- 길을 비켜라.

전선이 앞으로 나아가자 총관은 허겁지겁 길을 터주었다. 수십 개의 기다란 노가 파도의 소리를 흉내 내며 총관의 초라한 전선을 스쳐지나갔다. 총관은 전선의 가장 높은 곳에 펄럭이는 황룡기를 보고 적어도 그가 직무유기를 하지 않았음에 안도했다. 철수명령이 떨어진 부두는 적막했다. 수상한 기미를 눈치 챈 갈매기들도 불안한 눈으로 저공비행했다. 부두가 넓지 않으므로 모든 선박이 뭍에 정박할 수 없었다. 제1진이 먼저 부두에 정박한 후, 배와 배 사이에 널다리를 걸어 사졸들이 오갈 수 있게 했다. 모대는 맨 먼저 뭍에 땅을 밟았다. 넘실대던 갑판을 디디고 섰다가 단단한 대지를 밟으니 정강이가 저려왔다. 모대는 갑주를 벗지 않은 상태였다. 그는 날개모양 금제 장식이 달린 투구를 쓰고 환두대도를 모래톱에 박았다.

- 여항의 백성은 다치지 않게 하라. 또한 황룡기를 보고 투항하는 자는 거두어라. 허나 적을 따르는 자는 베도 좋다.

상륙과 동시에 다시 칼부림이 시작되었다. 날붙이의 비린내가 다시 진동했다. 달솔 찬수류가 새로이 근왕병이 된 위의 사졸 칠천을 이끌고 곰나루 궁성으로 돌진했다. 목간나는 자신의 영지를 경유하여 모든 가병을 이끌고 궁성의 동쪽으로 진군했으며, 사법명 또한 소부리의 영지를 경유, 역시 가병 전부를 동원하여 서쪽으로 향했다. 해례곤은 대두성에서 부상병의 갑옷을 벗겨 영지의 장정에게 입혔다. 정비를 마치고 그는 곰나루로 향했다. 모대는 백씨의 가병을 직접 지휘하며 앞선 군세의 뒤를 따랐다. 도합 이만을 상회하는 대군이 곰나루의 궁성을 겹겹이 에워쌌다. 위국의 십 수 만 병마와의 싸움에서 이긴 그들은 긍지가 드높았다. 악에 받친 함성을 내지르며 궁성으로 쳐들어갔다. 이 땅의 주인 납시었으니 성문을 열고 투항하라! 주인 납시었으니 투항하라! 고함만으로 성벽을 허물려는 듯 우레처럼 요란했다. 지엄한 군령에 따라 성벽에 사다리를 걸고 사졸들이 기어올랐다. 맨 먼저 성벽에 오르는 이들은 위의 투항병들이었다. 실로 기구한 팔자다. 화하에서 나서 알지 못하는 이민족 장수의 군령을 듣고 성벽을 넘는다. 대체 누가 나의 친우이며 나의 적인가. 그들은 복잡한 셈을 관두고 열심히 성벽을 올랐다. 성벽 위의 사졸들은 어리둥절했다. 싸움의 까닭을 몰랐다. 분명히 궁성의 밖에 걸린 깃발은 궁성의 주인인 어라하의 깃발이다. 어째서 어라하는 궁성을 치는가. 또 궁성에서는 어라하를 향해 화살을 쏘고 창을 내지르라 명하는가. 서로 적대할 이유가 없는 사내들이 얽혀 죽이고 죽었다. 그들이 죽는 까닭은 그들의 위에서 명령하는 지극히 높은 사내들이 있기 때문이었다. 그것이 본디 전장의 법칙이고 새삼 따지고 들 일도 아니어서 그들은 대단할 것도 없는 목숨을 부지하기 위해 창을 휘둘렀다. 성벽의 위아래로 주검이 쌓여갔다. 모대는 성벽의 가까이에 막사를 치고 간이의자에 앉아 전국을 바라봤다. 이따금 눈먼 화살이 모대의 코앞까지 떨어졌다. 방패를 든 근위들이 모대를 지켰다. 궁성의 남문이 더 버티지 못하고 열렸다. 사졸들은 열린 문으로 침투했다. 남문이 열리니 북과 동과 서 또한 항전의 의지를 잃고 성문을 내주었다. 패잔병들은 궁궐이 있는 궁의 내성으로 빨려 들어가듯 패주했다. 곰나루의 외곽을 수비하던 병관부의 덕솔 모유가 누군가의 수급을 들고 와 모대의 앞에 무릎을 꿇었다.

— 국적 진로가 신에게 전갈을 보내어 귀부하라 명하였지만 듣지 않았나이다. 수급은 사신의 것입니다. 신, 어라하께 충성을 다짐하나이다.

모유는 진로의 복심. 세를 읽을 줄 아는 자로구나. 모대는 덤덤하게 그의 공을 치하했다. 병관부의 병력마저 진로가 제어하지 못한다면 더 이상 그에게 남은 패는 없다. 모대는 전 병력을 내성으로 집중했다. 그는 찬수류를 돌아봤다.

- 이요와 백가의 위치는요.

- 당에 확인을 모댔습니다…… 혹 내성에 있는 것은 아니겠제라…….

- 밀사를 보냈거늘 닿지 못 했나.

거북의 등껍질처럼 단단한 내성의 옹벽이 원망스러웠다. 어둠이 내리자 모대는 공습을 중단했다. 궁궐을 제외한 곰나루 전역이 어라하의 깃발 아래 들어갔다. 궁궐에는 적은 수의 군세만 있을 뿐이었다. 속히 싸움을 끝내야 내상이 적다. 싸움을 끌면 남쪽의 침미다례나 북쪽의 고구려가 기웃거리리라. 한밤중에 내성의 문이 열리더니 백기를 든 사내하나가 나왔다.

- 너는 달솔 장색이 아니냐.

진의 일족과 관정을 제외하고는 가장 권세가 두터운 이였다. 그가 노새에 올라타 백기를 든 채로 모대의 앞에 섰다. 그의 눈빛은 감히 모대를 올려보지 못하고 발 아래로 향했다. 장색은 모대의 앞에 엎드렸다.

- 신 달솔 장색이 어라하를 배알하나이다…….

- 평신하라.

분부대로 장색은 몸을 일으켰다.

- 달솔 장색 외람되이 여쭙겠나이다. 어라하께오서는 어찌 무장을 풀지 않으시고 궁성을 공파하시나이까. 신들은 두렵습니다.

- 진로를 벌하기 위함이다. 허울뿐인 명분을 들으러 오진 않았겠지.

장색은 침을 삼켰다.

- …어찌하면 저희가 살겠습니까.

- 먼저 묻겠다. 나의 비빈과 위사 백가가 아직 내성 안에 있느냐.

- 그러하나이다. 어라하께서 보내신 밀서는 신들이 잘 보았나이다.

모대는 흔들리는 눈빛을 감추지 못했다. 장색의 얼굴은 변하지 않았으나 이미 어라하의 눈빛을 포착한 기색이었다.

- 비빈과 위사를 안전히 인계하라. 그리하면 참작하겠다.

- 어라하… 신들이 죽음의 문턱에 있사오나 하늘은 마냥 신들을 버리지는 않은 것 같사옵니다. 비빈과 위사 백가, 또한 어라하의 원자 아기씨가 신들의 보호 아래 있으니…….

모대는 아랫입술을 깨물었다. 장색은 태연하게 모대의 폐부를 찔렀다.

- 포위를 풀고 궁성의 북문을 열어주십시오. 한산왕을 한산 영지로 보낸 연후에 어라하의 사람들을 어라하의 곁으로 인계하겠습니다.

진로의 한산 영지에는 칠천의 병력이 있다. 게다가 진로의 영지는 북부 국경에 닿으니 거련과 결탁한다면 위험하다. 거련과 진로와 저근이 손을 잡고 곰나루를 친다면 그대로 목에 칼을 품어야 한다. 모대는 단호히 고개를 저었다. 장색의 목소리에 힘이 실렸다.

- 허면 신들도 죽을 각오로 어라하께 불충하는 수밖에 없습니다.

- 비빈과 원자와 위사를 볼모로 잡으면 짐이 너희를 살릴 것 같으냐. 그들을 인계하고 너희의 죄를 자복함이 자애를 구하는 길이다.

- 신이 남당에 몸담은 지 삼십 해가 지났나이다. 정치를 알고 있습니다. 신이 어찌 그 말을 믿습니까.

- 믿지 아니하면 너희의 피로 궁궐을 적시려느냐.

냉엄한 겁박에도 장색의 어깨는 움츠려들지 않았다.

- 신들의 피와 더불어 비빈과 원자와 위사의 피로 그리하시려거든 신, 어라하의 앞에 목을 늘어뜨리겠습니다.

- 고얀…….

정치에 밝은 장색의 눈은 평정을 유지했다. 타협하지 않겠다는 의지가 굳었다. 벼랑 끝에서 한 발자국만 뒤로 물러나면 곧 죽음이므로. 모대는 장색과의 협상을 포기했다. 그는 왼쪽에 선 해례곤에게 명했다.

- 달솔 장색을 포박하라. 주군과 장사를 하려한 자이다. 엄히 다스리리라.

- 예.

장색은 깊이 숨을 쉬며 얌전히 포박을 받았다. 모대는 우편의 목간나에게 또한 군령을 하달했다.

- 목 좌평은 전군을 이끌고 내성을 함락시키시오. 내성의 사졸들 또한 짐의 백성이니 다치는 자가 적도록 하오.

- 그러나 비빈과 원자께오서…….

모대의 음성은 단호했다.

- 하늘이 버리지 않겠지.

장색은 고개를 떨어뜨리고 눈을 감아 저를 묶는 포승줄을 얌전히 받았다. 목간나는 군례를 올리며 어라하의 명을 받잡았다. 목간나가 크게 호령하자 전군이 움직였다. 한입거리도 되지 않는 내성을 향해 사졸들은 고함을 내질렀다. 내성의 병력은 저항하지 못하고 무너졌다. 내성의 성문이 뚫렸다. 모대는 자리에서 일어나 좁은 틈으로 보이는 궁궐의 모습을 살폈다. 이요, 이요, 이요. 모대는 말 위에 올라타 궁궐을 향해 달렸다. 창을 받쳐 잡은 장졸들이 그 뒤를 따랐다.

- 비빈과 원자와 위사를 우선으로 구원하라!

모대의 다급한 명령이 전군에 떨어졌다. 병력은 산개하여 궁궐 여기저기에 흩뿌려졌다. 궁궐의 내관과 여관은 삼삼오오 모여 번뜩이는 창칼에 몸을 떨었다. 궁궐은 순식간에 장악되었고 단 한 곳, 비빈의 거처인 후궁만 남았다. 이만에 달하는 대병이 오로지 후궁을 향해 날붙이를 겨누었다. 이요…… 모대는 불안한 눈으로 후궁을 바라봤다.

- 화려한 개선이군요, 어라하…….

- 진로.

- 감쪽같이 신들을 속이고 궁궐로 쳐들어오실 줄이야. 놀랐습니다.

진로는 모대를 노려보았다. 그의 뒤로 충직한 가병들이 창을 들었고 그 뒤로 진의 대신들과 관정이 경계의 태세를 갖췄다. 그리고 그 옆으로 나란히 모대가 그리던 얼굴들이 있었다. 이요, 백가… 그리고 비와 원자.

- 나의 사람들을 내놓아라.

- 웃기지도 않는군요. 제 모든 것을 도둑질해놓고 어라하의 것은 챙기겠다는 심보입니까. 못되지 않았습니까.

- 내놓지 않으면 네 목숨은 없다.

모대는 환두대도를 빼든 채 걸음을 앞으로 내딛었다.

- …송구합니다만 저는 어라하를 잘 압니다.

진로의 말에 모대의 걸음이 멎었다.

- 누구보다 이 여자를 아끼시지요. 당신의 목숨보다도.

진로는 허리춤에서 장도를 빼들어 이요의 하얀 목 줄기를 향해 겨눴다. 모대는 주춤 뒷걸음질 쳤다.

- 저는 당신의 목숨을 쥔 셈입니다. 이 싸움, 아직 공평합니다.

후궁으로 오르는 돌층계가 하늘로 오르는 것인 듯 너무나도 멀게 느껴졌다. 이요의 목을 향한 진로의 서슬 퍼런 칼날이 모대는 두려웠다. 이요는 턱을 치켜든 채로 가쁜 숨을 쉬었다.

- 당장 전군을 물리고 북문을 개방하여 저를 한산으로 보내주시지요. 그렇다면 이 여자의 목숨은 보증하죠.

- …그럴 수 없다.

- 의외로군요. 그렇다면 여기서 저와 이 여자를 함께 죽이십시오.

진로는 이요의 하얀 목에 생채기를 냈다. 선명한 빨간 실금이 이요의 목에 그어졌다. 이요는 눈을 질끈 감았다.

- 그만둬라!
- 저로 하여금 치사한 작업을 관두게 하십시오. 북문을 개방하십시오.
- 그럴 수 없다 말했다.

모대는 말에서 내려 후궁으로 무거운 발걸음을 옮겼다. 예리한 진로의 칼이 언제 이요의 연약한 목숨을 결딴낼지 모른다. 그러나 진로를 놓아줄 수는 없다. 그리하면 이 나라는 다시 그 자체로 식인귀가 되어 무수하고 무고한 목숨들을 먹어치울 테니. 결코 놓아줄 수 없다. 이제는 길고 긴 이전투구를 끝내고 화평과 번영으로 나아갈 때. 설령 이요의, 나의 목숨을 제물로 삼는 일이 있어도 이제는 끝내야 한다. 재주꾼이 줄을 타듯 모대의 걸음은 위태롭고 신중했다. 진로의, 이요의 얼굴이 점차로 가까워졌다. 돌층계는 오르는 다리가 휘청거려 모대는 이를 악물고 힘을 주었다. 모대와 진로의 눈높이가 같게 되었다. 모대를 겁박하던 진로의 얼굴에 두려움의 빛이 스쳐 지나갔다.

- 진로, 칼을 내려라.

진로의 눈동자가 흔들렸다.

- 모대…….
- 진이 왕가의 시대를 베었듯 이제 내가 너의 시대를 베겠다.

모대의 뒤로 중무장한 근위들이 눈을 부릅뜬 채 어라하를 옹위했다. 진로는 이를 갈았다. 너는 어찌 그토록 당당한가. 무엇이 너를 당당하도록 했나. 너는 그럴 그릇이 아니었어. 등불처럼 켜기 쉽고 끄기 쉬웠다. 혈기를 다스리지 못해 좌충우돌하고 분을 못 이겨 울어버리던 조무래기였어. 곰나루에 발을 들이자마자 연筆의 안으로 구겨 넣어지던 한심한 신세였어. 그런데 너는 왜 그런 눈빛을 하지. 등 뒤에 충용한 근위를 거느리고 그토록 거만한 눈으로 나를 보는 거냐. 근위 뒤에 수만의 병마를 거느리고 나를 이토록 초라하고 옹색하게 만드느냐. 이 나라의 진짜 주인인 나를 한갓 아낙을 겁박하는 무뢰한으로 전락시키느냐. 너는 왜 그렇고 나는 왜 이렇지. 도대체 무슨 까닭으로… 나는 서두르지 않고 안주하지도 않았다. 난 잘했는데 왜 이렇게 돼버린 거지……

- 도대체 왜…….

장도를 쥔 진로의 팔에 힘이 탁 풀렸다. 모대는 몸을 숙이고 빠르게 도약했다. 환두대도로 이요의 목을 겨누던 장도를 쳐내고 이요의 허리를 낚아챘다. 장도는 먼 곳까지 날아가 날카로운 소리를 내며 나뒹굴었다. 이요의 허리는 잘록하고 부드러웠다. 모대는 그녀를 꼭 안았다. 오랜만에 전해오는 이요의 풋내에 모대는 절로 웃었다. 모대가 이요를 안자 등 뒤의 근위들이 진의 족당을 향해 달려들었다. 진로와 그의 일족은 무가치한 몸부림 대신 덤덤히 왕가의 포로가 되었다. 옅게 끼어 있던 먹구름에서 소나기가 쏟아졌다. 곰나루 전토에 비는 공평하게 내렸다. 비의 비린 냄새가 지면에서 피어올랐다. 모대와 이요는 축축한 서로의 몸을 더욱 세차게 부둥켜안았다. 남녀는 비의 비린내 속에서 더욱 뜨거웠다.

- 어라하…….

백가는 비를 맞으며 모대를 불렀다. 모대는 이요를 안은 채 그를 보았다. 백가는 흰 옷을 입었다. 비에 흠뻑 젖어 그의 속살이 비쳤으며 그살에 또렷하고 무수히 새겨진 붉은 흉터들이 비쳤다.

- 위사.

- 대범해지셨습니다. 궁성의 목숨은 돌보지 않고 일을 저지를 정도로.

- 그건…….

백가는 주군의 뒷말을 듣지 않은 채 모대를 등지고 자리를 떴다. 빗

소리가 거세게 모대의 귓전을 두드렸다. 이요의 허리를 감은 모대의 손가락을 물끄러미 보던 어륙도 원자를 품에 안은 채로 자리를 떴다. 모대는 백가를, 그녀를 불러 세워야 했으나 입술만 달싹이다가 부르지 못했다. 떠나가는 사람들의 뒷모습이 두려웠다. 모대는 뒷모습을 더 볼 수 없어 시선을 깔았다. 이요가 모대를 더 세게 껴안았다.

백가는 떠나가며 생각했다. 내 뜻이 아니다. 내 뜻은 질시에 가까운 냉대가 아니다. 개선을 축하해야지. 또한 그대로 군을 몰아쳐 진로를 무너뜨린 담략을 칭찬해야지. 어째서 나는 그에게 모진가. 나는 그에게 내 가병의 전부를 주었다. 그는 내 가병을 이용하여 화하에서 이기고 또한 곰나루에서 이겼다. 헌데 나를, 이런 나를 사지에 몰아넣고 대업을 도모했나. 그것이 온당한가. 죽음의 길이었다. 나의 벗은 나의 죽음을 생각하지 않고 나의 가병을 빌려 대업을 이루려 했나. 그러면 그것이, 과연 벗으로서 온당한 일인가…… 백가는 세차게 고개를 저었다. 나는 온전한 그의 사람, 쓰임이 있음에 감사할 일이다. 그렇게 정하고 끝내면 된다. 그는 보폭을 부러 넓혀 걸었다. 이미 끝난 생각이지만 백가의 머리는 미련을 남겼다. 그러나, 그러나, 그러나…… 비가 그치고 볕이 쬐었다. 공중의 습기가 답답하여 백가는 앞섶을 풀어헤쳤다. 빗물이 스며 상처를 적셨다.

반정은 성공했다. 진은 몰락했다. 남당에 빈자리가 많았다. 피 뽑힌 밭을 보듯 후련해하는 이가 있는가 하면 혹여 잘못하다가는 저 꼴이 나겠다 싶어 지레 겁을 먹은 내법 사약사 같은 이도 있었다. 내신 진모달, 병관 진로, 내두 진교, 좌장 관정 이하 진의 고관 삼십 여와 이러저러한 관료 백 여 명이 숙청되었다. 모대는 죄인들을 뇌옥에 가두고 국적의 처분을 남당에서 논의했다. 모대가 제신을 향해 묻자 여기저기서 진을 성토하는 목소리들이 쏟아졌다. 그들은 경쟁적으로 진의 치부를 들추며 엄벌을 청했다. 어라하가 진을 향해 칼을 빼들었으니 진을 향한 어라하의 적의가 자심하리라 짐작하고 그의 비위를 맞추고자 함이었다.

- 마땅히 거열車裂(수레에 사지를 묶어 찢는 형벌)로써 다스리십시오.

- 참수하여 저자에 효수하소서.

- 가산을 적몰하고 구족九族을 멸하소서.

- 일문을 멸하여 불순한 싹이 오르지 않게 하소서.

모대는 치열한 아우성을 묵묵히 들었다. 그는 침묵을 지키는 백가를 향해 말을 던졌다.

- 위사, 어찌해야 좋은가.

- 어라하께선 신의 몸에 난 상처들을 보셨을 것입니다.

백가는 그것으로 그쳤다. 모대도 더 묻지 않았다. 누구도 온건하지 않았다. 이미 진의 당여는 모조리 수인囚人이 되었다. 그들을 위한 입은 남당에 남지 않았다. 멸문에 가까운 화를 입은 백가, 정말로 멸문이 되었던 해례곤과 연돌, 꼭두각시의 노릇을 했던 사약사와 그의 조카 사법명, 모반에 휘말려 옥에 갇혔던 목간나, 평생 모시던 주군을 잃은 찬수류. 모두 진로의 목을 원했다. 모대도 원했다. 피를 뿜으며 쓰러지는 아버지 곤지의 영상이 그의 뇌리에서 무한히 재생되었다. 그 값으로 진로의 목을 거두어야 했다. 그러나 입은 달리 말했다.

- 내신 진모달, 내두 진교, 좌장 관정 이하 투옥된 전원을 파직하고 복권을 금한다. 또한 영지와 가산을 적몰하고 가병을 해산하여 병관부의 산하에 두라.

찬수류가 고개를 갸웃했다.

- 목을 베지 않으믄 후환이 생길 거인디…… 어라하, 글구 시방 진로의 이름자를 빼먹으셨어라.

모대는 찬수류를 흘긋 보고 말했다.

－진로는 작위를 유지하고 병관의 관인을 회수하지 않는다. 다만 영지와 가병만 적몰한다.

－어라하!

－재론은 없다. 피를 더 흘리지 않는다.

남당은 경악했다. 누구보다 진을 혐오하는 어라하다. 신하들이 일치단결하여 혹형을 외친다. 음률에 맞추어 춤을 추어야지. 어찌하여 엇박자를 놓나. 그동안 진으로부터 받은 치욕과 슬픔 잊었나. 잊을 상처가 아니다. 어리둥절한 대신들을 두고 모대는 성좌에서 일어나 묵묵히 자리를 떴다.

－그럴 수 없습니다! 재론하십시오!

모대는 소리의 근원을 향해 몸을 틀었다. 백가의 얼굴이 형언할 수 없는 울분을 뿜어내고 있었다.

－백가…….

백가는 울고 있었다.

－재론하십시오!

모대는 아프게 말했다.

－하지 않겠다.

모대는 다시 몸을 틀어 남당을 떠났다. 등 뒤에서 괴로운 목소리가 쏟아졌다.

－부군의 일을 잊으셨습니까! 제 상처를 잊으셨습니까! 빈의 목에 겨눠지던 칼날을 잊으셨습니까! 재론하십시오! 재론하십시오!

남당의 밖에서도 백가의 울음에 가까운 부름이 모대의 다리에 매달려 떨쳐지지 않았다. 병자의 걸음처럼 더디게 모대는 뇌옥으로 향했다. 적발된 죄의 종착지, 반체제의 무덤. 그곳으로 모대가 갔다. 어둡고 습한 곳. 썩은 짚단에서 구더기가 살찌고 죄인의 터진 고름으로 꿉꿉한 고린내가 진동한다. 살이 터지고 뼈가 튀어나온 수인들이 신음한다. 먹어도 배가 주려 남의 묽은 보리죽을 강탈하여 뺏는 자는 고함을 지르고 뺏기는 자는 운다. 모대가 뇌옥에 발을 들이자 간수장은 당황하여 급히 수인들의 대중없는 입을 단속했다.

- 어라하께서 어인 일로…….

침을 삼키는 간수장의 울대가 꿈틀거렸다.

- 진로를 보러.

간수장은 굽실거리며 모대를 그에게로 안내했다. 진로는 봉두난발을 한 채 눈을 감고 있었다. 그는 눈을 감은 채로 웃었다.

- 궁중의 향유 냄새가 진동을 합니다.

- 보리죽은 입에 맞나.

- 충분히 약이 올랐으니 조롱은 관두고 물러가십시오.

- 너에게 벌을 내리겠다.

진로는 깊은 숨을 쉬었다.

- 사지가 찢길 각오입니다.

- 그럴 것 없다. 너의 목숨은 온전하다.

바람소리에 가까운 웃음이 터졌다.

- 여후呂后가 척부인戚夫人을 인체人彘로 삼듯* 하려오.

- 인체를 염두에 두었으면 목숨이 온전하다 말하지 않았다.

모대는 남당에서 선언한 바를 그대로 그에게 일러주었다. 진로는 표정을 숨겼으나 의아한 빛이 옅게 번졌다. 그 말만 던져놓고 모대는 뇌

---

* 한 고조 유방의 황후인 여후는 유방이 죽은 후 그가 총애하던 부인인 척부인을 잔인하게 다뤘는데, 인체(人彘)란 '인간 돼지'를 의미한다. 여후는 척부인의 사지를 자르고 눈과 귀를 멀게 하고 혀를 자른 후, 변소에 가두고 배설물을 먹게 하는 혹형에 처하게 했다.

옥을 나섰다. 여전히 백가의 울음을 매단 채 비틀거리는 걸음으로. 모대가 뇌옥을 나서 햇빛을 받자 다시 뇌옥의 수인들이 왁자하게 지껄였다.

나는 왜 그렇게 말했을까. 너의 목숨은 온전하리라. 내키지 않는 소리를 했을까. 진로는 나를 박해했다. 박해는 맹수처럼 두려웠고 각다귀처럼 귀찮았다. 불타는 듯 뜨거운가 하면 독처럼 서서히 아팠다. 목을 조르는 듯 답답하고 칼에 베이는 듯 쓰렸다. 그의 조부는 나의 아비를 죽이고 사랑하는 친우의 가문을 멸했다. 그는 나를 핍박하고 내 목숨 같은 여자의 목에 칼을 겨누었다. 그러므로 내가 그에게 혹형을 내림이 온당한 것이며 도리어 죽이지 않고 살리는 것이 윤리에의 배반이다. 또한 아비와 친우와 내 목숨 같은 여자를 배신하는 것이다. 그런데도 나는 그를 죽이지 못하고 그의 벼슬 또한 앗지 못했다. 왜, 대체 왜…….

얼룩진 피를 피로 씻고 또 그것을 피로써…… 그것이 이 나라의 역사입니다. 어리석고 불행하고 더러운 반복. 나는 그 역사에 단단히 매이고 말았습니다. 적을 죽여 그 피로 씻느냐, 아니면 내가 죽어 적이 내 피로 씻느냐. 내가 택할 수 있는 건 그뿐입니다.

언젠가 백가는 그렇게 말했다. 변성기도 오지 않은 청량한 목소리로. 피가 피를 불러 바다를 이루고 그 붉은 바다를 부유하는 것이 역사다. 그렇게 되어먹은 것이 이 나라의 역사, 헛도는 수레바퀴. 무가치와 어리석음의 지극히 끈질긴 세습. 백가는 그렇게 꺼낸 말을 이렇게 맺었다.

왕가의 피가 흐르는 이상 공자 또한 이 역사에 붙들릴지도…….

사춘기의 나는 그 말이 싫었던가. 선대의 못난이들과는 다르다는 것을 명징하기 위한 공명심이었나. 삐딱한 반발심이 나를 여기까지 이끌었나. 사실, 잘 모르겠다.

- 이요, 나는 왜 진로를 죽이지 않지.

모대는 한 이불을 덮고 누운 여자에게 물었다. 모대와 이요는 나란히 누워 녹느그러진 시선을 천장에 향했다. 이요는 천천히 눈을 깜빡였다.

- 어라하가 모르는 걸 제가 어떻게 알아요.

- 쏘아대기는…….

이요는 모대의 품으로 파고들었다. 보드라운 살갗이 닿자 모대는 진저리 같은 전율이 느껴져 흠칫 놀랐다. 그러다 든든한 두 팔로 이요를 끌어안았다. 맨살의 체취가 진하게 느껴졌다.

- 어라하는 질려버린 거예요.

품 안에서 울리는 이요의 목소리가 간지러워 모대는 소리 없이 웃었다. 울림의 적당한 감촉과 꼭 그만큼 적당한 온기가 좋았다.

- 질리다니.

- 피비린내에 질리신 거예요. 또 단말마의 절규예요. 부수어진 관절과 두개골, 바닥을 적시는 끈끈한 피예요. 장대에 매달린 수급, 수급의 눈알을 쪼아 먹는 까마귀예요. 남을 증오하는 욕설과 그것의 보답으로 날아오는 환멸과 조롱예요. 승자의 피로감과 패자의 억울함예요. 어라하는 죽음에 질리고 승부에 질려버리신 거예요.

모대는 이요를 안은 채로 말을 잃었다.

- 대단한 사명감도 아니고 속 좁은 공명심도 아니에요. 그냥 어라하가 지치고 피곤해진 탓이에요. 그만하고 싶어진 거예요. 남을 죽여서 앙갚음하는 일을. 또 앙갚음으로 또 다른 앙갚음을 잉태하는 일을. 싫증이라고 하면 제가 어라하를 너무 철부지 취급한 게 되나요.

포근한 웃음으로 모대는 답을 대신했다.

- 수고하셨어요.

- 이요…….

짧은 위로에 모대는 이윽고 눈물을 흘렸다. 이요는 모대의 머리를 살 포시 감싸고 배어나오는 눈물을 흘리게 두었다. 놀라고 두려웠을 여자 가 도리어 위로한다. 고맙고 미안하다. 그러면서도 견딜 수 없을 만큼 기쁜 것은, 나의 외롭고 고단한 사업을 알아주고 매만져준다는 것. 수 고하셨어요. 수고했다고…… 나는 못되게도 그것이 너무나도 기쁘다. 한바탕 울지 않고서는 도리가 없을 만큼 기쁘다. 모대는 소리 내어 울 었다, 철부지처럼. 남당의 정치가 아침 해를 타고 떠오를 테지. 영영 밤 중이고 싶다. 이 기쁨과 함께, 목숨 같은 여자와 함께.

모대는 전대미문의 왕권을 쥐었다. 철의 어라하가 되었다. 모대의 말 은 관철되었다. 진로는 한산왕과 병관좌평의 인을 지켰다. 그러나 모든 영지가 몰수되고 모든 가병이 해산되어 병관부와 위사부의 관할로 들 어갔다. 왕가의 근왕병이 되었다. 진로는 병관이되 어떤 권세도 쥐지 못하고 남당의 출입도 금지되었다. 한산의 본가에 연금되었다. 내신 진 모달, 내두 진교, 좌장 관정 이하 진의 거물들은 모조리 섬과 오지로 유 배되었다. 모대는 관정은 진의 겨레붙이가 아니며 무용이 출중하여 그 를 쓰려고 했으나 관정은 단호히 그의 권유를 뿌리쳤다.

- 어라하는 이미 나를 한 번 꺾었으면 되었지 어찌 두 번 꺾으려 하 시오.

그렇게 말하고는 묻거나 어르는 말에 일절 답하지 않았다. 모대는 할 수 없이 그의 모든 작위와 관직을 물리고 그를 정배했다. 진모달과 진 교 또한 묵묵히 처분을 따랐다.

- 너는 언변이 교묘하고 사세를 읽을 줄 안다. 이제 짐을 위해 소임을 다함이 어떠한가.

모대는 달솔 장색에게 물었다. 장색은 무감정한 눈동자로 그를 올려 보다가 다시 시선을 깔았다.

- 죽이지 않고 살리시니…… 어라하께서는 신의 새로운 어버이십니다. 마땅히 따르겠습니다.

어라하의 친위 반정은 피 없이 메마른 땅을 디딘 채 마무리되었다.

가윗날이었다. 달은 둥글고 소담하게 떠올랐다. 그 아래서 백성들은 춤췄다. 가을걷이의 때를 당하여 사람들은 물론 축생마저 배가 불렀다. 떡을 찌고 국을 끓이고 적炙을 구웠다. 갖가지 음식의 향기로운 냄새가 곰나루 전역에 풍부하게 퍼졌다. 남당도 자질구레한 정치와 업무를 뒷전으로 미루고 성대한 연회를 열었다. 모대도 모처럼 내탕을 털어 백관과 백성을 먹이고 스스로도 얼굴이 불콰할 정도로 술을 마셨다. 한쪽밖에 없는 팔로 밥을 먹고 술을 먹느라 찬수류는 땀마저 흘렸다. 사방의 눈치를 살피느라 자라목이 돼버린 내법 사약사도 이날만큼은 근심을 내려놓고 따따부따 수다를 떨었다. 가을의 밤바람은 시원하게 불었고 하늘을 맑아 별이 황금처럼 빛났다. 뻗으면 닿을 듯 커다란 달은 곰나루를 낮처럼 밝혔다. 위사의 근위들도 최소한의 병력을 제외한 전원에게 술을 마시게 하고 음식을 베풀었다. 누군가 근심어린 간언을 올렸지만 모대는 가뿐히 물리쳤다.

- 고구려든 침미다례든 가윗날에 군을 일으키겠느냐. 그런 소인배들은 근위가 없어도 짐이 너끈히 해치울 수 있으니 재론치 말라.

술기운이 올라 흐트러지는 발음에 백관들이 한바탕 웃음을 터트렸다. 술병은 동이 나고 사람들의 얼굴은 점점 붉게 달아올랐다. 찬수류의 우스꽝스러운 칼춤을 안주 삼아 다시금 한 순배 잔이 돌았다. 긴장이 모두 없어지고 흥취만 팽배했다. 어라하의 복심들 중 가장 나이가 어린 고이해는 이러저러한 남당의 논객들과 피를 토하며 논쟁했다. 그는 절대 지지 않으려는 듯 온갖 억지에 손짓발짓을 동원하여 웅변했다. 등등한 기운이 가득했던 해례곤의 눈도 술기운으로 그 기운이 가려지고 본래도 괄괄했던 목간나의 음성은 가까이 앉은 이가 귀를 막을 정도로 소란했다. 모두가 시끌벅적 떠들고 마시는 가운데 백가는 정적을 지켰다. 그는 말없이 술만 들이켰다. 그의 얼굴에는 표정이 없고 범접하기 힘든 기운이 뻗쳤다. 모대는 아픈 마음으로 백가의 쪽을 바라보다가 한숨을 팍 쉬고는 다시 웃으며 술잔을 들었다. 모대는 잔이 차는 족족 거푸 넘겼다.

- 취하시면 안 돼요.

모대의 옆에서 술을 따르던 이요가 점잖게 잔소리하자 모대는 이요의 허리를 와락 끌어당겼다. 이요는 진한 술 냄새를 맡고 얼굴을 찡그렸다.

- 이요가 주는 술은 취하지 않아.

흐리멍덩한 눈동자에 이요는 고개를 내저었다.

- 이미 취하신 거 같아요.

- 그런 것 같아?

모대는 보란 듯이 잔을 단번에 비우고 자리에서 일어났다. 좌중의 시선이 쏠렸다. 악단의 우두머리인 공후箜篌를 든 늙은 악사가 손을 흔들어 주악을 멈추었다. 눈치 없이 시시덕대던 말석의 벼슬아치들도 주악이 멈춘 것을 듣고 가장 높은 곳의 어라하를 향해 몸을 틀었다.

- 즐거운 때에 주악을 그쳐 면구스럽소.

술을 진탕 마신 사내들의 숨소리가 거칠게 들렸다. 주악 대신 들려오는 백마강 개구리 떼의 불규칙한 울음은 좌중을 긴장하게 했다. 모대는 싱긋 웃었다.

- 백관이 한자리에 어울리기가 쉬운 일이 아니어서. 모인 김에 짐이 경들에게 상을 주려고 하오. 그간 진씨에 막히어 경들에게 상훈을 내려 치하하고 싶어도 그러지 못했는데 이제 거리낄 것이 없으니 짐의 뜻대

로 하고자 하오. 괜찮겠소?

모대가 익살스런 웃음마저 지으며 말하자 일순 좌중의 긴장이 탁 풀리며 다시금 소음으로 들썩거렸다. 사약사가 술잔을 입안으로 털며 소리 내어 웃었다.

- 신은 어라하께서 준엄한 명령을 내리실까 두려웠는데 상을 주신다니 그저 감사할 뿐입니다. 감사의 뜻으로 신이 한 잔 올리겠습니다.

- 그거 좋소.

용포의 소매를 걷은 채로 술잔을 내밀자 사약사는 모대의 잔을 그득히 채웠다. 모대가 잔을 들어 허공에 잔을 맞추는 시늉을 하자 좌우에 늘어선 백관도 잔을 들어 마셨다. 술이 약한 자들은 풀린 눈을 한 채 딸꾹질을 하거나 바닥에 손을 짚어 휘청거리는 상체를 지탱했다. 모대는 입가에 흐른 술을 소매로 닦고 사약사를 향해 미소를 띠었다.

- 술 한 잔 잘 얻어먹었으니 짐이 경에게 제일 먼저 상을 내리겠소.

사약사는 말하지 않았으나 기대하는 빛이 은근히 솟았다.

- 경은 내법으로서 국례를 다지고 교린으로 화합을 이루었으므로 그 공이 아주 크다. 또한 사씨의 가주로서 나라의 일익을 든든히 받치고 있으니, 그대의 식읍을 일백 호 더하고 그대를 대산후大山侯에 봉하겠소.

사약사는 엎드려 절했다.

- 수은망극受恩罔極하나이다. 허나 신의 영지는 대산이 아니옵고 소부리에 있는 바, 작호를 내리시려거든 소부리후가 가당하나이다. 외람되이 청하옵건대 교지를 달리 내려주소서.

모대는 술잔을 입에 댄 채로 히죽 웃었다. 웃음 속에 숨은 섬뜩함이 숨어 사약사는 입술을 오므렸다.

- 경은 짐이 취한 줄 아는 게로군.

오므려 깊게 골이 팬 사약사의 인중에 땀방울이 고였다.

- 송구하나이다.

- 경의 영지는 오늘부로 소부리가 아닌 대산이오.

- 어라하!

모대는 사약사의 진언을 못 들은 체 했다.

- 조정좌평 목간나는 들으라.

- 신 목간나 대령하였나이다.

- 경은 험윤과의 전쟁에서 큰 공을 세웠다. 후한 상을 내리지 않으면 짐은 만고의 암군이 되리라.

- 송구하나이다.

- 경은 조정으로서 나라의 질서를 다잡고 원정에 참여하여 수륙에서 빼어난 전과를 올렸다. 이에 짐은 경의 식읍을 이백 호 더하고 면중후面中侯에 봉하겠소. 그러나 면중은 면중왕을 참칭하는 저근의 손아귀에 있으니 북녘의 땅을 봉하도록 하겠소. 면중이 아조에 병합되면 면중까지 경의 영지로 합하겠소.

- 수은망극하나이다. 허나 신의 영지는 면중의 북쪽이 아니라……

- 알고 있소. 오늘부로 경의 영지는 면중과 그 북녘이 될 것이오.

목간나는 무어라 답하려 했으나 술기운이 올라 곧장 마땅한 대답이 튀어나오지 않았다. 모대는 틈을 주지 않고 바로 말을 이었다.

- 대두성주 해례곤은 관등을 달솔로 높인다. 식읍을 백오십 호 더할 것이며 불중후弗中侯로 삼을 것이다.

대두성은 두곡에 있으나 모대는 해례곤을 불중의 후로 삼았다. 해례곤은 엎드려 머리를 조아릴 뿐 군말이 없었다.

- 성좌 연돌은 관등을 은솔로 높이고 병관부에 종사토록 할 것이다. 식읍을 백 호 더할 것이며 우술후雨述侯로 삼겠다.

연돌 또한 절을 올렸다. 모대는 잠시 침묵을 지키다 백가를 불렀다.

- 위사 백가.

백가는 소리는 내지 않고 다만 모대를 향해 머리를 조아렸다. 여전히 표정은 뻣뻣하게 굳어 있었다. 모대는 차마 그의 얼굴을 바로 보지 못했다.

- 경은 짐이 행궁에 있는 동안 국도를 튼튼히 방위하고 백성들을 돌본 공이 지대하므로 식읍을 삼백 호 가증하고 진내왕進乃王으로 삼겠소.

모대는 백가도 본래의 영지와 동떨어진 곳의 봉왕으로 삼았다. 형평성을 위한 처사였다. 그래도 그를 특별히 다른 이들보다 훨씬 많은 식읍을 증봉하고 후侯가 아닌 왕으로 삼았으나 여전히 백가의 얼굴은 찬바람이 불었다. 모대의 마음이 불편했다.

- 달솔 사법명은 신묘한 병법으로 짐을 도와 험윤을 토벌하였으니 식읍 백오십 호를 가증하고 매라왕邁羅王으로 삼겠다.

사법명의 영지 또한 매라가 아님에도 매라로 옮겨졌다. 작호가 후보다 높은 왕인 까닭으로 목간나가 불쾌해 할 소지가 있으나 영지가 목씨에 비하여 워낙 좁은 탓으로 목간나가 질시할 만한 일은 아니었다. 다만 사약사는 자신의 질자가 저보다 높은 작위에 오른 것이 못마땅했다. 모대는 사씨의 가주로 사약사가 아닌 사법명을 지목한 것이나 다름없었다. 이미 사약사와 목간나가 묵살당하는 장면을 보았던 사법명은 머리를 조아려 명을 받아들였다. 자신을 사씨의 실질적인 가주로 추인해준 것 또한 반발심을 중화해주었다. 모대는 계속 말했다.

- 달솔 찬수류의 군공을 더 일러 무엇 하겠는가. 고개를 돌려 그의 팔을 보라. 식읍을 이백 호 가증하며 벽중왕辟中王으로 삼겠다.

본디 마한의 한미한 출신인 찬수류는 대뜸 봉왕이 되었다. 게다가 좌평 관등에 오르면서 찬수류는 일약 남당의 중핵으로 떠올랐다. 찬수류 또한 모대의 앞에 절했다.

- 부여력은 들으라.

부름에 부여력이 앞으로 나와 엎드렸다.

- 경은 본국의 원호 없이 요서왕부를 오랫동안 훌륭히 이끌었고 또한 고국을 그리워하여 짐을 따라 곰나루까지 따랐으니 어찌 감사한 마음을 표하지 않겠는가. 짐은 경을 매로왕邁盧王으로 봉하니 앞으로도 왕실과 남당을 위해 진력하라.

- 수은망극하나이다.

- 나의 일족이자 력의 아우인 고와 고 또한 각각 아착왕阿錯王과 불사후弗俟侯에 봉하겠다. 그대들도 진력하라.

- 수은망극하나이다.

- 시덕 고이해는 비록 지난날의 죄과가 있으나 짐을 따라 중군의 참군으로 공훈을 세웠으니 은솔로 높이고 소부리후에 명하겠다.

왕가의 방계 고이해가 사약사의 영지인 소부리를 꿰찼다. 결과적으로 왕가가 사씨의 영지를 빼앗은 것이었다.

- 수은망극하나이다.

술에 취한 자리에서 벽력이 치듯 민첩한 정치가 이루어졌다. 모대의 등극 이후 이루어진, 혁명에 가까운 변혁이었으나 화살이 스치듯 속전속결로 이루어졌다. 이미 자초지종을 예비한 모대의 제안에 술 먹은 신하들은 그럴 듯한 반론조차 제기하지 못하고 그대로 끌려갔다. 투항자의 주제로 말없이 술만 축내던 장색은 초급하게까지 느껴지도록 신하들을 주무르는 모대를 보고 놀랐다. 어라하에게 이만한 경륜이 있었던가. 호랑이 목간나부터 탄지진 사법명까지 꿀 먹은 벙어리가 되어 순식간에 영지를 도둑맞는다. 이른바 대전봉大轉封이다. 한 명 한 명 상훈을 내리는 듯 말하면서 어라하는 애먼 곳의 땅을 영지로 내주었다. 결국 어라하가 전 귀족의 영지를 일거에 몰수하고 제 입맛에 맞게 영지를 다시 분봉한 것. 목씨·사씨·백씨는 자신들의 힘을 깊게 뿌리내린 연고를 떠나 모든 것이 생경한 땅에 다시 본가를 세워야 한다. 그렇게 되면 본래의 영지에 뻗치던 만큼의 통제력을 발휘할 수 없고, 백제 전토에 어라하의 빛이 강하고 고르게 퍼지게 된다. 어라하는 그 교활한 작업을 왕과 후의 이름으로 윤색하여 상훈인 척 귀족들에게 내밀었다. 좋은 날에 웃는 낯으로 상훈이랍시고 건네는 어라하의 독배를 그들은 정색하며 내칠 수 없는 것이다. 또한 이미 화하에서 일만의 근왕병을 확보한 그는 진의 가병마저 산하에 두어 귀족들을 압도한다. 그 군세를 상대로 시비를 거는 것은 담력이 아니라 만용이며 남당에 발붙인 누구도 그 정도의 멍청이는 아니다. 결국 침묵 속에 어라하의 독단이 관철된다. 게다가 부여력, 부여고 형제, 고이해, 찬수류. 어라하의 친위세력이되 마땅한 세력이 없는 그들에게 왕후의 작위를 내리고 영지를 분봉하면서 그들의 세력을 키웠다. 해례곤과 연돌처럼 몰락한 귀족에게도 힘을 내주었다. 해와 연은 어라하를 섬길 수밖에 없다. 왕가의 세력이 흥성한 와중에 그의 당여마저 본래 귀족에 필적하는 세력을 쥐여 주니 귀족이 어라하를 압도하는 시대는 종말을 맞는다. 이제는 어라하가 백제의 모든 이를 압도한다. 더불어 산하에 봉왕과 봉후를 두니 왕 중의 왕 백제 어라하는 천자·황제와 견주는 이름이다. 정녕 이것이 정치고 저 사내는 정녕 어라하구나…… 진로의 패배는 우연이나 요행이 아니다. 장색은 입 안에 고인 침과 함께 술을 넘겼다.

- 달솔 장색. 그대는 비록 진을 섬겼으나 재주가 비범하니 너 또한 작위를 내려 한산후漢山侯로 삼는다. 적몰된 진의 영지를 짐을 대리하여 다스리도록 하라.

- 수은망극하나이다…….

나는 진의 끄나풀이었다. 떳떳하게 권세를 휘두를 주제가 아니야. 그러니 나를 지목하셨군요, 어라하. 이제는 당신의 끄나풀이 되어 마름 노릇을 하라 명하시는군요. 그럼으로써 당신은 진의 영지를 독식한다는 비뚤어진 시선에 구속되지 않고 진의 영지를 직할지처럼 다스리시겠군요. 영명, 영명하십니다.

연회의 공기는 경쾌하면서도 착 가라앉았다. 공후를 든 늙은 악사가 다시 주악을 울렸다. 누구에게는 구슬픈 가락이었고 또한 누구에게는 더없이 기껍고 사랑스러웠다. 가윗날의 보름달은 미친 듯이 빛났고 꼭 그것처럼 어라하의 권세가 하늘 가운데 걸렸다.

- 아직도 내가 취한 것 같아?

모대는 이요에게 빈 잔을 내밀면서 소년 같이 웃었다.

- 더 드셔도 되겠어요.

잔에 가득찬 술은 해면처럼 작은 파랑을 일으켰고 폭포가 되어 모대의 식도를 타고 흘렀다. 술은 혈액에 다사로이 퍼져 편안한 불이 되었다. 달은 새벽 내내 밝았다. 신하들은 술에 전 몸이 되어 쓰린 숙취를 안고 동틀 녘 귀가했다. 자애로운 어라하는 그들에게 특별히 하루의 휴가를 윤허했다. 그러나 휴가를 받지 못한 몇몇이 어라하의 소환에 응하여 그의 침전에 입시했다. 백가, 찬수류, 부여력, 부여고 형제, 고이해, 해례곤, 연돌. 왕가의 중핵들이었다.

- 헛참, 술을 진탕 퍼마셔가지구 위장이 쪼그라들구 쓰려분디 요런 날까지 소환을 헌다요.

찬수류의 지청구에 모대는 입술을 오므리며 받아쳤다.

- 봉왕의 반열에 올랐다고 이제는 어라하에게 어깃장까지 놓으시는군요, 벽중왕 전하.

- 고것은 아니구…….

찬수류는 말꼬리를 흐리며 슬며시 백가의 눈치를 살폈다. 그의 단단하게 언 표정을 해빙해보고자 던진 농이었으나 백가는 굳어 있었다. 모대도 기류를 알고 쓴웃음을 지었다. 그는 성좌 위에서 자세를 고쳐 앉았다.

- 원정에 대한 논공행상이 남았고 진의 축출로 인한 궐석을 채워야 하오. 인사를 논하고자 그대들을 불렀소.

내내 닫혀있던 백가의 입이 열렸다. 그의 목소리에는 냉랭한 기운이 다분했다.

- 어젯밤처럼 칼 휘두르시듯 하려 하십니까. 인사는 내신부의 품의를 받아 대신들과 논하여 결정합니다. 어라하와 심복들이 모여 숙덕공론으로 해치울 일이 아닙니다. 지난밤에는 취기가 오르고 어라하의 용력을 두려워하여 대신들이 어라하의 뜻을 마지못해 받들었지만 더 이상의 독단은 용납하지 않습니다. 이 나라는 왕가와 귀족이 맺은 힘의 협정 위에 세워졌음을 잊지 마십시오.

백가의 말끝에는 차가운 침묵만이 따랐다. 음성은 무정하고 적의마저 섞여 있었다. 모대는 말을 잃고 손목까지 미치는 용포의 소매를 매만졌다. 누구도 말하지 않는 침묵 속에서 모대의 귓전에서 백가의 외침이 재생되었다. 재론하십시오! 재론하십시오! 제 몸의 상처를 잊었습니까! 이 외침의 뒤에, 편전을 나가버린 모대는 듣지 못했으나 백가가 반드시 말했을 외침이 따랐다. 진로를 죽이십시오! 그로서는 너무나도 의당한 요구를 모대는 매몰찬 외면으로 대답했다. 그래서는 안 된다는 것을 잘 알았다. 그러나 그럴 수밖에 없었다. 해묵은 매듭을 풀기 위해서. 고단한 반복의 고리를 끊기 위해서는 오래된 벗도 아비의 구원舊怨도 하찮아진다. 이어지는 침묵을 백가가 스스로 끊었다.

- 신 위사 백가, 소환에 응한 것은 엎드려 드릴 말씀이 있는 까닭입니다.

불편한 침묵이 해소되자 모대는 어설프게 웃으며 답했다.

- 말하시오.

백가는 몸을 절하듯 숙이며 말했다.

- 남당에서 물러나겠습니다.

- 이봐…….

- 어라하께서 진로의 주살을 기어코 막으시니 신은 남당에의 뜻을 잃었나이다. 원수가 눈을 뜬 채 병관의 인을 쥐고 있습니다. 원수가 인을 쥔 이상 남당은 원수의 터전입니다. 어찌 남당에서 호흡하겠습니까. 또한 복수의 뜻을 막으시는 어라하께 진실한 조언을 올리겠습니까. 어라하와 신의 인연이 더 뒤틀리기 전에 신은 퇴관하겠습니다.

- 내 말을 좀…….

- 어줍지 않은 변명은 듣지 않겠습니다. 부디 신에게 말씀하지 마십시오. 어라하는 신의 가병을 빌려 화하에서 이기고도 신을 진로의 칼로 내몰았습니다. 그러시고도 끝내 진을 죽이지 않으셨습니다. 신에게 변명하실 주제가 되십니까?

백가는 일어나 모대를 등졌다. 잠깐 돌아보는 눈에는 물기가 맺혀 있었다.

- …어라하가 원망스럽습니다.

멀어져가는 백가를 보며 모대는 이마를 짚었다. 엉터리로 꼬여가는 인연을 방조해야만 하는 신세가 아팠다. 그러나 성좌에 있어 정치는 숙명이고 사사로운 정은 물리쳐야 했다. 모대는 다시 백가와 어긋나 정치를 택했다. 백가는 퇴관의 변을 상신했으나 모대는 받지 않았다. 위사좌평의 인에는 서리처럼 먼지가 얇은 층을 이루어 쌓였다. 모대는 날이 밝자 임의대로 인사를 단행하여 남당에서 선포했다. 공석이 된 내신좌평에 부여력을 임명하고 내두좌평에 찬수류를 앉혔다. 좌장에는 해례곤을 임명했다. 부여력을 남당의 수장으로 삼고 찬수류로 재정을 휘어잡았다. 병관 진로가 유명무실해지고 위사 백가가 퇴관을 밝힌 마당에 좌장이 군부의 수장이었다. 모대는 덕솔 관등의 해례곤을 파격적으로 좌장에 임명하여 병권을 맡겼다. 시덕 고이해를 은솔로 승진시키고 부여고 형제도 모두 은솔 관등에 명했다. 왕가의 총아들이 약진했다. 귀족들은 불편한 얼굴들이었다. 진을 잡아먹은 어라하의 환두대도가 언제까지나 칼집에 갇혀 있지 않을 터. 배가 고프면 다시 피를 갈구하는 울음을 울 테다. 대신들은 백가와의 비정한 결별을 감수하면서도 패왕의 업을 향해 묵묵히 걷는 어라하가 두려웠다.

• 글쓴이 註

백제와 북위의 회전에 대해서는 지금까지 논란이 일고 있다. 백제-북위 회전에 관한 기사는 여러 사서에 등장한다. 대표적인 것이 『삼국사기』 동성왕 10년조 기사와 『남제서』 동남이열전 백제전에 등장하는 기사다. 이밖에도 『건강실록』 등에서 백제- 위 회전의 흔적을 찾을 수 있다. 이에 관하여 여러 설이 존재하는데, 크게 구분하자면 다음과 같다. 1. 중국대륙에서 백제- 북위가 맞붙었다. 2. 한반도에서 백제- 북위가 맞붙었다. 3. 백제- 북위가 아닌 백제- 고구려 전쟁이 와전된 것이다. 4. 백제의 허위보고이다. 각자의 설을 지탱하는 근거가 너무나도 적어 어느 하나 지배적인 설이 없다. 비록 『남제서』에 전쟁 사실이 기록되어 있으나 정작 전쟁 당사국인 북위의 역사에는 이러한 사실이 아예 등장하지 않는다. 또한 물에 익숙지 않은 북위가 바다 건너의 백제를 굳이 공격할 필요가 없는데, 그렇다고 중국 대륙에서 맞붙었다고 하려면 백제의 대륙거점을 인정해야 한다. 백제의 요서 진출은 여전히 뜨거운 감자이기 때문에 이것에 관해서 논란이 재점화 된다. 현재 백제- 북위 회전은 사료와 유물의 절대적인 부족으로 결착을 짓지 못하는 문제다. 이 글에서는 1번 설을 택해 대륙에서의 회전을 묘사했다.

이후에도 또 다른 문제가 남는다. 『삼국사기』는 백제-북위 회전이 488년의 일로, 『남제서』는 490년의 일로 말한다. 이 글에서는 소설적 재미를 위하여 488년의 기사를 택하면서도 당시 여러 정황은 490년의 것을 택한다. 공손수가 동이교위에 제수되는 것은 490년의 일이다. 유창, 유조, 설진도, 탁발연, 왕승준, 진현달, 은제지 등의 인명은 이 시기에 등장하는 실존인물들을 차용했다. 이들의 벼슬과 작위는 『위서』 등 당시의 사료를 참조하여 490년 당시의 것으로 채택했다. 독고추 형제와 하뢰균 등은 허구인물이다. 다만 당시 북위의 귀족가문인 독고와 하뢰의 성만 차용했다. 사료의 부족으로 전쟁 상황을 사실로서 묘사하지 못하고 글쓴이의 상상으로 장면을 구성했음을 양지해주기 바란다.

또한 회전 이후 모대의 친위정변은 허구의 사건이나, 각 귀족들을 왕후에 봉하는 일은 대체로 사실이다. 『남제서』에는 490년 저근, 부여력, 부여고, 부여고 등의 작위를 요청하는 모대의 표문이 등장하고, 495년에는 목간나, 사법명, 찬수류 등의 작위를 요청하는 표문이 등장한다. 백가, 사약사, 연돌, 고이해 등의 작위는 허구이다. 조악한 사료를 이리저리 조합하여 글을 내놓게 되어 면구스럽다. 당시의 정치적 상황과 모대의 왕권중흥을 묘사하기 위한 노력의 일환임을 변명으로 내놓는다.

합영화

- 목간나가 면중의 북녘으로 전봉되었다?

그렇게 말하는 목소리는 들떠 있었다. 깊은 지모를 담은 그의 눈두덩은 꿈틀거렸다. 저근은 입 안 가득 찻물을 머금었다. 쌉싸래한 풍미가 번졌다. 목간나는 대대로 내려오던 옛 마한 목지국의 영지를 왕가에 반납하고 면중후가 되어 면중의 북녘으로 식솔과 가병을 옮겼다. 그는 수백 년간 이어진 영지를 상실한 것이 불쾌했으나 모대가 전봉한 면중의 북녘은 기름지고 광대했으므로 화를 다스릴 만했다. 목생반의 난 때 친히 역란을 진압하고 궁지에 몰린 목씨 가문을 구원한 구은舊恩도 참작했다. 면중왕을 자처하는 저근의 침미다례와 접한 북방의 경계에는 목씨의 깃발이 보란 듯 나부꼈다.

- 고달高達.

저근의 부름에 고달이 고개를 숙였다. 그는 저근의 늙은 복심이었다.

- 어라하가 마침내 진을 꺾고 모든 힘을 곰나루로 모아 움켜쥐었네.

- 세가 두렵습니다.

- 내가 늦었어. 어라하가 원정에서 이길 줄 누가 알았고 아무런 연통도 없이 곰나루에 닻을 내려 진로를 도려낼지 누가 알았나. 나도 신인神人이 아닌 이상 늦을 수밖에 없었다. 어라하와 진로가 맞서는 틈바구니를 비집어야 했는데.

- 가장 훌륭한 때는 놓쳤으나 여전히 면중왕의 군세는 어라하에게 두렵습니다.

- 영악하게도 어라하는 목간나를 내 눈앞에 내세웠어. 호랑이 목간나는 상대하기 껄끄럽단 말이야. 그자는 괄괄해서 물불 안 가리고 면중으로 짓쳐들어올 수도 있어.

- 어라하가 도모하는 바가 거기에 있습니다. 명목상 목간나의 영지는 면중 북녘에 더하여 이곳 면중 일대입니다. 목간나가 면중을 손에 넣으면 이곳은 그의 영지가 됩니다. 그러니 가병을 동원해서라도 출병할 공산이 충분합니다.

- 어라하는 그 장단에 맞춰 정벌군을 보낼 테지. 이미 목생반의 난이 진압되어 가야와의 연맹도 깨졌고 고구려 또한 거련의 병환이 깊어 우리와 교류할 여력이 남지 않았다. 영락없는 고립무원이 아닌가.

저근은 다시 차를 마셨다. 쓴맛은 풍미를 넘어 독소처럼 느껴졌다.

- 면중왕의 권세가 온전한 곳은 이곳 면중뿐입니다. 우리에게 동조한 토호들도 흔들리고 있습니다. 진로를 집어삼킨 어라하의 환두대도가 침미다례를 토멸하지 못하겠냐며…….

- 본디 배포가 그 정도에 그치는 자들이다.

- 만일 토호들 중 하나라도 침미다례를 이탈한다면 걷잡을 수 없습니다.

- 그대의 생각은 어떠한가.

- 둘 중 하나입니다. 연합이 무너지기 전에 세를 집중하여 거병하든

지 침미다례를 어라하에게 바치든지.

- 거병한다면 이기겠는가.

모유는 엷은 웃음을 머금었다.

- 알고 계신 일을 어찌 제게 물으십니까. 거병한다면 지금이 적기입니다. 목간나가 새로이 전봉되어 어수선하고 토호들이 아직은 우리 쪽에 붙어 있으니까요. 그러나 지금 거병한다 해도 쉽지 않습니다. 목간나의 가병만 해도 수천을 헤아립니다. 게다가 목씨는 목지국의 진왕가. 토호들이 정통성에 흔들릴 수도 있습니다. 더하여 어라하가 대병을 이끌고 남하한다면 이기지 못할 것입니다.

- 그럼 침미다례를 등에 짊어지고 어라하에게 귀부하자?

- 흡족할 선물을 들고 간다면 어라하와 힘을 합칠 수 있습니다. 어라하가 강하다 하나 여전히 면중왕은 버거운 존재입니다.

저근은 웃으며 그의 어깨에 손을 얹었다. 짐작하고 고달은 고개를 숙였다.

굳게 닫힌 면중의 성문이 열렸다. 열 겹 스무 겹으로 백제의 칼날을 방어하던 목익木杙(적병을 막기 위해 세운 뾰족한 말뚝)과 녹각성鹿角城(십자 모양으로 교차한 나무 말뚝)이 오랜만에 물러났다. 깊게 파인 갱참坑塹은 다시 메워졌다. 차단되었던 침미다례와 백제의 너른 대로가 다시 열렸다. 고달은 저처럼 늙은 말에 올라타고 느릿하게 대로를 타고 북으로 향했다. 그의 등 뒤로 무수히 많은 하얀 깃발들이 따랐다. 전봉된 영지를 둘러보던 목간나는 의외의 행렬에 고개를 기울였다.

- 무슨 일이냐. 어찌 목익과 녹각성을 치우고 이곳으로 오는 것이냐. 백기를 걸다니. 어라하께 귀부라도 하겠단 말인가.

고달은 성벽 위에서 저를 내려다보는 목간나를 향해 예를 올렸다.

- 조정 목간나 공이십니까. 남당에서 덕솔을 지내던 고달이외다.

- 너의 낯이 익다. 어라하를 배반하고 역도를 택한 네놈이 무슨 면목으로 어라하의 강역을 밟느냐.

고달은 허허 웃었다.

- 뱀이 허물 벗듯 역도가 충의지사가 되고 그 반대도 성립하지요. 쉽습니다. 이 사람, 지금껏 역도로 살았으나 이제는 충의지사가 되렵니다.

- 수작부리지 마라.

- 수작인지 아닌지는 어라하께서 판가름하실 문제이니 길이나 터주시구려.

백기를 든 사자를 해할 명분이 없어 목간나는 곰나루로 향하는 길을 내주었다. 고달의 무덤덤한 눈빛이 북녘을 향했다. 말발굽이 움직이는 박자에 맞추어 고달의 늙은 어깨가 느리게 들썩였다. 그가 쥔 보따리에는 빛바랜 나무상자가 들려 있었다. 목간나는 음산한 기를 발하는 그것을 불안한 눈빛으로 응시했다. 고달과 그의 하수인들은 느리게, 그러나 멈추지 않고 곰나루로 향했다. 들놀이라도 나온 양 고달은 콧노래를 흥얼거리며 북상했다.

고달의 상락上洛에 남당의 대신들이 삼삼오오 모여 쑤군거렸다. 저근의 행보가 정치에 미칠 파급을 저마다 셈하며 잔머리를 굴렸다. 진로가 숙청된 남당은 오롯이 모대의 손 위에 놓였다. 잡음이 없는 남당에 고달의 상락이 어떤 파란을 일으킬지 대신들은 숨죽이며 지켜봤다.

- 침미다례의 역신이여. 삿된 걸음을 국도에 들였으면 죽음은 각오했을 터다.

모대의 목소리는 싸늘한 바람이 되어 고달의 귓전에서 울렸다. 고달은 몸을 낮게 깔았다.

- 신臣 고달…….

- 외람되이 신을 칭하지 마라. 네놈은 나의 신이 아니다.

- 이제 신은 신을 칭할 것이며 어라하께서 신을 경^卿이라 하실 것입니다.

- 말이 역겹다. 순리를 따라 망국이 된 마한을 되살려 나의 백성들로 하여금 서로 다치고 죽게 만든 너희다. 너희를 가장 잔혹하게 토멸할 길을 생각한다.

- 어세가 두려울 만큼 거세시군요.

말과는 달리 고달의 낯빛은 흔들리지 않았다.

- 신들을 토멸하시려면 그전에 자식 같은 어라하의 백성을 그리하셔야 합니다. 그것을 감당하시겠습니까.

- 건방진 혀로 나를 미혹하지 말라. 네 명을 재촉한다.

- 침미다례는 스스로 해산하겠습니다. 전토를 어라하께 바치겠나이다.

고달이 툭 던지듯 뱉은 말은 파장이 컸다. 그토록 백제의 발목을 붙잡고 늘어지던 침미다례가 아닌가. 아무렇지도 않게 해산하겠다니. 허랑한 기운이 마음 한 곳을 훑었다. 이토록 쉬운 결착을 내지 못해 그 많은 사람들이 죽었나. 그래서 막고해의 몸뚱이가 새까만 숯이 되고 아비 곤지의 은혜를 잊지 않던 두지가 칼을 맞고 죽었나. 수많은 생들이 못난 정치에 죽어버렸나. 영악한 여우비처럼 그쳐버린 잠깐의 환란을 이기지 못하고. 잠깐 피하면 그만인 여우비에 미련스레 흠뻑 젖어버려서는…….

- 괘씸하다.

모대의 꽉 쥔 주먹에 푸른 힘줄이 맹렬하게 돋았다. 고달은 여전히 덤덤한 눈빛이었다. 그는 품안에서 작은 물체를 꺼내보였다. 그것은 누런빛이었다.

- 올해는 풍작이었사옵니다. 남녘의 침미다례는 부르게 밥을 먹고 집집마다 술을 담갔습니다.

고달은 천천히 일어나 그 누런빛을 들고 모대에게로 다가갔다. 성좌의 좌우를 지키는 근위가 엄하게 막아섰으나 모대는 손짓으로 그들을 제지했다. 고달은 더욱 가까이 다가갔다.

- 어라하의 은택이 곳곳에 미친 까닭으로… 하늘의 조화가 있었지 뭡니까.

고달은 가느다란 손가락을 뻗어 모대에게 누런빛을 진상했다. 그것을 가까이 보니 벼의 이삭이었다. 기름진 낟알이 옹골차게 매달린. 그것은 풍요였으며 백성의 배부른 웃음이었다. 모대는 고달의 진상을 받았다. 이것의 누런 껍질을 벗기고 쪄서 밥을 만든다. 그 밥으로 백성들이 알맞게 먹고 밭을 갈며 방귀를 뀐다. 얼마나 고마우냐. 사람을 비로소 살게 하니 고맙다.

- 예사 이삭이 아니옵니다. 이른바 합영화合潁禾이온즉…….

- 합영화.

- 외따로 떨어져 있어야 할 이삭 둘이 붙어 있나이다. 둘이 붙으니 더욱 풍요롭고 귀합니다.

모대는 말없이 합영화를 물끄러미 바라보았다.

- 이처럼 침미다례와 곰나루가 붙어 합영화를 이루고자 합니다.

- 말놀음을 하러 예까지 이삭을 들고 온 게냐.

- 깨친 어심으로 살피소서. 침미다례를 어라하의 경계로 삼고 북으로 나아가 고구려를 병탄하십시오.

- 저근의 속을 모르는 자 천지에 없다. 지금껏 네놈들은 흉계로 살아왔다. 살가운 말씨에 독 묻은 비수가 있음을 내 모르겠느냐.

고달은 대답 대신 지참한 나무상자를 모대의 어전에 바쳤다. 그것에서 풍기는 어두운 기운이 모대는 꺼려졌다. 꼭 저만 한 크기의 상자를 본 적이 있다. 요서의 원정 때 연돌이 바쳤던, 제 아비의 수급이 들어있던 상자가 꼭 저만 한 크기였다. 마음이 더욱 불편했다. 고달은 저만치 모대의 가까이로 밀어놓은 상자를 물끄러미 바라보았다. 상자를 보는 시선은 일견 안쓰러워하는 듯도 하였고 무심하고 비정한 듯도 했다.

침미다례를 지탱하는 것은 면중왕 저근의 완력과 대천군의 신이한 영검이었다. 그곳의 사람들은 흑개사의 날카로운 창끝으로 안심했고 천신께 올리는 대천군의 방울소리로 믿음을 굳혔다. 저근과 대천군은 공히 존엄한 자였다.

- 대천군.

저근은 그녀를 불렀다. 소녀의 뽀얀 살결과 잔잔한 눈동자는 험악한 권력과 어울리지 않았다. 저근의 부름에 대천군의 눈동자가 떨렸다. 지용을 갖춘 저근은 든든한 후견인임과 동시에 두려운 섭정이었다. 대천군의 권력은 애초부터 말소되어 방울소리를 울리고 칼로 생뢰牲牢(산제물)를 찔러 천신에게 기원하는 소임이 고작이었다. 백성들을 다독이고 훈시하라 저근이 종용하면 그대로 따랐고, 천신의 엄벌이 따르리라 그들을 겁박하라 하면 그대로 했다. 저근은 모든 것이 마한의 정통을 굳건히 하고 천군의 도리를 보양하여 백성들을 편안케 하기 위함이라 강변했다. 대천군은 어떠한 이의도 없었다. 생뢰를 바치고 백성들을 위무함이 그녀가 존재하는 유일한 이유였고 저근은 그것을 지지하고 수호하겠다 말했으니. 그러나 이제는 분별이 되지 않았다. 기나긴 대치, 그에 따른 죽음들. 생반과 가야의 군장을 책동하여 경내에 들이고 다시 전쟁, 다시 따르는 죽음들. 장삿길은 막혀 상인들의 인심이 박해지고 연이은 징병으로 농군들은 본업에 소홀해졌다. 저근의 본의가 전통을 보양하고 백성의 안녕을 이루는 것에 있지 않고 여느 시시한 사내들과 마찬가지로 권능을 자랑함에 있음을 대천군은 알게 되었다. 자신의 어린 마음이 원망스러웠다. 저근이 자신을 목마 태우고 마한의 적손이자 백성의 자애로운 아비 행세 하는 것을 너무 늦게 깨달았다.

- 고단하고 힘들 것이오, 대천군.

태평한 얼굴로 자신의 고단함을 짐작하는 저근이 두려웠다.

- 민생은 팍팍하고 세력은 날로 기울고. 이 짓도 이제 관둘 때가 되었
지 싶소.

대천군은 숨죽인 채 말을 들었다.

- 마한의 적통을 되살리고 백성들을 잘 살게 하려고 궐기했지만…….

거짓말. 자연한 반발심으로 대천군의 뺨이 부풀었다. 저근은 그녀의
표정을 흘끗 보았다. 대천군은 서둘러 낯빛을 다스렸지만 저근의 얼굴
에는 묘한 미소가 떠올랐다. 가슴이 덜컥 내려앉았다.

- 도리어 인명을 해치니 백제의 어라하에게 귀부하는 것이 화평으로
나아가는 길이라 여기오.

이것이 정녕 면중왕의 입에서 흐르는 이야기인가. 어라하에게 귀부
한다고. 옳고 옳은 말. 그러나 침미다례는 승냥이처럼 백제의 배후를
노려오지 않았나. 이 땅의 유일한 군주인 어라하에 대적하여 면중왕을
참칭하고 대립을 택한 저근은 역적 중의 역적. 귀부를 택하면 처참한
죽음이 기다리고 있으리라. 그것을 모를 저근이 아니건만 어찌하여 귀
부를 운운하는가. 백성보다 권능의 냄새를 맡아온 사내가 전향했을 리
는 없다. 인생의 도를 굳힌 중년의 남자는 황소보다 고집이 세니까. 대
체 검은 속에 무엇을 감추었나. 반가우면서 불안한 마음이 대천군의 속
에서 잡답했다.

- 그러나 어라하가 그리 쉽게 받지 않을 텐데…….

- 물론이오. 침미다례가 귀부하는 것은 어라하도 기꺼워할 일이지.
그러나 명분이 없으니까. 백기투항 한다고 해도 침미다례는 저들에게
역적이니 두 팔 벌려 환영할 수는 없겠지. 그러니 어라하의 체면만 세

워주면 그만이오. 그러면 모든 일이 잘 풀리겠지.

– 어떻게 체면을…….

저근은 눈을 빛냈다. 그의 눈빛이 대천군의 젖가슴을 향했다가 그녀의 얇은 목 줄기로 향했다. 아찔한 느낌이 저근의 눈빛을 따라 그녀의 몸을 추행했다.

– 목이 마르네.

사막 같은 갈증을 씁쓸한 찻물로 헹궜다.

– 어떻게 어라하의 체면을 세우냐고. 간단한 일이오.

대천군의 눈이 떨렸다.

– 당신이 그동안 해왔던 일이야. 생뢰를 바치면 돼.

– 생뢰…….

저근은 자리에서 일어나 뒷짐을 쥐고 천천히 걸었다. 그 느린 걸음마다 무거운 발소리가 울렸다. 쿵. 쿵. 그 소리를 따라 대천군의 어깨가 움츠려들었다.

– 생뢰란 무엇이냐. 천지신명께 인간의 죄를 사해달라고 울며 바치는 것이지. 살인과 절도, 겁간과 질시, 폭력, 협잡. 이루 말할 수 없이 무수한 죄들을 사해달라고 생떼를 쓰는 거야. 무고하고 순수한 생뢰의 목숨을 바쳐서 말이야. 무구한 눈망울에 안대를 씌우고 얇은 가죽에 비수를 찔러 넣어서…… 모든 더럽고 추한 죄들을 깨끗한 생명에 뒤집어씌우는 치졸한 사업이야.

저근의 발소리는 점점 커졌다. 그러니까 그가 가까이 다가왔다. 쿵. 쿵. 쿵. 대천군은 마른 침을 삼켰다. 무거운 소리는 그녀의 바로 옆에서 멎었다. 저근의 두터운 손바닥이 왜소한 어깨를 만졌다.

– 어찌하여 그리 떠시나.

적당한 압력이 그녀의 어깨를 눌렀다.

- 생뢰가 죽을 때 어떻던가. 순순히 죽음을 받아들이던가.

입술이 떨어지지 않았다.

- 생뢰의 동맥에 비수를 찌를 때, 김이 나는 뜨거운 피가 얼굴에 튈 때, 박동하던 생명이 멎을 때, 기분이 어떠하던가. 죄스럽던가, 아무렇지도 않던가. 아니면, 짜릿하던가.

저근은 웃었다. 어깨를 쥔 손에 악력이 더해졌다. 고통이 느껴졌다.

- 대천군… 하늘의 임금이여. 이름만큼 순결하고 맑은 여자야…….

세게 쥐는 힘에 대천군은 고통의 신음을 흘렸다. 저근의 벌린 입이 더욱 넓게 벌어졌다.

- 나의 생뢰가 되어라.

저근은 검을 뽑았다. 하얗게 질린 얼굴이 잘 벼린 칼날에 반사되었다. 소녀의 놀라 동그란 눈동자가 칼날에 반사된 자신의 눈동자와 마주쳤다.

비단 관복과 황룡이 부조된 대들보, 화려한 휘장과 은은한 향기. 백제에서 가장 사치스러운 공간인 남당에 투박한 나무상자는 너무나 이질적이었다. 또한 소녀와 죽음도 그만큼 이질적이었다. 죽은 소녀. 소금에 절여진 소녀의 머리는 대담한 장부라도 똑바로 볼 수 없었다. 저근의 생뢰는, 머리만 남은 대천군은 소금에 삼투되어 초라하게 쪼그라지고 있었다. 쾨쾨한 체액의 냄새가 스민 소금은 축축이 젖어 있었다. 몰골이라고 불러야 마땅한 그것을 보고 모대는 말을 잃었다. 그의 좌우에 도열한 대신들은 저마다 시선을 돌리고 헛기침을 하며 당혹한 마음을 다스렸다. 고달은 모대의 앞에 바짝 엎드려 아뢰었다.

- 신 고달 아뢰옵니다. 대천군을 자처하는 계집이 남녘의 백성들을 책동하여 망국 마한을 재건한 죄, 매우 큽니다. 그 계집은 어라하의 치세를 더럽히고 어라하의 백성들을 반목했습니다. 좌평을 지내던 저근

은 해구의 역란에 동조하지 않고 그의 사병을 남부의 면중으로 물렸습니다. 그가 가졌던 본디의 충심을 헤아려주십시오. 그는 병마를 왕가를 위해 쓰고자 했으나 계집의 수작에 미혹되어 그녀를 위해 권세를 행했습니다. 그 죄 만 번 죽어도 갚을 도리가 없습니다. 그러나 뒤늦은 날이나마 잘못을 깨닫고 계집의 요사스런 목을 어전에 바쳐 죄지은 바의 만분지일이라도 갚고자 하오니 어라하께서는 부디 아량을 베푸소서.

가증스럽다. 모대는 입술을 비틀었다. 낯빛 하나 변하지 않고 거짓을 읊는 고달의 주둥이가 저주스러웠다. 가련하게 죽은 소녀의 머리를 앞에 두고, 자신들의 죄악을 그 위에 모조리 배설하는 언어들이 바로 듣기 힘들었다. 내두 찬수류는 씩씩거리며 고달의 앞에 험한 말을 쏟아냈다.

- 조동아리에 츰이라도 발르구 거짓말을 혀라, 이 쓰글놈아. 고것이 인간이 돼부러갖구 헐 말이냐?

- 거짓이 아닙니다. 저는 진실만을 말하고 있습니다.

- 이런 쓰글…….

고달은 모대를 향해 다시 머리를 조아렸다.

- 어라하, 영명하신 어라하는 아십니다. 신의 아룀이 모조리 진실임을.

모대는 눈을 감았다. 피하고 싶다. 도망가고 싶다. 명백한 거짓을 두고 진실임을 강변하는 저 망할 놈의 수급을 자르고 싶다. 소녀의 눈 감긴 머리를 위해 저 놈을 생뢰로 바치고 싶다. 고달, 그리고 그 뒤에 숨은 저근. 아비 곤지를 죽이는 데 동조하고 나라의 남녘을 좀먹었으며 목생반의 역란을 주도한 자. 막고해를 죽이고 왕가의 용사 이천을 불태운 자. 명백한 나의 적. 고달의 입에서 흐르는 저 말들은 나의 적이 고하는 천박한 협잡이다. 나는 그것을 알고 있다. 그런데, 그런데.

- 너의 말이 옳다.

나는 왜 이렇게 말하는 것이냐.

참담한 무게가 모대의 가슴을 짓눌렀다. 모대는 몸서리쳤다. 찬수류의 허망한 시선이 그렇게 말하는 모대의 입을 향했다.

- 어라하…….

모대는 눈을 감은 채로 물었다.

- 침미다례는 이제부터 없는 것이냐.

- 그렇습니다.

- 이제 그 땅은 백제의 땅이냐. 짐의 땅이냐.

- 그렇습니다.

- 그 땅의 백성들 또한 짐의 백성이냐.

- 그렇습니다.

- 그 땅의 소출 또한 짐의 소출이냐. 소와 말과 양, 누에와 대장간, 포구와 어선들. 모조리 짐의 것이냐.

- 그렇습니다. 그렇습니다, 어라하.

- 이제는 남녘에서 싸움이 멎게 되는 것이냐.

- 그렇습니다.

모대는 한숨 쉬었다.

- 너희가 원하는 것이 무엇이냐.

- 면중을 면중후 목간나에게 이관하겠습니다.

모대는 감은 눈을 더욱 질끈 감았다. 귓전에서 울리는 목소리가 간지러웠다.

- 대신 면중왕 저근을 도한왕都漢王에 전봉하시고 도한(지금의 전남 고흥)의 남북 백 여 리를 봉토로 삼으소서. 흑개사 오천 또한 그에게 귀속하소서. 그를 비롯한 휘하의 제신을 방면하시고 남당에 중용하소서.

모두 어라하의 충복이 될 것입니다. 그뿐입니다. 나머지는 모두 어라하의 뜻대로 하소서. 그대로 따르리다.

도한은 반도다. 삼면이 바다로 둘러싸여 있고 유일하게 뭍과 맞닿은 북쪽은 호리병의 목처럼 매우 좁다. 도한의 바다는 다도해多島海. 숱한 크고 작은 섬들이 근위병처럼 도한의 반도를 수호한다. 그러므로 대규모의 선단이 진입하기 어렵다. 난공불락의 천험한 땅이다. 개활한 면중을 내주고 도한을 택함은 결코 죽지 않겠다는 저근의 의지다. 도한의 천험과 저근의 지모와 흑개사의 용력이 합치니 누구도 토멸할 뜻을 품지 못하리. 그렇게 저근은 죄를 씻지 않고 살게 되리라.

모대는 눈을 떴다. 남당의 풍경이 흐릿하게 시야에 들어왔다.

- 어라하, 저근은 대역죄인입니다.

사법명이 분명하게 아뢨다. 모대는 그를 똑바로 보지 못했다. 그래, 그것을 모르지 않아. 죄인 중의 죄인. 죄인은 마땅히 벌해야 한다. 그래, 그것을 모르지 않는다. 안다. 그런데 그럴 수가 없다. 그를 벌하고자 하면 남녘의 무고한 백성들을 모조리 벌해야 한다. 죽음으로 벌해야 한다. 무엇이 옳으냐. 벌해야 마땅한 죄인을 벌하려 무고한 많은 자들을 함께 벌해야 하느냐. 그렇지 않으면 무고한 자들을 그대로 두고자 죄 많은 자를 역시 그대로 두어야 하느냐. 그를 벌하면 나는 정의로운 군왕이 될 것이나 무고한 목숨이 죽어나가고 또 다시 이 나라는 헛된 내홍에 휩싸인다. 그러나 내 그를 벌하지 않고 보중한다면 숱한 사람들이 나를 욕하고 조롱하겠지. 저근의 흑개사가 두려워서, 침미다례의 병마와 물산이 탐나서 불의에 눈감았다고 힐난하겠지. 그리고 백가…… 백가는 종종 대천군의 얘기를 했다. 그의 얘기는 다분히 정치적이었지만 소녀의 얘기를 하면서 그의 뺨에 떠오르던 미약한 홍조를 나는 기억한다. 나는 오랜 벗이었으니 그 홍조를 눈치 챌 수 있었다. 저근은 소녀를 베었고 나는 지금 그를 용서하려고 한다. 백가. 그는 나를 영영 저버릴 테지. 오랜 벗이 나를 등질 테지. 진을 치면서 나는 벗의 가병을 썼다. 그러면서도 벗의 안위를 염려하지 않았다. 또한 벗의 원수를 용인했고 은근한 감정의 상대를 죽인, 또 다른 원수를 이제 용인하려 한다. 왕으로 삼고자 한다. 그럼에도. 그럼에도, 나는 성좌에 앉아있다. 짐은 어라하다.

모대는 손을 뻗었다. 뻗은 손은 떨렸다.

- 짐은 면중왕 저근의 영지를 도한으로 전봉하며 도한왕으로 하겠다. 고달 이하 침미다례에 부역하였던 이들은 모두 대천군이란 계집의 헛소리에 미혹됨이라. 그들의 어리석음을 벌해야 하나 늦으나마 죄를 깨닫고 스스로 부복하니 어찌 가엾이 여기지 않겠는가. 앞으로 나라에 충성하며 죄를 갚아라.

- 어라하!

대신들이 그의 앞에 엎드렸다. 모대는 성좌에서 일어났다.

- 재론하지 않겠다.

모대는 침전으로 물러났다. 수많은 내관과 여관이 따랐다. 텅 빈 성좌의 앞에서 대신들은 엎드린 몸을 힘없이 일으켰다. 고달은 물러난 모대를 향해 외쳤다.

- 이 나라가 합영화가 되었고 환란은 없으리라! 어라하 만세! 만세! 만만세!

한참 만세를 불렀다.

침미다례는 해체되었다. 도한을 제외한 전역이 모대의 손에 들어갔다. 모대는 저근을 좌평으로 봉하여 곰나루로 호출했지만 저근은 거듭 사양하며 도한에서 나오지 않았다. 다만 고달을 달솔로 삼게 하여 교통할 말이 있거든 그를 통해서 전했다. 저근은 이를 드러내며 웃었다. 도한의 시원한 바닷바람을 한껏 맞았다.

백가는 본가의 문을 걸어 잠그고 나오지 않았다. 모대는 거듭 사람을 보내었으나 돌아오는 답이 없었다. 모대가 백씨의 본가로 갔으나 백가는 만나지 않았다. 모대는 해질 무렵까지 문고리를 두드리다가 고개를 떨어뜨리고 물러났다.

10월. 날이 찼다. 모대는 제단을 쌓고 천지신명에게 제를 올렸다. 그는 제단의 앞에 엎드렸다. 초겨울의 칼바람에 향로에 피운 향이 위태로운 연기를 올리며 재가 되어 빠르게 무너졌다. 엎드린 모대를 따라 대신들이 전원 제단의 앞에 절을 올렸다. 모대는 무너지는 향을 바라보며 한숨을 쉬었다. 뽀얀 입김이 향의 연기처럼 바람에 휩쓸려 허공으로 꺼졌다. 제단의 앞에서 모대는 마침내 백제 전토의 통합을 선언했다. 그 증거로 소녀의 머리가 제단에 바쳐졌다.

- 이상의 억울한 자가 없게 하소서.

모대는 찬 바닥에 이마를 대고 울었다. 모대와 나란히 제단에 엎드린 이요는 그의 울음을 따라 울었다. 진씨의 어륙은 제2어륙이 되었고 빈궁 이요는 어라하의 제1어륙, 정비正妃이자 나라의 어머니가 되었다. 진씨의 어륙은 이제 까만 머리칼이 무성하게 뒤통수를 덮은 원자 미도를 안고 처분을 조용히 받아들였다.

어륙, 나는 이제 또 다른 어륙을 두고 그를 으뜸으로 삼으며 그대를 버금으로 하고자 하오.

…….

그대에게 몹쓸 짓인 줄은 알고 있소. 그러나 이요는 어륙이 되어야만 하오.

…….

내내 미안하군, 그대에겐.

·······.

 정말······.

 더 말하지 마세요. 그럴수록 나는 더 비참해요. 나를 그대로 두세요. 지금까지 그랬듯이. 세간의 시선을 걱정하여 이따금 나와 관계하고 떨 떠름한 빛으로 원자를 안았다 내려주세요. 나는 당신을 충분히 느꼈고 어떠한 기대도 남지 않았습니다. 그러니 진정 없는 동정으로 나를 더럽 히지 말아요.

 지금껏 양순하던 진의 어륙은 처음으로 모대에게 화를 냈다. 그녀의 달아오른 두 뺨이 모대의 눈에서 어른거렸다. 태후의 얼굴이 겹쳐보였 다. 가문을 잃은 여인들. 모대는 눈을 질끈 감고 제2어륙의 앞을 물러 났다. 이요를 제1어륙으로 선포했다. 지금껏 진과 해가 그랬듯 나라의 제일귀족이 왕비족이 되리라 확신했던 귀족들은 그 역시 탐탁하지 않 게 받아들였다. 모대는 그들의 반론을 제압하고 끝내 이요를 어륙으로 삼았다. 피로한 작업이었다.

 - 이 몸에 과중한 고난을 더 얹지 마소서. 부디······.

 모대는 다시 절을 올렸다. 간절한 소망이었다. 돌풍이 불었다. 피운 향의 허리가 꺾여 완전히 붕괴되었다. 향이 꺼져버렸다. 모대는 허랑한 표정으로 침을 삼켰다. 재가 돼버린 향은 붕괴되면서 매캐한 향기를 연 기에 실어 뿜었다.

 이듬해, 위국을 집정하던 태후 풍씨가 죽었다. 병색이 완연하던 그녀 였다. 백제에게 크게 패한 전쟁이 여명을 삭감했는지는 모른다. 위국 의 황실은 그녀에게 문명文明이란 시호를 올렸다. 향년 49세. 태후의 위 세에 눌렸던 천자 탁발굉이 본격적으로 친정했다. 탁발굉은 사 년 후, 국도를 요서의 근방인 평성에서 영토의 중앙이자 역대 왕조의 오랜 도 읍이었던 낙양으로 옮겼다. 고구려왕 거련도 문명태후가 작고한 이듬해 붕어했다. 향년 98세. 그의 적장자였던 고추가^{古鄒加}* 조다^{助多}는 이미 죽은 지 오래였으므로 종손인 나운^{羅雲}이 왕위를 계승했다. 나운은 거련에게 장수^{長壽}라는 시호를 올렸다. 오랜 시대를 누려온 늙은 영웅에게 실로 걸맞았다. 위국의 천자인 탁발굉은 친히 흰 관을 쓰고 삼베 옷을 입은 채 애도하고 거련에게 강^康이라는 시호를 올렸다. 시호를 풀어놓은 『사기시법해^{史記謚法解}』는 시호 강을 그 근원이 깊게 흘러 통하고 백성들을 안락하게 다스리며 적을 베는 데 과감하다고 말한다.** 노웅의 최후를 기리는 찬사로 적절했다. 나운은 거련의 슬하에서 저궁^{儲宮}으로 있으면서 체득한 정치와 담략이 숙성했고 눈에는 총기가 어렸다. 그가 모대의 새로운 숙적이 되었다.

모대는 남당과 침미다례를 평정했다. 내부의 적은 이제 없었다. 좁은 남당이 아니라 이제는 천하가 그의 전장이 되었다. 욱리하를 두고 삼국의 쟁패가 치열하게 이어졌다. 장수왕 거련을 이은 나운도 훌륭한 군주였고 신라의 비처 또한 용력을 떨쳤다. 모대는 좌장 해례곤과 내두좌평 찬수류를 욱리하 전선의 전면에 내세웠다. 또한 문명태후가 작고한 그해 9월에 연돌을 병관부 달솔에 명했다. 진로와 백가가 구실을 못하는 와중에 해례곤은 야전에 나서니, 병관부 달솔 연돌이 남당에 남아 군략을 다듬고 치중^{輜重}을 조달했다. 모대는 탄지진 사법명과 호랑이 목간나는 의도적으로 전장에서 배제했다. 해와 연이 날로 공을 세워 식읍이 가중되었고 사와 목은 그러지 못해 가문의 세가 답보했다. 귀족들의 세가 고른 평형을 향해 나아갔다. 세를 불리지 못하는 자들의 불만을 알았으나 그들의 원을 들어줄 수는 없었다. 어라하는 귀족의 위에 있는 자. 어라하는 사람이고 귀족은 땅이다. 요철 없이 고른 평지여야 달릴

---

* 고구려 왕족의 작호
** 淵源流通, 安樂治民, 致果殺敵

수 있다. 불쑥 튀어나온 돌부리는 달리지 못하게 하므로 뽑아버려야 한다. 모대는 낮은 땅은 돋우고 높은 땅은 깎았다. 그 평지 위에서 모대는 욱리하를 향해 달렸다. 신라와 연대하여 고구려에 맞섰다.

재위 12년 9월, 15세 이상의 북부사람들을 징발하여 사현성沙峴城과 이산성珥山城을 쌓아 고구려의 침략을 방비했다.

재위 15년 3월, 신라의 이찬伊湌(신라 17관등 중 2등) 벼슬을 지내는 비지比智의 딸을 빈궁으로 들였다. 내심 빈궁의 자리에 눈독을 들이던 귀족들은 거세게 반발했지만 모대는 관철시켰다. 핏줄은 무엇보다 끈끈하다. 몸집이 큰 고구려에 맞서기 위해서는 끈끈한 핏줄로 백제와 신라를 동여맬 필요가 있었다. 귀족들의 불만이 드높았다. 신라의 여인이 어라하의 배필로 가당하냐며 남당이 시끄러웠다. 그들은 분노했다. 제1어륙은 한미한 천출의 왜녀이고 제2어륙은 폐족의 혈맥이며 빈궁은 외국 왕실의 족척이다. 오백 년이 넘도록 이어온 전통은 반드시 국내 명문의 여식을 어륙으로 들이도록 했다. 어륙은커녕 빈궁조차 배출하지 못하게 하는 어라하에 분노했으나 분노를 표출하면 죽음이었으므로 쓴 강술로 다스릴 뿐이었다. 모대도 그것을 모르지 않았다. 그러나 그들의 원대로 할 수는 없었다. 귀족들에게 정치는 모두 남당에서 일어났으나 어라하의 정치는 천하에서 일어나는 까닭이었다.

재위 16년 7월, 고구려와 신라가 살수 벌판에서 회전을 벌였다. 신라는 최고의 명장 실죽을 내세웠으나 대패했다. 실죽의 패잔병은 견아성犬牙城으로 퇴각했다. 모대는 찬수류에게 삼천의 병력을 내주어 그를 구원하게 했다. 찬수류는 끝내 고구려를 공파하고 실죽을 구해냈다. 신뢰는 굳어졌고 신라는 백제에 빚을 졌다. 남당의 귀족들은 서너 차례 헛기침을 할 뿐 더 말하지 않았다.

재위 17년 8월, 나운은 대병을 동원하여 백제의 북방요충인 치양성雉

壤城을 에워쌌다. 모대는 신라에 원병을 청했고, 견아성의 은혜를 기억하는 비처는 기꺼이 원병을 장군 덕지德智로 하여금 이끌게 하여 치양성으로 출병시켰다. 고구려는 다시 패하여 북방으로 돌아갔다. 신뢰의 동맹은 피의 도움으로 더욱 굳어졌다. 고구려는 강력했으나 백제와 신라의 결속을 깨지 못한 채 욱리하를 뺏고 빼앗기는 지루한 반복을 이어갔다.

국경의 밖에서 신라와 연맹하여 고구려와 힘겹게 맞섰다. 모대는 남당을 평정했지만 여전히 국경 밖의 전쟁만큼이나 험난했다. 지금까지의 적이었던 진로는 모대가 다스릴 수 있었다. 칼로 베면 죽고 포승으로 옥죄면 움직이지 못하는 사람인 까닭으로. 그러나 이제 모대의 앞에 선 적은 사람이 아니었다. 자연이었다. 그것은 크기도 무게도 형체도 없으며 가물기도 하고 넘치기도 했다. 자연 앞에 모대의 금관과 성좌는 하찮았으며 거느린 수많은 근위들도 소용없었다. 자연은 끊임없이 모대의 좌절을 요구했다.

재위 12년 11월, 겨울에 물이 얼지 않았다.

그 이듬해 6월에는 폭우가 내려 홍수가 났다. 가옥이 휩쓸리고 곡식이 뿌리까지 썩어 흉년이 들었다. 백성들이 굶주려 신라로 도망갔다. 그 수가 6백 호에 달했다.

재위 14년 3월, 봄에 눈이 내렸다. 찬 기운을 맞은 곡식과 과실들이 모조리 냉해를 입었다. 굶주렸던 백성들이 다시 굶주렸다. 약한 자들은 견디지 못하고 죽었다. 4월에는 강풍이 불어 과실수들이 뽑혔다. 썩은 열매마저 온전하지 못하고 모조리 바닥으로 떨어졌다. 벌레가 끓는 열매를 보며 농군들은 울었다. 진한 과즙을 유영하며 달콤한 과육을 탐하는 벌레들을 그들은 원망스러운 마음을 담아 밟아 죽였다.

재위 17년 5월, 일식이 일어났다. 달이 해를 잡아먹었다. 해는 하늘의 임금이며 양기陽氣의 극치이다. 달은 음기陰氣의 극단이다. 달이 해를 잡아먹는 것은 음이 양을 먹는 것이며 임금이 역란에 패배한 것이다. 땅이 뒤집혀 하늘 위에 군림하는 것이며 천하의 이치가 거꾸로 흐르는 것이다. 홍수가 나고 돌풍이 불고 일식까지 일어나자 백성들은 대낮의 어두운 하늘 아래서 불안에 떨었다. 마한의 믿음 깊은 자들은 죽은 대천군이 명계의 왕이 되어 달을 타고 나타나 해를 삼켰다고 했다. 대천군을 죽인 도한왕 저근, 그리고 그를 용서한 어라하를 벌주는 것이라 했다. 모대는 유언비어를 퍼트리고 양민을 선동하는 무리를 추포하라 슬픈 목소리로 분부했다. 경륜 깊은 내신부의 감찰관들이 유언비어의 뿌리를 색출했다. 내신부의 달솔 장색은 빼어난 육감으로 헛소문의 진앙을 발본색원했다. 장색이 줄줄이 포승에 엮어 압송한 자들의 이름이 장계에 올라 모대에게 상신되었다. 망국의 애수에 깊이 심취한 자들이 있는가 하면 그저 통찰력을 지닌 행세를 하려던 허풍선이들이 있었다. 일견 딱하기도 하여 선처를 당부하려던 모대는 그들의 이름 뒤에 이어지는 이름들을 보고 입을 닫았다. 모대는 장계의 이름을 짚어 장색에게 보였다. 그의 눈은 흔들리고 있었다.

- 정녕 이 자들 또한 헛소문을 떠벌리고 다녔는가.

장색은 손을 모으고 고개를 숙였다.

- 신의 장계에는 거짓이 없나이다.

- 짐이 익히 아는 이름들이다.

- 신도 압니다. 달솔 백문의 복심들입니다. 그 뒤에 이어지는 이름은 내법 사약사의 끄나풀들. 목씨의 하수인들도 있고… 이러저러한 세가의 아랫것들입니다.

- 짐의 대신들이 짐을 흔드는 헛소문을 퍼트린다는 말이냐.

힘 빠진 손가락이 간신히 장계를 들었다. 그를 응대하는 장색은 태연했다.

- 대신의 휘하에 있는 자들이 준동을 벌입니다.

- …….

- 어찌 놀라십니까. 어라하께서는 그들의 영지를 뿌리째 뽑아 원방으로 내던지셨습니다. 그들도 자구책을 모색한 겁니다. 나라의 힘은 왕가와 귀족이 나누어 가졌으니, 어라하가 강할수록 자연히 저들은 쇠합니다. 어라하께서는 전례 없는 패업을 이룩하셨습니다. 저들로서는 숨통이 막힙니다. 사수를 써서라도 어라하를 흔들지 않으면 저들은 불안해 견디지 못합니다. 간단한 셈법을 어라하께서 모르지 않으시거늘 어찌 놀라십니까.

또박또박 발음하는 말이 모대의 속에서 마구 날뛰었다. 역한 기운을 느꼈다.

- 요서에서의 동고동락으로 저들에게 사랑을 느끼셨습니까. 미몽에서 깨십시오. 어라하의 삶은 통째로 정치고 정치에는 감정이 없습니다.

모대의 악력이 풀렸다. 뻣뻣하게 굳은 손가락 사이로 장계가 스르르 타고 흘러내려 바닥에 나뒹굴었다. 장색은 조심스레 앞으로 나아가 장계를 수습했다.

- 둘도 없는 친우였던 진내왕 백가는 어라하를 등졌습니다. 한산왕을 도와 어라하를 물고 뜯었던 신은 어라하의 수족이 되어 어명을 집행합니다. 이것이 정치요 어라하의 숙명이니…….

장색은 장계를 너른 소매에 숨기고 몇 발짝 뒤로 물러섰다.

- 신은 어라하를 동정합니다.

장색은 절을 올리고 허리를 굽힌 채 어전에서 물러났다. 적막한 공기가 모대의 침전을 메웠다. 달이 해를 삼킨 낮은 캄캄했다. 꺼진 촛불을 다시 켜려던 여관은 언뜻 비친 어라하의 용안을 보고 황급히 불을 껐다. 눈물이 흐르고 있었다. 모대는 장계에 오른 모든 이름들을 죽였다. 망국의 애수에 심취한 이들과 물정 모르던 허풍선이들의 머리가 저자에 내걸렸다. 그러나 그것으로 그치고 그들의 상전에 대한 감찰은 명령하지 않았다. 궁구막추窮寇莫追. 궁지에 몰린 자는 두렵다. 또한 모대는 장색이 거론한 이름 중 백문이 있어 더욱 그러지 못했다. 이미 백가에게 도리를 다하지 못했다. 그의 아비까지 벌할 수는 없었다. 생리를 잘 아는 장색 또한 섣부르게 나서지 않고 감찰을 종결했다. 망국의 애수에 심취한 이들과 허풍선이들과 상전의 명령을 따른 아랫것들의 머리만 저자에 내걸려 짱돌을 맞았다.

달이 해를 삼키고 신하가 임금을 흔든 이후로 남당에 울리는 모대의 목소리는 더욱 날카로웠다. 관용은 죽고 전제專制의 눈빛이 타올랐다. 왕가의 직계인 부여씨와 방계인 고이씨 따위가 더욱 중용되었고 세 없는 찬수류, 장색 등도 그리했다. 어라하가 목·사·백의 세족을 백안시하니 그들 또한 나름의 생로를 깊이 고민했다. 낟알을 모조리 먹으면 서로를 먹는 메뚜기 같이 야만의 역사가 다시 태동했다. 모대는 인적이 사라진 남당에서 홀로 성좌에 앉았다. 불을 켜지 못하게 했다. 암흑에서 그는 소리 죽여 울었다. 해씨가 기우니 진씨가 뜨고 진씨가 지니 다시 목과 사와 백이 뜬다. 다시 그들을 잠재우면 해씨와 연씨가 다시 성좌를 탐하려나.

- 이요.

모대는 어두운 남당을 떠나 침소를 찾았다. 과중한 업무로 전장과 사냥에는 나가지 못해 단단한 팔 근육이 사라져가고 눈두덩이 파일 정도로 여위었다. 모대를 위로할 수 있는 것은 오로지 이요뿐이었다. 이요에게는 복잡한 셈과 흉한 계략이 필요 없었다. 마음 그대로 말하면 되고 내키는 대로 행하면 되었다.

- 혼자 성좌를 감당하기 힘들어.

이요는 말없이 모대의 품을 파고들었다.

- 도와줄 사람이 필요해.

- 내신이나 내두로는 안 되겠어요? 달솔 연돌이나 좌장은요. 어라하의 사람들이 많아요.

- 찬과 해는 전장에서 피를 튀기느라 여념이 없고 연은 이미 병관과 위사의 일을 겸해 여유가 없어. 요서의 출신들은 아무래도 권위가 없고.

이요는 안긴 채로 말이 없었다. 모대는 소매를 걷고 팔목에 도드라진 동맥을 바라보았다.

- 그들은 왕가의 혈맥이래도 촌수가 너무 멀어.

- 피가 진한 사람이 필요하시군요.

모대는 이요를 안은 팔에 힘을 주었다. 이요는 배시시 웃었다.

- 제가 알기로는 천하에 그런 사람은 한 명뿐인데요.

안은 팔로 이요의 머리를 쓸었다. 이요는 모대의 가슴에 뺨을 대고 그의 박동을 느꼈다. 들뜬 듯 다소 빠르게 뛰었다.

- 그래. 한 명뿐이지.

곰나루에는 사람들이 운집했다. 유례없이 화려했다. 곰나루 너른 포구의 모든 선박을 다른 곳으로 치웠다. 탁 트인 백강을 안은 텅 빈 포구가 오로지 한 척의 배만을 기다렸다. 악단은 끊임없이 흥겨운 주악을 연주했고 곱게 단장한 무희들이 춤을 추었다. 포구에서 궁성까지 이어지는 대로는 자갈 하나 없이 말끔히 정돈되었고 대로의 양변에는 치장한 창병들이 목을 꼿꼿이 세운 채 도열했다. 대신들도 사치스런 예복으로 갈아입어 줄지어 섰고 모대 또한 눈부신 금관을 쓴 채 그들의 앞에 상기된 표정으로 섰다. 물살을 가르며 거대한 용선이 포구에 정박했다. 붉은 휘장으로 가린 선실에 있던 사내는 갑판으로 나왔다. 내리쬐는 볕이 따가운 듯 손으로 차양을 만들어 뭍을 내다봤다.

- 이곳이 곰나루……

사내는 경직된 표정으로 낯선 풍경을 눈에 담았다. 그리고 풍경의 일부, 익숙한 얼굴이되 낯선 차림을 한 모대를 그는 보았다. 그의 표정이 더욱 뻣뻣하게 굳었다. 실로 오랜만의 해후. 그의 표정은 복잡한 감정을 드러냈다.

- 모대……

그가 갑판 위로 모습을 드러내자 군집해 있던 모대와 신료들이 그를 향해 발걸음을 내딛었다. 먼발치의 모대는 빛났다. 왕관을 장식하는 금, 귀에 주렁주렁 드리운 금, 허리춤을 감싼 요대의 금, 바로 그 옆에 찬 칼자루의 금, 용포에 수놓아진 금, 금, 금. 금은 땅의 태양인 듯 밝은 빛을 뿜었다. 빛을 뿜는 금으로 모대의 얼굴이 보이지 않았다. 그의 눈에 모대는 자체로 빛이었다. 빛은 두려운 동시에 탐욕을 일으켰다. 밝고 밝은 빛은 사람으로 하여금 질시하게 하였다. 온전한 빛이었던 모대는 한 발 두 발 가까워져 마침내 익숙한 얼굴이 되었다.

- 형님, 사마 형님……

굵은 눈물 줄기가 모대의 뺨을 타고 흘렀다. 그 또한 금처럼 빛났다. 모대는 주춤하는 걸음으로 사마의 앞에 나아가 엎드렸다. 모대가 어라하로 등극한 지 십 수 해. 소년들은 세월만큼 자랐다. 왕부를 떠나 있던 세월의 간극을 모대는 어렴풋이 짐작하려 했으나 어림셈으로도 짐작할 수 없었다. 그것은 사마도 마찬가지였다. 거련과 전쟁했다, 남부의 반란을 진압했다, 요서로 원정을 간다, 서한에 빽빽이 들어찬 글자들로 모대가 겪어온 풍파를 실감할 수는 없었다.

- 잘해냈구나, 모대야……

사마는 모대의 팔을 잡아 일으켰다.

- 잘했다, 잘했다.

모대의 귀에 가까이 입을 갖다 대고 사마는 속삭였다.

- 법도가 그러하니 너에게 말을 낮추지 못하겠구나. 너는 어라하이니… 이제 너의 신하로 돕겠다, 모대야.

사마는 뒤로 물러나 모대의 앞에 절을 올렸다.

- 신 왕부의 사마가 어라하를 오늘에 이르러 비로소 알현하니 불충을 어찌 갚으리까. 늦은 날이나마 충정으로 어라하를 보위하여 지은 죄의 만분지일이라도 갚게 하소서.

모대는 어정쩡한 자세로 사마의 절을 받고 황급히 그를 일으켰다.

- 어찌 형님께 죄를 운운한단 말입니까. 찾아뵙지 못한 아우를 용서하세요.

모대가 엎드린 사마를 일으켰다. 바라보는 대신들의 심정은 복잡다단했다. 늙은 신료들은 옛날의 풍문을 곱씹었다. 왕제 곤지는 영명하기로 정평이 났고 그의 소생들 중에서 눈여겨 볼만한 준재가 있다는 소문이 자자했다. 맏이인 사마가 그러했는데, 일찍이 갖은 서책을 독파하고 사물과 사세를 읽는 눈이 남다르다고 했다. 이미 어라하만으로 숨통이 조이는데 사마마저 어라하의 권세를 받든다면 어찌하나. 대신들은 모대와 사마의 맞잡은 손을 보고 낙망했다. 장색은 수염을 쓸었다. 그의 주인이었던 진로는 왜 왕부에 다녀와 주문 같은 말을 수차 외웠다. 모대는 불, 사마는 물. 모대는 불, 사마는 물. 그러면서 혼자 허전하게 웃던 진로의 얼굴이 떠올랐다. 어라하는 불이다. 귀족들을 유화하고자 하지 않고 힘으로 위압하고자 한다. 불처럼 그들의 힘을 전소시키고자 한다. 부여력을 내신으로 삼고 다시 사마를 소환하니 정치를 왕가의 손에서 완성하겠다는 속내다. 남당에서 절대적인 우위를 점하고 귀족들을 내려다보며 다스리겠다는 생각.

장색은 주위의 대신들을 바라보았다. 모두 굳어 있었다. 모대가 사마를 부른 까닭을 알기 때문이었다. 장색은 코로 한껏 공기를 머금었다 내쉬었다. 잃을 것이 많은 귀족들의 뒤틀린 표정이 우스웠다.

헌데…… 먼 곳의 사마를 바라보는 장색의 눈이 뻑뻑하게 아려왔다.

사마는 불이 아닌 물이다. 물은 부수지 않고 에돌아 흐르며 소멸시키지 않고 품어 다스린다. 바다는 백곡왕百谷王, 모든 골짜기의 물이 바다로 간다. 똥물이든 지극히 맑은 정수이든 한데 끌어안는다. 끌어안아 모두 자신의 것으로 삼는다. 파괴를 업으로 삼는 불의 자질과는 다르다. 과연 물이 불의 뜻대로 할 텐가.

- 왕형王兄 부여사마를 상좌평으로 삼고 좌현왕左賢王에 명하니 그는 곧 짐의 분신이다. 또한 국도 곰나루를 그의 영지로 삼도록 하여 웅진왕熊津王에 봉한다. 짐의 권세를 반으로 나누어 그에게 내리니 경들은 그를 짐처럼 섬겨라.

상좌평, 좌현왕, 웅진왕. 외따로 떨어뜨려도 만인지상의 위세를 지닌 이름들이다. 조정의 으뜸으로 설정한 육좌평의 위에 놓은 상좌평은 명실 공히 조정의 좌장. 좌현왕은 본디 흉노 족속의 관명인데 흉노의 전통은 선우單于(흉노의 왕)의 세자를 좌현왕으로 삼아 영토의 동방을 다스리게 한다. 일찍이 개로대왕 경사는 왕제 곤지를 좌현왕으로 삼아 국사를 집정하게 하였으니 모대가 사마를 좌현왕으로 삼음 또한 이와 다르지 않았다. 더불어 나라의 도읍을 봉왕의 영지로 삼는 전례는 없으니 웅진왕이란 작호는 어떤 봉왕보다 위신이 지고하다. 상좌평, 좌현왕, 웅진왕. 세 개의 이름으로 불릴 사내는 곧 어라하와 다를 바 없다. 대신들은 모대와 사마의 앞에 절을 올렸다. 하늘에 두 개의 태양이 타오르는 듯 그들은 더웠다. 동정에 땀이 배어나왔다. 열사의 사막에 엎드린 듯 갑갑한 더위가 그들을 죄었다. 환영연을 서둘러 파하고 모대는 사마와 독대했다. 여전히 차분한 눈매에 모대는 흐뭇하게 웃었다.

- 나를 도와줘요. 외로운 자리입니다.

- 상좌평에 좌현왕, 더하여 웅진왕이라니. 과한 대접 아닙니까.

- 열심히 도와주시라는 뜻입니다.

사마는 웃으면서 차를 마셨다.

- 잘 헤쳐 오셨습니다. 진로를 숙청하고 장색 이하 죄 깊은 진문의 가신을 거두셨습니다. 해와 연을 복권하여 목·사·백을 제어하시고 왕가의 걸출한 이들을 전면에 등용하시어 어라하의 권위가 하늘 꼭대기에 걸렸습니다. 찬수류와 비타 등 본디 출신이 한미한 자들도 적극 쓰시고 어찌 되었건 도한왕 저근의 세도 합하셨으니 수완이 좋으십니다.

- 힘은 강해도 인심을 잃었습니다. 목간나와 사법명은 전장에서 고난을 함께했습니다. 백가는 나의 둘도 없는 벗이었는데…….

- 비참한 숙명임을 아시지 않습니까.

- 전쟁도 싫고 정치도 싫습니다. 태후는 비구니가 되고 싶다고 했는데 나도 머리 깎고 출가나 할까 봅니다. 내 칼에 죽어간 넋들 위로하면서.

모대는 금관을 벗고 쪽진 머리를 지른 비녀를 풀었다. 사마는 모대의 산발을 보고 옛날을 떠올렸다. 그의 쾌활한 웃음소리와 당돌한 장난들을 떠올렸다. 활기찬 모습은 사라지고 맥 풀린 눈매와 내려앉은 어깨만 보였다.

- 본디 금관은 형님의 것이었지요.

사마는 쓰게 웃었다.

- 본디라는 것은 없습니다. 성좌는 하늘이 내립니다. 하늘이 어라하를 택한 것입니다. 신이 아니라.

- 그때의 하늘은 진로였으니까요. 흠결이 많은 어라하는 다루기 쉽다

는 이유 하나만으로 어라하가 됐습니다. 성질도 급하고 능력도 못하고 첩실의 소생인, 형님보다 나은 구석이라고는 하나 없는 무지렁이가 어라하가 됐습니다.

— 지금은 누구보다 훌륭하십니다.

모대와 사마의 눈이 마주쳤다. 둘은 소년처럼 웃었다.

웅진왕

- 어라하께서는.

사약사가 조심스레 입술을 뗐다. 성좌는 비어 있었다. 시간은 조례 시간을 훌쩍 넘겼다. 성좌와 나란히 놓인 웅진왕의 왕좌에는 사마가 소매를 포갠 채로 진중한 눈빛을 발했다.

- 어라하께서는 옥체 미령하시어 출석하시지 않소.

- 두 차례에 한 번 꼴로 납시지 않으시니…….

- 어라하께서 과인으로 하여금 대리하라 명하셨으니 과인이 그대로 행하겠소.

상좌평이자 좌현왕이자 웅진왕이며 어라하의 형님인 사마가 정사를 대리하는 것에 대신들은 어깃장을 놓지 못했다. 사약사는 수염 끝에 땀방울을 매단 채 수긍하고 물러났다.

어라하가 집전하지 않는 조례가 흔하게 일어났다. 와병을 핑계 삼아 놓고 밖으로 사냥을 나갔다. 사마에게 모든 정사를 돌보게 해놓고선 이요를 안았다. 사마의 방식은 유연했다. 모대처럼 압도하지 않고 적당한

선에서 타협하고 절충했다. 대신들이 논하기로 모대 대신 사마가 먼저 어라하가 됐다면 이토록 귀족들이 엄혹한 시절을 맞지 않았으리라 했다. 이미 모대가 어라하의 힘을 극한으로 끌어올린 연후이니 사마가 소위 유화책이며 유연한 태도를 거리낌 없이 구사해도 무리가 없었다. 힘의 천칭이 왕가에게로 급하게 기울어져 있는 이상 사마가 한없이 타협해도 왕가는 얻기만 하고 귀족은 잃기만 했다. 그럼에도 그들은 사납게 몰아치는 모대보다는 만면에 미소를 품은 채 호인好人의 노릇을 하는 사마가 더 편했다.

　- 인우因友야.

　인우는 사마의 가까운 복심이었다. 심지가 굳고 명석해 사마가 가까이 두고 아꼈다. 이를 테면 모대가 고이해나 비타를 기꺼워하는 것과 같았다. 사마는 직권으로 그를 한솔 관등에 명하고 중책을 맡겼다. 사마의 부름에 인우는 말없이 고개를 숙였다. 진중한 자태가 사마의 마음에 들었다.

　- 남당은 피곤하다. 대신들의 한없는 어리광을 어르고 달래야 한다. 어라하께서는 어찌 십 수 해를 견디셨는지.

　- 어라하께서는 전하처럼 어르지 않고 윽박지르는 정사를 했다고 들었습니다. 자애로운 어미가 되기는 어려워도 엄한 아비 노릇은 쉽습니다.

　- 어라하는 지옥을 이기고 염라왕이 된 분이다. 지옥의 아귀들을 꺾고 그들을 다스리려면 거칠 수밖에.

　- 허나 윽박지르는 정치는 오래가지 못 합니다.

　사마는 웃으며 인우를 가볍게 질책했다.

　- 녀석, 과묵한 네가 부쩍 수다스럽다.

　- 송구합니다.

- 말이야 바른 말이다. 그런 정치는 오래가지 못 한다.

사마는 먼 곳을 바라봤다. 모든 업무가 마감된 남당으로 나아갔다. 불 꺼진 공간은 어두웠다. 사마는 신중한 걸음으로 남당의 가운데를 질렀다. 그의 좌우로 낮에 도열했던 대신들의 기척이 남은 듯 사마는 느껴지는 기운을 온몸으로 받았다. 그리고 남당의 가장 끝, 성좌로 나아가 금으로 장식한 손잡이를 손으로 쓸었다. 곰나루에 내려서 보았던 황금의 찬란한 빛은 어둠의 남당에서는 찾아볼 수 없었다. 어두운 곳에서 금으로 장식한 손잡이는 유별난 빛을 잃은 채 숫제 그저 그런 돌덩이로 전락하여 초라했다.

- 빛이 없으면 황금도 보잘 것 없다.

사마는 성좌를 보다가 그것과 나란히 있는 자신의 자리를 보았다. 한참 성좌와 자신의 자리를 번갈아 살피다가 늦은 밤이 돼서야 돌아갔다.

삼국은 끊임없이 좌충우돌했다. 삼국과 더불어 그들의 근린도 세력의 복잡한 구도에 얽혔다. 모대와 비처가 즉위한 지 공히 열여덟 째 되는 해(496년)였다. 2월에 가야가 신라에 흰 꿩을 진상했다. 화호의 의미가 담긴 선물이었다. 비처는 그것을 기꺼이 받았다. 목생반의 난 이후로 가야는 백제의 세력권에서 이탈하고자 필사적으로 활개를 휘둘렀다. 목생반과 결탁한 나기타는 가야의 군장 출신, 백제에서는 가야에 책임을 준엄히 묻고 국경에 사졸을 대거 집결하여 그를 압박했다. 쇠잔한 가야는 백제의 압박에 존망의 위기를 감지했다. 그들은 서쪽의 위협을 피해 본능적으로 동쪽에 의지했다. 신라. 백제와 신라는 혈맹이었으나 비처는 가야의 구애를 받아주었다. 결속에 실금이 갔다. 더불어 국내 귀족의 규수가 아닌 신라 왕가의 여인을 빈궁으로 맞았던 모대에게도 타격이 있었다. 대신들은 신라의 이중적인 태도를 비난하면서 모대의 통혼을 따지고 들었다.

- 지금 짐의 국혼을 두고 경들이 감히 가타부타 논하려 드는 것인가!

모대는 성좌를 박차고 일어서며 대신들을 겁박했다.

- 시국이 그렇습니다.

화하에서 건너와 목간나의 식객으로 있던 덕솔 진명陳明이 목을 꼿꼿이 세우고 모대의 말을 받아쳤다.

- 고얀…….

- 신라는 엄연히 삼한일통의 대업을 두고 아조와 겨루는 나라입니다. 어찌 그들을 신용하고 같은 길을 걷겠습니까. 그들이 교묘히 아조를 이용해왔고 이번 가야와의 일로 인해 그들의 음험한 속내가 드러났으니 지금이라도 그들과의 통교를 다시 숙려하소서.

모대는 듣기 싫어 고개를 돌렸다. 신라와 손잡지 않으면 나운에 의해 각개격파 된다. 국내의 권세를 탐하여 마땅한 해답을 외면하고 그릇된 방향을 지껄이는 입이 싫었다. 모대가 답하지 않자 왼편의 웅진왕 사마가 대신 입을 열었다.

- 그대의 말이 일리가 있다. 그러나 신라와의 통교는 고구려의 남침을 막기 위해 필요하다. 명문세족의 몫이 돼야 할 자리를 신라의 왕녀가 차지하고 있으니 신라를 미워하는 그대들의 마음을 모르지 않는다.

직선으로 찌르는 말에 진명은 헛기침을 했다.

- 그것은 아니지만…….

사마는 호인의 미소를 지으며 모대 쪽을 바라봤다.

- 저들의 진언도 들으십시오. 이미 빈궁은 정해졌으니 원자의 배필을 세족의 여식 중에서 간택하여 저들을 향한 어라하의 사랑을 보이십시오.

- 형님.

모대는 이해할 수 없었다. 저들은 심술을 부리고 있다. 어찌 공연한 호의를 베풀며 비위를 맞추는가. 변성기도 오지 않은 원자를 혼인시키면서까지. 사마는 눈을 찡긋거리며 모대만 들릴 정도로 작게 말했다.

- 그리 하십시오.

사마는 목소리를 다시 키웠다.

- 또한 이번의 일은 신라의 명백한 잘못이다. 어라하, 사신을 보내 그들을 크게 문책하십시오. 그렇게 하면 되겠지, 진명.

진명은 손을 모으고 머리를 숙였다.

- 달솔 장색의 성정이 침착하니 잘 해낼 것입니다.

사마는 적절한 인선까지 마치고 모대의 응낙을 기다렸다. 응할 수밖에 없었다. 대신들은 만족하는 눈치였고 어느 부분으로 보나 다 옳았다. 모대는 세도가의 여식을 원자의 빈으로 들이고 장색을 신라로 보냈다. 좋은 수완이다. 모대는 진한 쓴맛으로 남는 뒤끝에 헛기침했다. 그러나 나의 방법과는 다르다. 무리한 일들을 수용하면 저들은 더욱 사나운 목소리를 낸다. 저들을 품으면 허를 찔린다. 헌데 형님은 어째서 저들의 장단을 맞추는가.

달솔 장색이 신라의 국도인 서라벌로 향했다. 어떠한 선물도 없이 모대의 국서만을 지참했다. 장색은 비처의 앞에 절을 올렸다. 백제와는 다른 복식을 한 신라의 대신들이 불편한 눈으로 장색을 바라봤다.

- 백제국 달솔 장색이 마립간^{麻立干}(당시 신라의 왕을 이르는 호칭)을 뵙습니다.

- 어라하는 안녕하신가.

넉살 좋은 비처의 인사에도 장색의 표정은 경직되었다.

- 어라하께서는 마립간께서 가야의 진상을 흔쾌히 받으시고 그들과 깊이 교통한 사실에 염려와 유감을 표하셨습니다.

비처는 잘생긴 사내였다. 그의 뚜렷한 이목구비는 장색의 냉랭한 어조에도 흔들리지 않았다. 도리어 웃었다.

- 가야가 귀부할 뜻을 밝히며 선물을 주었다. 거절할 이유가 어디 있는가. 귀국이 가야를 엄하게 다루니 자연히 우리에게 귀부한 것이다. 도리어 귀국에게 책임이 있지 않나.

- 가야는 역적 목생반과 결탁한 나기타의 모국입니다. 마립간께서 가야와 사귀시면 아조의 역적과 사귀시는 겁니다.

장색의 매몰찬 발언에 신라의 대신들이 흥분했다.비처는 손짓으로 제지했다.

- 비약이오. 꿩 한 마리 받은 것으로 어라하는 과민하게 반응하는군.

- 꿩 한 마리지만 담긴 뜻이 무겁습니다.

- 어라하는 걱정 말라 하시오. 나는 어리석지만 가야를 얻자고 귀국을 등지지 않소. 나운이 우산성牛山城을 노리고 있소. 귀국 없이 나운을 대적할 수 없소.

- 그러시면 다행입니다.

비처는 선선히 고개를 끄덕이며 호탕하게 웃었다. 말을 마친 비처를 대신해 그의 가까이에 서있던 사내가 장색을 향해 말했다. 굉장한 장신이었고 눈빛은 강렬했다. 장색은 그의 이름을 알았다. 실죽. 비처의 충실한 복심이자 신라의 영웅. 신라의 모든 굵직한 전장에는 항상 그가 있었다.

- 어라하가 그대를 보내 우리에게 항변하다니. 화가 치미는군.

장색은 눈을 가늘게 떠 그를 바라봤다.

- 귀국과 왜는 피로 맺어진 혈맹이다. 귀국은 왜에 가르침을 주고 왜는 귀국에게 병력과 물자를 원조하지. 게다가 어라하께서는 왜에서 나고 자라지 않았나.

고압적인 어조에 장색도 퉁명스럽게 받았다.

- 맞소.

- 귀국의 혈맹인 왜국이 우리의 해안을 빈번히 침노한다. 왜왕이 귀국과 아조의 결속을 알 터인데. 그럼에도 우리의 변경을 침탈하는 것은 왜가 우리를 가벼이 여기며 또한 귀국이 왜를 엄히 단속하지 않은 탓이 아닌가. 그러고도 귀국이 아조의 동맹인가.

- 귀국의 변경을 침탈한 것은 왜왕의 왕사王師가 아닌 다만 해적의 무리요. 왜왕의 힘이 다스리지 못하는 자들이오.

- 그들은 준수한 무장을 했다. 해적들이 아닌 왕사가 분명해. 경고하건대 다시금 왜가 침략한다면 우리의 결속도 내내 튼튼하지는 못할 것이오.

장색은 아랫입술을 깨물었다.

- 그것이 또한 마립간의 뜻이라면… 그리 전하지요.

비처는 어깨를 으쓱일 뿐 별 다른 말이 없었다. 긍정이었다. 장색은 귀국하여 그대로 보고했고 신라의 방자한 태도를 꼬집으며 남당은 다시 들썩였다. 양국의 국교를 생각한다면 왜의 침략을 제지해야 했으나 신라를 규탄하는 대신들의 앞에서 그것을 운운할 수는 없었다. 결국 왜는 다시 신라의 변경을 침략했고, 백제와 신라의 관계는 악화되었으며 대신들은 쉬파리처럼 더욱 시끄럽게 윙윙거렸다. 모대는 성좌를 비우고 침소에서 나오지 않았다. 으레 그러했듯 사마가 적당히 타협하여 대신들을 다독였다. 사마는 물, 깊은 바다였다. 남당의 대신들을 깊은 그릇으로 모두 담았다.

진로가 죽었다. 장대비 내리는 오월이었다. 한산의 본가에서 그는 피붙이 없이 노비들의 심심한 시선을 받으며 죽었다. 비로소 한산왕과 병관좌평의 인이 회수되었다. 모대는 신임 병관좌평으로 연돌을 지명했다. 봉왕이되 죄인인 진로의 장례는 소탈했다. 혹여 어라하의 미움을 살까 누구도 조상하지 않았다. 다만 그를 오래 섬겼던 달솔 장색만이 조상하여 향을 꽂고 절을 올렸다.

- 실패한 권력은 비참하군요. 누구도 눈물 흘리지 않아 메마른 길을 밟고 저승으로 가십니다. 나라도 눈물 흘려드리고 싶지만, 애석하게도 나오질 않아요.

장색은 진로의 위패 앞에 풀썩 주저앉았다. 누구도 지키지 않는 빈소는 더욱 스산했다. 문틈으로 돌풍이 불어 밤의 빈소를 밝히던 촛불을 꺼트렸다.

- 가시는 길, 눈물 대신 술로 적셔드리리다.

그는 잔에 술을 따라 진로의 위패 앞에 올렸다. 자신을 위한 잔도 채워서 한 번에 술을 넘겼다. 장색의 텅 빈 시선이 진로의 위패를 물끄러미 보았다.

- 겁도 없군, 당신.

뜻밖의 목소리에 장색은 고개를 돌렸다. 그는 몸을 일으키고 머리를 숙였다.

- 웅진왕 전하.

사마는 그를 앉혔다. 사마와 장색은 위패 앞에 함께 주저앉았다.

- 굳이 조상해서 좋을 것이 없는데.

- 한때 밥을 먹여준 사람입니다. 먹여준 은혜는 배반은 해도 잊지는 않습니다. 전하야 말로 어인 걸음이십니까. 원수가 아닙니까.

- 진로가 죽기 전에 나를 불렀네.

장색의 표정은 그대로였으나 말은 표정과 달리했다.

- 의외군요.

사마는 말없이 술을 넘겼다.

병색이 온몸으로 번진 진로는 사마의 내방에도 몸을 일으키지 못했

다. 쌕쌕거리는 호흡만 다소 점잖게 다스릴 뿐. 그의 병든 얼굴은 하얗
게 질린 채로 식은땀을 흘렸다. 사마는 건조한 표정으로 그의 투병을
바라봤다.

　- 오랜만이군요… 사마 공자.

　- 이제는 웅진왕이오.

　진로는 흐흐 웃었다.

　- 제법 묵직한 작호군요.

　- 그대와 나 사이에 용무는 많지 않을 텐데. 왜 나를 찾았소.

　- 별 뜻 없습니다. 죽기 전에 얼굴이나 뵈려고. 당신은 나를 닮았거
든요.

　- 지금껏 들은 말 중에 가장 우습고 우둔하군.

　진로는 기침에 웃음소리를 섞어 토했다.

　- 과연 그럴까요.

　병마가 깃든 웃음은 괴이했다. 진로는 웃을 때마다 고통스러운 듯 몸
을 들썩였다. 검붉은 코피가 그의 뺨을 타고 흘러 베갯잇을 물들였다.
진로는 그것을 닦지 않았다. 그가 웃어 몸이 들썩일 때마다 코피는 제
멋대로 유로를 바꾸어 진로의 얼굴을 마구 유린했다.

　- 모대는 불, 사마는 물.

　사마는 저도 모르게 온몸에 힘이 들어갔다.

　- 뭐라고…….

　피범벅이 된 진로의 얼굴이 사마를 바라보며 웃었다.

　- 모대는 불, 사마는 물…….

　넋이 나간 사람처럼 진로는 모대는 불, 사마는 물…… 끝없이 중얼
거렸다. 사마는 주춤거리는 뒷걸음질로 그의 앞을 황급히 떠났다. 혼
자 남아서도 진로는 소리 내기를 멈추지 않았다. 모대는 불, 사마는

물……

　비 내리는 날, 고독한 빈소는 누구도 조상하지 않았다. 실패한 권력가는 비와 술에 젖은 길을 걸어 영원한 고요로 떠났다. 사마는 오래도록 빈소를 떠나지 못했다. 빈소의 밖에서 쉼 없이 퍼붓는 빗소리가 그의 귀에서 공명했다. 모대는 불, 사마는 물. 사마는 진로의 위패를 향해 두 번 절하고 향을 피우고 술을 올렸다. 진로의 죽음에서 시작된 비는 멈추지 않고 폭우가 되고 홍수가 되었다. 가옥이 유실되고 사람이 떠내려갔다. 잇닿은 재변에 사람들의 삶은 더욱 비참했다. 만용 가득한 저자의 허풍선이들이 다시 떠벌리고 다녔다. 죽은 진로가 수귀^{水鬼}가 되어 어라하의 땅에 물난리를 일으킨다. 그들의 떠벌림은 안개처럼 퍼져나갔다. 헛소문을 퍼트려 민심을 어지럽힌 죄로 그들은 추포되어 모조리 목이 잘렸다. 모대는 성좌를 비웠고 사마가 대신 남당의 중론을 취합했다. 비는 멈추지 않고 내렸다. 허풍선이들의 몸뚱이에서 뿜어진 체액이 빗물에 섞여 백강으로 흘러들어갔다. 백강에 섞여 종내 바다로 나아간 체액은 해류를 따라 영원히 세계를 순환하리라. 그리하여 체액에 깃든 허풍선이의 원령은 영영 바다에서 살아남아 어라하의 꿈자리를 괴롭히리라. 모대는 잠자리에서 식은땀을 흘렸고 이요는 우려 섞인 한숨을 토하며 옷을 갈아입혔다. 잠결에 신음 섞인 헛소리를 지껄이는 모대의 몸을 이요는 꽉 껴안았다. 빠른 맥박이 가여워 이요는 울었다. 비는 끝없이 내렸다. 모대가 잠자리에서 모진 사투를 벌이는 동안 사마는 불어난 백강을 건널 웅진교^{熊津橋}를 새로이 가설했다. 성좌를 비워도 정치는 사마의 입에서 살아 꿈틀거렸다. 비가 그치고 마침내 모대가 허풍선이의 원령에서 해방되어 성좌에 돌아왔다. 이미 조례가 끝난 남당에는 그간 이루어진 일들을 읊는 내신 부여력만이 입시했다. 여러 가지를 말하는 그의 입은 부단히 움직였다. 근왕병을 동원하여 유실된 가옥을 수리했습니다. 나라의 곳간을 열어 굶주린 백성을 진휼했습니다. 무너진 목책을 다시 세웠습니다. 구호품을 보내준 신라에 사신을 보내어 답례했습니다. 녹슨 병장기를 정돈했습니다. 불어난 백마강에 둑을 쌓고 웅진교를 가설했습니다. 북녘의 국경에 말갈이 드나드는 것을 엄히 단속했습니다.

— 많은 것을 했구나.

부여력은 모대의 앞에 엎드려 아뢨다.

— 웅진왕 전하께서 어라하의 일을 잘 감당했습니다.

— 형님께서 어라하의 일을…….

모대는 마른 입술에 침을 발랐다.

— 짐은 이제 쓸모가 다했느냐.

부여력은 머리를 더욱 깊이 조아렸다.

— 어찌 황망하신 말씀을…….

— 짐이 침전에 누워 잠꼬대를 하는 사이에도 나라가 다스려지지 않니.

— 웅진왕은 성좌를 잠시 대신했을 뿐입니다. 영영 이 나라를 통치하는 것은 다름 아닌 어라하이십니다.

모대는 픽 웃었다.

— 거짓말.

부여력은 엎드린 채로 고개를 천천히 가로저었다.

— 짐은 이제 쓸모가 없다. 백가가 나를 버렸고 목간나와 사법명이 나를 등졌다. 저자의 시시한 사내들이 짐을 흔든다. 짐은 시시한 사내들이 떠벌린 말들에 휩싸여 땀을 흘리고 헛소리를 해. 짐이 그러하는 동안 형님은 나라를 훌륭하게 다스렸다. 이 나라는 짐을 버리고 형님을 따르는 것이 아니냐. 오로지 나를 따르는 것은 이요뿐이 아니냐.

— 어라하… 부디 그리 말씀하지 마십시오.

모대의 손끝이 떨렸다. 부여력은 머리를 박은 채로 움직이지 않았다. 편전의 문에서 소리가 들리더니 달솔 장색이 종종걸음으로 입시하여 모대의 앞에 절을 올렸다. 모대는 턱을 괸 채 심드렁한 표정으로 그를 맞았다. 장색의 표정에는 불쾌감이 묻어 있었다.

- 어라하, 좋은 소식은 아닙니다만.

모대는 건성으로 손짓했다.

- 말하라.

장색은 엎드린 채로 아뢨다.

- 탐라국주耽羅國主*가 조공을 외람되이 임의로 폐하고 아조와의 교통을 차단한즉, 오만함이 고약하나이다.

모대는 고개를 모로 기울였다. 장색의 전언으로 온몸의 근육이 뻑적지근해지고 피로감이 왈칵 솟았다. 모대는 마치 장색의 전언이 잔상이라도 남긴 듯, 그리하여 그 잔상을 보는 듯 장색의 앞에 허랑한 시선을 던졌다.

- 탐라마저 짐을 버리는가. 짐을 가벼이 여기는가.

눈 주위가 뻐근해 모대는 눈을 천천히 감았다 떴다. 분노와 피로가 뒤섞여 한없는 불쾌감으로 화했다. 모대는 성좌에서 천천히 일어나 좌편에 있는 칼 걸이로 걸음을 옮겼다. 걸이의 맨 위에 있는 금장 환두대도를 쥐었다. 얇게 쌓인 먼지를 불어내니 전장에서 발하던 찬란한 금빛이 다시 빛났다. 모대는 칼집을 벗기고 금빛만큼 눈부신 칼날을 드러냈다.

- 탐라를 치겠다.

---

* 탐라국주(耽羅國主) : 탐라는 오늘날의 제주도를 말한다. 『삼국사기』 백제본기에는 탐모라(耽牟羅)라고 나와 있으니 탐라와 동일하다. 『일본서기』의 기록으로 미루어 짐작하면 탐라는 백제에 예속되어 있었으며 백제로부터 탐라국주로 인정받았고, 1품 관등인 좌평을 제수받았다.

모대는 갑주를 입고 전마에 올랐다. 그의 좌우로 삼십 여 개의 황룡기가 일제히 곧추섰다. 모대는 탐라를 향해 삼만의 군사를 움직였다. 왕가는 물론 병관부와 위사부의 가용 병력을 총동원했다. 수재에서 벗어난 지 얼마 되지 않았고 돌발한 상황에 대한 전력의 공백이 우려된다며 대신들은 반대했다. 사마도 미온한 반응을 보였으나 모대는 끝내 관철했다. 반대자에게 그것은 아집으로 보였다.

- 탐라는 짐을 가벼이 여기고 깔보았다. 너희는 너희의 주인이 그리되는 것을 멀뚱멀뚱 바라만 볼 테냐.

모대는 매몰찬 손짓으로 간언을 물리쳤다. 일만의 마군이 그와 나란히 달렸고 창과 도끼, 칼과 활을 든 이만의 보군들이 열심히 뒤따랐다. 장색과 찬수류, 부여고, 해례곤 등이 따랐다. 그들이 먹을 양곡을 실은 달구지가 무수히 따랐고 그들을 고무하기 위한 주악이 요란하고 웅장하게 퍼졌다. 모대는 말의 고삐를 쥐고 허벅지에 힘을 주어 말의 허리를 감쌌다. 더불어 손으로는 묵직한 환두대도의 무게를 느꼈다. 그로하여 모대는 살아 있음을 다시 느꼈다. 황룡기를 나부끼는 어라하의 삼만 대병은 목간나의 본가가 있는 면중까지 한달음에 도달했다. 모대는 사약사의 영지에서 거나하게 술을 얻어먹고 사법명의 영지에서 전마의 꼴을 먹였다. 그밖에도 시시콜콜한 귀족집의 대문을 두드려 영접을 받았다. 다분히 의도적이었다. 어라하의 권위는 다시 확인되었고 어라하와 그 뒤에 선 무수한 사졸들은 그들의 기억에 강렬하게 각인되었다. 먼 길을 돌아 어라하가 면중에 거둥하자 목간나는 오십 리 앞까지 마중을 나와 그 앞에 엎드렸다.

- 물경 삼만의 대병을, 그것도 어라하께오서 친히 이끄실 줄은 몰랐습니다.

- 탐라국주는 도리를 저버렸다. 못된 신하를 징벌하려면 이것으로도

부족하다.

모대가 말하는 못된 신하가 꼭 탐라국주만을 말하는 것은 아니라고 목간나는 생각했다. 그는 헛기침하며 아뢰었다.

- 국주가 바다를 건너 면중까지 스스로 찾아와 죄를 청하고 있습니다.

모대를 따라온 고이해는 고개를 끄덕였다.

- 그러한 탓으로 일부러 길을 돌아오셨군요. 충분히 소문이 남녘까지 닿도록. 어라하와 삼만 대병이 자신을 징벌하러 온다는 소문이 머나먼 탐라까지 닿도록. 소문으로 겁박하여 스스로 바다를 건너와 죄를 청하도록 하셨군요. 그래서 전선을 한 척도 동원하지 않으시고…….

모대는 눈만 찡긋거렸다. 탐라국주는 스스로를 포승으로 결박하고 하얀 옷을 입었다. 그는 머리를 마구 풀어헤친 채로 모대의 앞에 나아가 무릎을 꿇었다. 무릎이 바닥에 부딪히면서 둔탁한 소리가 울렸다. 이어서 그의 이마가 같은 소리를 냈다.

- 어라하… 신이 우둔하여 감히 어라하를 외람되이 능멸했나이다. 그리하여 어라하께서 신을 벌하시러 이곳까지 친히 거동하시게 하고 어라하를 노케 하였으니 죄를 어찌 갚으리까. 다만 깊이 뉘우치니 성은을 베푸소서.

- 참으로 무엄하다. 죄를 알면서도 성은을 운운하느냐.

- 먼 섬나라에 틀어박혀 살았습니다. 예의를 모르고 도리를 깨치지 못해 짐승과 진배없었습니다. 오늘에 이르러 어라하의 가르침으로 비로소 사람의 생각을 하였으니 부디 너그러이 다스리소서.

- 잘못을 네가 아느냐.

- 알고 있습니다. 부끄럽고 죄스럽습니다.

- 죄를 알면 벌을 받아야지.

모대는 소매를 걷어붙였다. 여전히 젊고 단단한 팔이 햇빛에 빛났다.

모대가 뒤를 돌아보자 근위 하나가 예를 갖춰 그에게 채찍을 주었다. 모대는 채찍을 쥔 손에 힘을 주었다.

– 못된 신하를 친히 벌하겠다.

맞을 때마다 닿는 부위가 뜨거울 정도로 모대의 채찍질은 고통스러웠다. 탐라국주는 죽음에 임박할 때까지 채찍을 맞았다. 모대의 형벌에는 자비가 없이 가혹했다. 모대는 이를 악문 채로 탐라국주를 벌했다. 채찍을 휘두를 때마다 먼저 바람을 가르는 소리가 났고 이어서 사람의 비명소리가 들리다가 시간이 조금 더 흐르자 바람을 가르는 소리와 채찍이 가죽에 닿는 소리만 번갈아 났다.

– 너는 못된 신하다. 못된 신하는 임금이 형벌로써 가르쳐야 해. 그럼에도 배우지 못한다면 사지를 찢고 구족을 멸할 뿐이다. 그것이 못되고 배울 줄 모르는 신하를 온당히 대우하는 것이다. 짐이 오늘 너를 엄혹히 가르치리니 너는 고통 속에 깨우쳐라. 고개를 들어 짐을 보아라. 이 아픔과 함께 너와 짐의 마땅한 관계를 알 것이다.

고통에 신음을 흘리며 몸을 뒤집던 국주가 혼절하자 모대는 채찍을 내던지고 이마에 흐르는 땀을 닦았다. 국주는 들것에 실려 나갔다. 국주에게서 시선을 거두며 그는 목간나를 흘끗 바라보았다. 찰나의 순간이었지만 목간나는 모대의 시선을 분명하게 느꼈다. 국주의 아픔이 일순 전해오는 듯 그는 몸서리쳤다. 짐을 보아라. 이 아픔과 함께 너와 짐의 마땅한 관계를 알 것이다. 어라하는 협박하고 있었다. 국주가 있던 자리의 핏자국이 어라하의 협박을 더욱 선명하게 했다. 탐라는 다시 백제에 공물을 바쳤다. 초주검이 된 탐라국주는 절절한 목소리로 영원한 신속을 맹세했다. 어라하와 삼만 대병은 곰나루로 돌아갔다. 면중에서 펄럭이던 황룡기와 그것의 옹위를 받으며 당당히 탐라국주를 벌하던 어라하의 위엄은 사람들의 입을 타고 남녘의 곳곳에 퍼졌다.

- 감축 드립니다.

궁성으로 돌아온 모대를 이요가 먼저 맞았다. 대신들도 그녀의 뒤에 도열해 절을 올리며 그의 개선을 경하했다. 경하하며 두려워했다. 모대는 탐라국주를 엄히 벌하며 그의 힘을 다시 한 번 증명했다. 모대는 투구를 벗고 이요를 와락 안았다. 익숙한 온기가 모대의 가슴을 덮혔다. 안은 이요의 옆에서 목소리가 들렸다. 그 소리는 허리춤의 언저리에서 불분명한 발음으로 울렸다.

- 승전을 경하합니다, 부왕.

모대는 이요를 안은 채로 허리춤의 소리를 향해 시선을 보냈다.

- 원자.

온정을 다할 수 없는 자식. 원수의 피가 그의 몸을 순환한다. 어정쩡한 아비의 시선에 원자는 몸을 움츠렸다. 기죽은 목이 가련해 모대는 다소 시선을 누그러뜨렸다.

- 미도야.

모대는 원자의 이름을 불렀다. 미도. 건조한 호칭 대신 살가운 이름으로 불린 미도는 움츠린 목을 빼고 해사하게 웃었다. 소소한 호의만으로도 기뻐하는 자식이 안쓰러웠다. 모대도 자식을 따라 웃었다.

- 승전을 경하합니다, 어라하.

- 순타淳陀와 명농明農이구나. 고맙다.

순타와 명농은 사마의 소생이었다. 그들은 의젓하게 손을 모으고 공손하게 고개를 숙였다. 같은 또래임에도 여전히 애티를 벗지 못한 미도와는 달랐다. 태도와 말씨가 가지런했고 행동거지가 숙성했다. 두 손을 아무렇게나 내버려두었던 미도는 둘의 자세를 보고 흉내 냈지만 몸에 배지 않은 자세는 어색했다. 순타와 명농에 위축된 미도가 가여웠다.

- 자, 어라하께서는 먼 곳에서 돌아와 고단하시니 귀찮게 하지 말고

이제 나가서 놀아라.

사마는 그들의 등을 살살 두드려 내보냈다. 순타와 명농은 쾌활하게 대답하며 씩씩하게 예를 올리고 밖으로 나갔다. 그들은 우물쭈물하는 미도의 양손을 하나씩 붙들고 이끌었다. 사마는 그 모습을 흐뭇하게 보더니 모대를 침전으로 인도했다. 사내끼리 정치를 의논하려는 것을 알고 이요는 얌전히 물러났다.

― 탐라를 엄히 벌한 것은 좋습니다만 귀족들이 필요 이상으로 위축되었습니다.

사마의 조심스런 말을 들으며 모대는 갑주를 벗었다. 그는 형님의 말이 마음에 차지 않았다.

― 필요 이상으로 위축되다니요. 그들은 틈만 나면 활개를 칩니다. 어라하의 빈틈을 호시탐탐 노리고 어라하의 눈을 가려 민생을 좀먹고 사사로운 이익을 취하려 합니다. 그들은 위축될수록 좋습니다. 국주의 몸을 채찍으로 친 것도 그들에게 위축을 주문한 뜻입니다.

― 그렇지 않습니다. 화평으로 정치해야 합니다.

서로 갈리는 생각에 모대는 안쓰러운 미소를 지었다.

― 형님, 저들과 영영 화평 속에 있으면 나라가 앓아온 중병을 고칠 수 없습니다. 어라하와 귀족이 여섯 좌평을 갈라먹는 판을 갈아야 합니다. 나라의 전권을 어라하가 쥐고 현량한 인재를 어라하의 힘으로 좌평에 올려야 합니다. 그들과 더불어 현량한 정치를 해야 합니다. 좌평이란 왜 좌평佐平입니까. 『주례』의 말, 왕을 도와 나라를 다스린다. 以佐王 平邦國 그것의 두 글자가 아닙니까. 그럼으로 좌평은 왕의 사람이어야 합니다. 그러려면 귀족들을 위축시키고 짓누르고 종내 멸망하게 하여 나라의 힘을 온전히 어라하가 쥐어야 하는 바.

― 그것이 정치의 종착입니다만 그러려면 신중하고 차분해야 합니다.

- 신중하고 차분해온 탓으로 이 나라는 육백 년째 겨우 여기까지 왔습니다. 고구려는 욱리하를 쥐고 삼한일통의 패업에 근접했습니다. 하잘 것 없던 신라는 비로소 강국의 틀을 짜고 삼한의 어엿한 일각이 되었습니다. 그런데 우리는 어떻습니까. 연달아 세 명의 어라하가 칼에 베여 목이 날아갔습니다. 좁다란 남당에서 아웅다웅하며 허송세월. 복잡하게 얽힌 이 수많은 매듭들을 하나하나 일일이 풀 수 없습니다. 잘 벼린 날붙이로 단번에 끊어야지.

사마는 더 말하려고 했으나 모대는 들으려 하지 않았다. 피로를 빙자하여 모대는 사마와의 말을 관뒀다. 사마는 복잡한 표정으로 모대의 침전을 나왔다. 나가는 사마와 들어가는 이요가 마주쳤다. 이요는 어깨를 으쓱거리며 어설프게 웃었고 사마도 따라 웃었다. 사마는 느린 발걸음으로 궁성을 나섰다. 태양은 그의 정면에서 타올랐다. 모대의 침전으로 사마의 긴 그림자가 짙게 드리웠다. 사마는 몸을 틀어 자신의 그림자를 한참 응시했다. 침전을 시위하는 근위는 그런 사마를 바라보다가 사마와 시선이 맞닿았다. 그는 흠칫 놀라며 쥔 창을 곧게 세우고 경직된 눈빛으로 정면을 바라봤다. 사마는 눈을 살짝 감고 웃었다.

득량이

가문 날은 이어졌다. 계절이 여름에서 가을로 넘어갔다지만 여전히 바람은 무더웠다. 밭은 메마른 흙이 열기를 토해내고 작물은 뿌리까지 말라 일찌감치 누렇게 죽어버렸다. 가을의 풍요는 없었다. 들개는 바닥을 드러낸 강물을 탐했지만 작은 짐승 한 마리도 해갈시키지 못할 만큼 강물은 형편없어졌다. 본디 충분한 물로 가득 찼던 강변은 구더기가 끓는 민물고기들이 집단으로 풍장 되고 있었다. 장구벌레들이 득시글거리는 썩은 웅덩이 물도 아쉬워 개는 대가리를 박고 지친 혓바닥을 마구 내저었다.

- 어이, 너 잘 만났다.

득량이는 등등한 눈을 빛냈다. 웅덩이에 대가리를 처박던 개는 꼬리를 말고 낑낑거리는 소리를 냈다. 득량이는 손을 뻗어 개의 목덜미를 움켜쥐었다. 입을 벌리고 사나운 이빨을 드러낼 만도 하건만 개는 앓는 듯한 소리만 내며 득량이의 두터운 손아귀에 무력하게 이끌렸다. 꼬리는 가랑이 사이로 말려 들어갔다. 새는 오줌에 꼬리의 터럭이 축축하게

454   백제의 칼

젖었다. 득량이의 걸음을 따라 길 위에 개의 오줌물이 선을 그렸다.

- 이런 가뭄에두 육고기를 다 맛보구. 역시 득량이 수완이 좋아. 쟁여 둔 술까지 곁들이니 일미로세.

득량이의 맞은편에 앉은 사내는 입 안 가득 삶은 개고기를 부추에 싸 먹었다. 고기를 씹는 사내의 얼굴은 행복했다.

- 극우郳虞(최하관등의 하급관리) 나리, 이 시국에 공술은 어림없습죠. 술값은 두둑이 치르십쇼.

극우는 거침없이 술을 넘겼다.

- 이 사람, 내가 입 닦을 사람으로 보여?

- 건길지도 삼시세끼 푸성귀만 축내는 판국에 극우 나리라고 별 수 있습니까요. 배고프면 자식도 삶아먹는 게 사람인데 시커먼 사내끼리 입 닦고 돌아서기란 방귀 끼고 똥 싸는 것보다 쉽습죠.

- 말단을 전전해두 신의로 살았네, 이 사람아!

득량이는 개고기를 씹으며 극우의 항변을 일축했다.

- 그럼은요, 그럼은요. 워낙 신의가 출중하신 탓으로 나이가 반백이 되도록 극우 관등을 면치 못 하시구…….

극우는 헛기침으로 득량이의 뒷말을 틀어막고 화제를 바꿨다.

- 이봐, 어라하의 정치가 어떤 것 같아.

- 정치는 무슨. 쇤네 같은 놈팡이한테 물어 뭐합니까요. 파뿌리는 개 고기 누린내라두 잡지… 정치가 언제 잡것들 밥이라두 한 술 부르게 먹여줬습니까요. 파뿌리만 못 한 게 정치올시다. 건길지가 높으신 분네 를 때려잡니 어쩌니 하지만 알 게 뭡니까요.

- 영 별로지? 어라하는 영 별로야?

득량이는 픽 웃었다.

- 가뭄이 가시질 않구 이제는 역병까지 파다하게 도는 판이올시다.

건길지가 잘한들 하늘에서 비가 쏟겠습니까요. 끓는 역병이 잠잠해지겠습니까요. 원래 우리 같은 잡것들은 임금이 아니라 하늘을 두려워하고 살았습니다. 건길지라 해봤자 손바닥만 한 성좌를 차지하고 있을 뿐입죠. 백성들이 머리 위에 이고 사는 것은 건길지가 아니라 하늘이올시다.

극우는 가슴을 두드리며 탄식했다.

- 자네, 그게 아닐세. 백성들이 굶주리면 곳간을 열어서 진휼을 해야지? 헌데 어라하는 곳간을 꽁꽁 닫아두고 죄다 굶어죽게 내버려두는 게야. 게다가 점입가경으로 궁성의 동쪽에 임류각이란 전각을 세워서는 갖은 기화요초를 심고 동서남북의 진귀한 동물들을 데려다 키운단 말씀이야. 게다가 달에 한 번은 기를 쓰고 사냥을 나가지. 기왕 벌어진 재앙이야 어쩔 수는 없지만서두, 어라하가 잘 수습하려면 수습할 수 있는 일이란 말일세.

득량이는 입맛을 다셨다.

- 거 그렇다면 극우 나리 말씀이 아주 틀리지만은 않수.

극우는 득량이의 찬동에 기가 살았다. 가뭄에 굶주린 들개 치고는 갈빗대에 제법 실하게 붙은 살코기를 발라먹으며 극우는 말을 이었다.

- 기왕 말을 꺼낸 김에 몇 마디 더 하지. 기실 이렇게 재앙이 끊이질 않는 것두 다 어라하가 지은 죄를 하늘이 벌하는 탓이지.

득량이는 퉁명스레 반박했다.

- 건길지가 무얼 잘못했소? 치가 떨리는 고구려놈들을 박살내고 바다 건너 위나라 놈들도 쓸어버리고 승냥이 같은 진씨를 멸문시키고 귀족들의 기를 죽여 우리들을 함부로 수탈 못하게 한 것은 엄연한 공로가 아뇨.

- 헛, 참, 이 사람…… 이 나라 국모로 천한 왜녀를 세우고 둘째로는

역도의 혈맥을 세우고 셋째로는 변변찮은 신라의 여자를 세우지 않았느냐 말일세. 자고로 천하는 음양 조화가 맞아야 하는데 이게 어그러져 버린 게 아니겠나. 어라하의 양기는 충만한데 그를 보필할 어륙의 음기가 너무나 터무니없잖나. 그러니 양기가 지나치게 융성하여 가뭄이 끊이질 않는 게야.

저자의 천한 개백정일 따름인 득량이에게는 너무 어려운 말이었다. 그는 건성으로 고개를 끄덕이고는 별달리 말하지 않았다. 극우 벼슬도 벼슬이라고, 제법 깨우친 말을 지껄인다고 속으로 생각했다. 그는 극우의 말을 상것의 말로 바꾸어 이해했다. 어라하가 내자를 잘못 들여 이 사달이 났다는 말이구먼…….

- 게다가 대천군을 무자비하게 죽인 저근을 용납하고 봉왕으로 삼으니 수신水神이 노해 물이 넘쳐 그 해 농사를 망치지 않았느냐 말이야.

득량이는 고개를 끄덕였다.

- 그도 맞기야 맞는 말요.

순순한 맞장구에 극우는 기꺼운 마음으로 술을 마셨다. 얼큰하게 취한 그의 목소리는 들뜬 듯 고조되었다.

- 게다가 귀족들의 영지를 모두 몰수한 다음 어라하의 마음 가는 대로 다시 분봉했거든. 본래 익숙한 영지가 아니라 생경한 땅을 받은 귀족들이 아무래도 경영에 서툴러지는 거야. 그러니 물정 모르는 실수도 많이 저지르게 되었지. 이 또한 어라하의 탓이라면 탓이지.

영지, 몰수, 분봉. 상전의 말들에 득량이는 공연한 입맛만 다셨다. 이 또한 어라하의 탓이라면 탓이지. 극우의 마지막 말은 쉬워서 그 말만큼은 온전히 이해하고 고개를 끄덕였다. 극우는 살코기를 다 발라낸 하얀 갈빗대를 빨았다. 찜찔한 고기 맛이 우러나왔다. 그것을 안주 삼아 다시 술을 넘겼다.

- 어라하는 정치를 잘못하고 있어.

극우는 술기운으로 벌겋게 달아오른 오른손을 품 안으로 집어넣었다. 다시 오른손이 밖으로 나왔을 땐 무언가가 가득 들려 있었다. 득량이는 무심한 체 극우의 오른손을 흘끔 엿보았다. 누런빛이 그의 손가락 사이에서 새어나왔다.

- 옛다, 받아라. 술값이다.

- 화, 황금 아뇨.

극우는 미련 없이 묵직한 금덩이를 득량이의 앞에 내놓았다.

- 어라하는 정치를 잘못하고 있어.

- 뭐요.

- 어라하는 정치를 잘못한다고.

- 무슨…….

극우는 득량이의 손을 끌어다 황금 위에 올렸다. 냉랭한 돌의 기운이 그의 손바닥을 타고 전해졌다. 극우는 다시 분명하게 말했다.

- 어라하는 정치를 못해. 그래서 백성들이 고통스럽다.

- …….

득량이는 침을 삼켰다. 분수 넘치는 황금은 기쁘면서 두려웠다. 건길지는 정치를 못해…… 그는 넋 나간 목소리로 극우의 말을 그대로 따라 읊었다.

- 옳지.

극우는 자리에서 일어나 문을 열고 득량이의 초가집을 나섰다. 득량이는 그를 배웅할 생각도 못하고 초라한 방에 어울리지 않는 금덩이를 응시했다. 그 옆에서 삶은 개고기는 식어가고 극우의 말이 득량이의 귓전에서 윙윙거렸다. 어라하는 정치를 못해. 득량이는 다시 침을 삼키고 금덩이를 베개 밑에 숨겼다. 그는 불을 끄고 금덩이를 베고 누웠다. 잠을 자려고 해도 눈이 감기지 않았다.

신라의 왕녀이자 어라하의 빈궁이 죽었다. 백제에 시집온 지 여덟째가 되는 해였다. 그 사이 모대는 그녀와 서른네 번 관계하고 슬하에 공주 하나를 낳았으며 먼 곳으로의 거둥에 다섯 번 함께했다. 양순한 여성이었으나 그 정도로 그치는지라 모대는 그녀를 잘 찾지 않았다. 빈궁 또한 모대를 그다지 사랑하지 않았으므로 둘의 관계는 항시 미지근했다. 성욕을 참지 못한 그녀가 빈궁전을 지키는 근위를 은밀히 불러 관계한다는 전언이 모대의 귀에 들렸지만 모대는 허물잡지 않았다. 사통에 질시할 만큼 애정이 뜨겁지 않은 탓이었고 또한 그녀가 가련한 탓이었으며 신라 출신의 빈궁이 근위와 사통한다는 추문은 남당을 뒤흔들고 대신들은 일제히 신라와의 단교를 들먹일 터였다. 또한 그것이 불씨가 되어 백제 명문세가의 여식이 아니면 왕가에 들일 수 없다며 비빈의 정통성에 시비를 걸 터, 그리하면 이요와 진씨 또한 저들의 혀 화살을 맞게 될 것이었다. 그런 그녀가 죽었다. 모대는 극진한 예우로 장사지냈다. 눈물을 흘리지 않던 모대는 그와 그녀의 사이에서 난 어린 딸이 서럽게 우는 것을 보고 눈시울을 붉혔다. 달솔 장색을 서라벌로 보내 부음을 전했고, 신라는 유감의 뜻을 표했다. 장색을 따라 부사副使로서 따라갔던 덕솔 진명은 신라의 대신들이 백제가 그녀를 독살했다는 헛소문을 공공연하게 떠든다고 전했다. 전언은 다시 남당을 한없는 정쟁으로 내몰았다. 대신들은 신라와 관계를 재설정해야 한다고 주창했다. 웅진왕 사마마저 온건한 말씨였으나 그들과 비슷한 말을 읊었다. 진실인지 거짓인지도 모르는, 하찮은 한 마디가 남당을 발칵 뒤집었다. 모대는 눈을 감고 그들의 아우성을 듣다가 고개를 숙인 채 남당을 떴다. 결국 대신들의 말이 관철되어 신라와의 국경에 병력이 배치되었고, 신라는 다시 이것을 지탄했다. 동맹은 위기를 맞았다.

모대는 궁성의 동쪽에 전각을 세웠다. 이름은 임류각臨流閣. 말 그대로 강류江流를 굽어 내려다보는臨(굽어볼 임) 누각이었다. 높이가 다섯 길 丈(1길은 3미터)에 달하는 거대한 전각이었다. 모대는 남당이 시끌벅적할 때면 임류각으로 거둥하여 백마강을 내려다보았다. 그것은 거의 생활이 되어서 모대의 늙은 내관은 남당의 조례가 파하면 자연스레 모대를 임류각으로 인도했다. 모대는 난간에 몸을 의지한 채 한참 백마강의 흐름을 굽어보다가 지친 표정으로 누각을 떠났다. 이따금 사마, 부여력, 찬수류 등을 불러 술을 마시고 정사를 의논하기도 했다. 구태여 거대한 전각을 지은 것은 으레 그러했듯 방종하는 대신들을 위압하기 위함이었다. 임류각 팔작지붕의 곡선은 권력의 젊은 생명력을 과시했다. 이것을 시기하는 대신들은 민생이 극도로 어려운 때에 미증유의 대역사를 일으켜 임류각을 세우고 그곳에 거금을 들여 사온 기화요초들과 갖은 짐승들을 기른다고 떠들었다. 또한 그 짐승들을 먹이는 데 다섯 고을의 백성이 먹을 양곡이 소모된다고 말했다. 소문은 방방곡곡으로 퍼졌다. 모대는 소문을 떠드는 자들을 불러다가 목을 치려다가 관두었다. 지난날의 참수로도 이미 모대의 꿈자리는 유린되고 있었다. 매일 만나는 수급들을 새로 늘리고 싶지는 않았다. 진압되지 않은 소문은 날개를 달고 이빨과 발톱이 돋아 더욱 널리, 사납게 퍼져나갔다.

그 해, 왜국의 대규모 선단이 신라의 해안요새인 장봉진長峯鎭을 쳐서 함락시켰다. 무수한 인명이 상했고, 상한 인명 소유였던 재물이 왜인들의 손에 들려 바다 건너로 떠났다. 그즈음 비처는 병이 깊어지고 있었다. 병자는 성질이 날카롭다. 비처는 왜의 침탈에 피를 토할 정도로 분노했다. 그는 노기 띤 국서를 백제에 보냈다. 왜와 백제는 혈맹인 탓. 날이 선 국서를 받은 남당은 전쟁을 운운할 정도로 흥분했다. 왜를 어쩌지는 못하고 백제에 괜한 화풀이를 한다며 목간나는 동벌東伐을 주장했다. 양국의 국경에 대규모의 병력이 배치되었다. 모대 또한 불쾌한 어조의 답신을 신라에 보냈다. 동년 11월, 비처가 병을 이기지 못하고 죽었다. 그의 재종아우인 지도로^{智度路}(훗날 지증왕)가 마립간이 되었다. 양국의 긴장은 극에 달했다.

- 신라와 말할 때는 항상 고구려, 고구려를 먼저 생각해야 하오. 한때의 노기를 참지 못해 공히 멸망하려는가.

모대의 말에 대신들은 냉랭하게 받아쳤다. 목간나가 전면에 나섰다.

- 어라하, 신라는 도리를 잊고 아조를 능멸하고 있습니다. 그것을 응당 꾸짖어야 할 터. 언제까지 고구려만 말씀하시며 이 시국을 방기하실 겁니까.

- 신라는 아우 같은 동맹이다. 철없는 아우가 떼를 쓴다고 형이 같이 떼를 쓰면 되겠는가. 잘 다독여 다스려야 한다.

- 아우가 주제를 잊으면 꾸짖어야지요. 그럼에도 깨닫지 못한다면 그때부터 아우가 아닙니다. 방자히 구는 신라는 고구려보다도 먼저 정벌돼야 합니다.

- 경은 그간 신라와의 협동을 잊었는가. 우리는 수많은 위기에서 구원받았다. 그리하여 나운이 욱리하에 발이 묶인 채로 더 나아가지 못한다. 아조와 신라의 결속이 깨진다면 고구려의 말발굽이 다시 국도를 짓밟을 것이다.

- 어라하의 즉위 이후로 아조는 강해졌습니다. 어라하께서 요서로 나아가 험윤을 공파하는 것을 똑똑히 보았습니다. 나운이 제아무리 출중할지언정 그리 간단히 아조의 국도를 함락하겠습니까. 차라리 먼저 신라를 병탄하십시오. 가야를 압박해 원군과 물자를 받은 뒤 함께 신라의 국경을 무너뜨리십시오. 신라는 전통과 실력 모두 아조에 결코 미치지 못함을 가르치십시오. 신라를 아조의 속주로 만들면 고구려와 비등한

힘을 가지게 되지 않겠습니까. 신라를 치십시오.

대신들은 목간나를 지지했다.

- 그리하십시오, 어라하.

모대는 그 뜻을 완강히 거부했다.

- 남당의 대신들이 이토록 허황된 말을 하는가. 지금은 신라와 화호하여 나운에게서 욱리하를 빼앗는 것이 먼저다. 연후에 동벌을 말할 수 있을 것이다.

목간나의 시선을 외면하고 모대는 부여력 쪽으로 고개를 돌렸다.

- 내신 부여력을 정사로 삼는다. 경은 서라벌로 가서 마립간을 만나 화호를 도모하라. 달솔 장색이 부사로서 내신을 도와라.

귀족들은 으르렁거리며 어라하의 결단을 맹렬히 거부했다. 그러나 모대도 물러서지 않았다. 내신 부여력, 전선에서 복귀한 내두 찬수류, 병관 연돌, 은솔 고이해는 모대의 명령에 힘을 실었다. 조정 목간나와 내법 사약사를 위시한 대신들은 기왕 뽑은 칼을 쉽게 넣지 않을 태세였다. 혀의 공방전이 한참 이어졌다. 험한 인신공격과 유치한 비아냥거림이 오고갔다. 괄괄한 목간나와 찬수류는 꼴사나운 육탄전마저 벌일 기세였다. 모대는 팔걸이를 쥔 채로 노기를 참고 있었다.

- 모두들 그만 두시지요.

떠들썩한 남당에 어울리지 않는 차분한 목소리가 정쟁을 멈췄다. 성좌와 나란한 웅진왕의 왕좌에서 흐르는 소리였다. 일순 싸우는 소리가 멎었다. 사마는 모대를 향해 몸을 틀었다.

- 어라하, 이번에는 신라를 감싸고 돌 일이 아닙니다.

- 뭐라고요.

가슴에 무거운 돌덩이를 내려놓는 듯 모대의 속이 막혔다.

- 아조를 존중하지 않고 억지를 부리며 힐난하는 벗이 벗입니까. 그

런 동맹을 동맹이라 하겠습니까. 어라하께서 계속 저들과 사귀시려거든 저들에게 예의를 가르쳐야 합니다. 신라의 변방을 공략하여 아조가 멋대로 멸시 받아도 좋을 나라가 아니란 것을 명백히 알려주셔야 합니다.

모대는 사마와 논쟁해야 하는 현실이 뼈아팠다.

- 지금 신라를 치는 것은 양국의 관계를 완전히 비틀어버립니다. 지금 화호하지 않고 싸운다면 관계의 물길은 영영 그쪽으로 흐르고 맙니다.

- 저들이 끝내 깨닫지 못한다면 도리어 싸움이 낫습니다.

귀족들은 사마의 말에 힘을 실었다. 그들은 일제히 모대의 앞에 절을 올리며 웅진왕의 말을 따르라 강권했다. 절은 예의의 표상이었지만 그들의 절은 겁박이었다. 모대는 이마를 짚으며 고개를 천천히 저었다.

- 형님께서 그러셔도 신념은 굳건합니다. 내신 부여력은 짐의 명대로 행하라.

- 어라하!

- 부여력과 장색은 당장 행장을 꾸려 서라벌로 가라!

모대는 그것으로 남당의 논의를 폐하고 임류각으로 갔다. 백마강을 굽어보며 술을 마셨다. 귀족들은 어라하를 공공연하게 욕했다. 그러면서 함께 퇴청하는 사마를 한껏 추켜세웠다. 사마는 그들의 공치사를 가벼운 웃음으로 받아넘기고 잰걸음으로 남당을 빠져나갔다. 인우가 그를 종종걸음으로 따랐다.

- 전하, 어찌 어라하와 대립하십니까.

사마는 그 물음에도 가볍게 웃었다.

- 대신들은 어라하를 압박하기 위해 동벌을 주장하는 것입니다. 어라하는 천하의 판세를 생각하여 부담을 지고도 화호를 이어가려는 것이

고. 헌데 어찌…….

사마는 우뚝 걸음을 멈춰 섰다. 인우도 따라서 급히 섰다.

- 인우야, 네가 나에게 정치를 강론하느냐.

인우는 바닥에 몸을 깔았다.

- 송구합니다.

사마는 무어라 말하려다가 관두었다. 그는 엎드린 인우를 일으키고 그의 옷에 묻은 흙먼지를 털어주었다. 지나가던 내관과 여관들은 그것을 보고 저들끼리 숙덕거렸다. 아랫것의 의관을 친히 정제해주더란 사마의 미담이 널리 퍼졌다.

저자가 들썩거렸다. 신라가 백제를 욕보였다. 귀족들은 신라를 정벌하라 청했지만 어라하는 듣지 않았다. 내신을 서라벌로 보내 그들과 화호하게 했다. 사실의 건조한 골자에 감정적인 살이 붙었다. 오만한 신라를 마땅히 징벌해야 함에도 어라하는 있을지 없을지도 모르는 고구려의 침략을 두려워하여 아조의 자존을 버리고 신라에 굴신하여 화호를 애걸하는 사자를 보냈다. 어찌 통탄스럽지 않은가! 과연 이분이 거련과 당당히 회담하고 목생반을 정벌하고 험윤을 공파한 분이 맞는가? 이토록 겁이 많아지셨는가!

- 이보게 득량이, 근자에 도는 풍문을 들었는가.

- 겁쟁이 어라하의 소문 말이오.

극우는 킬킬 웃으며 고개를 끄덕였다.

- 아주 잘못된 결정이지.

득량이는 술을 마셨다. 이번에는 극우가 미주美酒를 가져왔다. 맛이 썩 좋았다.

- 어라하는 정치를 못해.

극우의 말은 득량이가 술을 마실 때마다 들렸다. 어라하는 정치를 못해. 득량이는 그 말을 안주 삼아 술 한 병을 다 비웠다. 딸꾹질을 하며 그도 똑같이 외웠다. 건길지는 정치를 못해…… 극우는 취한 득량이를 자리에 눕혔다. 득량이는 취한 와중에도 베개 밑에 손을 넣고 금덩이를 꼭 쥔 채 잠이 들었다. 극우는 흐뭇하게 웃었다.

　- 이봐 득량이, 이 시국에 공술은 어림없네. 값은 꼭 치러야 할 게야.

　신라는 모대의 화호를 미적지근하게 받아들였다. 부여력의 귀국 편에 답서를 보내지도 않았다. 상례를 어긴 신라에게 대신들은 명분을 얻었다. 그들은 오만방자한 태도라며 길길이 날뛰었다. 모대는 머리를 싸쥐고 그 날뛰는 말들을 고스란히 들었다. 나운은 할아비 거련의 피 값을 톡톡히 해냈다. 그는 백제의 국경에 대거 배치했던 병력을 슬그머니 후방으로 물렸다. 그리고 신라와의 국경에 수만 명의 철기를 전면에 내세웠다. 대신들은 이참에 고구려와 화호하고 신라를 정벌하자까지 했다. 모대는 다시 고개를 내저었고 다시 그는 저자거리의 백성들에게 놀림감이 되었다. 모대는 임류각에서 찬수류와 둘이 술을 마셨다. 모대는 감정을 이기지 못하고 그의 품에 안겨 울었다. 찬수류는 착잡하게 술을 마시며 제자의 등을 쓸었다. 화합할 수 없는 귀족들을 다스리는 방법은 오로지 힘에 의해서만 가능했다. 남당에서 맹렬하게 모대를 물어뜯던 덕솔 진명을 불경죄의 명목으로 매질하고 파직했다. 위압하려는 의도였으나 도리어 귀족들은 거세게 반항했다. 모대는 다시 임류각에서 술을 마셨다.

　- 백가가 보고 싶어.

　백가는 모대를 어려워하지 않았다. 복잡한 말의 셈법이 필요 없었다. 말하는 대로 솔직한 마음이었고 말하는 대로 행동했다. 숨기는 거짓이 없는 홑겹의 인연이었다. 마음에 차지 않으면 모대가 성좌에 앉아 있어도 호의 섞인 힐난을 그치지 않던 백가가 그리웠다. 이요는 모대의 품에 안긴 채 진실한 푸념을 아프게 들었다.

- 어김없이 임류각에 거둥하셨군요, 어라하.

- 형님.

사마는 신발을 벗고 임류각에 올랐다. 술 냄새가 그의 코를 찔렀다. 모대는 그에게 술을 따라주었다. 샌님처럼 살아온 사마에게 낮술은 익숙하지 않았다. 식도를 뜨끈하게 데우며 내려가는 술맛에 사마는 목 주위를 더듬거렸다. 모대는 소리 없이 웃었다.

- 백가가 그리우십니까.

모대는 말없이 숨을 뿜는 것으로 답을 대신했다. 사마는 잔을 채워주었다.

- 위사는 쉽게 돌아오지 않을 것입니다.

- 압니다. 그래서 답답해요.

- 그래도 아주 수가 없지는 않습니다.

- 진모달을 위시한 일족의 머리를 쳐서 그에게 선물하면 되겠죠. 그러나 저는 그럴 수 없습니다. 그리하면 이미 다 잡은 한산의 인심을 잃습니다.

- 그러실 필요는 없습니다.

- 그러면…….

- 근자에 백가를 만났습니다. 제가 그의 본가로 찾아갔습니다.

모대는 잔을 든 채로 사마의 입에 집중했다.

- 백가의 마음도 마냥 편해지는 않더군요. 그도 옛정을 기억하고 있습니다. 다만 진을 용인하신 어라하의 뜻을 여전히 미워하고 있었습니다. 사람이 아니라 사람의 뜻을 미워하니 그 미움은 곧 가을에 잎 지듯 자연히 풀립니다.

사마의 말에서 모대는 희미한 희망을 발견했다. 웃음이 번졌다.

- 마음을 조금씩 보여주면 다시 돌아올 것입니다. 어라하의 벗이 아닙니까.

벗이라는 말이 폐부로 깊게 파고들었다.

- 그렇지요. 벗입니다. 백가는 내 벗입니다.

- 곰나루와 소부리의 사이에 가림성加林城을 축조하지 않았습니까. 국도를 보위하는 거점으로 노른자위 땅이라 하겠습니다. 그의 작호를 그대로 유지하면서 가림성을 새로이 그의 영지로 더하여 진내왕이자 가림후加林侯로 삼으십시오.

- 아무리 가림이 긴요한 땅이라 하나 그런 것으로 돌아올 마음이면 진즉에 돌아왔지요. 봉토와 작호요. 얼마든지 줄 수 있습니다. 원한다면 금관도 벗어주지요. 이 정도로 다스리기에는 백가의 상처가 깊습니다.

- 어라하의 마음만 보여주면 됩니다. 오래 통한 관계가 아닙니까. 어라하께서 백가를 부르면 백가도 천천히 다시 어라하의 옆에 설 것입니다.

- 정말 그럴까요…….

- 지난날 어라하께서 직접 백씨의 본가까지 가서도 그를 보지 못한 것은 당장 그에게 닥친 충격이 지대한 탓, 세월이 흐른 만큼 그의 미움도 사그라지고 어라하를 그리는 마음은 미움의 빈자리를 메웠을 겁니다.

사마는 잔을 내밀었다. 모대는 웃으며 잔을 맞부딪쳤다. 풍경風磬처럼 청아한 소리가 임류각의 지붕까지 올라가 공명했다.

바람은 공평하게 불어서, 대문이 완고히 닫힌 백씨의 본가에도 미쳐 풍경을 울렸다. 정신을 깨우는 소리에 늦잠을 자던 백가도 모처럼 몸을 일으켜 대청으로 나왔다. 화사하게 쏟아지는 햇살에 백가는 울음기를 느꼈다. 오랜만에 디디고 선 그의 두 다리가 위태롭게 허청거렸다. 대문 밖에서 두드리는 소리가 났고 대문을 지키던 가병은 주인에게 조심스레 여쭈었다.

- 웅진왕 전하께오서…….

백가는 따가운 햇살에 눈을 감았다. 위태로운 다리를 꺾고 대청에 앉았다.

- 모셔라.

가병의 안내를 받아 백가의 앞에 선 사마의 오른손에는 비단 두루마리가 들려 있었다. 어라하의 성지였다. 백가는 무릎을 꿇고 그것을 받들었다.

- 무릎을 꿇지 말고 서서 받으라는 어라하의 말씀이 있으셨소.

- 어찌…….

사마는 다사하게 웃었다.

- 신하가 아니라 벗으로서 받으라고.

엉뚱한 분부가 꼭 벗을 닮아 백가는 우는 듯 웃었다. 뜻대로 백가는 어정쩡하게 선 채로 사마의 입을 통해 들리는 모대의 말을 들었다. 그 말의 속 알맹이도 모대처럼 허무맹랑했다. 진내왕의 봉호를 그대로 두고 가림후를 더한다고. 얼마나 서투른 화해의 손짓인가. 알량한 봉토를 더한다고 풀릴 성싶은가. 서투름에 도리어 진정이 전해왔다.

- 화해의 선물치고는 조악하기 짝이 없지. 그래도 어라하의 성의를 봐서 가림에는 부임을 해주게.

사마의 말에 백가는 천천히 고개를 주억거렸다. 그간 모대의 생각을 많이 했다. 그를 미워하다 그의 입장에서 그의 생각을 더듬어보았다. 고독한 성좌에서 홀로 만인을 다스린다고 생각해보았다. 진로는 백씨의 원수이기 전에 왕가의 원수. 모대는 그럼에도 그를 용인했다. 대단할 것도 없는 성좌의 사명을 위해 아비의 복수를 포기했다. 그가 진로를 죽이지 않은 것은 백가를 괄시하는 탓이 아니라 성좌의 사명을 무겁게 받아들인 때문. 백가의 분노는 점차 벗을 향한 연민으로 옮겨가고 있었다.

- 가겠습니다. 가림으로…….

사마는 백가의 어깨를 두드려주었다.

모대가 즉위한 지 스물 세 해째(501년). 그해 7월 백제와 신라의 국경인 탄현炭峴에 목책이 세워졌다. 국경을 가로지르는 산등성이를 따라 아름드리를 베어 뾰족하게 깎아 만든 목책이 촘촘하게 들어섰다. 오래된 동맹이 목책에 짓눌려 질식했다. 대신들은 더욱 강경한 방식을 요구했다. 고구려의 나운은 의도하여 국경을 범하지 않았다. 얄팍한 평화는 대신들에게 알량한 명분을 제공했다. 화평한 시국에 굴신하는 수모를 감수하며 신라와 화호할 까닭이 없다. 차라리 이럴 때에 신라를 공파하여 국력을 배양하자. 고구려와 힘을 합치자는 의견마저 득세했다. 모대의 명분은 힘을 잃었다. 목책은 높이, 더욱 예리하게 벼려져 국경을 막았다. 그치지 않는 재해도 모대를 핍박했다. 춘삼월에 서리로 수확을 앞둔 보리가 죽어버렸다. 여름 내내는 가물어 벼도 죽었다. 굶주린 민중은 건길지를 욕했다. 이미 정월부터 노파가 여우로 둔갑해서 사라졌네, 남산에서 호랑이 두 마리가 사투를 벌이네 하는 소문이 떠다녔고, 호사가들은 그것을 기발한 비유로 삼아 시국을 비꼬고 정치를 비난했다. 떠도는 헛소문을 진압하지 못한 죄목으로 모대는 그들에게 만만한 놀림감으로 전락하여 욕을 먹었다. 안개처럼 눈에 보이는 듯하면서도 잡히지 않는 선동의 말들은 요란하게 사람들을 부추겼다.

득량이는 개고기를 장터에 팔고 자신의 초가로 들어오는 길에 목소리를 들었다. 힘찬 웅변이었다. 중키의 사내였는데, 그는 주먹을 내지르며 건길지의 욕을 했다. 사람들이 운집해서 웅변을 경청하고 있었다. 이따금 옳소 하는 맞장구가 터졌다. 득량이는 눈을 껌뻑이며 말을 들었다. 사내의 목이 쉬어버려 더 말하지 못하게 될 때까지 득량이는 자리를 지켰다. 힘주어 발음하는 말 하나 하나를 머리에 담고 초가로 돌아갔다.

－ 하늘도 무심하시지, 이게 대체 몇 년째…….

극우는 고개를 설레설레 저었다. 안타까운 시국을 말하는데 그의 표정은 묘하게 밝았다. 득량이는 목에 핏대를 세운 채 격한 반응을 보였다.

－ 이게 다 건길지의 탓이 아뇨. 건길지가 정치를 못한 탓이 아뇨. 하다못해 거지발싸개 같은 신라 놈들두 우릴 욕보이는데 하늘이라구 우릴 안 버리고 배기겠소?

극우는 의외라는 듯 웃었다.

－ 내 앞에 있는 사내가 득량이가 맞는가. 명철하게 시국을 꿰고 있구면.

－ 건길지가 대신들의 고언을 무시하고 정사를 독단하니 나라의 뜻이 하나로 모이지 않고 이리저리 분열되고 마는 것 아뇨. 이래서 살얼음판의 난국을 헤쳐 나가겠냔 말요.

이제는 제법 어려운 말도 섞었다. 고언이라니, 독단이라니, 난국이라니.

－ 얼씨구.

극우는 흡족한 웃음을 만면에 머금었다. 걸음마를 떼는 손주 보듯 했다.

－ 이 득량이, 천한 개백정으로 일평생 살았지만 나두 눈 있고 귀 있는 사람이외다. 굶주린 백성을 진휼치 않고, 국부를 쓸데없는 임류각에 때

려 박고, 왜녀와 신라녀를 궁중에 들이고! 요서로 나아가 험윤을 공파한 것도 실은 그놈들과 짬짜미를 벌여 싸우는 체만 하고 돌아와 위세를 부린 것이우. 대신들과 화합하지 않고 독단으로 해치우는 꼴이 걸주桀紂(하나라 걸왕과 은나라 주왕으로 폭군을 일컬음)와 다를 게 뭐란 말요.

세상에, 개백정의 입이 진휼에 국부, 험윤, 걸주 어쩌고 하는 고상한 말이라니. 극우는 저자거리의 떠다니는 그럴 듯한 말들을 주워 감쪽같이 제 생각, 제 말처럼 지껄이는 득량이가 가소로우면서도 기특했다. 하기야 맨입으로 황금을 얻을 수는 없는 것이다. 황금의 대가로 받아들인 말, 건길지는 정치를 못해. 그 말을 진실로서 받아들이려 분주하게 노력했을 터. 그 말을 진실로 만들어줄 그럴 듯한 까닭을 찾아 백방으로 귀를 쫑긋 세웠을 터. 극우는 상을 내리듯 득량이의 잔에 미주를 가득 따라주었다. 그날도 득량이는 대취하여 코를 골며 잠이 들었다. 득량이의 초가 뒤편에, 그의 우악스런 칼질에 죽어나갈 개들은 비좁은 우리에 욱여넣어진 채 운명을 비탄하는 듯 컹컹 짖었다. 옆 동네의 개들이 그들을 위로하듯이 짖었다. 개 짖는 소리로 어두운 동리가 떠들썩했다. 극우는 남은 술을 홀로 비우고 득량이의 초가를 떴다.

남당은 여전히 지리멸렬했다. 대신들은 신라를 물고 늘어졌다. 궁성의 북쪽에 조성된 빈궁의 묘역이 국운을 짓누른다며 무덤을 파헤치자는 불경한 주장마저 튀어나왔다. 노파가 여우로 둔갑하고 남산에서 호랑이 두 마리가 싸운다는 민간의 시시한 소문마저 그들은 성좌를 압박하는 패로 삼았다. 모대의 속이 뒤틀렸다. 내신 부여력은 모대에게 목간나의 영지인 면중에서 조세가 제대로 걷히지 않는다고 전했다. 사약사의 대산에서는 비겁한 선동가들이 떼로 몰려와 밥을 얻어먹는다고 했다. 대가 있는 끼니일 터. 괘씸하다. 그들의 가시 돋친 말을 잠자코 듣던 모대는 자리에서 일어났다. 억눌린 패왕의 염이 불처럼 치솟았다. 모대의 눈이 맹수의 안광을 뿜었다.

- 너희는 신하다.

싸늘한 음성은 남당을 압도했다. 귀족들은 구부정하게 허리를 꺾은 채 모대의 말을 들었다. 그들은 신하였으나 자신들을 신하로 규정하는 어라하의 음성이 불편했다. 목간나는 모대의 음성이 제일 먼저 와 닿은 광대가 가려웠다. 사약사는 모처럼의 위엄에 허리를 펴지 못했다. 죄다 귀머거리가 돼버린 듯 남당에서 모든 소리가 사라졌다.

- 신하가, 이다지도 방자하냐?

조용한 남당에 사약사의 목청이 침을 꿀꺽 넘기는 소리가 굉음처럼 울렸다. 모대는 좌에서 우로, 앞에서 뒤로 차가운 시선을 던졌다. 눈치를 살피다 모대와 시선이 맞닥뜨린 이는 몸을 떨며 시선을 바닥으로 거두었다. 모대는 성좌에 비스듬히 앉아 기다란 손가락을 허공에 저었다. 그러자 중무장한 근위들이 사방의 문을 열고 들어와 예리한 창날을 빛냈다. 쇠의 진한 비린내에 포위된 대신들의 눈동자가 흔들렸다.

- 어라하, 이게 무슨 짓입니까!

목간나가 짐짓 큰소리를 냈다. 모대의 얼굴은 표정 없이 비었다.

- 너는 신하이면서 나를 겁박하지 않느냐. 신하도 그러할진대 어라하가 신하를 겁박하는 것이 이상한가.

근위들은 곧게 세운 창을 사선으로 기울였다. 쇠의 비린내가 대신들에게 더욱 가깝게 끼쳤다. 적막 속에서 근위들이 내뿜는 거친 숨소리가 들렸다. 모대의 뒤에서 파초선을 살랑이던 담 작은 궁녀는 어린 새처럼 놀라 가쁜 숨을 헐떡였다.

- 너희는 신하의 도를 잃었으니 나의 신하가 될 자격이 없다. 그렇지 않은가.

모대가 다시 손가락을 내저었다. 근위들이 일제히 한 걸음 앞으로 내디뎠다. 쇠의 비린내와 거친 숨소리가 그만큼 가까워졌다. 모대는 성좌에서 일어나 환두대도를 빼들었다. 껄렁하게까지 보이는 웃음을 지으며 대신들을 내려다봤다.

- 짐에게는 강하다. 너희가 짐을 가벼이 여기어 억지 논변으로 짐의 뜻을 막고 저자에 헛소문을 퍼트렸으렷다. 창끝이 너희를 노리는 지금도 짐을 가벼이 여기겠는가.

모대의 입술이 비틀렸다.

- 짐은 너희의 목숨을 쥐고 있다. 한 토막의 말이면 너희는 모조리 죽는다.

대신들의 기가 바닥에 낮게 깔렸다. 남당에 들이닥친 쇠붙이가 정말 목숨을 앗아갈 수 있다고 여긴 몇몇은 마른침을 삼키며 몸을 떨었다. 목간나는 광대를 들썩이며 성좌를 향해 항변했다.

- 『설원說苑』(중국 한나라 때의 일화집逸話集)은 위협과 살인으로 다스리는 자는 신하를 다룰 줄 모르는 자라 했습니다.

모대는 냉소했다.

- 하찮은 자구字句에 매달리나. 짐은 위협이 아니라 힘으로 다스리고 있다.

- 남당에 창끝을 들이십니까. 지금 어라하는 전통을 배신하고 있습니다.

- 그대는 『설원』을 읊기 전에 『논어論語』를 깨쳐라. 임금은 임금답고 신하는 신하다우라.君君臣臣 이것은 남당보다 오래된 전통이다. 너는 어찌 신하로서 임금노릇을 하려했느냐. 남당에 창끝을 들인 것은 너희다.

모대는 다시 손가락을 저었고 대신들은 더욱 궁지에 몰렸다. 그들의 어깨가 부대꼈다. 창의 끝부분이 등줄기에 와 닿았다. 성좌와 나란한 왕좌에 앉은 사마는 심각한 눈빛으로 관망했다. 모대는 심드렁하게 선언했다.

- 남당의 모든 관원을 파직한다. 경들은 총사퇴하라. 남당을 해산한다.

대신들의 얼굴이 흙빛이 되었다.

- 또한 곰나루에 체류하는 모든 귀족들은 윤허 없이 국도를 벗어나지 못한다.

대전봉에 이어 총사퇴에 남당 해산. 괴팍하고 엄한 결단에 대신들은 가슴을 부여잡았다. 아예 벌거벗겨 빈털터리로 만들겠다는 것인가. 대신들은 참담한 심정이면서도 당장 등 뒤를 도사리는 쇠가 두려워 모대의 말을 받아들였다. 목간나 역시 심장이 찔리면 살지 못하는 사람이기에 명령을 받들었다. 찬수류 등 모대의 복심들까지 관직을 내놓았다. 좌평부터 나솔까지 이른바 고관으로 일컬어지는 모든 관원들이 총사퇴했다. 유례없는 과격한 조치에 사마는 불안한 눈빛을 쏘았다. 모대는 사마의 관직만은 거두지 않았다.

남당의 대문에는 튼튼한 자물쇠가 걸렸다. 남당은 더 이상 정치의 터전이 아니요, 불충과 협잡과 불온의 복마전伏魔殿이 되어 거미집이 들어서고 먼지의 퀴퀴한 묵은내가 배었다. 관직이 없는 귀족들은 참정의 명분을 잃은 채 영지로도 돌아가지 못했다. 그들은 어라하가 돌발을 즐기는 것을 알았지만 이토록 과격할 줄은 몰랐다. 일거에 당해버린 그들은 빈손을 한탄하며 쓰린 속을 다스리지 못했다. 남당을 떠나 집을 잃은 정치는 다른 곳에 귀속되었다. 모대는 남당 대신 임류각에서 모든 정사를 처리했다. 무관無冠의 필부가 된 자들 중 오로지 모대의 선택을 받은 이들만이 임류각에 출입하여 참정했다. 사마와 찬수류, 부여력, 부여고 형제, 해례곤, 연돌, 고이해, 장색이 주로 입시했고 이따금 양무나 비타,

회매 등이 말석을 꿰찼다. 정치는 오로지 모대의 뜻대로 수월하게 이뤄졌다. 신라와 다시 화호하고 장애 없이 조세를 거두었다. 사사로운 부역과 폭력이 없게 되었다. 중도에 거스르는 자가 없으니 변방까지 어라하의 말이 잘 들렸다. 모대는 이요의 품에서 오랜만에 악몽 없는 단잠을 이뤘다.

백가는 가림에 부임했다. 가림으로 향하는 길은 잘 닦여 있었다. 새로 쌓은 성벽은 물 샐 틈 없이 견고했다. 그래, 새로 닦은 길과 새로 쌓은 성벽처럼 다시 시작하는 것이다. 인연에 낀 묵은 때를 닦고 먼지를 털어 가림처럼 새로이 하자. 응어리진 미움이 남았지만 백가는 그것을 애써 보지 않았다. 유년의 천진한 기억을 떠올렸다. 좋은 시절이었다. 그래, 잊자. 진로도, 대천군도, 저근도 다 잊자. 나의 벗 모대만을 기억하자. 그러면 돼. 입으로 묵은 숨을 뱉으며 코로 시원한 가을공기를 들이쉬었다. 백가는 억지로 웃으며 걸음을 재촉했다. 가림을 눈앞에 두었을 때 백가는 모대가 총사퇴를 강제했다는 풍문을 들었다.

- 너무 서두르시는 것은 아닌지…….

가림에서 기반을 닦고 서둘러 곰나루로 돌아가 성좌를 보위해야지. 백가는 굳은 표정을 한 채 올라탄 말의 배를 걷어찼다. 활짝 열린 가림의 문 안으로 백가와 그의 수하들이 들어갔다.

- 어서 오십시오, 위사. 소인은 축성을 감독했던 무독 아시량이올시다.

수더분한 인상의 중늙은이가 백가를 향해 허리를 꺾었다. 그의 뒤에는 무료한 표정의 인부들이 운집해 있었다. 그들은 모두 떠날 채비를 마친 듯 등짐을 짊어지고 있었다.

- 고생했소.

무독은 꾸벅 고개를 숙이고 미련 없이 가림을 떠났다. 그와 함께 인

부들도 모조리 가림을 떠나 저마다의 고향으로 걸음을 재촉했다. 조강
지처의 밥상을 그리워하며 지껄이는 소리가 저 너머로 사라졌다. 그 소
리와 함께 가림은 인기척이 사라졌다. 백가와 그를 따르는 몇몇의 주위
를 빼면 가림은 허깨비의 도시인 듯 사람이 없었다. 굶주린 들개가 사
람이 없는 줄 알고 고개를 내밀었다가 백가를 보고 황급히 달아났다.
백가는 침을 삼켰다. 가림의 성주가 되어 처음으로 성의 순시巡視를 다
녔다. 군량고로 지은 건물의 문을 열었다. 이름은 군량고이되 안에는
아무것도 없었다. 빈 창고에는 시린 공기만 들어차 백가의 목덜미를 쓸
었다. 좀먹을 양곡이 없어 생쥐마저 없었다.

- 비었어.

졸개들의 외설스런 수다소리로 왕왕해야 할 막사에는 길 잃은 귀뚜
라미만 뛰었다. 졸개들이 없었다. 창칼의 병장기는 쓰는 주인 없이 쓸
쓸하게 모셔져 붉게 녹슬어가고 있었다. 백가는 침을 삼켰다. 성의 관
아에는 성주를 모셔야 할 사환들이 없었다. 숙소에는 장롱이나 궤짝은
커녕 요강조차 없었다. 성내의 구석구석을 뒤져봐도 성주를 환영하거
나 그것도 아니면 하찮은 민원이라도 하소연할 백성들이 없었다. 마땅
히 있어야 할 사람들과 물건들이 없었다. 백가와 그의 수하들이 아니면
이곳에서 숨 쉬며 말하는 이는 아무도 없었다. 백가는 울 듯이 말했다.

- 텅 비었어…….

눈 주위가 달아올랐다. 수하들도 말을 잃었다. 가림은 산기슭에 세워
진 성이었다. 산에는 밤이 이르게 찾아왔다. 군불을 때고 마주쳤던 굶
주린 들개를 잡아 요기를 했다. 개의 누린 풍미가 입 안 가득 역하게 퍼
졌다. 밤의 성에서는 귀뚜라미만 날개를 비벼 우렁차게 울었다. 누린
고기를 입에 넣은 채로 백가는 마침내 울었다. 가림에서 가득 찬 것은
오로지 백가의 입이었고 나머지는 모조리 참담한 공허였다. 백가의 울

음소리를 위로하는 듯, 혹은 그 소리를 동종의 경쟁자로 여긴 듯 귀뚜라미는 더욱 세게 울었다. 가림은 비었다. 이것이 모대의 마음인가. 해묵은 인연이라 털어버리고 빈 마음으로 만들었나. 나더러도 빈 마음을 강요하는가. 백가의 고개가 아래로 꺾였다.

마포촌

  시월부터 눈이 내렸다. 누런 초가지붕마다 하얀 고깔이 씌었다. 농한기를 맞아 새끼를 꼬며 백성들은 겨우살이의 고충으로 한숨 쉬었다. 가을걷이가 변변치 못해 배곯는 겨울이 될 것은 분명했다. 그러나 건길지가 남당을 폐하고 임류각에서 집정한 이래로 살림살이가 조금은 나아졌다. 조세가 중간에 떼먹는 치 없이 온전히 국고로 들어가니 쓰임이 온전히 조세 낸 자에게로 돌아갔다. 거듭한 재해에 건길지를 욕하던 이들도 참을 만한 생활에 군말하지 않았다.

  - 득량이 있는가.

  극우는 발이 푹푹 빠지는 눈밭을 헤치고 득량이의 초가를 찾았다. 득량이는 찬바람이 두려워 살짝 연 문틈으로 들어오라는 손짓을 했다. 건방진 놈, 개백정 주제에 벼슬아치를 대하는 품이…… 극우는 불만스레 뇌까리면서도 언 몸을 녹이려 서둘러 득량이의 대청마루로 경중 뛰어올랐다.

  - 몸 녹이는 덴 개 국물이 제일이올시다.

오래된 푸성귀를 같이 넣고 삶아 국물에서는 쿰쿰한 맛이 우려 나왔다. 뜨거운 국물이 식도를 타고 흐르자 극우는 절로 몸을 떨었다. 결대로 찢은 고기는 연하게 씹혔다.

- 득량이는 개도 잘 잡고 음식도 썩 잘한단 말이야.
- 많이 잡으니 많이 해먹구 그러니 솜씨도 자연 늘습지요.
- 곰나루에도 이만 한 솜씨는 흔하지 않아.
- 남우세스럽게 추켜세우시기는…….
- 내가 어디 공치사하는 일을 봤는가. 득량이 솜씨는 일품이야.

득량이는 공연히 멋쩍어 극우의 잔을 채웠다. 극우는 술을 마시고 다시 몸을 부르르 떨었다. 극우는 입가심을 하려고 짠지에 젓가락을 갖다대며 득량이의 눈치를 흘끗 보았다. 짠지를 씹으면서도 다시 득량이를 보았다.

- 얼굴에 뭐 묻었수? 못난 얼굴 자꾸 보시우.
- 어라하가 민심을 좀 휘어잡는 것 같지?

대뜸 묻는 질문에 득량이는 입맛을 다셨다. 극우는 애먼 미소를 걸쳤다. 잠시 침묵하던 득량이는 대뜸 눈을 부릅떴다. 흐리멍덩한 눈에 일순 총기가 어리는 것을 보고 극우는 놀랐다.

- 나리, 나리마저 눈속임에 넘어가십니까요. 건길지가 대신들을 연금하구 남당을 폐하지 않았습니까. 임류각에 떨거지들을 불러다 멋대루 정사를 해치우지 않습니까. 당장에는 건길지 말발이 잘 먹히니 나라가 바로 돌아가는 것 같애두, 이 나라는 건길지와 귀족이 서로 겨루면서 커온 나라가 아뇨. 한데 이토록 괴팍한 정치라니. 나라를 거꾸로 뒤집어놓은 게요, 건길지가.

극우의 표정이 미묘했다.

- 허어, 그래두…….

득량이의 목소리는 더욱 격앙되었다.

- 죄다 눈속임이라니까. 나라살림이 좋아졌다구? 아랫것들 사는 게 좀 나아졌어? 그걸 누가 판가름하는 거요? 그저 임류각의 명을 받든 관원들이 저자거리에 좋아졌고 나아졌다고 제멋대로 선언해놓은 걸 그렇구나 하며 고개를 끄덕이는 것이 아뇨. 나리는 국록을 먹으면서 간단한 속임수에 넘어간단 말요. 이대로 가다간 나라가 순식간에 망해버리고 말 게요. 건길지는 정치를 못해.

짠지를 오래 입 안에 두고 씹으니 쓴맛에 가까운 짠 기운이 퍼져 극우는 얌전히 뱉었다. 그는 술로 입을 헹구고 말했다.

- 자네, 그 말을 믿는가.

- 당연히 믿습죠.

극우는 흐흐 웃었다.

- 믿는다는 말은 함부로 해선 안 돼. 정말 마음으로 믿는가.

득량이의 목 주변이 벌게졌다. 그의 언성이 높아졌다.

- 쇤네가 천것이래두 경솔히 떠들어대진 않소.

- 오, 그래? 그런데 왜 가만히 있지.

- 뭐요.

- 나라가 순식간에 망해버린다며. 그걸 알고도 왜 가만히 있느냔 말야.

득량이는 픽 웃었다.

- 나리, 쇤네는 개백정이우. 제가 하면 뭘 합니까.

- 변명이야.

빙글빙글 웃으며 비꼬자 득량이의 목이 더욱 달아올랐다.

- 내가 힘만 있으면 이렇게 가만히 있지만은 않소!

극우는 구부정한 등을 쭉 펴며 술을 마셨다.

- 사내가 뜻을 품으면 적당한 때를 당하는 법이야.

- 무슨…….

- 어때, 뜻을 품어볼 텐가. 나라두 바루 세우구 팔자두 한번 제대로 펴볼 테야?

극우는 들쭉날쭉한 치아를 드러내며 씩 웃었다. 그의 목구멍에서 술 냄새와 개의 누린내가 얽혀 역한 내음을 뿜었다. 득량이는 거칠게 호흡했다.

맹동孟冬의 칼바람은 궁중이라고 피해가지 않았다. 임류각은 바람이 사통하여 겨울의 정사에 마땅하지 않았으나 모대는 임류각에서의 조례를 강행했다. 처마 끝에서 가죽과 비단을 수 겹 덧대어 바람을 막았다. 찬수류는 옷깃을 여미고 한 손을 얼굴에 천천히 비볐다. 마찰하는 손바닥에서 미미한 온기가 퍼졌다. 숨 쉴 때마다 실타래 같은 콧김이 나풀거리며 허공으로 꺼졌다. 모대는 추위에 웅크린 복심들을 바라보다가 대뜸 웃었다. 덧댄 가죽과 비단을 두드리는 바람 소리를 이기고 웃음소리는 임류각을 들썩였다.

- 날이 추우니 사내의 양기도 힘이 달리는 모양이지요.

모대는 비스듬히 몸을 기울인 채 활기차게 물었다. 복심들은 어색하게 웃었다. 찬수류는 얼굴을 더욱 재게 비비며 답했다.

- 날이 오죽 차가우믄 자지가 다 오그라져 아예 없는 듯 허구먼이라.

고이해가 비죽비죽 웃었다.

- 그것은 공연한 겨울을 탓할 게 아니라 내두의 자지가 늙어버린 까닭입니다. 젊으면 추위도 거뜬해요. 늙음을 한탄하세요.

- 어어따, 쓰벌놈. 그래 어디 그 잘난 자지님 구경 좀 혀볼까.

찬수류는 우당탕 넘어지듯 고이해를 덮치려들었다.

- 쓰벌, 니놈 자지는 좌평 관등이라두 된다냐!

고이해는 황급히 바지춤을 부여잡고 임류각의 난간에 바짝 붙어 찬수류의 도 넘은 장난을 저지했다. 모대는 아이처럼 웃으며 손을 내저었다.

- 체통을 지키세요. 지엄한 자리에서 격 떨어지게 웬 자지론을 설파하시고…….

가볍게 타박했지만 모대는 정겹고 질박한 분위기에 푹 젖어 편안한 웃음을 지었다. 전장의 막사에서 군불을 때고 참새를 구워먹으면서 들었던 얘기들, 찬수류의 구수한 언변에 실려 오는 아버지 곤지의 무용담, 왼팔로 이요의 팔베개를 해주고 말끔한 밤하늘을 올려보며 별을 셈하던 일, 사냥감을 짊어지고 몰래 대문을 넘다가 소피를 보러 나온 사마와 마주쳐 까무러치게 놀란 일. 한없이 편안한 기억들. 문득 막고해의 우직한 목소리가 그리워졌고 기억보다는 추측에 가까워진 왜왕의 목소리마저 그리웠다. 그리고 그리운 또 한 사람. 모대는 자리에서 일어났다.

- 가림엘 다녀와야겠습니다.

사마의 눈이 빛났다.

- 어인 일로.

- 백가의 얼굴을 봐야겠습니다. 당장.

- 당장 가도 밤이 깊습니다. 오늘은 궁성에서 주무시고 날이 밝거든…….

- 오늘 가겠습니다.

모대는 늙은 내관에게 장궁과 전동 또한 챙기라 분부했다.

- 가는 김에 사냥도 해야겠습니다.

사마는 몸을 숙이며 말했다.

- 가림 인근 마포촌의 지세가 험하지 않으니 눈밭에서도 사냥이 수월합니다. 마포촌이 좋습니다. 마포촌으로 가십시오. 가림에 닿으면 깊은 새벽이니 차라리 마포촌에 유숙하시고 날이 밝거든 가림으로 가소서.

마땅한 말이라 모대는 선선히 고개를 끄덕였다.

- 그러겠습니다.

- 폭설로 인원을 동원하기 어렵습니다.

- 사냥 때문에 근위들을 괴롭힐 생각은 없습니다. 내두 찬수류와 좌장 해례곤만 대동하도록 하죠. 형님께서는 저를 대리해서 궁성을 잘 돌봐주시고요.

- 여부가 있겠습니까.

사마는 허리를 곧게 폈다. 사마는 깊게 숨을 뱉었다. 하얀 입김이 오래 나왔다.

- 어륙을 뵙고 가시겠습니까.

모대는 환하게 웃으며 고개를 설레설레 저었다.

- 이 날씨에 사냥을 나가면 만류할 게 뻔해요. 몰래 다녀오렵니다.

사마는 쓰게 웃었다.

- 그러시죠.

모대는 두터운 갖옷을 입은 채 곰나루의 북문으로 빠져나갔다. 배웅하는 사마를 향해 그는 손을 흔들었다.

- 곰나루를 잘 부탁합니다!

사마도 손을 흔들어 화답했다.

- 물론입니다.

모대는 급하게 말을 몰아 앞으로 치고 나갔다. 내두 찬수류와 좌장 해례곤이 그의 뒤를 부단히 따랐다. 모대의 담가라는 거친 숨소리를 내며 눈밭을 헤치고 달렸다. 폭설은 천하를 순전한 백색으로 표백했다. 그 위에 검은 발자국을 찍으며 북으로 향하는 모대의 무리는 이질적이었다. 모대의 땅에서 모대가 가장 이질적이었다. 가림까지는 한 나절 거리였다. 땅거미가 질 즈음 곰나루를 나선 무리는 밤이 되어서도 움직였다. 달빛이 설원에 반사되어 불을 켜지 않아도 천지 분간이 되었다. 푹푹 빠지는 눈밭을 헤치는 말들은 눈을 뒤집고 땀을 흘렸다. 코로 뿜는 김이 힘찼다. 모대는 말의 모가지를 쓰다듬으며 독려했다. 도중 만난 노송의 아래는 눈이 쌓이지 않은 맨땅이었다. 모대는 그곳에서 잠시 군불을 때고 연잎에 싸서 찐 밥을 나누었다. 모래처럼 서걱서걱 씹히는 터라 불에 녹여 먹었다. 무리는 조금 더 쉬었으면 하는 눈치였지만 모대는 군불을 발로 밟아 끄고 다시 말에 올랐다. 가보지 않은 가림의 풍경과 백가의 얼굴이 아른거렸다. 그의 살가운 목소리를 듣고 싶다. 그와 경쾌한 화해를 나누고 나서 옛날을 떠벌리고 싶다. 말의 허벅다리까지 오르는 눈밭으로 모대의 발가락이 축축이 젖었다. 아린 발가락으로 모대는 말의 허리를 조였다. 가자, 가림으로 어서 가자. 내 기꺼운 벗에게로 어서. 눈밭에 반쯤 묻힌 마포촌의 이정표를 찬수류의 밝은 밤눈이 용케 찾아냈다. 모든 것이 잠들어 사방이 적요했다. 산 중턱에 어렴풋이 발하는 빛이 가림의 것이렷다. 모대는 그제야 말을 멈추고 눈썹에 쌓인 눈을 털었다. 맥진한 말의 박동이 그것의 전신에서 느껴졌다. 모대는 허리춤의 가죽주머니에 담긴 맑은 물을 먹여주었다. 말은 긴 혓바닥으로 절실한 해갈에 열중했다. 숨을 돌린 해례곤이 모대에게 권했다.

　- 마포촌입니다. 적당한 탄막을 찾아 유숙하시지요.

　칸칸이 불을 끄고 깊이 잠든 초가들을 보며 모대는 난감한 웃음을 지었다.

　- 짐이 괜한 강짜를 부려 모처럼의 단잠을 깨우게 생겼군.

　- 신민들이 응당 감내할 일입니다. 어라하를 모시니 도리어 더없는 광영입니다.

　모대는 여전한 웃음과 함께 어깨를 으쓱였다. 해례곤과 모대가 주저하는 침묵을 지키고 있을 때 멀지 않은 곳에서 사람의 소리가 들렸다.

적잖은 수효로서 그들은 모대를 향해 다가왔다. 선두에는 늙은이가 있었다. 그는 눈밭도 아랑곳하지 않고 모대의 앞에 몸을 깔았다.

- 소인 마포촌의 촌장이올시다. 어라하를 알현하니 만대의 복입니다.

가지런한 말씨가 마음에 찼다. 모대는 그의 가냘픈 팔뚝을 부축해 일으켰다.

- 그대는 어찌 새벽에 잠 없이 짐을 맞이하는가.

- 웅진왕께서 전서구傳書鳩를 보내어 어라하의 거둥을 이르신 바, 어찌 소인이 잠을 자겠나이까.

- 새는 밤잠이 많거늘 이 새벽에 날았나.

- 전하께서는 세 마리의 비둘기를 기르시는데 제일은 낮에 깨고 밤에 자고, 제이는 낮에 자고 밤에 깨며, 제삼은 낮과 밤에 자고 이른 새벽부터 동틀 녘까지 깨어 있으니 제삼이 소인에게 전하의 말씀을 전했습니다.

- 과연 철저하시다.

- 신이 잠자리를 봐두었으니 거둥하시어 유숙하십시오.

모대는 흡족하게 웃으며 촌장의 손을 붙들었다.

- 크게 치하하리라.

깊은 새벽에도 사내들이 말소리가 들렸다. 설원을 헤쳐 쌓인 피로를 독주로 씻어내고 질펀한 판을 벌였다. 늙은 촌장은 야밤에 귀인을 맞는 일이 익숙한지 데운 음식과 술을 모대의 앞에 올렸다. 모대는 싹싹한 대접이 흡족했다. 나름 대처의 교외에 속하는 터라 상 차림새가 좋았다. 모대는 비천한 자들까지 모두 자리에 앉혀 술잔을 따라주었다. 찬수류가 외팔을 흔들면서 춤을 추고 모대의 강요에 해례곤이 경직된 얼굴로 노래를 부르니 흥이 올랐다. 모대는 겨울의 한기를 떨쳐내는 술의 더운 기운이 좋았다. 거푸 술을 권하고 마시는 까닭으로 모대의 얼굴이 달아올랐다. 모대는 문득 더위를 느끼고 앞섶을 풀어헤쳤다. 마포촌의 비천한 무리는 일제히 고개를 다른 곳으로 향했다. 건길지의 맨살을 똑바로 볼 수는 없었다.

- 벗은 몸이 보기 꺼려지는가.

촌장은 바닥에 엎드려 떨리는 음성으로 답했다.

- 소인들이 감히 옥체를 바로 보겠나이까.

모대의 음성이 공을 튀기듯 가지런하지 않았다.

- 젠장, 술을 마시지 않았나. 그대들이 예의와 체면을 찾으니 술 마신 소용이 없다. 그대들은 오줌이나 잦게 싸지르자고 술을 마시는 겐가. 편안하고 즐거우려 마시는 것이다. 그렇지 않습니까, 말대인. 사부가 이렇게 일러주셨지요.

찬수류는 세차게 고개를 주억거렸다.

- 지당허신 말씀이제라, 암만. 저 치들이 어라하의 알몸을 피혀서 이 짝으로 눈깔을 돌려분게 신도 벗어블랍니다.

찬수류도 옷을 벗고 늙은 몸을 떳떳하게 드러냈다. 옛날 생각이 났다. 왜의 시절. 윗도리 아랫도리 할 것 없이 훌렁 벗어던지고 강과 들로 쏘다니던 무지렁이의 시절. 그때가 문득 그리웠다. 모대는 잠시 침묵했다. 술 깨나 먹은 남자는 애가 되고 만다. 모대도 그랬다.

- 역시 혜안입니다. 옳지, 아예 다 웃통을 벗읍시다. 술 앞에서 어라하고 촌장이고 없이 사내로서만 즐깁시다. 촌장, 나 용포를 벗었소. 이러하니 촌부와 어라하가 다를 게 무엇인가. 나도 왜에선 개똥밭에 구르던 천방지축이었다오.

촌장은 벙벙한 시선으로 답하지 못했다. 모대는 눈을 찡긋거렸다.

- 편히 마십시다, 촌장.

모대는 흐트러진 자세로 시루떡을 집어먹으며 실없이 웃었다. 한껏 풀린 긴장으로 자리가 떠들썩했다. 자리가 길어지니 캄캄한 하늘도 푸르러 어스름을 예비했다. 늙은 찬수류는 여독에 고개를 꺾고 꾸벅꾸벅 졸았다. 해례곤도 꼿꼿하게 몸을 세운 채 눈을 감았다. 촌장을 따르던 마을 사람들도 취기를 이기지 못해 하나둘 널브러졌다. 다만 모대만은 활력이 넘쳐 뜬눈들에게 거푸 술을 권하고 말을 걸었다. 자리한 자들의 대개는 잠들었다. 치켜든 고개들은 듬성듬성 다섯 중 한둘 꼴이었다. 취기와 졸음기의 경계에서 마포촌은 아침을 맞으려 했다.

- 건길지… 곤하지 않으십니까.

촌장이 묻자 모대는 쾌활하게 웃었다.

- 아직 젊은 혈기요. 촌장은 어째서 잠을 청하지 않는가. 곤하면 눈을 붙이시게. 짐은 혼자서도 잘 마시니까.

촌장은 고개를 저었다.

- 어찌…… 건길지께서 술을 더 드시겠다면 좋은 안주를 올리려고 합니다.

- 진작 내올 것을.

- 늙으니 건망증이 심해져서… 지금이라도 올리리까.

- 속히 올리시게.

- 개고기올시다. 마포촌의 백정 중에 개를 잘 잡는 이가 있습니다. 이름은 득량이온데 재주가 자못 구경할 만합니다. 이를 테면 화하는 포정해우庖丁解牛*이옵고 아조는 득량해견이라 하겠습니다. 즉석에서 포를 떠 고기를 회로 먹으면 일품이올시다. 감히 건길지의 앞에 보여도 되겠습니까.

모대는 촌장의 말놀음이 우스워 웃었다.

---

* 포정해우(庖丁解牛) : '포정'이 소를 해체한다는 뜻. 고대 중국의 백정인 포정은 신묘한 경지로 소를 잡았다고 한다.

- 말하였듯 웃통을 벗으면 매한가지요. 백정이나 건길지나. 괘념치 말고 그를 청하도록 하라.

촌장은 득량이를 불렀다. 득량이는 살진 개를 끌고 와 모대의 앞에 보였다. 득량이의 바른손에 들린 예리한 날붙이를 보고 영민한 개는 제 운명을 내다보았다. 개는 용을 썼지만 억센 완력을 떨칠 수는 없었다. 비명 같은 울음소리만 흘렸다. 해례곤에 버금가는 득량이의 거구의 그림자가 모대를 가렸다. 득량이의 우람한 근육에 모대는 탄성을 뱉었다.

- 이러하니 맹견들도 그대의 앞에서는 꼬리를 마는 게로군.

가볍게 건네는 말도 득량이는 어렵게 받았다. 합석하여 말을 섞기에는 격이 달랐다. 뒷공론으로 수월하게 모대를 욕보이던 득량이는 뒤 마려운 개처럼 몸을 꼬았다. 간신히, 황송하나이다…… 말 한 토막을 뱉었다. 모대는 개의치 않았다.

- 촌장이 포정의 고사까지 들며 재주를 칭찬하기에 너를 불렀다.

- 황송…….

- 한 번만 더 황송을 운운했다가는 너의 목을 베리라.

농조로 건넨 말이었으나 득량이는 두려웠다. 저는 개백정이고 어라 하는 마음만 먹는다면 얼마든지 사람백정이 될 수 있기에. 득량이는 저도 모르게 자라처럼 목을 숨겼다. 겁을 집어먹은 득량이를 보고 모대는 멋쩍게 관자놀이를 긁었다.

- 네 솜씨나 보여라. 술 식는다.

- 예.

득량이의 투박한 손아귀가 벼린 날붙이를 잡았다. 섬뜩한 운명을 체감한 개가 날뛰었다. 땀을 튀기면서 지랄하고 붉은 잇몸을 드러내며 위협도 했다. 그러나 목줄을 쥔 득량이의 완력은 개의 힘을 압도했다. 그것의 꼬리는 안으로 말려들어갔고 노린 오줌이 샜다. 모대에게 내키는 장면은 아니었다. 그는 고개를 모로 기울이며 눈을 찡그렸다. 찬수류와 해례곤도 짖는 소리에 놀라 잠이 깼지만 모대가 연회에서 별스런 짓을 즐겨하는지라 새삼 놀랄 것도 아니어서 뜬 눈을 다시 감았다. 득량이는 날붙이를 보며 깊게 숨 쉬었다. 개는 잔뜩 몸을 바닥에 깐 채로 혀를 달싹거렸다. 닿을 곳을 찾지 못하는 시선은 불안했다. 득량이는 날붙이를 잡은 손에 땀이 차 그것을 내려놓고 제 바지춤에 손을 닦았다. 개의 목줄을 붙잡은 득량이의 손에 힘이 느슨해졌다. 살길을 포착한 짐승은 부리나케 달아났다. 모대는 고개를 갸웃했다.

- 이봐, 개가 도망가는데.

득량이는 뒤를 돌아보지 않았다. 쥔 날붙이를 보며 깊게 호흡할 뿐. 모대는 개가 달아나는 쪽으로 고개를 기울였다.

- 건길지…….

아랫것의 부름에 친절하게 응하려고 했다. 그러나 응답하는 음성은 목구멍의 바깥으로 나오지 못했다. 숨이 턱 막혀 목소리가 다시 삼켜졌다. 모대의 휘둥그레 뜬 눈동자가 아래로 향했다. 눈동자가 보는 곳은 붉게 물들어 있었다.

- 너…….

붉은 피가 쏟아졌다. 술기운을 얻어 모대의 혈관을 세차게 순환하던 혈액이 몸에 뚫린, 득량이의 벼린 날붙이가 뚫은 구멍을 타고 뿜어졌다. 그 선명한 빨강이 눈에 들어오자 모대의 전신에 날카로운 통증이 날뛰었다. 득량이는 날붙이를 모대의 허리춤에 꽂은 채 숨을 헐떡였다. 모대는 예리한 물건이 깊숙이 들어온 상처를 손으로 틀어막았다. 뜨끈한 피가 모대의 손가락 사이로 누출했다. 피에 담겨 빠져나가는 듯 모대의 전신에서 기운이 급속히 없어졌다. 어지럽고 정신이 아득해졌다. 눈앞의 풍경이 서너 개로 겹쳐 보였다. 자신의 숨소리가 남의 것처럼 들렸다. 남의 숨소리를 곁에서 듣는 듯 거칠고 낯설었다. 잠에 빠지는 듯 느른한 의식 속에서도 궁금한 것은 면식도 없는 개백정이 자신의 허리춤에 칼침을 놓은 까닭이었다. 모대는 흐트러지는 발음으로 말했다.

— 너… 왜 나를…….

말을 뱉을수록 날붙이에서 근원하는 끔찍한 고통이 모대의 창자로 번졌다. 모대는 핏기를 잃어가는 아랫입술을 깨물었다. 득량이는 몸을 떨었다. 모대가 흘리는 저 피, 저 소리. 그가 지금껏 도륙해왔던 개의 것과 다르지 않다. 허나 두렵다. 잡아왔던 개들의 말을 분간할 수 있다면 이처럼 두려울까. 왜 나를 찌르느냐 물어오는 저 질문이 날붙이의 복수인 듯 그만큼 예리하고 매섭다. 득량이는 거칠게 호흡했다. 왜, 왜 당신을 찔렀느냐고.

— 건길지는 정치를 못하니까…….

— 뭐…….

— 건길지는 정치를 못해…….

모대는 신음과 함께 웃음을 토했다. 멍청한 놈. 정치가 어쩌고 어째…… 속을 비집는 고통에 모대는 상체를 앞으로 접고 머리를 바닥에 찧었다. 부여잡은 손가락 틈에서 술 냄새가 섞인 피가 흥건히 흘러나왔다. 수상한 소리에 찬수류와 해례곤이 눈을 떴다. 현실보다 도리어 꿈에 근사한 풍경에 침을 삼켰다. 피 흘리며 엎어진 어라하와 몸을 떠는 개백정, 도망가는 촌장과 끄나풀들. 어정쩡한 자세로 기립하여 미몽에서 벗어나지 못하는 그들을 각성시킨 것은 바닥에 흥건하여 버선코를 축축이 적시는 모대의 피였다. 코를 찌르는 피 냄새는 전장에 합당하되 새벽녘까지 떠들썩한 연회에는 가당하지 않았다.

— 어라하!

찬수류의 부름에 모대는 대답하지 못했다. 그의 의식은 바닥에 부어진 피의 양만큼 쇠하여 불분명했다. 피의 냄새에 찬수류와 해례곤은 본능적으로 허리춤의 칼을 빼들었다. 피를 뒤집어쓴 개백정의 손이 두려워 떨렸다. 찬수류는 억센 발길질로 개백정을 제압했고 해례곤은 모대를 업었다. 모대의 배에서 쏟아지는 뜨끈한 기운이 해례곤의 너른 등판을 덮혔다. 찬수류는 억센 악력으로 득량이의 머리채를 휘어잡고 발로는 날붙이를 놓지 못하는 그의 손을 짓밟은 채 해례곤에게 다급히 주문했다.

- 여보다는 가림이 대처인게 싸게 어라하를 가림으로 뫼시오! 걸음잰 늠을 먼저 보녀서 위사더러 어라하를 맞도록 허오!

찬수류는 발밑에 깔린 득량이를 보며 이를 갈았다.

- 요 시러베늠은 당장 모가지를 비틀어버리고 싶지마넌… 필시로 뒤에 숨은 더 숭악헌 시러베늠이 있을 텐게 일단 숨을 붙여놔야 쓰겄제.

핏물이 똑똑 떨어지는 잔칫상을 보며 찬수류는 참담한 심정으로 눈을 감았다. 득량이의 손목 밟은 발을 타고 헐떡거리는 맥박이 전해왔다.

해례곤은 곤히 자는 말을 깨워 급히 가림으로 향했다. 깜깜한 새벽의 눈밭을 건너 가림으로 가는 길은 험했다. 연신 걷어차 허리의 상처가 파여 말이 비명을 지를 정도로 해례곤은 걸음을 재촉했다. 쓰린 상처에 눈발이 튀어 말은 길게 울었다. 가림의 성문은 열려 있었다. 미리 연통을 받은 백가는 성문 아래에서 불안한 걸음으로 서성였다. 해례곤은 가림에 당도하자마자 백가에게 읍소하듯 외쳤다.

- 위사! 어라하께서 위중합니다. 어서 의원을…….

짐승의 울음에 근사한 해례곤의 말에도 백가는 음울한 표정만 지을 뿐 대답이 없었다. 해례곤이 다시 재촉하자 백가는 짧게 답했다.

- 가림에는 의원이 없소.

해례곤의 얼굴에 절망이 번졌다. 백가는 이어 말했다.

- 사환꾼도, 사졸도 없소. 농군도 없고 심마니도 없소. 내가 가림에 왔을 때 이곳에는 오로지 주린 들개 한 마리만 있었지. 어라하는 나에게 빈 성을 하사하셨소. 가림에는 의원이 없소.

- 가림은 큰 성입니다.

백가는 허탈하게 웃었다.

- 그래. 가림은 큰 성이지. 그런데 흔한 침쟁이 하나 없다오. 이 큰 성에.

- 무슨…….

모대의 호흡이 점차로 희미해졌다. 구름이 떠가듯 모대의 심장은 멈춘 듯 더디게 뛰었다. 해례곤의 속이 달았다.

- 어떻게 좀 해보시오, 위사!

무기력한 사지를 뻗은 채 업힌 모대의 몸 위로 눈이 쌓였다. 해례곤은 거듭 다그쳤지만 백가는 쉬 말하지도 움직이지도 못했다. 가만히 모대의 꺼져가는 생을 지켜보았다. 그러기에 어째서 나를 버렸습니까. 비참한 사람이 되도록 두었습니까. 그렇게 했으면 멋대로 떵떵거리며 위세를 부릴 것이지 터무니없는 꼬락서니로 돌아와서는…… 백가의 눈에 물기가 고였다.

- 위사! 어라하가 위중합니다!

멋대로 진을 놓아주고 영지를 송두리째 전봉하고 대천군을 죽도록 놔두고 그 대천군을 죽인 저근을 용인하고 화해의 선물로 빈 성을 하사하여 나를 기만해놓고서는 이렇게 형편없이…… 백가는 울음을 삼켰다.

- 위사!

백가의 몸이 마침내 허물어졌다. 그는 절규했다.

- 이렇게 형편없이 돌아와도 되는 겁니까! 어라하! 말씀을 하세요! 모대 이 멍청한 자식아!

백가는 눈밭에 머리를 박은 채 기괴한 목소리로, 흐느끼면서 외쳤다.

- 어라하를 성부로 모셔라! 내가 어라하를 돌보리라…….

백가는 깊은 의술을 터득하지 못했다. 다만 문화인으로서 교양의 일단을 습득했을 뿐. 붕대를 단단히 묶어 지혈하고 상비한 약재를 끓여 모대의 입에 넣어주었다. 무기력하게 벌린 입가로 탕약의 반쯤은 흘러내렸다. 외지로 사람을 보내어 의원을 급히 청했다. 모대의 낯빛은 퍼렇게 질려 있었다. 피가 통하지 않은 손가락은 하얀색이었다. 백가는 식은땀을 흘리며 헛소리를 지껄이는 모대의 곁을 지켰다. 그의 손을 붙들었다. 새벽이 아침이 되고 떠오른 해가 저물어 다시 새벽이 되었다. 백가는 모대를 떠나지 않았다. 깊은 새벽이 되자 그는 혼곤한 기운을 이기지 못했다. 모대의 손을 쥔 채로 와상에 머리를 박고 졸았다.

- 백가…….

미미한 음성에도 백가는 눈을 떴다.

- 정신이 드십니까.

백가는 모대의 메마른 입술을 보고 물을 먹여주었다. 모대는 무기력하게 웃었다. 그의 웃음에 백가도 한시름 놓았다.

- 옥체를 보중하셔야지… 이게 뭡니까.

- 개백정이 찌를 줄 누가 알았겠어.

- 의식을 찾으셔서 다행입니다.

모대는 겨우 웃어보였다.

- 정신이 꺼지는 와중에 들었어. 가림에 의원이 없다고. 사환꾼도 사졸도 뭣도 없다고. 내가 빈 성을 하사했다고…….

백가는 쓴웃음을 지었다.

- 나를 더 초라한 놈으로 만들지 마세요. 어찌 모르는 체 하십니까.

모대는 천천히 고개를 저었다.

- 나 아니야. 네가 초라해지기를 바랐으면 벼슬을 뺏고 엉덩이를 걷어차줬을 거야. 교묘하게 골탕 먹이는 것은 내 방식이 아니야. 그리고 백가, 내가 무슨 염치로 너를 그렇게 몰아세워. 난 네게 죄인이야…….

- 그럼…….

백가의 뇌리를 사마의 목소리가 스치고 지나갔다. 가림에 부임을 해주게. 그 음성, 그 웃음. 독이 번지는 듯 속이 쓰렸다.

- 웅진왕…….

모대는 돌아누웠다.

찬수류가 가림으로 왔다. 그는 득량이의 목덜미를 움켜쥔 채 모대의 앞에 대령했다. 그는 정신을 찾은 모대를 보고 안심하면서도 여전히 분을 삭이지 못해 얼굴이 붉었다.

- 이 쓰글늠의 개백정놈을 족쳐다가 배후를 밝혀야 한당게요. 반드시 사주한 자가 있을 거씨요.

모대는 감정 없는 시선으로 무참하게 봉두난발을 한 개백정을 건너보았다.

- 너, 득량이라 했지.

모대의 부름에 득량이는 몸을 떨었다. 이름을 부르는 어라하의 입술, 그리고 입술에 흉하게 번진 병세가 두려웠다.

- 너는 건길지는 정치를 못한다고 말했다.

더욱 떨렸다.

- 왜지. 왜 짐이 정치를 못한다고 했냐.

득량이는 숨만 헐떡거렸다. 모대는 그를 노려보며 대갈했다. 병자의 것이 아니라 전장에 나아가 사졸들을 사령하던 목소리였다.

- 짐의 말에 대답하라!

- 시, 신라와 화, 화호하고 신라녀를 비, 빈궁으로 들여서…….

모대는 잠시 침묵했다.

- 또.

득량이의 호흡이 얇고 가쁘게 쏟아졌다.

- 또 무엇이냐.

- 대천, 대천군을 죽인 저근을 요, 용인하여서…… 그 때문에 일식이 일어나고…… 해충과 역병이 끓고…… 국고를 열어 진휼하지 아니한 까닭으로…… 도리어 임류각을 지어 기화요초와 신이한 짐승들을 기른 까닭으로…….

- 그것이 전부냐.

- …….

- 신라와 화호하고 저근을 받아들인 것, 대신들의 지탄을 쓰게 삼키면서 그것을 밀어붙인 것은 다름 아닌 너희를 위한 탓이었다. 전란을 잠재우고 너희가 창 대신 쟁기를 들게 하기 위함이었거늘…….

모대는 가슴을 부여잡았다.

- 짐은 진휼을 명하였으나 지방의 귀족들이 멋대로 국고를 열지 않았다. 임류각에는 꽃과 풀이 없고 짐승 또한 없다. 도리어 남당을 폐하고 임류각에서 너희를 위해 정치하였거늘…….

득량이는 식은땀을 흘렸다. 넋이 나가 모대의 말을 더 듣지 못했다. 모대는 헛웃음을 웃었다.

- 건길지는 정치를 못한다고. 나는 너를 위해 싸웠는데 너는 나를 찔렀다.

모대는 병상에서 일어났다. 온전하지 못한 몸이 비틀거렸다. 두 발자국 득량이를 향해 성큼성큼 나아갔다. 그는 득량이의 떨리는 몸을 내려다보았다. 한참. 그러다 모대의 몸이 그대로 무너졌다. 바닥에 널브러졌다. 두 번 각혈했다. 모대의 의식은 다시 혼곤한 잠으로 깊이 빠졌다. 찬수류와 해례곤과 백가가 달려들어 모대의 몸을 부축하고 일으켰다. 바람에 허청거리는 들풀처럼 모대의 몸도 그들의 부축에 따라 맥없이 좌우로 흔들렸다. 외지에서 왕진 온 의원의 응급조치를 받고 모대는 급거 곰나루로의 귀로에 올랐다. 백가는 흐린 얼굴로 그를 배웅했다. 백가는 수하에게 조용히 말했다.

- 오랜 벗을 위해 멍청한 짓을 좀 해야겠다…….

눈물이 흘렀다.

모대는 말을 타지 못해 마차에 누워 간병을 받았다. 어라하의 용태는 극비한 일이었다. 짐승들의 우두머리는 다리를 절뚝이면 아랫것들의 반역으로 삽시에 고깃덩이가 되고 만다. 사람이라고 다르지 않다. 불만이 팽배한 귀족들이 언제 빈틈을 비집을지 몰랐다. 곰나루에서 마포촌을 향해 말을 몰고 나가던 모대는 곰나루로 돌아오는 길에서 마차의 덜컹거림도 감내하지 못했다. 모대의 병세는 급히 악화되었다. 모대는 피 섞인 구역질을 하다가 까무러쳤다. 찬수류는 울 듯한 표정으로 행렬을 멈췄다. 근방은 대산후 사약사의 영지였으므로 이십 리를 더 가서 머물렀다. 모대는 그 사이에 세 번 토했다. 입이 무겁고 용한 의원을 불러서 모대의 구완을 맡겼다. 의원은 숨죽인 채 모대의 맥을 짚었다. 찬수류는 모대가 누운 방의 밖에서 외팔로 뒷짐을 쥔 채 안절부절못했다. 이따금 모대의 신음이 새어나올 때면 귀를 쫑긋 세우고 불안하게 안을 바라보았다. 그의 불안한 시선은 한동안 모대를 향해 머물다가 정반대의 방향으로 보내졌다. 모대의 신음보다도 큰 소리가 그쪽에서 났다. 대문이 삐거덕 열리고 눈을 밟는 거침없는 발소리가 들렸다.

- 말대인, 어라하를 어찌 보위했기에 이런 사달이 나는가.

- 웅진왕 전하……

찬수류는 허리를 꺾었다. 사마가 서 있었다. 인우 이하 제 복심들을 거느리고서. 찬수류는 굽힌 채로 눈을 치떠 사마를 보았다. 이 분은 어찌 아시고 여기에 계시는가. 곰나루에 소식이 닿지 않았다.

- 개백정이 어라하를 찌르도록 두다니. 그대의 죄가 결코 가볍지 않다.

- …어라하가 쾌차하시면 스스로 죄를 청하리다.

- 응당 그리해야지.

사마는 찬수류를 지나쳐 모대의 방 앞에 서서 몸을 기울였다.

- 어라하, 신 사마가 뵙기를 청합니다.

의원이 대신 응답했다.

- 드십시오. 운신의 기력이 없으셔서 손가락을 움직여 들라 하셨습니다.

사마는 들어가 절을 올렸다. 형님의 절을 허락하지 않는 모대가 절을 받았다. 그를 만류할 기력이 없는 탓. 모대는 뻣뻣하게 와상에 누워 절을 받았다. 사마는 일어나 의원의 소매를 붙잡고 그의 귀에 입을 가까이 댔다. 어라하의 용태는 어떠하신가. 나는 그의 형님이니 가감 없이 말하라. 사마가 묻자 의원은 침을 삼키며 떨리는 목소리로 속삭였다. 쇠로 말미암은 병은 낫되 쇠에 바른 독으로 말미암은 병이 깊어… 사흘을 넘기지 못하십니다…… 의원은 길지 않은 말을 한참 품을 들여 말했다. 말을 들은 사마의 낯빛이 어두워졌다.

- 사흘이라니, 너무 길다.

- 예, 예……?

사마는 손을 저었다.

- 됐다. 물러나라. 어라하와 독대하겠다.

의원은 황망히 물러났다. 사마는 모대에게로 가까이 갔다. 거칠고 얕은 숨소리가 굉음처럼 퍼졌다. 사마는 모대의 손을 쥐었다. 축축한 땀이 흥건하게 배었다. 입술은 검푸르게 메말랐고 눈 주위에는 짙은 응달이 졌다. 왕성했던 생명이 쇠하고 있었다. 모대는 웃어보려다 실패하고 한숨을 쉬었다. 얼굴의 근육이 뻣뻣하게 굳었다.

- 어라하.

사마는 모대를 불렀다. 모대는 고개는 돌리지 못하고 게슴츠레 뜬 눈동자를 사마 쪽으로 향했다. 사마는 모대를 호칭 대신 이름으로 불렀다.

- 모대야.

살가운 부름에 모대는 입술을 달싹였다. 소리는 나오지 않고 바람만 샜다.

- 모대야……

모대의 손을 잡은 사마의 손에서도 땀이 배어 나왔다. 손을 붙잡은 모대의 손아귀에 힘이 들어갔다. 미약했지만 사마는 그것이 모대가 쥐어짜낸 전력임을 알았다. 사마는 가뿐하게 모대의 손을 넘어뜨렸다. 옛날의 완력을 생각한다면 어림없는 일. 사마는 무표정한 얼굴로 모대의 완연한 병색을 보았다. 모대는 계속해서 입술을 붙였다 뗐지만 소리는 나오지 않았다. 몸은 뻣뻣하게 굳어갔다. 사마는 모대의 손을 더욱 세게 쥐었다. 모대는 경직된 얼굴을 살짝 찡그렸다.

- 모대야, 형이 너를 부른다. 어찌 대답하지 않느냐. 모대야.

사마는 모대의 얼굴에 가까이 다가갔다. 모대의 숨마다 병자의 단내가 옅게 끼쳤다. 모대는 자신을 바라보는 사마의 동공을 보고 눈을 감았다. 사마는 모대의 손을 놓았다. 손바닥에 맺혀 있던 땀이 증발하면서 시린 바람이 들어왔다. 모대의 손은 힘없이 추락해 널브러졌다. 사마는 모대의 푸석한 뺨을 쓸었다.

- 나는 네가 밉다.

사마는 소매에 손바닥을 문질러 땀을 닦았다. 땀이 마른 건조한 손바닥으로 모대의 손목을 쥐었다. 늙은 풀벌레처럼 힘겹게 경중거리는 모대의 푸른 동맥을 보았다.

- 너라도 그럴 터다. 나는 좌현왕 곤지와 개로대왕의 후궁 사이에서 태어났다. 너의 어머니는 왜인이 아니냐. 핏줄부터 다르다.

사마는 무성의하게 잡은 모대의 손목을 내팽개쳤다.

- 더불어 나는 경전을 두루 깨치고 왕부를 다스려 일국의 왕이 될 만한 재목이었다. 헌데 너는.

사마의 말에 속도가 붙었다.

- 너는 건달이었다. 천박한 것들과 어울리며 사냥에만 열중했지. 너는 문자도 몰랐고 정치도 몰랐다. 너는 왕의 재목이 아니었어. 그러니까 성좌는 내 것이었어야만 했다. 네가 아니라.

사마가 말을 멈추면 방은 고요했다. 잠을 자듯 쌕쌕 내뱉는 모대의 숨소리만 들리지 않는 듯 들렸다. 사마는 눈을 감았다 떴다. 모대의 다리를 주물러 보았다. 날붙이에 발린 독이 하체에도 번진 듯 모대의 다리는 겨울 추위에 얼어버린 길고양이처럼 딱딱하게 굳었다. 사마는 그 죽어가는 다리를 연신 주물렀다.

- 너의 정치는 그런대로 괜찮았어. 허나 너는 이제는 구식이야. 과격한 억압 대신 세련된 유화가 역사의 명령이다. 너를 대신해서 내가 그 명령을 행하겠다.

팔에 저릿한 통증이 미쳐서 사마는 주무르기를 관두었다. 미동도 않고 가만히 누워있는 아우의 얼굴과 몸을 사마는 응시했다. 웃지도 않고 울지도 않는, 아무런 감정 없이 사지를 가만히 뻗은 모대의 모습이 낯설었다. 모대는 항상 활기차게 움직이고 있었으니까. 힘진 목소리로 말하고 부단히 주먹을 쥐었다 펴고 땀을 흘리며 달리기를 했으니까. 움직임을 잃은 모대는 모대가 아니었다. 낯설었다. 사마는 정물화를 감상하듯 검지로 입술을 쓸며 모대를 보았다.

　- 모대야, 네 명이 사흘 남았단다.

　사마는 입맛을 한 번 다시고 일어섰다. 돌아서며 사마는 속삭이듯 말한 토막을 흘렸다.

　- 이틀 먼저 가라…… 내일 떠나라. 미안하다.

　방문이 열리더니 닫혔다. 방에는 모대만 남았다. 모대는 사마의 말을 모조리 들었다. 움직이고 싶었다. 항변하고 싶었다. 욕하고 싶었다. 그러나 입술은 간신히 붙었다 떨어질 뿐이고 사지는 손가락 마디 끝을 꿈틀거리는 것조차 힘겨워졌다. 날붙이에 독이 있다더니 독이 점점 몸을 불능으로 만들고 있었다. 눈물을 흘리고 싶었지만 그조차 모대에게 허락 된 바 아니었다. 독은 정말 독처럼 퍼져나갔다. 처절한 절규가 밖으로 나오지 못하고 갑갑한 불능의 몸 안에서 곪아터졌다. 방문이 열렸다. 누군가 들어왔다. 의원. 그는 주춤거리는 걸음으로 모대에게 가까이 왔다. 어라하의 앞에 입시하려거든 그 전에 아뢰어야 했다. 입시해서는 절을 올려야 했다. 의원은 아룀도 절도 하지 않았다.

　- 귀신이 되어 저를 벌하십시오…….

　의원의 손은 김이 오르는 탕약이 들려있었다. 탕약은 검고 검었다.

　- 어라하의 이틀을 버려 제 여생을 보전하겠나이다…….

　천천히 닫히는 모대의 입술을 의원의 손가락이 무자비하게 벌렸다. 검고 뜨거운 물이, 쓰고 뜨거운 물이 모대의 체내로 부어졌다. 혀를 넘어 식도를 타고 내려가는 그것은 불처럼 뜨거웠다. 모대는 소리를 지르고 지랄하고 싶었다. 그러나 모대의 몸은 불능이었다. 탕약이 사르는 대로 살려져 불이 되었다. 모대는 불, 정녕 불이었다. 생명을 태우는 탕약에 모대가 저항할 수 있는 수단은 각혈이 유일했다. 식도를 넘어가던 탕약의 일부가 피와 섞여 물렁한 덩어리로 토해졌다. 그러나 이미 대부분의 탕약은 모대의 심장이 뿜는 피에 올라타 모대의 전신 곳곳으로 침투했다. 최후까지 버텨보려는 생의 기운을 탄압했다. 살아가던 모대의 육신이 영원한 고요로 나아갔다. 모대는 생이 절멸하는 고통 속에서 하나의 영상을 재생시켰다. 모대의 기억에서 가장 행복하고 편안했던 때. 그것으로 모대는 마지막의 고통을 잊고자 했다.

왜의 왕부에서 모대 공자로 불리던 시절이다. 모대는 백가의 집에 놀러갔다. 그 댁 하녀로부터 음료를 대접받았다. 모대는 잔을 든다. 잔을 들면 넘칠 정도로 가득 담은 음료에 모대는 곤란한 웃음을 짓는다. 모대는 잔에 입을 대 음료를 맛본다. 단맛이다. 그에게 음료를 건넨 하녀가 눈에 들었던 참이다. 모대는 어두운 쪽에 숨어서 자신을 바라보는 하녀를 향해 눈을 찡긋한다. 눈짓에 반응하여 하녀는 어깨를 움츠리고 고개를 숙인 채 부끄럽게 웃는다. 모대는 귀여워서 덩달아 웃는다. 어느 날 빨래를 이고 가던 그녀와 모대가 맞닥뜨렸다. 사춘기의 소년은 절제가 부족하다. 곧장 달려가 서투르게 입을 맞춘다. 저질러놓고 뒤늦은 죄책감에 모대는 사과한다. 미안해, 네가 궁금했어. 그 말에 그녀는 운다. 그러면서 뜻밖의, 기쁜 대답을 준다. 저도 공자가 궁금했습니다…… 모대는 웃으며 묻는다. 네 이름이 무엇이냐. 그녀 대답한다. 이요, 이요입니다…… 모대는 입을 헤벌리고 그 말을 따라한다.

– 이요, 이요…… 예쁜 이름이다.

피에 젖은 입술이 떨리다가 멎었다. 모대가 죽었다.

등극 II

새 어라하가 즉위했다. 사마가 어라하가 되었다. 본디 성좌는 어라하의 아들이 잇는 것이 원칙이었다. 그러나 모대는 진의 피가 섞인 미도를 태자로 삼지 않았다. 그러므로 미도는 정통성이 미약했다. 나약한 정통성은 사마의 실력 앞에서 무효가 되었다. 모대는 선대 어라하가 되어 시호를 받았다. 동성東城. 그것이 그의 시호가 되었다. 미도는 부여씨의 가문에서 쫓겨났다. 모대의 시호, 동성이 새로운 그의 가문이 되었다. 부여미도는 동성미도가 되었다. 동성씨의 사람들은 왜의 왕부로 쫓겨났다.

득량이의 머리는 하얗게 새버렸다. 꾸는 꿈마다 모대가 나타나 그를 꾸짖었다. 멍청한 놈. 정치가 어쩌고 어째…… 득량이는 잠을 자지 못했다. 흰 자위가 붉었다. 그에게 극우가 찾아왔다.

- 정말 죽는 줄 알았소…… 어서 나를 꺼내주시구려, 나리.

극우는 빙글빙글 웃었다.

- 미쳤니. 네놈은 어라하를 시역한 대역죄인이야. 사지가 찢겨 죽을걸.

- 시, 시키는 대로 했을 뿐이잖소.

- 그래도 역적죄는 벗지 못해.

극우는 득량이의 손에 약을 쥐여 주었다.

- 극약일세. 차라리 이 편이 편할 거야.

득량이는 허망하게 손바닥 위의 몇 알을 보았다. 극우는 흘흘 웃으며 그를 떠났다. 득량이가 약을 먹고 죽었다. 사마에게 불리한 진술 하나가 사라졌다. 극우는 득량이의 베갯잇 아래에서 금덩이를 가져갔다. 금은 차갑게 식어 있었다. 이 시국에 공술은 어림없지, 득량이. 극우는 휘파람을 불며 돌아갔다.

위사좌평이자 가림성주 백가가 반란을 일으켰다. 그의 반란은 나약했다. 가림은 빈 성인 까닭이었다. 어라하로 등극한 사마가 직접 근왕병을 거느리고 가림으로 나아갔다. 백가는 저항 없이 투항했다.

- 얌전히 살 것이지. 왜 공연히 목숨을 버리나.

- …모대가 불쌍해서.

- 난 네 녀석이 불쌍하군.

사마는 그의 머리를 베어 백마강에 던졌다. 눈을 감지 못한 백가의 머리가 떠다니다가 살점이 민물고기의 작은 입의 크기에 맞추어 조각으로 잘려나갔다. 무거운 두개골은 강바닥에 가라앉고 종내 먹히지 못한 머리털만 남아 수초처럼 부유하다가 황해로 흘러갔다. 세력이랄 것도 없는 어줍지 않은 힘으로 어라하에 저항한 백가를 두고 시론은 명청이라고 했다. 사마는 전국에 선포했다. 동성대왕이 칼에 찔린 후 가림의 백가가 대왕을 구완했다. 그 이후 대왕의 병이 더욱 위태로워져 급사하였다. 외딴 가림에 자신을 봉하니 앙심을 품고 백가가 대왕을 죽였다. 백성이 그대로 믿고 백가를 지탄했다.

먼 세월이 지나 곰나루가 고려高麗의 땅이 되었을 때, 김부식이라는 사람이 삼국사기라는 책을 지으며 이렇게 논평했다.―『춘추(春秋)』는 신하된 자는 군주를 넘보려는 마음을 가져서는 안 된다. 이러한 마음을 가진 자는 반드시 죽여야 한다고 했다. 백가와 같은 악인은 천하에 용서받지 못할 자인데 즉시 처단하지 않고 이때에 와서 자기가 스스로 죄를 벗어나지 못할 것을 알고 반역을 일으킨 후에야 처단하였으니, 때는 늦은 것이다.

비구니가 되고 싶다던 태후는 비구니가 되어 궁을 나갔다. 경사, 문주, 삼근. 늙은 내관은 칼에 죽은 어라하를 세 번 섬겼다. 모대까지 네 명의 칼에 죽은 어라하를 섬기게 되었다. 그는 주인이 죽었듯 스스로 목에 비수를 찔러 자결했다. 충실한 종다웠다. 내신좌평 부여력이 요서로 돌아가 반란을 획책한다는 혐의를 받아 처형되었다. 연돌은 병력을 일으키려고 했다. 그가 모대를 신뢰하는 만큼 사마를 불신했다. 창끝을 곰나루로 향하려 했다. 그를 더 많은 창끝이 가로막았다.

- 오랜만이올시다. 연 공자. 어엿한 병관좌평이 되었구려. 옛날에는 한갓 조무래기였는데.

- …저근.

도한왕 저근과 흑개사가 곰나루로 상경하여 연돌의 거병을 저지했다. 연돌은 힘에 굴복했다. 그는 병관좌평에서 파직되었다. 찬수류와 해례곤은 동성대왕의 죽음을 막지 못한 죄과로 파직되고 영지를 빼앗겼다. 부여고 형제와 고이해는 요서로 망명했다. 임류각이 헐리고 남당이 다시 열렸다. 목간나, 사법명, 사약사 는 막 권력을 쥔 사마에게 굴종했다. 모대가 귀히 쓰던 장색은 사마의 충복이 되었다.

- 진로와 모대, 이제는 짐이구려. 짐이 그대의 세 번째 주군이 되었군.

사마의 물음에 장색은 얌전히 대답했다.

- 주군을 바꾸는 것은 옷 갈아입는 것만큼 쉽습니다. 그리고 그만큼

대단한 의미가 없습니다.

여전히 겨울이어서 눈은 내리고 날은 추웠다. 이요는 시녀의 만류에도 불구하고 밖으로 나섰다. 눈이 밟히는 소리가 깨끗했다. 이요의 숨마다 짙은 입김이 나왔다. 이요는 눈을 밟으며 천천히 걸었다. 걷던 그녀는 한 떼의 무리와 마주쳤다. 창을 세운 근왕병들이 한 사람을 둘러싸고 있었다. 호위는 아니고 경계의 목적이었다. 그 사람은 칼을 쓰고 차꼬를 차고 있었다. 머리는 풀어헤치고 옷은 찢기고 살은 터졌다. 눈밭을 디딘 맨발은 괴사하여 이미 구실을 못하고 있었다. 이요는 근왕병 중 가죽외투를 입은 자에게로 가까이 다가갔다. 그는 절도 있게 군례를 올렸다.

- 이 자는 어찌하여 엄혹한 대우를 받느냐.

가죽외투는 짧게 답했다.

- 대죄인입니다.

- 무슨 죄를 지었는가.

- 동성대왕을 살리지 못한 의원입니다.

이요는 대죄인을 물끄러미 보았다.

- 정녕 죄인이구나. 네놈, 대왕의 최후를 함께하였느냐.

그러으미다. 죄인이 대답했다. 가죽외투가 첨언했다.

- 몸 성한 곳이 없어 말도 바로 못하나이다.

이요는 다시 물었다.

- 대왕께서 마지막에 말씀 남기시지 않더냐.

남겨으미다. 죄인은 울 듯이 대답했다. 이요는 침을 꼴깍 삼켰다.

- 뭐라고 하시더냐.

이오, 이오, 에쁘 이으미다…… 죄인은 울면서 똑바로 발음하려고 했으나 번번이 허위였다. 이오, 이오, 에쁘 이으미다 하여으미다. 이오, 이오, 에쁘 이으미다…… 이요는 다시 침을 삼켰다. 의원의 말, 모대의 마지막 말이 칼바람이 되어 이요의 귓전에서 불었다.

　- 그만해라. 알아들었다.

　제서하미다, 제서하미다, 제서하미다, 자모해스미다…… 의원은, 죄인은 짐승처럼 울었다. 가죽외투는 그를 겁박하며 끌고 갔다. 괴사한 발이 걷지 못했다. 죄인은 무릎으로 넘어졌다. 가죽외투가 채찍으로 때려도 죄인은 바로 서지 못했다. 엎어져 짐승처럼 소리 내던 그는 그대로 죽어버렸다. 가죽외투는 주검 위에 채찍을 내리쳤다. 살이 터져 썩은 피가 흐르다가 얼어버렸다. 채찍이 살얼음이 된 피 위에 떨어져 사각사각 소리를 냈다. 이요는 죄인과 가죽외투를 지나쳐 걸어갔다. 손을 비비고 그 틈으로 입김을 불어넣었다. 미약한 온기가 잠깐 머물다 사라졌다. 문득 하늘이 보고 싶어 고개를 젖혀 위를 보았다. 희끄무레한 하늘에서 희끄무레한 눈이 내렸다. 잿빛도 아닌 흰빛도 아닌 침울한 색이 보기 싫어 이요는 젖힌 고개를 바로 했다. 비틀거리면서 다시 방으로 돌아갔다. 눈은 내리고 날은 추웠다. 곰나루의 어느 날이었다.

小說 동성왕

백제의 칼

지은이 | 김현빈

펴낸이 | 최병식

펴낸날 | 2016년 5월 17일

펴낸곳 | 주류성출판사 · 시타델

주소 | 서울특별시 서초구 강남대로 435(서초동 1305-5) 주류성빌딩 15층

전화 | 02-3481-1024(대표전화)   팩스 | 02-3482-0656

홈페이지 | www.juluesung.co.kr

값 14,800원

잘못된 책은 교환해 드립니다.

ISBN 978-89-6246-269-2 03810